W0356623

Reader's Digest
Auswahlbücher

Die Kurzfassungen in diesem Buch erscheinen
mit Genehmigung der Autoren und Verleger
© 1993 by Verlag Das Beste GmbH, Stuttgart
Alle Rechte, insbesondere das der Übersetzung,
Verfilmung und Funkbearbeitung, im In- und
Ausland vorbehalten
293 (187)
Printed in Germany
ISBN 3 87070 445 4

Reader's Digest Auswahlbücher

Verlag Das Beste
Stuttgart · Zürich · Wien

PETER BENCHLEY Seite 7

SCHRECKEN DER TIEFE

Das Meeresungeheuer mißt über dreißig Meter und wiegt gut zehn Tonnen. Vor den messerscharfen Krallen seiner Fangarme ist nichts und niemand sicher. Jahrtausendelang war sein Zuhause die Tiefsee, doch seit die Gewässer rund um Bermuda leergefischt sind, wagt es sich auf der Jagd nach Beute auch an die Oberfläche, in die Nähe des Menschen.

STEFANIE ZWEIG Seite 167

EIN MUNDVOLL ERDE

Für Vivian, die mit ihrem Vater von Deutschland nach Kenia ausgewandert ist, gibt es auf der ganzen Welt keinen schöneren Ort als Ol'Joro Orok. Hier sind ihre Freunde, wie Jogona vom Stamm der Kikuyu, der Bure Louis de Bruin mit seinen acht Kindern oder Bwana Simba, der ihr das Reiten beibringt. Doch eines Tages geschieht das Unfaßbare: Sie soll mit ihrem Vater wieder zurück nach Deutschland.

SCHWARZE GESCHÄFTE

Den Irakern ist kein Preis zu hoch, wenn es um ihre Atomforschung geht, und sie schrecken vor nichts zurück, um Abtrünnige auszuschalten. Als jedoch ein Killer im Dienste der Iraker einen Verräter liquidiert, tötet er auch einen CIA-Mann. Bald ist nicht nur der amerikanische, sondern auch der britische Geheimdienst mit dem Fall befaßt, denn die Spur führt in ein kleines Dorf in Südengland . . .

VERHÄNGNISVOLLE FERIEN

Den Urlaub in Frankreich wollte Jim Freeling dazu nutzen, sich endlich wieder einmal ganz seiner Familie zu widmen. Doch in der ersten Nacht verschwinden die Kinder spurlos. Bei der nervenaufreibenden Suche nach ihnen erfährt Jim von einem schrecklichen Geschehnis, mit dem das Verschwinden seiner Kinder in Zusammenhang zu stehen scheint, über das ihm aber niemand Näheres sagen will.

SCHRECKEN DER TIEFE

EINE KURZFASSUNG DES BUCHES VON

PETER BENCHLEY

NACH DER ÜBERSETZUNG VON
SABINE SCHMIDT

MIT ILLUSTRATIONEN VON DON DAILY

Ein strahlender Sommertag; einsam treibt ein verlassenes Schlauchboot auf der spiegelglatten See. Seinen Entdeckern gibt es Rätsel auf: Was kann den Insassen zugestoßen sein? Wurden sie über Bord gespült? Weit und breit sind keine Wellen zu sehen, auch keinerlei Anzeichen eines Kampfes. Noch etwas ist sonderbar: der starke Ammoniakgeruch, der von dem Boot ausgeht. Was hat er zu bedeuten? Und woher stammt das kleine krallenartige Gebilde aus einer knochenartigen Substanz, das im Boot zum Vorschein kommt? Fragen über Fragen. Sie lassen das Schlimmste befürchten.

Kapitel 1

ES SCHWEBTE lauernd im tintenschwarzen Wasser.

Es war kein Fisch, denn es hatte keine Schwimmblase, die ihm Auftrieb gab; und doch – dank der besonderen Beschaffenheit seines Gewebes – sank es nicht in die Tiefe. Auch war es kein Säugetier; es atmete nicht mit Hilfe einer Lunge, also spürte es auch kein Verlangen, an die Wasseroberfläche emporzusteigen.

Es schlief nicht, denn es kannte keinen Schlaf; aber es ruhte und absorbierte den lebenswichtigen Sauerstoff aus dem Wasser, das es durch die Höhlungen in seinem patronenförmigen Rumpf pumpte.

Seine acht geschmeidigen Arme bewegten sich mit der Strömung; seine beiden langen Tentakel schlängelten sich eng an seinen Körper. Wenn es bedroht wurde oder aus Mordgier in wilde Ekstase geriet, schossen seine Tentakel hervor wie dornige Peitschen.

Es kannte nur einen einzigen Feind, alle anderen Kreaturen in seiner Welt betrachtete es als Beute.

Es war sich seiner selbst ebensowenig bewußt wie seiner ungeheuren Größe und auch nicht der Tatsache, daß kein anderes Lebewesen der Tiefe von ähnlicher Angriffslust beseelt war.

Es schwebte mehr als achthundert Meter unter der Wasseroberfläche, in einer Tiefe, in die kein Sonnenstrahl mehr vordrang; dennoch registrierten seine riesigen Augen selbst den flüchtigsten Schimmer. Wäre es mit dem menschlichen Auge wahrnehmbar gewesen, so hätte man die Farbe des Tieres als Violettbraun bezeichnen können, allerdings nur in seiner Ruhephase. In der Erregung nahm es alle möglichen Farben an.

Die einzige Beschaffenheit des Meeres, die von dem Sinnesapparat des Tieres beständig überwacht wurde, war die Temperatur. Am wohlsten fühlte es sich zwischen sieben und zehn Grad Celsius, und während es dahintrieb, bewegte es sich entsprechend der wärmeren oder kälteren Strömungen nach oben oder nach unten.

Jetzt spürte es eine Veränderung. Die Strömung hatte es an den Hang eines erloschenen Vulkans getrieben, der wie eine Nadel aus der Meerestiefe emporstach. Kaltes Wasser drängte nach oben. Und so stieg das Ungeheuer, angetrieben durch seine Schwanzflosse, in der Dunkelheit höher und höher.

Im Gegensatz zu vielen anderen Meeresbewohnern hatte es kein Verlangen nach Gesellschaft; es durchstreifte die Meere allein. Sein einziger Lebenszweck war die Sicherung seiner Existenz. Und dazu mußte es töten. Für die Tierwelt einzigartig war die Tatsache, daß es oft ohne Grund tötete, als wäre es von der Natur in einem Anfall perverser Böswilligkeit entsprechend programmiert worden.

VON weitem wirkte die Segeljacht wie ein Reiskorn im Faltenwurf eines unermeßlich großen blauen Satingewandes. Seit Tagen wehte ein ständiger Südwestwind. Jetzt war er abgeflaut, und in der Stille lag etwas Unheimliches, als müßte der Wind erst tief Luft holen, bevor er sich zum nächsten Angriff entschloß.

Howard Griffin saß in der Plicht, sein nackter Fuß ruhte auf einer Spake des Steuerrads. Das Boot, der treibenden Kraft des Windes beraubt, schaukelte sanft in der Dünung.

Griffin warf einen Blick hinauf zu den schlaffen Segeln, dann verfluchte er sich für seine Dummheit. Diese Flaute hatte er nicht erwartet. Bei der Festlegung des Kurses hatte er mit einem anhaltenden Südwestwind gerechnet. Ein fataler Fehler! Inzwischen hätten sie bereits weit auf offener See sein müssen. Statt dessen konnte Griffin, wenn er über das Heck hinwegschaute, immer noch die hohe Boje sehen, die die Kanalmündung am Eastern Blue Cut markierte – ein weißer Fleck im Licht der untergehenden Sonne.

Seine Frau erschien auf dem Niedergang aus der Kajüte und reichte ihm einen Becher Tee. Er bedankte sich mit einem Lächeln und sprach den Gedanken aus, der ihm gerade durch den Kopf gegangen war. „Du siehst phantastisch aus."

Überrascht erwiderte Elizabeth sein Lächeln. „Du kannst dich aber auch sehen lassen."

„Ich mein's ehrlich. Sechs Monate auf einer Jacht – ich weiß nicht, wie du das machst.“ Er betrachtete ihre sonnengebräunte Haut, ihre sportliche Figur; man sah Elizabeth weder ihr wahres Alter an noch die Tatsache, daß sie vor mehr als fünfzehn Jahren zwei Kindern das Leben geschenkt hatte. Sein Blick wanderte zu ihren Füßen hinab – auch sie sonnengebräunt und wohlgeformt. Er liebte ihre Füße.

„Wie soll ich jemals wieder Schuhe tragen?“ meinte sie. „Vielleicht bekomme ich zu Hause einen Job im Bankhaus ‚Barfuß und Co.‘.“

„Falls wir je dort ankommen.“ Er zeigte auf das schlaffe Großsegel und beugte sich zum Zündschlüssel vor, um den Motor anzulassen.

„Tu's nicht.“

„Glaubst du, mir gefällt das? Der Mann, der unsere Jacht verkaufen soll, wird Montag morgen am Dock sein, und wir sehen besser zu, daß wir's bis dahin auch schaffen.“

„Eine Sekunde.“ Sie hielt die Hand hoch. „Laß mich mal nachfragen.“

Griffin zuckte mit den Schultern und lehnte sich wieder zurück. Elizabeth ging hinunter. Er hörte das vertraute Rauschen, als sie das Funkgerät einstellte, und dann Elizabeths Stimme. „Hafen von Bermuda . . ., hier spricht die Jacht *Severance*.“

„Hallo, Jacht *Severance,* hier ist der Hafen von Bermuda“, meldete sich eine Stimme fünfzehn Seemeilen entfernt. „Gehen Sie auf Frequenz sechs-acht, bitte, und bleiben Sie auf Empfang.“

„*Severance* geht auf sechs-acht“, wiederholte Elizabeth.

Griffin hörte ein leises Plätschern hinter dem Bootsheck. Er spähte über Bord und sah ein halbes Dutzend kleiner silbriger Fische, die einen Fetzen gelben Beerentangs umschwärmten und sich gegenseitig die winzigen Garnelen wegschnappten. Er mochte den Beerentang. Für ihn bedeutete Beerentang Leben. Er reiste vom Wind getrieben über das Meer und lieferte Nahrung für kleine Meerestiere, die wiederum zur Nahrung für größere Meerestiere wurden, und so ging es immer weiter in der Nahrungskette.

„Jacht *Severance*, hier wieder Bermuda . . ., bitte sprechen Sie jetzt.“

„Danke, Bermuda. Wir segeln nach Connecticut und hätten gerne eine Wettervorhersage. Ende."

„In Ordnung, *Severance.* Luftdruck sieben-sieben-drei-Komma-neun-drei Millibar, gleichbleibend. Südwestwind mit einer Geschwindigkeit von zehn bis fünfzehn Knoten, rechtsdrehend. Dünung heute Nacht ein bis zwei Meter und morgen mit Wind aus nordwestlicher Richtung vier bis sechs Meter. Ende."

„Vielen Dank, Bermuda." Elizabeth erschien wieder auf dem Niedergang. „So hatte ich mir das Ende unserer Reise nicht vorgestellt", meinte sie.

„Ich auch nicht."

Wäre es nach ihren Wünschen gegangen, hätten sie die ganze Küste hinauf gut im Wind gelegen und nach dem Passieren von Montauk Point vor Stonington sämtliche Wimpel der Jachtklubs und die Flaggen aus all den Ländern gehißt, die sie im letzten halben Jahr besucht hatten. Nach dem Einlaufen im Hafen von Stonington hätten ihre Kinder sie gemeinsam mit Elizabeths Mutter, Griffins Schwester und deren Kindern am Dock erwartet, dann hätte man eine Flasche Champagner entkorkt und das Boot dem Makler zum Verkauf übergeben. Ein Kapitel ihres Lebens wäre damit beendet, und ein neues würde beginnen.

„Es besteht immer noch Hoffnung, daß wir's schaffen", sagte Griffin. „Um diese Jahreszeit hält der Nordwestwind nie lange an." Er drückte auf den Anlasser. Der Dieselmotor erwachte zum Leben wie eine alte Dampflok und stieß eine Rauchwolke aus, deren Geruch an die Straßen von Manhattan erinnerte.

„Ich hasse dieses Ding!" schimpfte Elizabeth.

„Es ist ein Motor, eine Maschine. So etwas kann man nicht hassen."

„Doch, ich schon. Schließlich bin ich eine phantastisch aussehende Frau, das hast du selbst gesagt. Und in der Verfassung steht, daß phantastisch aussehende Menschen hassen können, was sie wollen." Sie ging nach vorn, um die Fock einzuholen.

Als sie damit fertig war, drehte Griffin den Bug in den Wind, der inzwischen etwas aufgefrischt hatte. Elizabeth machte sich daran, auch das Großsegel einzuholen.

Die Bewegungen des Bootes wurden immer unruhiger, während es durch den kurzen, kabbeligen Wellengang pflügte.

Im Westen hatte die Sonne den Horizont erreicht; wie ein großer dunkelroter Ball verschwand sie allmählich im Meer.

Der Bug wurde von einer Welle überspült, dann kam er wieder hoch und schlug hart auf die nächste Welle. Gischt spritzte nach achtern wie Eisregen. Griffin fröstelte und wollte gerade nach Elizabeth rufen, damit sie ihm seine Öljacke brachte, als sie, mit ihrer eigenen Öljacke bekleidet, aus der Kajüte auftauchte.

„Laß mich mal 'ne Weile übernehmen", sagte sie. „Und du ruhst dich inzwischen aus." Sie drückte sich am Steuerrad vorbei und setzte sich neben ihn.

„Aye, aye, Käpten." Er nahm ihre Hand vom Steuer und drückte einen Kuß darauf.

„Wofür war das denn?"

„Alter Seemannsbrauch. Küsse immer die Hand deiner Ablösung."

Unter Deck legte er sich auf eine der beiden schmalen Kojen im Bug. Im Hafen schliefen sie beide in der Achterkajüte, doch auf See war es besser, sich vorn hinzulegen, damit man die Bootsbewegungen wahrnahm – für alle Fälle.

Das Kissen duftete nach Elizabeth. Er schlief ein.

DER Motor brummte vor sich hin, das Boot trieb Richtung Norden durch die Nacht.

Mit Hilfe einer Pumpe wurde Meerwasser durch eine Öffnung im Schiffsrumpf gespült – Kühlwasser für den Motor, das schließlich mit den Abgasen vermischt wieder über Bord gepumpt wurde.

Der Motor war keineswegs alt; er war weniger als siebenhundert Stunden gelaufen, als sie das Boot gekauft hatten, und Griffin hatte ihn immer gut in Schuß gehalten. Doch das Auspuffrohr war schwer zu pflegen, denn es lag dicht neben der Antriebswelle unter dem Boden der Achterkajüte. Es bestand aus gutem Stahl, war aber mit Tonnen von Salzwasser und ätzenden Abgasen in Berührung gekommen. Und wenn der Motor nicht in Betrieb war, blieben Salz- und Verbrennungsrückstände im Auspuffrohr, die sich allmählich durch den Stahl fraßen.

Das winzige Loch im Auspuffrohr mochte schon vor Wochen entstanden sein. Auf dem gesamten Törn von den Bahamas nach Bermuda hatte ein günstiger Wind vorgeherrscht, und so hatten sie den Motor so gut wie nie benutzt. Doch jetzt, während das Boot mit Motorkraft gegen die Dünung ankämpfte, wurde das Loch immer größer. Rostige Metallteilchen blätterten von seinem Rand ab, und schon bald wurde das Auspuffrohr durch eine leichte Verdrehung überbelastet. Es verbog sich und brach. Sofort ergoß sich das ganze Wasser aus der Kühlpumpe in den Kielraum. Jedesmal, wenn sich von nun an das Heck des Bootes senkte und der Auspuff ins Wasser tauchte, strömte ungehindert Meerwasser in den Schiffsrumpf.

ELIZABETH hatte sich in die Polster der Plicht zurückgelehnt und steuerte das Boot mit den Füßen. Zu ihrer Rechten ging der Mond auf; er zeichnete eine golden glitzernde Bahn auf die Wasseroberfläche.

Sie dachte an eine arabische Legende aus einem der vielen Bücher, die sie in den vergangenen sechs Monaten verschlungen hatte: Der Neumond ist ein leeres Himmelsschiff, das die Seelen der Verstorbenen abholt; im Lauf der Nächte wird es immer voller, bis es seine Fracht nach und nach an den Pforten des Himmels ablädt und seine Reise schließlich von vorn beginnt.

Die Legende gefiel ihr deshalb so sehr, weil sie zum erstenmal in ihrem Leben eine Vorstellung von der menschlichen Seele bekommen hatte. Sie war nicht gerade ein tiefsinniger Mensch. Griffin und sie waren bisher viel zu beschäftigt gewesen, um einmal innezuhalten und nachzudenken.

Er hatte eine steile Karriere bei einer namhaften Beratungsfirma gemacht, sie bei einer großen Bank. Die achtziger Jahre hatten sie genutzt, um ihre Schäfchen ins trockene zu bringen. So hatten sie für eine Million Dollar ein Luxusapartment in New York und für fünfhunderttausend ein Haus in Stonington erworben. Das Geld, das sie verdienten, gaben sie großzügig wieder aus: zwanzigtausend Dollar im Jahr für den Schulunterricht der Kinder, zwanzigtausend für Urlaub, fünfzigtausend für den Lebensunterhalt.

Eines Tages wurde Griffin unerwartet entlassen. Und eine Woche später stellte man auch Elizabeth vor die Wahl, entweder halbtags bei halbem Gehalt weiterzuarbeiten oder zu kündigen.

Von Griffins Abfindung hätten sie ein Jahr lang leben können, während er sich eine neue Stelle suchte. Die andere Möglichkeit bestand darin, die Abfindung in ein Boot anzulegen und herauszufinden, ob die Welt noch anderes zu bieten hatte als Gänseleberpastete und Prickelwasser von der Trendliste.

Sie behielten das Haus in Stonington; die Wohnung in New York verkauften sie und legten das Geld in ein Treuhandkonto an, um die Ausbildung ihrer Kinder sicherzustellen. So richteten sie ihr neues Leben ein, und mit der Freiheit kamen Aufregung und Angst und neue Erkenntnisse. Erkenntnisse über sich selbst, über den anderen, über das, was wichtig, und das, was entbehrlich war.

Das Unternehmen hätte ein Fiasko werden können – zwei Menschen, die sich vierundzwanzig Stunden am Tag auf einen Raum von dreizehn mal vier Metern beschränken mußten. Tatsächlich traten sie sich in den ersten zwei Wochen ständig auf die Füße und nörgelten aneinander herum. Doch dann kamen sie mit ihrem Boot immer besser zurecht, und damit wuchsen auch das Selbstvertrauen und die Bewunderung für die Stärken des anderen. Sie verliebten sich erneut ineinander und, was ebenso wichtig war, fingen wieder an, sich selbst zu mögen.

Sie hatten keine Ahnung, was sie tun würden, wenn sie wieder zu Hause waren. Es spielte keine Rolle. Sie würden schon etwas finden. Was es auch war – es konnte nur besser sein als das, was sie vorher gehabt hatten, denn sie waren zu anderen Menschen geworden. Es war eine wundervolle Reise gewesen – ohne das leiseste Bedauern blickten sie darauf zurück.

Elizabeth war schläfrig. Sie schaute auf ihre Uhr. Vielleicht sollte sie Howard wecken? Nein. Sie würde ihm noch eine halbe Stunde Schlaf gönnen.

Eine Welle schwappte über das Bootsheck und durchnäßte Elizabeth. Macht nichts, dachte sie, das Wasser ist ja nicht sehr kalt. Ich werde mich schon nicht . . .

Eine Welle? Wie kann eine Welle über das Heck kommen, wenn man gegen die See steuert? Sie drehte sich um. Es fehlten nur noch Zentimeter, und das Heck würde unter der Wasseroberfläche verschwinden! Schon tauchte es für kurze Zeit unter, und Wasser strömte an Bord.

Elizabeth spürte einen Adrenalinstoß, der sie augenblicklich handeln ließ. Sie langte um das Ruder herum und knipste den

Schalter an, der die Bilgenpumpe in Gang setzte. Doch irgend etwas an deren Geräusch stimmte nicht. Es klang gequält und merkwürdig gedämpft.

„Howard!“ schrie sie. Keine Antwort.

Sie hakte eine Spannkordel um eine Spake des Steuerrads, damit es gesichert war, dann kletterte sie die Kajüttreppe hinab. Unten schnürten ihr die Abgase, die sich dort inzwischen gesammelt hatten, die Kehle zu und brannten in ihren Augen.

„Howard!“ Sie sah in der Achterkajüte nach. Das Wasser stand mehr als knöchelhoch auf dem Teppich.

Griffin befand sich mitten in einem düsteren Alptraum, als sein Name wie aus weiter Ferne an sein Ohr drang. Er zwang sich aufzuwachen, denn er spürte, daß etwas nicht stimmte. Sein Kopf schmerzte, er hatte einen ekelhaften Geschmack im Mund und fühlte sich wie betäubt.

„Was ist los?“ Er setzte sich auf, drehte sich halb um und sah durch den bläulichen Dunst, wie Elizabeth auf ihn zustürzte.

„Wir sinken!“ rief sie.

„Unsinn . . .“ Er schüttelte den Kopf, blinzelte. Jetzt roch er die Abgase und wußte, was das bedeutete.

Elizabeth schlug den Teppich im Vorschiff zurück und öffnete die Luke zum Maschinenraum. Griffin stand inzwischen neben ihr. Sie stellten fest, daß der Motor schon halb unter Wasser lag. Die Batterien waren noch trocken, doch das Wasser stieg.

Griffin schaute in die Achterkajüte, sah das Wasser dort und wußte, was zu tun war. „Stell den Motor aus“, bat er seine Frau.

Elizabeth fand den Hebel und würgte den Motor ab. Das Brummen verstummte und somit auch die Kühlwasserpumpe. Zumindest kam jetzt über den Motor kein neues Wasser mehr an Bord, und sie hörten das beruhigende Surren der elektrischen Bilgenpumpe.

Doch die Ursache für den Wassereintritt im Achterschiff war noch nicht beseitigt. Griffin schnappte sich zwei Trockentücher von der Spüle und gab sie Elizabeth. „Steck das ins Auspuffrohr.“

Sie kletterte, so schnell sie konnte, durch die Luke nach oben.

Griffin kniete auf dem Boden und erfaßte mit dem Schraubenschlüssel eine der Muttern, die die Batterien in ihrer Verankerung hielten. Wenn er die Batterien aus dem Maschinenraum heraushob, konnte die Bilgenpumpe weiterarbeiten und den Wasserpegel senken. Er hatte schon auf Bermuda daran gedacht, die Batterien umzusetzen, doch damit hätte er einen einheimischen Monteur beauftragen müssen, wodurch er wiederum wertvolle Zeit verloren hätte.

Wertvolle Zeit? Wofür?

Er fluchte, während er sich anstrengte, die erste Mutter zu lösen. Sie war eingerostet, und der Schraubenschlüssel rutschte ab.

Das Boot, längst ohne festen Kurs, lag jetzt mit der Breitseite zur Dünung und rollte ruckartig im Rhythmus der hohen Wellen. Eine Schranktür flog auf, ein Stapel Teller rutschte heraus und fiel scheppernd zu Boden.

Griffin setzte den Schraubenschlüssel erneut an und stemmte sich dagegen. Die Mutter bewegte sich. Kaum hatte er eine halbe Drehung geschafft, stieß der Werkzeuggriff gegen das Schott. Er setzte ihn erneut an und drehte weiter. Das Wasser stieg.

In der Plicht beugte sich Elizabeth mit gespreizten Beinen über das Heck und stemmte sich dabei gegen die rollenden Bewegungen der Jacht. Mit einem zusammengeknüllten Küchentuch in der Hand tastete sie mit den Fingerspitzen nach der Öffnung des Auspuffrohrs und versuchte, das Tuch hineinzustopfen. Die Öffnung war zu groß. Das Tuch wurde aus dem Loch herausgespült und fortgetrieben.

Plötzlich herrschte Stille. Die Bilgenpumpe lief nicht mehr. Dann hörte Elizabeth Griffins Stimme unter Deck: „Hallo, Hafen von Bermuda . . ., hier spricht die Jacht *Severance* . . . *Mayday, Mayday, Mayday.*“

Das Boot bekam Schlagseite. Wasser strömte über das Heck, und Elizabeth kam ins Rutschen. Ihre Füße verloren den Halt. Sie stürzte.

Griffin war an Deck geeilt; er packte sie und zog sie zurück an Bord. „Halb so schlimm“, meinte er.

„Halb so schlimm? Wir sinken!“

„Eigentlich nicht mehr.“ Seine Stimme klang resigniert. „Denn wir sind schon so gut wie gesunken.“

„Nein. Das kann doch nicht . . .“

„Jetzt hör mal gut zu.“ Er zog sie an sich. „Die Batterien sind futsch, die Pumpe ist futsch, das Funkgerät ist futsch. Wir müssen so schnell wie möglich von Bord gehen, bevor uns die Jacht unter den Füßen wegsackt. Klar?"

Sie sah zu ihm auf und nickte.

„Gut." Er küßte sie auf die Stirn. „Hol den Notsender."

Er selbst ging nach vorn und deckte das Rettungsboot ab, ein Schlauchboot, das auf dem Kajütdach festgezurrt war. Er überprüfte alle Luftkammern und die am Bodenrost festgeschraubte wasserdichte Plastikbox, die Leuchtkugeln, Angelschnüre und Dosenvorräte enthielt. Dann stellte er einen Zwanzigliterkanister mit frischem Trinkwasser in das Boot.

Elizabeth kam nach vorn. Sie hatte den Notsender in der Hand, ein rotes Gehäuse mit einer gelben Styroporverkleidung und ausziehbarer Antenne.

Das Deck war bereits überflutet, und es fiel ihnen leicht, das Schlauchboot ins Wasser zu hieven. Elizabeth stieg zuerst ein und ließ sich im Bug nieder; Griffin setzte sich ihr gegenüber. Er knipste den Schalter des Notsenders an, zog die Antenne aus und befestigte das Gerät mit einer Gummilasche an einer der Luftkammern.

Da das Boot leicht war, trieb es der frische Nordwestwind schnell von der havarierten Segeljacht fort.

Griffin ergriff Elizabeths Hand, sie beobachteten schweigend die sinkende *Severance.* Das Segelboot zeichnete sich als schwarze Silhouette vom Sternenhimmel ab. Langsam verschwand das Heck unter Wasser. Dann bäumte sich der Bug plötzlich auf und glitt rückwärts hinab in die Tiefe. Riesige Blasen schnellten an die Oberfläche und zerplatzten mit dumpfem Blubbern.

„O Gott . . .!" seufzte Griffin.

ES WAR wachsam, schon seit einiger Zeit. Etwas Großes näherte sich von oben, aus der Richtung, aus der sich seine Feinde immer näherten. Es fühlte, wie ungeheure Wassermengen verdrängt wurden.

Es bereitete sich auf seine Verteidigung vor. In seinem Stoffwechsel wurden Reaktionen ausgelöst, die die Fleischmassen mit Energie versorgten. Chromatophoren wurden aktiviert, und seine Färbung wechselte von Violettbraun zu einem intensiven Rot – einer Farbe, die die Natur nur zum Zwecke der Einschüchterung vorgesehen hatte.

Es zog sich zurück, spannte seine beiden peitschenähnlichen Tentakel und drehte sich in die Richtung, aus der sein Feind kam. Es war unfähig, Angst zu empfinden; es kannte keine Flucht.

Doch es war verwirrt, denn die Signale, die sein Feind aussandte, waren ungewöhnlich. Es spürte keine Beschleunigung, keine Aggression. Vor allem vernahm es keines der üblichen Geräusche, die von dem feindlichen Echolot ausgingen – kein Klicken oder Piepen.

Was immer sich da näherte, es glitt vorbei und setzte beständig seinen Weg in die Tiefe fort, von merkwürdigen knarrenden und knackenden Geräuschen begleitet, Geräuschen ohne Leben.

Das Tier wechselte wieder seine Farbe, seine Tentakel entspannten sich. Es hatte sich ziellos treiben lassen, daher war es nur noch dreißig Meter von der Wasseroberfläche entfernt, und seine Augen registrierten das silberne Glitzern der Sterne. Da es im Licht oft auch Beute erkennen konnte, stieß es weiter nach oben.

Als es nur noch sieben Meter von der Oberfläche entfernt war, spürte es etwas Neues – eine Veränderung in der Meeresströmung; etwas schwamm im Wasser und war doch kein Teil davon.

Zwei Instinkte trieben das Tier jetzt an – der Instinkt zu töten und die Freßgier. Der Hunger überwog. Früher einmal war der Hunger lediglich ein schwacher Impuls gewesen, und es hatte gewohnheitsmäßig darauf reagiert und nach Belieben gefressen. Doch jetzt war die Nahrungsaufnahme mit Jagd verbunden, denn Beute war rar.

Und wieder bereitete sich das Tier vor – diesmal jedoch nicht auf seine Verteidigung, sondern auf einen Angriff.

SIE hatten kein Wort gesprochen. Nachdem Griffin eine Leuchtkugel abgefeuert hatte, sahen sie zu, wie das Signalfeuer in orangefarbenem Glanz vor dem schwarzen Himmel explodierte. Ein paar Stücke Treibgut waren an der Stelle vorbeigeschwommen, wo die Jacht versunken war, doch inzwischen ließ nichts mehr erkennen, daß die *Severance* je existiert hatte.

Elizabeth nahm Griffins Hand. „Was denkst du?“ fragte sie.

„Was wäre gewesen, wenn . . . Du weißt schon. Wenn ich doch nur nicht zu faul gewesen wäre, den Auspuff zu überprüfen . . .“

„Mach dir keine Gedanken, Howard. Niemand kann was dafür.“

„Mag sein.“

Sie wollte gerade etwas erwidern, als das Schlauchboot in Schräglage geriet und in ein Wellental stürzte. Elizabeth schrie. Doch dann fing sich das Boot wieder und schaukelte sanft über die nächste Welle.

„Na, na.“ Griffin rutschte zu Elizabeth hinüber und legte ihr den Arm um die Schultern. „Ist schon gut. Wir sind in Sicherheit.“

„Nein“, stammelte sie, während sie sich an seine Brust drückte. „Wir sind keineswegs in Sicherheit.“

„Gut, wovor hast du Angst?“

„Wovor ich Angst habe? Wir treiben mitten in der Nacht irgendwo auf dem Ozean in einem Boot von der Größe einer Nußschale . . ., und du fragst, wovor ich Angst habe? Angst vor dem Sterben vielleicht?“

„Sterben? Warum denn?“

„Um Himmels willen, Howard . . .!“

„Ich meine es ernst. Laß uns darüber reden. Wir entlarven die Dämonen und vernichten sie.“

„Einverstanden.“ Sie holte tief Luft. „Haie. Ich habe schreckliche Angst vor Haien.“

„Haie, gut. Aber die können wir vergessen. Das Wasser ist zu kalt. Und sollte dennoch ein großer Hai auftauchen, kann uns nichts passieren. Hier oben im Schlauchboot wittert der uns nie. Was noch?“

„Was ist, wenn ein Sturm . . .?“

„Das Wetter? Kein Problem. Die Vorhersage ist gut. Selbst wenn ein Nordostwind aufkommen sollte, ist dieses Schlauchboot so gut wie unsinkbar. Schlimmstenfalls kippt es um, dann richten wir es eben wieder auf.“

„Und treiben auf dem Meer, bis wir verhungern.“

„Unmöglich.“ Griffin stellte fest, daß er seine eigenen Ängste um so besser verdrängte, je mehr er redete. „Erstens treibt uns der Wind zurück nach Bermuda. Zweitens verkehren hier ständig Schiffe. Drittens, falls es ganz schlimm kommt, werden uns unsere Kinder spätestens Montag nachmittag als vermißt melden – außerdem weiß der Hafenfunk von Bermuda über uns Bescheid. Aber so weit kommt es gar nicht. Unser kleiner Freund hier piept sich für uns die Seele aus dem Leib." Er tätschelte den Notsender. „Das nächste Flugzeug, das hier vorbeifliegt, wird unsere Signale aufnehmen."

Elizabeth schwieg eine Weile. „Und das glaubst du alles wirklich?" fragte sie schließlich.

„Selbstverständlich."

„Und du hast keine Angst?"

Er umarmte sie. „Natürlich habe ich Angst. Aber wenn man die Angst nicht bekämpft, bringt sie einen um."

Sie legte den Kopf an seine Brust, spürte ein wenig Geborgenheit. So verharrten sie zusammengekauert, während das Boot langsam Richtung Süden trieb.

Plötzlich zuckte Elizabeth zusammen. Sie fuhr hoch und drehte sich im Bug um. „Was war das für ein kratzendes Geräusch?"

„Ich habe nichts gehört."

Sie kroch nach vorn und berührte die vorderste Luftkammer. „Genau hier. Als hätte jemand mit Fingernägeln über den Gummiboden gekratzt."

„Es könnte ein Fisch gewesen sein."

„Was ist das für ein Geruch?"

„Welcher Geruch?" Griffin atmete tief ein, und jetzt roch er es auch. „Ammoniak?"

„Könnte sein, ja."

„Vielleicht ist hier drin etwas umgekippt." Im Heck des Bootes öffnete er den Deckel der wasserdichten Vorratsbox. Es war so dunkel, daß er nichts sehen konnte, also beugte er sich vor und schnupperte an der Box. Er hörte ein Geräusch wie ein Grunzen, und das Boot wurde ruckartig zur Seite geschleudert.

„So was!" Er stützte sich ab. „Paß bloß auf!" Der merkwürdige Geruch kam nicht aus der Box. Griffin schloß den Deckel wieder. „Nichts." Doch der Ammoniakgestank war intensiver geworden. Griffin drehte sich wieder um. „Ich weiß nicht, was . . ."

Elizabeth war weg.

Weg. Einfach . . . weg.

Für den Bruchteil einer Sekunde hatte er das Gefühl, er träumte. „Elizabeth!" rief er. Sein Schrei wurde vom Wind verschluckt.

Er ließ sich zurückfallen, schloß die Augen und holte tief Luft.

Nach einer Weile öffnete er die Augen wieder in der Erwartung, seine Frau im Bug sitzen zu sehen – mit spöttischer Miene. Doch er war noch immer allein.

Auf den Knien kroch er den gesamten Rand des Boots entlang und tastete die Außenwand der Luftkammern ab, weil er annahm, daß sie über Bord gefallen war und sich irgendwo an den Halteleinen festklammerte.

Nichts.

Er setzte sich wieder. Also gut, dachte er, betrachten wir das Ganze mit kühlem Verstand. Welche Möglichkeiten gibt es? Sie ist über Bord gesprungen. Sie hat plötzlich durchgedreht und sich entschlossen, an Land zu schwimmen. Das Herz pochte ihm bis zum Hals hinauf. Oder . . ., oder was? Sie wurde von kleinen grünen Marsmännchen gekidnappt? Immer wieder schrie er ihren Namen.

Dann hörte er ein kratzendes Geräusch und spürte, wie etwas die Gummihaut unter seiner Sitzfläche berührte.

Elizabeth war unter dem Boot! Sie mußte über Bord gefallen sein und sich unter dem Schlauchboot in irgend etwas verfangen haben. Er lehnte sich über den Gummiwulst, streckte einen Arm unter das Boot und tastete nach ihr, wollte ihre Haare, ihren Fuß, ihre Öljacke zu fassen bekommen . . .

Wieder hörte er das kratzende Geräusch. Er zog den Arm zurück und blickte nach vorn. Im gelbgrauen Mondlicht sah er, daß sich etwas über den vorderen Rand des Bootes schob. Es schien sich am Gummi festzukrallen, um an Bord zu klettern.

Eine Hand. Es mußte ihre Hand sein. Sie hatte sich aus den Schlingpflanzen oder was immer es war, befreit und zog sich jetzt an Bord.

Er stürzte mit ausgestrecktem Arm nach vorn, und als seine Finger nur noch wenige Zentimeter von der Hand entfernt waren, spürte er die Eiseskälte, die von ihr ausging. Augenblicklich wurde ihm klar, daß es sich um kein menschliches Glied handeln konnte. Es war schleimig und biegsam, ein merkwürdiges Wesen, das sich auf ihn zuschlängelte und nach ihm greifen wollte. Er stürzte zum Heck des Bootes. Dann beobachtete er voller Entsetzen, wie es sich immer weiter den Rand heraufschob, bis es über der Luftkammer verharrte. Es richtete sich auf, schwenkte herum und glich jetzt einer riesigen Kobra. Das Wesen war über und über mit Saugnäpfen bestückt, von denen jeder ein zuckendes Eigenleben zu führen schien und Wassertropfen absonderte wie ekelerregenden Speichel.

Griffin schrie – es war ein ungläubiger Schrei abgrundtiefen Entsetzens. Doch das merkwürdige Wesen bewegte sich unablässig vorwärts, schlängelte sich auf seinen zuckenden Saugnäpfen heran, und jedesmal, wenn die Saugnäpfe den Gummi berührten, verursachten sie ein kratzendes Geräusch, als wären sie mit Krallen versehen. Es näherte sich, als wüßte es genau, daß es das, was es suchte, auch finden würde.

Griffins Blick fiel auf das Paddel, das unter der Luftkammer steckte. Er schnappte es sich, hob es hoch über den Kopf und wartete, daß das Wesen noch näher kommen würde.

„Hau ab!" schrie er, als er den richtigen Moment für gekommen hielt, und schlug mit dem Paddel nach dem Wesen.

Er konnte nicht mit Bestimmtheit sagen, ob er mit dem Paddel getroffen hatte oder ob das Wesen seinem Angriff irgendwie zuvorgekommen war. Er merkte nur, daß ihm das Paddel aus der Hand gerissen und ins Meer geschleudert wurde.

Griffin schreckte zurück, stürzte in das Heck des Bootes. Er schob sich in seiner Verzweiflung immer weiter nach hinten. „O Gott, o mein Gott . . .", wimmerte er, „o Gott, nein."

Jetzt schwebte das Wesen genau über ihm. Wassertropfen perlten aus seinen wild zuckenden Saugnäpfen auf ihn herab. Jeder von diesen Saugnäpfen pulsierte und zitterte, als befände er sich in einem wilden Kampf mit seinen Nachbarn, und aus der Mitte eines jeden Saugnapfes ragte ein geschwungener Haken, der im Widerschein des Mondlichts aussah wie eine goldene Sichel. Ihr Anblick war Griffins letzte Wahrnehmung.

Kapitel 2

WHIP DARLING nahm seinen Kaffee mit auf die Veranda, um nachzusehen, was für ein Tag ihn erwartete. Der Wind hatte über Nacht gedreht. Die Boote, die in der Bucht ankerten, blickten jetzt alle nach Nordwesten.

Die Sonne würde in Kürze aufgehen, die letzten Sterne waren verblaßt. Bald würde sich der Wind entscheiden, aus welcher Richtung er heute wehen würde.

Dann wollte sich auch Whip Darling entscheiden. Er konnte aufs Meer hinausfahren und versuchen, etwas zu fischen, um sich ein paar Dollar zu verdienen. Andererseits, falls er nicht auslief, gab es auch genug am Boot zu tun.

Er sah, daß an einer Stelle in der Bucht Wasser aufspritzte, dann an einer anderen, und er hörte ein flatterndes Geräusch: ein Schwarm kleiner Fische, die auf der Flucht vor einem Feind um ihr Leben schwammen und über die glasige Oberfläche schlitterten. Makrelen, urteilte er angesichts der Heftigkeit der verursachten Wirbel und der Erbarmungslosigkeit der Verfolgungsjagd.

Er liebte diese Tageszeit, die Stunde, bevor in Somerset, dem Ort auf Bermuda, in dem er lebte, der Verkehrslärm begann. Es war eine Zeit des Friedens und der Hoffnung, in der er gerne den Blick über das Meer schweifen ließ und in der Erinnerung an vergangene Zeiten schwelgte.

Die Gazetür hinter ihm schwang auf, und seine Frau Charlotte – barfuß und nur mit einem dünnen Baumwollnachthemd bekleidet – kam mit ihrer Tasse Kaffee in der Hand heraus. Sie trat neben ihn, so dicht, daß er den würzigen Duft ihres Haars riechen konnte.

Er legte ihr den Arm um die Schultern. „Da sind Makrelen in der Bucht", sagte er.

„Gut. Zum ersten Mal seit . . . wann? Gewiß seit sechs Wochen. Fährst du hinaus?"

„Ich glaube schon. Dem Glück nachzujagen ist allemal amüsanter, als alte Lackschichten abzuschleifen. Außerdem wollte ich sowieso die Fangkäfige überprüfen. Die Leute vom Aquarium würden sich freuen, wenn mal wieder was für sie dabei wäre."

Er trank seinen Kaffee, und als er sich umdrehte, um hineinzugehen, blickte er auf das weiß getünchte Haus mit den dunkelblauen Fensterläden, von deren verbogenen Lamellen die Farbe abblätterte. „Mein Gott, das Haus ist in einem furchtbaren Zustand", murmelte er.

„Der Schreiner will zweihundert Dollar pro Stück für die Reparatur der Fensterläden", bemerkte Charlotte. „Dreitausend für alle."

„Dieser Halsabschneider!" Darling hielt seiner Frau die Tür auf.

„Wir könnten vielleicht Dana bitten . . ."

„So schlimm stehen die Dinge nun auch wieder nicht."

„Noch nicht, William." Sie ging hinein. „Aber lange kann es nicht mehr dauern."

„Jetzt nennst du mich also wieder ‚William'! Es ist noch zu früh am Tag für so schweres Geschütz."

William Somers Darling hatte seinen Namen von den Somers, die nach einem Schiffbruch 1609 auf Bermuda gelandet waren. Sir George Somers war auf dem Weg nach Virginia gewesen, als es seine *Sea Venture* nach Bermuda verschlagen hatte. Darling betrachtete die Tatsache, daß sein Vorfahre inmitten von Millionen Quadratkilometer Atlantischem Ozean genau Bermuda getroffen hatte, als seemännische Glanzleistung. Es war so außergewöhnlich, als würde man auf einem Fußballfeld über eine Büroklammer stolpern. Doch Sir George Somers war weder der erste noch der letzte gewesen, der dort landete. Das dreiundfünfzig Quadratkilometer große Bermuda war von mehr als dreihundert Schiffswracks umgeben.

Die meisten Bewohner Bermudas, ob schwarz oder weiß, hatten ihre Namen von frühen englischen Siedlern erhalten – Somers, Darling, Trimingham und noch ein paar anderen. Viele Inselbewohner waren jedoch nicht unter ihrem richtigen Namen bekannt, sondern unter einem Spitznamen, den man sich auf Bermuda einfach zulegte. Darling hieß mit Spitznamen „Whip", in Gedenken an die Riemenpeitsche, mit der ihn sein Vater regelmäßig verdroschen hatte. So riefen ihn seine Freunde und auch Charlotte, außer wenn sie sich mit ihm stritt. Dann nannte sie ihn William.

Darling war Fischer oder besser gesagt, er war es gewesen; Fischer auf Bermuda zu sein war genauso nützlich wie ein Skilehrer im Kongo. Schließlich konnte man kaum von etwas leben, das es nicht mehr gab.

Mit zwanzigtausend Dollar im Jahr wären sie bequem über die Runden gekommen. Das Haus gehörte ihnen, es hatte sich schon vor dem amerikanischen Unabhängigkeitskrieg im Besitz seiner Familie befunden. Die Unterhaltskosten dafür betrugen etwa fünftausend Dollar im Jahr. Für die Instandhaltung des Bootes, um das er sich mit seinem Freund Mike Newstead kümmerte, kamen weitere sechstausend Dollar hinzu. Essen, Kleidung und alle anderen Nebensächlichkeiten fraßen den Rest auf. Doch zwanzigtausend Dollar hätten ebensogut eine Million sein können, denn die Fischerei brachte nicht einmal annähernd soviel ein.

Darlings Tochter Dana arbeitete in der Stadt in einer Buchhaltungsfirma. Sie verdiente gut und hätte ihm gern unter die Arme gegriffen. Aber das lehnte Darling ab – schroffer als beabsichtigt, denn er konnte das gemischte Gefühl aus Zuneigung und Beschämung nicht zum Ausdruck bringen, das das Angebot seiner Tochter in ihm ausgelöst hatte.

Eine Zeitlang war es Dana gelungen, einige Rechnungen aus dem Briefkasten zu nehmen und sie zu bezahlen. Als sie schließlich zur Rede gestellt wurde, führte sie zu ihrer Verteidigung die Tatsache an, daß ihr das Haus eines Tages sowieso gehören würde und sie nicht einsehe, warum sie nicht zu seiner Instandhaltung beitragen sollte. Das Gespräch hatte sich vernünftigen Argumenten entzogen und war in eine emotionsgeladene Auseinandersetzung über Vertrauen und Mißtrauen übergegangen, die mit Verletzung und Ärger geendet hatte.

Vielleicht hat Charlotte recht gehabt, sagte sich Darling nun. Vielleicht standen die Dinge wirklich so schlecht. Darling hatte unter einem Stapel von Briefen das Kreditangebot einer Bank auf dem Küchentisch liegen sehen, doch bevor er danach fragen konnte, war es verschwunden, und Darling hatte die Angelegenheit vergessen. Doch jetzt sah er sich gedrängt, erneut Überlegungen anzustellen. Verhandelte Charlotte bereits über Hypotheken oder Kredite?

Nein. Das würde er nicht zulassen. Es mußte einen Ausweg geben. Da war noch das Inselaquarium. Der Direktor übernahm seine Treibstoffkosten, wenn er ihm seltene Tiere lieferte, die er aus den Tiefen des Meeres gefischt hatte. Außerdem bestand immer noch die Chance – sie war zwar so gering wie ein Volltreffer im Lotto, aber immerhin ein Hoffnungsschimmer –, daß er ein Schiffswrack mit wertvollen Schätzen fand.

Darling wärmte sich in der Küche etwas von dem Barrakuda auf, den es am Abend zuvor gegeben hatte. Dann warf er einen

Blick auf das Barometer an der Wand. Es bestand aus einem Röhrchen mit Haifischleberöl. Bei gutem Wetter war das Öl klar und hatte eine helle Bernsteinfarbe. Wenn das Wetter umschlug, trübte sich das Öl. Darling vertraute auf das Fischölbarometer, denn es war keine Maschine. Er mißtraute Maschinen, denn diese wurden von Menschenhand geschaffen, und der Mensch war ein chronischer Pfuscher. Der Natur unterlief selten ein Fehler.

Das Öl war klar, also entschloß er sich hinauszufahren. Vielleicht wartete da draußen ein fetter Barsch auf ihn, ein Überlebender aus vergangenen Zeiten. Ein Fünfzigkilofisch brachte vier- bis fünfhundert Dollar ein. Aber vielleicht stieß er ja auch auf einen Thunfischschwarm . . .

Darlings Freund und Gehilfe Mike Newstead tauchte kurz nach sieben auf. Darling sagte gerne im Scherz, daß Mike der perfekte Bermudianer sei, denn er verband die Merkmale aller ethnischen Gruppen, die je auf der Insel zu Hause gewesen waren. Mike hatte die kurzen, krausen Haare eines Schwarzen, die dunkelrote Haut eines Indianers – im 18. Jahrhundert waren Mohawk-Indianer von den Engländern als Sklaven auf die Insel verschleppt worden –, die strahlendblauen Augen eines Briten und die melancholische Schweigsamkeit eines Portugiesen. Er war sechsunddreißig, fünf Jahre jünger als Darling, aber er hätte auch fünfzig sein können. Mike brachte bei einer Größe von einem Meter neunzig stolze 120 Kilo auf die Waage, doch kein Gramm davon war Fett. Obwohl er nicht leicht aus der Ruhe zu bringen war, wurde ihm ein hitziges Temperament nachgesagt, das seine zierliche portugiesische Frau und Darling, den Mike vergötterte, in Zaum zu halten wußten.

Für Darling war er der ideale Partner. Mike traf nicht gerne Entscheidungen; er zog es vor, daß man ihm sagte, was er zu tun hatte. Er redete nicht viel; wenn er es aber tat, sprach er mit Vorliebe mit Darlings meistgehaßten Feinden: Maschinen. Obwohl Mike keinerlei technische Ausbildung genossen hatte, schien es, als brächte er sie dazu, genau das zu tun, was er wollte.

Darling goß Mike einen Kaffee ein, dann gingen sie hinaus. „Ich glaube, wir sollten die Fangkäfige fürs Aquarium hochholen", sagte Darling. „Können ja mal Köder mitnehmen . . ., für alle Fälle."

Mike nickte, trank seinen Kaffee aus und ging in den Geräteschuppen, um ein paar Makrelen aus der Gefriertruhe zu holen.

Darling trat an Bord, startete den großen Dieselmotor und ließ ihn warmlaufen. Die *Privateer* war ein Garnelenfänger, den Darling in Louisiana gekauft und zu einem Allzweckboot umfunktioniert hatte. Es war groß und breit und mit seinen Stahlverkleidungen sehr robust. Außerdem hatte es einen geräumigen Aufbau sowie zwei Kompressoren und zwei Generatoren, und es bot Platz für zwanzig Tauchgeräte. Eines Tages wird sie dich umbringen, pflegte Darling zu sagen, aber du wirst nie mit ihr untergehen.

Mike sprang an Bord und machte die Leinen los. Darling steuerte das Boot aus der Mongrove Bay und um die Landspitze herum zum Blue-Cut-Kanal.

Inzwischen hatte es sich Mike auf einem Lukendeckel im Achterschiff bequem gemacht. Dort turtelte er mit einem aufsässigen Pumpenmotor, den er liebevoll auf dem Schoß hielt.

Darling hatte die Fangkäfige für das Aquarium etwa zehn Kilometer nordwestlich vor der Küste ausgesetzt; sie hingen knapp über dem Meeresgrund in einer Tiefe von fast tausend Metern. Als er jetzt auf dem Brückennock stand und ihm die Morgensonne ins Gesicht schien, schätzte er sich glücklich. Für eine Weile konnte er vergessen, daß er kein Geld hatte. Er träumte von Goldmünzen in alten Schiffswracks. Sicher, es waren Tagträume, und doch hatte es solche Funde schon gegeben. Deshalb hielt Darling immer Ausschau nach Spuren eines Wracks.

Bermuda war seit jeher eine Falle für Schiffe gewesen. Auch heute konnten die modernen Wundergeräte wie das Loran-Ortungssystem und die Satellitennavigation nichts daran ändern, daß immer wieder Schiffe auf Grund liefen. Zu steil erhob sich der erloschene Vulkan vom Meeresgrund, und in seiner Nähe gab es viele elektromagnetische Anomalien. Unzählige Geräte spielten im Umkreis der Insel verrückt. Kompaßnadeln schwankten hin und her wie Betrunkene. Ein Seemann, der das Loran-System nach seiner Position befragte, bekam möglicherweise einen Ort in den Bergen hinter Barcelona genannt. Die Launen des Vulkans trugen dazu bei, daß die Legenden, die sich um das Bermudadreieck rankten, immer wieder neue Nahrung erhielten.

Darling hatte zwar nichts gegen Leute, die in Geschichten über das Bermudadreieck schwelgten, aber für ihn war der Gedanke daran reine Zeitverschwendung. Wenn sich diese Zeitgenossen die Mühe machen würden – so sagte er sich immer –, etwas über die Wunder zu erfahren, die es tatsächlich gab, wäre ihre Sensationslust voll und ganz befriedigt. Er war zwar nur ein Niemand in einer winzigen Ecke der Welt, und doch hatte er in den letzten fünfundzwanzig Jahren auf dem Meer genügend gesehen, um zu wissen, daß die Ozeane Kreaturen beherbergten, die die gesamte Menschheit in Alpträume versetzen könnten: zehn Meter lange Haie, die im Schlamm lebten; Krebse, so groß wie Autos; flossenlose Fische mit Pferdeköpfen; Muränen, die alles fraßen, ihre Artgenossen eingeschlossen; Fische mit kleinen Laternen, die vor ihren Augen hingen, und unendlich mehr.

Heutzutage liefen vor Bermuda jedes Jahr nur noch ein bis zwei Schiffe auf Grund. Früher dagegen waren es so viele Schiffe gewesen, daß sich ein Gewerbe daraus entwickelt hatte: Viele Inselbewohner lebten davon, hinauszurudern und verunglückte Schiffe zu bergen. Ein paar schwarze Schafe wollten allerdings nicht so lange warten: Sie lockten Schiffe mit falschen Lichtsignalen auf die Riffe.

An diesem Tag konnte Darling im flachen Wasser keine Spur eines Schiffswracks entdecken. Überhaupt sah er nicht viel: einen Papageifisch, ein halbes Dutzend fliegende Fische und ein paar vereinzelte Brassen. Bald war seine gute Laune ganz verflogen.

Riffe, die einst vor Leben gestrotzt hatten, waren jetzt leer gefegt wie ein Bahnhof nach einer Bombendrohung. Darling fühlte sich, als würde er einer Bestattung beiwohnen, die zugleich sein eigenes Ende bedeutete.

Sie hatten das flache Wasser hinter sich gelassen, und die Tiefe betrug jetzt fünfzehn, zwanzig, bald fünfunddreißig Meter, danach fiel der Meeresgrund ab ins Bodenlose. Darling hörte auf, zum Grund hinabzusehen, und hielt statt dessen nach der Boje Ausschau, die die Leine mit seinen Fangkäfigen für das Aquarium kennzeichnete. Sie befand sich noch genau an der Stelle, wo er sie ausgesetzt hatte.

„Wir sind gleich da!" rief Darling Mike zu, der seinen Pumpenmotor beiseite legte und nach dem Bootshaken griff. Die orange-weiße Boje glitt an der Backbordseite vorbei; Mike fädelte den Haken in die Öse, zog die Boje an Bord und legte das Seil um die Winde.

Darling nahm den Gang heraus und kam von der Brücke herunter. Er legte den Hebel um, der die Winde in Gang setzte. Während das Seil eingezogen wurde, ringelte Mike es in einer Plastiktonne auf.

Sie hatten ein tausend Meter langes, dünnes Polyäthylenseil hinabgelassen, an dessen unterem Ende mehrere Senkbleistücke hingen, die das Seil am Meeresboden hielten. Von sechshundertfünfzig Metern an abwärts hatten sie in Abständen von jeweils fünfzig Metern ein fünf Meter langes, achtundvierzig Stränge dickes, rostfreies Flugzeugkabel befestigt, und am Ende jedes Kabels hing einer der Aquariumkäfige. Einige bestanden aus Draht, andere aus feinmaschigem Netz. Die meisten enthielten Fischabfälle, die anlocken sollten, was immer da unten in der Dunkelheit leben mochte.

Darlings Ziel war es, die Tiere hochzuholen und sie an Bord in einem Kaltwassertank am Leben zu erhalten. Ungefähr einmal pro Woche kam ein Wissenschaftler vom Aquarium an der Anlegestelle vorbei, um sich den Fang anzuschauen. Meistens nahm der Mann ein paar seltene oder bislang unbekannte Tiere mit, um sie im Labor zu untersuchen.

Darling hielt den Hebel der Winde fest, sein Blick ruhte auf dem Tau. Er stemmte den Fuß gegen das Schanzkleid, damit ihn das Schlingern des Bootes nicht aus dem Gleichgewicht brachte, und schaute über die Reling in die blaue Finsternis.

„Da stimmt doch was nicht“, stellte Mike fest. Er hatte eine Hand auf das Tau gelegt. „Es stockt. Fühl mal.“ Mike gab Darling das Tau und trat einen Schritt zurück, um den Hebel der Winde zu übernehmen.

Darling prüfte das Tau. Es zuckte unregelmäßig, bockte wie ein Motor mit Fehlzündung. Schließlich bat Darling Mike, den Lauf der Winde zu verlangsamen; er selbst beugte sich über die Reling, um nach der ersten Falle Ausschau zu halten.

Er sah das stählerne Glitzern des ersten Karabinerhakens, an dem das Kabel befestigt war, dann entdeckte er ein Stück Kabel und dann – nichts mehr. Die Falle war fort.

Unmöglich! Das einzige Tier, das groß genug war, um einen der Käfige zu zermalmen, war ein Hai, aber selbst für diesen Räuber wäre es unmöglich gewesen, das Stahlkabel zu durchtrennen, an dem der Käfig hing.

Die Winde zog das Kabel an Bord. Darling hakte es von der Leine ab und betrachtete das Ende. Dann hielt er es hoch, damit Mike es sehen konnte.

„Abgerissen?" fragte Mike.

„Nein. Wäre es gerissen, müßten die Stränge ausgefranst sein. Sieh mal, die Stränge sind noch so sauber zusammengedreht wie frisch aus der Fabrik." Es war glatt durchgetrennt wie mit einem Skalpell. Keinerlei Nagespuren waren zu sehen, nichts, was auf einen Kampf hingedeutet hätte. „Durchgebissen", fuhr Darling fort. „Glatt durchgebissen." Er blickte hinaus aufs Wasser. „Aber was um alles in der Welt hat ein Maul, das Stahlstränge durchbeißen kann?"

Mike schwieg. Darling gab ihm ein Zeichen, die Winde wieder in Gang zu setzen, und kurze Zeit später tauchte das zweite Kabel auf.

„Weg!" rief Darling, denn auch der zweite Käfig war verschwunden und das Kabel durchgebissen.

„Auch weg", brummte er, als das nächste Kabel zum Vorschein kam, das übernächste und das danach. Alle Fallen waren verschwunden.

Schließlich sah Darling die Gewichte auftauchen. Er bat Mike, die Winde zu stoppen, und zog das Ende des Taus eigenhändig aus dem Wasser. „Nicht zu glauben!" entfuhr es ihm. „Sieh dir das mal an!"

Eine der Fallen war um die Gewichte gewickelt worden, und zwar so fest, daß das Ganze aussah wie ein im Hochofen geschmolzener Klumpen. Sie zogen das Durcheinander an Bord und setzten es auf Deck ab; es war ein Wirrwarr aus stahlverstärkten Stangen, Draht und Blei.

Mike starrte auf den Klumpen. „Welches Ungeheuer hat das gemacht?"

„Mit Sicherheit kein Mensch", erwiderte Darling. „Auch kein Tier. Zumindest keins, das ich kenne."

DIE beiden sprachen kein Wort, als sie das Durcheinander entwirrten, die Kabel aufwickelten und die letzten Meter des Taus in die Tonne stopften.

In Gedanken wälzte Darling einen ganzen Katalog von Meeresbewohnern durch und versuchte sich vorzustellen, welche davon die Fangvorrichtungen derart zerstören könnten. Oder könnte es doch ein Mensch gewesen sein? Vielleicht ein Fischer, der wütend oder mißgünstig war? Nein. Er glaubte nicht, daß ein Mensch in der Lage gewesen wäre, so etwas zu tun. Es ergab einfach keinen Sinn.

Was kam dann in Frage? Welches Lebewesen konnte ein Kabel durchbeißen, das aus achtundvierzig Stahlsträngen zusammengedreht war? Insgeheim hoffte er, daß sie es nie erfahren würden.

Die Tatsache, daß die Natur ihre geheimnisvollen Seiten hatte, war ihm nicht fremd. Vor mehr als zwanzig Jahren hatte er zur Besatzung eines Tankers gehört. Eines Tages, vor der Küste von Südafrika, hatte sich plötzlich aus heiterem Himmel – die See war ruhig gewesen und der Luftdruck gleichbleibend – eine Flutwelle gebildet, die sich wie eine dreißig Meter hohe Wand vor dem Schiff auftürmte. Keiner an Bord hatte so etwas je gesehen – und weil der Kapitän nicht wußte, was er tun sollte, war er direkt in die Flutwelle hineingefahren, die über dem Schiff zusammenschlug, es versenkte und auf den Grund drückte. Wäre Darling nicht drei Minuten zuvor hinauf in den Mastkorb geschickt worden, wäre er mit dem Schiff untergegangen. Statt dessen war er über Bord gespült worden und hatte sich zwei Tage lang auf einem Lukendeckel über Wasser gehalten, bis er von einem Küstenfrachter herausgefischt worden war.

Ein anderes Mal, in Australien, hatten er und ein paar Kameraden heimlich abgeheuert, nachdem sie herausgefunden hatten, daß der Kapitän auf Schnaps und junge Männer scharf war, und sich auf eine erfolglose Schatzsuche ins Hinterland begeben. Sie hatten sich einer Familie angeschlossen, die auf Urlaubsreise war, und als sie eines Nachmittags von einer Erkundungstour zurückkehrten, war die ganze Familie von einem Taipan getötet worden, einer Schlangenart, die aus einer Laune heraus angreift und um des Tötens willen tötet.

Darling war allmählich zu dem Schluß gekommen, daß man

der Natur nicht trauen konnte; oft genug zeigte sie sich von einer unheilvollen Seite.

Mike dagegen belastete es, wenn etwas unerklärlich blieb. Dabei störte ihn weniger die Tatsache, daß er selbst oft keine Antwort fand, aber es beunruhigte ihn außerordentlich, wenn sein Freund Whip keine wußte. Er brauchte die Sicherheit, die ein Mensch ausstrahlt, der weiß, was zu tun ist.

Also machte sich Mike auch jetzt Sorgen. Darling erkannte dies, und ihm war klar, daß er seinen Freund beruhigen mußte. „Hör mal", sagte er. „Ich vermute, es war doch ein Hai."

„Und warum?" fragte Mike ungläubig.

„Es muß einer gewesen sein. Mir ist gerade ein Artikel aus der Zeitschrift *National Geographic* eingefallen. Manche Haie können mit ihrem Gebiß einen Druck von mehr als drei Tonnen pro Quadratzentimeter ausüben. Das genügt vollkommen, um so ein Kabel durchzubeißen."

Mike dachte eine Weile nach. „Oh", sagte er schließlich nur.

Darling spürte ein eigenartiges Verlangen, Schluß zu machen und nach Hause zu fahren. Aber es war noch nicht einmal Mittag, und er hatte bereits für dreißig Dollar Dieselkraftstoff verbraucht. Wenn er jetzt nach Hause fuhr, war er um fünfzig Dollar ärmer, für nichts und wieder nichts. „Was meinst du?" fragte er Mike. „Wollen wir nicht wenigstens versuchen, unsere Brötchen zu verdienen?"

„Besser als gar nichts", meinte Mike. Sogleich begannen sie, eine Angelschnur mit Haken und großen Ködern zu bestücken. Vielleicht konnten sie etwas Gewinnbringendes fangen, vielleicht reichte es auch nur für ein Essen. Wenn sie überhaupt etwas fingen, war das immer noch besser, als zur Anlegestelle zurückzufahren und mit der Schmach eines erfolglosen Tages leben zu müssen.

Darling gehörte keineswegs zu den Menschen, die sich in weinerlichen Tiraden über die guten alten Zeiten ergingen. Er sah Veränderung und Zerstörung als etwas Unvermeidliches an. Was ihn jedoch rasend machte, was ihn anwiderte und empörte, war die Geschwindigkeit, mit der sich die Veränderung auf Bermuda vollzogen hatte. Seiner Schätzung nach war das Meer um Bermuda in einem Zeitraum zerstört worden, der der Lebensdauer einer Hauskatze entsprach.

Ende der sechziger und Anfang der siebziger Jahre konnte er noch zu den Riffen auslaufen und mehr als nur sein Abendessen fangen. Unter jedem Felsen gab es Hummer, ganze Schwärme von Papageifischen, Anglerfische, Goldbrassen, Barsche. Wenn er auf einem Schiffswrack arbeitete, gruben sich Meerbarben neben ihm in den Sand, und Rochen wedelten über den Grund. Mehr als einmal hatten ihn Riffhaie verjagt.

Am Grund der kleineren Riffe hatte es ganze Kolonien von Zackenbarschen gegeben. Muränen lebten dort, Sägebarsche und Schnapper. Und im tiefen Wasser kämpften Wahoos mit Barrakudas um die Beute. Blaufische und Thunfische umschwärmten das Bootsheck. An einem guten Tag brachte er zehn Zentner Thunfisch an Land, und die Hotels schrieben mit Stolz „frischer Bermudafisch" auf ihre Speisekarten.

Jetzt nicht mehr. Einige Hotels boten zwar immer noch „Bermudafisch" an, aber nicht mehr mit Stolz, denn übriggeblieben war lediglich Abfall. Fisch, den niemand haben wollte.

Darling hörte sich die Erklärungen der Fischer voll Bitterkeit an. „Die Verschmutzung des Meeres!" schrien sie. Er aber erwiderte darauf nur: „Blödsinn!"

Die Fischerei auf Bermuda war von den Fischern selbst zugrunde gerichtet worden. Von Einheimischen, die sich nicht damit zufriedengaben, von den Fischen zu leben, die sie fingen, sondern sie wahllos töteten. Von Menschen, die das Meer behandelten, als wäre es eine Kiesgrube, die man im Tagebau plündern konnte. Der schlimmste Übeltäter war ein Fanggerät, das sie bald in großem Stil einsetzten: die Fischreuse.

In früheren Zeiten hatten die Menschen lediglich mit Angeln und Handleinen gefischt, und die Größe des Fangs hatte von ihrem Durchstehvermögen abgehangen. Sie hatten aufgehört, wenn sie erschöpft gewesen waren. Dann kam jemand auf die Idee, mit Ködern bestückte Drahtkäfige an Bojen zu befestigen. Die Fische schwammen hinein und fanden dank der Konstruktion der Reusen nicht wieder hinaus.

Schon bald versenkte jeder so viele Reusen, wie er wollte. Es gab zwar eine Beschränkung, aber an die hielt sich niemand. Und wieviel die Fischer fingen! So viele Fische, daß sie alle, bis auf die besten, wegwarfen – tot oder sterbend, wen kümmerte es?

Darling hatte, außer für das Aquarium, nie mit Reusen gefischt. Er lehnte diese Fangmethode ab, weil sie für ihn nichts mit Fischfang zu tun hatte. Wenn jemand an seinem Lebensinhalt keinen Gefallen mehr fand, sollte er sich etwas anderes suchen, das war seine Überzeugung.

Das erste Problem mit den Reusen war, daß sie alle Fische anlockten – groß, klein, jung, alt, ablaichbereit, was auch immer. Ein Fischer, der mit der Handleine fischte, konnte aus seinem Fang auswählen. Doch mit den Reusen war das anders: Hatten die Fische erst einmal ein paar Tage zusammengepfercht in einer dieser Drahtfallen verbracht, gab es für sie kaum eine Überlebenschance. Selbst wenn die Fischer sie ins Meer zurückwarfen, was die meisten ohnehin nicht taten, waren sie zum Tode verurteilt.

Weiteres Unheil richteten verlorengegangene Reusen an. Wenn sich eine Boje losriß oder das Seil durchgescheuert wurde, wobei die Reuse in unerreichbare Tiefen versank, hörte das Sterben gar nicht mehr auf. Die Fische im Käfig starben und wurden zum Köder für andere, die ebenfalls in die Falle gingen.

Darling hatte verlorene Reusen auf dem Grund gefunden, die aussahen wie ein vollgestopfter U-Bahn-Waggon. Der Anblick machte ihn traurig und wütend. Mehr als einmal hatte er mitten auf dem Meer angehalten und Zeit und Geld verloren, um nach Reusen in der Tiefe zu tauchen und die Gittertüren mit einer Drahtschere zu öffnen. Die verstörten gefangenen Geschöpfe verharrten noch eine Weile in der offenen Falle, als könnten sie ihr plötzliches Glück nicht fassen, und erst wenn er sich entfernte, brachen alle wie auf ein Kommando aus.

1990 untersagte die Regierung von Bermuda dann das Fischen mit Reusen. Seither gab es zwar Anzeichen, daß einige Fischarten zurückkehren würden, aber Darling hegte Zweifel. Bermuda war keine Inselkette wie die Bahamas, wo sich die Bestände gegenseitig auffüllen konnten, wenn ein Gewässer leer gefischt war. Bermuda ist ein einzelner Felsen mitten im Nichts, sagte er sich. Was da ist, ist da, und was weg ist, kommt auch nicht mehr zurück.

Der Fischfang hatte Darling einst ein Gefühl von Vitalität vermittelt, hatte ihn in Freude und Staunen über den Reichtum und die Vielfalt des Lebens versetzt. Inzwischen dachte er beim Fischen nur noch ans Sterben.

SIE brauchten eine Stunde, um ihre Tiefseeleine mit Ködern zu bestücken und abzurollen. Als sie ausgebracht war, befestigte Darling eine Gummiboje am Ende der Leine und warf sie über Bord, wo sie sich mit der Strömung bewegte.

Mike ließ sich auf dem Lukendeckel nieder, um noch eine Weile an dem Pumpenmotor herumzubasteln. Darling stieg auf die Brücke und setzte sich ans Funkgerät, um zu hören, ob jemand in der Nähe irgendwas gesichtet hatte. Doch leider: Fehlanzeige.

Die Sonne bewegte sich schon Richtung Westen, als sie die Leine einzogen. Sie warfen sich hoffnungsvolle Blicke zu. „Ich tippe auf ein paar Seidenbarsche", meinte Mike.

Mit ihren acht Haken hatten sie zwei kleine Seidenbarsche gefangen. Darling warf sie in die Köderkiste und blickte über das Meer. Keine Rückenflosse, die aus dem Wasser ragte, kein Vogel, der auf Beutesuche kreiste, nichts. „Ach, zum Teufel", schimpfte er, „dann eben nicht!"

Er wollte gerade die Kabine betreten, als er Mike rufen hörte: „Sieh mal da!" Mike zeigte nach Süden.

Ein Marinehubschrauber näherte sich der *Privateer.* „Ich frage mich, wo der hinwill", sagte Darling.

„Nirgendwohin. Die schlagen nur die Zeit tot."

Aber der Pilot dieses Hubschraubers hatte offenbar ein festes Ziel, denn er flog mit großer Geschwindigkeit Richtung Norden. „Ich weiß nicht", sagte Darling. „Entweder beeilt er sich, um rechtzeitig zum Abendessen oben in Neuschottland zu sein, oder er hat einen dringenden Auftrag." Er kletterte zur Brücke hinauf und griff nach dem Mikro des Funkgeräts.

„Huey eins . . ., Huey eins . . ., hier spricht die *Privateer* . . ., bitte kommen . . ."

Kapitel 3

MARINELEUTNANT MARCUS SHARP hatte gerade Basketball gespielt, als ihn der Einsatzleiter in sein Büro rief und ihm mitteilte, daß ein Pilot der British Airways auf dem Flug nach Miami etwa zwanzig Kilometer nördlich von Bermuda Notsignale aufgefangen habe. Der Pilot habe nichts gesehen, erklärte ihm der Einsatzleiter, was nicht weiter verwunderlich sei, doch die Seenotsignale waren laut und deutlich zu vernehmen gewesen. Vermutlich blinder Alarm, doch dürften sie kein Risiko eingehen und müßten den Signalen nachgehen.

Sharp hatte schnell geduscht und seinen Fliegeroverall angezogen, während ihm der Einsatzleiter einen Kopiloten und einen Rettungstaucher zuteilte und dafür sorgte, daß ein Hubschrauber vollgetankt wurde. Dann hatte Sharp sich die Koordinaten notiert, die der Pilot der Verkehrsmaschine durchgegeben hatte.

Als sie gestartet waren, hatte sich Marcus Sharp zum erstenmal seit Wochen wieder gefordert gefühlt. Endlich passierte einmal was – zwar nicht viel, aber immerhin besser als die Tatenlosigkeit, die für ihn zur Gewohnheit geworden war.

Sharps Problem bestand nicht nur darin, daß er sich langweilte. Es war schlimmer: Er hatte das eigenartige, unbestimmbare Gefühl, daß er starb – nicht physisch, sondern auf eine andere, weniger faßbare Weise. Er hatte stets das Abenteuer gesucht, mit der Gefahr gespielt, er brauchte die Abwechslung. Und davon hatte ihm das Leben immer genug beschert.

Der Rekrutierungsoffizier hatte Sharp davon überzeugt, daß er die Chance habe, bei der Marine all jene Dinge zu tun, die sich andere allenfalls für ihre Urlaubstage aufsparten. Er konnte sich auf Schiffen oder als Marineflieger sein Spezialgebiet aussuchen und so zur Verteidigung der Nation beitragen.

In den ersten Jahren hatten sich alle seine Erwartungen erfüllt. Zunächst wurde er Experte für Unterwassersprengungen, dann machte er eine Ausbildung als Hubschrauberpilot. Er leistete seinen Dienst zur See und war sogar im Einsatz in Panama. Zu seiner Weiterbildung studierte er Meteorologie und Ozeanographie. Sharp führte ein erfülltes, abwechslungsreiches und amüsantes Leben.

Während der letzten anderthalb Jahre allerdings hatte er an Abwechslung und Spaß immer weniger Gefallen gefunden. Schuld an dieser Unzufriedenheit war die einzige Tragödie, die ihm in den neunundzwanzig Jahren seines Lebens bis dahin widerfahren war.

Er hatte sich in eine Stewardeß verliebt, eine begeisterte

Skiläuferin und Tiefseetaucherin, und zusammen waren sie durch die ganze Welt gereist. Sie hatten sich jung und unsterblich gefühlt. Über das Heiraten hatten sie zwar gesprochen, aber sie hatten es nicht als Notwendigkeit betrachtet, lebten nur für den Augenblick.

Dann, an einem Frühlingstag 1989, schwammen sie von einem Strand in North Queensland aus zum Schnorcheln hinaus. Sie hatten sich die üblichen Warnungen vor gefährlichen Meeresbewohnern angehört, die sich vor der australischen Küste tummelten, waren jedoch nicht weiter beunruhigt. Sie wußten, wie man sich verhielt, wenn sich Haie oder Barrakudas näherten.

Sie sahen eine Meeresschildkröte vorbeipaddeln und folgten ihr. Die Schildkröte verlangsamte ihr Tempo und sperrte das Maul auf, als wollte sie etwas fressen, obwohl keinerlei Beute zu sehen war. Da die Anmut und Beweglichkeit des Tieres im Wasser sie faszinierte, schwammen sie ganz nahe heran.

Karen streckte den Arm aus, um die Schildkröte zu berühren, als sie plötzlich krampfartig zusammenzuckte und sich an die Brust faßte. Der Schnorchel rutschte ihr aus dem Mund, und sie verdrehte die Augen. Dabei schrie sie, während sie die Fingernägel in ihre Haut grub.

Sharp packte sie und zog sie an die Oberfläche. Dort versuchte er, sie zum Sprechen zu bringen, aber sie hörte nicht mehr auf zu schreien. Als er sie endlich an Land geschleppt hatte, war sie tot.

Die Schildkröte hatte sich von Seewespen ernährt, sogenannten Würfelquallen, die im Wasser so gut wie unsichtbar sind; Seewespen sind so giftig, daß die Berührung mit ihnen ein menschliches Herz zum Stillstand bringen kann. Und genau das war geschehen.

Karen wurde in den USA beerdigt. Allmählich legte sich Sharps Schmerz über ihren Tod, doch wurde er weiterhin von düsteren Gedanken gequält. Und er spürte die gähnende Leere in seinem Leben.

Er war zur Marine zurückgekehrt, wo er einen Traumjob bekam: eine zweijährige Stationierung auf Bermuda – keine besonderen Anforderungen, die meiste Zeit verdösten die Offiziere in der Sonne. Mit der Ruhe konnte Sharp allerdings nichts anfangen; er sehnte sich nach einer sinnvollen Tätigkeit.

Hin und wieder dachte er daran, die Marine zu verlassen, doch er hatte keine Ahnung, welche Laufbahn er einschlagen sollte. Und so stellte er sich freiwillig allen Aufgaben, die ihm Ablenkung versprachen.

ER FLOG jetzt Richtung Nordwesten mit der Absicht, die Suchaktion durchzuführen, indem er ein systematisches Raster über das Seegebiet nördlich der Insel legte.

Zehn Kilometer vor der Insel, dort, wo die Riffe endeten und die Farbe des Wassers von scheckigem Türkis in ein tiefes Ultramarin überging, hörte er ein Piepsen – sehr schwach, aber beständig. Sharp behielt seine Instrumente im Auge und drehte den Hubschrauber langsam, bis er in der Richtung stand, aus der das Piepsen am lautesten zu hören war. Er warf einen Blick auf den Kompaß.

Plötzlich ertönte eine Stimme in seinem Funkgerät. „Huey eins . . ., Huey eins . . ., hier spricht die *Privateer* . . ., bitte kommen."

„*Privateer* . . ., hier Huey eins . . ." Sharp lächelte. „He, Whip . . ., wo steckst du?"

Whip erkannte die Stimme seines Freundes Sharp. „Direkt unter dir, Kumpel. Macht ihr da oben 'nen kleinen Spazierflug?"

„Ein Verkehrspilot hat vor einer Weile ein Seenotsignal aufgefangen. Hast du was gehört?"

„Nicht einen Piepser. Wie weit draußen?"

„Fünfzehn, zwanzig Kilometer. Ich hab's jetzt auf eins-einundzwanzig-fünf."

„Vielleicht bleibe ich dir auf den Fersen."

Sharp zögerte eine Weile. „Wär nicht schlecht, Whip", meinte er dann. „Wer weiß? Vielleicht kann ich deine Hilfe brauchen."

„Alles klar und Ende. *Privateer* weiter auf Empfang."

Gut, dachte Sharp, wenn sich da draußen ein Schiff in Seenot befindet, ist Whip wesentlich schneller zur Stelle als jedes Boot, das ich vom Stützpunkt anfordere. Whip konnte die Lage erkunden, während er nach Schiffbrüchigen suchte. Abgesehen davon fanden sie vielleicht etwas, das Whip gebrauchen konnte, falls niemand Anspruch darauf erhob. Ein Rettungsboot oder ein Funkgerät. Irgend etwas, das er verkaufen oder selbst benutzen konnte. Sharp wußte, daß Whip Geld brauchte.

Und außerdem, dachte Sharp, bin ich ihm etwas schuldig.

Etwas? Nein, er schuldete Whip Darling eine ganze Menge. Wäre Darling nicht gewesen, er hätte den Verstand verloren zu jener Zeit, als seine Wochenenden unerträglich gewesen waren. Er hatte jeden Tauchausflug mitgemacht, der auf der Insel angeboten wurde, war in jedem Fort und Museum gewesen, hatte sein Geld in allen Bars der Insel ausgegeben. Er war kurz davor gewesen, das Undenkbare zu tun – mit dem Golfspielen anzufangen –, als er Darling bei einer Marineveranstaltung kennenlernte.

Begeistert hatte er Darlings Ausführungen über die Entdeckungen von Schiffswracks gelauscht. Sie hatten sich so gut unterhalten, daß Darling ihn eingeladen hatte, einen Sonntag mit ihm auf dem Boot zu verbringen . . . Was schon bald dazu geführt hatte, daß er Darling an jedem Sonntag und an den meisten Samstagen begleitete. Es faszinierte ihn, daß dieser Mann, der lediglich sechs Jahre lang die Schule besucht hatte, aus eigenem Antrieb zu einer wandelnden Enzyklopädie des Meeres geworden war.

Darling hatte ihm Fotos gezeigt, auf denen man erkennen konnte, wie Schiffswracks aus der Luft aussahen, und plötzlich hatte Sharp neue Ziele entdeckt.

Beispielsweise hatte Darling ihn gelehrt, sich bei der Suche nach Schiffswracks nicht an märchenhaften Klischees zu orientieren – so gut wie nie stand ein versunkenes Schiff in voller Takelage kielunten auf Grund. Die alten Schiffe waren aus Holz gewesen und wurden von der stürmischen See in tausend Stücke zerbrochen. Die meisten Wrackteile waren mit Sand zugedeckt, oder Korallen wuchsen darauf, die die Toten im Schoße des Meeres begruben.

Darling hatte ihm erklärt, daß es Merkmale gab, die auf ein Schiffswrack schließen ließen: Wenn ein Schiff über das Riff geschoben wurde, zerstörte es die Korallen und hinterließ eine Schneise, die aus ein paar hundert Meter Höhe aussah wie eine riesige Bremsspur.

Ein anderes Zeichen – nur aus der Luft erkennbar, aber schwer zu identifizieren – war ein Ballasthaufen. Denn in unmittelbarer Nähe der Stelle, an der ein Schiff seinen Ballast verloren hatte, war es auch gesunken, davon war Darling überzeugt. Sicher, das Deck oder die Takelage mochten abgetrieben sein, aber das Herz und die Seele – die Fracht, der Schatz – ruhten gemeinsam mit dem Ballast auf dem Grund. Gewöhnlich waren die alten Schiffe mit Flußsteinen aus ihren Heimathäfen beschwert worden. Die Steine waren glatt, rund und gerade so groß, daß ein Mann sie heben konnte. Die ganzen Kopfsteinpflaster auf der nordamerikanischen Insel Nantucket, so hatte Darling Sharp erklärt, bestanden beispielsweise aus Ballaststeinen, die auf den Schiffen während der Überfahrt von England für das Gleichgewicht gesorgt hatten; auf der Rückfahrt waren sie durch Ölfässer ersetzt worden.

Inzwischen hielt Sharp, immer wenn er mit dem Hubschrauber unterwegs war, Ausschau nach Schiffswracks. Im Zickzackkurs flog er so niedrig wie möglich über das Wasser. Wenn ihn ein Besatzungsmitglied fragte, was er eigentlich mache, gab er meist eine ausweichende Antwort: „Ich prüfe das Flugverhalten." Bislang hatte er zwei Ballasthaufen entdeckt, die auf Schiffswracks hindeuteten. Das eine war Darlings Wissen nach bereits in den sechziger Jahren ausgekundschaftet worden. Die andere Fundstelle war neu, und sie hatten vor, sie bald genauer zu untersuchen.

DAS Piepen klang jetzt laut und regelmäßig, und Sharp sah etwas Gelbes in der wogenden See auf- und abgleiten. Er drückte den Steuerknüppel nach vorn und ging bis auf eine Höhe von dreißig Metern hinab. Es war ein Rettungsboot, klein, leer und scheinbar unbeschädigt.

„*Privateer* . . ., hier Huey eins . . ."

„Was gibt's, Marcus?" ertönte Darlings Stimme.

„Es ist nur ein Rettungsboot. Niemand an Bord. Falscher Alarm, schätze ich."

„Ich kann's rausholen, und ich seh mich noch ein bißchen um. Wenn kein Schiffbrüchiger in der Nähe ist, bringe ich es an Land. Es braucht sich keiner deswegen naß zu machen."

„Einverstanden. In der Zwischenzeit fliege ich die Gegend ab, bis das Kerosin zur Neige geht."

„In Ordnung, Marcus. *Privateer* bleibt auf Empfang . . ."

„VIELLEICHT war der Tag doch kein totaler Reinfall", meinte Darling, als er die Leiter zur Brücke hochkletterte.

„Wieso?" Mike verstaute gerade die Tiefseeleine.

„Wir haben die Möglichkeit, ein Rettungsboot zu angeln. Wenn sich kein Besitzer meldet, können dabei ein paar Tausender für uns rausspringen, vielleicht sogar mehr."

Kaum eine Stunde später sichteten sie das Rettungsboot. Darling umkreiste es mit dem Boot und musterte es. „Volltreffer", sagte er befriedigt.

„Sieht aus, als hätte noch nie einer dringesessen."

„Entweder das, oder die Insassen sind schnell gerettet worden."

„Vielleicht haben Haie sie vertrieben?" vermutete Mike.

Darling schüttelte den Kopf. „Ein Hai hätte das Gummiboot durchgebissen oder wenigstens eine der Luftkammern mit seiner Haut aufgerauht. Das würde man sehen. Wale vielleicht."

Darling setzte seine Umkreisung fort und dachte über diese Möglichkeit nach. Schwertwale, auch Mörderwale genannt, waren dafür bekannt, daß sie Schlauchboote und sogar größere Wasserfahrzeuge angriffen. Menschen taten sie aber selten etwas zuleide. Vielleicht spielten sie nur mit den Booten und konnten ihre eigene Kraft nicht einschätzen. „Nein", sagte Darling. „Dann müßte das Boot kieloben treiben."

„Kann sein, daß sich das Ding einfach von Deck gelöst hat und ins Meer gefallen ist."

„Was hat dann das Seenotsignal ausgelöst?" Darling zeigte auf die mit Styropor ummantelte Funkboje. „Das ist keine automatische. Jemand hat sie angestellt." Er zögerte. „Ich schätze, die Schiffbrüchigen haben das Rettungsboot ins Meer geworfen, sind hinterhergesprungen und ertrunken."

Die Antwort schien Mike zufriedenzustellen, also behielt Darling den Gedanken an eine andere Möglichkeit für sich. Sie schoben einen Enterhaken in die Halteleine des Schlauchboots und hievten es an Bord.

Nachdem Mike das Seenotsignal ausgeschaltet hatte, kniete er nieder, um den Fund zu untersuchen; er öffnete die Vorratsbox und fuhr mit den Händen unter den Luftkammern entlang. „Alles da, nichts ist kaputt."

„Stimmt." Doch irgend etwas störte Darling. Ein Gegenstand

fehlte, der üblicherweise in einem Rettungsboot vorhanden war. Das Paddel. Das war's. Jedes Rettungsboot hatte mindestens ein Paddel.

Und dann, als sich das Boot leicht zur Seite neigte, bemerkte er, wie sich auf einer der Luftkammern glitzernd Sonnenstrahlen spiegelten. Er betrachtete die Gummihaut aus der Nähe und sah sowohl Kratzspuren als auch einen eigenartigen Schleim, der die Spuren umgab. Er berührte den Schleim und roch daran: Sein Finger stank nach Ammoniak.

Darling nahm über Funk Verbindung mit Sharp auf und teilte ihm mit, daß er das Boot geborgen hatte und seine Suche ein Stück weiter nördlich fortsetzen würde.

Eine Stunde lang hielten sie Ausschau nach Schiffbrüchigen, drehten dann um und fuhren im Zickzack wieder nach Süden, bis sie die Stelle erreicht hatten, wo sie auf das Rettungsboot gestoßen waren. Sie hatten nur zwei Sitzkissen aufgefischt. Darling spähte über das Wasser und entdeckte keinerlei Lebenszeichen. Er schaute in die Ferne auf Bermuda und nahm Kurs nach Hause.

Gegen sechs Uhr erreichten sie flacheres Wasser, und der Seegang legte sich. Als Darling um die Landspitze in die Mongrove Bay einbog, färbte sich der Himmel violett, und die untergehende Sonne tauchte die Wolken im Westen in ein lachsfarbenes Licht.

An der Anlegestelle brannte eine einsame Glühbirne, und in ihrem Schein lag, vertäut an einem der Pfähle, ein weißes, acht Meter langes Boot mit Außenbordmotor, auf dessen Seite die Aufschrift „Polizei" prangte. Zwei junge Polizisten standen am Dock, ein weißer und ein schwarzer. Sie sahen zu, wie Darling das Boot langsam gegen den Anleger gleiten ließ.

Darling kannte die beiden Beamten und kam gut mit ihnen aus. Er hatte sie an ihren freien Tagen schon mit hinausgenommen und ihnen die Riffe gezeigt. Jetzt stützte er sich auf die Reling. „Na, Colin und Barnett, was führt euch beide denn so spät hier raus?"

„Wir haben gehört, daß du ein Rettungsboot gefunden hast", erklärte Barnett, der schwarze Polizist. Er kam an Bord und zeigte auf das Boot, das im Heckraum lag. „Ist es das?"

„Genau."

Barnett richtete seine Taschenlampe auf das Boot und bückte sich. „Himmel, das stinkt aber!"

Colin kam ebenfalls an Bord. „Whip . . ., wir müssen es leider beschlagnahmen", meinte er zögernd.

Darling starrte ihn an. „Warum denn? Hat jemand behauptet, daß er es verloren hat?"

„Nein, nicht ganz." Colin wirkte unsicher.

Darling kämpfte gegen die Wut an, die in ihm aufstieg. „Was dann?"

„Dr. Saint John", erklärte Colin. „Er will es haben."

„Dr. Saint John!" Darling wußte, daß sein Zorn siegen würde. „Ich verstehe."

Liam St. John war einer der wenigen Männer auf Bermuda, mit denen Darling auf Kriegsfuß stand. Er entstammte einer irischen Einwandererfamilie und hatte Bermuda verlassen, um in den USA zu studieren. Mit dem Doktortitel irgendeiner obskuren Universität war er zurückgekehrt. Keiner wußte so genau, in welchem Fach der kleine rothaarige St. John promoviert hatte. Nach seiner Rückkehr hatte St. John jedenfalls von seinem Titel ausgiebig Gebrauch gemacht, um ein paar einflußreiche Freunde seiner Eltern zusammenzutrommeln und die örtlichen Behörden davon zu überzeugen, daß man bestimmte Aufgaben wie zum Beispiel die Seefahrtsgeschichte und den Naturschutz lieber einem studierten Experten anvertrauen sollte. Ihm zum Beispiel.

Die Politiker, die sich wenig aus Schiffswracks machten und ohnehin ständig von großmäuligen Fischern belästigt wurden, waren hoch erfreut, beide Aufgaben von der Liste ihrer Pflichten streichen zu können. Also schufen sie für Dr. Liam St. John den Posten eines Ministers für kulturelles Erbe. Da es für seinen Amtsbereich keine exakten Definitionen gab, bestimmte Dr. St. John seine Zuständigkeiten lieber selbst, wobei er sich immer größere Freiräume zugestand. Er hatte zum Beispiel angeordnet, daß niemand ein Schiffswrack anrühren dürfe, ohne sich zuvor von ihm eine Lizenz ausstellen zu lassen. Darüber hinaus mußte sich der Antragsteller verpflichten, einem Mitarbeiter St. Johns zweihundert Dollar am Tag zu zahlen, damit dieser die Arbeiten am Schiffswrack beaufsichtigte. Das Ergebnis war, daß niemand mehr einen Fund meldete, und wenn jemand dennoch etwas barg, schmuggelte er es schleunigst aus Bermuda hinaus. Dem Minister für kulturelles Erbe war es zu verdanken, daß die Schätze Bermudas inzwischen in den Galerien von New York verhökert wurden.

Fast ein Jahr lang hatten Darling und seine Taucherfreunde überlegt, wie sie St. John wieder loswerden konnten. Darling wäre jedenfalls nicht überrascht gewesen, wenn St. John eines Nachts plötzlich vom Erdboden verschwunden wäre.

„Colin, ich möchte, daß du mir einen Gefallen tust", meinte Darling nun.

„Schieß los."

„Du fährst zurück und sagst Dr. Saint John, daß ich ihm das Boot überlasse, wenn er persönlich herkommt. Es wäre schön, wenn ich ihm das Ding persönlich in den Rachen stopfen könnte."

Barnett trat von dem Schlauchboot zurück, machte ein paar Schritte, blieb am Fuß der Leiter stehen und blickte zu Darling auf die Brücke hoch. „Whip, überleg dir gut, was du da sagst."

„Das Schlauchboot gehört mir, Barnett. Ich kann es dir nicht aushändigen."

Barnett seufzte. Irgend etwas veranlaßte ihn, sich umzudrehen – und er sah im Schatten Mike stehen, der einen meterlangen Fischspeer mit einer scharfen Spitze von der Außenwand der Kabine genommen hatte. „Du weißt, was wir tun müssen", erklärte der Beamte. „Wir werden zwölf Mann Verstärkung holen und das Boot beschlagnahmen."

„Aber das geht nicht ohne blaue Flecken ab."

„Mag sein, Whip, aber denk vorher noch mal darüber nach. Wenn das passiert, kriegst du eine Haftstrafe, wir haben das Boot, und wer lacht sich dann ins Fäustchen? Dr. Saint John."

Darling blickte über die dunklen Gewässer der Mongrove Bay. Er wollte kämpfen, er wollte schreien und toben. Doch er schluckte alles hinunter, denn er wußte, daß der Polizist recht hatte. „Barnett", sagte er schließlich, „du bist die Weisheit in Person."

Barnett warf Colin einen Blick zu, der erleichtert aufatmete.

„Wenn Dr. Saint John mein Schlauchboot haben will", fuhr Darling fort, als er die Leiter hinunterkletterte und nach achtern ging, „dann soll er es auch bekommen."

Er nahm Mike den Fischspeer ab, holte damit aus und rammte die Spitze in den Bug des Schlauchboots. Sie bohrte sich durch die Gummiwand, und zischend fiel die Luftkammer in sich zusammen.

„Hoppla!" rief Darling. „Tut mir leid." Er rammte den Speer in die nächste Luftkammer, und als auch sie leer war, zog er das schlaffe Schlauchboot über Deck. Etwas Kleines fiel mit einem leisen Geräusch aus dem Boot und blieb an Bord liegen. Darling riß den Fischspeer hoch und ließ das Schlauchboot in das Polizeiboot fallen. „Bitte sehr! Jetzt kann Dr. Saint John sein bescheidenes Rettungsboot haben."

Die Polizisten sahen sich an. „Na schön", sagte Colin schnell. „Wir werden Dr. Saint John erzählen, daß du es so gefunden hast."

„Genau." Barnett sprang auf den Steg. „Sieht so aus, als hätte ein Hai das Ding zwischen den Zähnen gehabt."

„Und es war auch ein ganz schöner Seegang", meinte Colin. „Gute Nacht, Whip."

Darling sah zu, wie die Polizisten das Schlauchboot im Heck ihres Bootes zusammenlegten und in die Dunkelheit hinausfuhren. Er fühlte sich ausgelaugt. Halb freute, halb schämte er sich.

Später, als Darling mit Mike das Boot putzte, spürte er plötzlich etwas Spitzes, das sich in seine Fußsohle bohrte. Er hob es auf und betrachtete es, aber die Lichtverhältnisse waren so schlecht, daß er es erst mal in seine Tasche steckte.

„Bis morgen?" fragte Mike, bevor er von Bord ging.

„Ja. Wir werden dem Aquarium die schlechte Nachricht mitteilen und darum bitten, daß sie uns eine neue Ausrüstung anvertrauen. Wenn nicht, fangen wir an, den Lack abzuschleifen."

Darling folgte Mike den Pfad zum Haus hinauf. Er wartete, bis Mike sein Motorrad gestartet hatte und davongefahren war, dann schaltete er das Außenlicht aus, bevor er hineinging. Er füllte sich ein Glas mit dunklem Rum und setzte sich in die Küche.

Charlotte kam herein, lächelte ihn an und setzte sich ihm gegenüber an die Küchentheke. Sie trank einen Schluck aus seinem Glas, dann nahm sie seine Hand. „Das war kindisch", erklärte sie ruhig.

„Du hast es gesehen?"

„Die Polizei kommt schließlich nicht jeden Abend vorbei."

Er schüttelte den Kopf. „Weißt du, wie bescheuert das ist, sich so hilflos zu fühlen? Irgend etwas mußte ich doch tun."

„Fühlst du dich jetzt besser?"

„Irgendwie schon . . ." Er sah sie an. Sie lächelte. „Gut, du hast recht. Ich bin ein Trottel mit einem Spatzenhirn."

„Ja, aber lieb bist du trotzdem." Sie beugte sich über die Küchentheke. Als er aufstand, um sie zu küssen, bohrte sich etwas in seinen Schenkel. Er zuckte zusammen, fluchte und fiel zurück auf seinen Stuhl.

„Was ist denn?" fragte sie.

„Mich hat was gepiekt." Er griff in die Tasche, zog das Ding heraus und legte es auf die Theke. Es war ein sichelförmiger Haken aus einer harten, glänzenden, knochigen Substanz.

„Sieht aus wie eine Kralle", meinte Charlotte. „Wo hast du sie gefunden?"

„Die ist aus dem Rettungsboot gefallen." Er erinnerte sich an die Spuren auf den Luftkammern – sie hatten wie Schnitte auf dem Gummi ausgesehen. Er sah Charlotte an und dann wieder den seltsamen Haken. „Was zum Teufel . . .", murmelte er.

Kapitel 4

ES SCHWEBTE in der Tiefe und wartete, lauerte auf Vibrationen, die das Nahen von Beute signalisierten. Seine Eigenschaften waren die eines Mordungeheuers, nicht die eines Jägers. Die Notwendigkeit des Jagens hatte es nie kennengelernt; das kalte, nahrungsreiche Wasser hatte ihm immer unzählige Tiere jeder Größe beschert. Doch nun war der Rhythmus, der das Leben der Kreatur bestimmte, gestört. Nahrung war nicht länger in Hülle und Fülle vorhanden. Das Unbehagen über dieses unbekannte Hungergefühl löste große Verwirrung in dem Tier aus. Sein Instinkt drängte es zu jagen.

Plötzlich spürte es eine Veränderung in den Strömungen des Wassers: Beutetiere. In großer Zahl. Sie schwammen ganz in der Nähe vorbei.

Das Tier schleuste enorme Wassermengen in seine sackförmige

Körperhülle und stieß sie durch eine trichterförmige Öffnung wieder aus, dabei bewegte es sich mit der Antriebskraft einer Lokomotive rückwärts nach oben. Chemische Reaktionen in seinem Blut veränderten seine Farbe. Es stieß sich mit Hilfe seiner kräftigen Bauchmuskulatur durch das Wasser und erkannte jetzt den Ursprung der Signale: Fische, viele Fische, viele große Fische.

Als es sich nahe genug wähnte, drehte es sich in die Richtung seiner Beute. Seine riesigen Augen registrierten einen silbrigen Schimmer, und seine Tentakel holten zum Schlag aus. Die knotigen Enden der Tentakel trafen auf Fleisch, die gezähnten Saugnäpfe hielten es fest, und die sichelförmigen Haken in der Mitte eines jeden Saugnapfes schnitten es in Fetzen. Alles, was nach wenigen Sekunden von dem Fisch noch übrigblieb, waren ein Haufen Schuppen und eine Wolke aus Blut.

Der Hunger des Tieres war jedoch noch nicht gestillt – im Gegenteil, er war größer geworden. Es verlangte mehr, viel mehr. Aber der Thunfischschwarm war geflohen. Die suchenden Tentakel griffen ins Leere. Die kürzeren Arme am Ende des Körpers stellten allmählich ihre Bewegung ein, der alles verzehrende Schnabel schloß sich und zog sich in seine Höhle zurück.

Hungrig und verwirrt trieb das Wesen durch das Wasser. Die Strömung, die aus der Tiefe nach oben drängte, trieb es langsam das Riff hinauf bis zu einem Plateau in hundertfünfzig Meter Tiefe. Hier verteilte sich das kühle Wasser, und das Tier stieg nicht weiter auf.

An einem anderen Riff, weiter oben, lag etwas Riesiges und Unnatürliches, etwas, das seine Sensoren als leblos identifizierten, zumal Korallen darauf wuchsen. Das Tier beachtete es nicht, wartete und sammelte seine Kräfte.

LUCAS COVEN war verärgert und so ungeduldig, diesen Tag hinter sich zu bringen, daß er den Gang einlegte und den Gashebel nach vorn drückte, noch bevor die Winde den Anker ganz heraufgeholt hatte. Er hörte, wie die großen Stahlflunken gegen den Schiffsrumpf schlugen. Beim Gedanken an die häßlichen Schrammen, die sie im Fiberglas hinterließen, wurde er noch wütender.

Es passierte ihm immer wieder, daß er sich unüberlegt in eine Situation stürzte, aus der er dann dank seines dickköpfigen Stolzes nicht mehr herauskam. Er war nur ein Fischer – was veranlaßte ihn also, sich wie ein zweiter Jacques Cousteau aufzuspielen? Seine große Klappe war schuld, daß er immer wieder einmal in die Bredouille geriet.

Nachdem er Ely's Harbour hinter sich gelassen hatte, drehte er nach Süden ab. Er warf einen Blick vom Brückennock nach unten. Seine beiden Passagiere standen im Heck des Bootes und legten gerade ihre Montur an – Tauchcomputer, Auftriebsweste, Videokamera. Ihre Ausrüstung hätte einen Astronauten vor Neid erblassen lassen. Sie hatten behauptet, sie seien erfahrene Taucher. Doch nach Covens Meinung versuchten Leute, die sich mit soviel Technik eindeckten, irgendwelche Komplexe wettzumachen. Außerdem gefiel ihm das Mädchen, das Susie hieß, mit ihrem goldbraunen Teint und ihrer blonden Mähne ohne Taucheranzug viel besser.

Die beiden waren echte Technikfreaks. Wie so viele Zeitgenossen verließen sie sich lieber auf teuren elektronischen Krimskrams als auf ihren gesunden Menschenverstand. Nun, Coven hoffte, daß zumindest einer der beiden noch eine Portion gesunden Menschenverstand besaß, denn da, wo sie hinwollten, war ihr ganzes elektronisches Spielzeug keinen Pfifferling wert – allenfalls lieferte es im Ernstfall noch ein paar Anhaltspunkte für den Leichenbeschauer.

Bei diesem Gedanken stieg erneut Wut in ihm auf. Vielleicht sollte er sich doch die Stimmbänder entfernen lassen!

Seinen ersten Fehler hatte er begangen, als er schon um fünf Uhr nachmittags in den Hog Penny Pub gegangen war. Gewöhnlich betrat er nie eine der Touristenkneipen an der Front Street, wo die Preise für Getränke zu hoch waren. Doch ein hübsches Mädchen hatte am Straßenrand angehalten und ihn nach dem Weg gefragt.

Dann hatte sie ihm erzählt, daß sie jeden Tag im Hog Penny sei, und ihn gefragt, ob er nicht später auf einen Drink dort vorbeischauen wolle. Also war er gekommen – das Mädchen nicht.

Sein zweiter Fehler war gewesen, dort so lange herumzuhängen, bis er zwanzig Dollar auf den Kopf gehauen hatte, denn selbst zu Touristenpreisen bekam er genug Alkohol, um seine angeborene Zurückhaltung über Bord zu werfen.

Seinen dritten Fehler beging er, als er seinem Mundwerk freien Lauf ließ, als er hätte schweigen sollen. Aber er mischte sich in ein Gespräch zwischen zwei jungen Leuten ein, die er nicht mal kannte.

Das Mädchen hatte ihn vom ersten Moment an fasziniert, doch er machte sich keinerlei Illusionen, denn ihr Begleiter sah genauso gut aus wie sie, war ebenso blond und braun gebrannt. Sie sahen sich so ähnlich, daß man sie gut und gerne für Geschwister hätte halten können . . . Und das waren sie, wie er später erfuhr, tatsächlich: Zwillinge, die gerade den Collegeabschluß gemacht hatten und im Haus der Eltern ihre Ferien verbrachten. Er erfuhr, daß ihr Vater in den Vereinigten Staaten irgendein hohes Tier beim Fernsehen war.

Weil der Wodka inzwischen Covens Zunge gelöst hatte, fing er an sich einzubilden, er hätte tatsächlich eine Chance bei dieser Schönheit. Doch allein ihre Aufmachung hätte ihm eine Warnung sein müssen: Kaum ein Mädchen mit einer echten Rolex am Handgelenk wäre geneigt, auch nur einen Gedanken an einen dahergelaufenen Fischer mit windzerzaustem Haar zu verschwenden. Aber der Schnaps hatte ihn bereits fest im Griff.

Die Zwillinge studierten ihre Dekompressionstabellen und überlegten, wie tief sie am folgenden Tag hinabtauchen würden. All das hätte die Alarmglocken in Covens Kopf schrillen lassen müssen, denn kein Tourist konnte so einfach tiefer als fünfzig Meter tauchen. Das war ein Wagnis, das kein vernünftiger Mensch unvorbereitet einging.

Coven sagte nichts, während die beiden über die Tiefen der verschiedenen Schiffswracks sprachen, zu denen sie hinabgetaucht waren. Keines dieser Schiffswracks lag tiefer als fünfzehn Meter – in einer Tiefe also, die ein geübter Taucher noch mit angehaltener Luft bewältigen konnte. Seinen Einstieg fand er, als der Junge, der Scott hieß, meinte: „Der Typ von diesem Boot hat gesagt, das tiefste Schiffswrack in der Gegend sei die *Pelinaion*."

„Wird er uns hinbringen?" fragte Susie.

Coven beugte sich vor. „'tschuldigung. Geht mich zwar nichts an, aber ich glaube, da hält euch jemand zum Narren."

„Wirklich?" Susie blickte ihn überrascht an.

„Sicher. Wie gesagt, es geht mich zwar nichts an, aber ich fänd's bedauerlich, wenn man euch einen Bären aufbinden würde."

„Welches ist denn dann das tiefste Wrack?" fragte Scott.

„Das tiefste Schiffswrack in den Gewässern von Bermuda" – Coven freute sich darüber, daß sein Mundwerk tadellos funktionierte, obwohl ihm die Zunge schon ein wenig schwer geworden war – „ist die *Admiral Durham*. Sie liegt vor der Südküste."

„Und in welcher Tiefe?" Scotts Gesichtsausdruck ließ erkennen, daß er kein Wort glaubte.

„Ihr Bug befindet sich bei fünfundsechzig Metern, und das ganze Wrack fällt ab bis zu einer Tiefe von hundert Metern."

„Erzähl keine Märchen", entgegnete Scott.

Aber Susie knuffte ihren Bruder in den Oberarm. „Scott! Hör doch einmal im Leben zu."

Und so hatte Coven sein Mundwerk weiterlaufen lassen. „Ich hab sie vor Jahren einmal gesehen. Sie ist gar nicht so leicht zu finden."

„Und wie war es?" fragte Susie mit leuchtenden Augen.

„Bringt das Blut in Wallung, heißt in Taucherkreisen auch ‚die Witwenmacherin'."

Stimmte zwar nicht, klang aber gut. „Plötzlich ragt der Bug vor dir auf, ein großes Eisenschiff, das aussieht, als käme es direkt auf dich zu. Und gerade, wenn du wieder einigermaßen klar im Kopf bist, ist es an der Zeit, daß du auftauchst. Denn dir bleiben nur ungefähr fünf Minuten da unten."

Scott war immer noch mißtrauisch. „Das glaub ich einfach nicht."

„Dein gutes Recht." Coven bat den Barkeeper um Nachschub.

Susie legte eine Hand auf Covens Arm und bedeutete ihrem Bruder mit einem Blick, er solle gefälligst den Mund halten. „Geht auf unsere Rechnung", erklärte sie schließlich. In dem Moment wußte Coven, daß er die beiden in der Tasche hatte.

Als die Getränke serviert wurden, sagte Susie: „Entschuldige uns bitte einen Moment." Sie nahm ihren Bruder beim Arm und führte ihn zu ein paar leeren Tischen. Dort blieben sie ein paar Minuten stehen und unterhielten sich im Flüsterton. Als sie zurückkamen, war Scott bereit, Nägel mit Köpfen zu machen.

Ob Coven glaube, daß er die *Admiral Durham* wiederfinde?

„Tja . . ." Coven meinte, er wisse es nicht so genau, er sei ziemlich beschäftigt. Leider habe morgen schon eine andere Gruppe sein Boot gechartert. (Gechartert! Wie bedeutend sich das anhörte . . .) Er wünschte, er könnte ihnen helfen, aber er könne ihretwegen keine Chartertour sausenlassen.

„Du wirst es nicht bereuen." Wieviel ihm die Tour einbringen würde?

„Nun ja, ein voller Tag . . ." Tausendfünfhundert, eine fette Summe, einfach aus der Luft gegriffen.

Kein Problem. Wenn er ihnen garantieren könne, daß sie das Schiffswrack tatsächlich fänden, würden sie ihm sogar zweitausend bezahlen. Doch falls er es nicht finden würde – Scott spielte den hartgesottenen Unternehmersohn –, wären sie zum Nulltarif dabei.

Das sei ein faires Angebot, antwortete Coven. Allerdings müsse er sie noch fragen, ob sie sicher seien, daß sie die siebzig Meter auch schaffen konnten? Wußten sie Bescheid über die Caissonkrankheit, den berüchtigten Tiefenrausch, der dazu führen konnte, daß man die Orientierung verlor? Und über all die anderen Gefahren, die Tauchern in einer solchen Tiefe begegnen konnten?

Aber natürlich, sie seien besonders vorsichtig. Und wenn sie auch noch nie bis siebzig Meter getaucht seien, so hätten sie immerhin schon beide gut über dreißig geschafft. Scott war sich da völlig sicher und Susie ziemlich.

Also gut, er würde sie mitnehmen, aber er müsse sie ohne seine Begleitung an der Ankerleine hinunterschicken; er habe keinen Partner und könne das Boot nicht unbemannt zurücklassen.

Das sei in Ordnung, meinte Susie. Sie würden allein hinabtauchen, eine Menge Fotos schießen und wieder zurücksein, bevor er es sich versähe. Scott sagte dann, daß sie unbedingt ein Glas auf den aufregendsten Tauchausflug ihres Lebens trinken müßten.

Und das taten sie. Sie genehmigten sich nicht nur eines, sondern mehrere, bis Coven den Zeitpunkt für gekommen hielt, sich an Susie heranzumachen. Er hatte ihr vorgeschlagen, sich zu zweit davonzustehlen. Er kenne da ein gemütliches Restaurant . . .

Sie hatte gelacht – es war ein wohlwollendes Lachen gewesen, für das er ihr nicht böse sein konnte –, dann hatte sie ihm die Haare zerzaust. „Bis morgen, Lucas", hatte sie gemeint.

LUCAS COVEN hielt einen großen Abstand zum Southwest Breaker. Es herrschte zwar keine nennenswerte Brise, aber die See kochte rund um die tückischen Felsspitzen, die vom Meeresgrund aufragten.

Die Riffkante lag vor der Südküste, nicht weit vom Ufer entfernt. Tiefes Gewässer war schnell erreicht, also dauerte es nicht lange, bis Coven seine Orientierungspunkte auszumachen begann. Da war ein violettes Haus mit zwei gleich großen Kasuarinabäumen dahinter. Diese beiden Bäume mußte man so anpeilen, daß sie eine gerade Linie bildeten, gleichzeitig mußte man wie bei der Landvermessung so triangulieren, daß das Hauptgebäude der pfirsichfarbenen Ferienhaussiedlung im Westen am Fuß des Leuchtturms von Gibbs Hill zu stehen schien.

Solche Landmarken waren jedoch keineswegs narrensicher, wenn man ein Wrack finden wollte, das derart tief lag wie die *Admiral Durham*. Da den Tauchern lediglich fünf Minuten auf der größten Tauchtiefe zur Verfügung standen, hatten sie keine Gelegenheit, großartig herumzusuchen. Er mußte den Anker direkt über dem Wrack setzen und ihn so lange schlieren lassen, bis er sich irgendwo verhakte, an einer Reling oder einer Kette.

Er schaltete das Fischradargerät an. Auf der Anzeige war außer Linien und Punkten nichts zu sehen; zwischen der Wasseroberfläche und dem Grund herrschte Leere. Er drehte am Steuerrad und lenkte das Boot nach backbord und dann nach steuerbord. Plötzlich entdeckte er ihn – den gigantischen Schiffsrumpf, der vom Grund aufragte.

Coven manövrierte das Boot ein kleines Stück nach vorn, um die Strömung auszugleichen, und drückte den Auslöser für den Anker. Er schloß die Augen und begleitete den Anker in Gedanken durch das immer dunkler werdende Blau bis ganz nach unten, wo er mit einem beachtlichen Dröhnen auf Metall traf.

DAS Lebewesen befand sich in einem Zustand, der dem Winterschlaf ähnelte. Seine Atmung war abgeflacht, seine Arme und Tentakel trieben frei im Wasser wie gigantische Schlangen. Es gewann wieder an Kraft, als saugte es Energie aus der kühlen Dunkelheit.

Plötzlich wurde die Stille durch Klangvibrationen unterbrochen, die durch das Salzwasser verstärkt wurden. Ein menschliches Ohr hätte das Geräusch als dumpf und metallisch empfunden, so als schlüge man mit einem mächtigen Stahlwerkzeug auf einen hohlen Metallkörper. Dem Tier war dieses Geräusch fremd und unheimlich. Und so beschleunigte sich seine Atmung. Es schlängelte die Arme, spannte die Tentakel an. Auch seine Farbe veränderte sich, wurde greller.

Es lokalisierte die Geräuschquelle irgendwo über sich und begann seinen Aufstieg zu dem riesigen, unnatürlichen und leblosen Ding, das es dort bereits früher wahrgenommen hatte. Das Geräusch ertönte wieder, jedoch in veränderter Form, als eine Reihe kurzer, abgehackter Stöße. Dann verstummte es.

Jeder Klang, jede Veränderung im normalen Rhythmus der See konnten Beute bedeuten. Jetzt, da sich das Tier bewegte und Energie verbrauchte, wurde es von einem ungeheuren Verlangen überwältigt – von Hunger.

COVEN stand im Bug und ließ die Ankerleine durch seine Hände gleiten, bis er das Stück Klebeband sah, das die Achtzigmetergrenze markierte. Dann legte er das Tau um eine Klampe und ging nach hinten. „Alles klar zum Tauchen!" Er grinste zu Susie und Scott hinüber, die aussahen wie zwei Helden aus einem Science-fiction-Roman.

Sie trugen einheitliche Neoprenanzüge – blau mit gelben Streifen, die farblich zu ihren blonden Haaren paßten. An ihren Beinen hatten sie Messer mit roten Griffen befestigt.

Coven begleitete sie zur Badeplattform außen am Heck. Dabei bemerkte er, daß Susie im Gesicht aschfahl geworden war. „Alles in Ordnung?" fragte er sie und berührte ihren Arm.

„Ja, ich denke schon."

„Du mußt nicht da runter, wenn du nicht willst. Das ist keine Schande."

„Wir tauchen“, bestimmte Scott. „Sie wird’s schon überleben.“

Coven sah Susie an. Sie nickte.

„Wie ihr wollt.“ Coven wurde ernst. „Gut, wenn ihr bereit seid, taucht einer von euch zuerst, der andere dicht dahinter. Und eins sage ich euch: so schnell wie möglich in die Tiefe! Ihr habt verdammt wenig Zeit.“

Sie nickten und setzten ihre Taucherbrillen auf. Coven reichte ihnen ihre Kameras: eine Videokamera für Scott und einen Nikonos-Unterwasserfotoapparat für Susie.

Sobald die Zwillinge im Wasser waren, bliesen sie ihre Westen auf und strampelten in Rückenlage gegen die Strömung zum Bug. Als sie die Ankerleine erreicht hatten, überprüften sie noch einmal die Funktion ihrer Geräte. Dann setzten sie ihre Mundstücke ein, ließen die Luft aus ihren Westen und verschwanden unter der Wasseroberfläche.

Coven sah nach der Zeit: 10.52 Uhr. Bis elf Uhr war er entweder um zweitausend Dollar reicher, oder er steckte bis zum Hals in Schwierigkeiten. Lieber gar nicht daran denken . . .

DAS Tier war zweimal um das große, unnatürliche Ding gekreist. Die Klangvibrationen waren verebbt, und ihnen waren keine weiteren Hinweise auf Beute gefolgt; daher entfernte es sich von dem großen Ding und zog sich wieder in die Dunkelheit zurück.

Plötzlich spürte es eine Bewegung – etwas näherte sich, und Geräusche signalisierten Leben.

Es glitt wieder zurück zu dem unnatürlichen Ding und verharrte dort in Lauerstellung im Schatten.

SCOTT arbeitete sich Stück für Stück an der Ankerleine hinunter. Längst befand er sich im trüben Nichts, war nur noch von Blau umgeben. Er sah kein Schiffswrack unter sich, keinen Grund.

Es war ein unheimliches und sehr einsames Gefühl, doch die straffe Ankerleine gab ihm Sicherheit. Irgend etwas war da unten, sonst hätte der Anker keinen Halt gefunden. Wenn es das Schiffswrack war, um so besser; wenn nicht, nun – dann hatten sie zweitausend Dollar gespart.

Wo war Susie eigentlich? Scott drehte sich um und blickte an der Ankerleine hoch. Sie war weit über ihm. In achtzehn bis zwanzig Meter Tiefe hielt sie sich an dem Seil fest – vielleicht hatte sie Angst oder Probleme mit ihren Ohren.

Er konnte ihr jetzt nicht helfen. Aber solange sie über ihm war, würde ihr nichts passieren. Er strampelte los, um den Grund zu erreichen.

Nach etwa fünfzig Metern sah er das Wrack. Ihm stockte fast der Atem. Es war genau so, wie Coven es beschrieben hatte: ein Geisterschiff, das ihm entgegenzusegeln schien und in seiner Größe alle Vorstellungen übertraf.

Phantastisch! Scott unterbrach seinen Abstieg, um die Videokamera vom Gürtel zu lösen und sie einzustellen. Dann überprüfte er die Sauerstoffanzeige – 1800 psi – und mußte seine Atmung kontrollieren. Schließlich richtete er die Kamera auf den Bug des Schiffswracks, drückte den Auslöser und ließ sich langsam weitersinken.

ES WAR lebendig, was immer es auch sein mochte. Und es näherte sich. Das Tier spannte die Tentakel und glitt unendlich langsam aus dem Schatten heraus auf die Beute zu.

SCOTT ließ sich auf den Bug des Schiffes sinken. Er atmete immer noch zu schnell, aber es war ihm gleichgültig. Dies war einfach unvorstellbar! Diese Größe!

Er fand etwas, woran er sich mit den Beinen festklammern konnte, um besseren Halt zu haben – dann nahm er den Sucher der Kamera vor seine Taucherbrille und versuchte, alles irgendwie ins Bild zu bekommen. Er spürte eine Veränderung in der Bewegung des Wassers um sich herum, doch er kümmerte sich nicht darum. Vielleicht war es Susie, die sich näherte.

Er sah eine schattenhafte Bewegung am linken Rand des Suchers. Etwas berührte ihn. Er zuckte zusammen, drehte sich um, doch er nahm lediglich eine verschwommene Masse wahr.

Etwas wickelte sich um seine Brust und drückte zu. Er ließ die Kamera fallen, versuchte sich zu befreien, doch der Druck wurde immer stärker. Jetzt spürte er ein Stechen – wie mit Messern. Er hörte ein Knacken – es waren seine Rippen, die wie Streichhölzer brachen. Das letzte, was er vor seiner Taucherbrille sah, war ein Schwall von Blut.

SUSIE konnte weder über sich noch unter sich etwas erkennen. Sie bemühte sich, nicht in Panik zu geraten. Warum hatte Scott nicht auf sie gewartet? Sie hätten zusammen hinabtauchen sollen, darüber waren sie sich doch einig gewesen. Aber nein, Scott war allein weitergetaucht. Ungeduldig und egoistisch wie immer.

Sie überprüfte ihre Sauerstoffanzeige – 1500 psi. Damit würde sie es niemals schaffen. Sie schnappte nach Luft und konnte sich vorstellen, daß der Sauerstoff mit jedem Atemzug weniger wurde. Sie würde sterben!

Was für ein Unfug, sagte sie sich. Ist doch alles in Ordnung. Es geht dir gut. Sie klammerte sich an die Ankerleine und schloß die Augen. Dann zwang sie sich, langsam und tief durchzuatmen. Der Sauerstoff tat ihr wohl; ihr Kopf wurde klarer.

Sie entschloß sich, weitere fünfzehn Meter hinabzutauchen. Vielleicht konnte sie das Wrack von da aus sehen. Danach würde sie wieder aufsteigen.

Mit beiden Händen am Seil ließ sie sich weiter hinabsinken. Vierzig Meter, fünfundvierzig, fünfzig und dann . . . Was war das? Unter ihr bewegte sich etwas, kam auf sie zu. Das mußte Scott sein. Er hatte das Wrack entdeckt, seine Aufnahmen gemacht und war schon wieder auf dem Weg nach oben.

Sie würde nicht mehr dazu kommen, es selbst zu sehen, und würde sich mit Scotts Beschreibungen begnügen müssen. Sie würde seine Seitenhiebe einstecken müssen. „Reine Männersache, für Mädels viel zu hart. Wirklich schade, aber . . .“

Dieses Ding, dieses violette Ding – das war doch nicht Scott, der da auf sie zukam. Es war riesig, so riesig, daß es unmöglich etwas Lebendiges sein konnte. Aber was war es dann? Was konnte das nur . . .

Ihre letzte Empfindung war Entsetzen.

LUCAS COVEN sah nach der Zeit. 10.59 Uhr. Hoffentlich befanden sich die beiden innerhalb der nächsten sechzig Sekunden auf ihrem Weg nach oben. Falls nicht, müßte er sich ans Funkgerät hängen und herausfinden, wo die nächstgelegene Dekompressionskammer war. Denn bei ihrem Auftauchen würden sich die beiden vor Krämpfen winden wie Korkenzieher.

Es sei denn, sie waren ängstlich geworden und in fünfzig Meter

Tiefe hängengeblieben, von wo aus sie das Wrack wenigstens sehen konnten. Das war es! Sie hatten ihren Abstieg bei vierzig oder fünfzig Metern beendet, also hatten sie noch fünf Minuten.

11.02 Uhr. Er lehnte sich über den Bug und starrte angestrengt an der Ankerleine hinab, um vielleicht den Schimmer eines flotten Neoprenanzugs zu erspähen.

Plötzlich hörte er ein Geräusch von achtern. Verdammt, diese Dummköpfe tauchten nicht an der Ankerleine hoch! Wahrscheinlich war ihnen der Sauerstoff ausgegangen, und sie waren zur Oberfläche hochgeschossen. Coven konnte von Glück reden, wenn sie ohne Embolie davongekommen waren.

Er richtete sich auf, um achtern nachzusehen. Das Geräusch hörte er immer noch, es war ein merkwürdiges Prasseln oder Schmatzen.

Jetzt roch er etwas: Ammoniak. Ammoniak? Hier draußen?

Während er sich seitlich an der Kajüte vorbeischob, kippte das Boot plötzlich stark nach steuerbord ab. Er hörte Holz splittern.

Das Boot hatte schwere Schlagseite. Coven mußte sich anstrengen, um den Halt nicht zu verlieren. Er sprang in den Fahrstand und blickte über den Heckspiegel: Was er sah, raubte ihm den Atem. Es war ein Auge, so groß wie der Mond und umgeben von einer zuckenden, schleimigen blutroten Masse.

Vor Entsetzen schrie er auf und fuhr zurück, um dem Auge zu entfliehen. Er taumelte einen Schritt nach rechts, doch das Boot kippte erneut, und er wurde nach hinten geschleudert. Mit den Knien schlug er gegen das Heck, ruderte mit den Armen. Dann stürzte er über Bord.

MARCUS SHARP überprüfte seine Treibstoffanzeigen und stellte fest, daß er spätestens in zwanzig Minuten zum Stützpunkt zurückkehren mußte. Schon seit einigen Stunden waren sein Kopilot und er in der Luft, angeblich auf einem routinemäßigen Übungseinsatz, doch in Wirklichkeit suchte Sharp nach Schiffswracks. Er hatte die Insel umkreist, war im Tiefflug über die Riffe im Norden und Nordwesten geschwebt, um nach Ballaststeinen Ausschau zu halten. Dabei hatte er die bekannten Wracks gesichtet, die *Cristóbal Colón* und die *Caraquet*, doch ansonsten nichts Neues. Er hatte gehofft, ein unentdecktes Wrack aufzuspüren, vorzugsweise ein spanisches Schiff aus dem späten sechzehnten Jahrhundert, mit Goldbarren und Schmuckstücken beladen. Sein Freund Whip brauchte einmal wieder etwas, das seinen Hoffnungen, an Geld zu kommen, Auftrieb gab.

Sharp fühlte sich schuldig, denn er hatte Whip eigentlich versprochen, daß er das Rettungsboot behalten könne. Doch dann hatte er erfahren, daß dieser aufgeblasene, kleine Mistkerl namens St. John es hatte beschlagnahmen lassen.

Sharp flog jetzt an der Südküste vor Elbow Beach entlang. Er sah jede Menge Leute, die in der Brandung herumtobten, und einige Schnorchler, die das Wrack der *Pollockshields* erkundeten.

Dieses Wrack stellte seit Jahrzehnten eine Gefahr dar. Es war ein Dampfschiff aus Eisen gewesen, beladen mit Munition aus dem Ersten Weltkrieg; 1915 war es auf das Riff gelaufen und gesunken. Doch die Munition war nicht das Problem, obwohl ein großer Teil davon scharf war. Der eiserne Rumpf des Schiffes erwies sich als viel gefährlicher. Die Schnorchler schwammen vom Elbow Beach hinaus, durchstöberten das Wrack und wurden von den Wellen erfaßt, die sich dort brachen. Nicht selten wurden sie dabei von der Brandung gegen die scharfen Eisenkanten geschleudert. Sie zogen sich Schnittwunden und offene Verletzungen zu und waren gezwungen, blutend Hunderte von Metern durch das Flachwasser zum Strand zurückzuschwimmen. Diese Gewässerzone war das Jagdrevier der Riffhaie – oder besser gesagt, war es gewesen.

In hundertfünfzig Meter Höhe kreiste Sharp langsam über den Schnorchlern, um sich zu vergewissern, daß auch keine dunklen Schatten in der Nähe lauerten; dann flog er in einer Schleife Richtung Westen weiter.

Whip hatte ihm erzählt, daß einer seiner Bekannten in Sevilla die Archivbestände über die Westindischen Inseln durchgesehen hatte, um Einzelheiten über die spanische Flotte herauszufinden, die im Jahre 1567 vor Dominica gesunken war. Dabei war er auf eine fast nebensächliche Bemerkung gestoßen, derzufolge eines der Schiffe zu einem früheren Zeitpunkt der Reise von den anderen getrennt worden war und vor der Südküste Bermudas Schiffbruch erlitten hatte.

Nach diesem verlorenen Schiff zu suchen war zwar ein Schuß

ins Blaue, aber was machte das schon? fragte sich Sharp. Schließlich hatte er nichts Besseres zu tun.

Sharps Kopilot klappte die Ausgabe der Zeitschrift *People* zu, in der er die ganze Zeit gelesen hatte. „Laß uns heimfliegen", meinte er.

„Fast schon zu Hause", erwiderte Sharp. Er gab die Suche auf und wollte gerade umkehren, als sein Funkgerät ertönte.

„Huey eins . . ., hier Einsatzzentrale . . ."

„Was gibt's?"

„Lust auf 'nen kleinen Kontrollflug, Herr Leutnant?"

„Wenn er nicht länger als zehn Minuten dauert. Sonst dürfen wir nach Hause schwimmen. Was ist denn los?"

„Eine Frau hat bei der Polizei angerufen und berichtet, sie habe beobachtet, daß etwa einen Kilometer südlich vom Southwest Breaker ein Boot zu Bruch gegangen sei."

„Zu Bruch gegangen? Was meint sie damit? Daß es explodiert ist?"

„Nein, das ist das Komische an der Sache. Sie gibt an, daß sie durch ihr Fernrohr nach Buckelwalen Ausschau gehalten habe – und dabei habe sie beobachtet, wie dieses Fischerboot eben einfach . . . zu Bruch ging. Kein Feuer, kein Rauch, nichts. Es sei einfach auseinandergebrochen."

„Geht in Ordnung, wir sehen mal nach", antwortete Sharp. „Liegt sowieso auf dem Heimweg." Er drehte nach Süden ab.

DARLING hängte das Mikrofon ein und drückte den Gashebel nach vorn. Soeben hatte ihm sein Freund Sharp über Funk von dem havarierten Boot berichtet. Endlich etwas zu tun. Schließlich mußte er aufpassen, daß ihm nicht alle Felle davonschwammen. Dr. St. John sollte ihm nicht noch einmal zuvorkommen.

Er und Mike hatten die zerstörte Fanganlage zum Aquarium gebracht und erläutert, was passiert war. Darling hatte gerade erklären wollen, wie man die Fangkäfige verbessern könnte, als ihn der stellvertretende Direktor – ein schmächtiger, nervöser Mann – plötzlich unterbrach. „Ich bedauere . . ."

„Sie bedauern was?"

„Wir . . ., äh . . ., wir werden die Zusammenarbeit mit Ihnen beenden müssen."

„Was? Warum?"

„Tja, schließlich war es . . . eine sehr teure Fanganlage."

„Haie sind eben sehr große Tiere. Verflixt noch mal, Milton, wenn Sie wollen, daß ich das Fanggerät ganz unten aufhänge, wo auch was los ist, dann birgt das eben gewisse Risiken."

„Ja, aber . . . Ich fürchte trotzdem, unsere Wege werden sich trennen."

„Wer wird Ihnen denn dann die Fische fangen?"

„Nun . . ., das steht noch nicht fest."

Darling hatte tief Luft geholt, hatte versucht, seine Wut zu bekämpfen. Außerdem war da noch die Angst gewesen, auf achthundert Dollar monatlich verzichten zu müssen. „Da steckt Dr. Saint John dahinter, stimmt's?"

Milton hatte weggesehen.

„Er wird meine achthundert Dollar einsacken, um mit einem Kescher und einem Kasten Bier rauszufahren. Und wenn er nichts fängt, kann er das auf die Ölverseuchung vor der kalifornischen Küste schieben."

Milton war ins Schwitzen geraten. „Mein Gott, Darling . . ."

„Sie haben recht, Milton, meine Reaktion ist übertrieben." Er war zur Tür gegangen und hatte sie geöffnet. „Aber wissen Sie was, Milton? Sie tun mir leid. Mag sein, daß ich kein vernünftiges Einkommen habe, aber zumindest muß ich meinen Lebensunterhalt nicht damit verdienen, dieser irischen Kröte die Stiefel zu lecken."

Darling war davon überzeugt, daß St. John ihn für eine Bedrohung hielt und entschlossen war, ihm das Handwerk zu legen. Was Darling allerdings am meisten wurmte, war die Tatsache, daß St. John Erfolg hatte. Er hielt alle Trümpfe in der Hand.

„DA!" MIKE zeigte auf ein Stück Treibgut. Es war eine ein Meter mal ein Meter fünfzig große Holzplanke mit zwei kurzen, abgerissenen Ketten.

„Eine Badeplattform", meinte Darling. „Hol sie raus."

Mike schnappte sich einen Bootshaken und ging nach unten, während Darling die Leiter zur Brücke hinaufkletterte. Von hier oben konnte er rings um das Boot die Trümmer sehen: Fender, Planken, Sitzkissen und Schwimmwesten.

„Hol alles an Bord!" rief er zu Mike hinunter.

Eine Stunde lang kreuzte er durch die Trümmer, während Mike das Treibgut Stück für Stück herausfischte und auf die Deckplanken warf.

„Das auch?" fragte Mike und zeigte auf ein weißes Rechteck aus Holz, das etwa vier mal fünf Meter maß und knietief unter der Wasseroberfläche trieb.

„Nein, das ist das Bootsdach", antwortete Darling von der Brücke herunter. Dann hob sich allerdings die Ecke des Dachs für einen Moment aus dem Wasser. Darling konnte einen erbsengrünen Anstrich an der Unterseite erkennen. „Warte mal." Er schaltete in den Leerlauf und stieg die Leiter hinunter, um das Bootsdach in Augenschein nehmen zu können. „Das war Lucas Covens Boot", stellte er fest.

„Woher weißt du das?"

„Ich habe gesehen, wie er letztes Frühjahr sein Boot lackiert hat. Er hat das ganze Ruderhaus innen in diesem komischen Grün gestrichen. Die Farbe sei ein Sonderangebot gewesen, hat er gemeint."

„Was zum Teufel hat er hier draußen gemacht?"

„Du kennst doch Lucas", erwiderte Darling. „Wahrscheinlich irgend etwas Hirnrissiges, um auf die Schnelle ein paar Dollar einzusacken."

„Wie sackt man hier draußen ein paar Dollar ein? Hier gibt's doch nichts."

Darling nickte. „Stimmt, bis auf die *Admiral Durham*."

„Kein Mensch taucht zur *Admiral Durham* hinunter. Jedenfalls keiner, der alle seine Sinne beisammen hat."

„Da hast du recht. Mal sehen, was wir hier haben." Darling hob einen Gummifender hoch. Er wies keine Spuren auf: keine Kratzer, keine Brandflecken. „Sieh mal, Mike. Nichts Verkohltes, auch kein Brandgeruch. Nichts ist explodiert. Covens Boot muß auf andere Art zerfetzt worden sein."

„Aber wie? Hier draußen gibt es doch nichts."

„Ich weiß nicht. Schwertwale vielleicht?"

„Schwertwale? In Sichtweite vom Strand?"

„Dann laß dir doch selbst eine Erklärung einfallen!" Darling merkte, daß er schon wieder wütend wurde. Mike wollte immer eine Antwort, und es schien, als hätte er, Darling, von Tag zu Tag weniger Antworten parat. „So eine Sch . . .!“ Darling fluchte und versetzte der geborgenen Schwimmweste einen Tritt. Sie wäre über Bord gegangen, hätte sein Freund sie nicht aufgefangen.

Mike wollte die Schwimmweste gerade weglegen, als er etwas bemerkte. „Was ist denn das?“

Darling schaute hin. Der orangefarbene Stoff, der sonst die Schwimmweste bedeckte, war zerfetzt, und das Auftriebsmaterial lag frei. Darin waren zwei Kreise mit einem Durchmesser von etwa fünfzehn Zentimetern zu erkennen. Der Rand jedes Kreises war ausgefranst, und im Zentrum befand sich jeweils ein tiefer Schnitt.

„Um Himmels willen!“ rief Darling. „Sieht aus wie von einem Kraken.“

„Klar.“ Mike glaubte an einen Witz. „Hast du schon mal ’nen Oktopus mit Zähnen in den Saugnäpfen gesehen?“

„Nein.“ Darling wußte, daß Mike recht hatte. Die Saugnäpfe an den Armen eines Oktopus waren weich und geschmeidig. Man konnte sie so leicht ablösen wie einen Verband. Aber was war es dann? Auf jeden Fall irgendein Tier. Dieses Boot war weder explodiert noch vom Seegang zerschmettert worden.

Darling warf die Schwimmweste auf Deck und stieß mit den Füßen ein paar Holzteile beiseite, um sich einen Weg nach vorn zu bahnen. Etwas löste sich aus einer der Planken und landete mit einem leisen Klicken vor seinen Füßen.

Es war eine Kralle, die genauso aussah wie diejenige aus dem Schlauchboot, sichelförmig, zwei Zentimeter lang und scharf wie eine Rasierklinge.

Darling blickte über Bord, als eine sanfte Welle das Boot hob. Als sich der Rumpf wieder gesenkt hatte, trieb etwas unter dem Kiel hervor: Gummi, blau mit gelben Streifen auf der Seite. Die Kapuze eines Neoprenanzuges.

Darling nahm den Bootshaken und fischte die Kapuze aus dem Meer. Wie eine Schüssel voll Wasser hing sie am Haken. In dem Wasser schwammen zwei kleine gestreifte Fische. Sie fraßen etwas.

Nachdenklich hielt er die Kapuze in der Hand. Ein eigenartiger Geruch stieg von ihr auf, scharf und ätzend wie Ammoniak. Darling drehte sich zur Sonne, damit Licht in das dunkle Wassergefäß fiel. Das, woran die Fische herumknabberten, sah aus wie eine große Murmel.

Mike näherte sich von hinten und blickte Darling über die Schulter. „Was hast du da . . .?“ keuchte Mike. „Großer Gott! Ist das etwa ein menschliches . . .?“

„Ja.“ Darling nickte und trat einen Schritt zur Seite, damit sich Mike über die Reling beugen konnte.

Kapitel 5

DR. HERBERT TALLEY zog die Schultern hoch und schützte sein Gesicht gegen den Wind. Es war ein stürmischer Nordostwind, der das Salzwasser vom Meer aufwirbelte und es mit Regen vermischte. Unversehens trat Dr. Talley in eine Pfütze mit eisigem Wasser. Es hätte genausogut Winter sein können. Der einzige Unterschied zwischen Sommer und Winter in Neuschottland war die Tatsache, daß im Winter alle Blätter von den Bäumen gefegt waren.

Talley überquerte den Innenhof, ging zum Gemeinschaftsraum, um seine Post abzuholen, und stieg dann die Treppen zu seinem winzigen Büro hinauf. Er war außer Atem von der Anstrengung, was ihn ärgerte. Stets war er stolz darauf gewesen, daß er für sein Alter erstaunlich fit war, doch allmählich fühlte er sich tatsächlich wie ein Einundfünfzigjähriger.

Er nahm sich fest vor, von morgen an wieder zu joggen, sollten auch die schlimmsten Stürme toben. Wenn er Speck ansetzte, würde das für ihn bedeuten, daß er den Verlust seiner Träume hinnahm und sich damit begnügte, sein restliches Dasein als Dozent zu fristen. Manche behaupteten, die Universität sei der Friedhof der Wissenschaften, doch Herbert Talley war noch längst nicht bereit, sich begraben zu lassen.

Tage wie dieser waren allerdings nicht gerade ermutigend. Ganze sechs Studenten waren zu seiner Vorlesung über Cephalopoden, die sogenannten „Kopffüßer“, erschienen. Er hatte sein Bestes gegeben, um sie zu begeistern. Weltweit zählte Dr. Talley zu den führenden Experten auf diesem Gebiet der Meeresbiologie, und es war ihm unbegreiflich, daß die Studenten seinen Enthusiasmus für die wundersamen Kopffüßer nicht teilen konnten. Vielleicht lag der Fehler bei ihm. Er war als Pädagoge zu ungeduldig.

Auf Exkursionen hingegen galt er als Genie. Doch seit die Wirtschaft der westlichen Welt in die Krise geraten war, gab es keine Exkursionen mehr.

Talleys Büro bot gerade genug Platz für einen Schreibtisch, einen Stuhl, ein Bücherregal und einen Beistelltisch für sein Radio. Eine gesamte Wand wurde von einer Weltkarte eingenommen, auf der Talley die verschiedenen Ereignisse auf dem Gebiet der Weichtierkunde mit bunten Nadeln vermerkt hatte. Expeditionen, die er verfolgte, Sichtungen seltener Spezies, Artenvernichtung durch Umweltverschmutzung und Naturkatastrophen. An den anderen Wänden prangten Abbildungen der Berühmtheiten seines Fachs: Oktopoden und Tintenfische, Austern und Venusmuscheln.

Talley hängte Mantel und Hut an die Tür, schaltete das Radio ein und setzte sich mit der Luftpostausgabe der Zeitung *Boston Globe* hin. Es stand nichts Neues darin, und während Beethovens sechste Symphonie erklang und das Geplätscher des Regens übertönte, mußte er sich zwingen, wach zu bleiben.

Plötzlich riß er erstaunt die Augen auf: Ein Wort zwischen Tausenden anderer Wörter, die die Zeitungsseiten füllten, hatte ihn hochfahren lassen wie das Schrillen eines Weckers.

Meeresungeheuer.

Was für ein Meeresungeheuer? Er überflog die Seite, ging jede Spalte von oben bis unten durch und – da war es: in einem winzigen Artikel am unteren Rand der Seite . . .

> *Bermuda (AP)* – Drei Menschen kamen am Donnerstag ums Leben, als ihr Boot aus unbekannten Gründen vor Bermuda im Atlantischen Ozean sank. Zu den Opfern gehören die beiden Kinder des Fernsehzars Osborn Manning. Es gab keine Hinweise auf eine Explosion oder einen Feuerausbruch. Ortsansässige berufen sich auf das Geheimnis um das Bermudadreieck und machen ein Meeresungeheuer für das Unglück verantwortlich. Einziger Hinweis für die Polizei: seltsame Spuren auf einigen Holzplanken und der Ammoniakgeruch, der den Wrackteilen anhaftete.

Talley hielt den Atem an. Er las den Artikel immer wieder, dann erhob er sich aus seinem Sessel und trat vor die Weltkarte. Seine Markierungsnadeln hatten je nach Farbe unterschiedliche Bedeutungen. Er suchte die roten heraus. Lediglich zwei rote

Nadeln steckten vor der Küste Neufundlands und waren mit Daten aus den frühen sechziger Jahren versehen. Vor Bermuda gab es keine besonderen Vorkommnisse.

Bis zu diesem Tag.

Offensichtlich war dem Berichterstatter nicht klar gewesen, worüber er da geschrieben hatte. Er hatte Fakten gesammelt und aufgeschrieben, ohne zu wissen, daß er die Lösung des Rätsels gleich mitgeliefert hatte.

Ammoniak . . . Ammoniak war der Schlüssel. Talley war über diese Entdeckung sehr erregt. Plötzlich hatte sie wieder Nahrung bekommen, seine Vorstellung von dem Lebewesen, das ihn seine gesamte berufliche Laufbahn hindurch verfolgt hatte, dem „Meeresungeheuer", dem er bereits etliche Bücher gewidmet hatte.

Er riß den Artikel aus der Zeitung und las ihn noch einmal. „Ist es möglich?" fragte er sich laut. „Nach all den Jahren?" Es mußte wahr sein. Und das sogenannte Meeresungeheuer war nur knapp zweitausend Kilometer entfernt – und wartete auf ihn.

Er mußte nach Bermuda fliegen. Aber wie? Es galt, eine Expedition in die Wege zu leiten, eine ordentliche, wissenschaftliche Untersuchung. Aber mit welchen Mitteln? Die Universität stellte keine Gelder mehr zur Verfügung. Und er selbst hatte kein Kapital.

Dabei war die Lösung so einfach: Geld. Die Welt war voll davon. Doch wie kam er an Geld?

Er zog den Artikel aus der Tasche und glättete ihn auf dem Schreibtisch. „Fernsehzar Osborn Manning", las er. Das war die Lösung! Sogleich griff er zum Telefonhörer . . .

OSBORN MANNING saß in seinem Büro hoch über der New Yorker Fifth Avenue und versuchte, sich auf den Bericht seines Finanzdirektors zu konzentrieren. Die Neuigkeiten klangen gut. Angesichts der wirtschaftlichen Misere waren viele Leute nicht mehr bereit, sieben Dollar fürs Kino auszugeben. Sie beschränkten sich auf Billigunterhaltung, seine Unterhaltung – das Kabelfernsehen. Mannings Gesellschaft hatte Lizenzen zu Niedrigstpreisen erstehen können. Der Fernsehgewaltige besaß inzwischen mehr Geld als manche Staatsbank.

Aber wozu? Konnte ihm das Geld seine Kinder zurückbringen?

Konnte es seine Frau gesund machen? Konnte es eine Familie wiederherstellen?

Mit dem Geld konnte er sich nicht einmal die Vergeltung erkaufen, nach der es ihn verlangte. Natürlich spürte er das Bedürfnis, sich von dem schlechten Gewissen zu befreien, ein ferner, fast nie erreichbarer Vater gewesen zu sein. Doch ihm blieb nicht einmal die Genugtuung, sich die Rache auszumalen, denn er wußte nicht, wodurch seine Kinder ums Leben gekommen waren. Niemand wußte es. Ein unerklärliches Ereignis, tut uns leid . . .

Manning schob den Bericht zur Seite, lehnte sich zurück und blickte durch das Fenster auf den Central Park hinunter. Er liebte diesen Ausblick – oder hatte ihn geliebt. Die Sprechanlage auf seinem Schreibtisch summte. Er drehte sich um und drückte auf einen Knopf. „Helen, ich hab Ihnen doch gesagt . . ."

„Mr. Manning, es geht um die Kinder."

„In welcher Hinsicht?"

„Da ist ein kanadischer Wissenschaftler am Apparat. Ein Mann, der behauptet, er wüßte, wodurch Ihre Kinder ums Leben gekommen sind."

Manning spürte unvermittelt eine Eiseskälte. Er griff nach dem Telefonhörer und sah, daß seine Hand zitterte.

SEIT die Sonne den Horizont erreicht hatte, ruhten die Walmutter und ihr Junges inmitten ihrer kleinen Herde an der Oberfläche des Meeres. Dieses tägliche Zusammensein befriedigte ihr Verlangen nach Gesellschaft. Wo die riesigen Pottwale auch waren, wie weit sie sich im Laufe des Tages auch voneinander entfernt hatten – wenn die Dämmerung kam, fanden sie stets zueinander, um die Geborgenheit in der Gemeinschaft zu spüren.

Vor langer, langer Zeit – im Gedächtnis der älteren Tiere war diese noch verankert – hatte es sehr viel mehr von ihnen gegeben. Doch sie fragten nicht nach dem Grund, sie akzeptierten. Sie akzeptierten ihre kleinere Anzahl, selbst wenn ihre Schar auf zwei oder drei Tiere zusammenschrumpfen sollte.

Dennoch wußten diese Lebewesen mit ihrem einzigartigen Gehirn sehr wohl, was Verlust bedeutete; sie kannten Trauer und konnten auf ihre Weise fühlen. Und obwohl sie Tatsachen akzeptierten, klagten sie auch.

Jetzt, da die Dunkelheit hereinbrach, löste sich die Herde auf. Allein, zu zweit oder dritt sogen sie Luft durch die Öffnungen in ihren Köpfen ein, füllten ihre enormen Lungen und tauchten in die Finsternis.

Die Mutter und ihr Junges blieben beisammen. Als das Kalb noch jünger gewesen war und seine Lunge nicht genügend Fassungsvermögen besessen hatte, konnte es sich keine Stunde lang unter Wasser aufhalten. Doch jetzt war das Kalb zwei Jahre alt, hatte eine Länge von acht Metern erreicht und wog mehr als zwanzig Tonnen. Es hatte aufgehört zu saugen und ernährte sich inzwischen von lebender Beute.

DAS Tier schwebte in der Tiefe, ließ sich einfach mit der Strömung treiben. Seine Arme und Tentakel wellten sich frei im Wasser; seine Flossen bewegten sich kaum.

Plötzlich spürte es einen Schlag, der durchs Wasser übertragen wurde, dann noch einen, und sein Gehör registrierte ein schrilles, durchdringendes Piepen.

Sein Feind näherte sich.

DAS Echo war eindeutig: Beute. Die Mutter stieß sich mit der Schwanzflosse nach unten und beschleunigte, während sie immer tiefer hinabtauchte. Das Kalb strengte sich an mitzuhalten.

Immer wieder feuerte die Mutter ihre Echogeschosse ab. Sie hatte entschieden, daß ihr Junges reif genug war, um zum erstenmal selbst zu töten. Die Beute mußte sie mit Sonarschlägen einschüchtern, bevor sie das Kalb darauf ansetzen konnte.

AUF diese Weise bestürmt, schreckte das Tier zurück. Die Stoffwechselreaktionen in seiner Blutbahn elektrisierten es und gaben ihm eine farbige Lumineszenz. Andere Reflexe öffneten einen Beutel in der Körperhöhle und sprühten eine schwarze Tintenwolke in das Wasser.

Immer wieder wurde es von Schlägen getroffen, die sein Fleisch durchdrangen und sein kleines Hirn verwirrten.

Sein Instinkt befahl ihm nun Angriff statt Verteidigung. Kampfbereit drehte es sich um.

WÄHREND sich die Mutter der Beute näherte, wurde sie langsamer, damit ihr Junges aufholen konnte. Sie feuerte einen letzten Schwall von Sonarschlägen ab und machte dann einen Schlenker, um die Beute zu umkreisen.

Das Kalb stieß hinunter, erregt von der Aussicht auf Beute, angetrieben von Instinkten, die in Millionen von Jahren geprägt worden waren. Es öffnete sein Maul.

DAS Tier spürte die Druckwelle: Der Feind war direkt über ihm. Seine Tentakel schossen hervor, peitschten blindlings durch das Wasser, dann stießen sie auf hartes, glattes Fleisch. Automatisch umwickelten sie den Fang, die Saugnäpfe hielten sich fest, die Haken bohrten sich in das Fleisch, zogen den Feind heran. Wie ein Boxer ging das Tier in den Clinch.

DAS Kalb schnappte mit dem Maul ins Leere. Es war verdutzt. Irgend etwas stimmte nicht. Es spürte einen Druck hinter seinem Kopf, durch den es gefesselt und in seiner Bewegung eingeschränkt wurde.

Es kämpfte, schlug verzweifelt mit der mächtigen Schwanzflosse hin und her, um sich aus der Umklammerung zu lösen. Es verbrauchte zu schnell zu viel Sauerstoff. Schon sandte seine Lunge Notsignale aus.

BEUNRUHIGT umkreiste die Mutter das Geschehen. Sie spürte, daß ihr Junges in Gefahr schwebte, konnte ihm aber nicht helfen. Sie kannte Aggression, sie kannte Verteidigung, aber in der Programmierung ihres Gehirns gab es keinen Code für den Fall, daß sich ein anderes Tier in Todesgefahr befand, selbst wenn es sich dabei um den eigenen Nachwuchs handelte. Sie stieß Töne aus – schrill, verzweifelt und vergeblich.

DAS Tier hielt stand, fest in seinem Feind verankert. Sein Feind schlug um sich. An den Bewegungen spürte das Tier, daß sich etwas verändert hatte. Sein Feind war nicht mehr der Angreifer, sein Feind versuchte zu fliehen. Je mehr er nach oben drängte, um so stärker zog es ihn mit sich hinab in die Tiefe. Schon spürte das Tier, daß sein Feind den Kampf aufgegeben hatte und zu sinken begann. Obwohl es den Körper noch immer umschlungen hielt, löste es allmählich den Druck und ließ sich mit seiner Beute in langsamen Drehungen hinabgleiten. Seine Tentakel rissen ein Stück Speck aus der Beute und gaben ihn an seine Arme weiter, die damit den schnappenden, hervortretenden Schnabel fütterten.

DIE Mutter kreiste im Wasser und folgte ihrem Jungen mit Echosignalen. Sie sandte ein Klicken und Pfeifen des Kummers aus, einen Gesang hilfloser Verzweiflung.

Schließlich war auch ihre Lunge erschöpft, und mit einer letzten Schallexplosion stieß sie hinauf, der lebensspendenden Luft entgegen.

MARCUS SHARP saß am Strand und wünschte sich, irgendwo anders zu sein. Er machte sich nichts aus Stränden, denn er fand es öde, herumzusitzen, während seine Haut in der tropischen Sonne schmorte. Aus Verzweiflung hatte er einer törichten Laune nachgegeben und war mit dem Motorrad vom Stützpunkt zur fünfundzwanzig Kilometer entfernten Horseshoe Bay gefahren.

Es war Sonnabend, und er hatte sich mit Whip Darling zum Tauchen verabreden wollen. Doch Darling hatte ihm gesagt, daß er mit Mike die Farbe vom Boot schleifen wollte. Und so hatte Sharp eine Stunde lang gelesen und sich dann um elf Uhr vor den Regalen der Videothek wiedergefunden. Sofort war ihm klargeworden, daß er nicht nur einen, sondern mindestens drei Filme ausleihen mußte, um den Rest des Tages totzuschlagen.

Er hatte versucht, einen Tennispartner zu finden, aber alle, die er kannte, waren nicht da. Also war er in der leisen Hoffnung an den Strand gefahren, vielleicht ein Mädchen kennenzulernen, sich zu unterhalten, gemeinsam zu Mittag zu essen und sich für den Abend zum Tanzen zu verabreden.

Es war ein Fehler gewesen. Während er am Strand hockte und den Kindern zuschaute, die in den Wellen tobten, den Pärchen hinterhersah, die an den Palmen entlangspazierten, fühlte er sich von Minute zu Minute einsamer.

Dabei hatte er sich sogar mit zwei sympathischen Mädchen kurz unterhalten: Touristinnen, hübsch und aufgeweckt. Sie waren stehengeblieben und hatten ihn nach einem preiswerten Restaurant in Hamilton gefragt. Die eine hatte hellen Teint und rote Haare gehabt, die andere war braun gebrannt und schwarzhaarig gewesen. Er hätte sie gerne in ein Gespräch verwickelt, doch was das Flirten betraf, war er völlig aus der Übung. Nachdem er ihre Fragen beantwortet hatte, waren sie wieder davongeschlendert.

Sharp hatte Hunger, also rappelte er sich auf und machte sich auf den Weg zum Imbißstand. Er wollte gerade zwischen den Bäumen verschwinden, als er die beiden Mädchen wiedersah. Sie merkten, daß er sie beobachtete, und winkten ihm zu. Dann rannten sie ins Wasser und schwammen hinaus.

Gut, dachte er, ich werde warten, bis sie eine Pause einlegen, dann schwimme ich zu ihnen hinaus.

Als sie etwa vierzig Meter vom Strand entfernt waren, begannen sie Wasser zu treten. Sie redeten und lachten. Sharp lief zum Wasser hinunter. Er sah eines der Mädchen winken und winkte zurück.

Das Mädchen winkte wieder, diesmal mit beiden Händen, dann verschwand es unter Wasser. Jetzt winkte die andere und rief ihm etwas zu. Nein, stellte Sharp fest, sie rief nicht, sie schrie.

„O mein Gott!" entfuhr es ihm, und er rannte los, hechtete ins Wasser und schwamm, so schnell er konnte. Er sah, daß die Rothaarige mit den Armen ruderte und schrie. Das andere Mädchen versuchte, sie über Wasser zu halten und sie zu beruhigen.

Sharp schwamm von hinten an die Rothaarige heran, umschlang sie mit beiden Armen, ging in Rückenlage und machte heftige Schwimmbewegungen mit den Beinen, um nicht unterzugehen. Dabei hielt er Ausschau nach einem Hai, einem Barrakuda oder einer Feuerqualle.

„Ich halte dich", sagte er. „Du bist in Sicherheit. Ganz ruhig."

Die Schreie des Mädchens gingen in ein krampfhaftes Schluchzen über.

„Bist du verletzt? Was ist denn passiert?"

„Irgendwas . . .", begann sie, „Furchtbares, Schleimiges und Ekelhaftes . . ."

„Hat dich gebissen?" half Sharp nach.

„Nein, es . . ." Sie drehte sich um und schlang heulend die Arme um Sharp, wobei sie ihn fast ertränkte.

„Jetzt bringen wir dich erst mal an Land", entschied Sharp. Er packte einen ihrer Arme und bat das zweite Mädchen, den anderen zu ergreifen. Gemeinsam schwammen sie zum Strand und nahmen dabei die Rothaarige in die Mitte. Bald hatten sie Grund unter den Füßen.

„Es ist wieder alles in Ordnung . . ., ich hab nur . . ." Sie versuchte zu lächeln. „Danke."

„Bin gleich wieder da", erklärte Sharp, drehte sich um und kraulte zurück ins tiefe Wasser. Als er die Stelle erreicht hatte, an der das Mädchen untergetaucht war, schwamm er langsam im Kreis und suchte die Wasseroberfläche ab. Er wußte jedoch nicht, wonach er Ausschau halten sollte. Auf Bermuda gab es keine Seewespen. Außerdem war das Mädchen unverletzt, es hatte sich nur erschreckt. Deshalb vermutete er, daß es große, harmlose Quallen gewesen waren, die unter Wasser trieben, aber die hätte sie eigentlich sehen müssen.

Er machte sich auf den Rückweg zum Strand. Plötzlich berührte er etwas mit der Hand. Er schaute ins Wasser. Da war etwas Cremigweißes und Rundliches von der Größe einer Wassermelone. Mit spitzen Fingern faßte er nach unten und berührte es. Es war schleimig, zerfetzt und wabbelig wie verfaultes Fleisch. Vorsichtig schob er seine Hand unter das Zeug. Die Unterseite war hart und glatt. Er holte es hoch, und ein abscheulicher Verwesungsgeruch drang ihm in die Nase.

Es war kein Fleisch, sondern Speck. Walspeck. Er drehte ihn um. Die Hautseite war schwarzblau und wies eine kreisrunde Wunde mit einem Durchmesser von etwa zehn Zentimetern auf. In der Mitte befand sich ein einzelner tiefer Schnitt, der durch die Haut bis ins Fett reichte.

„Heiliger Bonifatius . . .", murmelte Sharp. Er schwamm an Land und schob den Speckbrocken vor sich her.

Am Strand sah er, daß sich Kinder um einen Gegenstand drängten, der von den Wellen angespült worden war. Sie bohrten mit Stöckchen daran herum. Sharp erkannte, daß es ein weiteres Stück Walspeck war, etwas kleiner, mit zwei Halbkreisen an den Rändern.

Sharp ging weiter und hielt das Zeug so weit wie möglich von seinem Gesicht entfernt. Die Mädchen saßen beisammen, die Rothaarige in ein Handtuch gewickelt; ihre Freundin hatte ihr den Arm um die Schultern gelegt.

„Es geht ihr wieder besser", sagte die Dunkelhaarige lächelnd. „Wir möchten uns bei dir bedanken. Können wir . . ." Eine Brise trug ihr den Gestank von Sharps Fundstück entgegen. „Was ist das denn?"

„Ich muß leider gleich los", erklärte Sharp. Er schnappte sich sein Handtuch, wickelte das Stück Walspeck darin ein und lief zum Parkplatz hinauf, wo er sein Motorrad abgestellt hatte.

DARLING und Mike knieten im Heckraum der *Privateer* und schliffen alte Farbe vom Rumpf. Sie trugen Atemschutzmasken, damit der Farbstaub nicht in ihre Lungen drang, und Schutzbrillen. Plötzlich spürte Darling eine leichte Erschütterung des Bootes und hörte Schritte auf Deck. Er blickte hoch und sah Sharp in der offenen Luke stehen. „Hallo, Marcus."

„Tut mir leid, wenn ich euch störe."

„Macht nichts. Mir wäre sogar der Teufel willkommen, wenn er mich nur von dieser verflixten Drecksarbeit wegholt."

„Hast du Zeit, dir was anzuschauen?"

„Na klar." Darling nahm Mundschutz und Brille ab und kletterte die Leiter hinauf. Mike schliff weiter, bis ihm Darling zurief: „Komm auch rauf, Mike, sonst verpaßt du die Chance, frische Luft zu schnappen!"

Sharp hatte das Bündel mittschiffs auf einen Schneideblock gelegt. Als Darling näher kam, traf ihn der Gestank mit voller Wucht. „Um Himmels willen, Junge! Was hast du mir denn da mitgebracht? Was Totes?"

„Etwas sehr Totes." Sharp erzählte Darling, was in der Horseshoe Bay passiert war. Während Darling das Bündel aufrollte, tauchten Fliegen wie aus dem Nichts auf, und zwei Möwen kreisten über dem Boot.

„Stammt von einem Wal", entschied Mike.

Darling nickte. „Und zwar von einem jungen. Die Fettschicht ist noch dünn."

„Dreh's doch mal um", meinte Sharp.

Darling benutzte dazu ein Messer, und sogleich entdeckte er die kreisrunde Wunde, die in der Sonne schimmerte. Mike und Darling sahen einander an, dann schüttelte Darling den Kopf. Er ging ins Ruderhaus und kam mit der bernsteinfarbenen Kralle aus dem Schlauchboot zurück. Er steckte die Kralle in den Schnitt im Zentrum der kreisförmigen Narbe. Sie paßte genau.

„Was ist denn das, Whip?" fragte Sharp. „Was hat das alles zu bedeuten? Hoffentlich nicht das, was ich vermute."

Darling zeigte auf das Stück Walspeck. „Wirf das über Bord", befahl er Mike. Dann wandte er sich an Sharp. „Komm mit."

„Wohin?"

„Wir müssen ein paar schlaue Bücher wälzen."

Als sie den Weg zum Haus hinaufliefen, sah Darling den Wagen seiner Tochter in der Einfahrt stehen. „Dana ist hier", brummte er. „Weshalb wohl?"

Sharp war noch nie zuvor in Darlings Haus gewesen; mit einem schnellen Blick sah er sich um. Es war ein für Bermuda typisches Haus aus dem achtzehnten Jahrhundert, gebaut wie ein umgestülptes Schiff. Robuste Holzbalken stützten die Decke, zwanzig Zentimeter breite Streben verstärkten die Wände. Der Boden, die Kommoden, Tische und Schränke waren aus dem Holz der Bermudazeder.

Die beiden Frauen saßen am Eßzimmertisch und fuhren hoch, als sie Darling in der Tür sahen. Dana – sie hatte markante Gesichtszüge und sonnengebleichtes Haar – schob schnell die Blätter auf dem Tisch zusammen, wobei sie einige der Unterlagen mit anderen zudeckte.

Darling schien es nicht zu bemerken. „Hallo, meine Kleine!" Er ging auf Dana zu und küßte sie auf die Wange. „Kennst du Marcus Sharp? Marcus, das ist Dana."

„Hab schon viel von dir gehört", meinte Dana lächelnd und schüttelte Sharp die Hand.

„Schön, dich mal kennenzulernen." Sharp fiel auf, daß Dana nervös und unsicher wirkte.

Darling führte Sharp in einen kleinen Raum hinter dem Wohnzimmer, dessen Wände mit Bücherregalen vollgestellt waren und in dem nichts weiter stand als ein großer Zedernschreibtisch und zwei Stühle. Sharp ließ den Blick über die

Buchtitel wandern. Es schien so, als befände sich jedes Buch, das je über das Meer geschrieben worden war – von Herman Melville bis Jacques Cousteau –, in diesen Regalen.

„Mal sehen." Darling nahm ein großes Buch mit dem Titel „Geheimnisse des Meeres" aus dem Regal und schlug es auf.

„Vor etwa zehn Jahren", begann er, während er die Seiten umblätterte, „war ich mit ein paar amerikanischen Meeresbiologen auf einem Schiff im Golf von Kalifornien unterwegs. Wir waren auf der Suche nach seltenen Lebewesen. Plötzlich haben wir sogenannte Humboldt-Riesenkraken entdeckt, etwa anderthalb Meter lang, an die dreißig Kilo schwer. Weil ich so große Tintenfische noch nie gesehen hatte, wollte ich zu ihnen hinabtauchen. Also springe ich ins Wasser, da kommt schon eins dieser Biester auf mich zu. Ich verscheuche es mit dem Arm, aber es geht nicht, weil ein Tentakel hervorschnellt und mein Handgelenk umschließt. Es fühlt sich an, als würden sich hundert Nadeln in meine Haut bohren. Ich versetze dem Tintenfisch einen Schlag gegen das Auge, er läßt los, und ich stoße nach oben. Plötzlich spüre ich, daß ich wieder runtergezogen werde. Drei dieser teuflischen Biester haben mich am Wickel und zerren mich in die Tiefe. Ich kann dir sagen, der liebe Gott muß ein besonderes Herz für bescheuerte Bermudianer haben, denn alles, was diese Monster zu packen kriegen, löst sich. Eine meiner Taucherflossen, mein Tiefenmesser, ein Sammelbeutel. Ich schieße zur Oberfläche und klettere wie ein Wiesel ins Boot zurück. Aber ich hatte noch monatelang Alpträume."

„Unglaublich . . .", murmelte Sharp.

Darling blätterte eine Seite um. „Hier." Er schob Sharp das Buch hin.

„Was ist das denn?" Sharp starrte auf die Abbildung: Es war ein Holzschnitt aus dem frühen neunzehnten Jahrhundert, der ein furchterregendes Wesen zeigte mit einem riesigen, sackförmigen Körper, der in einen pfeilförmigen Schwanz mündete. Es hatte acht sich windende Arme, zwei Tentakel, zweimal so lang wie sein Körper, und zwei gigantische Augen. Auf dem Bild zerstörte das Ungeheuer gerade ein Segelschiff. Menschen wurden ins Meer geschleudert, und eine Frau, die Augen vor Entsetzen aufgerissen, hing im Schnabel des Monstrums.

„Das“, erklärte Whip, „ist der größte Verwandte der Biester, die mich angegriffen haben. Es ist *Architeuthis princeps,* der Riesentintenfisch.“

„Dieses Ungeheuer existiert doch nicht etwa in Wirklichkeit, oder?“

„Doch. Der Riesentintenfisch ist zwar sehr selten, aber es gibt ihn.“ Darling machte eine kurze Pause. „Jetzt sogar ganz in unserer Nähe. Hier, in den Gewässern von Bermuda.“

Sharp starrte Darling an. „Mach keine Witze, Whip.“

„Du glaubst mir nicht? Gut.“ Darling zog ein anderes Buch heraus und las den Titel auf dem Buchrücken. „‚Das letzte Meeresungeheuer‘ von Herbert Talley.“ Vor Jahren hatte er die wichtigsten Seiten mit Eselsohren versehen, und jetzt öffnete er das Buch an der ersten markierten Stelle. „Seit dem sechzehnten Jahrhundert“, fuhr er fort, „vielleicht auch schon früher, ist über Riesentintenfische geschrieben worden. Kennst du den Ursprung des Wortes ‚Krake‘? Es ist norwegisch und heißt ‚entwurzelter Baum‘. Denn so sahen die Ungeheuer für die Menschen aus mit all ihren Tentakeln, die sich wie Wurzeln umeinander schlängelten. Heutzutage benutzen die Wissenschaftler allerdings den Begriff Cephalopoden.“

„Und was heißt das?“ wollte Sharp wissen.

„Kopffüßer, weil ihre Füße, sprich Arme, direkt am Kopf sitzen.“ Er schlug die nächste markierte Seite auf. „Hier: Eines dieser Riesenviecher tauchte im Indischen Ozean auf und versenkte den Schoner *Pearl.* Es gab mehr als hundert Zeugen.“ Darling klappte das Buch zu. „Warum bin ich nicht schon früher darauf gekommen!“ rief er. „Es liegt doch auf der Hand. Kein anderes Tier kann unsere Fischfanganlage zerstört haben. Und kein anderes Tier ist auch nur annähernd so bösartig.“

„Aber Whip, sieh dir das Datum an.“ Sharp zeigte auf das Buch. „1874. Das ist doch schon eine halbe Ewigkeit her.“

„Marcus, du hast die Wunden auf der Walhaut doch selbst gesehen.“ Darling nahm eine der Krallen aus der Tasche. „Welches Tier hat so messerscharfe Klauen?“ Er spürte ein wachsendes Gefühl der Unruhe, während er nachdachte. Angenommen, da draußen gab es einen Riesentintenfisch. Was konnten sie unternehmen, um ihn loszuwerden?

Er zog weitere Bücher aus dem Regal und drückte Sharp ein paar davon in die Hand. Sie setzten sich. „Fang endlich an zu lesen", drängte Darling. „Wir müssen soviel wie möglich über das Biest in Erfahrung bringen."

Sie vertieften sich rasch in ihre Lektüre. Die Hinweise auf Riesentintenfische waren wenig detailliert und teilweise widersprüchlich. Einige Experten behaupteten, die Tiere würden nicht länger als fünfzehn bis zwanzig Meter, andere waren davon überzeugt, daß es mehr als dreißig Meter lange Tintenfische gab. Einige sagten, daß die Saugnäpfe der Riesentintenfische sowohl Zähne als auch Klauen enthielten; andere meinten, sie hätten das eine oder das andere, und wieder andere behaupteten, keines von beiden.

Darling reichte Sharp Talleys Buch. „1941 wurden mehrere Matrosen in einem Rettungsboot angegriffen", berichtete er. „Herausgerissene Fleischstücke so groß wie Fünfmarkstücke. Die Matrosen schätzten die Größe des Tieres auf . . ."

Sharp fuhr mit dem Finger suchend über die Seite. „. . . acht Meter."

Darling dachte eine Weile nach. „Wie groß waren die Wunden auf der Walhaut? Was meinst du?"

„Etwa zwölf Zentimeter?"

„Mannomann! Dieser vermaledeite Tintenfisch könnte so groß wie ein Blauwal sein."

„Ein Blauwal!" entfuhr es Sharp. „Um Himmels willen, Whip, ein Blauwal ist doppelt so groß wie dein Schiff, das größte Tier, das es je auf der Erde gegeben hat."

„Was die Körpermasse betrifft, ja – aber nicht in der Länge. Und mit Sicherheit nicht, was die Bösartigkeit angeht."

ALS sie beim Hinausgehen das Eßzimmer durchquerten, blickte Charlotte auf. „Whip, was ist eigentlich dran an der Sache mit diesem Riesentintenfisch?" fragte sie.

„Riesentintenfisch? Was redest du für ein Zeug?"

„Das haben sie gerade im Radio gebracht. Jemand hat irgendwas am Strand gefunden, und einer von den Aquariumsleuten sagte . . ."

„Also gut, ich geb's zu: Es sieht so aus, als hätten wir es tatsächlich mit einem Riesentintenfisch zu tun."

„Morgen abend findet ein großes Treffen statt unten im Bürgerhaus. Die ganze Insel ist in Aufruhr."

„Wundert mich nicht."

„William", Charlotte stand auf und nahm ihn beim Arm, „versprich's mir."

„Komm schon, Charlotte. Nur ein Vollidiot würde sich mit so einem Biest einlassen."

„Zum Beispiel Liam Saint John."

„Was meinst du damit?"

„Er hat im Radio getönt, er werde das Tier fangen, um Bermuda zu retten."

„Daß ich nicht lache!" entgegnete Darling. „Saint John wird im Bauch der Bestie enden, dann wären wir ihn los." Sein Blick fiel auf den Papierstapel, der auf dem Tisch lag. „Was brütet ihr da eigentlich aus? Die Übernahme von General Motors?"

„Nichts", antwortete Charlotte. „Jetzt geht mal lieber." Als sie zum Tisch zurückkehrte, hielt sie plötzlich inne. „Da war übrigens ein Anruf für dich."

„Von wem? Und worum ging's?"

„Haben sie nicht gesagt. Fremde. Der, mit dem ich gesprochen habe, klang wie ein Kanadier. Er wollte wissen, ob du notfalls Zeit hättest."

„Zeit wofür?" fragte Darling. „Schon gut. Ich kann's mir denken. Wenn sie noch mal anrufen, sag ihnen, daß ich Zeit gehabt hätte – bis vor etwa zehn Minuten. Aber urplötzlich hätte ich mich entschlossen, in den vorzeitigen Ruhestand zu treten."

Kapitel 6

WAS für ein Witz, dachte Darling, als er das Bürgerhaus verließ. Sie hatten die Veranstaltung als „Inselforum" bezeichnet, dabei war sie in Wirklichkeit lediglich eine Farce gewesen, mit der die Politiker den Bürgern zeigen wollten, wie besorgt sie waren. Doch keiner hatte angekündigt, welche Maßnahmen er ergreifen wolle.

Darling atmete die frische Nachtluft tief ein und entschloß sich, nach Hause zu laufen. Er schätzte, daß sich das Treffen noch mindestens eine Stunde hinziehen würde, in der sich die Anwesenden den Mund fusselig redeten, wie man mit einem Monster umgehen solle, von dem man nur gehört, das bislang jedoch keiner gesehen hatte.

Wahrscheinlich brauchte er sich ohnehin keine Sorgen mehr zu machen. Dank Liam St. John und seiner Sucht nach Publicity lautete die Schlagzeile der Morgenausgabe der Ortszeitung sicher so: „Von Dr. St. John entlarvt: Das Monster ist ein Riesentintenfisch." Kurz darauf würde die Nachricht sämtliche Drähte rund um den Erdball heißlaufen lassen.

Darling hatte es schon geahnt: Liam St. John hielt sich zurück, bis die Debatte in eine Sackgasse geriet. Dann hatte er sich jedoch von seinem Sitz in der Reihe der Kabinettsmitglieder erhoben und das Podium betreten. Zuvor hatte er noch einen erfolglosen Versuch unternommen, seine Einssechzig durch Hochschieben seiner lohfarbenen Lockenpracht ein wenig größer erscheinen zu lassen. Über das Mikrofon bat er die Öffentlichkeit um Unterstützung für seine Pläne.

Da niemand genügend Kenntnisse über das Monstrum besaß, um St. Johns Pläne beurteilen zu können, war Darling nach seiner Meinung gefragt worden. „Schließlich hat Whip mindestens ein Exemplar gefangen von allen Lebewesen, die Gott hier herumschwimmen läßt!" hatte einer im Saal gerufen.

Darling hatte erklärt, was in den Büchern stand und welche Schlüsse er daraus zog. Das Auftauchen eines Riesentintenfisches im Meer um Bermuda war aller Wahrscheinlichkeit nach ein Zufall. Da Menschen nicht zur natürlichen Beute des Tieres gehörten, würde es mit großer Sicherheit von allein wieder verschwinden. Jeder Versuch, einen Riesentintenfisch zu fangen oder zu vernichten, sei sinnlos, weil nach Darlings Meinung dazu niemand in der Lage war. Das beste sei es, das Tier in Ruhe zu lassen und abzuwarten.

St. John hatte Darlings Haltung als „tatenlosen Defätismus" bezeichnet und damit erneut hitzige Debatten ausgelöst. Darling war kurz darauf gegangen und hatte sich mit den Ellbogen einen Weg durch die Menge gebahnt.

Jetzt lief er die Straße nach Somerset entlang und überlegte, was man tun konnte. Zum Teil, dachte er, liegt das Problem mit all diesen Menschen in der Tatsache, daß sie so verwöhnt sind. Unfähig, eine Situation zu meistern, die ihnen Geduld abverlangt und keinen leichten Ausweg bietet . . .

Ein Auto näherte sich; es verlangsamte das Tempo und hielt einige Meter weiter an. Ein BMW. Also offenbar jemand mit Geld. Ein Mann stieg auf der Beifahrerseite aus und kam auf ihn zu. „Käpten Darling?"

Darling sah eine Tweedjacke, sandfarbene Hosen, doch das Gesicht des Mannes konnte er nicht erkennen. „Sind wir uns schon mal begegnet?" fragte er.

„Ich heiße Dr. Herbert Talley."

Darling überlegte. Talley – irgendwie kam ihm der Name bekannt vor, er wußte aber nicht, woher. „Sie sind Doktor für was?"

„Malak . . ., nun ja, Tintenfische, Käpten. Doktor der Tintenfische, könnte man sagen."

„Sie brauchen mit mir nicht wie mit einem Ignoranten zu sprechen. Der Begriff Malakologie ist mir durchaus geläufig. Sie forschen also über Mollusken."

„Entschuldigung, natürlich. Dürfen wir Sie nach Hause fahren?"

„Ich laufe lieber." Darling ging an dem Wagen vorbei, um seinen Weg fortzusetzen. Plötzlich erinnerte er sich. Er blieb stehen. „Talley! Sie haben dieses Buch geschrieben: ‚Das letzte Meeresungeheuer'."

Talley lächelte. „Ja, das ist von mir."

„Ein gutes Buch. Voller Fakten."

„Danke. Käpten, wir würden uns gern mit Ihnen über ein Spezies aus der Familie *Architeuthis* unterhalten. Hätten Sie wohl ein paar Minuten Zeit für uns?"

In Darlings Hinterkopf schrillte eine Alarmglocke. Das mußte der Mann sein, der angerufen hatte. Charlotte hatte sich erinnert, daß er wie ein Kanadier geklungen hatte, und Talleys Aussprache war zweifelsfrei kanadisch. „Ich habe alles gesagt, was es zu sagen gibt", meinte Darling.

„Vielleicht könnten Sie uns dann für ein paar Minuten zuhören – bei einem Drink?"

„Wer ist ‚wir'?"

Talley zeigte auf das Auto. „Mr. Osborn Manning und ich." Als Darling schwieg und offensichtlich mit dem Namen nichts anfangen konnte, fügte Talley hinzu: „Manning, der Vater der beiden . . ."

„O ja, wie schrecklich . . ."

„Wir würden uns wirklich gern mit Ihnen unterhalten."

Darling zögerte; er wollte nicht unhöflich sein – schon gar nicht einem Mann gegenüber, der gerade zwei Kinder verloren hatte. „Na gut", sagte er schließlich.

„Fein." Talley öffnete Darling die hintere Wagentür. „Es gibt ein ganz nettes Hotel da vorn in . . ."

Darling schüttelte den Kopf. „Fahren Sie noch hundert Meter weiter, und halten Sie an einem Schild, auf dem ‚Shillys Restaurant' steht. Wir treffen uns da."

„Wir können Sie doch mitnehmen."

„Ich laufe", erklärte Darling und ging an dem Wagen vorbei.

„Aber . . ."

Das Lokal war einmal eine Tankstelle mit einer einzigen Zapfsäule gewesen, doch jetzt betrieb Shilly, sein Besitzer, darin ein kleines Restaurant. Er pries seine fritierten Meerschnecken als bermudianische Spezialität an, worüber die Einheimischen nur lachen konnten, denn in den Gewässern von Bermuda gab es schon seit Jahren keine Meerschnecken mehr. Das Gehäuse der alten Benzinpumpe stand immer noch vorn auf dem Parkplatz; Shilly hatte es lila gestrichen.

Darling hätte mit den beiden Herren ins Hotel fahren können. Doch dort hätten sie sich wohl gefühlt, was ein Nachteil für ihn gewesen wäre, denn er wollte das Gespräch so schnell wie möglich hinter sich bringen.

Er öffnete die Tür des Restaurants und blieb eine Weile am Eingang stehen, bis sich seine Augen an das schummrige Licht gewöhnt hatten. Es roch nach schalem Bier und Zigarettenrauch. Etwa zehn Männer, alles Schwarze, drängten sich um den Billardtisch, grölten und gaben Wetten ab. Die meisten waren harte Burschen.

Nahe der Tür gab es genug leere Tische, aber Talley und Manning standen in einer Ecke, als hätte ein Lehrer sie zur Strafe dorthin geschickt.

Ein breitschultriger Mann kam auf Darling zu. „Tag, Whip“, begrüßte er ihn.

„Hallo, Shilly.“

„Gehör’n die zu dir?“ Shilly deutete mit dem Kopf zur Ecke.

„Ja.“

„Alles klar.“ Shilly schlurfte zu den beiden hinüber und verzog den Mund zu einem breiten Grinsen. „Meine Herren, bitte nehmen Sie Platz.“ Manning und Talley gehorchten. „Was darf’s denn sein?“ fügte der Wirt hinzu. „Rum oder Bier?“

„Bring uns drei Stürmische, Shilly“, bat Darling, der sich ebenfalls setzte.

„Wird gemacht.“ Shilly ging hinter den Tresen.

Darling sah sich Osborn Manning an, der Mitte Fünfzig zu sein schien. Er war eine sehr gepflegte Erscheinung. Sein blauer Anzug sah aus, als wäre er gebügelt worden, während er auf Darling gewartet hatte. Sein weißes Hemd war gestärkt, und sein blauer Seidenbinder wurde von einer goldenen Krawattennadel gehalten.

Doch es waren Mannings Augen, die immer wieder Darlings Blick anzogen. In den besten Zeiten des Fernsehchefs hätte man sie wohl als tiefliegend bezeichnet. Doch jetzt wirkten seine Augenhöhlen wie zwei schwarze Löcher. Vielleicht ist es nur zu dunkel hier, dachte Darling. Oder es sind die Spuren der Trauer.

Shilly brachte die Drinks. Talley nahm einen großen Schluck. „Hervorragend“, lobte er. Darling beobachtete Manning, der ebenfalls sein Glas an die Lippen führte und dann zusammenzuckte. Für Geschmacksnerven, die vermutlich eher an teuren, eisgekühlten Wodka gewöhnt waren, mußte Rum mit Ginger Ale schmecken wie Sardellen mit Erdbeermarmelade.

Dann herrschte verlegenes Schweigen, als wüßten Talley und Manning nicht, wie sie anfangen sollten. Darling konnte sich ungefähr vorstellen, was sie von ihm wollten, doch er widerstand der Versuchung, von sich aus mit dem Gespräch zu beginnen. Im Laufe der Jahre hatte er eine Menge Geld dadurch verdient, daß er den Mund gehalten hatte. Manning saß steif auf seinem Stuhl, er hatte die Hände gefaltet und starrte in die Flamme der Kerze auf dem Tisch.

Na schön, dachte Darling, es kann ja nichts schaden, höflich zu sein. „Das mit Ihren Kindern tut mir leid", sagte er zu Manning.

„Ja." Mehr brachte Manning nicht über die Lippen.

Talley trank noch einen Schluck. „Käpten Darling", begann er dann, „es hat uns gefallen, was Sie da auf der Versammlung gesagt haben."

„Sie waren da? Warum?"

„Wir wollten wissen, wie die Einheimischen auf diesen Zwischenfall reagieren."

„Ganz einfach", meinte Darling. „Sie sind zu Tode erschrocken. Sie sehen ihre Welt durch etwas bedroht, das sie nicht kennen, geschweige denn besiegen könnten."

„Aber Sie sind nicht . . . Sie haben keine Angst, oder?"

„Sie haben doch gehört, was ich vorhin gesagt habe. Mit diesem Tier verhält es sich so wie mit allen großen und furchtbaren Kreaturen. Wenn man sie in Ruhe läßt, lassen sie einen auch in Ruhe." Er dachte an Mannings Kinder. „Im allgemeinen jedenfalls."

„Dieser Dr. Saint John – er ist ein Narr."

„So kann man's auch nennen."

„Aber in einem Punkt stimme ich nicht mit Ihnen überein. Was hier geschieht, ist kein Zufall."

„Was soll es sonst sein?"

Talley warf Manning einen Blick zu. „Sagen Sie, Käpten", fuhr er dann fort, „was wissen Sie über *Architeuthis,* den Riesentintenfisch?"

„Nicht sonderlich viel. Ich habe lediglich gelesen, was Sie und andere über ihn geschrieben haben."

„Was denken Sie darüber?"

Darling schwieg eine Weile. „Wann immer ich Gerüchte über Meeresungeheuer höre", erklärte er schließlich, „muß ich an den ‚Weißen Hai' denken. Die Leute vergessen, daß der ‚Weiße Hai' etwas Erfundenes war. Kaum lief der Film in den Kinos, begann jeder fünfzehn Meter lange weiße Haie zu sehen. Ich mache da immer Abstriche. Wenn mir jemand etwas von einem Tier erzählt, das angeblich so groß sein soll wie ein Sattelschlepper, dann weiß ich von vornherein, daß ich nur die Hälfte davon glauben darf."

„Vernünftig", antwortete Talley. „Sehr vernünftig. Aber . . ."

„. . . wenn man die Geschichten über dieses Biest hier hört", ergänzte Darling, „dann scheint es mir klüger, alles zu verdoppeln."

„Genau!" rief Talley. Seine Augen leuchteten, und er beugte sich über den Tisch zu Darling, als wäre er hoch erfreut, einen Gleichgesinnten getroffen zu haben. „Ich habe Ihnen ja erzählt, daß ich Malakologe bin, und mein besonderes Fachgebiet ist die Teuthologie – Tintenfische –, insbesondere *Architeuthis.* Ich habe mein Leben damit verbracht, diese Tiere zu studieren. Schon mal ein lebendes Exemplar gesehen?"

„Noch nie", erwiderte Darling. „Und so soll's auch bleiben."

„Je mehr ich über Riesentintenfische herausgefunden habe, um so bewußter wurde mir, wie wenig die Menschen über sie wissen. Keiner kann sagen, wie groß sie wirklich werden oder wie alt und warum manchmal tote Exemplare an Land gespült werden – nicht einmal, wie viele Arten davon existieren." Talley brach ab, blickte verlegen um sich. „Entschuldigung", murmelte er. „Ich kann mich manchmal nicht bremsen. Ich werde mich kürzer fassen, wenn Sie . . ."

„Fahren Sie fort", bat Manning. „Käpten Darling muß Bescheid wissen."

Jetzt versuchen sie mich gleich weichzuklopfen, dachte Darling.

„Ich habe da eine Theorie", erklärte Talley. „Bis zur Mitte des letzten Jahrhunderts hat man nur wenige *Architeuthis* gesichtet. Plötzlich, etwa um 1870, gab es eine ganze Reihe von Sichtungen, Strandungen und sogar Angriffe auf Boote. Dann war wieder Ruhe. Bis es Anfang dieses Jahrhunderts aus unerklärlichen Gründen erneut zu mehreren Sichtungen und Strandungen kam. Ich habe mich gefragt, ob sich ein Zyklus dahinter verbirgt. Also habe ich die Berichte über sämtliche Vorkommnisse zusammen mit allen möglichen Daten über gravierende Klimaveränderungen, Strömungswechsel und so weiter in den Computer gefüttert. Der Computer fand heraus, daß die Sichtungen und Strandungen mit den zyklischen Schwankungen in Teilbereichen des Labradorstroms zusammenhingen – das ist der große Kaltwasserstrom, der die gesamte Atlantikküste entlangfließt. Während der meisten Zeit ist von *Architeuthis* nichts zu sehen. Aber in den ersten Jahren eines neuen Zyklus hat sich das Tier, aus welchen Gründen auch immer, häufiger gezeigt."

„Wie lang dauern diese Zyklen?" fragte Darling.

„Dreißig Jahre. Und der letzte begann 1960."

„Ich verstehe."

Talley beugte sich vor. „Also: Er ist hier, weil es an der Zeit ist."

Dieser Mann ist in seinen Riesentintenfisch regelrecht vernarrt, dachte Darling. „Dr. Talley", sagte er, „das ist alles hochinteressant, aber es erklärt keineswegs, warum das Biest plötzlich anfängt, Menschen zu fressen."

„*Architeuthis* frißt seit jeher alles; seine Ernährung folgt keinem besonderen Schema. Angenommen, die zyklischen Strömungen treiben ihn aus seiner gewohnten Tiefe von achthundert bis tausend Metern in höhere Schichten. Dort stellt der Riesentintenfisch fest, daß seine gewohnten Nahrungsquellen nicht mehr existieren – Sie wissen selbst, daß das Meer um Bermuda fast leer gefischt ist. Alles, was er noch zu fressen findet, sind . . ."

Knack! Das Geräusch klang wie ein Gewehrschuß, und irgend etwas schoß an Darlings Gesicht vorbei. Osborn Manning hatte sein Cocktailstäbchen so krampfhaft gepackt, daß es zerbrochen war. „Entschuldigung", sagte er. „Tut mir leid."

„Nein, nein", entgegnete Talley rasch. „Ich muß mich entschuldigen."

Darling schwieg eine Weile. „Dr. Talley", fuhr er dann fort, „über eine Sache haben Sie noch nicht gesprochen: über das Gleichgewicht in der Natur. Wenn es zu viele Seelöwen gibt – zack, reduzieren Haie die Bestände. Mir scheint, daß die Anwesenheit dieses Tieres darauf hindeutet, daß die Natur aus dem Gleichgewicht geraten ist. Aber warum?"

„Die Menschen haben sie aus dem Gleichgewicht gebracht. Es gibt nur einen natürlichen Feind für *Architeuthis,* und das ist der Pottwal. Die Menschen haben die Pottwale abgeschlachtet. Also ist es möglich, daß mehr und mehr Riesentintenfische überleben."

Fragen drängten sich Darling auf. Plötzlich wurde ihm bewußt, daß er auf dem besten Wege war anzubeißen. Demonstrativ warf er einen Blick auf seine Uhr. „Es ist schon spät", erklärte er. „Ich muß früh raus."

„Hören Sie, Käpten", meinte Talley, „die Sache ist die: Das Tier kann gefangen werden."

Darling schüttelte den Kopf. „Warum um alles in der Welt sind Sie so scharf darauf?"

Manning schaltete sich ein. „Käpten Darling, dieses . . ., dieses Tier, diese Bestie hat meine Kinder getötet. Sie hat mein Leben zerstört – unser Leben. Meine Frau steht seither unter Beruhigungsmitteln. Sie hat versucht . . ."

„Mr. Manning", wandte Darling ein, „diese Bestie ist nur ein Tier. Es . . ."

„Es ist ein empfindungsfähiges Wesen, hat mir Dr. Talley erklärt, und ich glaube, daß es eine bestimmte Form der Aggression kennt, eine Art Rachelust. Nun, so geht es mir auch. Glauben Sie mir, ich empfinde Rachegelüste."

„Trotzdem bleibt es ein Tier. Welchen Sinn hätte die Fangaktion?"

„Wieviel verlangen Sie pro Tag, wenn wir Ihr Boot chartern wollten?" fragte Manning.

Da haben wir's, dachte Darling. Ich hätte nie herkommen dürfen. „Tausend Dollar", sagte er unbewegt.

„Ich gebe Ihnen fünftausend pro Tag."

Da Darling schwieg, ergriff Talley wieder das Wort. „Das ist nicht nur eine Frage persönlicher Rache, Käpten. Das Tier muß gefangen werden."

„Warum? Warum kann man es nicht einfach in Ruhe lassen?"

„Weil Sie im Irrtum sind. Es wird weiterhin Menschen töten. Wenn es einmal eine Nahrungsquelle für sich entdeckt hat, sehe ich keinen Grund, warum es weiterziehen sollte. Und ich glaube nicht, daß es da draußen irgendein Lebewesen gibt, das es vom Morden abhalten könnte."

„Und genau das kann ich auch nicht." Er wandte sich an den Fernsehchef. „Hören Sie, Mr. Manning, Sie haben genug Geld, Sie können ein paar echte Experten anheuern und ein richtiges Schiff chartern."

„Glauben Sie, das hätte ich nicht schon versucht? Glauben Sie, ich arbeite gerne mit Leuten wie Ihnen . . ., Einheimischen? Ich kenne die Bermudianer." Manning beugte sich vor. Seine Stimme klang gedämpft, aber er legte allen Nachdruck in seine

Worte. „Ich besitze seit Jahren ein Haus hier. Ich weiß alles über diese kleine Insel und ihre engstirnigen Bewohner, wie sie herumstolzieren und mit ihrer Unabhängigkeit prahlen. Ich weiß, wie ihr Einheimischen über Fremde denkt. Für euch bin ich nichts weiter als ein reicher Yankee."

Talley wirkte betroffen. Darling lehnte sich zurück und lächelte. „Sie verstehen es wirklich, mit Worten umzugehen, Mr. Manning."

„Ich bin diesen ganzen Unfug leid, Käpten. Natürlich hätte ich zu Hause ein großes Boot chartern können. Aber Ihre blödsinnige Regierung hat so viele Vorschriften erlassen, daß es Monate gedauert hätte, bis der ganze Papierkram erledigt gewesen wäre. Also muß ich wohl mit Einheimischen vorliebnehmen, und das heißt in diesem Fall mit Ihnen. Sie sind der geeignetste Mann für eine solche Unternehmung. Wie ich die Sache sehe, müssen wir also nur noch die Geldfrage klären."

Darling musterte ihn eine ganze Zeitlang. „Jetzt will ich Ihnen mal sagen, wie ich die Sache sehe, Mr. Manning: Sie sind reich, und Sie sind ein Yankee. Was Sie aber zu einem unausstehlichen Yankee macht, ist Ihre Überzeugung, daß Sie mit Ihrem Geld Ihre Kinder zurückholen können. Sie glauben, daß Sie das erreichen, wenn Sie das Tier töten. Aber da täuschen Sie sich. Sie können sich mit Ihrem Geld nicht Ihren Seelenfrieden erkaufen."

„Ich muß es zumindest versuchen, Käpten."

„Schön", sagte Darling. „Sie haben Ihre Karten auf den Tisch gelegt, hier sind meine: Ich könnte Ihr Geld zweifelsohne gebrauchen. Aber das einzige echte Kapital, das ich besitze, steckt hier in diesen Klamotten, und wenn ich das verliere, ist mein persönlicher Wert gleich Null." Er stand auf. „In diesem Sinne: danke – nein danke." Er nickte Talley zu und ging hinaus.

Talley leerte sein Glas und seufzte. „Ich muß schon sagen, Osborn, Sie waren –"

„Erzählen Sie mir nicht, wie ich meine Geschäfte zu führen habe", unterbrach ihn Manning. „Mit Charme wären wir auch nicht weitergekommen. Wir verstehen uns jetzt wenigstens." Er gab Shilly ein Zeichen, die Rechnung zu bringen.

Talley und Manning schwiegen, bis sie auf dem Parkplatz angekommen waren. „Was wissen wir über Darling?" fragte Manning schließlich.

„Daß er der beste Bootsführer hier in der Gegend ist. Nichts über ihn persönlich."

„Hören Sie sich um, sehen Sie zu, was Sie rausfinden können. Es gibt keinen Mann auf der Erde, der keine Feinde hat. Treiben Sie einen von ihnen auf, halten Sie ihm Geld unter die Nase. Sagen Sie ihm, daß Sie alles erfahren wollen, was es über Darling zu erfahren gibt."

„Wollen Sie den Mann ruinieren?"

„Nein, ich will ihn nur in den Griff bekommen, aber das kann ich erst, wenn ich über ihn Bescheid weiß. Eine alte Weisheit, Talley: Wissen ist Macht."

CHARLOTTE stand in der Küche, als Darling nach Hause kam. Nachdem er ihr alles über den Abend erzählt hatte, gab sie ihm einen Kuß. „Ich bin stolz auf dich", erklärte sie.

„Fünftausend Dollar pro Tag." Darling schüttelte den Kopf. „Ich hätte zehn Tage rausschlagen können, vielleicht mehr."

„Ja, aber dann . . .?"

Darling legte ihr den Arm um die Schultern. „Du hättest mir ein tolles Begräbnis ausrichten können."

Charlotte fand seine Bemerkung überhaupt nicht zum Lachen. „Denk an dein Versprechen, William! Laß dich nicht mit Leuten ein, die nichts zu verlieren haben."

Kapitel 7

ALS Whip Darling einatmete, merkte er, daß der Sauerstoff nur langsam, fast widerwillig seine Lunge füllte. Seine Taucherflasche war fast leer, ihr Inhalt würde noch für einen Atemzug, höchstens zwei, ausreichen. Dann mußte er wieder an die Oberfläche.

Er war nur in anderthalb Meter Tiefe. Aber er wollte noch nicht auftauchen und die Flasche austauschen, um diese stupide Tätigkeit fortzusetzen.

Darling überprüfte Bojen, die gefährliche Riffe markierten. Jahrelang hatte er es nicht nötig gehabt, diese Arbeit im Regierungsauftrag zu erledigen, und er hatte gehofft, daß es nie wieder der Fall sein würde. Aber es gab keine andere Arbeit. Der

Aquariumsauftrag war im Eimer, und niemand war gekommen, um sein Schiff für eine Tauchfahrt zu chartern. Fast zwei Wochen waren vergangen, seit jemand eine Spur von dem Tier gesehen hatte; trotzdem hatte sich nicht ein einziger Taucher ins Wasser gewagt.

Er wußte nicht, wie Charlotte es anstellte, daß immer genug zu essen auf dem Tisch stand. Manchmal bereute er seine Absage an Manning und Talley, besonders an einem Tag wie diesem, wenn sein Kiefer vom Herumbeißen auf dem Mundstück schmerzte – alles für ein paar hundert Dollar, die er mit Mike teilen mußte. Darling hatte häufig darüber nachgedacht, was ihm wohl so viel wert wäre, daß er dafür sein Leben riskieren würde – abgesehen von Charlotte und Dana. Aber er wußte mit Sicherheit, daß er es nicht für ein Lebewesen aufs Spiel setzen würde, das Menschen zum Frühstück und Boote zum Mittagessen verspeiste.

Darling beschloß, für heute aufzuhören. Er erreichte die Oberfläche mit dem letzten Rest Sauerstoff. An Bord wusch er sich unter der Bootsdusche das Salz von der Haut und zog ein Paar Shorts an, während Mike die Taucherausrüstung verstaute und eine Makrele aus der Kühlbox in die Pfanne warf. Nach dem Mittagessen machten sie sich auf den Heimweg.

Am äußeren Rand des Riffs tuckerten sie Richtung Südwesten. „Guck mal da!“ Mike zeigte von der Brücke ins Meer. Zwischen den Wellen trieb etwas Schimmerndes.

Darling drehte am Steuerrad. „Na, so was – sieht aus wie eine zwei Meter große Qualle.“ Er legte den Leerlauf ein, beugte sich über die Reling und blickte nach unten. Es war eine riesige, durchsichtige, beinahe rechteckige Qualle mit einem Loch in der Mitte. Sie schien lebendig zu sein, denn sie bewegte sich im Kreis, als wollte sie sich sonnen.

„So eine Qualle habe ich noch nie gesehen“, bemerkte Mike.

„Ich auch nicht“, meinte Darling. „Würde sagen, es ist eine Art Laich. Wir sollten was davon mitnehmen, damit sich unser Dr. Talley das mal ansehen kann.“

„Willst du, daß ich's rausfische?“

„Warum nicht.“

Mike kletterte die Leiter hinunter, nahm den langstieligen Kescher und ging zum Heck. Als er den Kescher ins Wasser tauchte und die wabbelige Masse berührte, zerfiel sie. „Verflixt, es hat sich aufgelöst!“ rief er. „Ich versuch es noch mal.“

Erneut tauchte er den Kescher ein, doch plötzlich klammerte sich etwas daran fest und zog. Mike stieß mit dem Schienbein gegen das Schanzkleid und verlor das Gleichgewicht. „He!“ schrie er und fuchtelte mit der freien Hand in der Luft herum.

„Laß los!“ rief Darling, aber Mike hörte ihn nicht und wurde über Bord gezogen. Er landete rücklings im Wasser. Erst jetzt ließ er den Kescher los.

Darling rannte über die Brücke, kletterte blitzartig die Leiter hinunter und lief nach achtern. Das Boot war im Leerlauf, also bestand keine Gefahr, daß Mike sich an der Schraube verletzte, aber Darling befürchtete, daß er in Panik geriet, zuviel Wasser schluckte und ertrank.

Mike war tatsächlich der Verzweiflung nahe. Er schrie hysterisch und ruderte heftig mit den Armen – obwohl er keine anderthalb Meter vom Boot entfernt war.

Darling schnappte sich ein Seil. „Mike!“ brüllte er und warf es seinem Freund zu.

Das Seil traf Mike im Gesicht, doch es dauerte eine ganze Weile, bis er es packte und sich daran festklammerte. Dann zog Darling ihn heran und zerrte ihn auf die Badeplattform.

Wimmernd blieb Mike liegen und spuckte Wasser. Dann rappelte er sich prustend auf. „Zum Teufel!“ brummte er.

„Aber, aber, Mike!“ Darling lächelte. „Das war nur eine große alte Schildkröte. Ich hab sie gesehen. Wollte wahrscheinlich den Laich für sich haben.“

„Ich werde Taxifahrer“, verkündete Mike keuchend.

Nachdem Mike seine Sachen ausgewrungen und sich in ein Handtuch gewickelt hatte, kehrte Darling ans Ruder zurück und steuerte das Boot zu der Stelle, wo der Kescher im Wasser trieb. Er zog ihn mit dem Bootshaken an Bord.

Die Schildkröte hatte ein Loch ins Netz des Keschers gerissen, aber ein paar kleine Klümpchen der gallertartigen Masse hingen noch in den Maschen. Darling sah sich die Klümpchen genauer an. In ihrem Inneren bewegten sich kleine Wesen, die jedoch so winzig waren, daß er sie nicht bestimmen konnte. Darling überlegte, ob er das Zeug in einem Glas aufbewahren sollte, aber es war so wenig, daß es sich kaum lohnte. Also wusch er das Netz im Wasser aus, ließ es an Deck liegen und stieg die Leiter zur Brücke hinauf.

Ein paar Minuten später erschien Mike mit zwei Bechern Tee. „Das gefällt mir gar nicht", sagte er, als er Darling einen Becher reichte. „Bei jeder Kleinigkeit flipp ich aus. Hätte nie gedacht, daß mich so ein blöder Tintenfisch zum Fall für den Psychiater macht."

Darling sah zu Mike hinüber, der, in sein Handtuch gehüllt, mit zitternden Händen dastand. Dieses Tier hat die Tür zu einer finsteren Ecke seiner Seele geöffnet, dachte er. Merkwürdig, daß Dinge, die wir nicht verstehen, Dämonen in uns wecken, von deren Existenz wir nichts wissen.

SIE fuhren bereits seit einer Weile durch seichtes Gewässer, mit den pinkfarbenen Bungalows des Cambridge Beach Hotels zur Rechten, als Mike nach achtern schaute. „Den hab ich hier aber auch noch nie gesehen", murmelte er.

Darling blickte in dieselbe Richtung. Im Norden, mindestens fünf Kilometer entfernt, näherte sich ein kleines Schiff mit einem weißen Rumpf und einem schwarzen Schornstein.

„Sieht aus wie eins dieser privaten Forschungsschiffe", fügte Mike hinzu.

Darling nahm das Fernglas zur Hand und richtete es auf das Schiff. Hinter dem Decksaufbau befand sich ein großer Stahlkran. Aufgebockt unter dem Kran lag etwas Ovales mit Bullaugen. „Das gibt's doch nicht!" rief er. „Wer immer das sein mag, er hat ein U-Boot auf dem Achterdeck, eine von diesen kleinen Tauchkapseln."

MARINEHAUPTMANN WALLINGFORD, Marcus Sharps Vorgesetzter, saß an seinem Schreibtisch, als es gegen zwei Uhr nachmittags an der Tür klopfte. Sharp trat ein. „Herr Hauptmann?" begann er.

„Was gibt's, Sharp?" fragte Wallingford, ohne aufzublicken. „Nein, sagen Sie's mir nicht. Sie haben läuten gehört, daß ein Forschungsschiff angekommen ist mit einem hochmodernen, zwei Millionen Dollar teuren U-Boot an Bord. Damit soll nach dem Riesentintenfisch gesucht werden. Sie haben vernommen, daß wir beabsichtigen, einen Mann von der Marine dafür abzukommandieren, und sind hergekommen, um sich nun freiwillig zu melden.“ Wallingford schaute auf und grinste. „Stimmt's?“

„Ich . . ., äh . . ., ja, Sir.“ Sharp trat vor den Schreibtisch.

„Warum Sie, Sharp? Sie sind Hubschrauberpilot und kein U-Boot-Experte. Und warum sollte ich einen Offizier abkommandieren? Warum nicht einen einfachen Seemann? Ich brauche da unten lediglich einen Mann mit guten Augen, der aufpaßt, daß diese Blödmänner nicht herumschnüffeln, wo sie nichts zu suchen haben.“

„Ich bin Taucher, Sir“, erklärte Sharp. „Ich weiß, wie es unter Wasser aussieht, und erkenne vielleicht Dinge, die anderen entgehen würden.“ Er machte eine Pause. „Außerdem bin ich Experte für Unterwassersprengungen.“

„Meine Güte, Sharp, diese Leute sind doch nicht hier, um etwas in die Luft zu jagen“, entgegnete Wallingford. „Das sind Pressefritzen. Von denen will nur jeder der erste sein, der ein Foto von dem Riesentintenfisch schießt.“

„Was verspricht sich die Regierung von Bermuda davon? Ich dachte, das letzte, was wir brauchen könnten, wäre noch mehr Publicity.“

„Geld, was denn sonst? Bermuda geht's dreckig. Der Tourismus ist am Boden, die Sportfischerei können Sie vergessen, und auch im Tauchgeschäft läuft kaum mehr etwas.“ Er machte eine Pause. „Und jetzt zu Ihnen. Warum verspüren Sie den dringenden Wunsch, in diesem kleinen stählernen Sarg da runterzutauchen? Nach einem Monster zu suchen, das wahrscheinlich längst weg ist oder Sie töten könnte, falls es sich noch hier aufhält?“

„Es ist, weil . . .“ Sharp zögerte, denn er wußte, daß die meisten Menschen Schwierigkeiten hatten, seine Beweggründe zu verstehen. „Die Sache reizt mich, weil ich so etwas noch nie gemacht habe. Ich möchte wissen, wie das ist.“

„Sie waren auch noch nie auf dem Mond. Würden Sie zum Mond fliegen, wenn Sie die Möglichkeit hätten?“

„Ja, Sir, auf jeden Fall.“

„Lieber Himmel, Sharp!“ Wallingford schüttelte den Kopf. „Na gut, finden Sie sich um sechzehn Uhr bei den Docks ein. Die wollen heute noch rausfahren, bei Nacht ankern und das U-Boot in aller Herrgottsfrühe zu Wasser lassen.“

„Danke, Sir!“ Sharp salutierte.

„Ich hatte sowieso vor, Sie abzukommandieren, selbst wenn Sie sich nicht freiwillig gemeldet hätten." Wallingford grinste. „Ich wollte nur hören, wie energisch Sie Ihr Anliegen vertreten."

IN SEINEM Quartier nahm Sharp eine kleine Reisetasche und packte für die Nacht. Bis er sich geduscht und angezogen hatte, war es schon drei Uhr. Er schnappte sich seine Tasche und beeilte sich. An der Tür fiel ihm ein, daß er sich für den nächsten Tag mit Darling zum Tauchen verabredet hatte. Er ging zurück zum Telefon und wählte Darlings Nummer.

„Schön, daß du anrufst, Marcus", sagte Darling, nachdem er sich gemeldet hatte. „Können wir unseren Tauchausflug morgen verschieben? Hier sind ein paar Leute von irgendeiner Zeitschrift angekommen, und sie wollen mit einem U-Boot runter, um Aufnahmen von dem Tintenfisch zu machen. Sie haben mich als Begleiter angeheuert."

„Du fährst mit? Was meinst du mit ‚Begleiter'?"

„Sie wissen nicht, wo sie nach dem Vieh suchen sollen."

„Und du hast dich dazu bereit erklärt? Ich dachte . . ."

„Marcus, dabei kann ich tausend Dollar am Tag verdienen. Ich zeige ihnen nur, wohin sie fahren sollen. Ich bleibe auf dem Schiff und passe auf das U-Boot auf." Darling lachte. „Du kannst jedenfalls sicher sein, daß ich keinen Fuß in dieses Ding setze."

„Whip" – Sharp hielt kurz inne, denn er spürte, daß seine Begeisterung zu schwinden drohte –, „ich soll auch mitfahren. Die Marine macht sich Sorgen, daß die vielleicht an unseren Sonaranlagen herumschnüffeln könnten."

Für einen Moment herrschte Schweigen. „Du meinst doch wohl nicht im U-Boot?" fragte Darling schließlich erstaunt.

„Ich habe keine andere Wahl, Whip."

„Doch, Marcus", erwiderte Darling mit Nachdruck. „Eines dürfen wir beide nie vergessen: Zwischen Mut und Dummheit besteht ein Riesenunterschied."

DER „Royal Navy Dockyard" war im 19. Jahrhundert von Sträflingen gebaut worden, die von England nach Bermuda verschleppt worden waren. Die Mauern waren über drei Meter dick, und Kopfsteinpflaster bedeckte die freien Flächen. Der Dockyard war einmal eine eigenständige Gemeinde gewesen. Es hatte Kasernen gegeben, Küchengebäude, Gefängniszellen, Segelmachereien, Seilereien und eine Waffenmeisterei. Doch jetzt, als Sharp sich auf dem Kai dem kleinen Schiff näherte, das am Dock lag, passierte er Boutiquen, Cafés und Museen.

Das Schiff hieß *Ellis Explorer* und kam aus Fort Lauderdale in Florida. Sharp lief daran entlang und maß seine Länge mit Schritten ab. Es war ungefähr fünfzig Meter lang und besaß einen großen offenen Heckraum. Das Schiff, offensichtlich funkelnagelneu, wirkte sehr gepflegt. Unmittelbar hinter den Decksaufbauten lag das U-Boot. Es war mit einer Plane zugedeckt.

Im Bug stand eine Frau und warf einem Schwarm kleiner Fische Brotkrumen zu.

„Hallo!“ rief Sharp.

„Tag“, erwiderte sie lässig und drehte sich um. Sie war Ende Zwanzig, groß, sportlich und braun gebrannt. Über einer abgeschnittenen Jeans trug sie ein Männerhemd, das sie in der Taille zusammengeknotet hatte; am Handgelenk hatte sie eine Rolex-Taucheruhr.

„Ich bin Marcus Sharp“, begann er, „Leutnant Sharp.“

„Ach ja, richtig“, erwiderte sie. „Kommen Sie an Bord.“

Sharp ging die Gangway hinauf und betrat das Deck.

Die Frau stellte sich ihm vor. „Ich heiße Stephanie Carr.“ Sie lächelte und schüttelte ihm die Hand. „Ich bin Fotografin.“ Dann führte sie ihn nach hinten in die Schiffskabine.

Die Kabine war geräumig und behaglich ausgestattet. Es gab zwei Tische, zwei Sofas, die am Boden befestigt waren, eine Menge stapelbarer Plastikstühle und ein Fernsehgerät samt Videorecorder. Eine Treppe führte hoch zur Brücke und eine nach unten zur Kombüse und zu den Achterkajüten.

Ein kleiner, drahtiger Mann mit Bürstenhaarschnitt saß auf einem Sofa und sah sich einen James-Bond-Film an. „Das ist Eddie“, erklärte Stephanie. „Eddie steuert das U-Boot. Eddie, das ist Marcus.“

Eddie winkte flüchtig. „Tag.“

Sharp sah, daß auf einem der Tische mehrere Kameras lagen. „Haben Sie auch jemanden von der schreibenden Zunft dabei?“ fragte er Stephanie.

Sie verneinte. „Ich mache alles allein. Wenn uns tatsächlich Aufnahmen von diesem Monster gelingen, interessiert sich sowieso niemand mehr für den Text.“

Sharp stellte seine Tasche auf einen Stuhl. „Wer ist Ellis?“ fragte er. „Ich meine, woher kommt der Name *Ellis Explorer?*“

„Von Barnaby Ellis, dem steinreichen Verleger.“

„Sie arbeiten für ihn?“

„Nein, ich bin selbständig. Ich arbeite für jeden, der mich bezahlt.“

„Sieh da, unser Freund und Helfer von der Marine“, ertönte eine Stimme von der Brücke.

„Kommen Sie, ich stelle Ihnen Hector vor, den Kapitän“, meinte Stephanie und führte ihn auf die Brücke.

Hector war kräftig gebaut, hatte einen dunklen Teint und trug ein weißes Hemd mit Kapitänsstreifen auf den Schulterklappen. Er stand vor einer ausgebreiteten Seekarte von Bermuda. „Dieser Mann namens Darling meint, ich soll hier draußen vor Anker gehen.“ Er tippte mit dem Stift auf einen Punkt auf der Karte. „Aber hier draußen finde ich keinen Grund verzeichnet.“

„Tun Sie, was er sagt“, riet Sharp. „Wenn er meint, daß Sie dort auf Grund stoßen, dann ist da auch Grund.“

„Aber auf der Karte –“

„Käpten“, unterbrach ihn Sharp, „wenn ich auf Bermuda die Wahl hätte zwischen einem Kartographen und Whip Darling, würde ich mich jederzeit für Whip Darling entscheiden.“

ES WAR nach fünf, als sie den Dockyard hinter sich ließen und Richtung Norden Kurs auf die Kanalmarkierungen nahmen. Sharp und Stephanie standen auf dem Peildeck oberhalb der Kabine und beobachteten, wie die kleinen Kumuluswolken in der untergehenden Sonne ihre Farbe änderten.

„Wo leben Sie?“ fragte Sharp.

„In San Francisco – aber leben kann man's eigentlich nicht nennen. Ich habe da eine winzige Wohnung, und zehn bis elf Monate im Jahr bin ich unterwegs.“

„Also sind Sie nicht verheiratet?“

„Wohl kaum.“ Sie lächelte. „Wer würde mich schon haben wollen, wenn er mich nie zu sehen bekommt. Als ich in dieser

ELLIS

Branche angefangen habe, wußte ich schon, daß ich mich für eine Sache würde entscheiden müssen. Bis jetzt ist es das wert. Ich habe die ganze Welt gesehen, habe vom Tiger bis zur Ameise alles fotografiert. Hin und wieder denke ich dran, mich niederzulassen. Aber dann klingelt das Telefon, und ich bin wieder unterwegs zu einem neuen Ort." Sie deutete aufs Meer hinaus. „So wie im Augenblick", fügte sie hinzu.

„Was wissen Sie über Riesentintenfische?"

„Nichts. Na ja, fast nichts. Ich habe auf dem Weg hierher ein paar Artikel gelesen. Offenbar hat noch nie jemand ein Foto von so einem Tier gemacht."

„Dafür gibt es einen guten Grund. Diese Tiere sind gefährlich."

„Nun, das ist doch das Spannende an der Sache, oder? Leute wie ich werden dafür bezahlt, daß sie etwas tun, wozu andere nicht in der Lage sind, selbst wenn sie alles Geld der Welt hätten. Nämlich Risiken eingehen und Entdeckungen machen. Das nennt man leben."

Als Sharp sie anblickte, spürte er einen plötzlichen Schmerz, den er seit Monaten nicht mehr empfunden hatte. Er erinnerte sich an Karen.

TATSÄCHLICH fiel der Anker auf Grund – er landete auf einer kleinen Erhebung eines Riffs, genau an der Stelle, die Darling bezeichnet hatte.

Sie aßen in der Kabine zu Abend: Hamburger aus dem Mikrowellenherd, Nudeln und Salat. Dann sahen sich Eddie und die anderen beiden Besatzungsmitglieder den Film „Jagd auf Roter Oktober" an. Hector kehrte auf die Brücke zurück.

Stephanie goß für sich und Sharp einen Kaffee ein, dann ging sie mit Sharp hinaus in den offenen Heckraum. Der Mond schien so hell, daß er die Sterne in seiner näheren Umgebung überstrahlte; das Meer war glatt wie ein Spiegel.

„Und Sie?" fragte Stephanie. „Sind Sie verheiratet?"

Sharp verneinte, und dann – er wußte nicht genau, warum – erzählte er ihr von Karen.

„Ein hartes Schicksal", sagte Stephanie schließlich. „Ich glaube nicht, daß ich über einen solchen Verlust hinwegkäme."

Bevor Sharp etwas erwidern konnte, rief Hector von der Brücke: „Wo ist denn unser Mann von der Marine?"

Sie liefen den Gang auf der Backbordseite entlang nach vorn und stiegen die vier Stahlstufen zur Brückentür hoch.

„Kommt herein", bat Hector.

Sharp betrat die Brücke. Im Dunkeln glühten die elektronischen Anzeigen.

„Was halten Sie davon?" Hector zeigte auf den Tiefenscanner.

Sharp schaute auf den Bildschirm und sah einen formlosen Fleck. Dann warf er einen Blick auf die Kalibrierungszahlen am Rand des Bildschirms: Das Objekt war zwanzig bis dreißig Meter lang. „Könnte ein Schiffswrack sein", meinte er.

„Ihr könnt es euch morgen vom U-Boot aus ansehen", erklärte Hector. „Im Krieg sind hier eine Menge Schiffe untergegangen. Vielleicht ist das eins davon."

Keiner von beiden warf einen weiteren Blick auf den Bildschirm. Wenn sie es getan hätten, wäre ihnen die Veränderung des formlosen Flecks nicht entgangen. Sie hätten gesehen, wie einige Linien verblaßten und andere an ihre Stelle traten, während sich das Wesen tausend Meter unter ihnen in Bewegung setzte.

Kapitel 8

ALS Sharp am Morgen aufwachte, wußte er einen Augenblick nicht, wo er sich befand. Das Bett war klein und nicht sein eigenes. Ein eigenartiges Summen in der Nähe seines Kopfes hatte ihn geweckt. Er rollte auf die andere Seite und sah die Gegensprechanlage in der Wandverkleidung. Verschlafen nahm er den Hörer ab und nuschelte seinen Namen.

„Raus aus dem Bett, Marcus!" rief Stephanie. „Zeit zum Aufbruch."

Als Sharp den Hörer einhängte, verspürte er leichtes Unbehagen. Er hatte sich freiwillig auf dieses Unternehmen eingelassen, doch was ihm gestern noch als aufregend erschienen war, wurde langsam beängstigend. Noch nie war er in einem U-Boot mitgefahren, ganz zu schweigen von einem U-Boot, das nur wenige Meter lang war. Er mochte keine vollgestopften Fahrstühle, und im Inneren eines Schiffes fühlte er sich auch nicht besonders wohl. Während er sich Wollsocken und einen Pullover anzog – es würde wohl kalt werden tausend Meter unter Wasser –, kamen in ihm Zweifel auf, ob er der geeignete Mann für die Tauchfahrt war.

Die Sonne war gerade über den Horizont gestiegen, als Sharp die Schiffskabine betrat. Durch ein Fenster in deren hinterem Teil beobachtete er, wie Eddie und ein anderer Mann die Plane vom U-Boot abnahmen. Stephanie war auf dem Achterdeck und montierte eine Kamera in ein Unterwassergehäuse. Dann sah er, daß die *Privateer* an der Backbordseite des Schiffes festgemacht hatte. Er hörte Darling hinter sich auf der Brücke mit Hector reden.

„Morgen, Marcus", grüßte Darling, als Sharp auf die Brücke kam. „Bist du immer noch sicher, daß du da runter willst?"

Sharp bejahte. „Ganz sicher."

Darling wandte sich an Hector. „Ich sag meinem Rudergänger, daß er Abstand halten soll, bis ihr das U-Boot zu Wasser gelassen habt, dann wird er es auf dem Monitor verfolgen." Er verließ die Brücke und eilte nach achtern, um mit Mike auf der *Privateer* zu sprechen.

Sharp ging zum Heckraum. Auf der Leiter kam ihm Stephanie entgegen. Mit einer Handbewegung bedeutete sie ihm, ihr zu folgen. Sie traten durch eine wasserdichte Tür in einen Raum, der hinter der Brücke und über der Hauptkabine lag.

Sie befanden sich im Kontrollraum für das U-Boot. Darin war es ziemlich dunkel; an der Decke brannte nur eine rote Glühbirne, und an den vier Monitoren leuchteten farbige Lichtbalken. Eines der Besatzungsmitglieder saß vor einer Schalttafel voller bunter Lichter und Knöpfe. Er trug Kopfhörer mit einem Mikrofon.

„Andy überwacht sämtliche Systeme", erklärte Stephanie. „Ihr Freund Whip wird auch hier sein, wir können jederzeit mit ihm sprechen."

Sharp zeigte auf die Bildschirme. „Das U-Boot ist fest mit dem Schiff verkabelt?"

„Alles wird auf Video aufgezeichnet. Ein einziges faseroptisches Kabel gewährleistet die gesamte Übertragung. Wir haben

Videokameras innen und außen am U-Boot, dazu noch eine Standbildkamera und zwei Fotoapparate. Kann ich Ihnen einen davon in die Hand drücken? Wir sitzen an verschiedenen Bullaugen."

„Sicher", antwortete Sharp. „Was soll ich fotografieren?"

Stephanie grinste. „Ungeheuer. Nichts als Ungeheuer."

AUS der Nähe wirkte das U-Boot auf Sharp wie ein gigantischer Bonbon mit Armen. Am Ende jedes Arms befanden sich Stahlgreifer, die die Videokameras in ihren runden Gehäusen festhielten.

Die Sonne stand inzwischen höher, und es wehte nicht die leiseste Brise. Schweißperlen sammelten sich auf Sharps Stirn, als er sich durch die runde Luke des U-Boots zwängte. Stephanie, die sich ebenfalls warm angezogen hatte, befand sich bereits im Inneren des U-Boots, ebenso wie Eddie.

Der Innenraum des U-Boots maß etwa vier auf zwei Meter bei einem Meter fünfzig Höhe. Die Tauchkapsel hatte drei kleine Bullaugen; eins im Bug für Eddie und eins auf jeder Seite für die beiden Passagiere. Sharp stellte fest, daß er entweder mit gekreuzten Beinen sitzen oder knien mußte, wobei er sein Gesicht ans Bullauge drückte. Auf keinen Fall war er jedoch in der Lage, sich bequem auszustrecken. „Wie lange brauchen wir bis zum Grund?" fragte er.

„Eine halbe Stunde", antwortete Stephanie. „Fünfunddreißig Meter pro Minute."

Gar nicht so schlimm, sagte er sich. Eine Stunde lang würde er es auf jeden Fall aushalten. „Und wie lange bleiben wir unten?"

„Bis zu vier Stunden."

„Vier Stunden!" Nie im Leben, dachte Sharp. Das halte ich nicht durch.

Im selben Moment hörte er jedoch, wie sich der Lukendeckel über ihm mit leisem Zischen schloß.

Stephanie reichte ihm eine Spiegelreflexkamera mit Weitwinkelobjektiv. Sharp wollte ihr die Kamera abnehmen, aber sie rutschte ihm aus der feuchten Hand. Stephanie fing sie knapp über dem Stahlboden des Bootes wieder auf. „Sie sehen ja aus wie der Tod höchstpersönlich", bemerkte sie.

„Was Sie nicht sagen!“ Sharp trocknete sich die schweißnassen Hände an der Hose ab und nahm die Kamera entgegen.

„Wovor haben Sie denn Angst? Wir sind an Bord eines erstklassigen U-Bootes, und Eddie ist ein ausgezeichneter Navigator.“ Sie lächelte. „Stimmt's, Eddie?“

Er murmelte etwas in sein Mikrofon, und plötzlich spürten sie einen Ruck, als der Kran das U-Boot aus seiner Verankerung hob und es über das Heck des Schiffes schwenkte. Dann wurde es langsam hinabgelassen, bis es mit einem Plumps im Wasser landete.

Sharp blickte durch das Bullauge und sah kleine Wellen gegen das Glas schwappen. Das U-Boot begann zu sinken. Schon waren die Bullaugen unter Wasser; alle Geräusche verstummten außer dem leisen Surren des elektrischen U-Boot-Motors.

Der Schweiß auf Sharps Stirn verdunstete schnell, und ihm wurde kalt. In weniger als einer Minute sank die Temperatur um über zehn Grad. Er spähte durch das Bullauge und sah, daß das helle Blau des Meeres schnell einem dunklen Violett wich. Schließlich wagte er einen Blick nach unten. Dort wurde das Violett zu Schwarz, dann herrschte Nacht.

SHARP spürte eine beklemmende Eiseskälte. Seine Wollsocken waren klatschnaß von der Kondensation im Inneren der Stahlkapsel, seine Zehen wurden allmählich taub. Er schob die Hände unter den Pullover, dann wandte er sich vom Bullauge ab und blickte über Eddies Schulter auf die Anzeigen. Die Außentemperatur betrug vier Grad Celsius. In der Kapsel herrschten gerade noch zehn Grad. Sie waren jetzt in siebenhundert Meter Tiefe und würden weiter hinabsinken.

„Etwas mehr Beleuchtung, bitte“, sprach Eddie in sein Mikrofon und betätigte einen Schalter. Die beiden 1000-Watt-Scheinwerfer oben auf dem U-Boot gingen an, und ihr gelbes Licht erhellte das Wasser in einem Umkreis von etwa sieben Metern.

Eine Vielzahl von Lebewesen tauchte vor Sharps Augen auf. Winzige Planktontierchen schwirrten im Licht und glichen einem Miniaturschneesturm. Eine Tiefseegarnele erschien für Sekunden vor seinem Bullauge und schoß dann davon in die Dunkelheit.

„Seht mal, ein Fisch!“ Eddie zeigte hinaus. Sharp reckte den

Hals, um etwas zu erkennen, aber der Tiefseebewohner war schon wieder verschwunden. Rasch spähte er durch sein eigenes Bullauge, und einen Moment später sah er ihn dann doch: Es war ein Tiefsee-Anglerfisch, ein Gebilde wie aus einem Alptraum. Der Fisch ähnelte einer großen braungelben Zyste, aus der die Augen hervortraten wie blaugrüne Pusteln. Er hatte Zähne wie kristallene Nadeln, und seine transparente Haut war kreuz und quer von schwarzen Venen durchzogen. Auf seiner Stirn hatte er einen dünnen, schlangenartigen Auswuchs, an dessen Ende ein Licht glomm wie ein Leuchtfeuer.

Sharp hatte Bilder von Tiefsee-Anglerfischen gesehen. Sie benutzten ihre Lichter als Köder, um arglose Beutetiere anzulocken.

Plötzlich hörte er den Motor von Stephanies automatischer Kamera surren; sie schoß ein Bild nach dem anderen. „Ich dachte, Sie wollten nur Ungeheuer fotografieren“, bemerkte er.

„Was glauben Sie denn, was das hier ist?“ Stephanie zeigte durch ihr Bullauge. „Sehen Sie sich das doch mal an!“

Sharp sah etwas Gelbes an Stephanies Bullauge vorbeihuschen. Er drehte sich wieder um und wartete, bis das Tier auf seinem Weg um das U-Boot an seinem Rundglas auftauchte. Dieses Lebewesen hätte man als einen gelben Pfeil bezeichnen können, nur daß es sein gesamtes pulsierendes Verdauungssystem – Magen, Darm – hinter sich herzog wie einen Beutel.

Schon bald wurden weitere Tiefseebewohner vom Licht angezogen und umschwärmten neugierig und furchtlos die Tauchkapsel. Da gab es schlangenähnliche Tiere, auf deren Rücken lange Borsten wuchsen; glotzäugige Aale mit Buckeln auf den Köpfen, die aussahen wie Tumore; transparent schimmernde Kugeln, die nur aus einem riesigen Maul zu bestehen schienen.

„Da habt ihr ja einen ganzen Zoo vor dem Fenster“, meldete sich Darling über die Funksprechanlage.

Sharp lachte. „Wart nur! Der Aquariumsdirektor erteilt dir reumütig wieder Aufträge, wenn er diese Bilder sieht.“

WHIP hatte Mike gesagt, daß er das Fischradargerät nicht aus den Augen lassen solle, und seit mehr als einer Stunde kam Mike dieser Aufforderung nach. Doch das Bild hatte sich überhaupt nicht verändert: Da war die Linie, die den Meeresboden wiedergab, und knapp darüber der kleine Punkt des schwebenden U-Bootes. Sonst nichts. Plötzlich knackte das Funkgerät, und er hörte Whips Stimme: „*Privateer, Privateer.*"

Mike nahm das Mikrofon und drückte den Sendeknopf. „Bin auf Empfang, Whip."

„Wie läuft's bei dir, Mike?"

„Ich schlaf gleich ein. Das ist ja schlimmer, als darauf zu warten, daß Farbe trocknet."

„Im Moment ist sowieso nichts los. Geh ein bißchen Luft schnappen."

„Mach ich", erwiderte Mike. „Ich setz mich ins Freie und mach an der vertrackten Pumpe weiter."

„Dreh die Lautstärke hoch, und laß die Tür offen, damit du mich hören kannst, wenn ich dich rufe."

„Alles klar, Whip."

Mike hängte das Mikrofon wieder in die Gabel. Er warf einen letzten Blick auf den Monitor und ging hinunter auf Deck.

Auf der Brücke verbreitete das Fischradargerät weiterhin einen grünlichen Schimmer. Eine ganze Weile blieb das Bild unverändert. Doch dann erschien auf der rechten Seite ein Fleck, der sich langsam über den Bildschirm auf das U-Boot zubewegte.

„SIE zittern ja, als würden Sie frieren, Marcus", stellte Stephanie fest.

Sharp nickte. „Richtig erkannt. Weshalb ist Ihnen nicht kalt?"

„Ich trage dreierlei Unterwäsche übereinander: Baumwolle, Seide und Wolle." Stephanie öffnete eine Plastikbox und holte eine Thermoskanne heraus. Sie drehte den Schraubverschluß um, füllte ihn mit Kaffee und reichte ihn Sharp.

„Danke", sagte er und trank. Der Kaffee war stark, und Sharp spürte seine wohltuende Wärme. Er sah auf seine Uhr. Jetzt waren sie schon fast drei Stunden hier unten, trieben in einer Tiefe von achthundert Metern und hatten noch nichts gesehen außer den merkwürdigen Lebewesen der Tiefsee, die sich um die Kapsel scharten und dann wieder in der Dunkelheit verschwanden.

„Soll ich zum Grund runter?" fragte Eddie in sein Mikrofon.

Darlings Stimme ertönte über den Lautsprecher. „Warum nicht?"

Eddie drückte den Steuerhebel nach vorn, und das U-Boot ging noch weiter auf Tauchstation. Der Meeresgrund ähnelte den Fotos, die Sharp vom Mond gesehen hatte: karg, sandfarben und gewellt.

Plötzlich fuhr Eddie hoch. „Was ist das?“ rief er.

„Was?“ fragte Sharp. „Was ist denn?“

Eddie zeigte auf Sharps Bullauge. Sharp beschirmte die Augen und drückte sein Gesicht gegen das Glas. Schlangen, dachte Sharp zuerst. Tausende von Schlangen, die sich alle um einen Kadaver scharten, aus dem sie Fleischstücke herausrissen. Brocken, die im Wasser trieben, wurden sofort von anderen Tiefseefischen einverleibt.

Eddie schwenkte die Tauchkapsel über das verworrene Knäuel und verscheuchte die Aasfresser. Jetzt konnte Sharp erkennen, woran sie sich gütlich getan hatten. „Ein Pottwal! Das ist der Unterkiefer eines Pottwals. Kannst du es sehen, Whip?“

„Ja“, antwortete Darling, dessen Stimme hohl und weit entfernt klang.

„Welches Tier ist denn in der Lage, einen Pottwal zu töten?“

Darling antwortete nicht, und in der Stille dachte Sharp plötzlich: Ich weiß es. Er begann zu schwitzen. Noch mehr als zuvor strengte er seine Augen an, um in die Finsternis jenseits des Lichtfeldes zu spähen. Fische flitzten hin und her – Sharp schöpfte Trost aus ihrer Anwesenheit. Whip hatte ihm einmal gesagt, daß er sich keine Sorgen um Haie zu machen brauchte, solange andere Fische in der Nähe waren. Denn Fische empfingen die elektromagnetischen Impulse, die sie vor dem Angriff eines Hais warnten. Erst wenn die Fische verschwanden, hatte er also Anlaß zur Besorgnis.

DAS Wesen spürte eine Veränderung in seiner Umgebung, so als wäre plötzlich Energie in seine Welt geströmt. Ein starkes Licht; Vibrationen im Wasser, die unter den Tieren für Unruhe sorgten. Da war etwas, nicht weit entfernt, und es bewegte sich.

Sein Geruchssinn nahm jedoch kein Lebenszeichen wahr. Hätte es nicht ungeheuren Hunger verspürt, wäre das Tier vielleicht vorsichtiger gewesen. Aber es hatte seit Tagen nichts gefressen, und seine Gier verführte es zum Leichtsinn, also bewegte es sich weiter. Es konnte nicht länger als Aasfresser leben, sondern war gezwungen, wieder zu jagen.

Bald sah es die Lichter – kleine, grelle Blitze, die durch die Schwärze drangen –, und sein ganzer Körper wurde von den trommelnden Vibrationen erfaßt, die von dem Ding ausgingen.

Bewegung bedeutete Leben. Vibrationen bedeuteten Leben. Und so entschied es, daß das Ding lebendig war. Es griff an.

„DAS Biest ist nicht hier unten“, entschied Eddie. „Wir steigen wieder auf.“ Er zog den Steuerhebel zurück.

Sharp beobachtete die digitale Tiefenanzeige auf der Schalttafel. Er schaute zu, wie die Zahl langsam abnahm: 970 Meter, 969 . . . Zu langsam, dachte er und hätte die Zahlen am liebsten gezwungen, sich schneller zu verändern. Er seufzte, massierte seine Zehen.

Plötzlich ruckte die Tauchkapsel und kippte auf die Seite. Sharp verlor den Halt und konnte sich nur mit Mühe abfangen. Die Tauchkapsel richtete sich wieder auf und setzte ihren Weg nach oben fort.

„Was zum Teufel war das denn?“ fragte Sharp.

Eddie gab keine Antwort. Er saß mit angespannten Schultern nach vorn gebeugt an seinem Steuerhebel.

Stephanie stemmte ihren Rücken gegen die Verkleidung und stützte sich mit den Händen am Boden ab. „Was war das, Eddie?“ wiederholte sie.

„Ich hab nichts gesehen“, erwiderte Eddie. „Wären wir in einem Flugzeug, würde ich sagen, wir haben ein Luftloch erwischt.“

Darling meldete sich über den Lautsprecher. „Ein Wasserwirbel scheidet als Erklärung aus. Da unten gibt es keine Strömungen.“ Er hielt kurz inne. „Irgendwas muß in eurer Nähe sein.“

Als Darlings Worte in Sharps Bewußtsein drangen, bekam er augenblicklich ein flaues Gefühl im Magen. O Gott, dachte er, jetzt geht’s los.

Stephanie hatte sich wieder mit ihrer Kamera vor das Bullauge gesetzt. „Machen Sie auch ein paar Fotos, Marcus“, sagte sie über die Schulter hinweg.

„Wovon?“ antwortete Sharp. „Ich sehe nichts.“

„Die Foto-Optik ist empfindlicher als Ihr Auge. Vielleicht sieht sie mehr.“

Bevor Sharp antworten konnte, ruckte die Tauchkapsel wieder

heftig und kippte nach links. Ein Schatten schwamm vor den Lichtern vorbei, dämpfte ihren Schein einen Augenblick und verschwand wieder.

„Verflixt!" schrie Eddie, während er mit dem Hebel kämpfte, um das U-Boot wieder aufzurichten.

Sharp hielt mit zitternden Händen seine Kamera vor das Bullauge, drückte auf den Auslöser, wartete kurz und drückte erneut ab.

Das U-Boot stieg wieder. Sharp warf einen Blick auf die Anzeige: 960 Meter, 959, 958 . . .

DER gigantische Tintenfisch schoß in einem Anfall blinder Wut durch die Dunkelheit. Beide Tentakel holten mit aufgerichteten Haken zum Schlag aus. Seine Farbe wechselte von Grau über Braun und Rot zu einem hellen Violett.

Er war einmal über dieses leuchtende Ding hinweggeschwebt, um es abzuschätzen; dann hatte er versucht, das Ding zu töten. Das Ding war hart gewesen, von einem undurchdringbaren Panzer umgeben, und es hatte sich mit heftigen Bewegungen zur Wehr gesetzt.

Da sein Angriff nichts Verwertbares hervorgebracht hatte wie Blut oder herausgerissene Fleischstücke, hatte der Tintenfisch seine Attacke nicht weiter fortgesetzt. Auf der Suche nach einer anderen Nahrungsquelle zog er weiter.

Doch seine Verdauungssäfte strömten bereits in Erwartung von Nahrung durch seinen Körper. Jetzt verursachten sie dem Tier Schmerz, Verwirrung und Aggression. Auf der Suche nach Beute – irgendeiner Beute – rauschte es durch das Meer, wobei es dem leuchtenden Ding mit großem Abstand langsam weiter nach oben folgte.

„DAS war vielleicht was", meinte Stephanie, als sie sich nach der Ankunft auf dem Schiff durch die offene Luke des U-Boots schob und auf dem Rand sitzen blieb. Sie grinste zu Darling und Hector hinunter, die auf dem Deck der *Ellis Explorer* standen.

Sharp zwängte sich durch die Luke und setzte sich neben Stephanie. Er atmete tief durch, genoß die frische Luft und die Sicherheit.

„Habt ihr es gesehen?“ fragte Hector. „Was auch immer euch da unten rumgeschubst hat?“

„Ich weiß nicht, ich konnte es nicht richtig erkennen.“ Stephanie sah Sharp an. „Und Sie?“

„Ich auch nicht“, bestätigte Sharp. Dann wandte er sich an Darling. „Habt ihr irgendwas davon auf Video, Whip?“

„Nur einen Schatten“, erwiderte Darling.

„Was immer das auch war“, meinte Eddie, „ich glaube nicht, daß es das U-Boot angreifen wollte. Es hat einen Blick auf die Tauchkapsel geworfen und ist dann weitergezogen.“

„Mag sein“, murmelte Darling. Er hatte das U-Boot umrundet, hielt inne und berührte etwas.

Sharp beugte sich über die Seite und sah auf die Stelle, wo Whip mit seinen Fingern über die Farbe strich. Er sah fünf unregelmäßige Kratzer, die alle zwischen einem halben und einem Meter lang waren; die Lackschicht war aufgerissen, und darunter kam das blanke Metall zum Vorschein. „Das war der Tintenfisch, stimmt's?“ vermutete er.

Darling nickte. „Sieht ganz so aus.“

„Fürs nächste Mal sind wir also gewarnt.“ Stephanie zog die Beine aus der Luke und rutschte an der Tauchkapsel entlang auf Deck. „Wie lange warten wir, bis wir wieder runtergehen?“ fragte sie Eddie.

„Vier Stunden.“ Eddie blickte auf seine Uhr. „Gegen vier sollten wir für unseren zweiten Ausflug startklar sein.“

Ohne mich, dachte Sharp. „Ich bleib oben“, erklärte er. „Ich kann auch auf dem Bildschirm genug sehen, um die Marine zu beruhigen.“

„Sie könnten auch gar nicht mit“, sagte Hector. „Sie werden nämlich abgelöst.“

„Von wem?“

„Die Regierung von Bermuda hat heute nachmittag jemand anderen bestimmt: Liam Saint John. Es scheint, als hätte er einen Plan ausgearbeitet, um diesen Tintenfisch zu töten.“

Sharp drehte sich zu Darling um und sah dessen angewiderten Gesichtsausdruck. Darling wandte sich ab und spuckte über die Reling.

Kapitel 9

SHARP und Darling standen auf dem Peildeck und sahen zu, wie St. John seine Ausrüstung vom Aquariumboot auf das Schiff umlud: vier Aluminiumkästen, zwei Kühlboxen mit frischem Fisch und eine Spezialreuse aus Maschendraht und Stahlstreben, deren Grundfläche ungefähr einen Quadratmeter maß.

St. John beriet sich mit Eddie und Stephanie. Dann rief Eddie die beiden anderen Besatzungsmitglieder der *Ellis Explorer* zu sich. Sie schleppten die Ausrüstung zum U-Boot und fingen an, den Drahtkäfig auf der Tauchkapsel zu befestigen.

Stephanie kam zu Sharp und Darling auf das Peildeck. „Das könnte interessant werden“, erklärte sie. „Dieser Saint John hat sogar Hector für seine Idee begeistern können, und dazu gehört schon was.“ Sie zeigte zum Achterdeck, und sie sahen, wie Hector St. John folgte und ihm Fragen stellte.

„Glauben Sie, daß er eine Chance hat?“ fragte Sharp.

„Allerdings. Er hat mit Sicherheit genug Köder dabei. Fünfzig Kilo frischer Thunfisch müßten reichen, um auch das letzte Tier anzulocken, das da unten lebt, und es lange genug zu beschäftigen, damit wir unsere Aufgabe erledigen können.“

„Wie will er das Monstrum denn töten?“ wollte Darling wissen.

„Mit zwei verschiedenen Waffen“, antwortete Stephanie, wobei sie auf die mechanischen Arme des U-Bootes zeigte. „Sie werden an den Greifern montiert, und er kann sie vom Inneren der Kapsel aus bedienen. Zum einen hat er eine Harpunenspitze mit Strychnin präpariert; die Dosis reicht aus, um ein Dutzend Elefanten zu töten. Die zweite Waffe ist ein großkalibriges Schrotgeschoß; es ist mit Quecksilber gefüllt, dessen giftige Kügelchen sich im Körper verteilen. Wenn beide Waffen versagen sollten, glaubt Saint John, daß sich der Tintenfisch mit großer Wahrscheinlichkeit um die Tauchkapsel selbst wickeln wird, und dann kann man ihn an den Kabeln hochziehen und hier oben töten.“

„Meine Güte!“ entfuhr es Darling. „Das ist ja, als wollte man einen Tiger fangen, indem man ihm die Hand ins Maul steckt und ruft ‚Ich hab ihn!‘“

„Na ja, die Tauchkapsel kann der Tintenfisch nicht knacken“, meinte Stephanie. „Ich verspreche mir schon einiges von dieser Aktion.“

„Ich halte den Plan für hirnverbrannt, wenn Sie mich fragen“, erwiderte Darling und verließ das Deck.

„Tauchen Sie nicht mit runter“, bat Sharp Stephanie. „Lassen Sie Saint John seine Schnapsideen allein ausprobieren. Sie können doch das nächstemal wieder mit.“

„Es ist lieb von Ihnen, Marcus, daß Sie sich um mich sorgen.“ Kurz berührte sie seine Wange. „Aber ich will mit runter. Deswegen bin ich ja hier.“

DARLING betrat die Brücke und rief die *Privateer,* die inzwischen über einen Kilometer weit Richtung Norden abgetrieben war. „Wollte nur mal hören, ob auch alles in Ordnung ist, Mike“, begann er. „Kannst du dich noch wach halten?“

„Mit Mühe. Bist du damit einverstanden, daß ich eine Angelschnur auswerfe und mir ein paar Schnapper fange?“

„Sicher, aber fahr zuerst hier rüber, dann kannst du den Motor abstellen und unser Schiff driften lassen. So hast du auch ’ne gute Position, um das U-Boot zu beobachten.“

„Geht in Ordnung, Whip“, antwortete Mike. „*Privateer* bleibt auf Empfang.“

MIKE fuhr heran, nahm den Gang heraus und wartete, bis das Boot ruhig im Wasser lag. Dann blickte er zur *Ellis Explorer* hin und versuchte die Entfernung abzuschätzen. Hundertfünfzig bis zweihundert Meter, vermutete er, genau richtig. Das U-Boot war immer noch an Bord.

Er stellte den Motor ab, ging nach achtern und schnitt zwei große Stücke von einer Makrele ab. Er befestigte zwei Haken an einer Angelschnur und spießte die Fischstücke darauf. Dann verknotete er ein schweres Bleistück am Ende der Schnur und warf sie aus. Der Eimer, in dem die Makrele gelegen hatte, war halbvoll mit blutigem Wasser und Fischresten. Er goß den Inhalt über Bord.

Als nach fünf Minuten noch nichts angebissen hatte, kam ihm in den Sinn, daß sich die Fische, wenn es überhaupt welche gab, entweder weit über oder weit unter seinem Köder aufhielten. Das Fischradargerät war nach wie vor in Betrieb, also konnte er es gut für seine Zwecke nutzen und nachsehen, ob es ihm irgendwelche Hinweise liefern würde. Er befestigte die Angel in einer Klemme und ging nach vorn ins Ruderhaus.

Auf dem Bildschirm herrschte Chaos. Noch nie zuvor hatte er so ein Muster gesehen. Wenn er nicht mit Sicherheit gewußt hätte, daß er tausend Meter Wasser unter sich hatte, wäre er überzeugt davon gewesen, daß das Boot auf Grund gelaufen war. Vielleicht hatte sich etwas in der Rumpföffnung festgesetzt, in der sich der Transponder des Geräts befand. Sobald sie die Suchaktion beendet hätten, würde er sich eine Sauerstoffflasche schnappen, unter das Boot tauchen und nachsehen.

Er ging wieder nach hinten, löste die Angel aus der Klemme und merkte sofort, daß etwas nicht stimmte. Sie war zu leicht. Das Gewicht war weg, die Haken und Köder fehlten wahrscheinlich auch. Er fluchte und holte die Schnur ein.

DAS Tier pumpte einen Schwall Wasser durch seinen Körper und schoß davon, auf der Suche nach der schwachen Nahrungsfährte, die es gefunden, verloren, wiedergefunden und erneut verloren hatte. So weit oben im wärmeren Wasser fühlte es sich nicht wohl und hätte sich kaum in dieser Zone aufgehalten, wenn es vom Hunger nicht dazu getrieben worden wäre. Es hatte zwei kleine Bissen entdeckt und verschlungen und sich im kühlen Schatten eines toten Gegenstandes an der Wasseroberfläche ausgeruht. Doch dann war es von oben mit einem Hagel lästiger Impulse bombardiert worden, und so hatte es sich nach einer Weile entfernt. Jetzt tauchte es ab und stieg gleich darauf wieder auf, fand aber nichts.

Dennoch, je höher es stieg, um so vielversprechender erschien ihm das Meer. Es gab Spuren, die den Tintenfisch aufs äußerste peinigten. Sein Instinkt sagte ihm, daß nahe der Oberfläche Nahrung vorhanden war.

Es stieg höher, näherte sich dem dunklen Schatten und tauchte direkt darunter auf, wobei es enorme Wassermengen über sich in Bewegung setzte.

„VERDAMMTE Junghaie!“ fluchte Mike, als er das Ende der Angelschnur betrachtete. Da läßt man seine Köder ein paar Minuten lang unbeobachtet, und schon schleichen sie sich an und beißen sie einfach ab.

Das Boot hob sich unter ihm, als würde es von einer plötzlichen Welle erfaßt, und er spähte über das glatte Wasser. Merkwürdig, daß sich eine solche Grunddünung aus dem Nichts bilden konnte. In der Ferne sah er, daß der Kran der *Ellis Explorer* das U-Boot aus seiner Verankerung hob und es über das Heck des Schiffes schwenkte.

Wie lange würde das U-Boot für die Tauchfahrt bis zum Grund brauchen? Eine halbe Stunde? Er hatte noch genügend Zeit, eine zweite Angelschnur auszuwerfen. Mike nahm eine neue Spule vom Lukendeckel, lehnte sich gegen die Reling und hielt die Öse des Drehgelenks am Ende der Spule vor sein Gesicht, um die Schnur einzufädeln. Hinter ihm ertönte ein merkwürdiges Schmatzen. In seinem Unterbewußtsein registrierte er das Geräusch, aber er konzentrierte sich so sehr auf seine Angelschnur, daß er ihm keine Beachtung schenkte.

Wieder hörte er das Schmatzen, diesmal noch näher, und dann war da noch ein kratzendes Geräusch. Er vernahm einen eigenartigen Geruch, der ihm zwar bekannt vorkam, den er im Moment jedoch nicht einzuordnen wußte.

Plötzlich klammerte sich etwas um seine Brust und um seinen Kopf, irgend etwas Festes und Feuchtes. Mike versuchte mit beiden Händen, es wegzuzerren, doch er rutschte ab, als das Ding zuzudrücken begann. Er spürte einen Schmerz, als würden sich tausend Eispickel in sein Fleisch bohren.

Als er den Boden unter den Füßen verlor und spürte, wie ihn etwas durch die Luft zerrte, wurde ihm klar, was passiert war.

ANDY saß vor der Schalttafel im Kontrollraum. Darling stand mit Kopfhörern hinter ihm, und auch Sharp blickte ihm über die Schulter. Zwei der vier Monitore waren in Betrieb. Der eine zeigte das Innere der Tauchkapsel: Eddie, der den Steuerhebel festhielt und aus seinem Bullauge spähte; St. John, der die Fernbedienung der Greifarme testete, und Stephanie, die das Objektiv einer ihrer Kameras einstellte. Der andere Monitor zeigte, was außerhalb der Kapsel vor sich ging: das Gleißen der Scheinwerfer, den Planktonregen und das rote Fischblut, das aus dem Käfig gespült wurde.

„Neunhundertfünfunddreißig", verkündete Andy. „Sie sind fast unten."

Bald sahen sie den Meeresgrund. Der Propeller des U-Boots wirbelte in einer trüben Wolke Schlick auf. Als die Tauchkapsel schließlich auf Grund lag, setzte sich die Wolke wieder.

Plötzlich huschte ein Schatten über den Grund, verschwand und tauchte aus der anderen Richtung wieder auf. „Ein Hai", erklärte Darling. „Saint John hat seine Rechnung ohne die Haie gemacht. Die haben es wahrscheinlich auf die Köder abgesehen."

Das Bild auf dem Monitor wackelte, als die Tauchkapsel erschüttert wurde. „Was ist das?" hörten sie St. John fragen.

„Ein Hai, Dr. Saint John", sagte Andy in sein Mikrofon.

„Na, dann tun Sie doch was!" rief St. John.

Darling lachte. „Wir sind beinahe einen Kilometer von Ihnen entfernt."

Andy drückte einen Knopf und betätigte einen Hebel. Das Bild auf dem Monitor der Außenkamera veränderte sich und schwenkte nach oben. Jetzt konnten sie den Käfig erkennen.

„Das ist ein Sechskiemer", erklärte Darling. „Sieht man selten."

Der Hai war schokoladenbraun mit grellen grünen Augen und sechs gekräuselten Kiemenschlitzen. Er war klein, kaum doppelt so groß wie der Käfig, aber äußerst hartnäckig. Sogleich biß er sich in einer Ecke des Käfigs fest und wand seinen Körper erst in die eine, dann in die andere Richtung in dem Versuch, ein Loch in den Maschendraht zu reißen.

Auf dem zweiten Monitor sahen die drei im Kontrollraum, wie St. John nach vorn kroch und sich an der Fernbedienung eines der mechanischen Arme zu schaffen machte. Eingebettet in der Schalttafel des U-Boots befand sich ein Schwarzweißmonitor. Während St. John auf diesen Monitor starrte, zog er den einen Hebel nach vorn. Augenblicklich fuhr der Greifarm hoch und schwenkte herum, bis die Harpunenspitze auf den Käfig zielte, der mit Thunfischen gefüllt war.

„O weh!" seufzte Darling. „Tun Sie's nicht, Saint John. Lassen

Sie den Hai in Ruhe. Ein Sechskiemer kann Ihrem Käfig nichts anhaben."

„Das sagen Sie!" St. Johns Stimme ertönte über Lautsprecher. „Warum sollte ich dem Vieh meine Köderfische überlassen?"

Sie sahen, daß sich Stephanie zu ihrem Nachbarn hinüberbeugte. „Dr. Saint John", hörten sie sie sagen, „wenn wir eine unserer Waffen auf den Hai abfeuern, verringern sich unsere Chancen um die Hälfte."

„Keine Sorge, Miß Carr", erwiderte St. John. „Uns bleiben noch genug."

Auf dem einen Monitor beobachteten sie, wie St. John einen Knopf drückte; auf dem anderen erschien eine Explosion von Blasen, als die Harpune abgefeuert wurde und die Spitze mit der Giftampulle den Hai direkt hinter den Kiemen traf.

Ein paar Sekunden lang schien der Hai den Einstich gar nicht zu spüren. Dann wölbte sich sein Körper, seine Schwanz- und Brustflossen versteiften sich, sein Maul klappte auf. Zuckend schwebte er im Wasser. Schließlich drehte er nach rechts ab, rollte herum und sank in den Schlick.

„Wird der tote Hai nicht noch mehr Haie anlocken?" wollte Sharp wissen.

Darling verneinte. „Haie sind in der Beziehung sehr seltsam. Sie töten sich zwar gegenseitig, aber wenn einer von ihnen stirbt, halten sich die anderen von dem Kadaver fern. Es ist, als würden sie ahnen, daß dort der Tod lauert." Darling hielt inne und blickte auf den Monitor. „Die einen schreckt der Tod", fügte er hinzu, „die anderen scheint er zu berauschen."

DER Riesentintenfisch hatte gefressen, doch nach so langer Entbehrung hatte das aufgenommene Protein nicht gereicht, um seinen Hunger zu stillen. Und so setzte das Tier seine Jagd fort, indem es sich zum Meeresgrund absinken ließ.

Plötzlich wurden seine Sinne durch neue, widersprüchliche Signale erregt: Nahrung, lebende Beute, tote Beute, Licht, Bewegung, Geräusche. Verwirrt, berauscht und angriffslustig schoß es durch das Wasser.

Die Stäbchenzellen in seinen Augen registrierten ein Glitzern in seiner Nähe. Immer stärker wurde das Licht. Aufgebracht pumpte der Riesentintenfisch enorme Wassermengen durch seine Körperhöhlen und stieß sich am Grund entlang vorwärts.

Während sich das Tier der Lichtquelle näherte, wurde deren Leuchten greller, fast abstoßend. Sein Instinkt riet ihm, sich in die Dunkelheit zurückzuziehen, doch sein Geruchssinn empfing starke, überwältigende Nahrungssignale: frische Beute.

Der Hunger trieb es weiter.

SHARP gähnte, streckte sich und schüttelte den Kopf; es fiel ihm schwer, wach zu bleiben. Seit mehr als einer Stunde verfolgten sie das Geschehen auf den Bildschirmen: Nichts tat sich. Das leichte Flimmern der Monitore wirkte einschläfernd wie ein Testbild.

Die Innenkamera zeigte Stephanie, St. John und Eddie, die sich kaum bewegt und nur wenige Worte miteinander gewechselt hatten. Stephanie hatte ein paar Fotos gemacht, doch jetzt kniete sie einfach nur da und schaute durch ihr Bullauge.

An Bord der *Ellis Explorer* öffnete sich die Tür zum Kontrollraum, und Darling erschien mit zwei Tassen Kaffee. Eine davon reichte er Sharp. „Ich konnte keine Sahne finden, also . . . Verdammter Mist!"

„Was denn?" Sharp folgte Darlings Blick zum Monitor.

„Die Fische. Sie sind weg!"

Als Darling den Kopfhörer aufsetzte und den Sendeknopf an seinem Mikro drückte, wurde Sharp klar, was er meinte: Rund um das U-Boot patrouillierten keinerlei Raubfische mehr, und auch die winzigen Aasfresser, die die Thunfischstückchen aus dem Drahtkäfig verschlungen hatten, waren verschwunden.

„Dr. Saint John!" schrie Darling ins Mikrofon. „Vorsicht!"

ST. JOHN zuckte zusammen. Er schaute sich um, sah aber nichts. „Vorsicht, wa . . .?"

Plötzlich ertönte ein hohles Geräusch, dann ein Kratzen, fast so, als wäre ein Schiff auf Grund gelaufen. Die Tauchkapsel wurde hochgerissen und nach vorn gekippt. Die Innenkamera zeigte, daß Stephanie und St. John gegen Eddie geschleudert wurden. Alle drei landeten über dem Schaltpult. Die Außenkamera zeigte nichts als Schlick.

Eddie fluchte. St. John griff nach den Hebeln für den Greifarm und versuchte ihn zu bewegen. „Der Arm steckt im Schlick fest!“ brüllte er.

„Gib Vollgas!“ rief Darling Eddie zu. „Der Propeller wird das Vieh abschrecken.“

Sie sahen, wie Eddie den Steuerhebel zurückzog und den Anlasser drückte. Der Motor heulte auf, sie hörten sein Kreischen. Das U-Boot richtete sich auf, und der Greifarm kam frei.

„Die Kamera!“ rief St. John.

Eddie bediente die Kontrollhebel für die Außenkamera, während St. John den mechanischen Arm nach oben schwenkte. Den Finger hatte er dabei auf dem Abschußknopf.

DER Monitor auf der *Ellis Explorer* gab das Bild der Kamera wieder, die herumschwenkte. Aus dem Schlick stieg sie empor ins klare Wasser, dann richtete sie sich auf etwas Verschwommenes an der Seite der Tauchkapsel und dann auf . . .

„Was, zum Teufel, ist das?“ rief Sharp entsetzt.

Der Monitor zeigte rosagraue Kreise, zuckende Saugnäpfe, jeder mit Zähnen umrandet und mit einer bernsteinfarbenen Klaue bestückt.

„Mist ist das, großer Mist“, sagte Darling. „Drücken Sie ab, Saint John!“ schrie er ins Mikrofon.

Das Bild auf dem Monitor erlosch. Das Tier hatte die Kamera mit seinem Tentakel zermalmt und fortgestoßen.

Jetzt wandte sich der Riesentintenfisch wieder den zerstückelten Nahrungsresten zu. Seine acht kurzen Arme suchten tastend und kratzend nach weiteren Stücken, mit denen er seinen schnappenden Schnabel füttern konnte. Doch er fand nichts mehr.

Das Tier war verwirrt, denn es witterte Nahrung, ohne sie genau orten zu können. Wo war die Beute?

Es registrierte die große, harte Schale und ahnte, daß sie die Nahrung umgab. Sofort umschlang es die Tauchkapsel mit seinen Tentakeln, um sie zu zerstören.

„ICH kann nichts sehen!“ rief St. John. „Wo ist das Vieh?“

„Drücken Sie ab, Mann!“ wiederholte Darling. „Das Mistvieh ist so groß, daß Sie es gar nicht verfehlen können.“

Sie beobachteten, wie St. John den Auslöser für das Quecksilbergeschoß drückte. „Es funktioniert nicht!“ schrie er und drückte noch einmal verzweifelt auf den Knopf.

„Da!“ rief Stephanie plötzlich und zeigte auf ihr Bullauge. „Da im Schlick. Das Geschoß. Das Tier hat es abgerissen!“

Dann erbebte die Tauchkapsel, rollte von einer Seite zur anderen, wirbelte alle Passagiere durcheinander. Die Szenerie vor den Bullaugen veränderte sich wie der Blick durch ein Kaleidoskop: Schlick, Wasser, Licht, Dunkelheit.

WÄHREND Sharp auf den einzigen Monitor starrte, der noch etwas wiedergab, war ihm fast übel vor lauter Hilflosigkeit. „Wir müssen doch etwas tun!“ schrie er.

„Sie hochholen, die Winde einschalten“, erklärte Andy. „Vielleicht wird das Tier durch die Bewegung abgeschreckt.“

„Es würde zehn Minuten dauern, um das Kabel zu straffen“, entgegnete Darling. „Und so viel Zeit haben wir nicht mehr. Was immer auch geschehen mag, wir können es nicht ändern.“

DAS Tier suchte nach einer Schwachstelle in der gepanzerten Hülle. Irgendwo mußte sie sein. Jedes Beutetier hatte seine Achillesferse. Das Ding war nicht mal halb so groß wie das Tier selbst, und obwohl es stark zu sein schien, setzte es sich nicht zur Wehr.

Mit Leichtigkeit hob es das Ding mit seinen beiden langen Tentakeln hoch, wobei es nach einer brüchigen Stelle tastete. Es öffnete sein Maul und ließ seine Raspelzunge über die Schale wandern.

„WAS ist das für ein Geräusch?“ keuchte St. John. Es klang, als würde jemand mit einer groben Feile über den Rumpf schaben.

Die Tauchkapsel schwebte jetzt kopfüber im Wasser, und die drei knieten in der Deckenwölbung und klammerten sich mit den Händen fest.

„Es spielt mit euch“, sagte Darling über sein Mikrofon. „Wenn wir Glück haben, hat es vielleicht bald genug davon und läßt euch los. Dann ziehen wir euch hoch.“

Im Kontrollraum wartete Sharp, bis Darling den Sendeknopf losgelassen hatte. „Glaubst du das wirklich?" fragte er.

Darling schwieg eine Weile, dann verneinte er. „Das Mistvieh wird einen Weg finden, um die Kapsel zu knacken."

DER Riesentintenfisch ließ die Zunge über das Gehäuse gleiten; so erforschte er dessen Beschaffenheit und suchte nach einem Ansatzpunkt. Doch die Schale schien rundherum dieselbe: hart, geschmacklos und tot.

Ein Signal blitzte durch sein Gehirn.

Die Zunge hielt inne, zog sich zurück und wanderte wieder tastend weiter, diesmal etwas langsamer. Da! Erneut das Signal, jetzt blieb es beständig.

Die Beschaffenheit an dieser Stelle war anders: glatter, dünner, schwächer.

STEPHANIE hörte das Geräusch hinter sich – sofort drehte sie sich um und blickte durch ihr Bullauge. Was sie sah, ließ sie aufschreien und zurückweichen.

St. John blickte auch hin und stöhnte.

„Was ist?" fragte Darling durch das Mikrofon.

„I-ich glaube . . .", stotterte St. John, „da ist eine Zunge."

Andy änderte vom Kontrollraum aus den Anstellwinkel der Innenkamera und richtete sie auf das Bullauge. Jetzt konnten er, Darling und Sharp es auch sehen: Tatsächlich fuhr eine Zunge über das Glas, bedeckte es mit ihrem rosafarbenen Fleisch. Dann zog sie sich zurück, und einen Moment erschien das Bullauge lediglich als schwarzer Kreis. Sie hörten ein ohrenbetäubendes Quietschen.

St. John riß die Taschenlampe aus der Halterung an der Innenverkleidung und richtete ihren Lichtkegel auf das Bullauge. Er konnte nur einen Teil dessen erkennen, was dahinter zum Vorschein kam, denn es war größer als das Bullauge, viel größer. Es war ein sichelförmig gebogener, bernsteinfarbener Schnabel; sein spitz zulaufendes, scharfes Ende drückte gegen das Glas.

Stephanie preßte sich rücklings an die gegenüberliegende Wand, während St. John die Taschenlampe auf das Bullauge gerichtet hielt. Eddie drehte sein Gesicht zur Kamera. „Hol uns doch einer hier raus, verdammt noch mal!" brüllte er.

Plötzlich ertönte ein knackendes Geräusch. Im Bruchteil einer Sekunde strömte donnernd Wasser in die Kapsel. Die drei im Kontrollraum hörten das Dröhnen und die Schreie . . . Dann herrschte Stille, und das Bild auf dem Monitor erlosch.

Schweigend starrten sie auf den schwarzen Bildschirm.

Kapitel 10

SOBALD Darling im Taxi saß, nahm er die Krawatte ab und steckte sie in seine Jackettasche. Er kurbelte das Fenster herunter und ließ die Brise über sein Gesicht streichen.

Er haßte Beerdigungen, aber zumindest war es eine schlichte Beerdigung gewesen, nur Mikes Angehörige und Darling. Die Predigt hatte ein portugiesischer Priester gehalten.

Mike und er hatten schon vor langer Zeit einen Pakt geschlossen: Wenn einer von ihnen sterben würde, mußte ihn der andere nach Seemannsart begraben, im Meer. Nun ja, Mike hatte seine Seebestattung bekommen, allerdings nicht so, wie sie es geplant hatten.

Niemand hatte Fragen gestellt oder Vorwürfe erhoben. Ganz im Gegenteil, Mikes Witwe, ihre beiden Brüder und ihre zwei Schwestern hatten sich größte Mühe gegeben, Darling zu trösten. Was natürlich dazu geführt hatte, daß er sich jetzt noch elender fühlte.

Er hatte ihnen nicht die Wahrheit darüber gesagt, wie Mike gestorben war. Außer ihm und Sharp wußte keiner, was wirklich geschehen war. Sie hatten keinen Sinn darin gesehen, die Angehörigen mit Bildern zu quälen, die sie für den Rest des Lebens in Alpträumen heimsuchen würden. Also hatte Darling behauptet, Mike sei über Bord gefallen und ertrunken. Vermutlich habe er sich beim Sturz den Kopf an der Badeplattform angeschlagen und das Bewußtsein verloren.

Diese Version hatten sie auch der Polizei aufgetischt, ohne sich Gedanken darüber zu machen, daß sie damit eine Beweisaufnahme verhinderten. Die Videoaufnahmen der *Ellis Explorer* enthielten bereits so viel Schreckliches, daß jeglicher Sensationshunger damit gestillt werden konnte. Ein weiteres Opfer hätte da keinen Unterschied gemacht.

Darling hatte auf seine Funkrufe an die *Privateer* keine Antwort bekommen, und so hatte er sich vorgenommen, Mike eine ordentliche Standpauke zu halten, weil er doch eingeschlafen war.

Er und Sharp hatten sich Hectors motorbetriebenes Schlauchboot ausgeliehen und waren den halben Kilometer über das offene Meer zur *Privateer* gerast. Sharp hatte immer noch unter Schock gestanden – die Bilder der U-Boot-Katastrophe ließen ihn nicht in Ruhe. Doch als sie Mike nirgendwo fanden, war er schnell wieder hellwach gewesen.

In den ersten Minuten gelangten sie zu der Überzeugung, daß Mike über Bord gefallen war. Doch dann waren ihnen verräterische Kratzer im Anstrich des Bootes aufgefallen, und sie hatten den typischen Ammoniakgestank wahrgenommen.

Darling machte sich Vorwürfe, weil er nicht an Bord gewesen war, als der Unfall passierte. Mike hatte sich stets darauf verlassen, daß er, Darling, ihm die richtigen Anweisungen gab. Deshalb hatte er sich nie gern allein an Bord aufgehalten, und das hatte Darling gewußt.

Hör auf damit, sagte sich Darling jetzt, das hat doch keinen Sinn.

Der Taxifahrer hatte das Radio eingeschaltet: Die Einuhrnachrichten begannen mit weiteren unheilvollen Prognosen über die wirtschaftliche Lage Bermudas. In den wenigen Tagen seit der U-Boot-Katastrophe war der Tourismus um fünfzig Prozent zurückgegangen.

Niemand wollte sich jetzt noch mit dem Ungeheuer einlassen – niemand außer Talley und Osborn Manning. Sie hatten Darling geschrieben und ihr Angebot auf 200000 Dollar erhöht. Seine Antwort war klipp und klar gewesen: Was soll ein toter Mann mit 200000 Dollar? In seinen Augen waren beide – jeder auf seine Weise – total verrückt.

Darling hatte ganz andere Sorgen. Er mußte schnell einen Weg finden, Geld zu verdienen. Deshalb hatte er entschieden, daß er nicht mehr darum herumkam, seine geliebten Antiquitäten zu verkaufen. Ein Händler in Hamilton hatte ihm gesagt, daß es für sie einige Interessenten gab. Nach und nach würde er die Kunstgegenstände im Haus durchgehen: Sicher besaß er ein paar Erbstücke, für die er einen guten Preis bekam. Schrecklich – es war, als würde er Teile von sich selbst verkaufen, doch ihm blieb keine Wahl.

Einen Hoffnungsschimmer gab es allerdings noch: Der Aquariumsdirektor hatte angerufen und ihm mitgeteilt, er sei daran interessiert, eine neue Vereinbarung zu treffen. Jetzt, da St. John nicht mehr am Leben war, ließ er sich offenbar von praktischen Überlegungen leiten. Damit wäre zumindest der Dieselkraftstoff bezahlt.

Schließlich brauchten Charlotte und er jeden Tag etwas zu essen.

AUF der unbefestigten Zufahrt zu seinem Haus bezahlte Darling den Taxifahrer und stieg aus. Er sah Danas Auto in der Einfahrt stehen. Was machte seine Tochter zu so früher Stunde hier draußen?

Eine Männerstimme ertönte hinter ihm. „Kapitän Darling?"

Er drehte sich um und sah Talley und Manning, die auf ihn zukamen. Manning ging voran, tadellos gekleidet mit einem blauen Hemd und gestreifter Krawatte. Er trug eine Aktenmappe. Talley folgte ihm, offenbar ziemlich nervös.

„Was gibt's?" fragte Darling.

„Wir würden uns gern mit Ihnen unterhalten", begann Manning.

„Ich habe nichts zu sagen." Darling wandte sich zum Haus um.

„Sie sollten sich aber mit uns unterhalten", beharrte Manning. „Sonst müssen Sie sich mit den Behörden auseinandersetzen."

Darling blieb stehen. „Mit den Behörden? Mit welchen Behörden? Haben Sie nichts Besseres zu tun, als anderen Leuten zu drohen?"

„Ich habe niemandem gedroht, Käpten. Ich habe nur etwas festgestellt."

„Gut, sagen Sie mir, was Sie zu sagen haben, und dann verschwinden Sie."

Manning deutete auf das Haus. „Können wir vielleicht hineingehen und die Angelegenheit wie . . ."

„Ich bin eben kein zivilisierter Mensch, falls Sie das meinen,

Mr. Manning. Ich bin ein stinksaurer Fischer, der es satt hat, sich von Leuten wie Ihnen –"

„Wie Sie wünschen, Käpten. Ich muß Ihnen leider mitteilen, daß Sie mir innerhalb von zehn Tagen, von heute abend an gerechnet, einen gedeckten Scheck über zwölftausend Dollar auszuhändigen haben. Wenn Sie diese Frist nicht einhalten, bleiben Ihnen genau dreißig Tage Zeit, Ihr Haus zu räumen."

Darling starrte Manning an, dann Talley, doch der blickte zu Boden. „Jetzt mal langsam", sagte Darling. Bestimmt hatte er sich verhört – das mußte ein Irrtum sein! „Habe ich Sie eben richtig verstanden? Ich gebe Ihnen zwölftausend Dollar, oder Sie werfen mich aus meinem eigenen Haus?"

„Korrekt. Sehen Sie, Käpten, Ihr Haus gehört mir . . . Oder um genau zu sein, es wird mir bald gehören."

Darling lachte. „O ja, richtig. Und Sie sind mein Ururgroßvater." Als er sich abwandte, fügte er noch hinzu: „Ihr beiden habt doch nicht mehr alle Tassen im Schrank!"

„Käpten . . ." Manning hatte aus seiner Aktenmappe ein Dokument gezogen und hielt es Darling unter die Nase. „Lesen Sie mal."

Das Dokument war im Juristenjargon verfaßt, und das einzige, was Darling herauslesen konnte, waren die Bezeichnung des Hauses, die Adresse, eine Übertragung von was-auch-immer auf Osborn Mannings Namen und ein paar Zahlen. „Ich muß meine Brille holen", erklärte er.

„Nur zu. Aber das Wesentliche kann ich Ihnen auch so zusammenfassen. Ihre Frau hat Kredite aufgenommen und das Haus dabei als Sicherheit eingesetzt. Sie ist fast drei Monate mit den Zahlungen in Verzug und wurde darauf hingewiesen, daß ihr bei weiteren Versäumnissen ein Gerichtsverfahren droht. Ich habe dem Kreditgeber den Schuldschein abgekauft. In zehn Tagen werde ich die Zwangsvollstreckung einleiten."

„Blödsinn." Darling starrte auf das Dokument. „Charlotte hätte das niemals getan, nie im Leben!"

„Leider doch, Käpten."

„Blödsinn", wiederholte Darling, drehte sich um und ging ins Haus.

CHARLOTTE und Dana saßen zusammen an der Küchentheke.

Die Haustür schlug hinter Darling zu, und er trat vom Flur in die Küche. „Ihr werdet nicht glauben, was . . .“ Er hielt inne, als er ihre Gesichter sah. Beide hatten geweint. „Nein!“ rief er. „Das ist nicht wahr!“ Und dann fragte er Charlotte: „Warum?“

„Weil wir von irgend etwas leben mußten, William.“

„Aber wir haben doch gelebt. Wir hatten zu essen, wir hatten Treibstoff für das Boot.“

„Wir hatten zu essen, weil Dana uns mit Lebensmitteln versorgt hat. Und wovon sollte ich unsere Stromrechnungen bezahlen? Wovon unsere Steuern? Man wollte uns schon das Gas abdrehen.“ Charlotte wischte sich die Tränen ab. „Wovon, glaubst du denn, haben wir in all den Monaten gelebt?“

„Aber . . ., ich meine . . . Es gibt doch Sachen, die wir hätten verkaufen können.“

„Die sind bereits verkauft. Die Münzen . . ., die alten Keramikflaschen . . ., der Zinnkrug. Alles verkauft. Wir haben nichts mehr.“

„Ich werde mit der Bank sprechen. Sie können doch nicht einfach . . .“

„Es ist nicht die Bank“, erklärte Dana. „Die hätten dir keine Hypothek gewährt, denn du hast kein regelmäßiges Einkommen.“

„Wer hat uns dann das Geld geliehen?“

„Aram Agajanian“, sagte Charlotte.

„Agajanian!“ schrie Darling. Aram Agajanian hatte sich erst kürzlich auf Bermuda niedergelassen, nachdem er ein Vermögen damit verdient hatte, Pornofilme für das kanadische Kabelfernsehen zu produzieren. Er hatte sich Bermuda als Steuerparadies ausgesucht.

„Warum bist du ausgerechnet zu dem gegangen?“

„Weil er es angeboten hat. Dana hat die Buchführung für eine seiner Firmen gemacht und ihn gefragt, wie man zu einem Kredit kommen könne, und . . ., na ja, dann hat er ihr ein Angebot gemacht.“

„Himmel noch mal!“ fuhr Darling Dana an. „Mußtest du unsere schmutzige Wäsche ausgerechnet vor dem Verbrecher ausbreiten?“

„Soll ich sagen, daß es mir leid tut, Paps? Ja, es tut mir leid.

Bitte." Dana kämpfte mit den Tränen. „Tatsache ist, daß er uns den Kredit angeboten hat. Keine Verpflichtungen, keine Zahlungsfrist. Ich hätte nie gedacht, daß er den Schuldschein verkaufen würde. Das hat er bestimmt nicht vorgehabt."

„Warum hat er es dann getan?"

„Ich glaube, Mr. Manning hat ihm den Handel so schmackhaft gemacht, daß er nicht mehr ablehnen konnte. Mr. Manning besitzt mehrere Kabelsender."

„Wunderbar! Großartig!" Darling fühlte sich betrogen. Er blickte sich um und berührte unwillkürlich die Wände. „Zweihundertzwanzig Jahre", murmelte er.

„Es ist nur ein Haus, William", entgegnete Charlotte. „Wir werden was anderes finden. Es ist nur ein Haus."

„Nein, Charlotte, es ist nicht nur ein Haus. Es ist ein zwei Jahrhunderte altes Erbe. Es ist unsere Familie!" Er sah seine Frau und seine Tochter an.

„Trenn dich von dem Haus, William. Wir leben, wir sind zusammen. Das allein zählt."

„Nur über meine Leiche", erklärte Darling. Dann drehte er sich um und verließ den Raum.

ALS Darling vor das Haus trat, sah er sich wieder den beiden Herren gegenüber. Talley lief nervös auf und ab, während Manning dastand wie angewurzelt. Darling winkte die beiden heran, und als er sie die Einfahrt hinaufführte, konnte er sich vorstellen, daß Manning insgeheim triumphierte. Er mußte sich zusammenreißen, um dem Mann nicht an die Gurgel zu springen.

Auf der Veranda ließ er sie am Tisch Platz nehmen. Dann wandte er sich an Talley. „Sie sind sich also sicher, daß der Krake noch immer da draußen ist?"

„Ja. Nichts hat sich verändert. Die Jahreszeit ist noch dieselbe, und auch die Strömungen sind gleichgeblieben. *Architeuthis* findet genug zu fressen. Also gibt es für ihn keinen Anlaß weiterzuziehen."

„Er hatte auch keinen Anlaß herzukommen."

„Ja, aber jetzt ist er nun mal hier. Eins ist sehr wichtig, Käpten: Wir dürfen aus *Architeuthis* keinen Dämon machen. Er ist nur ein Tier. Der Riesentintenfisch hat seine eigenen Zyklen und reagiert auf die Veränderungen in seiner Umwelt. Ich vermute, er ist hungrig und verwirrt, denn er findet seine übliche Beute nicht mehr. Aber ich glaube auch, daß ich ihn dazu bewegen kann, auf eine vorgetäuschte Situation dessen, was für das Tier natürlich ist, zu reagieren."

„Was immer das auch heißen mag, glauben Sie wirklich, daß Sie das Tier überlisten können?"

„Ich denke schon."

„Und wie?"

Talley zögerte. „Ich werde es Ihnen zu gegebener Zeit erklären."

„Ist das ein Staatsgeheimnis oder was?"

„Nein. Es tut mir leid, es ist nicht meine Absicht, ein Geheimnis daraus zu machen. Alles hängt davon ab, wie sich das Tier verhält. Ich möchte versuchen, das Tier dazu zu bringen, sich selbst zu zerstören."

Darling blickte zu Manning und sah, daß dieser mit versteinerter Miene über die Bucht starrte, als würden ihn diese Einzelheiten langweilen.

„Darauf würde ich mich nicht verlassen", erwiderte Darling. „Ich denke, ich habe ein Recht zu –"

„Nein, Käpten", erklärte Manning, plötzlich wieder ganz bei der Sache. Jetzt lächelte er sogar. „Sie haben keine Rechte. Sie haben eine Verpflichtung, nämlich das Boot zu steuern und uns zu helfen."

Talley versuchte zu vermitteln. „Bitte, Osborn, ich glaube nicht . . ."

„Warum nicht, Herbert? Wir benehmen uns nicht wie zivilisierte Menschen. Das hat Käpten Darling selbst gesagt. Höflichkeit ist Zeitverschwendung. Also ist es besser, wenn jeder von Anfang an weiß, wo er steht."

Darlings Kopf schmerzte plötzlich höllisch, und er wußte, daß seine ungeheure Wut und seine Ohnmacht dafür verantwortlich waren. Manning hatte recht: Er hatte herausgefunden, um welchen Preis er, Darling, mitmachen würde. Es war sinnlos, sich etwas vorzulügen.

„Wann wollen Sie aufbrechen?" fragte Darling.

„Sobald wir können", antwortete Manning.

„Ich muß noch Treibstoff und Proviant besorgen. Wie wäre es also mit morgen früh?"

„Treibstoff", wiederholte Manning und langte in seine Aktenmappe, um ein Bündel Hundertdollarscheine herauszuziehen. „Genügen zehntausend für den Anfang?"

„Müßte reichen."

„Und jetzt die Bedingungen." Manning klappte seine Aktenmappe zu. „Talley ist zuversichtlich, daß es ihm gelingen wird, den Tintenfisch innerhalb von zweiundsiebzig Stunden ausfindig zu machen und anzulocken. Das bedeutet, daß Sie Ihr Boot für drei Tage zur Verfügung stellen. Ob wir das Tier nun fangen oder nicht – ich werde nach unserer Rückkehr den Schuldschein zerreißen und Ihnen zweihunderttausend Dollar auszahlen." Er stand auf. „Einverstanden?"

„Nein", antwortete Darling.

„Was meinen Sie mit ‚nein'?"

„Hier sind meine Bedingungen." Darling sah Manning in die Augen. „Sie verbrennen den Schuldschein jetzt – an Ort und Stelle! Bevor wir ablegen, geben Sie mir fünfzigtausend Dollar in bar, die hier an Land bei meiner Frau bleiben. Den Rest hinterlegen Sie auf den Namen meiner Frau bei der Bank für den Fall, daß wir nicht zurückkehren."

Manning zögerte, dann öffnete er seine Aktenmappe und nahm den Schuldschein und sein goldenes Dunhill-Feuerzeug heraus. „Sie sind ein ehrenwerter Mann, Kapitän Darling", meinte er, während er den Schuldschein mit dem Feuerzeug in Brand setzte. „Deshalb wundert es mich, weshalb Sie mir kein Vertrauen schenken."

„Das hat nichts mit Vertrauen zu tun", entgegnete Darling. „Ich will die Zukunft meiner Frau abgesichert wissen."

DARLING brauchte fast drei Stunden, um neuntausend Liter Diesel in die Tanks der *Privateer* zu pumpen und um Lebensmittel zu kaufen: Obst und Gemüse, Corned beef, Thunfischkonserven, Käse, etliche Brote. Bis wir das alles aufgegessen haben, dachte er, sind wir entweder wieder zu Hause oder tot.

Als Darling an seinen Anleger zurückkehrte, hatte bereits die Abenddämmerung eingesetzt. Er entfernte die überflüssigen

Geräte von Bord: beschädigte Fischernetze, Sauerstoffflaschen und Teile eines Kompressors. Dabei stieß er auch auf die Pumpe, an der Mike herumgebastelt hatte. Er hielt sie in den Händen, betrachtete sie und hatte das Gefühl, Mikes Anwesenheit zu spüren.

Sei nicht so sentimental, sagte er sich.

Darling war jetzt ganz auf sich gestellt. Nun, nicht ganz. Er hatte noch einen Verbündeten in einem Kasten unter Deck, und den würde er einsetzen, wenn es sein mußte. Ich gebe Ihnen noch genau eine Chance, Mr. Manning, dachte er. Wenn Sie die vermasseln, werde ich das Mistvieh in die Luft jagen.

CHARLOTTE stand in der Küche und tat, was sie immer tat, wenn die Dinge schlimm standen und sie nicht wußte, was sie sonst tun sollte: Sie kochte. Im Backofen brutzelte eine Lammkeule, dazu hatte Charlotte so viel Salat gemacht, daß es für ein ganzes Regiment gereicht hätte.

„Bekommen wir Besuch?“ fragte Darling, während er hinter sie trat und ihr einen Kuß auf den Nacken gab.

„Weißt du, mein Lieber, nach zweiundzwanzig Ehejahren sollte ich dich ja allmählich richtig einschätzen können, aber du –“

„Ich bin selbst von mir überrascht“, unterbrach er sie. „Bis heute dachte ich, daß es auf der Welt nur zwei Dinge gibt, die mir wirklich etwas bedeuten: meine Familie und mein Haus. Ich frage mich, was mein alter Herr zu meinem Vorhaben sagen würde.“

„Er würde sagen, daß du ein verdammter Narr bist.“

„Das bezweifle ich. Er hat immer große Stücke auf seine Herkunft gehalten. Alle meine Vorväter haben dieses Haus geliebt, es war ihre Heimat. Und es ist auch unsere.“

„Und was ist mit uns?“ Charlotte drehte sich zu ihm um. Sie hatte Tränen in den Augen. „Bedeuten wir dir etwa nichts – Dana und ich?“

„Ohne dieses Haus wären wir nicht wir, Charlotte. Kannst du dir uns in einem Wohnblock oder in Danas Gästezimmer vorstellen? So ein Leben paßt nicht zu uns.“

„Marcus hat vorhin angerufen“, sagte Charlotte, während sie die Keule wendete.

„Hast du ihm erzählt, was los ist?"

„Ja. Ich dachte, daß er sich vielleicht was einfallen lassen könnte, um dich von dem Wahnsinn abzuhalten."

„Und? Ist ihm was eingefallen?"

„Natürlich nicht. Der glaubt doch, daß du auf dem Wasser wandeln kannst."

„Auf Marcus ist wenigstens Verlaß."

„Er ist genauso ein Narr wie du!"

„Charlotte", fuhr er nachdenklich fort, „ich sage das zwar nicht allzu oft, aber du weißt, daß ich dich liebe."

„Nicht genug, schätze ich."

„Nun . . ." Er seufzte und wünschte, er könnte ihr etwas Tröstendes sagen. Aber ihm fiel nichts ein, also schaltete er das Fernsehgerät ein, um den Wetterbericht zu hören.

Der Fernseher lief weiter, während sie aßen; sie ließen den Nachrichtensprecher die Stille füllen, weil sie beide spürten, daß es nichts mehr zu sagen gab und daß jeder Versuch einer Unterredung mit Worten enden würde, die sie vielleicht später bereuten.

Nach dem Abendessen trat Darling vor das Haus und blickte über die Bucht. Immer noch war es hell genug – es herrschte das sanfte violette Licht, das die Nacht einleitete –, und er sah zwei Reiher wie Wachtposten im seichten Gewässer bei der Landzunge stehen. Ein sanftes Rascheln zeugte von der Ankunft eines Schwarms kleiner Fische. Wie im Flug flitzten sie über die spiegelglatte Wasseroberfläche.

Als Kind hatte er viele Abende damit verbracht, die Bucht zu beobachten und ihren Geräuschen zu lauschen. Die Bucht bedeutete Leben, und sie hatte ihm seit jeher das Gefühl von Frieden vermittelt, die Gewißheit, daß stets alles irgendwie weiterging.

Der Vollmond lugte über die Baumspitzen im Osten und schickte Lichtstrahlen herab, in denen die Reiher wie goldene Statuen aufblitzten.

„Charlotte", rief Darling leise. „Komm, sieh dir das an."

Er hörte ihre Schritte, aber sie blieb hinter der Tür stehen. „Nein", sagte sie.

„Warum nicht?" fragte er.

Charlotte antwortete nicht. Statt dessen dachte sie: O William, du siehst aus wie ein alter Indianer, der auf seinem Hügel steht und sich auf den Tod vorbereitet.

Kapitel 11

DARLING wurde vom Rauschen des Windes geweckt, der durch die Kasuarinabäume hinter dem Haus fuhr. Es war noch dunkel, aber er brauchte auch gar nichts zu sehen, um zu wissen, wie das Wetter war. Sein ausgezeichnetes Gehör verriet ihm, daß der Wind mit einer Geschwindigkeit von fünfzehn bis zwanzig Knoten aus Nordwesten blies. Er hoffte, die Böen würden zu einem leichten Sturm anwachsen: Bei rauher See würde Talley und Manning vermutlich übel werden, und vielleicht entschlossen sie sich dann, das Unternehmen abzublasen.

Charlotte lag auf der Seite, zusammengerollt wie ein kleines Mädchen, und atmete ruhig. Er beugte sich zu ihr hinüber und küßte sie auf den Nacken, wobei er den Duft ihres Haars tief einsog und die Luft anhielt, als wollte er diese Erinnerung an sie mitnehmen.

Als er sich gewaschen und rasiert hatte, erhellte sich bereits der Himmel im Osten. Es herrschte immer noch eine steife Brise, doch eine Kette hoher Federwolken kroch langsam Richtung Norden – ein Zeichen dafür, daß der Wind bald nach Süden drehen würde. Bis Mittag würden die Kräuselwellen verschwunden sein.

Das Boot zerrte an den Leinen und schaukelte sanft. Darling wollte gerade an Bord gehen, als ihn plötzlich das dumpfe Gefühl beschlich, daß jemand in der Kabine war. Er hielt inne und lauschte. Die üblichen Geräusche – quietschende Leinen und das Plätschern der Wellen, die gegen den Schiffsrumpf schwappten – wurden von menschlichem Atmen übertönt. Ein Reporter, dachte Darling sofort, einer von diesen Schreiberlingen, die glauben, daß es ihr gottgegebenes Recht ist, in die Privatsphäre eines anderen Menschen einzudringen.

Er überquerte die Laufplanke und betrat das Stahldeck. „Ich zähle bis drei", sagte er laut. „Wenn Sie bis dahin nicht Land gewonnen haben, dürfen Sie den ganzen Weg nach Hause schwimmen!" Entschlossen betrat er die Kabine und fing an zu zählen: „Eins, zwei . . ." Verdutzt sah er Marcus Sharp in der Koje sitzen.

Sharp begrüßte ihn mit einem belustigten Grinsen. „Guten Morgen, Whip."

„Marcus!" rief Darling. „Welchem Umstand verdanke ich das Vergnügen, dich hier zu sehen?"

„Ich habe gehört, daß du heute rausfahren willst, und dachte, daß du vielleicht meine Hilfe brauchen könntest."

„Sicher würde ich mich darüber freuen. Aber was sagt Onkel Sam dazu?"

„Onkel Sam hat mich hergeschickt – sozusagen. Wissenschaftler aus aller Welt haben schon versucht, die Marine dazu zu überreden, eine Expedition zu starten, um den Kraken zu jagen, aber die Marine behauptet, sie hätte kein Geld. Als ich Wallingford erzählt habe, daß du rausfährst, hat er gemeint, es würde sich ganz gut machen, wenn die Marine mit von der Partie wäre. Er will sozusagen Flagge zeigen." Sharp hielt kurz inne. „Ich habe versucht, dich zu erreichen. Hoffentlich hast du nichts dagegen."

„Natürlich nicht. Aber ich will, daß du dir von vornherein darüber im klaren bist, worauf du dich einläßt, Marcus. Diese beiden Typen . . ."

„Ich hab die Bestie gesehen, Whip. Oder besser gesagt, fast. Das genügt doch, oder?"

„Na schön. Du kennst dich mit Sprengstoff aus, stimmt's?"

„Die Marine hat mich auf mehrere Kurse geschickt."

„Gut, dann sind wir wenigstens eine Sorge los."

UM HALB sieben machten sie die Leinen los und schipperten langsam zum Anlegeplatz, wo Talley und Manning neben einem gemieteten Transporter warteten, in dem sie die Ausrüstung herbeigeschafft hatten. Insgesamt entluden sie zweiundzwanzig Kisten und verstauten sie unter Talleys Aufsicht an Bord. Schließlich öffnete Manning auch noch die Fahrertür des Transporters und holte einen länglichen Kasten heraus. An der Art und Weise, wie er ihn trug, erkannte Darling, daß er schwer war, und da sich

Manning große Mühe gab, nirgendwo damit anzustoßen, war zu vermuten, daß der Kasten etwas Wertvolles enthielt.

„Was ist denn da drin?“ fragte Darling.

„Das braucht Sie nicht zu kümmern“, erklärte Manning und verschwand in der Kabine.

Ach, wirklich? dachte Darling. Das wird sich zeigen! Er wandte sich nach achtern. „Komm“, sagte er zu Sharp, „wir legen ab.“ Kaum waren die Haltetaue eingeholt, schob er den Gashebel vor und fuhr vorsichtig durch die Bucht.

Er wartete, bis der Anleger außer Sicht war, dann beugte er sich über die Wand des Brückennocks. „Mr. Manning“, rief er, „würden Sie bitte mal eine Sekunde raufkommen?“

Manning eilte die Leiter hinauf. „Was gibt es denn?“ fragte er ungeduldig.

„Was ist in dem Kasten?“

„Ich habe Ihnen alles gesagt, was Sie wissen müssen.“

„Ich verstehe“, antwortete Darling. Hundert Meter voraus lag ein zwanzig Meter langer Schoner mit der Breitseite auf ihrem Kurs. „Na gut. Hier bitte, Sie sind dran. Das ist Ihr Unternehmen. Sie schmeißen den Laden.“ Rasch drehte er sich um und stieg die Leiter hinab.

„Was tun Sie da?“ schrie Manning. „Kommen Sie sofort zurück!“ Der Schoner rückte immer näher. „Hilfe!“ brüllte Manning.

Darling wartete noch eine Sekunde. Dann nahm er zwei Stufen auf einmal und lief schnell zum Steuerrad. Geschickt manövrierte er das Boot so knapp am Bug des Schoners vorbei, daß Manning glauben mußte, gerade noch einmal davongekommen zu sein. „Hören Sie, Mr. Manning, wir müssen zusammenarbeiten. Es geht nicht, daß hier jeder mit eigenen Plänen an Bord herumläuft. Talley kennt das Tier, aber er weiß nichts über das Meer. Marcus kennt das Meer, weiß aber nichts über das Tier. Ich kenne mich mit allem ein bißchen aus und schätze, daß Sie von nichts eine Ahnung haben – außer wenn es ums Geldmachen geht. Also: Was ist in dem Kasten?“

Manning zögerte. „Ein Gewehr.“

„Was für ein Gewehr?“

„Ein finnisches Schnellfeuergewehr, Fabrikat ‚Valmet‘. Die

Munitionsstreifen sind so präpariert, daß jede dritte Patrone aus einem Phosphor-Leuchtspurgeschoß besteht. Die anderen Patronen sind mit Zyankalischrot gefüllt."

„Und Sie glauben, daß Sie das Biest damit töten können?"

„Das ist unsere Abmachung. Talley wird das Tier finden und Untersuchungen durchführen. Dann werde ich es töten."

„Sie wollen das unbedingt selbst erledigen, was?"

„Ja."

„Ich verstehe." Darling seufzte. „Gut, Mr. Manning, aber ich gebe Ihnen einen Rat: Machen Sie es gleich beim ersten Mal richtig, denn Sie bekommen nur diese eine Chance. Dann bin ich an der Reihe."

„Und was wollen Sie tun?"

„Das Biest in tausend Stücke zerfetzen. Zumindest will ich es versuchen."

„Klingt gut", meinte Manning. „Wollen Sie Kaffee?"

„Gerne. Schwarz, bitte."

Manning wandte sich nach achtern zur Schiffsleiter. „Ich werde veranlassen, daß Ihnen der Matrose eine Tasse serviert."

„Mr. Manning", erwiderte Darling ruhig, „der Matrose ist Leutnant der US-Marine. Veranlassen Sie ihn nicht, sondern fragen Sie ihn höflich. Und sagen Sie ‚bitte'."

Manning öffnete den Mund und schloß ihn wieder. „Entschuldigung", murmelte er dann und ging hinunter.

Am Ende der Bucht drehte Darling nach Norden. Ehe er die Landzunge umrundete, warf er einen Blick zurück. Zwischen zwei Norfolktannen am Strand entdeckte er Charlotte. Ihr Nachthemd wehte im Wind. Er winkte ihr zu, und sie winkte zurück, dann drehte sie sich um und lief über den Rasen zurück zum Haus.

Sharp brachte Darling Kaffee und stellte sich neben ihn. Lange herrschte Schweigen zwischen ihnen, dann meinte Darling: „Du hast die Fotografin gemocht, nicht wahr?"

„Ja. Ich hab sogar gedacht . . . Aber was soll's? Macht nichts."

„Selbstverständlich macht es was."

Talley kam herauf und blieb auf dem Brückennock stehen. Er wirkte nervös.

„Schon mal 'n paar Tage auf See verbracht, Dr. Talley?" fragte Darling.

„Ja, vor ein paar Jahren. Aber mit dem hier nicht zu vergleichen. Ich habe die meiste Zeit in meinem Leben darauf verwendet, Bücher über Riesentintenfische zu lesen und zu schreiben. Können Sie sich vorstellen, was für ein Privileg es für mich ist, endlich ein Exemplar aus der Nähe zu sehen?"

„Ich bin der Meinung", entgegnete Darling, „daß man manche Ungeheuer lieber in Ruhe lassen sollte."

Sie durchquerten eine weite Fläche mit Sargassokraut, treibenden Büscheln gelben Beerentangs, die nicht zusammenhingen und einander doch in einer langen Reihe bis zum Horizont folgten.

„Bilden die immer eine solch gerade Linie?" wollte Talley wissen.

„Anscheinend", antwortete Darling. „Das ist genauso ein Rätsel wie der Laich, den wir gesehen haben. Es ist mir unerklärlich, wo er herkommt."

„Was für ein Laich? Wie sieht er aus?"

Darling beschrieb die riesige, gallertartige Masse mit dem Loch in der Mitte, die er im Wasser entdeckt hatte. Talley stellte Fragen, drängte Darling, sich an Einzelheiten zu erinnern, und schien mit jeder Antwort aufgeregter zu werden. „Es ist ein Brutbeutel", erklärte er. „Kein Mensch hat so etwas je gesehen, zumindest nicht in den letzten hundert Jahren."

„Was für Lebewesen werden in so einem Beutel ausgebrütet?"

Talley spähte über das Meer und drehte sich dann sehr langsam wieder zu Darling um. „Was glauben Sie denn, Käpten?"

„Woher soll ich das . . .?" Darling hielt inne. „Jesus Christus!" rief er erschrocken. „Kleine Bestien? In dem Geleeding?"

„Hunderte", erwiderte Talley. „Vielleicht Tausende."

„Aber die sterben doch, oder?" fragte Sharp. „Sie werden gefressen, nicht wahr?"

„Ja", antwortete Talley. „Wenigstens die meisten. Vorausgesetzt, da unten gibt es noch genug Lebewesen, die diese Aufgabe übernehmen."

AN DER Riffkante, in der Nähe der *Ellis Explorer,* stoppten sie. Sie brauchten eine gute Stunde, um die Ausrüstung zu Wasser zu lassen, die Talley für „Phase eins" seiner Operation benötigte. An einem tausend Meter langen und anderthalb Zentimeter dicken Seil hingen sechs Schirmgerippe, die in unterschiedlichen Tiefen angebracht waren. An jedem waren zehn Köder mit Titandrähten befestigt. Die Drähte waren unzerstörbar, die mächtigen Haken, die einen Durchmesser von vier Zentimetern aufwiesen, unverbiegbar. Wenn *Architheutis* einen der Köder verschlang, würde er mit seinen vielen Armen herumwedeln und sich in etlichen anderen Haken verheddern, bis er schließlich bewegungsunfähig wäre. Wenigstens war das Talleys Theorie.

„Wie schwer mag das Biest eigentlich sein?" hatte Darling gefragt, als Talley ihm seinen Plan unterbreitet hatte.

„Schwierig zu sagen. Ich habe das Fleisch von toten Exemplaren gewogen; es hat fast die gleiche Dichte wie Wasser. Also ist es gut möglich, daß ein ausgewachsener Krake zehn Tonnen wiegt."

„Zehn Tonnen! Ich kann doch kein Zehntonnenmonster in dieses Boot laden!"

„Das hat auch niemand von Ihnen verlangt. Wir ziehen das Tier hoch, und wenn Osborn es getötet hat, schneide ich Proben aus dem Fleisch."

„Womit? Mit Ihrem Taschenmesser?"

„Ich habe gesehen, daß Sie eine Kettensäge unter Deck haben."

„Sie sind sehr gründlich, Talley, das muß ich Ihnen lassen", hatte Darling bemerkt. „Aber angenommen, der Krake denkt gar nicht daran, sich an Ihre Regeln zu halten?"

„Es ist ein Tier, Käpten", hatte Talley geantwortet. „Ein Tier, mehr nicht. Vergessen Sie das nicht."

Nachdem Sharp und Darling das Seil in die Tiefe gelassen hatten, knoteten sie drei rote Markierungsbojen aus Plastik an das obere Ende und warfen sie über Bord.

„Und was jetzt?" erkundigte sich Sharp.

„Laßt uns was essen", schlug Darling vor.

NACH dem Essen packte Talley ein paar seiner Kisten aus, baute eine Videokamera auf und testete zwei seiner Fotoapparate, während Manning auf einer der Kojen hockte und eine Zeitschrift las. Darling gab Sharp ein Zeichen, ihm nach draußen zu folgen. Das Boot war ein bißchen schneller als die Bojen gedriftet, so daß die Fanganlage inzwischen etwa hundert Meter hinter das Heck zurückgefallen war.

„In einer Sache hat Talley recht", meinte Darling, während er die Bojen vom Heck des Bootes aus beobachtete. „Was auch immer sich in diesem Kuddelmuddel da draußen verfängt, wird sehr schnell merken, daß es festsitzt."

„Vielleicht bringt es sich auch mit den ganzen Haken um."

„Stimmt." Darling grinste. „Aber für den Fall, daß es auf eine andere Idee kommt, laß uns lieber vorsorgen. Bring mir doch mal den Bootshaken."

„Wozu?"

„Verrat ich dir später."

Als Sharp den Bootshaken im Bug gefunden und nach hinten gebracht hatte, stand Darling bereits vor der Mittschiffsluke und war dabei, einen Pappkarton zu öffnen, der etwa doppelt so groß war wie ein Schuhkarton. Auf jeder Seite stand ein einziges Wort in einer fremden Sprache.

„Was ist das?" fragte Sharp.

Darling griff in den Karton und holte etwas heraus, das aussah wie eine fünfzehn Zentimeter lange und vier Zentimeter dicke Salami, die in einer dunkelroten Plastikhaut steckte. „Semtex", sagte er.

„Semtex!" wiederholte Sharp entsetzt. „Whip, das ist Terroristenzeug!" Der Plastiksprengstoff stammte aus der Tschechoslowakei; vor allem bei Terrororganisationen war er sehr gefragt: außerordentlich wirksam, formbar und vor allem sicher. „Wo hast du den her?"

„Wenn die Leute wüßten, was mit ihnen so alles um die Welt fliegt, Marcus, würden sie ihr Zuhause nicht verlassen. Das Zeug kam mit einer Lieferung Fischereizubehör, die ich in Deutschland bestellt habe. Wie das da reingekommen ist, kann ich mir nicht erklären. Zuerst hatte ich keine Ahnung, was es ist. Erst als ich ein paar Wochen später irgendwo eine Abbildung von diesem Semtex-Zeug sah, das auch zum Dynamitfischen verwendet wird, wurde mir klar, was ich da eigentlich in der Garage hatte. Genug Sprengstoff, um halb Bermuda in die Luft zu jagen. Aber da gibt es ein kleines Problem."

„Und das wäre?"

„Wir haben keine Sprengkapseln. Mike muß sie mit an Land genommen haben. Er hat nicht gern . . ., er hatte nicht gern Dinge an Bord, die uns möglicherweise versenken konnten."

„Wir können uns vielleicht selbst eine basteln", meinte Sharp.

„Was braucht man dazu?"

„Treibstoff, normales Benzin."

„Ich habe unten noch einen Kanister für den Außenbordmotor."

„Und Glyzerin. Hast du Seifenflocken?"

„In der Kombüse unter dem Spülbecken. Ist das alles?"

„Nein, ich brauche auch noch einen Auslöser, irgendwelches Zündmaterial. Phosphor wäre am besten. Aber wenn du eine Schachtel Streichhölzer hast . . ."

„Kein Problem. Manning hat mehrere hundert Phosphorgeschosse. Wie viele brauchst du?"

„Ein einziges. Aber, Whip, ich habe so was noch nie gemacht."

„Ich habe auch noch nie einen zehn Tonnen schweren Tintenfisch gejagt."

„SIEHT ja nicht gerade aus wie eine Bombe", meinte Sharp eine Stunde später, als sie fertig waren. „Eher wie ein billiger Feuerwerkskörper."

„Glaubst du, daß es funktioniert?"

„Hoffentlich."

„Keine Sorge, Marcus. Wenn es nicht klappt, ist keiner mehr übrig, der dir in den Hintern tritt."

Sie hatten das Benzin und die Seifenflocken zu einer dicken Paste vermischt, die sie wie Kaugummi ans Ende der Semtex-Wurst gedrückt hatten. Dann hatte Sharp eine von Mannings Leuchtspurpatronen aufgebrochen. Er hatte ihren Inhalt in einer Wasserschüssel bearbeitet, denn Phosphor entzündet sich bei Luftkontakt. Schließlich hatte er das Phosphor zusammen mit Wasser in ein Pillenfläschchen gefüllt, das er versiegelt und in die Paste eingebettet hatte.

Sie benutzten Isolierband, um die Sprengkapsel an dem drei Meter langen Bootshaken zu befestigen. „Was passiert, wenn das

Biest das Zeug verschluckt, ohne das Pillenfläschchen zu zerbrechen?“ fragte er.

„Nichts“, erklärte Sharp. „Wenn der Phosphor nicht mit Luft in Berührung kommt, entzündet er sich nicht. Dann war es ein Blindgänger.“

„Wenn wir ein bißchen Glück haben, geht Talleys Plan auf, und wir brauchen das Ding gar nicht.“ Darling machte eine Pause. „Das heißt, wenn wir großes Glück haben, finden wir das Biest gar nicht erst.“

Er stieg zur Brücke hinauf, drehte das Boot nach Süden und begann nach den Bojen Ausschau zu halten. Überrascht stellte er fest, daß er sie nicht gleich entdeckte. Das Boot konnte nicht so weit abgetrieben sein, und an einem klaren Tag wie diesem hätte man Bojen noch in einem Kilometer Entfernung sehen müssen. Wahrscheinlich war die Dünung höher, als er angenommen hatte, und sie befanden sich in einem Wellental. Gleich würden sie ihm ins Auge stechen.

Doch er sah sie nicht, obwohl er minutenlang Ausschau hielt. Nun stellte er anhand von Landmarken fest, daß das Boot die Stelle, an der er sie ins Wasser gelassen hatte, bereits gekreuzt hatte. Die Bojen waren weg.

Darling vernahm Schritte hinter sich und dann Mannings Stimme. „Haben Sie die Bojen aus den Augen verloren?“

Darling verneinte. „Wenn sie nicht mehr da sind, kann das auch etwas anderes bedeuten.“

„Wenn Sie nicht so viel Zeit verschwendet hätten . . .“

Darling hob eine Hand; plötzlich war er angespannt. Er hatte etwas gehört oder gefühlt, irgend etwas gespürt. Die Wahrnehmung wurde durch seine Füße übertragen, ein merkwürdiges, dumpfes Krachen.

„Was, zum Teufel, haben Sie . . .?“

Jetzt erkannte Darling das Geräusch, auch wenn er es kaum glauben wollte. „Dieses Mistvieh!“ rief er, ging zur Reling und starrte hinunter ins bodenlose Blau.

Nun kam sie in Sichtweite, die einzige Boje, die noch intakt war. Sie schoß herauf wie eine verirrte Rakete. Mit einem lauten Zischen brach sie durch die Wasseroberfläche, flog drei Meter hoch und spritzte alle an Deck naß, bevor sie wieder ins Wasser fiel und schaukelnd die zerfetzten Reste der anderen beiden Bojen hinter sich herzog.

Talley und Sharp waren aus der Kabine gekommen, während Darling auf das Deck hinabkletterte. Sharp fischte das Seil mit dem Enterhaken aus dem Wasser und hievte die Boje an Bord. Darling machte die Boje los, legte das Seil in die Winde und stellte sie an.

„Ist er am Haken?" fragte Manning gespannt. „Ist es der Krake?"

Das Seil bebte und verspritzte Wassertropfen. Darling befühlte es mit den Fingerspitzen. „Kann ich nicht sagen, Mr. Manning, aber etwas, das die Kraft besitzt, ein tausend Meter langes Polypropylenseil zu straffen und drei Markierungsbojen zu versenken, von denen jede eine halbe Tonne tragen kann – muß ein gigantischer Brocken sein." Darling beugte sich über die Reling und fügte hinzu: „Ich kann nicht entscheiden, ob das Biest noch da ist oder nicht."

„Wenn es angebissen hat", führte Talley aus, „muß es noch da sein. Es könnte nie diese Drähte zerreißen oder die Haken verbiegen."

„Sagen Sie niemals nie, Dr. Talley." Darling stand an der Winde, während Sharp das Seil in die Plastiktonne gleiten ließ.

Talley stellte sein Stativ auf dem Brückennock auf und montierte die Kamera, während sich Manning unten an der Reling postierte; das Gewehr, das mit dem Dreißigschußstreifen geladen war, hielt er im Anschlag.

Als die Plastiktonne halb voll war, berührte Darling das Seil abermals mit den Fingern. Er stellte die Winde ab, umfaßte das Seil mit der Hand und zog ein paarmal. „Der Krake ist weg", stellte er fest. „Falls er es wirklich war, ist er jetzt wieder verschwunden. An dem Seil hängt jedenfalls nichts mehr."

„Das kann nicht sein", widersprach Talley.

„In einer Minute werden wir es genau wissen." Darling stellte die Winde wieder an.

„Dann hat er auch nicht richtig angebissen."

„Sie meinen, er hat die Bojen nur so zum Spaß runtergezogen?"

Das erste Schirmgerippe tauchte auf, und Sharp hievte es an Bord. Die Köder waren alle noch da – unberührt. Einen Moment später holten sie die zweite Fangvorrichtung an Bord, dann die dritte. Kein Meeresbewohner hatte sich daran zu schaffen gemacht.

Als das vierte schirmförmige Gerippe in Sicht kam, hob Sharp die Hand, und Darling ließ die Winde langsamer laufen. „Lieber Himmel!" rief Sharp und griff nach der Konstruktion. „Das sieht ja aus, als wäre ein Zug darübergefahren."

Die Vorrichtung war total zerquetscht, die Drähte waren eng um das Seil geschlungen. Zwischen Drähten und Seil hatten sich Fetzen weißer Muskelfasern verfangen. Zwei Köder hingen noch immer an ihren Haken, aber die anderen waren verschwunden, und von den Haken war nichts mehr übrig als ein paar Zentimeter zerkauter Stahl.

Darling hielt die Haken vor die Kamera. „Kann man nicht verbiegen? Tja, Talley, was immer das gewesen ist – es hat sie nicht nur verbogen, sondern kurzerhand abgebissen."

Sharp zupfte ein paar der weißen Muskelfasern ab, und sie hinterließen einen bestialischen Gestank an seinen Fingern. Er rümpfte die Nase und wischte sich die Hände an der Hose ab.

„Es ist *Architeuthis*", stellte Talley fest. „Riecht mal: Ammoniak. Er hat uns seine Visitenkarte hinterlassen." In aller Ruhe stellte er die Kamera ab.

„Hören Sie, Dr. Talley", sagte Darling. „Entweder sind Sie verrückt, oder Sie haben uns etwas verschwiegen. Sie können doch nicht mit einem Haken einen Riesentintenfisch fangen, von dem Sie wissen, daß er ein U-Boot zerquetscht. Also was, zum Teufel, haben Sie vor?"

„Alle Lebewesen werden durch zwei Primärinstinkte beherrscht, Käpten", antwortete Talley. „Der erste ist Hunger. Und der zweite?"

Darling blickte zu Sharp, der zunächst mit den Schultern zuckte. „Geschlechtstrieb?" vermutete Sharp schließlich.

„Genau", erwiderte Talley. „Sex. Ich werde den Riesentintenfisch mit sexuellen Reizen anlocken."

Kapitel 12

TALLEY hatte alle seine Kisten numeriert und stellte sie mit Sharps und Darlings Hilfe der Reihe nach auf dem Achterdeck auf.

Manning stand an der Reling – das Gewehr hielt er unverändert im Anschlag – und sah aufs Meer hinaus. Es schien, als verfolgte der Mann nur noch einen einzigen Zweck: den Riesentintenfisch zu töten.

Als Talley mit der Anordnung seiner Kisten zufrieden war, winkte er Darling und Sharp zu einem Aluminiumkasten von der Größe eines Sarges und hob den Deckel. „Na", begann er stolz, „ist das nicht das Aufreizendste, was Sie je gesehen haben?"

Das Gebilde, das Darling in Schaumgummi gebettet vor sich sah, wirkte auf ihn wie ein zwei Meter langer Kegel aus Plastik, den man knallrot gestrichen hatte. Das Ding war über und über mit Hunderten kleiner Stahlhaken bestückt, und am Kopfende befand sich ein Ring aus Edelstahl.

Talley hob den Plastikkegel am Ring hoch und reichte ihn Darling. Er wog gerade etwa fünf Kilo, und als Darling dagegen klopfte, klang er hohl.

„Ich passe", meinte Darling.

Talley nahm ihm das Gebilde ab und hielt es vor sich. „Stellen Sie sich das als Körpermasse vor, das, was wir bei einem Tintenfisch den Mantel nennen. In der Regel macht der Körper eines Riesentintenfisches ein Drittel seiner Gesamtlänge aus. Also repräsentiert dieses Modell hier ein Tier, dessen Gesamtlänge mit Tentakeln etwa sechs bis sieben Meter beträgt."

„Ein Baby", folgerte Sharp. „Ein Zwerg."

„Nicht unbedingt. Aber das ist auch gar nicht so wichtig. Selbst wenn unser Tier vier- bis fünfmal so groß ist wie das hier, wird es den Drang verspüren, sich zu paaren." Talley begann den Stahlring abzuschrauben. „Ich habe Jahre dazu gebraucht, eine Substanz zu entwickeln, die dem Paarungssekret eines *Architeuthis* entspricht. Schließlich war es mir möglich, den natürlichen Lockstoff synthetisch zu erzeugen."

„Sind Sie sicher?“ fragte Darling. „Haben Sie es jemals ausprobiert?“

„In der Natur? Nein. Im Labor allerdings schon. Ich will Sie nicht mit den wissenschaftlichen Einzelheiten langweilen, aber genau wie eine läufige Hündin Rüden mit einer Art Moschusduft anlockt, sondert ein Riesentintenfischweibchen Stoffe ab, die auf die Männchen betörend wirken.“ Er steckte seinen Finger in das Loch, in dem der Stahlring gesessen hatte. „Wenn ich hier etwas Flüssigkeit hineingebe, strömt sie, vermischt mit Seewasser, durch die winzigen Löcher hinter jedem Haken. Sie wird eine Spur hinterlassen, die meilenweit reicht. Dem Ruf der Natur kann unser Krake nicht widerstehen.“

„Wird er nicht merken, daß es eine Attrappe ist?“ fragte Sharp.

„Nein. Denken Sie daran, daß es da unten fast kein Licht gibt, also verläßt er sich kaum auf sein Sehvermögen. Ich habe die Attrappe sicherheitshalber rot angemalt. Es ist eine Farbe, die Erregung ausdrückt. Wir hängen Unterwasserlampen daneben. Falls das Tier besonders mißtrauisch sein sollte, müßte ihr Glühen ausreichen, um es zu überzeugen.“

„Na gut“, sagte Darling. „Nehmen wir mal an, es funktioniert. Und dann?“

„Das Tier hat acht Arme und zwei Tentakel und wird sie alle um die Attrappe schlingen. Es wird seinen Körper dagegen pressen.“ Talley bewegte ein paar der kleinen, klimpernden Haken. „Jeder dieser Haken wird sich in sein Fleisch bohren – nicht so stark, um es im ersten Moment abzuschrecken. Aber wenn es sich entfernen will, wird ihm das nicht gelingen. Es hängt dann sozusagen an der Angel. Wir ziehen es hoch, gerade so weit an die Oberfläche, daß ich Aufnahmen machen und Osborn es töten kann. Dann werde ich ein paar Gewebeproben entnehmen.“

„Eines ist mal sicher“, entgegnete Darling. „Bis der Tintenfisch hier oben ankommt, wird er verdammt wütend sein.“

„Das glaube ich nicht. Vielmehr wird er nur eine Sorge haben: sein Überleben. Der schnelle Wechsel der Wassertemperatur wird das Tier benommen machen, und die Druckveränderung könnte es sogar töten, bevor es die Oberfläche erreicht. Aber was immer auch passiert“ – Talley drehte sich um und zeigte auf Manning –, „Osborn nimmt uns die Arbeit ab.“

Manning nickte Talley kurz zu und hob sein Schnellfeuergewehr.

Darling fühlte sich unbehaglich. „Wissen Sie, was mir angst macht? Sie sind sich Ihrer Sache so sicher.“ Er sah Sharp an. „Ich bin jedenfalls froh, Marcus, daß wir uns diesen kleinen Sprengsatz gebastelt haben.“

„Sie werden keinen Sprengstoff brauchen, Käpten“, erklärte Talley.

„Hoffentlich. Doch man sollte dieses Tier nicht unterschätzen.“

Sie benötigten mehr als drei Stunden, um Talleys neue Fanganlage zusammenzusetzen. Es wurde ein wahres Meisterwerk der Technik, zu dem weit über tausend Meter Seil und Draht sowie eine lichtempfindliche Überwachungskamera gehörten, die vom Boot aus bedient werden konnte. Darling hatte seine Kettensäge an Deck geholt und eine große Holzplatte so zugesägt, daß sie wie eine Verbindungsbrücke in die Badeplattform eingepaßt werden konnte. Es dämmerte bereits, als sie endlich fertig waren. Der Wind hatte sich gelegt.

Sharp beobachtete zwei Möwen, die in die untergehende Sonne flogen. Dann bemerkte er, wie in der Ferne etwas die stahlgraue Meeresoberfläche durchbrach. „Sieh mal, Whip.“ Er zeigte in die Richtung. „Wale.“

„Schön“, sagte Darling.

„Es sind Pottwale.“

„Pottwale versammeln sich immer in der Dämmerung. Ich weiß nicht, warum, vielleicht liegt das an ihrem Herdentrieb.“

Talley ging in die Kabine. Als er wieder zurückkam, hatte er ein kleines Fläschchen mit einer klaren Flüssigkeit in der Hand. Nach seinen Anweisungen hielten Darling und Sharp die Attrappe senkrecht und füllten sie eimerweise mit Seewasser. Dann schraubte Talley den Deckel des Fläschchens ab, leerte den Inhalt in die Attrappe und schraubte den Stahlring fest. Sie befestigten das Drahtkabel am Ring, dann hoben Darling und Sharp die Konstruktion über das Heck und ließen sie los. Einen Moment lang trieb die Attrappe an der Oberfläche, dann ging sie in einem Gebrodel von Blasen unter.

Darling und Sharp bedienten die beiden handbetriebenen

Winden zu beiden Seiten des Hecks. Zuerst ließen sie das Drahtkabel, dann ein Seil ins Wasser gleiten, wobei sie alle drei Meter innehielten, um das Bedienungskabel der Kamera daran zu befestigen.

Es war dunkel geworden, und der aufgehende Mond malte einen goldenen Pfad vom östlichen Horizont zum Heck des Bootes. Hinter ihnen schimmerte das warme Licht der Kabinenbeleuchtung.

Um neun Uhr glitt endlich die 960-Meter-Markierung des Seils durch ihre Hände. Sie hielten die Winden an und wickelten Kabel und Seil um einen seitwärts geschwenkten eisernen Ausleger, dessen Verankerung bis hinunter in den Kiel reichte.

„Möchten Sie etwas essen, Mr. Manning?" fragte Darling, als er mit Sharp nach vorn ging.

Manning schüttelte den Kopf und starrte weiter auf das Meer.

Talley saß am Tisch in der Kabine und justierte eine Zeitschaltuhr an der Steuerung des Videorecorders, die die Kamera in Intervallen bediente, während sie schliefen. Darling stellte sich hinter ihn und warf einen Blick auf den Monitor. In der Mitte des Bildes schaukelte die Attrappe, und aus den Hunderten von Löchern in ihrer Haut sickerte in schimmernden Fäden die Lockflüssigkeit und verteilte sich in den dunklen Fluten.

Darling bemerkte, daß Talley schwitzte. „Sind Sie nervös, Dr. Talley?" fragte er. „Manchmal ist es vielleicht besser, wenn sich unsere Träume nicht verwirklichen."

„Ich habe keine Angst, Käpten", entgegnete Talley gereizt. „Ja, ich bin aufgeregt, schließlich habe ich dreißig Jahre auf diesen Augenblick gewartet. Aber Angst habe ich keine."

„Ich schon." Darling ging auf die Brücke und stellte den Tiefenmesser ein. Der Grund lag tausend Meter unter ihnen. Wenn Sharp und er die Seile richtig abgemessen hatten, hingen die Attrappe und die Kamera vierzig Meter über dem Grund. Er schaltete das Fischradargerät an und stellte die Ortungstiefe auf tausend Meter ein. Der Meeresgrund zeichnete sich als gerade Linie ab. Ansonsten herrschte Leere auf dem Monitor.

„Das Lockmittel vertreibt alle Meeresbewohner von hier bis zu den Azoren", meinte Darling, als er die Kabine betrat. „Nicht eine einzige Meerbrasse, nicht ein einziger Hai in unserer Nähe."

„Logisch“, erwiderte Talley. „Die wissen, wann sie sich fernhalten müssen.“ Er schaltete die Kamera aus und die Zeitschaltuhr ein.

Darling ging zur Tür und knipste einen Schalter an. Die Halogenscheinwerfer auf der Brücke leuchteten auf und überfluteten das Achterdeck mit Licht.

Durch das Fenster sah Darling, daß Manning sich nicht gerührt hatte. Er saß mittschiffs auf dem Lukendeckel, die Schultern gebeugt, das Gewehr auf den Knien.

Sharp reichte Darling ein Sandwich und deutete mit einer Kopfbewegung in Mannings Richtung. „Soll ich ihm auch eins bringen?“

„Er denkt nicht ans Essen“, antwortete Darling. „Vermutlich verzehrt er sich vor Rachegelüsten.“

BIS halb elf hatte die Zeitschaltuhr die Kamera ein dutzendmal aktiviert, und jedesmal waren die drei Männer vor dem Monitor zusammengelaufen, um zu sehen, wie die Attrappe hin und her schwang und ihr Lockmittel in dünnen Fäden verströmte. Auf der der Strömung abgewandten Seite flimmerten ein paar winzige Krustentiere wie Glühwürmchen über den Bildschirm, in Strömungsrichtung herrschte nichts als gähnende Leere.

Das Boot trieb in der ruhigen See, sanft schaukelnd. „Angenommen, er taucht heute nacht noch nicht auf“, meinte Darling, „was dann, Dr. Talley?“

„Dann fangen wir ihn eben morgen früh oder morgen nachmittag. Er wird ganz gewiß kommen.“

„Also legen wir uns jetzt ein bißchen aufs Ohr.“

„Wenn Sie dazu in der Lage sind . . .“

Sharp ging hinunter zu den Kojen. Talley schaltete den Monitor aus, streckte sich auf der Bank aus und schloß die Augen. Darling dagegen trat noch einmal hinaus aufs Deck.

Manning saß unverändert auf dem Lukendeckel, aber inzwischen war er ganz in sich zusammengesunken und schlief.

Darling überprüfte die Seile. Sie hingen noch genauso am Ausleger wie zuvor. Dann blickte er zur Küste. Die Berge von Bermuda hoben sich in einem rosigen Schimmer vom schwarzen Himmel ab, die Lichter der Stadt waren gut fünfzehn Kilometer entfernt. Dennoch schöpfte Darling Trost aus der Tatsache, daß er sein Zuhause immer noch im Blick hatte. Er dachte an Charlotte, und plötzlich überkam ihn ein Gefühl großer Einsamkeit.

Als er wieder hineinging, warf der Monitor einen blaßgrauen Schimmer auf Talleys Gesicht. Auch der Wissenschaftler schlief. Darling legte sich auf eine der Sitzbänke. Er sehnte sich nach Schlaf, doch er war sicher, daß ihn die Gedanken, die ihm im Kopf herumgingen, nicht würden einschlafen lassen. Seit seiner ersten Nacht, die er als Junge auf einem Boot auf See zugebracht hatte, blieb ein Teil seines Gehirns wach, wenn er schlief, und achtete auf die geringste Veränderung des Windes oder den leichtesten Strömungswechsel.

Die Alarmsirene in seinem Kopf hatte ihm in vielen Jahren gute Dienste geleistet, vor allem in besseren Zeiten, als ihm das Meer noch eine scheinbar unendliche Fülle von Leben dargeboten hatte. Darling wußte, daß sein Wächter auch jetzt Dienst tat, als er sich zum erstenmal in seinem Leben von ganzem Herzen wünschte, daß das Meer unter ihm leer und leblos bleiben möge.

DER riesige Tintenfisch blähte sich auf und bewegte sich trotz seines massigen Körpers behende im nächtlichen Meer. Vom primitivsten aller Instinkte getrieben, schoß er mal in diese, mal in jene Richtung. Er schärfte alle Sinne, um mehr von den bruchstückhaften Signalen aufzunehmen, die ihn bis zum Wahnsinn berauschten. Seine Farben wechselten: Bald war er grau, bald braun, bald rot. So zeigte er die ganze Bandbreite seiner Empfindungen, von Vorsicht bis zu äußerster Erregung.

Plötzlich stieß er auf einen ganzen Strom dieser Signale, eine deutliche Spur. Der Tintenfisch folgte ihr.

DARLING wachte auf und wußte nicht, was ihn geweckt hatte. Einen Moment blieb er still liegen und lauschte. Er hörte die vertrauten Geräusche: das Brummen des Kühlschranks, das Kratzen des Tintenschreibers auf der Papierrolle des Tiefenmessers.

Doch er spürte eine Veränderung in der Bewegung des Bootes. Da war ein Widerstand, als würde das Boot nicht länger mit der Strömung des Meeres treiben, sondern gegen sie ankämpfen.

Er stand auf, ging zur Tür und trat hinaus. Sobald er die Bewegung des Wassers deuten konnte, wußte er, was ihn geweckt hatte: Das Boot fuhr in die falsche Richtung. Irgend etwas zog es rückwärts gegen die Strömung.

Dann blickte er zum Heck und sah die Spritzer der kleinen Wellen, die dagegen schlugen. Die Seile führten immer noch senkrecht nach unten, aber sie zitterten, und er konnte das Knarren der gedehnten Fasern hören.

Also, dachte Darling, es ist soweit. „Stellen Sie Ihren Monitor an, Dr. Talley!“ rief er. „Marcus! Es geht los!“

„Warum denn?“ Talley war noch völlig benommen. „Was . . .?“

„Weil das Mistvieh angebissen hat, darum. Und es zieht uns rückwärts.“

Darling schob seinen Arm an Talley vorbei und schaltete die Kamera an. Der Monitor flackerte und leuchtete auf, doch er zeigte nur ein unscharfes Bild. Sie sahen Schatten und ein Geblubber aus tausend Luftblasen.

„Die Attrappe!“ rief Talley. „Wo ist die Attrappe?“

„Er hat sie“, antwortete Darling. „Und er will mit ihr durchbrennen.“

In dem Moment kam Sharp von unten herauf. Darling winkte ihn zu sich und ging mit ihm hinaus.

Manning stand naßgespritzt im Heck und starrte auf die bebenden Seile. „Ist das . . .?“ begann er.

„Entweder ist es das Vieh, oder wir haben den Teufel höchstpersönlich an der Angel.“ Darling gab Sharp ein Zeichen, die Winde steuerbords zu übernehmen, während er diejenige auf der Backbordseite bediente. Gemeinsam fingen sie an, die Seile einzuholen.

Ein paar Minuten lang kamen sie überhaupt nicht voran; die Belastung war zu groß für die Zugleistung der Winden, und sie drehten unter dem Seil durch. Das Boot bewegte sich weiterhin rückwärts. Plötzlich lockerten sich jedoch die Seile, und das Boot stoppte.

„Die Spannung ist raus“, stellte Sharp fest. „Ist er entwischt?“

„Kann sein, oder er dreht nur um. Los, weiter.“

Sie kurbelten im gleichen Rhythmus und schafften knapp zwanzig Meter in der Minute. Die Muskeln in Darlings Arm schmerzten.

„Whip, er muß sich losgerissen haben“, vermutete Sharp, als die 200-Meter-Markierung über die Winde glitt.

„Das glaube ich nicht.“ Darling hatte eine Hand auf dem Seil und versuchte dessen Belastung zu deuten. „Es fühlt sich so an, als hinge er noch dran, würde aber nicht mehr ziehen. Vielleicht legt er gerade eine Verschnaufpause ein.“

„Oder er ist tot“, mutmaßte Sharp hoffnungsvoll.

„Dreh weiter, Marcus“, forderte Darling ihn auf.

Talley trat aus der Kabine. „Ich kann auf dem Monitor nichts erkennen, nur noch ein heilloses Durcheinander.“

„Lassen Sie die Kamera trotzdem laufen“, riet Darling.

„Schon erledigt.“ Talley bezog hinter den beiden Aufstellung. Er hatte eine zweite Videokamera dabei und legte schnell eine Kassette ein.

„Whip!“ rief Sharp plötzlich. „Sieh mal!“ Er zeigte auf die Seile. Sie verliefen nicht mehr senkrecht ins Wasser, sondern bewegten sich langsam vom Boot weg. Trotzdem leisteten die Winden keinen Widerstand; das Seil ließ sich weiterhin einholen.

„Er kommt hoch!“ Darling wandte sich an Manning. „Halten Sie den Finger am Abzug. Jetzt kriegen Sie das, worauf Sie gewartet haben.“

Längere Zeit herrschte Schweigen. Darling und Sharp kurbelten weiter. Das Seil glitt an Bord, war plötzlich zu Ende. Die großen Schäkel kamen zum Vorschein, rasselten mit den ersten Drahtkabeln herein. „Noch fünfzig Meter, Marcus“, erklärte Darling schließlich.

Die Kabel führten fast waagerecht vom Boot weg, waren gespannt und bebten, ließen sich jedoch an Bord holen. Das Tier mußte sich jetzt der Oberfläche nähern. Die Männer starrten ins Kielwasser und versuchten über den Lichtkegel hinauszublicken, den die Halogenscheinwerfer aufs Wasser warfen.

„Zeig dich, du Mistvieh!“ schrie Darling und merkte, daß ihn die Furcht vor diesem übermächtigen Gegner angesichts der drohenden Gefahr zu überwältigen drohte. Sie traf ihn wie ein Stromschlag.

Plötzlich ruckten die Winden, die Kurbeln rutschten ihnen aus den Fingern, und die Kabel zischten über Deck und wurden über Bord gerissen.

„Was macht er jetzt?“ brüllte Sharp.

„Er haut ab!“ schrie Darling. Er langte nach der Kurbel und lehnte sich dagegen, aber ihr Griff wurde ihm wieder aus der Hand gerissen, die Spule drehte durch, und das Kabel sauste weiter ins Wasser.

„Nein!“ schrie Manning. „Halten Sie ihn auf!“

„Ich kann nicht!“ brüllte Darling. „Nichts kann ihn aufhalten!“

„Geben Sie's doch zu, Sie wollen nicht. Sie haben Angst. Ich werde Ihnen zeigen, wie man das macht!“ Manning ließ die Waffe fallen und griff nach einem aufgerollten Stück Kabel zu seinen Füßen.

„Nicht!“ schrie Darling, doch bevor er ihn aufhalten konnte, hatte Manning das Kabel um den Eisenmast geworfen, der bis in den Kielraum reichte, und es festgemacht.

„So!“ Manning war zufrieden. Das Kabel glitt noch ein gutes Stück weit surrend über das stählerne Heck. Manning drehte sich um und hob das Schnellfeuergewehr.

Doch als er ein Bein abspreizte, um einen festen Stand zu bekommen, rutschte er aus. Genau in dem Moment mußte das Tier seine Geschwindigkeit erhöht haben, denn plötzlich sprangen die Kabelschlaufen vom Deck hoch und flogen durch die Luft. Als Manning zurückwich, um das Gleichgewicht wiederzuerlangen, trat er mit einem Fuß in eine Kabelschlinge. Das Kabel spannte sich um seinen Oberschenkel, und er wurde von Bord gerissen. Für den Bruchteil einer Sekunde schien er über dem Deck zu schweben, doch kein Laut kam über seine Lippen. Das Gewehr entglitt ihm.

Dann wurde das Kabel mit ungeheurer Gewalt straffgezogen, und Manning schoß mit ausgestreckten Armen rückwärts durch die Luft. Für einen Augenblick fiel Licht auf sein Gesicht, und Darling las darin weder Entsetzen noch Verzweiflung – lediglich Verblüffung, als wunderte sich Manning, daß das Schicksal die Frechheit besaß, ihm einen Strich durch die Rechnung zu machen.

Scheppernd landete das Gewehr auf dem Deck, und es löste sich ein Schuß. Die Kugel prallte an den Aufbauten ab und zischte über ihre Köpfe.

Darling glaubte zu sehen, wie Mannings Bein vom Körper abgetrennt wurde. Doch er hörte nichts ins Wasser platschen, denn alle Geräusche wurden von einem dumpfen Zischen übertönt, als sich das Drahtkabel um den Eisenmast spannte. Sofort straffte es sich, und das Boot raste rückwärts. Wellen schlugen gegen das Heck und spritzten die Männer naß.

Dann sah Darling, daß das zum Zerreißen gespannte Kabel aus dem Wasser kam. „Es ist oben!“ rief er.

„Wo?“ schrie Talley. „Wo?“

Sie hörten ein Klatschen, und ein ätzender Gestank stieg ihnen in die Nase. Die Gischt, die auf sie niederrieselte, wurde zu einem schwarzen Tintenregen.

Darling war in die Hocke gegangen und wollte sich gerade wieder aufrichten, als er fünf Meter hinter dem Heck etwas Silbernes aufblitzen sah. Er ahnte, was es war: Das Drahtseil drohte zu reißen und würde jeden Moment zurückschnellen. „Duckt euch!“ schrie er.

„Was?“ fragte Talley.

Darling hechtete auf ihn zu und warf ihn auf die Deckplanken. Noch während sie stürzten, ertönte plötzlich ein lautes Donnern hinter dem Boot, dem sofort ein schrilles, pfeifendes Geräusch folgte.

Das erste Kabel peitschte zischend über ihre Köpfe hinweg und zertrümmerte die Fensterscheibe der Kabine. Das zweite Kabel folgte schon eine Sekunde später, und sie hörten, wie Talleys Kamera gegen die Kabinenwand geschleudert und zerschmettert wurde.

Das Boot schlingerte und neigte sich einen Moment bedrohlich zur Seite, dann lag es wieder ruhig in den Wellen. „Gütiger Himmel!“ entfuhr es Talley.

Darling rollte sich von ihm weg und stand auf. Er spähte nach achtern in die Dunkelheit. Keine Spur mehr von dem Kraken. Nur noch das leise Flüstern der Brise über dem stillen Meer war vernehmbar.

Kapitel 13

TALLEY war grünlichweiß im Gesicht, und nachdem er sich aufgerappelt hatte, zitterte er so heftig, daß er kaum stehen konnte. „Ich hätte nie gedacht . . .", begann er, führte den Satz aber nicht zu Ende.

„Vergessen Sie's", sagte Darling. Er und Sharp holten die Drahtseilstränge an Bord, damit sie sich nicht in der Schraube verfingen.

„Sie hatten recht", fuhr Talley fort. „Sie hatten die ganze Zeit recht. Es gibt keine Möglichkeit . . ."

„Hören Sie . . ." Darling sah Talley an und dachte: Der Mann verliert gleich die Nerven. „Wenn wir an Land sind, haben wir noch genug Zeit zum Lamentieren. Wir werden ein paar Gebete für Mr. Manning sprechen und alles Angemessene tun. Aber im Augenblick habe ich nur eins im Kopf: so schnell wie möglich weg von hier. Gehen Sie rein, und legen Sie sich hin."

„Ja", erwiderte Talley, „das mach ich." Er verschwand in der Kabine.

Als sie den Rest des Seils an Bord geholt hatten, folgte ihm Darling. Talley saß am Tisch. Er hatte die Videokassette zurückgespult; jetzt spielte er sie ab und blickte auf den Monitor.

„Wonach suchen Sie?" fragte Darling.

„Nach einem Anhaltspunkt", antwortete Talley, „einem Bild, das den Kraken zeigt."

Darling nahm die ersten Stufen zur Brücke und rief Sharp über die Schulter zu: „Überprüf mal bitte den Ölstand, Marcus."

Sharp öffnete den Lukendeckel zum Maschinenraum, um hinunterzugehen.

Plötzlich meldete sich Talley. „Da ist es!" Mit weit aufgerissenen Augen starrte er auf den Bildschirm und tastete blind nach den Knöpfen des Videorecorders.

Sharp und Darling eilten herbei und blieben hinter ihm stehen; endlich fand Talley den richtigen Knopf und drückte die Pausentaste. Auf dem Bildschirm waren nur Schaum und Blasen zu sehen. Talley drückte erneut auf einen Knopf, und das Bild sprang um. „Da ist die Attrappe", sagte er und deutete auf etwas rötlich Schimmerndes. Im nächsten Bild war es verschwunden, dann tauchte es am oberen Rand des Bildschirms wieder auf. Talley zeigte auf den unteren Rand. „Jetzt passen Sie auf", meinte er.

Ein grauer Klumpen stieg vom unteren Bildrand auf, bis er den gesamten Bildschirm bedeckte. Die Einstellung veränderte sich, und der graue Schatten stieg immer höher. Dann erschien etwas Weißliches am unteren Bildschirmrand, das gebogen war und sich nach oben bewegte.

Das Tier mußte sich von der Kamera fortbewegt haben, denn langsam erweiterte sich der Blickwinkel und zeigte einen weißlichen Kreis mit einem zweiten Kreis in seinem Zentrum, der schwärzer war als die Nacht.

„Ist das ein Auge?" hauchte Sharp.

Talley nickte stumm.

„Wie groß etwa?" fragte Darling.

„Kann ich nicht sagen", antwortete Talley. „Aber wenn man von der Brennweite der Kamera ausgeht und das Auge den gesamten Bildschirm ausfüllt, dann müßte es ungefähr so groß sein." Er hielt seine Hände mehr als einen halben Meter auseinander. „Das Tier mißt dann etwa dreißig Meter", fügte er beinahe ehrfurchtsvoll hinzu. „Vielleicht auch fünfunddreißig Meter."

„Wenn wir zu Hause sind", erklärte Darling, „werden wir alle auf die Knie sinken und dem Himmel danken, daß wir der Bestie nicht noch näher gekommen sind." Dann drehte er sich um und stieg die Stufen zur Brücke hinauf.

DER Morgen brach an. Die aufgehende Sonne malte einen orangefarbenen Streifen über den Horizont. Darling drückte den Anlasser und wartete darauf, das rumpelnde Keuchen des anspringenden Motors zu hören. Doch er vernahm lediglich ein metallisches Klicken. Mehr nicht.

Er drückte noch einmal auf den Anlasser. Diesmal hörte er überhaupt nichts. Er fluchte und schlug gegen das Ruder, denn sobald er sicher war, daß der Motor nicht anspringen würde, wußte er auch den Grund. Irgendwann während der Nacht war dem Generator der Treibstoff ausgegangen. Danach hatten die Batterien automatisch die Stromversorgung übernommen, nachdem sie stundenlang das Licht, den Tiefenmesser und das Fischradargerät betrieben hatten. Es war noch Restspannung in ihnen, aber längst nicht genug, um den großen Dieselmotor anzuwerfen.

Nachdem sich Darling beruhigt hatte, überlegte er, welche der beiden voll aufgeladenen Kompressorbatterien sich am leichtesten herausnehmen und zum Hauptmotor hinübertransportieren ließ. Er wählte eine aus und ging im Kopf die einzelnen Schritte durch, die nötig waren, um die Batterie aus ihrer Halterung zu lösen und neben dem Motor aufzustellen. Es war eine Drecksarbeit, aber sie bedeutete nicht das Ende der Welt.

Als er die Brücke gerade verlassen wollte, fiel ihm ein, daß es besser wäre, die Instrumente abzuschalten, um Strom zu sparen. Er stellte den Tiefenmesser ab. Als er sich hinüberbeugte, um das Fischradargerät auszuknipsen, fiel sein Blick auf den Bildschirm.

Er war nicht mehr völlig leer. Gut, dachte er einen Moment, endlich ist Leben ins Meer zurückgekehrt. Doch als er genauer hinsah, stellte er fest, daß er so etwas noch nie auf dem Monitor gesehen hatte. Das Bild zeigte eine einzige graue Masse, die sich der Wasseroberfläche näherte, und zwar schnell.

DAS Tier schoß nach oben wie ein Torpedo, dabei bewegte es sich rückwärts. Seine Tentakel zog es wie einen Schwanz hinter sich her. Es war kampfbereit. Wie eine Pfeilspitze zerteilte seine dreieckige Schwanzflosse das Wasser.

Seine Körpersäfte waren in Aufruhr; viele Male hatte es die Farbe gewechselt, während seine Sinne damit beschäftigt waren, die widersprüchlichen Signale zu deuten. Zuerst war da dieser unwiderstehliche Paarungstrieb gewesen, Verwirrung hatte sich eingestellt, als es sich paaren wollte, aber nicht konnte; dann Gereiztheit, als es vergeblich versuchte, das Ding abzuschütteln, und schließlich Wut, als es sich von dem Ding bedroht fühlte und dazu überging, es mit seinen Tentakeln und seinem Schnabel zu zerstören.

Die Wut war alles, was geblieben war, und sie hatte ungeheure Ausmaße angenommen. Bisher hatte der Riesentintenfisch seine Raserei immer in einem sofortigen, explosionsartigen Anfall von

Zerstörungswut abreagiert. Doch diesmal fand seine Wut kein Ventil; sie verschlimmerte sich, und sie hatte einen Sinn und ein Ziel.

Und so schoß der Krake zur Oberfläche, angetrieben von seiner Zerstörungswut und dem Verlangen zu töten.

DREIHUNDERTFÜNFZIG Meter, schätzte Darling, als er auf die Skala des Fischradargerätes blickte. Das Ungeheuer war jetzt in dieser Tiefe und kam heraufgeschossen wie eine Rakete. Ihnen blieben etwa fünf Minuten, nicht mehr, möglicherweise sogar weniger.

Er sprang in die Kabine hinunter. „Hol den Bootshaken, Marcus!" rief er. „Und vergewissere dich, daß der Zünder einsatzbereit ist."

„Was ist denn los?" fragte Talley.

„Das Mistvieh greift uns von unten an", erklärte Darling, „und die verflixte Bootsbatterie ist leer." Er verschwand im Maschinenraum.

SHARP kletterte auf die Brücke, zog den Bootshaken aus der Halterung und überprüfte den Zünder. Es war ein simpler Mechanismus. Sobald der Phosphor mit Luft in Berührung kam, würde er sich entzünden und eine Kettenreaktion auslösen, die die Sprengkraft des Semtex freisetzen würde. Sie brauchten nichts weiter zu tun, als den 35-Meter-Koloß mit der Bombe zu füttern. Danach mußten sie allerdings rasch in Deckung gehen, um nicht in Stücke gerissen zu werden. Das war alles.

Sharp wurde plötzlich übel. Hör auf, ermahnte er sich, und halte dich bereit.

DARLING kroch auf allen vieren durch den Maschinenraum und schob die schwere Zwölfvoltbatterie vor sich her. Seine Fingerknöchel bluteten, seine Beine waren verkrampft. Als er schätzte, daß er die Batterie nahe genug an die Lichtmaschine gebracht hatte, löste er die Kabel von der alten Batterie, ohne diese erst aus ihrer Halterung zu heben. Es war ihm egal, ob die neue Batterie herumrutschen würde; sobald er den Motor angeworfen hatte, würde er sie ohnehin nicht mehr brauchen. Kurz hielt er inne, um sicherzugehen, daß er die Kabel auf die richtigen Pole gesteckt hatte, dann drehte er sie fest. Schließlich stand er auf und raste die Leiter hoch.

DIE Beute war direkt über ihm. Der Krake konnte sie sehen und mit den Sensoren seines Körpers fühlen. Doch da ihm diese Art Beute fremd war, wurde er von seinen Instinkten gewarnt, vorsichtig zu sein und sie zunächst abzuschätzen. Gleich einem Hai, der unbekannte Objekte im Meer umkreist, tauchte *Architeuthis princeps* unter seinem Opfer hindurch und unterzog es einer genauen Musterung. Die Antriebskraft seines enormen Körpers schickte eine Druckwelle nach oben.

Plötzlich erbebte die Beute über ihm mit einem lauten Krach und fing an, sich zu bewegen. Das Tier interpretierte den Lärm und die Bewegung als Zeichen der Flucht. Blitzschnell vollführte es eine halbe Drehung und griff an.

ALS Darling spürte, wie sich das Boot unter ihm hob, hielt er den Atem an, drückte auf den Anlasser und hörte eine Sekunde später das Dröhnen des großen Dieselmotors. Er wartete nicht erst, bis der Motor warmgelaufen war, sondern rammte den Gashebel nach vorn.

Zuerst machte das Boot einen Satz, dann hielt es plötzlich ruckartig an, als wäre es am Heck verankert. Es kippte nach hinten, der Bug hob sich, und Darling wurde rückwärts gegen die Reling geschleudert. Dann fiel er wieder zurück. Doch das Boot rührte sich nach wie vor nicht von der Stelle.

Das Dröhnen des Motors hatte sich zu einem klagenden Heulen gesteigert. Dann begann der Motor zu stottern. Er keuchte zweimal auf und verstummte. Das Boot schaukelte antriebslos im Wasser.

Großer Gott, dachte Darling entsetzt, das Mistvieh hat die Schraube lahmgelegt! Er spürte, daß ihm eiskalt wurde.

Augenblicklich eilte er in die Kabine hinunter und trat aufs Achterdeck hinaus.

Talley stand draußen und starrte wie gelähmt auf das Meer. „Wo ist er?“ fragte er, als er Darling sah. „Ich dachte, Sie hätten gesagt . . .“

„Direkt unter uns!“ rief Darling. „Der hat uns gründlich die Tour vermasselt.“ Sie liefen nach achtern und sahen über das Heck ins Wasser. Unmittelbar hinter der Badeplattform schlängelte sich ein abgetrennter Arm unter dem Boot hervor.

„Er muß versucht haben, nach der Schraube zu greifen“, vermutete Talley.

„Jetzt hat er einen Arm verloren“, sagte Darling, „vielleicht schreckt ihn das ab.“

„Bestimmt nicht“, entgegnete Talley. „Es wird ihn nur noch wütender machen.“

Darling blickte zum Brückennock hinauf und sah Sharp mit Mannings Gewehr an der Reling stehen. Er stieg die Leiter hoch zu ihm. Sharp hatte den Bootshaken wieder in seine Halterung gesteckt. Darling zog ihn heraus und prüfte sein Gewicht.

„Ich mach das schon.“ Sharp deutete auf den Sprengsatz.

„Nein, Marcus“, widersprach Darling. „Der Käpten hat das Vorrecht.“

DAS Tier wand sich in der Dunkelheit, außer sich vor Schmerz. Eine grüne Flüssigkeit strömte aus dem Stumpf seines abgetrennten Arms.

Doch der Krake war nicht kampfunfähig – er spürte keinen Kraftverlust. Dazu hatte er erfahren, daß das, was er als Beute wahrgenommen hatte, mehr war als eine Nahrungsquelle. Es war ein Feind. Wieder stieg das Ungeheuer zur Oberfläche.

DARLING und Sharp blickten über den Bug hinaus auf das Meer, als sie plötzlich Talley hinter sich schreien hörten: „Nein!“

Sie schossen herum, sahen zum Heck und erstarrten.

Etwas schob sich dort über die Reling. Zuerst sah es aus wie eine riesige, schleimige violette Nacktschnecke. Dann rollte sich das Gebilde zurück wie eine umgestülpte Lippe und begann emporzusteigen, bis es fast drei Meter hoch und einen Meter breit war und die Sonne verdunkelte. Es war bedeckt mit Saugnäpfen wie hungrige Mäuler, und in jedem steckte eine schimmernde bernsteinfarbene Klaue.

„Schieß, Marcus!“ brüllte Darling. „Schieß!“

Doch Sharp stand da wie gelähmt, mit gesenktem Gewehr.

Unten auf Deck mußte Talley ein anderes Geräusch gehört haben, denn er drehte sich nach links und stieß einen Schrei aus. Mittschiffs schlängelte sich der zweite Tentakel an Bord.

Der Schrei riß Sharp aus seiner Tatenlosigkeit, und er gab drei Schüsse ab. Der eine ging in die Luft, der zweite prallte am Schanzkleid ab, und erst der dritte traf die knotenförmige Verdickung am Ende des Tentakels genau in die Mitte. Doch der Tintenfisch reagierte nicht. Er schien die Kugel einfach zu schlucken.

Immer weiter schoben sich beide Tentakel an Bord. Sich krümmend wie Schlangen, bewegten sich die violetten Fleischmassen vorwärts, dabei pulsierten sie und zuckten. Wie beutesuchende Spinnen glitten die Tentakel über das Deck.

Auch Talley war wie gelähmt. Er rührte sich nicht, machte keine Anstalten zu fliehen, sondern blieb wie angewurzelt stehen.

„Talley!“ schrie Darling. „Machen Sie, daß Sie da wegkommen!“

Als beide Tentakel den Heckraum bereits ausfüllten, hielten sie einen Moment lang in ihrer Suche inne. Dann dehnten sie sich unter Anspannung ihrer Muskeln aus und drückten das Heck nach unten. Hinter dem Boot wölbte sich die Wasseroberfläche, und die drei Männer hörten ein saugendes Geräusch und ein Tosen.

„O Gott!“ schrie Darling. „Jetzt kommt der Krake ins Boot!“ Er wich zurück. Den Bootshaken hielt er wie eine Lanze.

Zuerst beobachteten sie die Arme, sieben zappelnde Riesenschlangen, die das Heck packten und nach unten preßten, damit der Krake seinen Körper hochhieven konnte. Dann sahen sie ein Auge, ungeheuer groß, das wie ein Mond aufstieg.

Das Heck wurde hinabgedrückt, bis es untertauchte. Wasser strömte an Bord, floß nach vorn und in die Achterluken. Er wird uns versenken, dachte Darling, und uns nacheinander auffressen.

Jetzt kam das andere Auge in Sicht, als das Tier den Kopf drehte und in ihre Richtung starrte. Es schien sie zu mustern. Zwischen den Augen zuckten und zitterten die Arme, und in ihrer Mitte befand sich der über einen halben Meter lange, scharfe Schnabel, der hervortrat und reflexartig schnappte.

Plötzlich kam Talley zu sich. In Panik rannte er zur Leiter und stürzte hinauf. Er war auf halbem Weg zur Brücke, als einer der Tentakel in die Luft stieg und nach vorn schoß, um ihn zu fassen. Talley versuchte noch, sich zu ducken, doch dabei rutschten seine Füße von der Sprosse ab, und er hing nur noch mit den Händen an der Leiter. Der Tentakel wickelte sich um die Leiter, riß sie aus ihrer Verankerung und hielt sie über dem Brückennock hoch in die Luft. Talley baumelte an der Leiter wie eine Marionette.

„Lassen Sie sich fallen, Talley!" brüllte Darling.

Talley ließ los. Er landete mit den Füßen auf dem schmalen Vorsprung an der Außenseite der Reling. Eine Sekunde lang hielt er sich dort, während er mit den Armen ruderte, um nach der Reling zu greifen. Mit weit aufgerissenen Augen und einem Entsetzensschrei auf den Lippen kippte er rückwärts ins Meer. Das Tier zerquetschte die Leiter und warf sie über Bord.

Sharp gab Schüsse auf die Bestie ab, bis der Munitionsstreifen leer war. Die Leuchtspurgeschosse bohrten sich in das triefende Fleisch.

Mit Hilfe seiner kräftigen Schwanzflosse schob sich der Krake weiter an Bord und drückte das Heck noch tiefer ins Wasser. Der Bug ragte steil in die Luft, und Darling hörte, wie unten Werkzeuge, Stühle und Geschirr scheppernd gegen die Schotten geschleudert wurden. „Spring ins Wasser, Marcus!" rief er seinem Freund zu.

„Spring du! Laß mich das . . ."

„Spring, verdammt noch mal!"

Sharp sah Darling an, wollte etwas sagen, doch dann wußte er, daß er handeln mußte. Entschlossen sprang er von Bord.

Darling drehte sich nach achtern. Er konnte kaum stehen; unter seinen Füßen neigte sich das Deck in beängstigender Schräglage. Er hockte sich hin und stemmte sich mit einem Fuß gegen die Reling.

Der Tintenfisch begann das Boot in Stücke zu reißen. Die Tentakel peitschten blind durch die Luft, packten alles, was sie berührten – eine Tonne voll Tauwerk, einen Lukendeckel, einen Antennenmast –, und schleuderten es ins Meer. Wütend saugte der Krake Luft ein und stieß sie durch den Trichter wieder aus; dabei gab er Geräusche von sich wie ein grunzendes Schwein.

Plötzlich hielt er in seiner Zerstörungswut inne, als hätte er sich an etwas erinnert. Er drehte den riesigen Kopf in Darlings Richtung. Die Tentakel schossen nach vorn und umklammerten je eine Stahlstrebe des Brückennocks. Ballonförmig blähten sich die Tentakel auf, als sich das Tier nach oben zog.

Darling stützte sich jetzt auch mit dem anderen Fuß ab und hob den Bootshaken wie einen Speer über den Kopf. Er versuchte zu schätzen, wie weit er von dem Schnabel entfernt war. Die Arme der Bestie kamen bereits auf ihn zu. Darling konzentrierte sich nur auf den schnappenden Schnabel und holte aus.

Der Bootshaken wurde ihm aus den Händen gerissen. Er sah, daß einer der Tentakel den Bootshaken hochhob und ins Meer warf.

In diesem Augenblick hatte er nur noch einen Gedanken: Ich werde sterben.

Die Arme griffen nach ihm. Er versuchte sich zu ducken, doch dabei rutschte er aus, schlitterte über den Rand des Brückennocks und stürzte auf das schräg abfallende Achterdeck.

Er fand sich in hüfthohem Wasser wieder und begann sich augenblicklich zur Reling zu schleppen. Wenn er es schaffen würde, vom Boot wegzukommen, vielleicht konnte er sich später zwischen den Trümmern verstecken, die der Krake hinterlassen würde. Vielleicht verlor das Tier ja auch das Interesse, vielleicht . . .

Plötzlich schob sich die Kreatur über den Rand des Kabinendaches, türmte sich über ihm auf und schwang die Tentakel wie zwei tanzende Kobras. Alle sieben Arme versuchten, ihn zu greifen und in den riesigen Schnabel zu stoßen.

Darling machte kehrt und kämpfte sich zur anderen Seite des Bootes hinüber. Einer der Arme schlug neben ihm ins Wasser. Er hechtete zur Seite, rutschte aus, kam wieder auf die Füße. Wie viele Schritte noch? Fünf? Zehn? Er konnte es nicht schaffen. Doch er schleppte sich weiter, weil sich etwas in seinem Inneren dagegen sträubte aufzugeben.

Ein Hindernis versperrte ihm den Weg. Vielleicht konnte er darunter durchtauchen? Es war der große Deckel der Mittschiffsluke. Und obenauf lag die Kettensäge.

Darling überlegte nicht lange, sondern schnappte sich die Kettensäge und zog die Starterleine. Das Gerät sprang gleich beim erstenmal an, und der Lärm des kleinen Motors hallte von der Kabinenwand wider. Rasch legte Darling den Gang ein, und die Zähne der Sägekette setzten sich in Bewegung.

„Also gut", hörte er sich sagen, während er sich umdrehte und sich der Bestie stellte.

Der Krake schien einen Moment lang zu zögern, dann rutschte er mit einem grunzenden Geräusch auf ihn zu. Darling legte den Schnellgang ein, und das Brummen der Kettensäge steigerte sich zu einem schrillen Kreischen.

Einer der zuckenden Arme tauchte vor seinem Gesicht auf, und Darling rammte ihn mit der Kettensäge. Sie schnitt ins Fleisch des Tintenfischs, und Darling wehte eine Ammoniakwolke entgegen. Der Motor der Säge klang gequält, schien langsamer zu werden, als fräße sich die Kette durch feuchtes Holz. Nein! dachte Darling. Bleib nicht stecken! Bitte nicht!

Die Lautstärke des Motors stieg wieder an; die Zähne schnitten sich tiefer ein, und Fleischfetzen spritzten in Darlings Gesicht. Der Arm war durchtrennt und fiel ab. Die Bestie stieß ein Zischen aus, das Schmerz und Wut verriet.

Ein zweiter Arm angelte nach Darling, dann ein dritter. Er wehrte sie mit der Kettensäge ab; sobald deren Zähne das Fleisch berührten, zuckten die Arme zusammen, zogen sich zurück, um erneut anzugreifen, als würden sie von dem wahnsinnigen Gehirn des Tieres dazu angetrieben. Um Darling flogen die Fleischfetzen, und ein Regen aus grünem Schleim und schwarzer Tinte prasselte auf ihn nieder.

Plötzlich spürte er, wie unter Wasser etwas sein Bein berührte, daran emporkroch und sich um seine Hüfte schlang.

Einer der Tentakel hatte ihn erwischt. Er versuchte sich zu befreien, doch fand er sich in der Masse sich windender, zuckender Riesenschlangen nicht mehr zurecht. Schon begann der Krake mit dem Tentakel zuzudrücken, und Darling spürte den stechenden Schmerz der messerscharfen Haken, die sich aus der Mitte jedes Saugnapfes durch seine Haut bohrten. Er merkte, wie er den Boden unter den Füßen verlor, und er wußte, daß alles zu Ende war, wenn es der Bestie gelang, ihn emporzuheben.

Mit letzter Kraft drehte er sich, so daß er das schnappende Maul sehen konnte. Als sich der Tentakel immer enger um seinen Leib schloß und er kaum noch atmen konnte, beugte er sich mit der Kettensäge dem Schnabel entgegen. Der Schnabel öffnete sich, und eine Sekunde lang konnte Darling die zuckende rosa Zunge sehen, die mit unzähligen kleinen Dornen bestückt war wie eine gigantische Feile.

„Hier!" schrie er und hieb mit der Kettensäge gegen den klaffenden Schnabel.

Die Säge stockte, und da ihre Zähne in dem knochigen Schnabel keinen Halt fanden, rutschte sie ab. Als Darling erneut ansetzen wollte, umklammerte einer der Arme seine Hände und entriß ihm die Säge.

Jetzt, dachte Darling, jetzt ist es wirklich vorbei. Der Druck des Tentakels verstärkte sich, und die Schleier, die seinen Blick trübten, waren ein Zeichen einsetzender Bewußtlosigkeit. Er fühlte, wie er emporgehoben wurde, sah den aufgerissenen Schnabel und nahm den widerwärtigen Ammoniakgestank wahr. Schließlich schaute er in eines der beiden Augen des Kraken, schwarz und ausdruckslos.

Plötzlich schien sich die Bestie selbst emporzuheben, als würde sie von unten geschoben. Ein Geräusch schwoll an, wie Darling es noch nie zuvor gehört hatte, ein rauschendes, donnerndes Tosen, und etwas Riesiges, Blauschwarzes packte den Tintenfisch mit seinem Maul.

Der Tentakel, der ihn umschlungen hatte, zuckte heftig, und Darling spürte, wie er durch die Luft geschleudert wurde. Dann versank er im Nichts.

„ZIEHEN Sie!" rief Sharp.

Talley streckte den Arm ins Wasser und tastete nach Darlings Gürtel. Er fand ihn, und während Sharp Darling bei den Armen packte, zogen sie ihn gemeinsam auf den umgedrehten Lukendeckel, auf dem sie im Wasser trieben. Dessen Holz war dick und massiv, und er bot genug Platz für drei.

Darlings Hemd hing ihm in Fetzen vom Leib, und über seine Brust, wo die Kreatur seine Haut mit ihren Haken aufgeritzt hatte, zogen sich Blutspuren.

Sharp legte einen Finger an Darlings Halsschlagader. Sein Puls war stark und regelmäßig. „Falls er keine inneren Verletzungen hat“, meinte er, „müßte er eigentlich davongekommen sein.“

Wie durch einen dunklen Nebel drang das Wort „davongekommen“ in Darlings Bewußtsein, und er spürte, wie es langsam heller um ihn wurde. Er öffnete die Augen.

„Wie fühlst du dich, Whip?“

„Wie von einem Laster überfahren. Von einem Laster voller Messer.“

Sharp half Darling, sich aufzusetzen. „Schau mal“, sagte er.

Darling blickte sich um. Das Boot war verschwunden – und der Krake.

„Wie kommt das?“ fragte Darling. „Wer hat mich von dem Vieh befreit?“

„Ein Pottwal“, klärte Sharp ihn auf. „Er hat sich den Kraken geschnappt. Hat ihn direkt hinter dem Kopf durchgebissen.“

Plötzlich entstand Bewegung im Wasser. Darling zuckte zusammen.

„Ist schon gut“, beruhigte ihn Talley. „Das ist nur das Leben, der Kreislauf der Natur.“

Unzählige Fleischbrocken trieben an der Oberfläche, und jeder wurde umschwärmt. Der blutige Kampf mit dem Kraken hatte sämtliche Lebewesen von nah und fern angelockt. Die Rückenflosse eines Hais teilte das Wasser zwischen den Trümmern des Bootes. Eine Schildkröte streckte ihren Kopf aus dem Wasser und sah sich um. Drückerfische, Gelbschwänze und Barrakudas tummelten sich am reich gedeckten Tisch.

„Schön“, sagte Darling und legte sich zurück. „Das ist die Art Leben, die ich mag.“

„Ich weiß weder, wo wir sind, noch, wohin wir treiben“, stellte Sharp fest. „Kein Land in Sicht . . . Ich sehe überhaupt nichts.“

Darling befeuchtete seinen Zeigefinger und hielt ihn in die Luft. „Nordwestwind. Wir treiben nach Hause.“

ES WAR in der Tiefe entstanden und hatte dort wochenlang an einem Felsüberhang gehaftet. Dann hatte es sich, wie von der Natur vorgesehen, abgelöst und war langsam zur Wasseroberfläche hinaufgestiegen. In früheren Zeiten wäre es auf seinem Weg nach oben möglicherweise aufgefressen worden, denn es stellte eine reichhaltige Nahrungsquelle dar.

Doch nichts hatte das Gebilde angegriffen, nichts hatte seine Hülle zerstört oder so beschädigt, daß Meerwasser eindringen konnte, das die winzigen Kreaturen im Inneren sofort vernichtet hätte. Und so war es sicher an die Oberfläche gelangt und badete jetzt im lebenswichtigen Sonnenlicht.

Es trieb in der ruhigen See, ohne von Wind und Wetter beeinträchtigt zu werden. Seine Haut war so dünn, daß sie fast transparent schien, doch sie besaß eine bemerkenswerte Elastizität. Allerdings war das Gebilde immer noch verwundbar. Es konnte von einer Schildkröte gefressen oder von einem vorbeischnellenden Hai in Stücke gerissen werden. Die Natur hatte es so eingerichtet, daß viele ihrer Geschöpfe starben, um anderen Arten als Nahrung zu dienen und das Gleichgewicht der Nahrungskette aufrechtzuerhalten.

Doch da die Natur selbst aus dem Gleichgewicht geraten war, hatte sich das gallertartige Gebilde viele Tage und Nächte lang um seine eigene Achse drehen können, bis es seinen Zyklus vollendet hatte. Sobald es herangereift war, brach es auseinander und entlud Tausende kleiner Beutel ins Meer, von denen jeder einzelne ein vollständiges Lebewesen enthielt. Als diese Kreaturen spürten, daß die Zeit gekommen war, befreiten sie sich aus ihren Beuteln und begaben sich unverzüglich auf Nahrungssuche.

Die kleinen Lebewesen waren Kannibalen, und augenblicklich fielen die stärkeren über die schwächeren her. Doch es gab so viele von ihnen, und sie verteilten sich so schnell im Wasser, daß es den meisten gelang, in den Schutz der kühlen Tiefe zu entkommen. Normalerweise hätte auch diese Reise für die meisten mit dem Tod geendet. Sie wären aufgefressen worden, bevor sie Unterschlupf in den Spalten am Grund des versunkenen Vulkans gefunden hätten. Eigentlich hätte höchstens eine von hundert Kreaturen überleben dürfen.

Doch ihre Hauptfeinde waren verschwunden. Zwar tauchten ein paar vereinzelte Raubfische auf und forderten ihren Tribut, aber längst war ihre Anzahl nicht mehr groß genug, um eine natürliche Auslese zu gewährleisten. Die riesigen Schwärme von

Bonitos und Makrelen, die schnellen Speerfische, die Thunfische, die gefräßigen Wahoos und Barrakudas, sie alle waren verschwunden.

Und so geschah es, daß etwa hundert Kreaturen der Abstieg über tausend Meter gelang, wo sie zwischen den Felsen Schutz fanden. Sie blieben dort in der Tiefe, ein jedes für sich, denn sie waren völlig eigenständig. Sie würden langsam heranreifen und sich noch ein bis zwei Jahre vor Raubfischen in acht nehmen müssen. Doch mit der Zeit würden sie ihre Einzigartigkeit und Überlegenheit spüren und sich ins offene Meer hinauswagen.

Bis dahin verharrten sie in ihrem Unterschlupf und warteten.

Foto: Scott Stallard

Peter Benchley

Das Furchterregendste an dem Riesentintenfisch, der im Roman *Schrecken der Tiefe* sein Unwesen treibt, ist nach der Auffassung des Autors die Tatsache, daß es ihn wirklich gibt. Dabei ist das Tier sogar noch größer als im Buch beschrieben. „Ich habe das Ungeheuer bewußt ein wenig verkleinert“, meint Benchley, „weil die Leser es sonst vielleicht für das Hirngespinst eines Schriftstellers gehalten hätten.“ Trotz der beeindruckenden Größe des Kraken ließ sich der Autor nicht vom Versuch abhalten, dieser Kreatur auf die Schliche zu kommen. Mit der Unterwasserkamera stellte er ihr in den Gewässern rund um die Bermudainseln nach, um Bilder für seine Fernsehreihe „Expedition Erde“ einzufangen, die im Kabelprogramm ausgestrahlt wurde.

Nicht nur auf Kraken macht der Schriftsteller Jagd, wenn ihm die Arbeit Zeit läßt. Die Abenteuerlust zieht ihn hinaus aufs Meer, wo er mit der Taucherausrüstung die Wracks erkundet, die vor der Küste der Atlantikinseln liegen; dabei begleitet ihn oft seine Frau Wendy, die seine Begeisterung für den Tauchsport teilt. In seinen Romanen – etwa in *Der Weiße Hai* und *Der Berg der Fische,* die beide auch in den Reader's Digest Auswahlbüchern erschienen sind – spielt dieses Hobby ebenso eine Rolle wie der Umweltschutzgedanke. „Wer der Natur ins Handwerk pfuscht“, warnt der Autor, „erhält dafür eines Tages unweigerlich die Quittung!“

Das Talent, Geschichten zu erzählen, bekam Peter Benchley in die Wiege gelegt. Sein Großvater war ein bekannter Humorist, sein Vater Nathanael Romanschriftsteller. Er selbst begann seine Laufbahn in den sechziger Jahren als Reporter der Zeitschrift *Newsweek,* ehe er als Redenschreiber für Präsident Johnson ins Weiße Haus umzog. Der Wechsel zur Schriftstellerei wurde für Benchley schließlich ein Glücksfall, denn gleich sein erster Roman, *Der Weiße Hai,* machte ihn weltberühmt.

Ein Mundvoll Erde

EINE KURZFASSUNG DES BUCHES VON

STEFANIE ZWEIG

MIT ILLUSTRATIONEN VON JAN HEDBERG

In ganz Ol'Joro Orok gibt es keine dickeren Freunde als Vivian, die achtjährige Tochter des weißen Farmers aus Deutschland, und Jogona, den Sohn des schwarzen Farmaufsehers Kimani. Vivian lernt von ihm, so zu denken, zu reden und zu handeln wie die Männer und Frauen vom Stamm der Kikuyu, und deshalb kann sie immer wieder ihrem Vater helfen, der so viele Dinge nicht versteht.

Doch dann kommt eines Tages Hanna ins Haus, die blonde Frau, die mit ihrem ständigen Gerede Vivian „das Ohr ihres Vaters stiehlt" und sie in die Schule schicken will. Vivian beschließt, sich und ihren Vater vor Hanna zu schützen – mit einem Zauber, den sie von den Kikuyu gelernt hat . . .

I

ALLE auf der Farm wußten, daß Vivian und Jogona Freunde waren. Jogona war schwarz und gehörte dem Stamm der Kikuyu an, Vivian war weiß und in Deutschland geboren. Jogona wußte nichts von Deutschland, aber er wußte sehr genau, wie dumm Vivian gewesen war, als sie auf die Farm kam. Damals hatte sie noch nicht einmal die Sprache der Schwarzen beherrscht, nämlich Suaheli. Jogona fühlte sich groß und wichtig, wenn er daran dachte.

Er war noch aus einem anderen Grund stolz. Sein Vater Kimani war Aufseher auf der Farm. Wenn die Nachmittagssonne ihre Schatten auf die dritte Rille des Wassertanks warf, schlug Kimani mit einer Eisenstange gegen den Tank, und alle hörten sofort mit der Arbeit auf.

Wie immer hatten Jogona und Vivian schon lange vor der Zeit unter dem großen Dornenbaum gesessen, denn um nichts in der Welt hätte Jogona dieses Schauspiel verpaßt. Kimani war gerade dabei, gegen den Tank zu schlagen. Danach würde er das Maismehl verteilen, aus dem der dicke weiße Brei, Poscho genannt, gekocht wurde.

„Das ist mein Vater", sagte Jogona.

„Das ist dein Vater", bestätigte Vivian und drückte ihre Puppe an sich.

In Ol'Joro Orok, der kleinen Ortschaft, in der die Farm lag, sagte man gern Dinge, die bekannt waren. Nie hätte Vivian auf den Satz „Das ist mein Vater" geantwortet: „Das weiß ich doch." Das war gegen die Regeln des wunderschönen Spiels, das alle Menschen auf der Farm liebten.

Als die Männer zu ihren Hütten gingen, ließ sich Vivian von Jogona ins Maisfeld locken. Sie wußte, was Jogona wollte. Er wollte über seinen Vater sprechen und wie wichtig er war. Aber Vivian hätte Jogona nie gezeigt, daß sie seine Absicht durchschaute. Auch sie bewunderte Kimani. Er mußte schon seit vielen Regenzeiten nicht mehr arbeiten und beaufsichtigte die Schambaboys auf dem Feld. Es gab auch Hausboys, die nur im Haus arbeiteten und niemals zu einer Hacke gegriffen oder es zugelassen hätten, daß die Schambaboys ins Haus kamen. Das war gegen die Regeln, und in Ol'Joro Orok hielt jeder die Regeln streng ein. Das machte das Leben schön und aufregend.

„Mein Vater", erklärte Jogona, „ist der wichtigste Mann in Ol'Joro Orok." Er wartete darauf, daß Vivian den Satz wiederholen würde.

„Es gibt etwas, das noch größer ist als Ol'Joro Orok", sagte Vivian und schaute unbeteiligt zu den Bergen hin. Der Satz war so unglaublich, daß Jogona so tat, als hätte er ihn nicht gehört. So sagte sie nochmals: „Es gibt etwas, das noch größer ist als Ol'Joro Orok."

Jogona war verstimmt. Er war ins Maisfeld gelaufen, um das tägliche Spiel zu spielen, und nun hatte Vivian einen Satz gesagt, den er nicht verstand. Sein Herz pochte. Er kannte nichts Größeres als Ol'Joro Orok. In Ol'Joro Orok gab es einen Laden, in dem man Hemden, Hosen, Salz und Tee und manchmal gar einen schönen, starken Bindfaden kaufen konnte. Sogar eine Eisenbahn kam dreimal in der Woche nach Ol'Joro Orok und brachte Ware für den Laden und Post für Vivians Vater.

Jogona hatte vorgehabt, mit Vivian über die Zeit der großen Trockenheit zu sprechen. Sie konnte sich nämlich nicht daran erinnern, und das war der Beweis für ihn, daß sie jünger sein mußte als er mit seinen neun Jahren.

„Weißt du noch", fragte er, „wie trocken es war, als der große Regen ausblieb?"

„Ja", log Vivian.

„Du weißt es nicht", widersprach Jogona schroff. „Die Hyänen kamen damals bis vor das Haus, weil sie so durstig waren."

„Erzähl mir davon", gab Vivian seufzend nach. Sie wußte, Jogona würde sie nicht zu Wort kommen lassen, ehe er von der großen Trockenheit berichtet hatte. Von Jogona hatte Vivian längst die Kunst des Schweigens gelernt, die so wichtig war auf der Farm. Man durfte nicht sofort die Dinge sagen, die man wollte.

„Es war so trocken, daß die Erde auseinanderfiel."

„Ja", meinte Vivian.

„Wir mußten Wasser im Laden holen."

Die Erwähnung des Ladens brachte Vivian auf ihre vorherige Behauptung zurück. „Kenia ist größer als Ol'Joro Orok", erklärte sie.

„Was ist Kenia?" fragte Jogona angewidert.

„Ol'Joro Orok", erwiderte Vivian lachend, „liegt in Kenia. Und Kenia liegt in Afrika."

Das war zuviel für Jogona. Er starrte auf seine Füße, aber Vivian wußte, daß er ihr zuhörte.

„Ich kenne ein Land, das ganz anders ist als Afrika. Es heißt Deutschland", sagte Vivian. Sie sprach schnell, damit Jogona nicht dazwischenreden konnte. „Ich komme aus Deutschland", fügte sie hinzu.

Jogona ließ sich nicht leicht in Fallen locken. Mit einem gelangweilten Blick betrachtete er ihre schmutzigen, nackten Füße. „Du wirst langsam schwarz", bemerkte er kichernd.

„Wenn ich mich wasche, werde ich wieder weiß", entgegnete Vivian. Sie erwartete Jogonas Widerspruch. Er war es seiner Bedeutung auf der Farm schuldig, auch dann zu widersprechen, wenn er im Unrecht war. Als Sohn Kimanis, der mit der Eisenstange an den Wassertank schlug und schon seit vielen Regenzeiten nicht mehr arbeitete, durfte er das.

Jogona aber war ebenso neugierig wie schlau. Er wußte, Vivian würde gleich ihren Satz wiederholen. Hatte er ihr nicht selbst beigebracht, immer wieder dieselben Dinge zu sagen, wenn sie wichtig waren? So kam er ihr zuvor. „Weißt du noch, wie du kein Suaheli konntest?" fragte er lachend und suchte nach den Erinnerungen, die er so liebte. Er nahm Vivians Puppe, legte sie mit dem Gesicht zur Erde und genoß das Wunder, daß sie „Mama" quietschte.

„Du wußtest noch nicht einmal", fuhr er belustigt fort, „was ein Toto ist." Toto war das Wort für Kind, aber auch für Kalb, Küken, Lamm, für alles Junge und Kleine. „Du bist", sang Jogona langsam und ließ die Wörter auf der Zunge zergehen, „du bist ein Toto und wußtest noch nicht einmal, was ein Toto ist."

„Und du hast gedacht, dies hier wäre ein Toto", entgegnete Vivian. Sie hielt die Puppe hoch. Sie spielte schon längst nicht mehr mit Puppen, aber sie schleppte die Puppe immer mit, um Jogona daran zu erinnern, daß er einst die Puppe für lebendig gehalten hatte. „Du hast gedacht, dies hier wäre ein Toto", wiederholte sie kichernd. „Du wußtest nicht, daß sie so tot ist wie ein Stück Holz. Weißt du noch, wie du es nicht wußtest?"

„Nein", entgegnete Jogona unwirsch. Er hatte Vivian beigebracht, wie die Kikuyukinder zu reden, aber nun ärgerte es ihn, daß sie es tat.

„Ich weiß es nicht mehr", wiederholte er und fühlte sich wieder besser. Er spuckte einen versengten Grashalm an und kniff ein Auge zu. „Ich spucke besser als die Schlange, die Owuor erschlagen hat."

Vivian hatte keine Lust, sich auf ein Gespräch einzulassen, in dem sie immer wieder den kürzeren zog. „Du spuckst gut", sagte sie hastig und dachte daran, daß er nun wieder von Ol'Joro Orok reden würde.

„Wollen wir zum Fluß gehen?" schlug Jogona geschmeichelt vor.

„Heute nacht", versprach Vivian.

„Das geht nicht. Alle würden uns sehen, und dann holt dich dein Vater ins Haus zurück. In der Nacht ist deine Haut so hell wie die Sterne."

„Ja", gab Vivian traurig zu, „aber ich kann mich mit Lehm einreiben."

Jogona schüttelte angeekelt den Kopf. Nur der Stamm der Lumbwas rieb sich mit Lehm ein. Er aber war ein Kikuyu, und die Kikuyus blickten mit Verachtung auf die Lumbwas. Das war schon immer so gewesen. Das würde immer so sein. „Wenn du dich wie die Lumbwas mit Lehm einreibst, dann können wir nicht mehr zusammen gehen. Ich bin doch ein Kikuyu."

Es war nicht Jogonas Art, lange Reden zu halten. Vivian gab sofort nach. „Gut." Sie seufzte. „Gehen wir zum Fluß."

„Jetzt?" fragte Jogona. Er staunte über den schnellen Sieg.

„Gehen wir!" rief Vivian.

Der Fluß hatte kaum noch Wasser. Die harte Erde zwischen den Steinen war gerissen und fast schwarz. Es tat weh, sie mit den nackten Füßen zu berühren.

„Morgen ist das Wasser nicht mehr da", prophezeite Jogona und starrte ins trockene Flußbett.

„Dann ist es wieder so trocken wie zur Zeit der großen Trockenheit."

„Aber nein. Nur ich weiß, wie es damals war."

„Dann weißt du es eben zweimal", beschwichtigte Vivian ihn.

Doch Jogona hatte keinen Sinn für Zahlen. „Ich weiß es, und du weißt es nicht", entschied er.

„Dafür weißt du nicht, daß Kenia größer als Ol'Joro Orok ist", sagte Vivian.

Da war es wieder, dieses fremde Wort. Es lauerte wie ein Schakal, der zum Sprung ansetzt. Es war gefährlich und böse.

„Was ist Kenia?" fragte Jogona und senkte den Blick.

„Da!" rief Vivian triumphierend und zeigte auf den schneebedeckten Berg am Horizont. „Das dort ist der Berg Kenia!"

„Wer sagt das?"

„Mein Vater sagt das. Mein Vater, der Bwana."

„Der Bwana sagt das", wiederholte Jogona.

Wie alle Weißen wurde Vivians Vater Bwana genannt. Jogona war gern in der Nähe des Bwana. Der Bwana hatte ihn dazu gebracht, ins Haus zu kommen und Vivian kennenzulernen, und darum beneideten ihn alle Kinder in seinem Alter. Außerdem hatte der Bwana ihm eine alte Uhr geschenkt. Sie ging zwar nicht, aber sie war Jogonas einziger Besitz, und das vergaß er dem Bwana nicht. Jetzt hatte der Bwana gesagt, daß der Berg Kenia hieß. Jogona fühlte sich unsicher wie ein junger Hund, der zum ersten Mal von der Mutter getrennt wird. Er sah den Berg in der Ferne. Der Schnee darauf wirkte wie Wolken. „Das ist Himmel", erklärte er schließlich.

„Der Bwana hat gesagt, das ist der Berg Kenia", beharrte Vivian. „Der Bwana kann lesen."

Schweigend blickte Jogona das Mädchen an. Er wußte, wann er geschlagen war, aber er war klug wie ein Pavian, wenn er schnell denken mußte. Langsam wandte er sich an Vivian. „Kennst du den Vater von deinem Vater?" flüsterte er.

Vivian konnte nicht von ihrem Großvater sprechen. Wie sollte sie Jogona erklären, daß ihr Großvater in Deutschland geblieben war? Sie hatte ihn das letzte Mal gesehen, als sie mit dem Vater aufs Schiff gegangen war. Der alte Mann hatte geweint. Vivian hatte das damals nicht verstanden. Eigentlich begriff sie die ganze Sache auch heute nicht.

„Wir gehen jetzt in ein anderes Land", hatte ihr Vater gesagt.

„Alles, was wir geliebt haben, lassen wir zurück. Unsere Heimat haben wir verloren."

Auch das hatte Vivian nicht verstanden. Man verlor zwar Taschentücher und Bleistifte, aber wer verlor schon eine Heimat? Einmal hatte sie sogar gehört, wie er zu jemandem sagte: „Vivian hat ihre Mutter verloren." Dabei hatte Vivian ihre Mutter überhaupt nicht gekannt. Die Mutter war bei ihrer Geburt gestorben, und Vivian fand, da könnte man nicht gut von verlieren sprechen.

„Nein", log Vivian und kam auf Jogonas Frage zurück, „ich kenne den Vater von meinem Vater nicht."

Jogona legte die Hände auf seinen nackten Bauch und sah plötzlich sehr alt und sehr weise aus. „Der Vater von meinem Vater ist Muchau", sagte er. Muchau war das Wort für Medizinmann. Es war ein großes Wort, das angst machte. Vivian hatte das Gefühl, die Bäume des Waldes stürzten ein. Das Kreischen der Affen verstummte für sie, und auch die Vögel riefen nicht mehr. Es gab nur noch ein Wort auf der Welt. Muchau.

„Muchau!" rief Vivian, und mit einem Brennen in der Kehle warf sie sich zu Boden. Jogona war der Enkel eines Medizinmanns. Der allmächtige Muchau entschied über Tod und Leben. Er machte kranke Menschen und kranke Tiere wieder gesund. Er brachte Sonne und Regen. Der Muchau war anders als der schweigende weiße Gott, der nie eine Antwort gab. Der Muchau würde ihren Großvater nach Afrika holen und ihren Vater wieder glücklich machen. Er würde ihm die „Heimat" wiedergeben. Der Muchau würde wissen, was Heimat war, auch wenn Vivian es nicht wußte.

Vivians Beine schmerzten, als sie aufstand, aber sie fühlte sich groß und stark. „Wann zeigst du mir den Vater von deinem Vater, Jogona?"

„Das kann ich nicht", antwortete Jogona erschrocken. „Er wohnt sehr weit weg."

„Wir haben doch Beine."

„Der Muchau will keinen sehen."

„Jogona, du bist doch mein Rafiki", lockte Vivian. Rafiki war das Wort für Freund. Vivian hatte es noch nie gebraucht.

„Bin ich dein Rafiki?" fragte Jogona interessiert. Er witterte Aufregung. Vivian würde schwören müssen. Kein Kikuyu ließ sich die Gelegenheit zum Schwur entgehen. „Schwör es!“ befahl Jogona mit singender Stimme. „Schwör, daß du mein Rafiki bist.“

„Hakiri ja Mungo!“ schrie Vivian. Das hieß „bei Gott“, und wer mit diesem Wort log, fiel um wie ein brennender Baum.

„Kula muchanga!“ rief Jogona aufgeregt. Das war der Befehl, Erde zu schlucken. „Du mußt Erde schlucken, wenn du schwörst!“

„Das weiß ich.“

„Wenn du hustest, hast du gelogen. Dann stirbst du.“

„Ich sterbe nicht, ich sage doch die Wahrheit. Du bist mein Rafiki.“

In der Mitte des trockenen Flußbetts war der Lehm noch naß. Vivian lief hin, bückte sich und führte den weichen Lehm an ihr Gesicht. Gierig schlürfte sie die rote Erde.

Jogona kam so dicht an sie heran, daß sie seine Haut riechen konnte. Auch er nahm den Schlamm auf und schluckte.

„Du bist mein Rafiki“, sagte er kauend.

„Du bist mein Rafiki“, wiederholte Vivian. Nun würde Jogona sie nie mehr von seinen Erinnerungen ausschließen. Nie mehr würde er von der großen Trockenheit sprechen, die sie nicht erlebt hatte.

„Wenn du nun mein Freund bist“, meinte Vivian, „zeigst du mir den Vater von deinem Vater?“

„Kessu“, sagte Jogona. Kessu hieß morgen. Kessu war ein gutes Wort, denn es hieß auch zwei Wochen oder zwei Monate oder zwei Jahre. Kessu war das meistgebrauchte Wort auf der Farm. Es war ein Zauber. Vivian hatte das schon lange begriffen. Ihr Vater nicht.

„Du bist klug“, sagte sie.

Jogona lächelte. Er würde noch oft auf diesen Tag zurückkommen. „Weißt du noch“, würde er sagen, „wie wir zusammen Erde geschluckt haben?“

„Ja“, würde Vivian bestätigen.

„Und du hast gesagt: ‚Jogona, du bist klug.‘“ So würde Jogona enden.

Es würde eine gute Geschichte werden. Gleich morgen wollte er sie ausprobieren. Kessu.

„Wir müssen gehen“, sagte Jogona, „die Feuer brennen schon.“

ALS Vivian ins Haus trat, war der Himmel fast dunkel. Kamau, der Hausboy, hatte das Holz im Kamin angezündet. Vivians Vater stand vor dem Feuer. Er war noch jung, aber sein Haar war grau, und seine Augen waren traurig.

Vivian hätte ihrem Vater zu gern erzählt, daß nun alles gut werden würde. Der Medizinmann würde den Großvater nach Afrika holen und dem Vater eine Heimat geben. Schade, daß ihr Vater die Dinge nicht so schnell begriff wie Jogona. Ihm mußte man so viel erklären. Er hatte keine Ahnung von den Dingen, die das Leben schön machten. Er sprach immer nur von Deutschland und wie schön es dort war. Dabei war Ol'Joro Orok der schönste Platz auf der Welt.

„Wie siehst du denn aus?" fragte der Vater. „Man meint, du hättest Lehm gegessen."

Vivian sah ihren Vater verwundert an. Als sie sprach, kreuzte sie die Finger hinter dem Rücken. „Weshalb soll ich denn Lehm schlucken?" fragte sie lauernd.

„Weiß der Himmel, weshalb! In diesem Kaffernland ist alles möglich."

Vivian lachte. Ihr gefielen Wörter, die sie nicht verstand. Morgen würde sie das Wort „Kaffernland" für Jogona wiederholen. Kessu.

II

„BWANA, es ist Zeit zum Melken." Vivians Stimme war laut wie die eines schimpfenden Affen, obgleich ihr Vater neben ihr stand. Aber sie hatte gemerkt, daß er an ganz andere Dinge dachte.

„Du sollst mich nicht immer Bwana nennen." Das „Bwana" war ihr wieder einmal herausgerutscht. Ihr Vater mochte es nicht, wenn sie ihn so anredete.

„Nein, Bwana." Vivian nickte traurig. „Ich werde dich immer Papa nennen. Soll Jogona auch Papa zu dir sagen?"

„Um Himmels willen, nein! Dann sag schon lieber Bwana zu mir."

Vivian verschluckte ihr Lächeln. Es war schön, wie leicht ihr Vater in Fallen ging. Von nun an würde sie ihn immer Bwana nennen. Der Gedanke machte sie so gut gelaunt, daß sie ihrem Vater eine Freude bereiten wollte. „Erzähl mir von Deutschland", bat sie, als beide durch das nasse Gras gingen.

„In Deutschland war ich Anwalt", begann der Vater.

„Und du mußtest nie zum Melken", fuhr Vivian fort. Es war nicht das erste Mal, daß sie solche Gespräche führten.

„Natürlich nicht. Ein Anwalt hat nichts mit Kühen zu tun."

„Ich weiß. Aber gehst du denn nicht gern zu deinen Kühen?"

„Es sind nicht meine Kühe, Vivian. Dieses Land gehört uns nicht. Wir sind arm. Wir haben alles verloren."

„Aber die Farm haben wir nicht verloren", meinte sie.

„Die gehört uns nicht. Das mußt du doch begreifen. Sie gehört dem Bwana Gibson."

„Jetzt sagst du selber Bwana", stellte Vivian triumphierend fest.

„Das ist, weil du mich ganz verrückt machst. Der Bwana Gibson wohnt in der Stadt, und ich passe auf seine Farm auf."

„Mir gefällt es jedenfalls hier", betonte Vivian. Sie wunderte sich, daß ihr Vater so traurig aussah. „Choroni steht vor dem Stall", verkündete sie und wußte, daß ihr Vater gleich noch trauriger aussehen würde. Wenn Choroni vor dem Stall stand, hatte er schlechte Nachrichten zu überbringen. Choroni war der Hirte auf der Farm, ein alter Mann aus dem Stamm der Lumbwa. Die Lumbwas verachteten die Kikuyus, die die Feldarbeit machten. Sie selbst hüteten nur das Vieh, denn sie liebten Tiere. Choroni hatte den Bwana gern. Der Bwana lachte oft über Choronis Späße, und das gefiel dem alten Mann. Es war etwas Seltsames um den Bwana. Er war ein kluger Mann, aber wenn eine Kuh krank war, dann wurde er so verrückt wie ein Schakal mit einem Pfeil im Rücken.

Nun stand Choroni vor dem Bwana. Er hatte nur eine alte Decke um den nackten Körper geschlungen. Kleidung war für Choroni nicht wichtig. Für ihn zählten nur die vielen bunten Ketten aus winzigen Perlen, die er um den Hals trug. Außerdem hatte er lange Ohrläppchen, die ihm bis zur Taille reichten und die Vivian vom ersten Tag an bewundert hatte.

„Jambo, Bwana! Guten Tag, Bwana!" rief er, und die eigene Stimme erinnerte ihn an den Jubel eines Löwen, der ein Zebra erlegt hat.

„Jambo, Choroni", erwiderte der Bwana seinen Gruß.

„Bwana“, sagte Choroni langsam, „die Kuh will sterben.“ Er lief in den Stall, hockte sich hin und rieb sich genußvoll den Schädel am Bauch einer Kuh.

„Sie sieht doch gesund aus“, sagte der Bwana verwundert und starrte in die sanften braunen Augen des Tieres.

Choronis Stimme wurde lauter. „Die doch nicht!“ rief er begeistert. „Denkst du, die Kuh hier will sterben?“

„Ja, du hast doch gesagt –“

„Die unter dem Baum will sterben.“

„Warum hast du das nicht gleich gesagt?“

„Was?“ fragte Choroni verblüfft.

„Welche Kuh krank ist.“

Der Hirte witterte die Ungeduld in der Stimme des Bwana. „Du hast mich nicht gefragt, welche Kuh krank ist“, sagte er gekränkt. „Oder hast du gesagt: ‚Choroni, welche Kuh ist krank?‘?“

„Führe mich zu der kranken Kuh“, wies ihn der Bwana an.

Vivian schüttelte den Kopf. Sie würde ihrem Vater beibringen müssen, schöne Geschichten nicht durch Ungeduld zu verderben.

Choroni ging voraus, langsam und bedächtig, und er war entschlossen, jeden Schritt zu genießen. Er hatte Warten gelernt und lange auf diese Stunde gelauert. Es geschah nicht jeden Tag, daß eine Kuh starb, aber jedesmal, wenn eine Kuh starb, benahm sich der Bwana wie ein Mann, dem die Frau weggelaufen ist und der kein Geld hat, sich eine neue zu kaufen.

Die kranke Kuh lag unter einem blattlosen Baum. Sie hielt den Kopf gesenkt und die Augen geschlossen. Sie war schon zu schwach, um die Fliegen zu verjagen, die sie bedrängten, und der Schwanz lag bereits auf der Erde, als gehöre er nicht mehr zum Körper.

„Na taka kufua“, sagte Choroni und kostete die Wörter auf der Zunge aus. Das heißt: „Sie will sterben.“ So wurde der Tod immer in Ol’Joro Orok angekündigt. Man sagte nicht: „Die Kuh wird sterben.“ Es hieß: „Die Kuh will sterben.“ Vivians Vater hatte das nie verstanden und würde es nie verstehen. Wenn Menschen oder Tiere in Afrika sterben „wollten“, so starben sie. Dann half nichts mehr. Man durfte den Tod nicht aufhalten. Alle auf der Farm wußten das. Alle außer dem Bwana.

„Ich hole mein Buch", sagte der Bwana und lief zum Haus. Er war froh, von der Kuh fortzukommen. In Büchern blättern, das hatte er gelernt. Er hatte sich noch in Deutschland ein Buch über Viehzucht gekauft. Doch hier in Afrika nützte es nicht viel. Die meisten Kapitel endeten ohnehin mit dem Satz: „Man hole einen Tierarzt." Der Verfasser hatte offenbar keine Ahnung, wie schnell sich afrikanische Kühe zum Sterben hinlegten.

Vivian beobachtete ihren Vater, als er mit dem Buch in der Hand zurückgerannt kam. Sie versuchte, so ernst wie möglich auszusehen, um ihn nicht zu kränken, aber sie wußte, daß sie Choroni dabei nicht anschauen durfte. Sonst hätten beide lachen müssen.

„Was steht in deinem Buch, Bwana?" fragte Choroni.

Vivians Vater blätterte. Schweiß rann ihm in die Augen. „Man soll", las er vor und übersetzte gleichzeitig den umständlichen Text ins Suaheli, „das kranke Tier auf die Beine stellen."

Choroni lächelte zufrieden. „Du kannst doch keine tote Kuh auf die Beine stellen", sagte er langsam.

„Ist die Kuh denn tot?" fragte der Bwana erschrocken.

„Ja, gerade gestorben. Du hast es nicht gesehen, weil du in deinem Buch gelesen hast." Und weil er keine Antwort erhielt, das schöne Gespräch aber fortsetzen wollte, fügte er noch hinzu: „Sie hat schlechtes Gras gefressen. Da muß man die Hand in den Hals stecken und das Gras wieder herausholen."

„Warum hast du das nicht gleich gesagt?"

„Bwana", entgegnete Choroni vorwurfsvoll, „warum schreist du so? Du hast mich nicht gefragt, was die Kuh gefressen hat."

„Schaff sie fort!" hörte Vivian ihren Vater brüllen. „Noch besser: Friß sie auf!"

„Eine tote Kuh kann man nicht essen, Bwana." Choronis Stimme war sanft. „Weißt du, Bwana", sagte er, „sie wollte sterben."

Vivian hatte zum ersten Mal in ihrem Leben das Gefühl, als müßte sie ihren Vater schützen. „Komm", sagte sie leise und griff nach seiner Hand, „gehen wir ins Haus."

Ihr Vater tat ihr leid. Es gab so viele Dinge, die er nicht verstand. Alle auf der Farm, Kamau, Jogona und sogar sie selbst, wußten mehr.

III

„WOLLEN wir spazierengehen, mein schönes Fräulein?"

Vivian stand auf. „Ja", erwiderte sie lachend, „wir wollen spazierengehen, mein Herr."

„Wohin führt uns heute der Weg?"

„Zur Flachsfabrik, mein Herr, zur Flachsfabrik", antwortete Vivian kichernd. Manchmal, wenn ihr Vater gute Laune hatte, konnte er wie Jogona sein. Dann verstand er sich auf die Kunst, Fragen zu stellen, deren Antwort er kannte.

Täglich gingen Vivian und ihr Vater zur Flachsfabrik. Die Flachsfabrik lag am Ende eines Waldstücks, ein Schuppen mit Wänden aus Lehm und Viehdung. Auf primitiven Apparaten verarbeitete hier eine Schar Kikuyus, die nur Hosen und keine Hemden trugen, den Flachs zu langen Fäden. Die fertigen Ballen wurden dann von einem Lastwagen abgeholt und in das hundertfünfzig Kilometer entfernte Nakuru gebracht.

Für Vivian gehörte Flachs zu den großen, schönen Wundern auf der Farm. Sie war bei der Aussaat dabei, sah die jungen Pflanzen durch die rote Erde schießen und schließlich die blauen Blüten, die nach dem ersten großen Regen die Landschaft in Farbe tauchten und die Erde zum Himmel machten.

Ursprünglich war der Spaziergang zur Flachsfabrik als Trost gedacht gewesen, weil Jogona nach dem Mittagessen zu verschwinden und Vivian ohne Spielkameraden zurückzulassen pflegte. Bald aber hätte Vivian um nichts auf der Welt auf diesen täglichen Spaziergang verzichtet. Der Weg durch den Wald war dunkel, und zwischen den Ästen kletterten grüne Meerkatzen herum. Nie ließen sie ihre Gesichter sehen, aber die rosa Fußsohlen verrieten ihr Versteck. Wenn man dann schnell nach oben sah, konnte man die Männchen ausmachen, die größer waren als die Weibchen.

„Erzähl mir was", bat Vivian ihren Vater.

„Frühling läßt sein blaues Band wieder flattern durch die Lüfte", zitierte er.

„Was ist Frühling?"

„Kannst du dich nicht mehr erinnern?“

„Nein.“

„Das ist ein Gedicht“, sagte der Vater und versuchte, sich auf die zweite Zeile zu besinnen.

„Das war Morenu!“ rief Vivian plötzlich. Sie blieb stehen, legte die Hand ans Ohr und hielt sich mit der anderen die Nase zu.

„Wovon sprichst du?“ fragte der Vater verblüfft.

„Von Morenu.“

„Ich hab niemanden gesehen.“

„Ich hab ihn gerochen“, erläuterte Vivian.

„Gerochen?“

„Ja, ich hab einen Kisi gerochen. Und Morenu gehört doch zum Stamm der Kisi.“

Der Vater war eher belustigt als erstaunt, wie Vivian so vor ihm stand und erklärte, sie könne Menschen riechen. „Du willst doch nicht behaupten“, fragte er schließlich, „daß du die Schwarzen am Geruch unterscheiden kannst? Für mich haben sie sogar alle die gleichen Gesichter.“

Vivian lachte und schüttelte sich wie ein Hund, dem Wasser in die Ohren gekommen ist. „Du kannst immer so schöne Witze machen, Bwana.“ Dann sah sie ihren Vater forschend an. „Morenu“, fuhr sie bedeutungsvoll fort, „hat ein Messer.“

„Quatsch. Wer hat dir denn das eingeredet?“

„Jogona sagt es.“

„Und seit wann soll Morenu ein Messer haben, wenn ich fragen darf?“

„Seit dem Tag, als er Askari schlachten wollte, den schwarzen Hund, der nachts immer den Mond anbellt.“

Der Vater war verblüfft. Es gab kaum Geschehnisse auf der Farm, die nicht bis zu ihm drangen. Dafür sorgte Kamau, der ihn über allen Klatsch unterrichtete. Morenu war nie erwähnt worden.

„Wann wollte Morenu einen Hund schlachten und weshalb?“

Vivian haßte zwei Fragen zu gleicher Zeit. „Am Tag, als die Heuschrecken kamen.“

„Was hat denn Morenu mit den Heuschrecken zu tun?“

„Am Tag, als die Heuschrecken kamen“, fuhr Vivian fort und freute sich auf das, was sie noch zu sagen hatte, „hast du mit Morenu geschrien.“

„Weil die Heuschrecken gekommen sind?"

„Nein, weil er das Bild von Opa zerschlagen hat."

Vivians Freude an umständlichen Geschichten machte ihren Vater nervös. Er begriff, daß sie wie die Schwarzen dachte. Die Schwarzen liebten es, wenn sie von Unglücksfällen, Tragödien und Katastrophen berichten konnten. Mitgefühl war ihnen fremd. Sie genossen die Schadenfreude. „Es wird Zeit, daß du zur Schule kommst, meine Dame. Du bist schon acht."

Vivian ließ sich ungern vom Thema abbringen. „Schießt du Morenu tot?" wollte sie wissen.

„Ich Morenu totschießen? Wie kommst du denn darauf?"

„Jogona hat Morenu gesagt, du wirst ihn totschießen", erklärte Vivian, „das war am Tag, als die Heuschrecken kamen –"

„Was", unterbrach der Vater sie hastig, „hat Morenu gesagt?"

„Nichts."

„Das beruhigt mich."

„Doch, etwas", erinnerte sich Vivian und lächelte versonnen. „Er hat gesagt: ‚Eines Tages schieße ich alle Weißen tot.'"

Dieser Satz schien endlich zu wirken, denn Vivian beobachtete, wie ihr Vater im letzten Moment einen Seufzer unterdrückte, was immer ein Zeichen dafür war, daß ihn etwas quälte.

„Komm", sagte er, „gehen wir zurück, und lassen wir die Flachsfabrik für heute."

Er und Vivian sprachen wenig auf dem Nachhauseweg. Kaum daß das Haus in Sicht kam, sahen sie Kamau und hinter ihm das übrige Hauspersonal auf sie zukommen. Auch die Schambaboys warteten auf dem Rasen vor dem Haus, und sogar die nackten kleinen Kinder von den Hütten und ihre Mütter hatten sich eingefunden. Von allen Seiten erklang Geschrei.

„Was ist los, Kamau?"

„Bwana", verkündete der Hausboy gestikulierend, „dein Gewehr ist fortgelaufen."

„Woher weißt du das?"

„Ich ging zum Schrank, aber da war es schon fortgelaufen."

„Warum bist du zum Schrank gegangen?" fragte der Bwana verwirrt.

„Um zu sehen, ob dein Gewehr noch da ist."

„Wozu? Es ist doch immer im Schrank."

„Heute nicht!" jubelte Kamau und warf die Arme in die Luft. Die Zuschauer klatschten.

Vivian schob die lärmenden Kinder beiseite. Als sie zwischen Kamau und ihren Vater trat, atmete sie tief, um ihrer Stimme Kraft zu geben. „Wo", fragte sie so laut, daß alle es hören konnten, „wo ist Morenu?"

Die Worte ließen das Geschrei verstummen.

Kamaus Gesicht zeigte erst Erstaunen und dann Bewunderung. „Warum", fragte er schließlich und sprach sehr langsam, „willst du wissen, wo Morenu ist?"

„Ich seh ihn nicht."

„Du siehst ihn nicht", bestätigte Kamau. „Er ist fortgelaufen wie das Gewehr vom Bwana."

Vivian wußte, daß sie am Ziel war. Doch sie bezwang ihren Stolz. „Hat er das Gewehr genommen?" fragte sie.

„Vivian", protestierte der Vater, „das ist voreilig. So darf man nicht denken. Ich bin doch Anwalt."

Vivian war froh, daß ihr Vater deutsch gesprochen und niemand ihn verstanden hatte. Sie genierte sich ein wenig für ihn, und doch tat er ihr leid.

„Morenu hat das Gewehr genommen", bestätigte Kamau.

„Woher weißt du das?"

„Bwana, das riech ich."

Der Vater sah Vivians Gesicht und mußte lächeln. In diesem Land, das ihm so fremd war, war sie die Klügere von beiden. Aber eines Tages würde er nach Deutschland zurückkehren und seinem Kind die Heimat wiedergeben. Dieser Gedanke beruhigte ihn. Laut sagte er: „Kamau, du kannst gut riechen."

„Bwana, Morenu hat dein Gewehr mitgenommen", begann Kamau noch einmal, der sich um seine schöne Geschichte betrogen sah.

„Die Hyäne soll Morenu fressen", erwiderte der Vater.

„Fein, Bwana!" jubelte Vivian. „Du hast gewonnen."

„Nein, du", sagte der Vater, und Vivian wunderte sich, weshalb die Worte sie nicht so stolz machten, wie sie erwartet hatte, sondern traurig. Sie griff nach der Hand des Vaters, und langsam gingen beide durch den Garten. Die untergehende Sonne war so rot wie die Pflanzen, die an den Holzwänden des Hauses hochkletterten.

Sie betraten das Haus und gingen ins Wohnzimmer. Im Kamin lag schon das Holz für das abendliche Feuer. Davor hatte sich der weiße Boxer Polepole ausgestreckt. Polepole war immer zur Stelle, wenn das Feuer angezündet wurde. Er liebte die Wärme.

Kamau klopfte an die Tür und trat ein, ehe er gerufen wurde. „Bwana, dein Gewehr ist wieder da“, sagte er. Seine Stimme war sanft wie das Summen von Bienen. Er kniete sich vor den Kamin.

„Steh auf! Was heißt das?“ fragte der Vater schroff.

„Es wollte zu dir zurück!“

„Und wo ist Morenu?“

„Morenu?“ Kamau sah aus, als wäre er tödlich getroffen worden.

„Ja, Morenu! Als mein Gewehr fortgelaufen ist, lief auch Morenu fort“, sagte Vivians Vater und kam sich sehr albern vor.

Kamau strahlte. „Aber Bwana“, entgegnete er lachend, „vieles ist doch fort. Die Sonne und auch die Schatten. Die Schambaboys sind nicht mehr auf den Feldern. Aber ich bin da. Ich werde Feuer machen.“

Er hockte sich wieder vor den Kamin, und diesmal ließ es der Bwana geschehen. Vorsichtig zündete Kamau das trockene Zedernholz an und blies in die Glut, bis die Flammen kleine rote Wellen schlugen. Dann legte er einen großen Scheit Holz auf den Haufen, stand auf und rieb sich zufrieden die Hände, ehe er das Zimmer verließ.

Als Kamau fort war, ging Vivian zu ihrem Vater und strich zärtlich über sein Haar. „Wie Flachs“, sagte sie, hielt aber plötzlich inne und lief zum Fenster. „Besuch kommt“, meldete sie aufgeregt.

„Um Himmels willen, Vivian, das halt ich nicht aus! Riechst du schon wieder was?“

„Nein“, entgegnete Vivian lachend. „Autos kann man nicht riechen. Und vor unserer Tür steht ein Auto.“

IV

DER Fremde hatte seinen zerbeulten kleinen Lastwagen dicht vor das Haus gefahren. Die Wagentür war während der Fahrt mit einem dicken Strick von innen festgehalten worden. Nun lag sie auf der Erde. Die Windschutzscheibe fehlte, und nur der Fahrer hatte einen Sitz. Hinten lagen drei große graue Hunde, die auch dann noch weiterschnarchten, als Vivian und ihr Vater aus dem Haus stürzten. Zwischen den Hunden saßen drei Kikuyu, die sich aus dem Gewirr von Fell und Pfoten herausschälten. Sie lachten gut gelaunt und blickten erwartungsvoll in Richtung des kleinen Gebäudes, das als Küche diente.

Der späte Besucher hatte einen Strick um seine Hose gebunden und trug eine Weste aus ungegerbter Büffelhaut. Sein Haar war weißblond, die Haut wie Leder. Vivians Vater überlegte angestrengt, in welcher Sprache er seinen unvermuteten Gast anreden sollte. Der Mann sah nicht aus wie ein Engländer, also wäre Suaheli das beste gewesen, aber angesichts der gaffenden Schwarzen konnte er sich dazu nicht entschließen.

„Ich bin Louis de Bruin", sagte sein Gast plötzlich in hartem Deutsch.

Vivian stand mit offenem Mund da wie ein Esel, dem die Mittagshitze zuviel wird, und auch ihr Vater war sprachlos.

„Sie sind nicht aus Kenia?" fragte er schließlich.

„Natürlich", erwiderte de Bruin, „bin ich aus Kenia. Ich bin Bure."

„Ach so", sagte Vivians Vater höflich und überlegte, was er von den Buren bisher gehört hatte, aber ihm fiel nichts ein.

„Die Schwarzen nennen mich Bwana Mbusi", erläuterte de Bruin. Bwana Mbusi hieß „Herr Ziege". Die Schwarzen hatten für jeden Weißen einen solchen Spitznamen. Der Bure hatte in jungen Jahren Ziegen gezüchtet und sie an die Schwarzen verkauft. Als er reich genug war, um sich ein eigenes Stück Land zu kaufen, hatte er nur noch Kühe auf seiner Farm weiden lassen und Flachs angepflanzt. Kamau hatte viel von Bwana Mbusi erzählt. „Acht Kinder hat er", pflegte er zu berichten, „und eine Frau, die so stark ist wie eine Kikuyufrau. Er behandelt seine Leute nicht gut, aber er verprügelt auch seine Kinder." Vivian mußte sofort an die Geschichten denken, die Kamau erzählt hatte, und sie betrachtete den Buren forschend.

„Kommen Sie doch ins Haus", sagte der Vater. Er war so glücklich, Deutsch zu hören. Besucher auf der Farm waren ein kostbares Geschenk.

Sie gingen ins Wohnzimmer, und mit einer fast ehrfürchtigen

Bewegung stellte der Vater einen Stuhl vor de Bruin. Sie setzten sich.

„Du hast Stühle?“ fragte der Bure verblüfft. „Ich hab fünf Jahre lang auf Holzkisten gesessen. Um Stühle zu machen, hatte ich keine Zeit.“

Vivians Vater überlegte, wie er das Gespräch mit einem Mann eröffnen sollte, der Stühle als Luxus betrachtete.

De Bruin kam ihm zuvor. „Die Sache mit dem Gewehr hat mir nicht gefallen. Ich dachte, daß du Hilfe brauchst.“

„Sie wissen von dem Gewehr?“

„Ja, meine Boys haben's mir erzählt.“

„Woher wußten die davon?“

„Von den Trommeln“, antwortete de Bruin, verwundert, daß er nach einer solchen Selbstverständlichkeit gefragt wurde. Er stand auf und stellte sich vor das Regal aus ungehobelten Brettern. Behutsam nahm er ein Buch heraus und streichelte den Ledereinband. „Muß schön sein, wenn man lesen kann“, stellte er fest. „Hör mal“, fuhr er fort und starrte dabei ins Feuer, „wenn dieser Kerl, der dein Gewehr gestohlen hat, wieder auf die Farm zurückkommt, dann schieß ihn über den Haufen.“ Er stellte das Buch zurück ins Regal und nahm wieder auf dem Stuhl Platz.

„Vivian“, sagte der Vater schnell, „hol Kamau und sag ihm, er soll Kaffee kochen.“

„Er steht doch die ganze Zeit schon vor der Tür und wartet, daß du ihn rufst“, erwiderte Vivian lachend.

Kamau kam mit der Kaffeekanne herein. Er war glücklich, endlich gerufen zu werden, doch beleidigt, als der Bwana sagte, er selbst werde die Tassen aus dem Schrank holen. Es waren weiße Mokkatassen mit einem Goldrand.

„Was“, fragte de Bruin, „soll denn das sein?“ Er hielt eine Tasse weit von sich und kniff das linke Auge zu. „Daraus trinkst du Kaffee?“

„Nur, wenn ich Besuch habe.“

„Um Gottes willen! Das Kind auch?“

„Vivian trinkt doch keinen Kaffee!“ protestierte der Vater lachend.

„Kein Wunder, daß sie so mager ist“, meinte de Bruin grinsend. „Komm her!“ rief er Vivian zu, wobei er eine Bewegung machte, als wollte er seine acht Kinder an sich drücken.

„Kamau, die anderen Tassen“, sagte der Bwana, und Kamau rieb sich vergnügt die Hände.

Langsam ging Vivian auf de Bruin zu. Sie war weiße Menschen nicht mehr gewöhnt, und die meisten machten ihr angst, aber de Bruin gefiel ihr. Er sagte Dinge, wie sie Jogona sagte, und er sprach nicht wie ihr Vater. Sie rieb das Gesicht vorsichtig an seiner Weste aus Büffelhaut und sog den Duft von Tabak, Kaffee und Schweiß ein. „Riechen alle Buren so?“

„Ha!“ rief de Bruin lachend. „Du bist ein Kikuyukind, und nur dein Vater weiß es noch nicht. Komm, jetzt trinkst du Kaffee mit mir. Milch ist was für Babys und Kälber.“

De Bruin eroberte die Herzen im Sturm. Er berichtete von seiner Jugend in Tanganjika. Dort hatte er auch Deutsch gelernt. „Das Wandern ist des Müllers Lust“, sang er plötzlich und mit lauter Stimme.

„Bwana, warum weinst du?“ fragte Vivian.

„Ich weine nicht“, antwortete ihr Vater. Vivian zeigte ihm nicht, daß sie ihn bei einer Lüge ertappt hatte.

Später sang de Bruin schwermütige Lieder in Afrikaans, der Sprache der Buren, und da mußte Vivian ein bißchen weinen. Die Lieder erinnerten sie an die dunklen Wälder, in die sie, obwohl sie es nicht durfte, manchmal mit Jogona lief. Sie genoß das Salz ihrer Tränen und daß ihr Vater die Melodien bald mitsummte.

De Bruin ließ die drei Kikuyu rufen, die in der Küche von Kamau mit Tee und Zucker bewirtet worden waren. Neugierig kamen sie in die fremde Stube, traten sich gegenseitig auf die Füße und schubsten sich wie Kinder.

„Geht zu meiner Memsahib“, rief er, „und sagt ihr, ich bleibe die Nacht bei Bwana Warutta!“

„Wird sich Ihre Frau nicht ängstigen?“ fragte der Vater. „Die Männer kommen doch erst gegen Morgen an.“

„Burenfrauen ängstigen sich nie.“

„Wer ist Bwana Warutta?“ wollte der Vater dann wissen.

„Wo hast du bloß deine Ohren?“ fragte de Bruin. „*Du* bist der Bwana Warutta. Weißt du überhaupt, was Warutta heißt?“

„Schießpulver“, sagte Vivian rasch.

„So ist es“, bestätigte de Bruin. „Aus dem Mund deines Vaters schießt es wie Pulver, wenn er wütend ist. Aber Pulver verfliegt schnell. Dann ist alles wieder, wie es war. Nicht wahr, Bwana Warutta?"

„Darf ich auch ‚du' sagen?" fragte der Vater statt einer Antwort.

De Bruin runzelte die Stirn. Er hatte die Frage nicht begriffen. In seiner Sprache, dem Afrikaans, kannte man nur das Du. „Hab ich was Falsches gesagt?" fragte er.

„Du hast genau das Richtige gesagt."

Kamau brachte die dritte Kanne mit dampfendem Kaffee und füllte neues Petroleum in die Lampen. Es war eine gute Nacht. Er hatte viel von den Männern von Bwana Mbusi erfahren, und sie würden überall erzählen, daß Kamau ihnen Zucker und Tee gegeben hatte und daß er so lange in der Stube sitzen durfte, wie er wollte. Zufrieden legte er ein Stück Holz in den Kamin.

„Vivian, du mußt jetzt ins Bett", drängte der Vater.

De Bruin duldete das nicht. „Kinder schickt man nicht ins Bett, wenn Besuch da ist."

So lag Vivian mit Polepole vor dem Kamin. Manchmal schloß sie die Augen, und wenn sie sie wieder öffnete, sah sie ihren Vater lachen. Einmal, als sie fest schlief, wurde sie davon wach, daß er sang. Seine Stimme war nicht traurig wie sonst, sondern laut wie die eines Büffels. „Ich hab mein Herz in Heidelberg verloren", sang der Vater.

Die Morgendämmerung kroch durch das offene Fenster. „Dein Vater ist also noch in Deutschland?" hörte Vivian de Bruin fragen. Sie wußte, daß ihr Vater wieder traurig werden würde, und stopfte sich das Ohr mit Polepoles kleinem Stummelschwanz zu.

„Ja, und er wird dort sterben."

„Wieso?"

„Alle Juden, die noch in Deutschland sind, müssen sterben."

„Warum?"

„Hast du nie etwas von Konzentrationslagern gehört, mein Freund?"

„Doch", sagte de Bruin, „die Engländer haben sie erfunden. Für uns Buren. Deutschland ist ein gutes Land."

„Nicht mehr für Juden."

„Warum läßt du deinen Vater nicht hierherkommen?" fragte de Bruin.

„Ich hab kein Geld. Die Einwanderungsbehörden hier verlangen aber Geld, wenn einer nach Kenia kommt. Viel Geld."

„Die Schweine", sagte de Bruin und spuckte ins Feuer, daß es zischte. „Was sage ich? Immer die Engländer."

Wenn de Bruin auf die Engländer zu sprechen kam, war er ebensowenig zu halten wie ein Bulle, der verrückt geworden ist und gegen alle Zäune läuft. Er hörte erst mit seinen wilden Reden auf, als die Sonne schon am Himmel stand.

„Muß zum Melken", sagte er, und seine Stimme war wieder ganz ruhig.

„Ich hoffe, du kommst wieder. Auch wenn niemand ein Gewehr klaut."

„Du bist sehr allein hier", erwiderte der Bure, „keine Frau, nur ein Kind. Das ist nicht gut für einen Mann."

„Ja, manchmal glaub ich, ich ertrag's nicht länger."

„Du brauchst eine Frau", sagte de Bruin.

„Daran hab ich nun wieder nicht gedacht, mein Freund."

„Ich weiß eine", fuhr der Bure fort. „Sie ist Lehrerin und wohnt ganz in der Nähe, in Ol'Kalau, und sie ist noch jung und hat anständige Hüften."

Vivian grübelte noch, was ihr Vater mit einer Frau machen sollte und weshalb ihr das Gespräch nicht gefiel, als de Bruin schon wieder von der Frau sprach.

„Was dich aber am meisten interessieren wird: Sie kommt aus Deutschland", sagte er.

„Die deutschen Hüften haben es mir angetan", meinte der Vater lachend, und Vivian hätte ihm gern gesagt, daß er wie ein Esel aussah. Doch sie traute sich nicht. Ihr Vater hatte nicht den richtigen Sinn für die Art von Späßen, die sie liebte.

„Ich werd sie dir herschicken", versprach de Bruin.

„Dein Gemüt möchte ich haben, de Bruin", sagte der Vater, und Vivian fand, daß er nicht mehr wie ein Esel aussah, sondern wie ein Hund, der eine Spur entdeckt hat.

Die Glut im Kamin war kalt geworden. De Bruin stand auf, streckte sich gähnend und zog den Strick, der die Hose hielt, fest um seine Taille. „Jetzt muß ich wirklich gehen."

Als de Bruin schon im Auto saß, kam Vivians Vater noch einmal auf die Frau in Ol'Kalau zu sprechen. „Vielleicht könntest du sie mir wirklich mal vorstellen“, meinte er. „Ich meine, weil sie Lehrerin ist. Vivian müßte längst zur Schule.“

„Also, ich schick sie dir“, versprach de Bruin und lachte, als er Vivian nach der zerbeulten Tür seines Wagens treten sah.

„Du bist doch eine Kikuyufrau“, sagte er, „da weißt du doch, daß ein Mann zwei Frauen haben darf, wenn er reich genug ist.“

„Wir sind aber nicht reich“, widersprach Vivian.

V

„Ich glaube, die Heuschrecken kommen heute nicht“, sagte Vivian sehnsüchtig. Sie ließ das Wort für Heuschrecken auf der Zunge zergehen. „Nsigi“, wiederholte sie.

„Ja“, bestätigte Jogona, „der Wind wird uns heute keine Heuschrecken bringen.“

Die Kinder sahen die Heuschrecken gern auf die Farm kommen. Überall wurden am Rande der Felder kleine Feuer entzündet, denn die Heuschrecken mieden Flammen und Rauch. Die Schambaboys liefen kreischend umher und schlugen mit langen Stöcken gegen dünne Blechplatten, um die alles zerstörenden Heuschrecken durch den Lärm zu vertreiben. Am schönsten aber war es, wenn die ersten Schwärme dicht über den Köpfen der Kinder hinwegflogen. Da konnte man ihnen die Flügel ausreißen, stopfte sie in den Mund und fühlte erst das Schlagen auf der Zunge und dann den warmen Saft und das zarte Fleisch.

„Wenn dein Vater sieht, daß du Heuschrecken ißt“, sagte Jogona, „wird er böse werden. Weiße essen keine Heuschrecken.“

„Ich esse sie aber doch.“

„Du bist auch nicht weiß“, sagte Jogona, doch er lachte nicht. Es machte einen guten Witz noch besser, wenn man dabei nicht lachte.

Jogona sah den Bwana aus dem Haus treten. Der Bwana lächelte. „Vivian, komm dich waschen!“ forderte er sie auf.

„Jetzt soll ich mich waschen?“ fragte sie zurück.

„Wir bekommen Besuch“, erklärte der Vater.

„Wer kommt?“ Der Tag schien sich doch noch gut zu entwickeln.

„De Bruin. Er bringt jemanden mit."

„Wer?"

„Wen", verbesserte der Vater ungeduldig, „es heißt: Wen bringt er mit?"

„Wen also?" gab Vivian nach. Offenbar war der Vater endlich dabei zu lernen, daß man nicht alles Wichtige auf einmal sagte. Sie sah ihn anerkennend an.

„Eine Dame", sagte er.

„Ach so, eine Frau", verbesserte Vivian in dem gleichen Ton wie zuvor der Vater.

„Sie wird dir gefallen."

„Gefällt sie dir?"

„Ich kenne sie noch nicht", sagte der Vater widerstrebend.

„Du kennst sie noch nicht, aber du weißt, daß sie mir gefallen wird?" In Vivians Ton lag sehr viel Staunen, aber statt zu antworten, war ihr Vater schon ins Haus zurückgegangen.

Jogona legte sich auf die Erde und drückte das Ohr fest auf den Boden. „Ich hör den Wagen von Bwana Mbusi."

„Du hörst gut", lobte Vivian.

De Bruins alter Lastwagen keuchte den steilen Berg hoch.

Jogona vergaß, daß man sich Zeit zum Reden zu nehmen hatte, und fragte: „Kommst du mit?" Seine Stimme war scharf wie ein Messer.

„Nein", erwiderte Vivian, obgleich sie wußte, daß es nicht stimmte, „ich komme nicht mit."

„Warum kommst du nicht mit?"

„Wir bekommen Besuch."

Jogona sah sie lange an. „Bald wird mich der Vater von meinem Vater rufen", sagte er.

„Der Muchau!" entfuhr es Vivian. Ohne daß Jogona noch ein Wort zu sagen brauchte, rief sie in Richtung des Hauses: „Ich komm bald! Ich komm bald!"

„Geh nur!" hörte sie ihren Vater rufen.

„Mein Vater sagt, ich kann mit dir gehen."

„Du wärst auch so gekommen", antwortete Jogona. Seine Augen waren zufrieden. Er rannte voraus und Vivian, die Hände in den Hosentaschen, hinter ihm her. Die Kinder liefen durch die Maisfelder dicht am Waldrand. De Bruins Wagen war ein kleiner schwarzer Punkt. Die Frau neben ihm sah aus wie ein winziger gelber Fleck.

„Geh'n wir jetzt zum Vater von deinem Vater?" keuchte Vivian, erschöpft vom Laufen.

Jogona blickte zum Himmel und tat so, als müßte er wieder nach Heuschrecken suchen. „Heute gehen wir nicht zum Vater von meinem Vater", sagte er nach einer Weile. Seine Stimme bemühte sich um Ruhe, aber seine Zehen, die sich durch das kurze Gras wühlten, verrieten ihn. Er hatte früher als erwartet gesprochen, und er wußte, daß Vivian seine Unsicherheit bemerken würde. Er fühlte sich wie ein Jäger, der nachts in seine eigene Falle stolpert, und er sah Vivian feindselig an.

„Du lügst wie ein Lumbwa", erklärte sie. Der Pfeil traf. Kein Kikuyu ließ sich Lumbwa nennen und kein Lumbwa einen Kikuyu schimpfen. Die Kluft zwischen beiden Stämmen war zu groß.

Jogona kratzte sich am Bein, bis es blutete, und Vivian weidete sich an seiner Verlegenheit. Kühl fuhr sie fort: „Du hast gesagt, du willst mir den Vater von deinem Vater zeigen, und nun stehst du da wie ein Esel vor einer Schlange. Also", sie spuckte verächtlich und ganz dicht an Jogonas Fuß vorbei, „lügst du wie ein Lumbwa."

Jogona ließ sich Zeit. Er hatte nichts mehr zu verlieren und wußte es. „Ich zeig dir", schlug er vor, „meinen Bruder."

„Ich kenne alle deine Brüder."

„Den nicht."

„Doch", sagte Vivian und tat so, als müßte sie mit einem Hund ohne Verstand sprechen, „ich kenne Burugu, Kanja und Schepoi."

„Heute kommt noch ein Bruder", sagte Jogona unbewegt.

„Woher?"

„Er kommt."

„Er kommt", äffte Vivian ihn nach, „er kommt wie der Muchau. Nicht wahr, so kommt er doch?"

„Nein. Er kommt aus dem Bauch meiner Mutter."

„Kein Kind kommt aus dem Bauch seiner Mutter. Du lügst schon wieder, du Lumbwa."

Jogona erkannte seinen Sieg sofort. Vivians wütendes Gesicht hatte sie noch mehr verraten als ihre Worte. Er fühlte, wie er groß und stark wurde. „Komm, wir gehen", sagte er, und ohne Vivian anzusehen, wußte er, daß sie ihm folgen würde.

„Wohin?"

„Zu den Hütten."

Die Hütten von Jogonas Vater Kimani, dessen Bruder Chai und dessen Schwager Katinga lagen am Waldrand, hundert Schritte von den übrigen Hütten entfernt. Sie waren rund, aus Lehm und Dung gebaut und hatten Grasdächer. Abends war Vivian oft dort gewesen. Da hockten die Männer vor den Hütten und kochten ihren weißen Maisbrei in großen Schüsseln auf dem offenen Feuer. Um die Mittagszeit aber sahen die Hütten fremd aus. Nur ein paar kleine Kinder spielten davor.

„Es darf dich keiner sehen", flüsterte Jogona.

„Warum?"

„Sie schicken uns fort."

„Weshalb?"

„Frauen sind so."

„Bin ich schon eine Frau?"

„Ich spreche doch nicht von dir", sagte Jogona unwillig.

„Ich will nach Hause", drängte Vivian. Sie sehnte sich nach Dunkelheit und Kühle, doch Jogona griff nach ihrem Arm und zog sie hinter sich her wie ein Mann, der der Frau beibringen will, wer der Stärkere ist. Er schob sie ins hohe Gras, das den Kindern wegen der Schlangen verboten war, warf sich hin und drückte Vivian in die Knie. „Schnell, leg dich auf den Bauch. Schau in die Hütte von Mama Warimu."

Viele Frauen, alte und junge, standen in der Hütte, aus der dunstiger Qualm vom offenen Feuer drang. Vivian hörte Mama Warimus Stimme, die klang wie die eines Tieres, das sterben will. Vivian hatte nicht gewußt, daß Menschen wie Tiere stöhnen können, aber Jogona hielt ihr die Hand vor den Mund, und sie konnte ihn nicht danach fragen. Da sah sie Mama Warimu. Sie lag auf einem Sack aus grob gewebter Jute und hatte die Beine so eng an sich gepreßt, daß die Knie ihren dicken Bauch berührten. Vivian hörte ihr Keuchen, und um sie verfärbte sich die Welt. Alles wurde grell und rot, und sie glaubte, ihr Kopf würde zerspringen. Jetzt begriff sie, was Jogona ihr hatte zeigen wollen. Sie fühlte einen stechenden Schmerz in ihrem Körper und dachte, sie hätte geschrien, aber dann erkannte sie, daß es Mama Warimu war, die da schrie. Nur einen Moment lang. Dann war alles still.

Die Frauen standen regungslos wie große Vögel um Mama Warimu. Ein Mädchen mit sehr heller brauner Haut und nackten Brüsten trat vor die Hütte. Es schüttete Wasser aus einer großen, ausgehöhlten Kürbisfrucht und ging zu den Frauen zurück.

Langsam wurde Vivian bewußt, daß die Angst aus ihren Muskeln und Knochen geflohen war. Sie war traurig, aber sie wußte nicht, weshalb, und doch war sie auch stolz. Wie sie neben Jogona lag, wußte sie, daß sie ein Geheimnis erfahren hatte, das aus Mädchen Frauen macht. Sie schloß die Augen. Jogonas Hand lag in ihrer, und sie fühlte den Druck seiner Finger. Da zerschnitt ein hoher Ton die Stille.

„Das Kind weint", sagte Vivian.

„Ich hab nichts gehört", widersprach Jogona.

„Männer hören das nicht sofort", erklärte Vivian.

Das Leben kam zurück in die Frauen, die um Mama Warimu standen. Ihr Lachen war sanft wie der Gesang der Vögel, ehe der Tag anbricht. Mit diesem Lachen kehrten die vertrauten Geräusche auf die Farm zurück. Die Schambaboys sangen auf den Feldern, ein Hund bellte, und im Wald lärmten die grünen Meerkatzen und die Paviane.

„Komm", sagte Vivian. Sie wußte, daß es nun an ihr war zu befehlen. Sie stand auf und zog Jogona hinter sich her wie eine Mutter ihr Kind. Sie rannte zur Hütte, trat ein, drängte sich zwischen die Frauen und kniete vor Mama Warimu. Das Kind hatte noch sehr helle Haut und rosa Fußsohlen wie ein Affe. Vivian sah, daß es ein Junge war, und streichelte ihn. Die feuchte, blutbefleckte Haut erschien ihr schöner als alles, was sie je gesehen hatte. Von allen beobachtet, griff Vivian nach der Hand des Kindes. Erst leise und dann laut zählte sie die Finger in der Kikuyusprache, damit die Frauen sie auch verstehen konnten. Die lachten und klatschten und wollten immer wieder den Zauber der Zahlen hören. Als sie ihn begriffen, machten sie aus den Wörtern eine Melodie.

„Gehn wir!" befahl Jogona schließlich. Er verließ die Hütte mit den großen Schritten eines Mannes, der sich nicht um die Weiber kümmert.

Zögernd folgte ihm Vivian. „Ich werde den Tag nicht vergessen, Jogona."

„Warum?" fragte er träge, obwohl er die Antwort kannte.

Die Kinder liefen denselben Weg zurück, den sie gekommen waren, aber ihre Bewegungen waren nun ruhig und gleichmäßig. Der Tag hatte sie satt gemacht, und die langen Schatten der untergehenden Sonne tanzten wie die Nandikrieger, wenn sie sich an ihrer Beute freuten.

„Warum schaust du immer nach hinten?" fragte Jogona, als das Haus in Sicht kam.

„Ich wollte noch einmal die Hütte sehen."

„Du wirst über deine Füße fallen."

„Dann liegen wir wieder zusammen im Gras", kicherte Vivian. Sie wunderte sich nicht, daß Jogona nicht mitlachte.

„Dein Vater wartet schon", sagte er, obgleich er gar nicht in die Richtung des Hauses geblickt hatte.

Der Bwana stand an der wuchernden Hecke mit den lila Kletterblumen und dunkelgrünen Blättern. Neben ihm war eine junge Frau. Ihr Rock flatterte im Wind, und sie hatte Haare wie frisch geschälte Maiskolben. Da erst erinnerte sich Vivian an den Besuch. Sie drehte sich nach Jogona um, aber er war verschwunden. Verlegen ging Vivian auf ihren Vater zu.

„Wo bist du gewesen?"

„Nirgends."

„Das ist unser Gast", sagte der Vater. „Sie heißt Hanna."

„Vivian, ich freue mich, dich kennenzulernen", sagte die Frau lachend.

Die Stimme und die Frau gefielen Vivian. Sie war gerade dabei, nach der ausgestreckten Hand zu greifen, als ihr Jogona einfiel.

„Du schläfst auf den Augen", hatte er einmal gesagt, womit er gemeint hatte, daß Vivian die Dinge nicht genau genug betrachtete.

„Wo ist de Bruin?" fragte Vivian, statt der Frau die Hand zu reichen.

„Er ist zurück auf seine Farm", sagte der Vater.

Vivian starrte die Frau an, bis sie glaubte, ihr würden die Augen aus dem Kopf platzen. „Hat dich mein Vater gekauft?" fragte sie.

„Nein, ich bin nur Besuch", erwiderte Hanna lachend.

„Nur Besuch", wiederholte Vivian, „Besuch haben wir gern." Sie reichte Hanna die Hand. „Wir haben nämlich kein Geld für eine Frau."

VI

„WENN der Bwana kommt“, drängte Vivian und bemühte sich, ihren Eifer nicht zu sehr zu zeigen, „dann fragst du ihn nach der Memsahib.“ Sie sah den alten Hirten Choroni an.

Die Memsahib war Hanna. Alle weißen Frauen wurden Memsahib gerufen, aber Hanna hatte schon am zweiten Tag auf der Farm ihren Spitznamen erhalten. Das war vor sechs Monaten gewesen. Damals hatte Jogona es Vivian erzählt. „Sie heißt Memsahib Tingatinga.“ Tingatinga war das Wort für Maschine, und selbst die kleinen Kinder merkten, um welche Art von Maschine es sich bei Hanna handelte. Die Frau war eine Redemaschine. Sie ließ ihren Mund so schnell arbeiten wie eine Maschine, die einen Pflug zu ziehen hat. Niemand außer dem Bwana fand das gut. Und Vivian stellte fest, daß ihr Vater nun die Ohren zu voll hatte, um mit ihr so zu reden wie an den Tagen, ehe Hanna auf die Farm gekommen war.

Als der Vater den Stall betrat, stellte sich Vivian hinter die große Kuh. Sie hielt deren Schwanz vors Gesicht wie ein kleines Kind, das nicht gesehen werden will.

Choroni ließ den weißen, warmen Strahl der Milch durch die Finger gleiten und in den Blecheimer schießen. Er summte dabei das alte Lied vom Mann, der seine Ziege sucht, und er beobachtete den Bwana aus fast geschlossenen Augen. Die Zeit war gekommen.

Seit die Memsahib, die so viel redete, auf der Farm war, lachte der Bwana nicht mehr so wie früher über Choronis Späße. Das verwunderte den alten Hirten nicht. Choroni kannte die Menschen. Ein Mann hatte kein Ohr mehr für die Scherze eines anderen Mannes, sobald er sich eine Frau nahm. Jedenfalls nicht in der ersten Zeit, und Choroni war alt. Er wußte nicht, ob er noch die Tage erleben würde, wenn der Bwana wieder Ohren für ihn hatte.

Er hörte Vivian hinter der Kuh atmen. Choroni tat es gut zu wissen, daß das Kind vom Bwana so wie er dachte. Es kam nicht oft vor, daß die Kinder der Weißen wie die Schwarzen dachten. Er sah nur die Kuh, nicht den Bwana an, als er die Frage stellte. „Bwana, hast du Ziegen?“

„Warum", erwiderte der Bwana verblüfft, „soll ich Ziegen haben?"

„Du hast also keine Ziegen", stellte Choroni fest.

„Was ist denn mit dir los, Choroni?"

„Mit mir nichts, aber mit dir."

„Warum?"

„Du hast dir eine Frau genommen und nichts dafür gegeben. Bwana, nur eine schlechte Frau kostet nichts."

„Und eine gute?"

„Für die gibt man Ziegen. Und wenn sie wegläuft, dann bekommt man die Ziegen zurück."

„Von wem?" fragte der Bwana wie ein Kind, das nicht weiß, daß die Sonne am Himmel sitzt.

„Vom Vater der Frau bekommt man die Ziegen zurück, wenn die Frau wegläuft."

„Das hätte ich früher wissen müssen."

„Was, Bwana?"

„Das mit den Ziegen."

Choroni seufzte. Er wollte von Frauen reden, und der Bwana sprach von Ziegen. „Alle", bohrte er weiter, „alle sagen, daß du die Frau gekauft hast."

„Ich hab sie nicht gekauft."

„Und du wirst sie nicht kaufen?"

„Das weiß ich nun wieder nicht."

„Kauf dir", sagte Choroni weiter, „keine Frau, wenn du es nicht weißt." Er beobachtete, wie Vivian aus dem Stall ging.

„Warum denn, Choroni?"

„Eine schlechte Frau ist nichts für dich."

„Du weißt doch nicht, ob sie schlecht ist."

„Doch, Bwana", seufzte Choroni. „Du hast keine Ziegen, und wenn du keine Ziegen hast, kannst du keine Frau kaufen. Und eine Frau, die nichts kostet, ist schlecht."

„Du bist ein guter Mann, Choroni", sagte der Bwana.

VIVIAN saß mit Jogona unter der Dornakazie. Von hier aus konnten sie Hanna in der Küche beobachten, ohne daß Hanna sie sah, und das war ein schönes Gefühl, das stark machte. Hanna buk Brot, und Kamau half ihr. Vivian wußte genau, daß ihr Vater bald in die Küche kommen würde, um sie dabei zu beobachten.

„Dann sieht er wieder aus wie ein Hahn, der auf die Henne steigt", sagte Vivian.

„So sieht er immer aus, wenn die Memsahib Brot macht", bemerkte Jogona.

„Aber er will sie nicht kaufen. Ich hab's gehört, wie er's Choroni erzählt hat", sagte Vivian glücklich.

„Eines Tages werden wir heiraten", hörte Vivian ihren Vater in der Küche sagen.

„Wenn Vivian es erlaubt!"

„Wie kommst du denn darauf?"

„Manchmal glaub ich, sie mag mich nicht."

„Sie hat dich doch gern. Du hast ihr Lesen und Schreiben beigebracht, und du siehst doch selbst, was sie für eine eifrige Schülerin ist."

Vivian schüttelte den Kopf. Was hatte Lesen mit Gernhaben zu tun? Sie las gern, und sie schrieb gern, aber deswegen mußte sie doch Hanna nicht gern haben. Sie wollte es Jogona erzählen, aber Jogona ließ sie nicht zu Wort kommen. Er bohrte im Nabel und hörte Musik.

Das Beste an der fremden Frau, die so viel redete, war die Maschine, die wirklich reden konnte. Mit Hannas Radio saßen Vivian und Jogona stundenlang unter dem Dornenbaum in der Nähe vom Küchengebäude. Sie wiegten ihre Körper zum Rhythmus der Musik und berauschten sich an Wörtern, die sie nicht verstanden.

Es war ein schöner Tag. „Septembertage sind immer schön", sagte der Bwana und dachte an Deutschland.

Kamau sang das Lied vom Mann, der Urlaub in Kilindi machen wollte, und der Bwana tat ihm den Gefallen mitzuspielen. „Warum willst du Urlaub machen?"

„Bwana, ich singe doch nur", sagte Kamau und bemühte sich, gekränkt auszusehen.

Da kamen Vivian und Jogona in die Küche.

„Wo kommt ihr denn her?" fragte Hanna.

„Wir haben Radio gehört. Jogona hat ein neues Wort gelernt", sagte Vivian.

Jogona hörte seinen Namen und bewegte die Zunge wie ein Chamäleon, das eine Fliege gesehen hat.

„Sag es schon", forderte ihn Vivian kichernd auf, „du kannst doch das Wort so gut sagen, Jogona."

„Polen", sagte er.

„Polen!" johlte Vivian.

Ihr Vater begriff sofort. Es war das Wort, auf das er seit Tagen gewartet hatte. „Vivian", fragte er, „was haben sie über Polen gesagt?"

„Polen!" kreischte Jogona, erfreut, das schöne neue Wort aus dem Mund des Bwana zu hören.

„Vivian, versuch dich zu erinnern. Sag, was du gehört hast. Du siehst doch, daß es deinem Vater wichtig ist", sagte Hanna.

Vivian sah sie gekränkt an. „Ich brauch mich nicht zu erinnern."

„Du bist alt genug zu behalten, was du gehört hast."

„Aber ich hab es doch behalten", erklärte Vivian ruhig, „ganz genau hab ich's behalten. Sie haben gesagt, die deutschen Truppen haben die Grenze nach Polen überschritten."

„Das bedeutet Krieg", sagte der Bwana.

„Krieg", wiederholte Jogona stolz und wunderte sich, daß ihm auch dieses zweite fremde Wort so gut gelungen war.

VII

VIVIAN beobachtete, wie ihr Vater an den Knöpfen des Radios drehte, und er tat ihr leid. Er sah immer so hungrig aus wie ein Schakal, der seit Tagen nicht gefressen hat, wenn er die Nachrichtensendungen suchte. Um ihm eine Freude zu machen, sagte sie: „Ich werde den Tag nicht vergessen, als der Krieg kam."

„Den Tag werden wir alle nicht so schnell vergessen."

Vivian vergaß, daß sie ihrem Vater eine Freude machen wollte, und erklärte: „Am Tag, als der Krieg kam, kam nämlich der große Regen."

Sie war nicht erstaunt, als ihr Vater nur „ach so" sagte. Er sah noch immer nicht die Wichtigkeit der Dinge und hielt den Krieg, den man nicht sehen konnte, für wichtiger als den großen Regen, der auf der Haut zu spüren war und die ganze Farm verwandelt hatte. Sie verschluckte einen Seufzer und ging Jogona suchen.

An den meisten Tagen regnete es bis in die Mittagsstunden. Dann erst kam die Sonne und brachte die Erde zum Dampfen. Das

Wasser war in den Fluß zurückgekehrt, und die Körper der Menschen rochen frisch wie der Flachs auf den Feldern. Am meisten liebte es Vivian, am Fell der Hunde zu schnuppern.

„Es gibt nichts Besseres als einen nassen Hund", erklärte sie. Sie wunderte sich, daß Jogona ihr nicht widersprach, aber als er zu lange schwieg, fuhr sie mit ihren Betrachtungen über den großen Regen fort. „Er singt Lieder", meinte sie.

„Er trommelt auf dem Wassertank vor dem Haus", verbesserte Jogona.

„Ich kann verstehen, was er sagt."

„Ich auch", stimmte ihr Jogona zu.

„Die Memsahib mag den großen Regen nicht", erklärte Vivian. Immer wenn sie sich gut fühlte und den großen Regen genießen wollte, fiel ihr Hanna ein. Dann stieg Zorn in ihr hoch, den sie sich nicht erklären konnte. Es war Zeit, daß Hanna von der Farm ging. Es war nicht so, daß Vivian sie nicht mochte, und sie hatte ihr ja auch Lesen und Schreiben beigebracht. Aber Hanna hatte Vivian das Ohr ihres Vaters gestohlen. Das wußten alle auf der Farm.

Vivian sah zum Küchengebäude hin. Hanna buk Brot. Vom Tag an, als der große Regen einsetzte, wurde das Brot nicht mehr gut. Das Holz war zu feucht, um das Feuer im Ofen am Leben zu halten, und der Teig klebte so schwer an Hannas Händen, daß Kamau ihn mit einem Messer abkratzen mußte. Es war merkwürdig, daß Hanna sich immer wieder über das Brot ärgerte.

Jogona begriff es vor Vivian. Sie ärgerte sich gar nicht über das Brot, sondern über den Regen. „Eine Frau, die so viel redet, versteht nicht, was Regen ist", erklärte Jogona.

„Du hast recht", bestätigte Vivian. Jogonas Worte gefielen ihr.

Es war auch schön, Hanna mit Kamau in der Küche beim Streiten zuzuhören. Sie sprach so laut, daß die Worte bis zum Wassertank flogen. „Warum hast du kein trockenes Holz gebracht?" fragte sie gerade.

„Weil der Regen auch in den Wald kommt, Memsahib", erklärte Kamau, und Vivian wußte, daß er lachte, obgleich sie ihn nicht sehen konnte. „Wußtest du das nicht?"

„Nein, das wußte ich nicht." Hannas Stimme war scharf wie ein gewetztes Messer.

„Dann weißt du es jetzt", erklärte Kamau sanft.

Vivian ließ Jogona allein am Wassertank zurück und ging in die Küche. Sie bohrte einen schmutzigen Finger in den Brotteig und fragte: „Magst du den Regen nicht?“

„Ich kann ihn nicht ausstehen, deinen großen Regen.“

„Warum sprichst du von meinem Regen? Der gehört uns allen“, machte Vivian klar und überlegte, daß sie eigentlich gar nicht böse auf Hanna sein sollte. Hanna war dumm. Wer so über den großen Regen sprach wie Hanna, der merkte vielleicht gar nicht, daß er einem Kind das Ohr seines Vaters gestohlen hatte.

„Den Regen schickt der Gott Mungo“, sagte Vivian.

„Der Teufel schickt ihn“, erwiderte Hanna müde.

Das hätte sie nicht sagen sollen. Es würde Unglück über alle bringen. Wenn Gott Mungo zürnte, dann starben die Ernte, das Vieh und die Menschen. Hanna mußte fort, und Vivian wußte, daß ihr Vater das nie verstehen würde. Sie mußte ihm helfen. Sie wollte die Farm retten.

„Gehen wir zu den Hütten“, sagte Jogona, der lautlos in die Küche gekommen war und Hanna fixierte.

„Geht nur“, meinte Hanna, „Brot gibt es heute sowieso nicht.“

„Dann essen wir eben Poscho“, sagte Vivian gut gelaunt.

„Dann essen wir eben Poscho“, äffte Hanna sie nach. Sie wiederholte Vivians Worte wie eine Weiße. Sie ließ sie nicht mit Genuß auf der Zunge zergehen, sondern böse klingen.

Vor dem großen Regen war der Pfad zu den Hütten hart und trocken gewesen. Jetzt wirkte er wie ein kleiner Fluß, und die Füße versanken beim Laufen im warmen Wasser. Niemand arbeitete auf den Feldern. Die blasse Erde mußte erst trocknen, ehe sie umgegraben werden konnte, und das würde nicht vor der Mittagsstunde sein. Vivian würde eine der Geschichten erzählen, die in den Büchern standen. Das war der Grund, weshalb Jogona überhaupt zu den Hütten wollte. Alle würden Vivian bewundern, und man würde ihn bewundern, weil er ihr Freund war. Es war gut, daß er ihr die Kunst des Erzählens beigebracht hatte. Von ihm hatte Vivian gelernt, die langen Pausen an die richtigen Stellen zu setzen und mit einem Gesicht zu erzählen, das keine Bewegung verriet.

„Kannst du jetzt alle Bücher immer wieder lesen?“ fragte er.

„Ich kann alle Bücher immer wieder lesen“, bestätigte Vivian.

„Warum hat dein Vater gelacht, als er zu den Hütten kam und hörte, was du uns erzählt hast?"

Vivian seufzte. Manche Dinge konnte sie nicht mit Jogona teilen, und diese Geschichte, die sie ihm gern erzählt hätte, war so eine. Sie pflegte nämlich die Erzählungen aus den Büchern für Weiße für die Männer von Ol'Joro Orok abzuwandeln. Adam aß nicht den verbotenen Apfel. In Ol'Joro Orok gab es keine Äpfel, und so biß er in eine Ananas hinein, als er aus dem Paradies gerade zur Zeit des großen Regens vertrieben wurde. In der langen biblischen Dürre, die man in Ol'Joro Orok sehr gut nachempfinden konnte, starben nicht nur Kühe, sondern auch Zebras, Hyänen und selbst Löwen. Und Hannibal zog nicht mit Elefanten über die Berge, sondern mit Bullen. Jeder in Ol'Joro Orok wußte, daß Elefanten nicht zu einer Arbeit zu bekommen waren.

„Es ist gut", sagte Vivian und dachte wieder an Hanna, „daß die Memsahib mir das Lesen beigebracht hat."

„Heute", erwiderte Jogona, wobei er unbeteiligt zu den Wolken am Himmel sah, „heute wird eine Ziege geschlachtet."

„Bekomme ich dann ein Stück vom Herzen?" Vivian wußte, daß man ein Stück vom Herzen einer frisch geschlachteten Ziege unter eine Frau legte, die man aus dem Haus treiben wollte.

„Du mußt meinen Vater Kimani fragen. Ihm gehört die Ziege."

„Kimani wird mir ein Stück vom Herzen geben."

„Die Memsahib wird bald fort sein", sagte Jogona.

„Ich weiß nicht, ob ich das Herz heute schon unter sie legen kann", antwortete Vivian und hätte gern mit Jogona darüber gesprochen, daß es nicht so leicht war, ein blutiges Stück Fleisch unter Hannas Bettlaken zu legen, ohne daß sie es merkte. Jogona aber würde nicht verstehen. Manche Dinge konnte er nicht begreifen.

„Sie schläft mit deinem Vater", sagte er.

„Was heißt das?"

„Das weißt du nicht?" spottete Jogona.

„Natürlich", antwortete Vivian verärgert, „wenn sie schläft, dann schläft sie."

„Wenn sie mit deinem Vater schläft", fuhr Jogona fort, als hätte er Vivians Antwort überhaupt nicht gehört, „dann wird sie bald ein Kind bekommen. Dann hilft das Herz einer Ziege nicht mehr."

Vivian fühlte Eifersucht in sich hochsteigen, und ihr wurde übel. Die heiße Welle ihrer Wut machte sie krank.

Ihre Haut brannte noch, als sie vor den Hütten am Feuer saß. Das Blut der geschlachteten Ziege war in die Erde gedrungen. Allmählich gelang es Vivian, den Zorn zu verschlucken, obgleich er wie ein Stein auf ihr Herz drückte.

Den Männern vor den Hütten erzählte Vivian ihre Geschichten so gut wie nie zuvor. Sie wußte, daß sie das Herz der Ziege nur bekommen würde, wenn die Leute zufrieden mit ihren Märchen waren. Sie erzählte von Moses, der den großen Regen aus einem Stein gehauen hatte, vom Brot, das vom Himmel gefallen war, und vom Land, in dem Milch aus den Bäumen tropfte und Honig aus der Erde kam. Sie wußte, daß sie nicht so schnell wieder Gelegenheit haben würde, an das Herz einer Ziege zu kommen.

„Kann ich“, fragte Vivian, und ihr Ton war dabei ohne Erregung, „kann ich ein Stück vom Herzen der Ziege haben?“

„Sie weiß, was sie will“, bemerkte einer der Männer lachend.

„Sie kennt sich aus, obgleich sie nur ein Kind ist“, meinte ein zweiter.

Jogonas Vater Kimani sagte nur: „Es ist gut.“ Er nahm das Herz der Ziege, schnitt ein Stück ab und gab es Vivian. Das Blut war warm in ihrer Hand. „Ich danke dir, Kimani“, sagte sie, aber Kimani tat, als wüßte er nicht, wovon sie redete.

Vivian lief den Weg allein zurück. Das kleine Stück Herz, das nun wie ein schwarzer Stein aussah, lag kühl in ihrer Hand.

Schon als Vivian das Haus betrat und auch später, als sie ihren Vater und Hanna belauschte, merkte sie, welche Kraft von dem Ziegenherz ausging. Hanna war bereit zum Aufbruch. „Ich kann nicht mehr“, sagte sie, „das mußt du verstehen. Ich habe nie auf einer Farm gelebt.“

„Ich auch nicht“, erklärte Vivians Vater.

„Aber du mußt. Ich habe noch Freunde in der Stadt. Da werde ich hingehen. Auf die Dauer wäre es ohnehin nicht gutgegangen mit Vivian und mir. Sie mag mich nicht.“

„Sie liebt dich.“

„Wenn du etwas für sie tun willst“, erwiderte Hanna, „dann schick sie in die Schule.“

Dieser eine Satz gab Vivian Gewißheit. Hanna hatte nicht nur das Ohr ihres Vaters gestohlen. Sie wollte auch sein Herz stehlen. Vivian rannte wieder nach draußen, lief um das Haus und kletterte durch das Schlafzimmerfenster. Sie riß die Bettdecke zurück, fuhr vorsichtig mit der Hand zwischen Laken und Matratze und legte das Stück vom Ziegenherz genau unter die Stelle, auf der Hanna schlief. Sorgsam und sehr langsam machte sie dann wieder das Bett und verließ das Schlafzimmer auf demselben Weg, auf dem sie gekommen war.

„Nanu, Vivian, wo kommst du denn her?" fragte der Vater.

„Von den Hütten", erklärte Vivian.

„Was hab ich dir gesagt?" fragte Hanna. „Du darfst sie nicht so viel mit den Schwarzen allein lassen. Sie lernt dort Dinge, die sie in ihrem Alter nicht wissen sollte."

Vivian überlegte, daß Hanna doch nicht ganz so dumm war, wie sie gedacht hatte.

„Vivian, Hanna wird uns verlassen."

„Ach?" sagte Vivian. „Wieso?" Sie bemühte sich, keine Freude in ihre Augen zu lassen.

„Sie muß fort", log der Vater.

Vivian ging an Hanna vorbei, setzte sich auf den Schoß ihres Vaters und streichelte sein Haar. „Dann sind wir ganz allein", sagte sie und hätte gern wie Jogona gegrunzt, wenn er zufrieden war. Doch sie wollte ihrem Vater einen Gefallen tun, und so seufzte sie ein klein wenig, ehe sie erzählte: „Kimani hat heute eine Ziege geschlachtet."

VIII

VIVIAN sah Hanna nicht wieder.

„Die Memsahib ist fort", sagte Kamau am nächsten Morgen.

„Ich weiß", erwiderte Vivian. Sie hätte gern gefragt, wie Hanna trotz des Schlamms auf der Straße von der Farm gekommen war, aber es war besser, Fragen hinunterzuschlucken, wenn man die Dinge vergessen wollte.

„Dein Stück vom Herz", erklärte Kamau und gab Vivian den kleinen Klumpen Fleisch, den er im Bett gefunden hatte. Seine

Augen lachten gerade so viel, daß Vivian zurücklachen konnte, ohne einen Laut von sich zu geben. Sie würde das Herz nicht mehr brauchen. Es hatte eines jener großen Wunder vollbracht, die auf der Farm zu geschehen pflegten.

ES WAR der Tag, als Jogonas zwölf Jahre alter Bruder Manjala starb. Das Kind war beim Holzfällen von einer Zeder getroffen worden, und der Baum hatte Manjala am Kopf verletzt. Das Unglück war am Nachmittag geschehen, aber es wurde Nacht, ehe Kimani, der Vater, vor dem Haus erschien. Schweigend stand er, nur in eine Decke gehüllt, in der Dunkelheit und ließ den Bwana rufen.

„Manjala will sterben", sagte er.

„Manjala?" fragte Vivian zurück. Sie war mit ihrem Vater zu Kimani gekommen. „Manjala wollte doch gestern noch nicht sterben."

„Gestern ist er auch nicht von einem Baum getroffen worden."

„Ich gehe mit", sagte Vivian zu ihrem Vater.

„Das ist nichts für dich, wenn ein Kind stirbt."

„Es ist auch nichts für dich, Papa", erklärte Vivian und wählte bewußt die Anrede, die ihrem Vater Trost geben sollte.

Als sie Kimanis Hütte betraten, waren Manjalas Schreie längst verstummt. Er schien noch bei Bewußtsein, aber er konnte nicht mehr sprechen, und nur die Augen lebten noch im blutverkrusteten Gesicht.

Der Anblick dieser Augen voller Ergebung lähmte den Bwana noch mehr als die Gewißheit, daß Manjala verloren war. Vivian sah, daß ihr Vater weinte, und sie hörte ihre eigenen Tränen zischen, wenn sie auf die heiße Petroleumlampe fielen, die ihr Vater trug und die die schwarze Hütte in gelbes Licht tauchte.

Hilflos griff Vivians Vater nach Kimanis Hand. „Hier kann nur noch Gott helfen, Kimani."

„Gott", antwortete Kimani und staunte, daß der Bwana das nicht wußte, „hilft nicht, wenn einer sterben will." Seine Stimme war ruhig.

„Aber dein Sohn ist noch ein Kind", widersprach der Bwana schluchzend, „er will nicht sterben. Er will leben."

Es stimmte also, was Kimani immer wieder gehört hatte. Der

Bwana hatte in dem Land, aus dem er kam, nicht gelernt, sich dem Willen des Gottes Mungo zu beugen.

„Wenn du ihm nicht helfen kannst, Bwana, dann ist es Zeit", sagte Kimani und löste die Hand des Bwana aus seiner. Er beugte sich über den sterbenden Jungen, trug ihn vor die Hütte zum Akazienbaum mit der großen Dornenkrone und bettete ihn auf die Erde.

Als Kimani sich aufrichtete, verrieten seine Bewegungen eher Bestimmtheit als Trauer. Es gab keinen Tod, wenn die Kranken rechtzeitig vor die Hütte getragen wurden. Sie durften ihren letzten Atemzug nicht in der Hütte der Lebenden tun. Die Hyänen kamen zu den Toten unter den Bäumen, aber sie holten nur den Körper. Der Rest war für Mungo, den großen Gott der mächtigen Entschlüsse.

Vivian sah, daß ihr Vater wie ein junger Baum schwankte, der noch nicht gelernt hatte, sich dem Wind zu beugen, und sie nahm ihm die Petroleumlampe aus der Hand. Kein Laut drang aus den Hütten. Die Zedern waren schwarz in der Dunkelheit.

„Komm, Bwana, wir müssen gehen. Man muß gehen, solange der Körper noch warm ist", drängte Kimani.

„Ja, das muß man", sagte Vivian und hoffte, daß sich ihr Vater dieses eine Mal helfen lassen würde.

„Nein, wir müssen warten, Kimani."

„Auf was, Bwana?"

„Kimani!" rief der Bwana, und plötzlich konnte er die würgende Übelkeit nicht mehr zurückhalten. Stöhnend erbrach er sich, ließ sich zu Boden fallen und lag einige Momente erschöpft auf der feuchten Erde. Beschämt merkte er, daß Vivian ihm beim Aufstehen half. Einen Moment lang, als er Kimani ansah, kam er sich vor, als wäre er wieder ein Kind, das aus einem Alptraum erwacht, und er fühlte sich besser und fast geborgen. Langsam stand er auf.

Vivian hielt die Lampe gesenkt, um ihrem Vater den Anblick von Manjalas Körper unter der Akazie zu ersparen. Es machte sie traurig, ihren Vater leiden zu sehen, aber sie begriff auch, daß er nie anders werden würde.

„Ich laufe mit dir zum Haus, Bwana", sagte Kimani, „du kannst nicht allein gehen in der Nacht."

„Und dein Sohn, Kimani? Wir dürfen ihn nicht allein lassen“, begehrte der Bwana auf. „Er ist ein Kind.“

„Nein“, widersprach Kimani, „wenn man sterben will, ist man kein Kind.“ Er nahm Vivian die Lampe aus der Hand und drehte die Flamme zurück. Schweigend liefen Kimani, Vivian und der Bwana in die Nacht hinein. Der Himmel war voller Sterne, die Luft so frisch wie ein eben aufgekommener Wind, und die mächtigen Bäume sahen im Mondlicht ein ganz klein wenig weiß aus.

Kimani seufzte, aber nur Vivian verstand, daß es ein Seufzer der Zufriedenheit war. Mungos Wille war geschehen. Es war wieder Zeit für Worte zwischen Männern. Eine solche Nacht mit dem Bwana kam nicht wieder. Kimani machte eine Bewegung zu Vivian, und sie verstand, daß sie zu schweigen hatte.

„Ich hab gehört, es ist Krieg, Bwana.“

„Ja“, antwortete Vivians Vater verwundert. Noch nie hatte ein Schwarzer den Krieg erwähnt. Zwar wurden die Eingeborenen auf Befehl der Regierung jeden Dienstag zur Nachrichtensendung in Suaheli zusammengerufen, aber sie begriffen nicht, was Krieg war, auch wenn viel davon geredet wurde.

„Der Krieg ist nicht hier, Kimani.“

„Wo ist er, Bwana?“

„Der Krieg ist sehr weit fort, mein Freund. Bei meinem Vater ist Krieg.“

„Dein Vater will sterben?“

„Er will nicht, Kimani, er muß.“

Noch immer hatte der Bwana nichts vom Sterben gelernt. Er hatte Manjala gehen sehen und doch nichts begriffen. Kimani schüttelte den Kopf. „Du bist nicht da, wenn dein Vater stirbt?“ fragte er.

„Nein, er ist allein.“

„Wer wird deinen Vater vor die Hütte tragen?“

„Keiner, Kimani.“

„Das ist schlimm, Bwana.“ Kimani hatte oft erlebt, daß Männer ohne die Hilfe ihrer Söhne sterben mußten. Es gab nichts Schlimmeres. „Es ist schlecht, allein zu sterben“, sagte er, und nun war seine Stimme von einer Trauer erfüllt, die ihm nicht beim Tod des Sohnes gekommen war. „Allein zu sterben“, wiederholte er, „ist schlecht. Wie sollen die Hyänen deinen Vater finden?“

„Die Hyänen werden ihn finden", antwortete der Bwana, und Vivian wußte, daß er wieder von Deutschland sprach. Danach redeten sie nicht mehr.

Kimani brach das lange Schweigen erst, als sie alle drei vor dem Haus standen. Er mußte dem Bwana sagen, was er wußte, auch wenn der Bwana es nicht verstehen würde.

„Morenu ist zurück", berichtete er.

„Morenu?"

„Ja", erklärte Kimani geduldig, „der mit dem Gewehr. Er lief fort, als dein Gewehr fortlief. Weißt du noch?"

„Was hat das alles zu bedeuten?"

„Ich wollte es dir nur sagen, Bwana." Kimani betonte jedes Wort so sorgsam, als müsse er es ganz tief aus dem Mund holen. „Du siehst zuwenig", fügte er noch hinzu. Er hatte dabei die Augen eines Mannes, der zuviel verraten hat. Ohne Abschied machte er sich auf den langen Weg zurück zu seiner Hütte. Es war die Stunde, da die Hyänen zum letzten Heulen der Nacht ansetzten.

IX

DER große Regen war so plötzlich verschwunden, wie er gekommen war. Das Holz der Zedern roch noch nach der Nässe, aber die Erde war wieder trocken, und schon begannen sich die Grasspitzen braun zu färben. Für die Männer, die sich Ehefrauen gekauft hatten, wurden nun neue Hütten gebaut. Es erklangen fröhliche Gesänge, wenn der mit viel Wasser angerührte Lehm und der grün glänzende Kuhmist zwischen die dürren Äste geworfen wurde, um die Rundung der Hütte zu bilden. Nie war die Farm schöner, das Leben lustiger als an den Tagen unmittelbar nach dem großen Regen, aber Vivians Augen waren voller Trauer, und die von Jogona waren fassungslos.

„Du mußt in die Schule?" fragte er, und er bemühte sich noch nicht einmal, so auszusehen, als wäre die Nachricht nicht neu und erregend.

Es stimmte. Vivians Vater hatte ihr immer wieder erklärt, daß die Zeit für sie gekommen war, in die Schule nach Nakuru zu gehen, hundertfünfzig Kilometer von der Farm entfernt und voller Kinder, die nur Englisch sprachen. Drei Monate müßte sie in der Schule bleiben, hatte er gesagt. Das waren mehr als neunzig Tage. Wie sollte sie das sich selbst, wie Jogona klarmachen? Er konnte nur bis zwanzig, nicht bis neunzig zählen.

„Ich werde wiederkommen."

„Wer sagt das?"

„Mein Vater."

„Weiß er denn das?" meinte Jogona zweifelnd.

„Er lügt nicht", erklärte Vivian. „Er weiß vieles nicht, aber er lügt nicht. Ich werde wiederkommen, aber es wird lange dauern. Ich werde in der Schule schlafen und essen und eine neue Sprache lernen."

„Wo ist die Schule?"

„In Nakuru", antwortete Vivian seufzend. „Morgen kommt der Bwana Mbusi mit seinem Auto und holt mich ab. Seine Kinder müssen auch in die Schule."

„Müssen alle weißen Kinder in die Schule?"

„Alle", sagte Vivian. „Sie haben ein neues Gesetz eingeführt."

Seit ein paar Wochen gab es in Kenia die allgemeine Schulpflicht für Weiße. Vivians Vater war glücklich, denn für Leute mit wenig Geld wurden die sehr hohen Schulgebühren gesenkt. Louis de Bruin war so wütend wie Vivian. Seine Kinder sollten auf der Farm arbeiten und nicht lesen lernen. „Keiner aus meiner Familie hat je lesen können, und wir sind glücklich geworden", hatte er am Vortag gesagt, und Vivian fand, daß ihr Vater keinen Grund hatte, darüber zu lachen.

Sie starrte zu den Hütten und dachte, daß es lange dauern würde, ehe sie wieder mit Jogona unter dem Dornenbaum sitzen und hören würde, wie Kimani an den Wassertank schlug. Laut sagte sie: „Jogona, ich werde dir einen Brief schreiben."

„Du willst mir einen Brief schreiben?" fragte Jogona, nahm einen Stein auf und warf ihn weit fort.

„Ja, ich werde ihn in der Schule schreiben. Dann bringt ihn der Zug nach Ol'Joro Orok, und mein Vater holt ihn dort ab und gibt ihn dir."

Zum erstenmal, seitdem Vivian Jogona kannte, sah sie ihn nach Worten suchen. „Mir hat noch niemand einen Brief geschrieben. Keiner in Ol'Joro Orok hat je einen Brief bekommen!"

„Du wirst einen Brief bekommen."

Jogona sprang auf. „Versprich es!" forderte er.

„Ich werde dir einen Brief schreiben."

„Schluck Erde!" befahl Jogona, und beide dachten an den fernen Tag, als sie Erde geschluckt hatten und Freunde geworden waren.

Ohne ihn anzuschauen, nahm Vivian eine Handvoll roter Erde. Sie schluckte nicht mehr gierig wie damals, sondern kaute langsam, als käme es auf jede Bewegung in ihrem Mund an. „Du wirst einen Brief bekommen, Jogona."

„Wann?"

„Wenn ich in der Schule bin."

„Du sprichst von Tagen, die noch nicht da sind", antwortete Jogona geringschätzig, und in seinem Blick lag die Verachtung, die sie sonst immer zum Schweigen gebracht hatte.

„Die Tage, die noch nicht da sind, werden kommen", sagte sie. Plötzlich fühlte sie, wie die Trauer schwand und wie sich ein Lächeln hinaus auf ihr Gesicht drängen wollte, aber sie gab der Versuchung nicht nach. An diesem letzten Tag auf der Farm war Jogona ihr endlich in die Falle gegangen.

„Was willst du mit einem Brief?" fragte sie langsam. „Du kannst doch gar nicht lesen."

Jogona war noch immer überwältigt von dem, was Vivian gesagt hatte. „Ich will ihn gar nicht lesen", sagte er leise, „verstehst du das denn nicht? Ich will ihn nur haben." Seine Stimme wurde lauter. „Der Brief wird mit dem Zug kommen, und der Bwana wird ihn mir geben. Alle werden es sehen. Zeig mal deinen Brief, Jogona, werden sie sagen. Ja, das werden sie sagen. Und ich werde den Brief aus der Tasche ziehen. Ich werde ein richtiger Bwana sein mit einem Brief in der Tasche."

„Und wann wirst du wissen, was im Brief steht, kluger Jogona?"

„Wenn du wiederkommst. Dann wirst du ihn mir vorlesen", antwortete Jogona lachend, und seine Zähne leuchteten hell in der Mittagssonne.

„Du sprichst von Tagen, die noch nicht da sind", gab Vivian lachend zurück. Dann rannte sie los und Jogona hinter ihr her. Plötzlich ließ sie sich zu Boden fallen und kicherte, als er über ihre Beine stolperte. Einen Moment lang lag sein Körper schwer auf ihr, aber ihr war ganz leicht zumute, denn die Trauer war von ihr abgefallen wie die alte Haut von einer Schlange. Sie wußte nun, daß sie sich auf den Tag freuen konnte, an dem sie Jogona ihren Brief vorlesen würde.

X

Die Nakuru-Schule bestand aus vielen niedrigen Bauten mit weiß gekalkten Mauern und Wellblechdächern. Die einzelnen Gebäude, die als Schlafsäle, Unterrichtsräume, Aula, Turnhalle und Bibliothek dienten, waren durch kleine steinige Pfade miteinander verbunden. Streng getrennt waren die Häuser für die Jungen von denen der Mädchen. Nur der Unterricht fand gemeinsam statt.

Die Schule stand auf einem steilen, kahlen Berg. Besonders fielen die schönen Pfefferbäume mit ihren herunterhängenden Ästen ins Auge und der blau schimmernde Nakurusee in der Ferne. An den Ufern lagerten die rosafarbenen Flamingos und blieben ewige Verlockung für die freie, schöne Welt, die die Kinder hinter sich ließen, sobald sie durch das Schultor gingen.

Die ersten drei Wochen ihrer Schulzeit verbrachte Vivian schweigend. Sie konnte kein Wort Englisch, und niemand konnte mit ihr deutsch reden. Suaheli zu sprechen war verboten, weil dies die Sprache der Schwarzen war. Die Nakuru-Schule war eine ausschließlich weiße Welt. „Ein weißes Gefängnis", erzählte Vivian später ihrem Vater, der dies ungerechterweise für eine Übertreibung hielt.

Sobald Vivian soweit war, die Dinge zu begreifen, merkte sie, daß alles verboten war, was sie gern getan hatte. Es war verboten, sich anzuziehen, wie man wollte. Von morgens bis zum Sport am Nachmittag wurde die Schuluniform getragen: blauer Trägerrock, weiße Bluse, blau-weiß gestreifte Krawatte und ein blau-weiß gestreiftes Band am blauen Hut. Es war verboten, sich bei Tage in den Schlafräumen aufzuhalten, und um sieben Uhr abends hatte jeder im Bett zu liegen. Fünf Minuten zuvor knieten alle 24 Kinder des Schlafraums gemeinsam nieder, um das Vaterunser zu beten, und standen gleichzeitig wie eine einstudierte Balletttruppe wieder auf. Morgens um sechs wurden sie durch eine schrille

Glocke geweckt, mußten ein kaltes Bad nehmen, ihre Betten auf eine ganz bestimmte Art machen und sich um sieben Uhr zum Frühsport versammeln. Um acht gab es Frühstück. Danach folgte die Morgenandacht in der Aula. Um neun begann der Unterricht und ging bis ein Uhr.

Dieser Tagesablauf war für Vivian so fremd, daß sie nicht dazu kam, sich über irgend etwas anderes zu wundern. Es dauerte einige Zeit, ehe sie begriff, daß die Kinder beim geringsten Verstoß gegen die Regeln mit einem dünnen Stock geschlagen wurden. Vivian war in ihrem Leben noch nie geschlagen worden, aber sie gewöhnte sich überraschend schnell an die Prügel. Sie empfand jedenfalls das Brennen der Schläge auf der Haut weit weniger unangenehm als die Traurigkeit, die in ihr war, weil sie Sehnsucht nach der Farm hatte.

Als sie genug Englisch gelernt hatte, um mit ihren Mitschülerinnen zu sprechen, merkte sie, daß die Kinder ebenso strenge Regeln im Umgang miteinander hatten wie die Lehrer im Umgang mit den Kindern. Petzen war verpönt, Tränen beim Geprügeltwerden ebenso, und es war selbstverständliche Pflicht, Prügel für Mitschülerinnen einzustecken. „Tapfer sein für andere“ hieß das Motto.

Wenn Vivian die Prügel nicht zu schaffen machten, so doch das Essen. Der weiße Koch der Schule hatte weniger Ahnung vom Kochen als Kamau auf der Farm, der immerhin erst von ihrem Vater und dann von Hanna angelernt worden war. Fast jeden Tag gab es zum Mittagessen harte, halbrohe Blätter Weißkraut in einer trüben Brühe, ekelerregende angebrannte Süßkartoffeln und vor Fett triefendes Hammelfleisch, das Übelkeit hervorrief und den Mund taub machte. Vivian beneidete die Kinder glühend, die während des Mittagessens aus dem Speiseraum geschickt wurden. Später erkannte sie, daß das eine Strafe sein sollte. Es war Musik in ihren Ohren, als die aufsichtführende Lehrerin zum erstenmal sagte: „Vivian verläßt sofort den Tisch und verzichtet eine Woche aufs Mittagessen.“ An diesem Tag war sie erstmals zufrieden mit der Schule, nicht nur, weil sie kein Hammelfleisch essen mußte, sondern weil eine Mitschülerin ihr die Banane aufgehoben hatte, die es zum Nachtisch gegeben hatte. Kinder, die auf das Mittagessen verzichten mußten, wurden immer von den anderen versorgt.

Anna de Bruin wurde Vivians Freundin. Auch sie konnte zunächst kein Englisch, weil bei ihr zu Hause nur Afrikaans gesprochen wurde, doch nach sechs Wochen hatte sie genug Englisch gelernt, um sich mit Vivian zu unterhalten. Außerdem hatte sie Vivian Afrikaans beigebracht, das dem Deutschen ähnelte.

Wenn morgens zum Unterricht gerufen wurde, vergaß Vivian alles, was sie bedrückte. Der Unterricht machte ihr Spaß, und sie verzieh der Schule, wenigstens für einige Stunden, das harte Training beim Sport, die kalten Bäder am Morgen, die Prügel und die seitenlangen Strafarbeiten, die die karge Freizeit dahinrafften wie ein Buschmesser ein Pflanzengestrüpp, das den Weg versperrt.

Der Klassenlehrer hieß Dixon. Er war in Kenia vom Krieg überrascht worden und sehnte sich so nach England zurück wie Vivian nach Ol'Joro Orok. Dixon war für sein Temperament berüchtigt. Der Rohrstock lag immer auf seinem Pult und wurde oft benutzt. Trotzdem war der Lehrer beliebt, denn er schlug nie die Kinder, die nicht begriffen hatten, sondern diejenigen, die er für faul hielt. „Dixon ist fair", hieß es, und das war für einen Lehrer der Nakuru-Schule höchstes Lob. In seiner Jugend war Dixon Schauspieler gewesen, und aus dieser Zeit stammte seine Liebe zu Shakespeare. Er las mit den neun- und zehnjährigen Kindern „Hamlet" und ging anschließend zum „Sommernachtstraum" über. Eines Tages betrat er die Klasse mit einem doppelten Purzelbaum, erklärte, er sei der Puck aus dem „Sommernachtstraum", und rezitierte die Verse, die er so liebte. Nicht deretwegen, sondern um des Purzelbaums willen war Dixon fortan der Liebling aller, und kein noch so strenges Regime seinerseits konnte die Zuneigung der Kinder schmälern. Wenn es ihm einfiel, tanzte er auf seinem Pult, verkleidete sich, um eine Rolle zu spielen, oder trug schlechte Gedichte mit entsprechendem Gesichtsausdruck vor, damit die Kinder die guten erkennen lernten. Mit Dixon war zwar nicht zu spaßen, aber der Spaß mit ihm war groß.

Dixon bemerkte bald Vivians Interesse für seinen Unterricht. Nicht daß er sie milder behandelt hätte als ihre Mitschüler, aber er behielt sie oft nach der Stunde im Klassenzimmer, um mit ihr über das Gelesene zu reden. Das machte Vivian stolz, und sie sehnte jede Stunde mit Dixon herbei wie einst die Gespräche mit Jogona.

„Bist du glücklich hier?" fragte er eines Tages.

„Nein", erklärte Vivian. Die Antwort fiel ihr leicht. An dieser Schule mit ihren strengen Prinzipien galt Feigheit, auch Lehrern gegenüber, als schlimmste Untugend.

„Dann geht es dir wie mir. Ich bin auch nicht glücklich hier."

„Ich möchte zurück auf die Farm", sagte Vivian träumerisch, und sie dachte an das Schnattern der Paviane, an die Zebras am Horizont und wie schön es war, mit nackten Füßen die feuchte Erde zu berühren.

„Ich möchte zurück nach England", erklärte Dixon, und er vergaß Vivian, als er hinzufügte: „Dies ist ein verfluchtes Land."

Das erinnerte Vivian an zu Hause, und sie lächelte, als sie antwortete: „Das sagt mein Vater auch."

„Wo kommt er denn her?"

„Aus Deutschland."

„Ich verstehe", sagte der Lehrer gedankenvoll.

MITTLERWEILE war der letzte Schulmonat angebrochen. Vivian kannte inzwischen die Tricks, die das Leben in der Schule leichter machten. Sie fiel der strengen Aufsicht im Schlafsaal nicht mehr unangenehm auf, weil sie ihr Bett falsch gemacht oder den Morgenrock verkehrt weggehängt hatte. Sie hatte gelernt, das fette Hammelfleisch so unzerkaut wie möglich hinunterzuschlucken, weil man da den widerlichen Geschmack nicht auf der Zunge spürte. Vor allem war sie nicht mehr „die Neue". Ihre Schulkrawatte und das Hutband waren ausgebleicht, und das war das Zeichen, daß sie dazugehörte.

Bis zu den Ferien waren es jetzt noch genau 23 Tage. Sie waren von einer belebenden Hoffnung erfüllt. Erregt merkte Vivian, daß sie von Tag zu Tag glücklicher wurde, je näher die Ferien kamen. Sie sah in Gedanken bereits ihren Vater beim Melken, den Hirten Choroni, der sich die Nase mit dem Schwanz einer Kuh putzte, und rief sich voll Wonne den Tag in Erinnerung, als der große Zauber Hanna von der Farm getrieben hatte. „Die Tage, die noch nicht hier sind, sind gekommen", formulierte sie in glücklicher Erwartung. Es war Zeit, den Brief an Jogona zu schreiben.

Samstag war Brieftag. Es war Pflicht, den Eltern einmal die Woche zu schreiben und für jeden weiteren Brief Erlaubnis einzuholen. Dixon las die Briefe, ehe sie abgeschickt wurden.

„Wer ist Jogona?" fragte er, als Vivian um Schreiberlaubnis nachsuchte.

„Mein Freund", erwiderte Vivian.

„Kann er denn lesen?"

Vivian ahnte, daß das Gespräch sich in der Atmosphäre der Schule seltsam ausnehmen würde, und sie war einen Moment lang versucht, ihr Vorhaben aufzugeben. Die Erinnerung an den knirschenden Sand zwischen den Zähnen war jedoch stärker. Sie hatte Jogona bei ihrem Eid den Brief versprochen. „Nein", sagte sie. „Jogona kann nicht lesen."

„Was will er dann mit einem Brief?"

„Ihn bei sich tragen."

„Also gut, schreib ihm", sagte Dixon. „Aber nur dieses eine Mal, verstehst du?"

„Mein Freund braucht nur *einen* Brief."

Obwohl Dixon kein Wort von dem verstand, was Vivian geschrieben hatte, lächelte er, als er den Umschlag zuklebte. *O Jogona,* stand da in großen Buchstaben, *ich habe dir gesagt, daß ich schreiben werde. Jetzt schreibe ich dir, denn ich habe es gesagt.* Nach diesem Satz hatte Vivian einen größeren Zwischenraum freigelassen, um die Gesprächspause anzudeuten. Dann war sie fortgefahren: *Die Tage, die noch nicht hier sind, sind gekommen. Du hast jetzt einen Brief, Bwana.*

Nur die weißen Männer wurden Bwana genannt, und es war natürlich ein Scherz, Jogona einen Bwana zu nennen, aber er würde ihn verstehen. Er würde noch oft darauf zurückkommen. „Weißt du noch, wie du mich Bwana genannt hast?" würde er sagen.

Vivian lachte glücklich und ging Anna suchen.

XI

De Bruins kleiner Lastwagen keuchte den steilen Berg zur Schule hoch und ließ eine rote Staubwolke hinter sich. Anna und Vivian hatten schon seit Stunden auf diesen Augenblick gewartet und waren stumm vor Seligkeit, als sie den Wagen erblickten.

De Bruin war gekommen, um fünf seiner schulpflichtigen Kinder und Vivian nach Hause zu holen. Er umarmte und streichelte die Kinder, und Vivian drückte er so fest an sich, daß sie nicht mehr atmen konnte. De Bruin roch nach Kaffee, Tabak, Schweiß und Heimat und verdrängte in einer einzigen Sekunde den Alptraum Schule, der drei Monate gewährt hatte.

„Bist du traurig", fragte de Bruin, „daß ich deinen Vater nicht mitbringen konnte? Er wartet zu Hause auf dich. Es war kein Platz mehr im Wagen."

„Nein, ich bin nicht traurig."

Für den immer wieder eintretenden Fall, daß der Wagen streikte, hatte de Bruin drei Männer dabei, die dann schieben mußten. Sie saßen im offenen Lastwagen und zeigten lachend ihre Zähne. Auch die drei großen Hunde, von denen de Bruin sich nie trennte, waren mitgekommen und stürzten sich auf die Kinder. Für Vivians Vater wäre wirklich kein Platz mehr gewesen. Aber es störte Vivian nicht. Hatte sie nicht warten gelernt, erst von Jogona und dann in diesen drei langen Monaten in der Schule? Sie wollte den Weg zur Farm genießen, wollte sich an den Tag erinnern, als sie zusammengekauert in de Bruins Wagen gehockt und sich vor der Schule gefürchtet hatte.

Damals hatte sie lieber sterben wollen, als von der Farm fortzumüssen. De Bruins Kinder hatten geschluchzt, und er selbst war wütend gewesen und hatte auf die Engländer geschimpft, die kleine Kinder zwangen, zur Schule zu gehen. Das alles schien sehr lange her. Heute sang de Bruin seine schönen Lieder, bei denen man manchmal lachen und meistens weinen mußte. Die Kinder hatten Tränen in den Augen, aber nicht mehr vor Kummer. Der war von ihnen abgefallen, als sie die verhaßten Schulröcke und die Schulhemden mit den Krawatten ausgezogen und die Hüte auf die Erde geworfen hatten. Sie saßen nun halb nackt auf dem Boden des Lastwagens und drückten die Hunde an sich. De Bruin hatte große Stücke Kuchen mitgebracht, das dünne, an der Luft getrocknete Fleisch, das er Billtong nannte, und viele Flaschen, die mit kaltem, starkem Kaffee gefüllt waren. Die Kinder jubelten und fühlten sich zum ersten Mal seit drei Monaten satt. Sie gurgelten mit dem Kaffee, der in der Kehle brannte und süß auf der Zunge war.

„Er schmeckt nach Glück", sagte Vivian, und ihr wurde bewußt, daß sie zum ersten Mal seit drei Monaten wieder Deutsch sprach.

De Bruin verstand sie und sagte: „Du redest so gut wie ein Buch." Die Bemerkung gefiel ihr. Sie würde die Worte für Jogona wiederholen.

„Soll ich erst meine Kinder heimbringen oder dich?" fragte de Bruin.

„Deine Kinder", sagte Vivian schnell. Sie hatte de Bruins Kinder wirklich gern, und Anna war ihre Freundin geworden, aber die Stunde der Heimkehr sollte ihr allein gehören.

Als sie dann mit de Bruin allein im Wagen saß, fragte er fast ängstlich: „Ist die Schule schlimm?"

„Sehr."

„Ihr müßt den ganzen Tag lernen?"

„Das ist es nicht", erwiderte Vivian, „aber man hört nachts keine Trommeln und auch keine Hyänen."

„Du liebst Afrika sehr, nicht wahr?"

„Ja", antwortete sie, „aber nur die Farm."

„Du bist eine Memsahib kidogo geworden", erklärte de Bruin. „Memsahib kidogo" hieß „die kleine Memsahib" und war die Anrede für Mädchen, die keine Kinder mehr waren.

„Memsahib kidogo", wiederholte Vivian.

Der dichte Wald auf dem Weg zur Farm war schwarz. Jetzt waren die Stimmen der Affen deutlich zu hören und auch das Kreischen der Vögel. Der Klang von Trommeln kam immer näher.

„Die Trommeln melden eine Ankunft", sagte Vivian.

„Deine", meinte de Bruin lachend. „Du bist wieder zu Hause."

Als Vivian aus dem Lastwagen kletterte und ihren Vater sah, ging es ihr wie zuvor de Bruins Kindern. Sie weinte, und die Worte, die sie sprechen wollte, saßen fest in ihrem Hals. Sie sah ihren Vater an und begriff, daß es ihm in den vergangenen drei Monaten nicht besser ergangen war als ihr.

„Ich bin zu Hause", sagte sie, aber ihr Vater konnte nicht antworten. Er sagte nur: „Hier, dein Geschenk", und aus seinem Hemd kletterte ein kleiner Pavian. De Bruin hatte das mutterlose Tier auf der Jagd gefunden und es für Vivian eingefangen und auf die Farm gebracht. Es hatte noch keinen Namen und wurde nur Toto genannt, was ja Kind hieß. Der Pavian kletterte auf ihre Schulter und zupfte an ihren Haaren. Sie vergrub die Nase in seinem Fell.

Vivians Heimkehr hatte sich bereits überall herumgesprochen.

Die Schwarzen standen vor dem Haus, nicht nur die Männer, auch die Frauen und Kinder. Sie stampften und klatschten, und dann sangen sie das Lied vom Schakal, der einen Schuh gefressen hat und weinen muß. Vivian war gerührt. Sie hatte das Lied gern, und auf der Farm hatten sie es nicht vergessen.

Choroni kam auf sie zu, lächelte mit seinem zahnlosen Mund und sagte: „Jambo, Memsahib kidogo." Also auch er wußte, daß sie kein Kind mehr war. „Memsahib kidogo" sangen die Männer wie auf Befehl. Erst da sah Vivian, daß Jogona zwischen ihnen stand. Sein kahler Schädel glänzte in der Mittagssonne. Er hatte ein Hemd aus verschossenem Khaki an und eine alte Hose. Die Zähne leuchteten in seinem Gesicht, obgleich er noch kein Wort gesprochen hatte. Steif, als müßte er jeden seiner Schritte zählen, kam Jogona auf Vivian zu und machte sich mit geschlossenen Augen an der einen Tasche zu schaffen, die sein Hemd hatte. Langsam holte er einen zerknitterten Umschlag hervor. „Ich habe einen Brief bekommen", sagte er. „Der Bwana hat ihn mir gegeben."

„Du hast einen Brief bekommen?" fragte Vivian.

„Ja."

„Von wem ist er denn?"

„Lies", sagte er, „dann wirst du wissen, von wem er ist." Jogonas Stimme war so laut, daß sie bis zu dem Echo in den Bergen reichte.

Umständlich faltete Vivian das Papier auseinander. Sehr laut und mit den Pausen, die sie geschrieben hatte, las sie vor: „O Jogona, ich habe dir gesagt, daß ich schreiben werde. Jetzt schreibe ich dir, denn ich habe es gesagt. Die Tage, die noch nicht hier sind, sind gekommen. Du hast jetzt einen Brief, Bwana."

Der gespannten Stille folgte lauter Jubel. Alle sahen erwartungsvoll auf Jogona.

„Steht das wirklich in dem Brief?" fragte er schließlich.

„Ja."

„Steht auch in dem Brief, daß ich ein Bwana bin?" fragte er überwältigt.

„Das steht in dem Brief", versicherte Vivian.

„Morgen liest du mir den Brief wieder vor."

„Morgen lese ich den Brief wieder vor."

Morgen würde ein guter Tag werden. Von jetzt an waren alle Tage gut.

XII

NOCH ehe die Hyänen im Wald verschwanden und der Tau auf dem Gras getrocknet war, kehrte Morenu auf die Farm zurück. Alle wußten es, aber niemand sprach darüber. De Bruin war schon am frühen Morgen auf die Farm gekommen, diesmal nur von seinen Hunden begleitet. Die drei Männer, die sonst hinten im Wagen saßen, waren plötzlich verschwunden gewesen, als er hatte abfahren wollen.

Es war schon fast dunkel, aber de Bruin machte sich nicht zum Aufbruch bereit. Er starrte in das flackernde Kaminfeuer. Sein Gesicht war rot und voller Unruhe. „Hör mal, wir müssen ihn finden", sagte er.

„Wen?" fragte Vivians Vater, um Zeit zu gewinnen, und kam sich wie ein Kikuyu vor.

„Morenu", erklärte Vivian.

„Was weißt du davon?" fragte de Bruin.

„Er ist doch wieder auf der Farm, Bwana Mbusi."

„Spricht man darüber?"

„Nein", erklärte Vivian, „aber man weiß, daß er ein Loch im Kopf hat."

„Das heißt, er ist verrückt." De Bruins Stimme war heiser. Ein verrückter Mann auf der Farm kannte nur noch Blut und Tod. Er hatte das schon mehr als einmal erlebt. Er spuckte ins Feuer. „Du mußt begreifen“, sagte er, und es war ihm anzumerken, daß er Angst hatte, „dies hier ist eine gefährliche Sache. Ein Boy, der lange fort war und plötzlich ohne Erklärung wiederauftaucht, bedeutet Gefahr.“

„De Bruin, deine Befürchtungen haben mir gerade noch gefehlt.“

Der Bure kam nicht dazu zu antworten. Morenu stand plötzlich im Zimmer. Er hatte nicht angeklopft, und niemand hatte gemerkt, wie er die Tür geöffnet hatte. Er lehnte am Türrahmen.

Erst da erinnerte sich Vivians Vater, wie Morenu überhaupt aussah. Er hatte ihn vor dessen Verschwinden gar nicht richtig wahrgenommen. Jetzt mußte er lächeln. Morenu wirkte noch wie ein Kind. Er hatte sehr lange Arme, die er linkisch bewegte, dürre Beine und helle Haut. Nichts an diesem Mann schien gefährlich.

Vivians Vater seufzte. Die Gerüchte, die täglich neu auf die Farm kamen, waren es, die das Leben gefährlich machten. Niemand blieb davon verschont. „Jambo, Morenu“, sagte er gut gelaunt, als begrüße er einen alten Bekannten. „Wir haben gerade von dir gesprochen.“

„Ich bin gekommen, um mein Geld zu holen“, sagte Morenu, ohne auf den Gruß zu antworten.

Vivian fiel auf, daß Morenu nicht die Anrede „Bwana“ gebrauchte. Er stand jetzt nicht mehr an der Tür, sondern zwischen de Bruin und ihrem Vater. Die Hände hielt er hinter seinem Rücken verborgen. Das machte seinen Oberkörper groß.

„Was für Geld?“

„Ich habe gearbeitet und kein Geld bekommen.“

„Stimmt“, bestätigte Vivians Vater, „aber du bist auch von der Farm fortgelaufen, und da gibt es kein Geld. Das weiß doch jeder.“

Vivian hörte nicht mehr, was die Männer sprachen. Sie konnte den Blick nicht von Morenus Füßen abwenden. Er trug Schuhe aus hellem Leder mit dicken Sohlen. Ob ihr Vater wußte, was es bedeutete, das Haus des Bwana mit Schuhen zu betreten? Es war die Kampfansage. Auch de Bruin hatte das bemerkt. Sein Gesicht war voller Angst.

Morenu wippte mit dem rechten Bein, so daß der Schuh auffiel. „Ich will“, forderte er, und seine Stimme überschlug sich, „ich will mein Geld!“

„Mach, daß du rauskommst!“ brüllte Vivians Vater.

Morenus Bewegungen verloren ihre Geschmeidigkeit. „Geld!" keuchte er, und sein Atem kam in dünnen, pfeifenden Stößen.

Vivian war zur Tür ausgewichen. Sie hatte wie ein Hund, der Prügel fürchtet, aus dem Zimmer rennen wollen, aber was sie sah, ließ sie regungslos stehenbleiben. Morenu hielt eine Keule hinter seinem Rücken. Der Griff war schlank und lang, und der Kopf der Keule war rund und fest und hatte lange Zacken, die Tod bedeuteten. Im fahlen Licht der Petroleumlampe glänzte das frische Holz.

Morenu hielt die Keule so fest in der Hand, daß seine Knöchel grau schimmerten. Die Farbe seiner Finger gab Vivian die Gewißheit, daß er zuschlagen würde. Er hob jetzt die Keule zum Schwung und hielt sie hoch über seinen Kopf.

„Papa, er hat eine Rungu!" Noch nie war so viel Lärm in einem einzigen Schrei gewesen.

„Ich weiß", sagte der Vater. „Los, Morenu, schlag doch zu!"

Morenu wirkte für einen Moment unsicher, fing sich aber sofort und hielt die Keule noch höher.

„Gib ihm das Geld, oder willst du, daß er uns alle umbringt?" De Bruin hatte gesprochen. Seine Stimme war die eines Tieres, das keinen Ausweg mehr sieht.

„Schlag zu!" hörte Vivian ihren Vater sagen. Sein Gesicht war weiß, aber er schwankte nicht.

Mit einem Mal wurde Vivian bewußt, daß sie aus dem Zimmer gelaufen war und am Bett ihres Vaters stand. Hastig suchte sie den Lederbeutel, der immer unter seinem Kopfkissen lag, fand ihn, entnahm ihm einen Schein und stürzte zu den anderen zurück. Sie warf den Geldschein vor Morenus Schuhe.

„Hier", sagte sie und wandte das Gesicht ab. Sie weinte mit einem trockenen Schluchzen, das nicht in den Augen, sondern nur noch in der Brust weh tat.

Morenu stand bewegungslos da, aber als er das Geld auf der Erde liegen sah, ließ er die Arme sinken. Mit einer behutsamen Geste stellte er die Keule auf den Boden.

„Gut", sagte er mit viel Triumph in der Stimme, „es ist gut." Er hob den Geldschein auf, ergriff die Keule und ging, ohne sich umzusehen, hinaus.

Ein Hund heulte. Es war ein langgezogener Schrei voller Angst, der sofort in ein kurzes Wimmern überging und plötzlich verstummte. Nur Trommeln unterbrachen noch die nächtliche Stille. Bald würden sie von Morenu erzählen. Als Vivian aufstand und zum Fenster ging, sah sie, daß vor den Hütten wieder Feuer brannte. Fetzen vom Gesang der Männer wehten hinüber zum Haus.

„Danke, Vivian“, sagte der Vater, „das war mutig von dir.“

„Ich hatte Angst.“

„Angst ist oft die beste Form des Muts“, sagte der Vater. Er hatte schon wieder die Kraft, in Rätseln zu sprechen. „Ich bin froh, daß du hier warst, de Bruin.“

„Ich habe versagt“, murmelte der Bure und schloß die Augen.

„Wir versagen alle, mein Freund, irgendwann versagt jeder.“

„Es hätte nicht zu sein brauchen“, meinte de Bruin verärgert. „Ich hab dir damals gleich gesagt, du hättest Morenu suchen lassen und ihn erschießen sollen.“

„Eines Tages wird es immer mehr Leute wie Morenu geben, de Bruin. Das war nur der Anfang.“

„Nein!“ begehrte de Bruin auf.

Vivian hatte ihn noch nie so gesehen, und der Anblick ängstigte sie so wie zuvor Morenus Keule.

„Eines Tages werden die Schwarzen ihr Land für sich allein haben wollen. Es ist ihr Land.“

„Was wirst du dann machen?“ wollte de Bruin wissen.

„Dann bin ich schon lange wieder in Deutschland. Dann ist der Krieg dort aus.“

Vivian hielt sich die Ohren zu. Immer sprach ihr Vater von Deutschland und vom Krieg. Wußte er denn nicht, daß es nichts Schöneres gab als die Farm?

„Es gibt nichts Schöneres als Ol'Joro Orok“, sagte sie, ging zu ihrem Vater und streichelte ihn wie eine Frau, die einen Mann verzaubern will. Vivian kannte viele Zaubersprüche für Männer, die nicht mehr in ihrer eigenen Hütte leben wollten. Sie sprach den Zauber leise. Ihr Vater dachte, sie ängstigte sich noch immer, und das sagte er auch. Vivian verschluckte ihr Lächeln. Es war gut, wenn ein Mann nicht merkte, daß eine Frau Zaubersprüche sprach.

„Es war nur ein böser Traum“, sagte de Bruin.

„Armer Freund“, erwiderte Vivians Vater, und dann fragte er im Ton der Kikuyu, die gemerkt haben, daß einer hinters Licht geführt worden ist: „Schläfst du auf den Augen?“

ERST bei Tagesanbruch entdeckten sie den schwarzen Hund. Er lag tot im taufeuchten Gras. Der Schädel war eingeschlagen, die Ohren waren abgeschnitten und die hervorgequollenen Augen grau. Schweigend standen Vivian und der Vater vor dem toten Tier. Daneben lag Morenus blutgetränkte Keule mit den Zacken, und ein Messer war bis zum Schaft in die Erde gebohrt. „Askari ja ossjeku“, flüsterte Vivian. Es war der Name des kleinen Hundes und bedeutete wörtlich „Soldat des Abends“ und im übertragenen Sinn Nachtwächter. Der Hund hatte den Namen bekommen, weil er tagsüber schlief und nachts den Mond und die Sterne anbellte. Nun würde der kleine Nachtwächter auch in der Nacht schweigen.

Vivian konnte nicht weinen, wie sie da neben dem toten Hund kauerte. Sie grub die Finger in ein Stück Fell, das unversehrt geblieben war, als wollte sie die Wärme und Sanftheit zurückholen, aber sie wußte, daß sie nichts von dem wiederfinden würde, das sie einst so geliebt hatte.

„Er hat in der Nacht nach uns gerufen“, sagte sie und stand mühsam auf, „aber wir haben ihn nicht verstanden. Wir haben einen Schrei gehört, aber wir haben unsere Ohren zugemacht. Er wollte noch nicht sterben.“ Es war das erste Mal, daß sich Vivian gegen den Tod auflehnte. Sie merkte es und schüttelte verwundert den Kopf. War sie doch so wie ihr Vater und nicht wie die Schwarzen? Glaubte sie nicht mehr an den schwarzen Gott Mungo?

„Ja“, tröstete der Vater, „er wollte noch nicht sterben, der kleine Askari.“ Er hielt Vivian ganz fest in den Armen, und sie merkte, wie das Zittern in ihrem Körper nachließ.

Der Vater trug das, was von dem Hund übriggeblieben war, in den Wald. Er legte den Hund zwischen die Bäume und bedeckte ihn mit dünnen Zweigen und Schlingpflanzen. Die Geier kreisten schon am Himmel.

VIVIAN stand mit Jogona an der Stelle, an der Askari erschlagen worden war. Wären sie von einer einzigen Hautfarbe gewesen, hätte man sie aus der Ferne kaum unterscheiden können. Sie hatten die gleiche Art, auf einem Bein zu stehen und die Arme in die Luft zu werfen. Als der Vater näher kam, entdeckte er auch den gleichen Zug auf ihren Gesichtern. In ihren Augen lag eher Wissen als Traurigkeit.

„Vivian!“ rief der Bwana.

Vivian kam, als hätte sie auf den Ruf gewartet. Sie sprang, Jogona voran, durch das hohe Gras. An ihrem Ohr leuchtete eine rote Hibiskusblüte. „Jogona“, keuchte sie und schob den Jungen vor sich her, „hat das Gras umgegraben. Man sieht nicht mehr, wo Askari gestorben ist.“

„Du hast gegraben, Jogona?“

„Ja, Bwana.“

„Und du hattest keine Angst?“

„Nein“, sagte Vivian, „er hatte keine Angst.“

„Ihr habt doch alle Angst, wenn ein Tier gestorben ist.“

„Ich bin nicht wie die anderen, Bwana“, erwiderte Jogona.

„Kommt“, meinte der Bwana, „gehen wir alle drei zur Flachsfabrik.“

Es war ein sanfter Tag. Die Erde leuchtete rot, der Wind bewegte die Felder und machte sie zu einer Welle aus blauen Blüten. Im Wald schnatterten die Affen. Der kleine Pavian Toto saß auf Vivians Schulter und zupfte an ihren Haaren.

„Hörst du deine Brüder, Toto?“

„Er kennt seine Brüder nicht mehr“, erklärte Jogona. „Er ist ein Mensch geworden.“

„Jogona, du bist klug“, meinte der Bwana lachend.

Jogonas Augen wurden groß. So etwas hatte der Bwana noch nie zu ihm gesagt. Er nestelte an seiner Brusttasche herum und holte den Brief hervor, den Vivian ihm von der Schule aus geschrieben hatte. Das Papier wurde bereits gelb.

„Liest du mir meinen Brief vor, Bwana?“ fragte er.

XIII

Auf der Farm veränderten sich die Dinge nicht schnell, aber die Zeit verging trotzdem. Der Affe Toto hatte bereits drei Regenzeiten erlebt, und Jogona war so groß geworden, daß er die zehnte

Rille des Wassertanks erreichte, und hatte eine Vorliebe für Shakespeare entwickelt. Vivian war so oft von de Bruin zur Schule gebracht und von dort abgeholt worden, daß sie mit dem Zählen nicht mehr nachkam, und ihr Vater lachte zuweilen, wenn er die Radionachrichten hörte, und meinte, der Krieg werde nicht ewig dauern.

Zu dieser Zeit kam der weiße Mann zur Farm geritten, von dem die Trommeln so viel erzählten, den aber kaum ein Mensch kannte.

„Er lebt ganz allein in seiner Hütte“, hatte Jogona einmal gesagt.

„Wie heißt er denn?“

„Bwana Simba. Er ist mal von einem Löwen gebissen worden.“

Das Gespräch war schon lange her. Bwana Simba hieß eigentlich Kinghorn, aber daran erinnerte er sich selbst kaum noch. Er war einst, vor fünfzig Jahren, als Jäger nach Afrika gekommen und mit drei Schwarzen durch den Busch gezogen. Damals hatte ihn ein Löwe angefallen und ihm das linke Bein zerfetzt, und seitdem hieß Kinghorn Bwana Simba, denn Simba war das Wort für Löwe. Die schwarzen Begleiter hatten Bwana Simba drei Wochen lang auf einer Trage durch den Busch geschleppt und schließlich zum Arzt nach Nairobi gebracht, doch das Bein war nicht mehr zu retten gewesen. Der Bwana Simba schrieb seinem Vater, und der schickte Geld aus England. Aber statt sich eine Fahrkarte nach Hause zu kaufen, wie sein Vater es wollte, erwarb der Bwana Simba ein Stück Land und ein Pferd. Er konnte sich ja nur noch zu Pferd fortbewegen.

Bwana Simba hatte inzwischen mehr Pferde, als die Trommeln zählen konnten. Als junger Mann hatte er sie gezüchtet. Jetzt waren sie einfach da. Ab und zu schickte er Chai, seinen einzigen Boy, in die Stadt, um ein Pferd zu verkaufen. Vom Erlös konnten Bwana Simba und Chai lange leben. Sie waren nicht anspruchsvoll. Das Land, das ihm gehörte, bebaute der Bwana Simba schon längst nicht mehr. Er war wie die Männer aus dem Stamm der Nandi. Er liebte das Land, aber er bepflanzte es nicht.

Bwana Simba kannte die Farm, auf der der weiße Mann mit der Tochter lebte, aus der Zeit, als das Land noch Steppe war, und er hatte immer vorgehabt, die beiden zu besuchen. Er wußte, daß die Schwarzen dem weißen Mann den Namen Bwana Warutta gegeben hatten, und es interessierte ihn, einen Mann kennenzulernen, der ein Temperament hatte, das dem Schießpulver vergleichbar war. Aber dann war die Regenzeit dazwischengekommen und der Fluß unpassierbar geworden. Als jedoch die Trockenzeit einsetzte und das Flußbett wieder so hart geworden war, daß man mit dem Pferd hindurchreiten konnte, machte sich Bwana Simba auf den Weg zur Farm. Unterwegs ertappte er sich bei der Frage, ob der weiße Mann wohl lesen konnte. Bwana Simba hatte in seinem Leben sehr viel gelesen. Er schwärmte für die Schriftsteller der Antike und hatte sich, als er noch jung war, Bücher aus England schicken lassen. Außerdem erinnerte er sich an das, was die Trommeln erzählten. Sie berichteten vom Kind des Bwana mit dem Temperament wie Schießpulver. Es hieß, das Mädchen habe Augen, die hinter die Worte sehen konnten. Bwana Simba wußte genau, was das bedeutete.

Noch nicht einmal Kamau, der die besten Ohren auf der Farm hatte, fand Zeit, den Bwana Simba anzukündigen. Er war einfach da, war unbemerkt wie ein Heuschreckenschwarm bei Nacht gekommen. Aufrecht saß der Bwana Simba auf dem Pferd. Vivian und ihr Vater stürzten aus dem Haus.

„Jambo“, grüßte Bwana Simba und faßte sich an den breitkrempigen Hut.

„Jambo“, antwortete der Vater, „wollen Sie nicht absteigen?“

Bwana Simba verstand kein Deutsch, aber er begriff trotzdem. „Ich will den Tag nicht stören“, sagte er auf suaheli und machte eine vage Bewegung zur Sonne.

„Das tust du nicht“, erwiderte Vivians Vater. Auch er sprach suaheli.

„Es ist ein guter Tag“, sagte Bwana Simba und ließ sich zur Erde gleiten. Schwerfällig hinkte er auf Vivian und ihren Vater zu. „Ich heiße Kinghorn“, sagte er, „aber alle nennen mich Bwana Simba.“

„Ich freue mich, Bwana Simba. Wie wär's mit einer Tasse Tee?“

„Gefährlich.“

„Warum?“

„Ich habe einmal eine Frau auf meiner Farm zum Tee eingeladen, und dann ist sie gleich dageblieben.“

„Lange?“

„Ich glaube, zehn Jahre“, erinnerte sich Bwana Simba.

„Ich werde es riskieren“, meinte Vivians Vater lächelnd.

„Vielleicht bleib ich wirklich. Du kannst lesen, Bwana Warutta?"
„Ein wenig."
„Arma virumque cano", rezitierte der Bwana Simba.
Vivians Vater fiel ihm ins Wort und holte Vergils totgeglaubte Verse aus der Erinnerung. „Troiae qui primus ab orbis", fuhr er fort.
Fassungslos sah Vivian ihren Vater an. In diesem Augenblick liebte sie ihn wie nie zuvor. Es stimmte nicht, was sie immer gedacht hatte. Er war nicht wie ein Kind, das von nichts wußte. Er hatte einen eigenen Zauber, und er hatte sehr lange gewartet, ehe er davon sprach.
„Du bist klug, Bwana", stieß sie hervor, „klüger als Jogona."
„Nur manchmal."
„Ich glaube, jetzt ist Zeit für die Tasse Tee", sagte Bwana Simba.

DER Tee wirkte, wie Bwana Simba es vorausgesagt hatte. Sein erster Besuch dauerte viele Wochen. Von Bwana Simba lernte der Vater Englisch, und die beiden Männer brauchten sich nicht länger nur auf suaheli zu unterhalten.
Bwana Simba war ein angenehmer Gast. Er liebte Afrika und begehrte nichts anderes, als das verdorrte Gras und die nächtlichen Feuer zu sehen. Das weiße Sonnenlicht und der große Regen, der die Welt verwandelte, waren ihm genug. Oft ritt er ins Tal der Nandi, deren Sprache er beherrschte und die er Vivian lehrte.
Abends, wenn Vivian schon im Bett lag, hörte sie die beiden Männer reden. Sie sprachen vom Krieg. Mit de Bruin unterhielt sich ihr Vater immer über den Krieg in Deutschland, und seine Worte waren traurig. Mit Bwana Simba sprach er vom Krieg in Troja, und da wich die Müdigkeit aus seiner Stimme, und manchmal lachte er, obgleich er den tapferen Achill zu beweinen hatte. Vivian merkte sich alles, was sie hörte, denn sie erzählte die Geschichten Jogona, der schon längst nicht mehr von Shakespeare, sondern nur noch von Odysseus hören wollte. Es war an der Zeit, Bwana Simba zum Freund zu gewinnen, aber als Vivian am nächsten Tag davon sprechen wollte, war er schon im Morgengrauen nach Hause geritten.
Fortan war nie genau vorauszusehen, wann Bwana Simba

wiederkam. Manchmal blieb er nur einige Stunden auf der Farm, dann wieder wochenlang.

Eines Tages führte er neben seinem Pferd Moto, das nach dem Feuer benannt worden war, ein zweites Pferd mit sich.

„Das", sagte er zu Vivian, „ist Tembo. Das bedeutet Bier, und der Hengst heißt so, weil er so gern das Bier trinkt, das ich aus Zuckerrohr braue. Du bist nun alt genug, um ein eigenes Pferd zu haben."

Wenn Bwana Simba auf der Farm war, ritt Vivian täglich mit ihm fort. Er nahm sie oft mit zu den Nandi. Die Männer waren hochgewachsen und rieben ihren Körper mit Lehm ein, so daß die Haut glänzte. Sie flochten ihr Haar zu kurzen Zöpfen, was ihren Kopf größer erscheinen ließ, und sie bemalten ihre Gesichter mit leuchtenden Farben. Die Frauen hatten nackte Brüste und trugen viele und schwere Ketten aus Perlen, Muscheln, Zähnen und Knochen. Der Schmuck war so breit, daß er ihre Schultern bedeckte, und manche von ihnen trugen auch schwere Reifen um den Oberarm. Fast alle hatten sie Ketten von winzigen bunten Glasperlen, die aus den langgezogenen Ohrläppchen herunterhingen.

Bei den Nandi lernte Vivian, das Blut einer frisch geschlachteten Gazelle zu trinken, das Männer stark und Frauen fruchtbar machte. Sie lernte auch die Worte, um einen Mann so zu verzaubern, daß er keine Augen mehr für andere Frauen hatte. Sie wußte, was ein Knabe zu sagen hat, wenn er ein Mann wird, und sie nahm sich in acht, daß ihr Schatten nie auf eine schwangere Frau fiel, denn das ließ ihr Kind sterben.

ES WAR die letzte Stunde des Tages. Vivian und Bwana Simba waren lange bei den Nandi gewesen, und nun befanden sie sich auf dem Weg nach Hause.

„Bwana Simba, wollen wir Freunde sein?" fragte Vivian, als die großen Ameisenhügel in Sicht kamen.

„Weißt du, was das heißt?"

„Wir müssen Erde schlucken."

„Das müssen wir", sagte Bwana Simba und stieg vom Pferd.

Sie schworen und schluckten Erde.

„Wirst du immer mein Freund bleiben?" fragte Vivian.

„Du darfst nicht von Tagen sprechen, die noch nicht gekommen sind.“ Er legte die Hand ganz leicht auf ihren Arm. „Du wirst nicht immer in Afrika bleiben, kleine Memsahib.“

„Doch, immer“, widersprach Vivian lachend.

Als sie schon im Bett lag und noch einmal an den Zauber der Nandi und an den Schwur mit Bwana Simba dachte, hörte sie ihn zu ihrem Vater sagen: „Es wird schwer für Vivian sein, wenn sie eines Tages von Afrika fortmuß. Sie ist hier zu Hause. Afrika läßt keinen los, Bwana Warutta.“

„Wie kannst du das sagen? Du kennst doch nur dieses verfluchte Land. Du warst nie fort, seitdem du hergekommen bist.“

„Doch“, sagte Bwana Simba, „ich war schon einmal fort. Nach zwanzig Jahren bin ich nach England gefahren.“ Die Worte knisterten wie die Flammen im Kamin.

„Wie lange“, fragte Vivians Vater, „warst du fort von Afrika?“

„Drei Tage“, antwortete der Bwana Simba, „bis zum nächsten Schiff zurück. Ich war England leid geworden, verstehst du?“

„Bei mir wird das anders sein“, hörte Vivian ihren Vater widersprechen. „Ich bin erst zu Hause, wenn ich meine Muttersprache wieder höre.“ In seiner Stimme lag ein fremder und böser Zauber, der Vivian verwirrte. Es war, als hätte der große Regen für alle Zeiten die Farm verlassen.

XIV

Der Tag zählte weniger Stunden, als der Affe Toto Regenzeiten erlebt hatte, aber die Luft war bereits schwer genug, um die Hyänen vorzeitig in den Schlaf zurückzuschicken. Jogona stand vor dem großen Regentank am Haus und genoß die letzte Kühle und die fliehende Dunkelheit der Nacht. Er hatte nicht mehr viel Zeit, um Vivian zu sagen, daß er bald ein Mann sein würde.

Es war alles Lüge, was die Männer nachts vor den Hütten erzählten. Es war nicht gut, ein Mann zu werden. Wie sollte Jogona, nur weil er zu den Männern gerufen wurde, mit einem Mal all die Dinge vergessen, die viele Regenzeiten lang gut und wichtig gewesen waren?

Als er an den Wassertank klopfte, erschien ihm das Geräusch wie der plötzliche Zorn des Donners. Er hatte damit gerechnet, lange auf Vivian warten zu müssen, denn es war ja noch dunkel, und er war überraschend gekommen. Als er aber das letzte Mal gegen den Wassertank schlug, trat Vivian bereits aus dem Haus.

„Der Muchau wartet auf uns", sagte Jogona. Seine Stimme war zu dunkel und klang, als müßte sie einen Verlust beklagen. Das ärgerte Jogona. Er fürchtete, Vivian würde nun vor der Zeit Fragen stellen, aber er hatte sich getäuscht.

„Ich weiß", antwortete sie, und auch ihre Stimme war von dieser neuen, leisen Trauer erfüllt. Sie hielt Jogona eine Mangofrucht hin. Einen kurzen Augenblick, der nicht länger als der Flügelschlag eines Vogels währte, berührten sich ihre Hände, und es war, als wären beide noch Kinder. Doch Jogona nahm die Frucht nicht. Wortlos brach er auf, und Vivian folgte ihm auf dem Weg zu der Hütte jenseits des Waldes.

Jogona beobachtete, wie seine Füße beim Laufen das Gras teilten. Er suchte den Himmel nach einem verspäteten Stern ab, aber die Sonne fing schon an, die Wolken zu verfärben, und schneller als je zuvor rannte er los. Vivian konnte ihm kaum folgen. Erst als der Wald hinter ihnen nicht größer als eine Hand war, blieben die Kinder erschöpft stehen.

Vivian hielt Jogona erneut die Mangofrucht hin, die er am Haus nicht hatte nehmen wollen. Diesmal griff er danach und begann sofort an der grünen Schale zu reißen. Die Mango war noch nicht ganz reif, und Jogona hatte viel Mühe, mit den Zähnen durchzukommen. Schließlich war er soweit, daß er die besten Stücke wieder ausspucken konnte. Er trocknete das gelbe Fruchtfleisch an der Hose und reichte Vivian einen Teil davon.

„Schmeckt nach Sonne", sagte sie, doch Jogona fiel keine Antwort ein. So zog er nur das Hemd aus, um den letzten Rest des kühlen Mangosafts auf der Haut zu fühlen.

„Ich auch", sagte Vivian. Sie streifte ihre Bluse ab, band sie um die Taille und flüsterte „Jogona" in einem Ton, als spräche sie den Namen zum ersten Mal aus.

Noch nie war ihm Vivians Haut so weiß vorgekommen. Sie blendete ihn so sehr, daß ihm schwindelte. Er ließ sich wie ein vom Pfeil getroffener Mann zu Boden fallen und wartete, bis die zuckenden Blitze verschwanden, die durch seinen Kopf schossen.

„Ich gehe zur Daheri“, erklärte er und war froh, daß er es endlich gesagt hatte.

„Du mußt zur Beschneidung“, wiederholte Vivian und setzte sich neben Jogona. Ihre Augen brannten und waren voll von einem Schmerz, der den ganzen Körper erfaßte. Es klang wie ein Abschied, als sie sagte: „Jetzt wirst du ein Mann.“ Vivian dachte an die vielen Tage, da sie mit Jogona versteckt im Gras gelegen hatte, um die Männer zu belauschen, wenn sie über die Beschneidung sprachen. Mit dreizehn Jahren wurden die Knaben zur Beschneidung geführt. Sie wurden in weiße Tücher gehüllt und preßten die Zähne zusammen, um den Schmerz zu verschlucken. Im Schein der Feuer hatten die Männer vom Messer gesprochen und vom Blut, das langsam in die Erde zu rinnen hatte.

„Warum du, Jogona?“ fragte Vivian. Sie schämte sich, weil sie wie ein Kind sprach.

„Ich muß sein wie alle“, antwortete Jogona, aber auch er schämte sich, weil seine Stimme noch nicht fest war wie die eines Mannes und weil er keine Freude im Herzen fühlte.

Nach der Beschneidung würden die Tage anders sein. Jogona würde nachts zwischen den Männern sitzen. Wenn er lachte, würde seine Stimme rauh sein, und neue Aufgaben würden auf ihn warten.

Vivian versuchte, sich die Tage vorzustellen, die nun kommen würden, aber die Bilder waren noch zu dunkel, und sie konnte nicht darüber sprechen. So sagte sie nur: „Gehen wir wegen der Beschneidung heute zum Muchau?“

Jogona machte eine unbestimmte Bewegung. Damit wollte er andeuten, daß alles nicht so wichtig war. „Wenn ich erst Daheri bin“, erklärte er, „habe ich nicht mehr viel Zeit, um mit Kindern herumzulaufen.“ Er sprach das Wort Kinder auf eine neue Art aus.

„Ich verstehe“, erwiderte Vivian seufzend. Jogona und sie beobachteten, wie die Schatten auf ihrer Brust tanzten, und hastig zog sie ihre Bluse an.

„Du wirst dein Hemd mit der Mango schmutzig machen, du Affe!“ johlte Jogona, und plötzlich war seine Stimme wie immer.

„Ich werde mich nicht schmutzig machen, du Freund eines Affen!“ schrie Vivian zurück.

„Weshalb hast du dein Hemd wieder angezogen?“

„Ich weiß es nicht“, log Vivian und wandte sich ab.

„Affen wissen nie etwas."

„Nein, Affen wissen nie etwas", stimmte Vivian lachend zu. Die dunklen Bilder von den Tagen, die auf sie lauerten, schwanden wie die letzten Wolken vom Morgenhimmel.

Erst als die Hütten der Nandi auftauchten, sprach Vivian wieder. Jogona hatte sie oft nach den Geheimnissen und Zaubersprüchen der Nandi gefragt, und immer hatte sie sich geweigert, ihm davon zu erzählen. Jetzt war die Zeit gekommen. Dann würde er seine Beschneidung vergessen.

„Ich werde dir die Stelle zeigen, wo sich die Nandi mit Lehm einreiben und Blut trinken. Ich weiß alles von den Nandi", erklärte sie.

Sie sah befriedigt zu, wie Jogonas Augen sich nun mit Zorn füllten. „Du gehst immer mit dem Bwana Simba zu den Nandi", stellte er fest und tat so, als hätte er es eben erst erfahren.

„Ja", erwiderte Vivian lachend, „und wenn du erst Daheri bist, gehe ich noch viel mehr hin. Bei den Nandi haben die Männer viel Zeit."

Jogona tat, als müßte er sich ihre Worte gut überlegen. „Du bist nicht wie eine Weiße", sagte er schließlich.

„Bin ich wie du?"

„Du redest zuviel", meinte Jogona seufzend. „Alle Frauen reden zuviel."

Der Berg in der Ferne war groß und dunkel. Nur die in der Sonne glänzende Spitze war klar. Einsam stand eine Akazie in der weiten Steppe. Unter dem Baum graste eine Herde Zebras, und auf den dürren, blattlosen Ästen hockten Geier. Vivian suchte die Erde nach Spuren ab, aber nirgends fand sie ein Zeichen dafür, daß vor ihr jemand diesen Weg gegangen war.

Jogona hatte winzige Schweißperlen auf der Nase. Sie machten seine Haut silbern. Keuchend ging sein Atem. „Wir sind da", sagte er.

„Wo sind wir?"

„Beim Muchau."

„Nein!" schrie Vivian. Die Angst stieg in ihr hoch, und sie warf sich zu Boden, wie es Jogona am Morgen getan hatte, doch sie begriff, daß die Erde ihre Schritte nicht wieder zurückgeben würde. Wie gern wäre sie jetzt mit Jogona umgekehrt, um auf den Abend zu warten. Sie wollte nicht mehr zum Muchau. Sie wollte mit Jogona unter dem Dornenbaum in der Nähe des Hauses sitzen. Sie wollte ihn reden hören und noch einmal zum Schwur der Freundschaft mit ihm Erde essen. Aber alles war anders geworden, seitdem er von seiner Beschneidung gesprochen hatte.

„Komm, Memsahib kidogo", drängte Jogona und zog Vivian hoch. Zum ersten Mal gebrauchte er die Anrede, die alle außer ihm auf der Farm schon lange im Mund hatten, und Vivian wunderte sich, daß die Worte sie schmerzten.

„Ich will nicht mehr hin, Jogona."

„Du willst hin, aber du hast Angst."

„Ja, ich habe Angst. Es dreht sich alles."

„Ich weiß", sagte Jogona. Seine Stimme war so weich wie eine Nacht, die nach der Hitze des Tages den Regen kosten darf.

Der Muchau hockte mit gekreuzten Beinen auf der Erde. Er war älter als alle Menschen, die Vivian je gesehen hatte. Seine Haut wirkte wie ganz dünne Büffelhaut. Sein Schädel war kahl und klein, auf seiner Stirn glänzten tiefe, mit weißer Farbe ausgeschmierte Narben, und die halb geschlossenen Augen waren von weißen Kreisen umrandet. Die dünnen Arme ragten wie Äste eines abgestorbenen Baumes unter dem langen, schwarzweißen Affenfell hervor, das um seine Schultern lag. Mit seinen nackten Zehen berührte der Muchau den Kopf einer toten Ziege. Große schwarze Fliegen summten um das Blut.

Aus der Kehle des Muchaus drangen heisere, gurgelnde Laute. Er schwang den Oberkörper mit langsamen Bewegungen von der einen Seite zur anderen und schlug sich jedesmal meckernd auf den nackten Leib, wenn ihm das Affenfell von den Schultern rutschte. Vivian mußte an die Fröhlichkeit der Nandi denken und schluckte, um den Widerwillen beim Anblick des Muchau nicht in ihre Augen zu lassen.

„Wir sind gekommen", sagte Jogona auf kikuyu.

„Eeeh", erwiderte der Muchau und spuckte auf die Erde. Mit einer Handbewegung forderte er die Kinder auf, sich neben ihn zu setzen. Vivian fühlte, wie der Ekel von ihr abfiel. Der Muchau war klug. Hätte Jogona sie sonst zu ihm geführt? Nach einer langen Zeit des Schweigens sang der alte Mann das Lied vom Fluß, der sich aufmachte, um die Sonne zu suchen, und dann am Fieber gestorben war. Der Tag verrann, während die Sonne das Blut der toten Ziege schwarz färbte.

„Was", fragte der Muchau endlich, „wollt ihr von mir?"

Seine Worte machten Vivian wach. Sie fühlte, daß das Leben in ihre Glieder zurückkam, ihr Herz schneller schlug und der Kopf klar wurde. Vivian dachte an ihren Vater. Nur der Muchau konnte ihm helfen, konnte ihm die verlorene Heimat wiederbringen, von der er immer sprach. Sie überlegte angestrengt, wie sie das dem Muchau klarmachen wollte. Weder in Kikuyu noch in Suaheli gab es ein Wort für „Heimat". Und mit einem Mal verschwand das Gesicht ihres Vaters aus ihren Gedanken. Sie wußte nur noch eins: Jogona würde bald ein Mann werden.

„Ich will hören, wie man Freunde behält", sagte Vivian. Noch ehe sie fertiggesprochen hatte, merkte sie, daß sie die Sache ihres Vaters verraten hatte. Sie hatte nicht mehr an das Lachen gedacht, das sie auf sein Gesicht zurückzaubern wollte. Sie hatte an die Nandi, an den Bwana Simba und an Jogonas Beschneidung gedacht, aber nicht an Deutschland, wohin ihr Vater wollte.

„Was willst du wissen?" krächzte der Muchau.

„Ich will wissen, wie man Freunde behält", wiederholte Vivian.

„Es ist schwer mit Freunden", antwortete der Muchau.

„Du bist klug", stellte Vivian fest.

„Was hast du mir mitgebracht?"

„Nichts", erklärte Jogona hastig, „wir wollten dich nur sehen. Hier, die weiße Memsahib wollte dich sehen. Du bist klüger als der weiße Gott. Deshalb wollten wir dich sehen."

Vivians Bewunderung für Jogona war mächtig. Immer fand er die richtigen Worte. Sie berührte vorsichtig seine Hand, und er stand auf und zog sie hoch. Schweigend standen beide vor dem alten Mann.

Der Muchau hatte mehr Regenzeiten erlebt, als er zählen konnte, aber noch nie hatte vor ihm ein weißes Kind mit dem Körper eines Mädchens und den Augen einer Frau gestanden. Der Anblick von Jogona und Vivian, die so dicht beieinanderstanden, daß sie wie ein einziges Zebra aussahen, ließ den Muchau ein ihm bis dahin fremdes Gefühl der Trauer empfinden. Ihm war, als würden die Bäume im Tal kleiner und der Himmel dunkler.

„Kann man Freunde behalten?“ fragte Vivian zum drittenmal.

„Ja“, erwiderte der Muchau. „Man kann Freunde behalten, wenn man zum Muchau kommt.“ Er lachte, und sein Blick wanderte hin und her zwischen Jogona und Vivian. Er tat, als wäre die Zeremonie fest vorgeschrieben, als er aufstand, in seine Hütte ging und mit einer ausgehöhlten Kürbisfrucht zurückkam, wie sie die Frauen beim Wasserholen benutzten. Das Gefäß glänzte in der Sonne. Der Muchau füllte es mit Blut.

„Das Blut ist noch warm“, sagte er und deutete auf die Ziege.

Jogona schüttelte ganz unmerklich den Kopf. Vivian sah es und verschluckte die Freude in ihren Augen. Jogona war nicht gewohnt, Blut zu trinken. Kein Kikuyu war es. Sie aber hatte bei den Nandi gelernt, wie man das Blut die Kehle hinunterfließen ließ und wie weich und süß seine Wärme war. Sie nahm Jogona das Gefäß aus der Hand, trank in gierigen Zügen und fühlte eine schwere, gute Müdigkeit in ihrem Körper hochsteigen. Dann warf sie der Muchau zu Boden und befahl ihr, das Blut aus ihrem Körper herauszuwürgen. Sie sah, wie es in die harte Erde eindrang, und sie fühlte sich stark und unverletzlich.

Der Muchau trennte einige Haare aus dem Ziegenfell, band sie zu einem kleinen Büschel und gab es Vivian. „Hier“, sagte er, „wenn du einen Freund behalten willst, dann mußt du sein Gesicht mit diesen Haaren berühren.“

Vivian wollte dem Muchau erklären, was er für sie getan hatte. Eine Menge schöner Worte fiel ihr ein, die ihm bestimmt gefallen hätten, aber er hockte schon wieder vor seiner Hütte und sang.

„Komm“, sagte Jogona keuchend und sah sich voller Furcht um, „wir müssen schnell fort von hier.“ Er rannte los.

Erst als das trockene Flußbett in Sicht kam, blieb Jogona stehen und wischte sich die Schweißperlen von der Stirn.

„Warum hast du dein Hemd wieder ausgezogen?“ fragte er.

„Ich weiß es nicht“, log Vivian. Sie trat ganz dicht an Jogona heran. Es sah aus, als hätte sie ihm etwas mitzuteilen, das noch nicht einmal die Bäume hören sollten, aber sie sagte nichts. Sanft strich sie mit dem Ziegenhaar über sein Gesicht.

Jogona tat, als hätte er nichts gemerkt. „Du weißt nicht, weshalb du dein Hemd wieder ausgezogen hast“, wiederholte er.

„Ich hab die Sonne gern auf meiner Haut.“

„Ich auch“, meinte Jogona lachend, „ich auch.“ Er band den Strick von seinen Hüften los, warf seine Hose in die Luft und rannte nackt wie ein schwarzer Pfeil auf die Farm zu.

XV

DAS Leben hatte sich verändert wie nie zuvor. Jogona war verschwunden und der Krieg zu Ende. Als Vivian diesmal von der Schule nach Hause kam, hieß es, Jogona sei zur Beschneidung gegangen; aber er kehrte nicht auf die Farm zurück, wie es die meisten jungen Männer taten. Niemand wußte, ob die Beschneidung überhaupt schon stattgefunden hatte.

Mit ihrem Vater konnte Vivian nicht über Jogona sprechen. Seitdem der Krieg zu Ende war, hatte der Vater überhaupt keinen Sinn mehr für die Dinge, die wirklich wichtig waren. Ob de Bruin von der nächsten Ernte sprach oder Choroni eine Kuh krank meldete, der Vater sagte stets: „Bald sind wir zu Hause“, und sein Gesicht wirkte dabei, als habe er endlich die Zauberformel gefunden, nach der er so lange gesucht hatte.

Dieser eine Satz hatte alles anders gemacht auf der Farm. Das erste Mal hatte der Vater auf dem Weg zur Flachsfabrik von zu Hause gesprochen. Vivian hatte zunächst nicht begriffen. Erst an seinem Gelächter, das auf einmal ganz anders geklungen hatte als sonst, hatte sie gemerkt, daß er von Deutschland sprach, wenn er „zu Hause“ sagte.

„Bald wird der große Regen kommen“, hatte sie geantwortet, um den Vater daran zu erinnern, daß man nicht von Tagen zu reden hatte, die noch nicht gekommen waren.

„Es wird unser letzter großer Regen sein“, hatte der Vater geantwortet.

Da begriff Vivian, daß die Rede von der Heimkehr nach Deutschland kein neues Spiel war, wie sie immer gehofft hatte. Es war nie ein Spiel gewesen, wenn ihr Vater davon sprach, daß er nicht in Afrika bleiben wollte, aber sie hatte es zu spät gemerkt.

Vivian dachte an den Besuch beim Medizinmann. Er hatte ihr den Wunsch erfüllt, den sie gar nicht ausgesprochen hatte. Die Trauer war aus den Augen ihres Vaters verschwunden, wenn er von

Deutschland sprach. Weil Vivian ihren Vater liebte und an seinem Kummer gelitten hatte, schämte sie sich sehr, daß sie nun seine neue Fröhlichkeit nicht teilen konnte. In ihrem Herzen aber zürnte sie dem Medizinmann, der den Krieg beendet hatte. Ihr Vater war glücklich geworden und sie traurig. Außerdem hatte sie nicht ihren Freund behalten, wie der Medizinmann versprochen hatte. Jogona war ohne ein Wort von ihr gegangen.

ES WAR die Nacht, in der der große Regen einsetzte. Die Hunde hatten sich noch nicht an den veränderten Klang der Geräusche gewöhnt und klagten laut. Vivian kannte diese Unruhe. Sie machte sich bereit, in die Nacht hinauszulaufen und das Gefühl der Entwurzelung mit den Tieren zu teilen. Seufzend zog sie ihren Mantel über das Nachthemd, schlüpfte in die Gummistiefel und suchte, ob sie das Ziegenhaarbüschel in der Tasche hatte. Sie zögerte, die schützende Umgebung des Hauses zu verlassen, denn sie hatte die erste Nacht des großen Regens nie ohne Jogona verbracht. Dann aber wehte das aufgeregte Gelächter vor den Hütten zu ihr herüber. Vivian hatte diesen nächtlichen Stimmen nie widerstehen können, und so trat sie zusammen mit Polepole, dem weißen Boxer, in die Dunkelheit hinaus. Sie spürte den Wind auf ihren trockenen Lippen und merkte, wie der alte Zauber der ersten Regennacht von ihr Besitz ergriff. Ihr war es, als würde etwas sehr Wichtiges geschehen.

Im Schatten, den die Hauswand im Mondlicht auf das Gras warf, stand eine von Kopf bis Fuß in einen weißen Umhang gehüllte Gestalt. Sie hielt eine Lampe in der Hand und kam langsam auf Vivian zu. Im weißen Licht wirkte der kahle Schädel der fremden Gestalt wie eine große Kugel, und die Augen im Gesicht waren ganz hell, als wären sie von innen erleuchtet. Vivian erkannte die Augen sofort.

„Jogona“, sagte sie unbeholfen. „Du bist wiedergekommen.“

Sie wollte auf ihn zugehen, aber noch waren ihre Beine zu schwer. Statt dessen streichelte sie verlegen den Hund, der winselnd an ihr hochsprang. „Du mußt keine Angst haben, Polepole“, sagte sie und wartete, bis der Hund die Tränen weggeleckt hatte, die ihr über das Gesicht rannen.

Jogona stand regungslos vor dem Wassertank. Vivian hatte ihn noch nie völlig bekleidet gesehen, und der Anblick machte sie erneut verlegen.

„Du bist wieder da", murmelte sie benommen. „Du bist am Tag gegangen und in der Nacht zurückgekehrt."

„Du weißt es?" fragte Jogona.

„Ich weiß es", flüsterte Vivian. „Du bist zur Beschneidung gegangen, Jogona." Es war viel Ehrfurcht in Vivians Stimme, aber noch stärker spürte sie die Trauer.

„Weißt du noch", meinte Jogona lächelnd, „wie wir als Kinder Erde geschluckt haben?" Doch er ließ das Lächeln sofort wieder aus seinem Gesicht verschwinden. Es war, als schämte er sich seiner Erinnerungen an diesen wichtigen Tag seines Lebens.

„Als Kinder haben wir Erde geschluckt", wiederholte Vivian und zählte in Gedanken die Regenzeiten, die seither vergangen waren. „Jetzt bist du ein Mann", sagte sie.

Jogona hielt den Kopf gesenkt. „Heute nicht, erst morgen", antwortete er. Er beugte sich zur Erde hinunter und nahm eine Handvoll Schlamm auf, wartete, bis Vivian das gleiche tat, und fuhr dann fort: „Damals hast du gesagt: ‚Jogona, ich bin dein Freund!' Ja, so war es." Er kaute und trank seine eigenen Worte wie die Erde den Regen.

„Rafiki", bestätigte Vivian kauend. Das Wort für Freund kitzelte ihre Zunge. Sie wollte Jogona fragen, weshalb er erst am nächsten Tag ein Mann werden würde und was ihn in der Nacht der Beschneidung zu ihr getrieben hatte, aber sie schwieg. Jogona würde nicht antworten. Noch nicht. Vielleicht nie mehr.

„Heute morgen sind wir beschnitten worden", sagte er.

„Hat es weh getan?"

„Ich habe nicht danach gefragt."

„Du fragst nie, Jogona."

„So ist es", bestätigte er, „aber du fragst immer." Diesmal lächelte er, ohne sich zu schämen. „Die anderen Knaben meines Jahrgangs haben viel getrunken", sagte er.

Die alte Verachtung, die Jogona schon immer für seine Stammesgenossen empfunden hatte, gaben seinen Worten die Schärfe eines neuen Messers. Vivian erinnerte sich der lauten Feiern in der Nacht der Beschneidung. Wie oft hatte sie mit Jogona im Gras gelegen und die Reden belauscht! Sie hatten aus ihrem Versteck zugeschaut, wie die alten und die jungen Männer um das Feuer herumsaßen und aus langem Zuckerrohr das frisch gebraute Tembo tranken. Erst im Morgengrauen hatten sich alle betäubt niedergelegt.

„Du hast nicht getrunken, Jogona."

„Ich wollte zu dir."

„Zu mir?"

„Ja", erklärte Jogona mißmutig, „ich versteh es auch nicht. Meine Beine wollten zu dir." Er machte eine Handbewegung, um Vivian an einer Antwort zu hindern. „Niemand hat mich gesehen. Als ich fortging, schliefen alle noch."

„Woher wußtest du, daß ich vor dem Haus war?" fragte Vivian leise.

„Ich wußte es."

„Aber ich habe doch keine Augen, Jogona. Das hast du doch so oft gesagt."

„Manchmal doch", gestand er widerstrebend, „manchmal doch. Komm, jetzt hast du genug geredet."

„Wohin gehen wir?"

„Wir laufen durch die Felder", sagte Jogona lachend. „Nicht morgen. Heute."

„Nicht morgen, heute!" jubelte Vivian, aber Jogona hielt ihr den Mund zu. Seine Hand brannte wie Feuer.

Sie rannten mitten durch die nassen Stauden in die Maisfelder, weiter und immer weiter. Erst an einer umgestürzten Zeder hielten sie an. Dort stellte Jogona die Lampe ab, drehte den Docht so weit zurück, daß nur eine schwache Flamme die Dunkelheit erhellte, und setzte sich auf den Baumstamm. „Du kannst anfangen", sagte er.

„Womit?"

„Mit Erzählen."

„Ich soll dir erzählen?" johlte Vivian. „Wie einem Kind soll ich dir erzählen?"

Sie erwartete Jogonas Widerspruch und machte sich zum vertrauten Spiel bereit, aber er sagte nur „ja" und sprach das eine Wort mit solcher Bestimmtheit aus, daß das Echo scharf von den Bergen zurückkam.

Verwirrt zog Vivian ihren Mantel aus und setzte sich neben Jogona.

„Was machst du da?" wollte Jogona wissen und stieß den Mantel mit dem Fuß an.

„Ich wollte das nasse Holz fühlen", erklärte Vivian und zog ihr langes weißes Nachthemd fester um sich.

„Du siehst aus wie ein Mann nach der Beschneidung", stellte Jogona staunend fest. Er deutete auf seinen weißen Umhang.

„Aber ich bin kein Mann."

„Heute abend", erklärte Jogona und zog Vivian die Gummistiefel von den Füßen, „sind wir beide gleich. Du brauchst keine Schuhe. Seit wann läufst du in Schuhen im Regen?"

„Ich wußte doch nicht, daß du kommen würdest", erinnerte ihn Vivian.

Jogona schüttelte den Kopf. „Fang endlich an. Ich hab nur Zeit, bis die Sonne kommt."

„Ich kenne ein Volk, das viele Medizinmänner hatte", erklärte Vivian.

„Kikuyus?"

„Nein, Weiße. Es hatte einen Medizinmann, der den Donner kommen ließ, und einen, der Wasser in die Flüsse brachte. Für eine gute Ernte sorgte eine Frau. Sie hieß Ceres. Sie ließ den Mais wachsen."

„Seres", wiederholte Jogona.

„Ceres", verbesserte Vivian. Die Vertrautheit des alten Spiels, die Erinnerung an die Tage, die nicht mehr waren, belebten sie. Sie vergaß, daß diese Nacht den Abschied bringen würde. Sie erlebte noch einmal ihre erste Begegnung mit Jogona, wußte noch, wie er sie damals lachend verbessert hatte.

Sorgfältig wählte sie ihre Worte, um die Geschichte von der Göttin Ceres und ihrer Tochter Persephone so spannend wie möglich zu machen. Sie erzählte von Persephones Verschleppung in die Unterwelt und der Heimkehr zur Mutter und wartete gespannt, daß Jogona sie in den Pausen zum Weitererzählen drängte. Der aber saß regungslos auf dem Baumstamm und starrte in die Ferne. Auch er wußte, daß die Tage nicht wiederkehren würden.

„Es ist soweit", sagte Vivian schließlich.

„Was?"

„Ich bin fertig. Es gibt nichts mehr zu sagen."

„Das geht nicht", protestierte Jogona, „ich muß von den anderen weißen Medizinmännern hören. Heute nacht mußt du mir alles erzählen, was du weißt."

„Gut", meinte Vivian, „du willst es so." Sie erzählte vom Götterboten Hermes, der Flügel an den Schuhen trug, und von der Göttin Venus und ihrem Sohn. „Er hieß Amor."

„Amos", bestätigte Jogona.

„Nein, Amor. Er war der Medizinmann für Freunde."

„Ließ er die Leute Blut trinken und Erde schlucken?"

„Nein, er hatte Pfeil und Bogen."

Jogona war enttäuscht. „Ein Nandi", erklärte er herablassend, „ein dreckiger Nandi."

„Er war kein Nandi", widersprach Vivian. „Er war so weiß wie ich."

„Also gut", räumte Jogona ein, „aber dann war er ein armer weißer Mann. So ein Mann wie Bwana Simba. Der hat auch kein Gewehr. Was hat denn dieser arme Weiße mit seinem Pfeil und Bogen geschossen?"

„Er hat Menschen ins Herz geschossen."

An Jogonas Atem hörte Vivian, wie erregt er war. „Wie viele Menschen hat Amos getötet?" fragte er schließlich.

„Er hat sie nicht getötet. Er hat so geschossen, daß die Menschen nichts merkten."

„Und das hat ihm Freude gemacht?" fragte Jogona geringschätzig.

„Ja", versicherte Vivian. „Amor hat die Menschen ins Herz getroffen, und sie wurden Freunde. Ihre Herzen wollten es so."

„Verstehst du das, kleine Memsahib?" Die Anrede klang fremd in dieser sanften Nacht des Abschieds.

„Erinnerst du dich denn nicht an deine Beine, Jogona? Sie wollten auch zu mir."

„Und die Pfeile? Waren die vergiftet?"

„Ja. Sie waren vergiftet. Sie waren mit dem Gift für Freunde eingerieben. Aber das tötet nicht."

„Oh!" schrie Jogona auf. Er ließ sich zu Boden fallen und blieb regungslos liegen. Aus dem weiten Beschneidungsumhang schaute nur noch der Kopf hervor.

„Jogona!" rief Vivian. „Was ist mit dir? Steh auf!"

„Ich kann nicht", jammerte Jogona. „Amos hat mich geschossen. Er hat mich mit Pfeil und Bogen geschossen."

Vivian kniete neben ihm. „Jogona", keuchte sie benommen vom Geruch der feuchten Erde, „mich hat er auch geschossen." Kaum hatte sie gesprochen, begriff Vivian, daß Jogona eine neue Art der Scherze hatte. Er machte nun Scherze wie ein Mann. Sie streckte die Hand aus, zog an Jogonas Umhang und berührte seine nackte Schulter. Ihre Finger zitterten ein wenig, aber sie wußte, daß es so sein mußte. Jogona lag noch immer da, ohne sich zu bewegen. Seine Haut roch süß.

„Fang mich!" rief Vivian und sprang auf. Sie sah, wie Jogona zögerte. „Kannst du denn nicht mehr laufen, du Mann?" fragte sie. Sie betonte das letzte Wort mit jener Mischung aus Spott und Hochachtung, für die Jogona schon immer empfänglich gewesen war, und zufrieden sah sie ihn in die Falle gehen. Sie rannte los.

Jogona holte Vivian am Rande des Waldes ein. Dort war es so dunkel, daß sie ihn nicht sehen konnte, aber sein Atem verriet ihr, daß sie nun stehenbleiben mußte. Sie tat das mit einer solchen Plötzlichkeit, daß Jogona fast hingefallen wäre, aber er schwankte nur ganz kurz und zerrte Vivian in den Wald zurück.

„Du kannst ja doch laufen", sagte sie lachend, „du kannst ja laufen, du Mann." Während sie auf die Erde glitt, klagte sie: „Amor hat mich geschossen."

„Mich auch", wimmerte Jogona, „Amos schießt die ganze Nacht."

Viel später, als der Mond dabei war, zum letztenmal die Farbe zu wechseln, fragte Jogona: „Du wirst immer mein Freund sein?" Seine Augen waren sanft wie die der Kühe.

„Und du?" fragte Vivian zurück. Sie kitzelte Jogonas Bauch mit dem Ziegenhaarbüschel und dachte an den Medizinmann.

„Das ist doch dasselbe", erwiderte er träge, „weißt du das denn nicht?" Benommen stand er auf, streckte sich und suchte seinen weißen Umhang.

Während Vivian sich anzog, wandte er das Gesicht zur Seite, aber sie wußte trotzdem, daß die Sanftheit aus seinen Augen verschwunden war.

„Wir müssen gehen", flüsterte Jogona, „vielleicht hat Amos doch ein Gewehr."

„Vielleicht“, erwiderte Vivian und folgte ihm ins Schweigen des neuen Tages.

Der Regen hatte wieder eingesetzt und ließ die Haut dampfen. Erst als Vivian vor dem Haus stand, wurde ihr bewußt, daß sie nicht neben, sondern hinter Jogona gelaufen war. Wie die schwarzen Frauen, die hinter ihren Männern hergingen.

An der Tür wollte sie vom Fluß sprechen, der sich nun bald füllen würde. Dieses Gespräch gehörte zum Beginn der Regenzeit wie die blauen Flachsblüten. Aber Jogona war nirgends zu sehen. Er war auf dieselbe Art verschwunden, wie er in der Nacht gekommen war. Nur seine Fußspuren zeichneten sich im Schlamm ab.

Als Vivian im Bett lag, lauschte sie noch eine Weile dem Regen. Er hatte nicht mehr die Melodie der Nacht, sondern jenen drohenden Klang, von dem ihr Vater oft gesprochen und den sie noch nie wahrgenommen hatte. Auch der Wind war davongeschlichen. Langsam wich der salzige Geschmack der Tränen einem bisher nicht gekannten Gefühl der Sehnsucht.

Dann nahte die Stunde, in der Vivian mit ihrem Vater zum Melken ging. Sie dachte an die Melodie, die er seit neuestem pfiff, und machte sich bereit, ihm entgegenzugehen.

XVI

SEITDEM Vivian die karg ausgestattete Hütte von Bwana Simba das erste Mal betreten hatte, war nichts verändert worden. Noch immer wuchs das hohe Gras bis zum Eingang, und auch das Loch im Dach war noch da. Nur durch das grob gezimmerte Bücherregal unterschied sich die Hütte des weißen Mannes von denen der Schwarzen.

Vivian saß mit gekreuzten Beinen auf dem Boden und streichelte zärtlich den Kopf des kleinen Affen. „Ich bin gekommen, um dir auf Wiedersehen zu sagen. Kwaheri“, fügte sie hinzu, denn nur das Suaheliwort für Abschied konnte von ihrer Trauer erzählen.

„Ich weiß“, antwortete Bwana Simba.

„Toto gehört nun dir. Affen dürfen nicht nach Deutschland.“

„Du leihst mir Toto nur. Vergiß das nicht.“

„Ja", bestätigte Vivian, „ich leihe ihn dir nur." Schweigend betrachtete sie die rauhen Wände der Hütte. Eine Fliege kroch die Wand entlang. Mechanisch zählte Vivian die Beine am schwarzen, glänzenden Leib. „Gibt es solche Fliegen auch in Deutschland?" fragte sie. Sie kannte die Antwort, aber sie wollte noch einmal das Wort aussprechen, das sie ängstigte.

„Nein, in Deutschland ist alles sauber", erwiderte Bwana Simba. „Sie finden das schön." Es klang, als spreche er von einem fremden Stamm jenseits der Berge. Er dachte an die drei Tage seines Lebens, die er in Europa verloren hatte, und sein Herz litt für Vivian, die Afrika nie aus ihrem Herzen bekommen würde. Leise sagte er: „Der Regen von Ol'Joro Orok wird auf dich warten."

„Bwana Simba, weißt du es denn nicht? Wir fahren morgen."

„Ich weiß es."

„Und du sprichst vom Regen, der auf mich wartet?"

„Alles wird auf dich warten, meine kleine Kikuyudame, alles."

„Ich bin keine Kikuyudame", sagte Vivian verzweifelt, „du hast es immer gesagt, aber es war nur ein Spiel. Nicht wahr, es war nur ein Spiel?"

„Nein, es war kein Spiel", sagte Bwana Simba. Er sah Vivian auf eine Art in die Augen, daß sie wußte, er betrog sie nicht. „Es war dein Leben. Du wirst nicht vergessen. Du bist wie dein Vater. Du kannst nichts vergessen."

„Aber er", sagte Vivian, und sie machte gar nicht mehr den Versuch, den bitteren Geschmack hinunterzuwürgen, „er wird Ol'Joro Orok vergessen. Er will vergessen."

„Es wird ihm nicht gelingen", entgegnete Bwana Simba lächelnd, „aber er weiß es noch nicht. Er ist . . ." Seine Stimme verirrte sich.

„Ein Kind", sagte Vivian. „Du darfst es ruhig sagen. Ich weiß es schon lange."

„Du bist wirklich eine Kikuyudame. Gib gut acht auf deinen Vater. Kinder brauchen Schutz. Er hat niemanden mehr. Sein Vater ist tot."

„Ich weiß", erwiderte Vivian und schluckte. „Er hat es mir oft erzählt. Ich weiß nicht, was ich sagen soll, wenn er davon spricht."

„Nichts. Es ist immer gut, nichts zu sagen."

„Das hat Jogona auch gesagt“, erinnerte sich Vivian, „vor vielen Regenzeiten hat er das schon gesagt.“

„Wir reden so viel wie Kikuyus!“ rief Bwana Simba und ließ seine Stimme mit einem Mal hell werden. „Komm, wir reiten los.“ Er stand mühsam auf, ging vor die Hütte, rief nach seinem Pferd und wischte sich die Augen mit der langen braunen Mähne.

„Auf Wiedersehen, Toto“, sagte Vivian und streichelte den Affen. „Du bist kein Toto mehr, sondern ein Bwana.“

„Er wird auf dich warten“, versprach Bwana Simba.

Als Vivian mit Bwana Simba losritt, war die Sonne noch nicht aufgegangen, und auf diesem letzten Ritt zwischen Nacht und Tag empfand Vivian die Schönheit Afrikas wie nie zuvor. Noch wirkten die Bäume wie schmale Schatten. Schwarz zeichneten sich die Dornenkronen gegen den grauen Himmel ab. Der Mond ließ sein letztes Licht zu den schneebedeckten Bergen flüchten. Bald würden die Tautropfen auf dem Gras verdampfen. Es war die Stunde, in der man keinen Laut hörte. Als sie die Akazie erreicht hatten, streckten die Geier gerade ihre Köpfe aus den Federn. Vivian trank noch einmal die Bilder, und in der Erinnerung hörte sie die vertrauten Geräusche vergangener Regenzeiten. Kamau sang das Lied vom Schakal, der einen Schuh gefressen hat. Jogona lachte, weil der fremde Gott Amor mit Pfeil und Bogen schoß. Sein Bruder wurde geboren, und der erste Schrei wehte zu den Kindern, die versteckt im Gras lauschten.

Jogona war schon lange verschwunden. Am Tag nach der Beschneidung hatte er die Farm verlassen, aber es schmerzte Vivian nicht mehr, an ihn zu denken. Dieser letzte Tag war größer als alle Schmerzen.

Der Himmel verfärbte sich und machte die leichten Federn der grauen Wolken rot. Die Wasserböcke zogen zum Fluß, und die Sonne ließ das schwarzweiße Muster der grasenden Zebras sichtbar werden.

Die Pferde hielten, wie sie es gelernt hatten, an den Hütten der Nandi an. Rot glänzte die mit frischem Lehm eingeriebene Haut der Männer, und die aufgehende Sonne spiegelte sich in den schweren Metallreifen, die sie um Arme und Fußgelenke trugen. Vivian nahm dieses Bild in sich auf, bis ihre Augen voll waren, und schwindlig lehnte sie sich an ihr Pferd, um Kraft aus der Wärme seiner Flanken zu schöpfen. Die Trommeln hatten berichtet, daß die kleine Memsahib sich zu einer großen Safari aufmachte. Schweigend reichte ihr ein alter Mann eine Schale, und Vivian trank das Blut mit nie gekannter Gier. Es sollte Kraft geben für die lange Reise.

Eine Frau wollte etwas sagen, aber mit einer Handbewegung gebot ihr der Mann zu schweigen. Dies war keine Zeit für Worte.

Die Sprache der Nandi wußte nur von Kampf, Jagd und Männern zu erzählen, und es gab kein Wort für Abschied.

Bwana Simba half Vivian aufs Pferd.

„Es war gut so", flüsterte sie.

Sie sprach erst wieder, als die Pferde den Dornenbaum erreichten. „Du bist schon sehr alt, nicht wahr?"

„Alt genug, um die Tage nicht mehr zu zählen."

„Dann sehe ich dich heute zum letztenmal", sagte Vivian.

„Wie kommst du denn darauf?" erwiderte Bwana Simba lachend. „Ich kann doch gar nicht sterben, bis du wiederkommst."

Vivian lehnte sich zu ihm hinüber und berührte eine Narbe über seinem rechten Auge mit dem Ziegenhaarbüschel des Medizinmanns. Überwältigt spürte sie, daß der Zauber noch einmal wirkte. Bwana Simba hatte die Worte gesprochen, die er zu sagen hatte. „Warum kannst du nicht sterben, bis ich wiederkomme?" fragte Vivian und lauerte auf die Antwort, die sie kannte.

„Wer soll mich denn vor die Hütte tragen, kleine Memsahib, wenn du nicht hier bist?"

Im Wald schnatterten die Paviane. Die Geier hatten Beute gefunden.

„Du wirst also auf mich warten, Bwana Simba?"

„Ich muß."

„Und was wirst du bis dahin machen?"

„Nichts“, sagte Bwana Simba, „nichts. Hast du denn vergessen, daß man in Afrika Zeit hat? Noch bist du hier, und schon hast du es vergessen.“ Seine Stimme war weich und dunkel, und der Spott war so süß wie die Schale der Pfefferbeeren.

„Ich habe es nicht vergessen“, erklärte Vivian, „aber wird dir das Nichts nicht leid werden?“

Bwana Simba lächelte. „Es wird mir nicht leid werden“, betonte er. „Und jetzt“, fuhr er fort, als wäre nichts geschehen, „müssen wir gehen. Man soll nicht bei Tage Abschied nehmen. Du reitest zu deinem Vater, und ich reite zu Toto. Es wird nicht weh tun. Vergiß das nicht.“

Aufrecht saß Bwana Simba auf seinem Pferd. Sein Blick war schon sehr weit fort. Vivian spürte, daß sie die Tränen nicht mehr lange zurückhalten konnte.

„Kwaheri“, sagte sie und schluckte, „Kwaheri, Bwana Simba.“

„Kwaheri, meine kleine Memsahib. Komm gut heim von deiner Safari!“ rief er und ritt fort, ohne sich umzudrehen.

Es war ein alter Zauber, sich beim Abschied nicht in die Augen zu blicken. Wer einen Freund wiedersehen wollte, mußte in der Stunde der Trennung Stärke beweisen.

Foto: Stefanie Zweig

Stefanie Zweig

Als Stefanie Zweig die Geschichte von Vivian und Jogona zu Papier brachte, wird sie sich manches Mal voller Wehmut an ihre eigene Kindheit zurückerinnert haben. Geboren am 19. September 1932 in Leobschütz in Oberschlesien, wanderte sie mit ihren Eltern im Jahr 1938 nach Afrika aus, um den nationalsozialistischen Verfolgungen zu entgehen. Genau wie Vivian verschlug es sie nach Kenia, auf eine Farm, die dreitausend Meter hoch genau am Äquator lag. Hier verlebte sie die zehn schönsten Jahre ihrer Kindheit. An ihre Schulzeit erinnert sie sich zwar nicht sonderlich gern, denn sie habe, so bemerkt sie, das „bittere Brot englischer Internatserziehung verzehrt. Aber in den Ferien", erzählt sie dann wieder schwärmerisch, „bin ich dafür mit all jenen Freiheiten aufgewachsen, von denen Kinder heute träumen."

1947 kehrte die fünfzehnjährige Stefanie mit ihren Eltern nach Deutschland zurück. „Betrübt stellte ich fest, daß ich mit Suaheli und Englisch, den beiden Sprachen, die ich fließend beherrschte, in Deutschland nicht sonderlich viel anfangen konnte", erinnert sich die Autorin. „Zunächst habe ich nicht geglaubt, daß ich jemals deutsch reden würde, aber wider Erwarten habe ich es dann schließlich doch gelernt." 1953 machte sie in Frankfurt das Abitur und absolvierte anschließend in Düsseldorf „journalistische Lehr- und Wanderjahre". 1959 wurde sie Redakteurin bei der Frankfurter *Abendpost* und vier Jahre später Ressortleiterin des Feuilletons bei der Frankfurter *Abendpost-Nachtausgabe,* eine Tätigkeit, die sie zwei Jahrzehnte lang ausübte. Heute lebt sie als freie Journalistin in Frankfurt.

Wie ist Stefanie Zweigs Verhältnis zu Afrika heute, fast fünfzig Jahre nachdem sie von dort fortgegangen ist? Ihre Leser werden die Antwort bereits erahnen: „Seit meiner Rückkehr nach Deutschland habe ich eine Sehnsucht nach Afrika im Herzen, die sich nie mehr hat stillen lassen."

Nach der
Übersetzung von
Christiane Bergfeld

Mit Illustrationen von
Jack McCarthy

Schwarze Geschäfte
EINE KURZFASSUNG DES BUCHES VON
Gerald Seymour

Als Bill Erlich, FBI-Agent im Außendienst in Rom, nach Athen gerufen wird, um einen Mordfall zu untersuchen, ist es für ihn auch ein persönlicher Auftrag: Der Mann, der am hellichten Tag in einer friedlichen Wohnstraße erschossen wurde, war beim CIA – und er war sein Freund. Die Untersuchungen sind schwierig, es gibt kaum Anhaltspunkte. Doch Erlich gibt nicht auf und findet tatsächlich einen Augenzeugen – ein neunjähriges Kind hat den Mord beobachtet.

Prolog

SIE ging mit ihm mit raschen Schritten durch die Glastür ins Foyer, führte ihn zur Rezeption, wo sie wartete, bis er seinen Schlüssel in Empfang genommen hatte. Der Nachtportier, ein älterer Mann mit einer Zigarette im Mundwinkel, grinste anzüglich.

Im Foyer saßen Amerikaner, die sich über Landkarten und Reiseführer beugten und die Ausflugsziele des kommenden Tages besprachen. Er beobachtete, daß zwei der drei Männer das Mädchen voller Neid und Bewunderung beäugten.

Zum erstenmal berührte sie ihn, hakte sich bei ihm ein, ließ sich zum Aufzug führen. Sie hatten sich erst vor einer Stunde kennengelernt.

Es war sein zweiter Abend in Rom, und er hatte in der Bar gegenüber vom Hotel gehockt, als sie sich neben ihn an die Theke gesetzt hatte. Nach drei Drinks hatte sie ihm ihre Preise für eine Stunde, bis Mitternacht oder bis zum Morgen genannt, und er hatte ihren Namen erfahren und wieder vergessen. Als der alte Aufzug knarrend zum dritten Stock hinauffuhr, schlang sie die Arme um seinen Nacken und drängte sich an ihn.

Vor seiner Zimmertür zog er mit zitternden Fingern den Schlüssel heraus und versuchte zweimal vergeblich aufzuschließen, bis sie ihm den Schlüssel abnahm. Ihre Hand zitterte nicht. Hätte er in diesem Augenblick ihr Gesicht gesehen, dann wären ihm ihre kalten blaugrauen Augen aufgefallen.

Die Aktentasche des Mannes lag auf der Frisierkommode, das aufgedeckte Doppelbett stand an der gegenüberliegenden Wand. Ein leichtes Unbehagen beschlich ihn, denn er genoß das Vertrauen seiner Auftraggeber, und auf seiner Dienstreise nach Europa erwarteten sie äußerste Wachsamkeit von ihm. Daß eine Prostituierte ihn in Versuchung geführt hatte, betrachtete er als Vertrauensbruch gegenüber seinen Vorgesetzten. Er legte seinen Regenmantel über die Aktentasche und bezahlte das Mädchen.

Langsam und spielerisch zog sie abwechselnd ihn und sich selbst aus. Dann nahm sie seine Hand und zog ihn aufs Bett.

Später merkte er nicht, wie das Mädchen wieder aufstand und sich im Dunkeln ankleidete, und schlief weiter, als sie den Schlüssel seines Hotelzimmers in ihre Manteltasche gleiten ließ und die Tür hinter sich schloß.

Der Mann, ein Pakistani mit Namen Sulfikar Khan, wachte auch nicht auf, als ein wenig später die Zimmertür aufging und zwei Männer zu ihm hereinschlüpften. Es ging alles sehr schnell. Einer der Eindringlinge legte ihm die Hand auf den Mund. Der Schrei blieb Khan im Halse stecken. Dann das Messer. Die schmale Klinge durchbohrte sein Herz, und der Mann starb mit einem Würgen in der Kehle.

Professor Sulfikar Khan, der an der Universität Bern studiert und sich einen Namen als Dozent für Atomingenieurswesen an der Universität Kairo gemacht hatte, war tot.

Einer der Männer zog Khans Aktentasche unter dem Regenmantel hervor und hängte beim Weggehen das Schild mit der Aufschrift BITTE NICHT STÖREN außen an den Türgriff.

Als am nächsten Morgen um 9.30 Uhr die Geduld des Generaldirektors der Firma Ital/Int nach fünfundsiebzig Minuten Wartezeit im Foyer erschöpft war, verlangte er von der Geschäftsführung des Hotels, persönlich nachschauen zu dürfen, warum niemand im Zimmer Professor Khans den Hörer abnahm.

Als um 9.32 Uhr die Tür des Hotelzimmers mit dem Hauptschlüssel geöffnet wurde, steckte die bewußte Aktentasche bereits im Diplomatenkoffer eines Kuriers. Der Kurier reiste erster Klasse, der Koffer war unauffällig an sein Handgelenk gekettet, und das Flugzeug befand sich bereits seit neunzehn Minuten in der Luft.

Kaum jemand in Rom interessierte sich dafür, daß Sulfikar Khan, neununddreißig, wohnhaft in Bagdad, Republik Irak, zuletzt gesehen in Begleitung einer mutmaßlichen Prostituierten, ermordet worden war.

Und kaum jemand hätte verstanden, daß eine souveräne Regierung auf allerhöchster Ebene den kaltblütigen Mord sanktioniert hatte.

1

AM ENDE der Straße hatte sich eine etwa fünfzigköpfige Menschenmenge versammelt, um die Ankunft der Polizei und der Antiterroreinheit mitzuerleben. Es regnete leicht, und die Wachhunde bellten.

Die abgesperrte Straße lag in einem Wohnviertel mit weißgetünchten Mauern, hinter denen sich geräumige Villen verbargen: Es war eine jener Straßen in Athen, in denen die Elite der Ärzte und Anwälte lebte. Erlich zahlte und stieg aus dem Taxi. Ein korpulenter Wachtmeister verstellte ihm den Weg.

„FBI", sagte Erlich ruhig. „Lassen Sie mich bitte durch."

Als der Polizist zurücktrat und salutierte, setzte er seinen Weg fort. Daß der Polizist ihn verstanden hatte, bezweifelte er, aber Erlichs entschlossener Gesichtsausdruck hatte ihn wohl überzeugt.

Bill Erlich kannte Harry Lawrence seit dem Herbst 1988. Es gab nicht viele Leute beim CIA, die er als richtige Freunde bezeichnet hätte, aber Harry war sein Freund gewesen. Seit Erlich in Rom ins Flugzeug gestiegen war, hatte er an ihn gedacht, und jetzt, da er endlich im Athener Vorort Kifisia angekommen war, hätte er sich von keinem Polizisten aufhalten lassen, um dorthin zu gelangen, wo Harry erschossen lag. Er blieb stehen, um jede kleine Einzelheit auf der Straße in sich aufzunehmen. Es war wichtig, dies gleich am Anfang der Untersuchung zu tun.

Über das, was passiert war, wußte Erlich kaum etwas, denn als die erste Meldung die Botschaft in Rom erreicht hatte, war er aufgebrochen. Wenn ein amerikanischer Bürger im Ausland umgebracht wurde, schickten sie immer einen Mann vom FBI, und das Büro in Rom war auch für Athen zuständig.

Hundert Meter weiter standen mehrere Männer dicht zusammen, und Erlich erkannte Harrys Vorgesetzten an der beginnenden Glatze. Wenn Harry an dieser Stelle gestorben war, hätten sie sie weiträumig absperren müssen – daß so viele Leute jetzt hier auf dem Gras herumtrampeln konnten, war einfach unverzeihlich.

Die Tat war am frühen Morgen geschehen. Der CIA-Leiter der Athener Außenstelle ging auf Erlich zu und ergriff seine Hand wie ein Priester, als er ihm sein Beileid aussprach. Er wußte offenbar, daß die Freundschaft von Harry Lawrence, CIA, und Bill Erlich, FBI, wichtig gewesen war für die Verbesserung der Zusammenarbeit zwischen beiden Organisationen.

Der CIA-Mann deutete auf das Gras und auf den Gehweg, wo große Blutflecken zu sehen waren, und sagte zu ihm: „Harry hatte einen V-Mann bei sich – sie haben sie schon weggebracht. Gut, daß Sie da sind, Bill."

„Ist hier aufgeräumt worden?" fragte Erlich.

„Man hat die Patronenhülsen gefunden . . ."

„Was noch?"

„Das weiß ich nicht."

„Und damit geben Sie sich zufrieden?"

Der CIA-Mann senkte die Stimme. „Wir sind Ausländer. Aus langer, leidvoller Erfahrung weiß ich eins genau: Wenn wir hier Dampf machen, dann passiert gar nichts."

„Verstehe."

Hinter ihnen knarrte ein schmiedeeisernes Tor, und Erlich drehte sich um. Eine Frau mit einem Strauß roter Rosen im Arm kam aus einer der Villen. Sie überquerte die Straße, machte einen Bogen um die Polizisten und ging zum blutverschmierten Gehweg, wo der Regen schon die Blutlachen langsam wegwusch. Sie kniete nieder und bekreuzigte sich. Ihre Augen waren geschlossen, während sie stumm die Lippen bewegte. Dann legte sie die Rosen nieder, stand auf und ging davon.

„Danke", sagte Erlich leise. Aber er wußte nicht, ob sie ihn gehört hatte.

Zum CIA-Mann meinte er: „Ich möchte Harry sehen."

DIE Wärter traten zurück und ließen Erlich und den CIA-Mann allein in die Mitte des Raums gehen, wo sich die zwei Bahren auf ihren fahrbaren Untersätzen befanden, zugedeckt mit grünen Tüchern. Die grelle Neonbeleuchtung blendete Erlich. Er trat an eine der Bahren und hob das Tuch.

Ein bleiches Gesicht, ein adretter dunkler Schnauzer. „Wer war das?"

„Ein Dissident, ein Iraker. Eine Kopfprämie war auf ihn ausgesetzt, er lebte in Damaskus. Harry kannte ihn von früher. Der Typ war wieder mal in der Stadt und hat Harry angerufen. Harry machte es Spaß, etwas aus ihm herauszukitzeln . . .“

Erlich deckte den Toten wieder zu, ging zur zweiten Bahre und hob das Tuch. Der Anblick war grausig.

Ein Schuß in den Hinterkopf. An der Austrittsstelle des Geschosses waren einmal Augen und Nase seines Freundes gewesen. Nur der Mund sah noch so aus, wie er ihn in Erinnerung hatte, und nur am Mund erkannte er, daß er das Gesicht seines Freundes vor sich hatte.

„Der Typ da hat sechs Schußwunden – Harry nur die eine“, erklärte der CIA-Mann.

„Und das heißt?“ Erlich wußte die Antwort.

„Mit an Sicherheit grenzender Wahrscheinlichkeit bedeutet das: zur falschen Zeit am falschen Ort. Harry war nicht Ziel des Anschlags, er stand nur im Weg.“

„Die Iraker murksen ihre eigenen Landsleute ab?“

„Wenn sie nicht bei der Stange bleiben . . .“

Erlich zog das Tuch über das Gesicht seines toten Freundes. Die Einzelheiten würde ihm später der Autopsiebericht liefern.

„ICH gehe der Sache nach, solange man mich läßt, Elsa. Das verspreche ich dir hoch und heilig. Ob es nun einen Monat dauert oder ein Jahr oder zehn Jahre . . .“

Die Frau seines Freundes saß auf dem Sofa und hatte ihre beiden Kinder bei sich, die sich eng an sie schmiegten. Die Wohnung war voller Mitarbeiter des CIA, die die Habseligkeiten der Familie zusammenpackten.

Vor fünf Monaten hatte Erlich Elsa das letzte Mal gesehen, hier in Athen. Sie war eigentlich keine hübsche Frau, aber Erlich konnte sich keine bessere Ehefrau vorstellen. Er war zwar selber nicht verheiratet, aber von allen Ehefrauen, die er kannte, war Elsa Lawrence eindeutig die liebenswerteste.

„Ganz egal, wie lange es dauert, Elsa.“

Sie sah ihn an und streckte ihm die Arme entgegen. Erlich trat ganz dicht zu ihr, kniete sich auf den Teppich, den Harry einst aus Beirut mitgebracht hatte, und nahm sie in die Arme. Sie schlang die Arme um seinen Nacken. Als er sie auf die Wange küßte, spürte er seine eigenen Tränen, und es fiel ihm schwer, sich loszureißen.

Im Flur sagte der CIA-Mann: „So ist's gut, man muß Kampfgeist zeigen."

„Was hätte ich denn sonst tun sollen?"

„Nichts. Man bezahlt Sie für die Untersuchungen. Nicht dafür, daß Sie die Witwe trösten."

„Ja."

„Die Aufgabe bleibt dieselbe, egal, ob Sie das Opfer kannten oder nicht."

„Ich verstehe."

„WIE viele Schüsse?"

„Zwölf Patronenhülsen, sieben Treffer."

„Wie viele Waffen?"

„Eine. Pistole, Kaliber 22, mit Schalldämpfer."

„Und Sie sind sicher, daß er es nicht auf Harry Lawrence abgesehen hatte?"

„Es deutet alles darauf hin."

Erlich machte sich Notizen, während der Polizist genüßlich Kaffee trank. Er war hier nicht gern gesehen bei der Athener Antiterroreinheit, das wußte Erlich. Man hatte ihm auch keinen Kaffee angeboten.

„Haben Sie einen Augenzeugen?"

„Ja, Mr. Erlich, ich habe einen Augenzeugen."

„Darf ich den Zeugen sprechen?"

„Doch, ja . . ., wenn es an der Zeit ist."

„Ist es morgen an der Zeit?"

„Das weiß ich noch nicht . . ."

Pause. „Was genau wissen Sie bis jetzt, Sir?"

„Was ich weiß? Nun, um es kurz zu machen, Mr. Erlich, ich habe hier einen Geheimdienstagenten eines anderen Landes, der die örtlichen Behörden nicht über seine Arbeit informiert hat. Mr. Erlich, was, glauben Sie, wäre passiert, wenn ich die amerikanische Botschaft um einige Auskünfte über die Arbeit eines gewissen Mr. Harry Lawrence, CIA, gebeten hätte? Man hätte mir die Tür gewiesen . . ."

„Haben Sie den Wagen des Killers?"

„Völlig ausgebrannt, Fingerabdrücke vernichtet. Der hilft uns nicht weiter."

Frustriert fragte Erlich weiter. „Was haben Sie noch in der Hand?"

„Lawrence und sein V-Mann gehen durch eine ruhige Straße. Ein Opel Rekord, drei Tage vorher in Piräus gestohlen, fährt von hinten an sie heran. Ein Mann steigt aus. Nordischer Typ, kurze blonde Haare. Der V-Mann wird niedergeschossen. Lawrence gerät zufällig in die Schußlinie, wird getroffen . . ."

„Ist das alles?"

„Der Fahrer hat etwas gerufen."

„Was hat er denn gerufen?"

„Das Wort ‚Colt'."

„Was?"

„Nur das eine Wort, Mr. Erlich. Würden Sie mich jetzt freundlicherweise entschuldigen? Er hat nur das eine Wort gerufen, einfach nur ‚Colt'."

SEIN Name war Colin Olivier Louis Tuck. Morgen war sein sechsundzwanzigster Geburtstag, ohne Karten, ohne Geschenke.

Er saß da in der Abendkühle und starrte auf die Skyline der City hinaus. Als allererstes hatte er in seiner Wohnung die Heizung abgedreht, danach die Fenster im Schlafzimmer und im spärlich möblierten Wohnzimmer aufgerissen. Er haßte es, eingesperrt zu sein. Was schiefgelaufen war, wußte er nicht, aber die Leute vom Verteidigungsministerium hatten ihn abgeholt, direkt von der Gangway, und auf dem Weg in die Stadt war kein einziges Wort gefallen. Kein Händeschütteln, keine Küsse auf die Wange, kein Schulterklopfen, also stimmte wohl irgendwas nicht. Und ein Mann stand an der Tür, wie ein Gefängniswärter. Colt kehrte seinem Wächter den Rücken zu, konnte ihn aber in der kalten Zugluft bibbern hören. Sie würden ihm schon sagen, was sie zu sagen hatten; es war völlig zwecklos, Druck zu machen, das hatte er in Bagdad gelernt. Er fuhr sich durch das kurze hellblonde Haar und schloß die Augen.

Sein Tag hatte morgens um 4.30 Uhr begonnen. Kein Frühstück, weil er nie frühstückte. Kein Kaffee. Nichts zu essen, nichts zu trinken. Er hatte sich angezogen, hatte die Waffe auseinandergenommen, wieder zusammengesetzt, dann das Magazin neu geladen und den Schalldämpfer montiert. Er überprüfte immer den

Mechanismus vor dem Abfeuern, denn die Ruger/MAC Mark 1 war fast schon ein Museumsstück und hatte manchmal Ladehemmung. Um 5.30 Uhr hatte er sein Zimmer im Studentenviertel Athens verlassen. Der Wagen hatte auf ihn gewartet.

Er konnte sich genau daran erinnern, daß er keine Spannung gespürt hatte, als er seine Tasche auf den Rücksitz geworfen hatte und mit der Ruger in einer Plastiktüte vorn eingestiegen war. Der Fahrer war gut, da brauchte er sich keine Sorgen zu machen. Der Mann gehörte zum Stab des Majors und war einen ganzen Monat vorher angereist, um die Stadt kennenzulernen, mit allen eventuell notwendigen Fluchtwegen und Seitenstraßen.

Colt war zum Hotel der Zielperson gebracht worden, wo er beobachtet hatte, wie die Zielperson das Hotel verließ. Er hatte die Ruger in der Plastiktüte fester gepackt und sein Gewicht hin zur Beifahrertür verlagert. Aber der Taxistand vor dem Hotel war voll besetzt gewesen und die Zielperson sofort in einem der Wagen verschwunden. Nachdem sie die Verfolgung aufgenommen hatten, hatte sein Fahrer das Taxi vor einer Ampel verloren. Colt gingen einen Moment lang die Nerven durch, aber der Chauffeur hatte Ruhe bewahrt und nach zwei Minuten das Taxi wiedergefunden.

Endlich hielt das Taxi an einer Kreuzung in einem Vorort. Die Zielperson hatte bezahlt und war auf einen Mann zugegangen, der auf dem Gehsteig wartete, und zusammen waren die zwei die Allee entlanggegangen. Die Straße war leer. Einen besseren Ort konnte er gar nicht finden.

Colt erinnerte sich, wie der Fahrer bis auf zwanzig Meter von hinten an das Ziel herangefahren war und wie er geschrien hatte, um die Zielperson von dem Mann zu trennen, der sie mit seinem Körper deckte. Er erinnerte sich an das dumpfe, klirrende Geräusch, als er seine halbautomatische Waffe abfeuerte. Der zweite Mann hatte sich über die Zielperson geworfen, das wußte er noch ganz genau, und auch, daß er immer wieder abgedrückt hatte. Er hätte den zweiten Mann natürlich sowieso umgelegt. Pech für ihn, daß er gerade zur Stelle war. Sie waren gestürzt, alle beide, und dann hatte der Fahrer seinen Namen gerufen, damit er zurück zum Auto kam. Das war alles – keine Probleme, alles war gelaufen wie geschmiert. Er war zum Wagen gerannt, der Fahrer hatte ihn zügig, aber unauffällig zum Flughafen gebracht, und dann kamen der Flug nach Ankara und der Anschlußflug nach Bagdad. Eigentlich hatte er seine Sache doch gut gemacht.

Die Gedanken lullten ihn ein. Die Würfel waren gefallen – im Augenblick hieß das, daß er sich in einer Zweizimmerwohnung im sechsten Stock eines Wohnblocks in der Haifa Street befand. Er hatte ein Fenster mit Blick auf den Tigris und hinüber zu den Türmen der Hotels, in denen nur mit westlicher Währung gezahlt wurde.

Er hörte, wie der Wächter zur Tür schlurfte, nachdem es an der Wohnungstür geklopft hatte. Sofort sprang er auf und stellte sich mit dem Rücken zum offenen Fenster.

Der Major war ein stämmiger, untersetzter Mann, der eine schlichte olivgrüne Uniform trug. Die Fallschirmspringerstiefel waren schmutzig vom grauen Staub der Straße.

Colt mochte den Major – er war sein Beschützer, sein Freund. Aber heute abend war da keine Wärme, nicht einmal ein Lächeln.

„Bist du beobachtet worden?"

„Nein."

„Besteht die Möglichkeit, daß dich jemand identifiziert?"

„Keiner hat mich gesehen. Die Straße war leer."

„Keiner hat dich gesehen?"

„Nur die Zielperson und der andere . . ."

„Wer denn noch . . .?"

„Sie sind alle beide tot."

„Weißt du, wer der andere war?"

„Ich habe ihn nicht nach seinem Namen gefragt, bevor ich geschossen habe, nein."

Er schwieg. Alles, was er wußte, war, daß die Zielperson ein Schriftsteller im Exil gewesen war, der über das Regime und den Vorsitzenden des Revolutionären Kommandorats geschrieben hatte. Man hatte ihm auch erzählt, im vertraulichen Flüsterton, daß zwei Attentate auf die Zielperson bereits fehlgeschlagen seien und daß er der letzte Trumpf des Majors sei.

Jetzt konnte er draußen die Polizeisirenen hören, ein vertrautes Geräusch bei Dunkelheit. Die Einsatzkommandos der Abteilung für öffentliche Sicherheit gingen immer nachts an die Arbeit. Sie nahmen jene in Gewahrsam, die angeblich eine Bedrohung für das Regime darstellten, brachten die Gefangenen mit Sirenengeheul ins Gefängnis von Abu Ghraib, und diejenigen, die das Verhör dort nicht überlebten, kamen ins städtische Leichenschauhaus.

„Du hast auf einen Amerikaner geschossen, Colt. Einen Amerikaner vom CIA."

Der junge Mann lachte dem Major ins Gesicht. „Na und . . .?"

„Er war beim Geheimdienst."

„Es war eine gute Straße! War keiner da. Keine Kindermädchen, Hausangestellten, Lieferanten, war echt gut. Die Straße war goldrichtig. Wenn der Amerikaner nicht mit draufgegangen wäre, hätte er sich an mein Gesicht erinnert. Und an das Auto. Er mußte dran glauben. Die Straße war echt gut, Chef. Ich habe die Gelegenheit genutzt."

„Und keiner könnte dich identifizieren?"

„Ich kann sofort nach Europa zurückkehren, weil ich mir ganz sicher bin, daß die keine Spur von mir haben."

Der Major legte dem jungen Mann die Hände auf die Schultern. Er sah ihm in das ruhige Gesicht, in die klaren Augen. „Das hast du gut gemacht, Colt."

UNTER den wenigen, die Sulfikar Khan gekannt hatten und wußten, welcher Beschäftigung er nachgegangen war, verbreitete sich die Nachricht von seinem gewaltsamen Tod rasch. Und mit der Nachricht die Angst.

In Paris entschloß sich ein Ingenieur, der gerade auf Heimaturlaub war, die letzten zweieinhalb Jahre seines Arbeitsvertrags sausenzulassen. Er war Spezialist für Tieftunnelbau, und das Projekt, für das der Franzose großzügig bezahlt wurde, war in der Nähe des Dorfes Salahuddin, nördlich von Bagdad. Das bisher ausgegrabene Gelände war so groß wie ein Fußballfeld und tief genug für ein dreistöckiges Gebäude, in dem Laboratorien und Werkstätten untergebracht werden sollten. Noch ein Stockwerk fehlte. Die Höhle war sicher vor einem Luftangriff und durch das Karochok-Gebirgsmassiv vor Satellitenfotos geschützt, die den Zweck dieser Anlage hätten preisgeben können. Die Meldung vom Mord an Dr. Khan hatte sich unter den ausländischen Fachleuten des Projekts herumgesprochen. Bis zum Mittag wußten auch alle anderen Mitarbeiter davon. Abends befanden sich zwei von diesen Mitarbeitern am internationalen Flughafen von Bagdad und versuchten einen Flug zu buchen, der sie aus dem Irak bringen konnte – egal wohin.

Am Flughafen wartete außerdem ein Italiener, ein Fachmann für die Montage der Argongasfilter in die heißen Zellen. Der Italiener saß dicht neben seinem Freund, der ein Büro im selben Viertel von Tuwaiba hatte. Der Ingenieur arbeitete an der Präzisionstechnik eines chemischen Sprengstoffs und hatte morgens eine Briefbombe erhalten, die nicht detoniert war. Seit sechs Stunden warteten die beiden im Flughafen – auf irgendeinen Flug, der sie aus dem Irak bringen konnte.

ERLICH wußte, daß er die Regeln verletzte. Ein FBI-Agent im Auslandsdienst mit dem Rang eines Assistenten des Rechtsberaters mußte immer mit den örtlichen Strafverfolgungsbehörden zusammenarbeiten. Doch Erlich handelte lieber auf eigene Faust. So hatte er es schon während seiner Ausbildung in Quantico, Virginia, gehalten, und keiner hatte ihm einen Vorwurf daraus gemacht. Genauso war es auch in Atlanta, wo er sich durch seine direkte Art und seine selbständige Arbeit den nächsten Posten verdient hatte. Und in eigener Regie arbeitete er dann im Washington Field Office, im CI-3-Team, machte die meisten Überstunden und beklagte sich nie, wofür er dann Attaché in Rom geworden war. Er hatte nicht die Absicht, den Rest seines Lebens als Agent zu verbringen, sondern wollte in zehn Jahren an der Spitze eines Außenpostens stehen. Zwanzig Jahre kalkulierte er ein, um es zum Leiter einer Zweigstelle zu bringen, deswegen sah er den Auftrag in Athen als Chance. Traurig, daß er sie dem Mord an Harry verdankte. Toll daran war, daß es in der Tat eine große Chance war.

Im Lichtkegel seiner Taschenlampe sah er die tropfnassen Blumen. Ihn interessierte nicht die Stelle, wo Harry und der V-Mann zusammengebrochen waren. Er beschrieb einen Bogen von zwölf Schritten und sah sich nach dem Standort des Killers um. Wenn es darauf ankam, war er sehr gründlich.

Vierzig Minuten mußte er suchen, bis er einen Zigarrenstummel gefunden hatte. Auch Kaugummi- und Bonbonpapier und alte Zigarettenstummel hatte er entdeckt, aber der Stummel war noch frisch. Erlich zog eine kleine Plastiktüte aus der Tasche und ließ den Stummel hineinfallen, die anderen Fundstücke warf er in den Gully. Es war ein Anfang.

Zwei Straßen hinter der Uferpromenade von Tel Aviv war es ganz ruhig in den Cafés auf der Ben Jehuda. Fünf Gäste saßen noch draußen an einem Tisch. Die Männer tranken Bier aus der Flasche, und einer reichte die Zigaretten herum, die er im Flugzeug gekauft hatte. Das blonde Mädchen steuerte eine halbe Flasche Brandy bei. Sie sprachen jetzt nicht mehr über ihre Mission, denn die Abschlußbesprechung hatte am Nachmittag und frühen Abend in den abhörsicheren Räumen des Hauptquartiers stattgefunden. Ihre Mission war erfüllt und ihre Teamarbeit beendet. Diese Runde vor dem Café war für sie alle das inoffizielle Ende der Zusammenarbeit. Der Ranghöchste unter ihnen war der Offizier, der den Auftrag genehmigt hatte, nachdem er eine lückenlose Biographie von Professor Sulfikar Khan erstellt hatte. Mit am Tisch saßen sein Stellvertreter, der die Informationen über Khans Reiseroute gesammelt hatte, das Mädchen, das die Nutte gespielt hatte, der Mann, der Khan getötet hatte, und der Mann, der ihn begleitet und die Aktentasche aus dem Hotelzimmer geholt hatte.

Der Offizier des Mossad sagte: „Es mußte sein. Wenn wir nichts tun, wenn wir nur dasitzen und abwarten, ist der Staat Israel erledigt. Wenn dieser Zwerg, dieser Tarik, in aller Ruhe eine Bombe bauen darf . . .“ Er fuhr sich mit dem Zeigefinger über die Kehle.

Erst als der Cafébesitzer sie drängte, brachen sie auf. Mitten auf der Ben Jehuda umarmten sie sich. Es war das einzige Mal in all den Tagen und Nächten der Anspannung, daß sie Gefühle zeigten. Sie umarmten sich und gingen ihrer Wege.

Colt ging nur dann ins „Khan Murjan“ in der Altstadt, wenn er die Rechnung nicht selbst bezahlen mußte. Dieses Mal hatte er einen Tisch für sich allein, und der Major kam für alles auf.

Krabben und Avocado, Lamm, Käse, Obst und französischer Wein. Es war sein Lieblingsrestaurant in Bagdad. Er war durch die Altstadt geschlendert, während sein Bewacher ihm in kurzem Abstand gefolgt war. Er fühlte sich in dieser Stadt zu Hause – die Ruger und das Khan Murjan trugen das Ihre bei zu seinem Wohlbefinden. Der Major hatte ihn mit der Aufgabe betraut, dem Vorsitzenden diesen Schriftsteller vom Halse zu schaffen. Zwei Versuche anderer waren gescheitert, ihm war es geglückt. Es war ihm klar, warum die Wahl auf ihn gefallen war. Er war weiß, er war

Europäer, er hatte *Zugang*. Der Major hielt große Stücke auf ihn, und er hatte ihn nicht enttäuscht.

Der andere war also Amerikaner gewesen. Na und?

Nach dem Essen würde er seinen Wächter vom unbequemen Stuhl am Eingang abholen, dann in die Haifa Street zurückschlendern und seiner Mutter einen Brief schreiben.

2

DAS erste Mal hatte es in diesem Herbst Frost gegeben, und es dauerte ewig, bis der Ford Sierra ansprang. Da Saras Wagen in der Garage stand und sein eigener über Nacht draußen blieb, mußte Frederick Bissett jetzt die vereisten Scheiben seines Wagens freikratzen. Dabei ließ er den Motor warmlaufen, und Lilac Gardens wurde von grauen Abgaswolken überzogen. Sara verabschiedete sich selten von ihm, wenn er morgens zur Arbeit fuhr, denn meistens war sie zu sehr damit beschäftigt, sich um Frank und Adam zu kümmern.

Sein Nachbar trat aus der Tür. „Guten Morgen, Fred!"

Frederick Bissett, der Wissenschaftler, konnte es nicht ausstehen, wenn man ihn Fred nannte. Etwas mürrisch winkte er mit dem Eiskratzer.

Mit seinen Nachbarn konnte er nicht viel anfangen, denn er lebte ganz in seiner eigenen Welt. Bei seiner Arbeit war das so und in Lilac Gardens auch.

Bissett legte seine alte Aktentasche auf den Rücksitz. Sie enthielt nichts außer seiner Brotdose und seiner Thermoskanne mit Kaffee. Auch an diesem Morgen war wieder viel Verkehr, sogar am Falcon Gate war ein Stau. Es hatte wohl wieder eine Bombendrohung gegeben, denn sie überprüften die Unterseiten aller Autos mit Spiegeln. Schon wieder höchste Alarmstufe am Falcon Gate . . . Er ließ die Zeitung morgens immer für Sara zurück und hörte auch keine Nachrichten. Abends drehte er meist seinen Sessel vom Fernseher weg, um lesen zu können. Wahrscheinlich war in einer anderen Kaserne eine Autobombe gefunden worden. Wo, wußte er nicht, es war ihm auch ziemlich gleichgültig, nur bedeutete es leider, daß er aufgehalten wurde. Endlich wurde er durchgewunken und war innerhalb des Sicherheitszauns, der seinen Arbeitsplatz beim Atomic Weapons Establishment umgab.

Langsam fuhr Bissett die breite Third Avenue des Komplexes entlang, die von grauen Betonbauten gesäumt wurde. In der A-Zone wurde Plutonium verarbeitet, in der B-Zone wurden die chemischen Sprengstoffe hergestellt. Bissett fuhr zur H-Zone, zum Gebäude H3, wo sein Arbeitsplatz war.

Das Gebäude war eingeschossig, ein Flachdachbau aus roten Backsteinen, der in den frühen fünfziger Jahren eilig eingerichtet worden war, damit die Wissenschaftler nicht mehr in den alten Wellblechbaracken forschen mußten. Auch H3 war eigentlich nur ein Provisorium, aber es hielt sich hartnäckig. Seit 1973 die ersten Mängel aufgetreten waren, wurde nun an dem Patienten herumgedoktert, vor allem waren neue Elektroleitungen für die Computer verlegt worden. Inzwischen hatte auch die H-Zone einen neuen Zaun, eine neue Schranke, und Bissett mußte noch einmal seinen Ausweis zeigen.

Carol machte gerade Kaffee, als er hereinkam.

„Morgen, Herr Dr. Bissett!“

Reuben Boll, der Mann an der Spitze von H3, wickelte sich gerade seinen ersten Bonbon aus – es war sein Morgenritual. Aus seinem Büro, dessen Tür immer offenstand, tönte ein herzhaftes „Morgen, Frederick!“, als Bissett vorbeiging.

Basil Curtis hängte gerade seinen Mantel an die Garderobe. Er war schon seit ewigen Zeiten dabei, und Bissett hielt ihn für schlichtweg brillant.

„Morgen, Bissett!“

Er ging den Flur entlang zu seinem Zimmer. Dritte Tür, rechts. Jeden Morgen dieselbe Routine: Er schloß die Tür auf mit dem einen Sicherheitsschlüssel, schaltete den Strom an für die Computer, holte die Brotdose und die Thermosflasche mit Kaffee aus der Aktentasche und tat sie auf das Regal hinter seinem Stuhl, zwischen die Fotos von Sara und den beiden Jungen. Dann ging er zu seinem Wandsafe, öffnete ihn mit seinem zweiten Sicherheitsschlüssel und holte seine Papiere heraus.

Sein Dosimeter, das kleine Meßgerät zur Bestimmung der radioaktiven Strahlung, das er wie alle Mitarbeiter an einer Schnur um den Hals trug, schlug auf der Schreibtischplatte auf. Es schlug immer auf der Schreibtischplatte auf, jeden Morgen, erst dann dachte er daran, es sich hinter die Krawatte zu stecken.

Carol klopfte an und trat ein, bevor er sie dazu aufgefordert hatte. „Das hier ist abgegeben worden, Herr Dr. Bissett."

Auf dem Umschlag stand: PERSÖNLICH – VERTRAULICH.

DAS Atomic Weapons Establishment in Aldermaston ist ein Arbeitsplatz, wo Geheimhaltung oberstes Gebot ist. Hinter dem grauen Draht, hinter den uniformierten Wächtern mit ihren Maschinengewehren, automatischen Handfeuerwaffen und scharfen Hunden gehen Tag für Tag fünftausend Menschen ihrer Arbeit nach, forschen, planen, testen und fertigen schließlich nukleare Waffen. Die Arbeit dort muß geheim bleiben, und Informationen dürfen nur in die Hände der obersten Regierungsbeamten gelangen. Die Öffentlichkeit erfährt nichts darüber, nicht einmal in verklausulierter Form.

Neun Zehntel der Arbeit, die hier geleistet wird, sind den Wissenschaftlern und Ingenieuren in Los Alamos und Tscheljabinsk und Ripault und Lanchow bekannt, aber niemandem sonst. Sie sind wie ein absolut exklusiver Klub, der sich gegen die Weitergabe von Wissen mit Draht, Gewehren und Wachhunden zur Wehr setzt, vor allem aber den Mantel des Schweigens über alles breitet.

ZWÖLF Uhr mittags. Vor drei Stunden war Dr. Tarik beim vordersten Posten eingetroffen.

Sein Wagen war verdreckt, parkte zwischen den Jeeps und den gepanzerten Personaltransportern, hundert Meter vom Hubschrauberlandeplatz entfernt. Er hatte sich nie mit dem konturlosen Flachland der Halbinsel Fao anfreunden können. Nachdem die Halbinsel sieben Jahre lang als Schlachtfeld gedient hatte, war sie jetzt eine tote Mondlandschaft. Als Wissenschaftler verachtete Dr. Tarik den Dreck und das Chaos, die von militärischen Übungen verursacht worden waren. Er stand mit dem Rücken zum Wasser, während er wartete, denn er wollte nicht über den Schatt el-Arab schauen, das schmale glitzernde Band, das sein Land vom Iran trennte.

Sofort nachdem Dr. Tarik die Meldung vom Tode Professor Khans erhalten hatte, hatte er um ein Treffen mit dem Vorsitzenden des Revolutionären Kommandorats gebeten. Als Direktor der

Atomenergiekommission kannte er sich gut aus in der irakischen Politik. Er wußte von dem Putschversuch vor sieben Wochen und hatte das Gerücht von der Hinrichtung von neun Luftwaffenoffizieren gehört. Es überraschte ihn nicht, daß der Vorsitzende sich außerhalb von Bagdad mit ihm treffen wollte, denn ihm war bekannt, daß der Tagesablauf und die Fahrtroute des Vorsitzenden nie einem bekannten Schema folgten.

Dr. Tarik hatte sich gut überlegt, was er dem Vorsitzenden sagen wollte, denn es war ebenfalls wohlbekannt im Kreis der Elite, zu der auch er zählte, daß der Vorsitzende Krisenmeldungen verabscheute. Doch der Mord an Professor Khan, der zweifellos von Zionisten verübt worden war, und eine Briefbombe für einen seiner Wissenschaftler in Tuwaiba bedeuteten eine Krise, der man ins Auge sehen mußte. Auch die Flucht ausländischer Mitarbeiter aus seinem Projekt war eine Krise. Wie jeder, der in direktem Kontakt zu dem Vorsitzenden stand, fürchtete Dr. Tarik sich vor ihm, denn er wußte, wie viele schon spurlos verschwunden, gefoltert und hingerichtet worden waren.

Ein Offizier trat auf ihn zu. Dr. Tarik hob die Arme, um sich von ihm durchsuchen zu lassen, dann öffnete er anstandslos seine Aktentasche zur Inspektion.

Er folgte dem Offizier durch den aufgewühlten Schlamm zur Betontreppe, hinunter in den Bunker zum Vorsitzenden des Revolutionären Kommandorats.

MITTAG war noch nicht vorbei, und schon hatte Erlich den ersten Streit des Tages hinter sich.

Er hatte seinen Stolz hinuntergeschluckt, als sie ihm ein Zimmer zugewiesen hatten, das kaum mehr war als ein Verschlag. Die Einrichtung bestand aus einem Tisch, einem Stuhl und einem Telefon, das nicht abhörsicher war, und dieses „Zimmer“ lag zwei Stockwerke und einen langen Ministeriumsflur entfernt vom Koordinationszentrum der Abteilung für Terrorismusbekämpfung im Polizeipräsidium. Das hatte er noch hingenommen. Was er aber nicht akzeptieren konnte, war, daß er den Augenzeugen nicht sehen durfte. Schäumend vor Wut hatte er sich ein Taxi zur amerikanischen Botschaft genommen, auf deren Gelände auch der CIA in einem Nebengebäude ein Büro hatte.

Er mußte fünfzehn Minuten warten, bevor er zum Chef der CIA-Außenstelle vorgelassen wurde. Doch auch hier war nichts zu holen für Bill Erlich.

„Nein, ich lasse Sie nicht unsere Akten einsehen, Mr. Erlich. Nehmen Sie's nicht persönlich. So ist das nun mal. Wenn ich Ihnen eine Akte gebe, dann arbeiten Sie damit. Wochen, Monate später bringen Sie einen Kerl zur Strecke, und meine Akte ist dann das Beweisstück für die Anklage. Jeder x-beliebige Depp darf dann meine Akte lesen."

Erlich wandte sich zum Gehen. Von dem Zigarrenstummel hatte er nichts erzählt . . .

„Mr. Erlich, nun versetzen Sie sich bitte in meine Lage! Harry Lawrence war Ihr Freund, das weiß ich, aber er war nicht das Ziel des Anschlags. Ein Iraker war das Ziel, da sind wir uns doch einig. Wir haben eine ganz wichtige Mission unten im Irak – seit Khomeinis Revolution im Iran sind die Feinde des Irans unsere Freunde, kapiert? Aber wir spielen das Spiel weiter und unterhalten auch Kontakte zu den Feinden des Iraks. Wir wollen da keinen Staub aufwirbeln . . ."

„Einen Mord aufzuklären wirbelt Staub auf?"

„Ich sehe ein, daß Sie Ihre Arbeit tun müssen, aber tun Sie sie leise, okay?"

„Ich will einen Mann identifizieren, ich will ihn verhaften und unter Mordanklage stellen. Mit oder ohne Hilfe."

„Nur weiter so, und Sie stehen bald ganz allein auf weiter Flur."

„Mit Verlaub gesagt, ich möchte ein Resultat."

Erlich schloß nicht einmal die Tür hinter sich, sondern ging durchs Vorzimmer ins Freie hinaus und vorbei am Sicherheitstor hinüber zum Botschaftshauptgebäude. Er wollte in den Keller zu der Abteilung, die geheime Verschlußsachen nach Hause sandte.

Das Mädchen in der Postabteilung füllte die Formulare für ihn aus. Sie war sehr gesprächig und erzählte ihm, daß sie aus Mississippi war und alle Griechen, dazu Athen, Moussaka und Retsina zum Teufel wünschte. Vor seinen Augen versiegelte sie die Plastiktüte, die den Zigarrenstummel in einer kleinen Blechdose enthielt, und schob sie in einen wattierten Umschlag. Das Päckchen war adressiert an die Laborabteilung des FBI-Hauptquartiers in Washington.

An jenem Morgen lag der Umschlag mit dem Vermerk Persönlich – vertraulich lange ungeöffnet in Bissetts Aktentasche. Nachdem er zwei Stunden in seinem Zimmer verbracht hatte, war er um 10.30 Uhr ins H3-Labor gegangen, wo Reuben Boll ihn zur Zielscheibe seines Spotts gemacht hatte. Der Boß hatte sich im Beisein aller Techniker und Nachwuchskräfte erkundigt, wie lange er denn noch an seinem augenblicklichen Projekt herumzubasteln gedenke und wann er denn endlich damit fertig sei. Es war wirklich nicht besonders angenehm gewesen.

Mittagszeit. Bissett kehrte in sein Büro zurück, aß die Brote, trank seinen Kaffee aus und wischte die Krümel vom Schreibtisch. Er war fest entschlossen, Ruhe zu bewahren – deshalb hatte er auch nicht seine Privatadresse angegeben.

Nachdem er seine Plastikbrotdose wieder in die Aktentasche gesteckt hatte, zog er endlich den Umschlag heraus. Er überzeugte sich, daß seine Tür auch wirklich geschlossen war, dann riß er das Kuvert auf. Seine Hände zitterten vor Aufregung.

Der Briefkopf lautete: Imperial Chemical Industries.

Er sah nicht als erstes auf das Briefende, sondern übte sich in Selbstbeherrschung und fing mit der ersten Zeile an.

> Sehr geehrter Herr Dr. Bissett,
> vielen Dank für Ihre Stellenbewerbung vom 19. Oktober d. J. Ich entnehme Ihrer Bewerbung, daß Sie im AWE mit Arbeiten auf dem Gebiet der Flüssigkeitsdynamik und der Plasmaphysik betraut sind. Zu unserem Bedauern haben wir in der Vergangenheit immer wieder feststellen müssen, daß die Wissenschaftler durch die sehr spezielle Arbeit im Atomic Weapons Establishment oft in eine Sackgasse der Forschung geraten und wenig oder gar keinen Bezug mehr zur Wissenschaft haben, wie sie im zivilen Bereich gebraucht wird . . .

Frederick Bissett beschäftigte sich mit der Mikrosekunde, jener Zeiteinheit, die so kurz ist, daß nur der leistungsfähigste Computer sie überhaupt registrieren kann. Während einer Mikrosekunde lief die Initialzündung einer Plutoniumbombe ab. Chemischer Sprengstoff wurde durch eine Implosion gegen spaltbares Material hochangereicherten Plutoniums getrieben, wobei Millionen Kilogramm Druck auf den Quadratzentimeter . . . Er ließ den Kopf hängen, und die Schrift verschwamm vor seinen Augen.

Daher bedauern wir, Ihnen mitteilen zu müssen, daß wir Ihnen keine Stellung in der Forschungsabteilung unserer Firma anbieten können.

Ihm war speiübel, aber er riß sich zusammen, nahm den Brief und das Kuvert und brachte beides zum Reißwolf hinter Carols Schreibtisch. Während er das Papier vernichtete, dachte er verbittert, daß also alles beim alten blieb: Er würde an der Mathematik der Implosion arbeiten, bis er am späten Nachmittag seinen Schreibtisch aufräumen, die Aktentasche mit leerer Brotdose und leerer Thermoskanne ins Auto tragen und nach Haus fahren würde.

DR. TARIK geriet in unbändige Wut, wenn man ihn provozierte. Daß die Zionisten ein Sprengstoffkommando nach La Seine-sur-Mer in der Nähe der französischen Hafenstadt Toulon geschickt hatten, um die beiden Reaktoren achtundvierzig Stunden vor ihrer Verschiffung nach Tuwaiba zu zerstören, das hatte ihn wie ein Keulenschlag getroffen.

Das war jetzt zwölf Jahre her. Einen weiteren Schlag hatten sie ihm zwei Jahre später versetzt, als die zionistische Luftwaffe mit ihren F-16 und F-15 bei Sonnenuntergang den Reaktor von Osirak bombardiert hatte. Er wußte noch, wie er auf dem Boden seines Büros auf dem Teppich gelegen hatte, der übersät war mit den Scherben der zersplitterten Fensterscheiben, und wie er in seiner Frustration geheult hatte. Danach hatte er sich in jahrelanger mühevoller Arbeit bemüht, das Nuklearprogramm wieder aufzubauen.

Und nun hatten die Zionisten wieder zugeschlagen. Professor Khan war ein wichtiger Mann gewesen für die irakische Atomforschung. Wie fast alle ausländischen Wissenschaftler, die im Irak an der Atombombe arbeiteten, war er von den Irakern gekauft worden.

Jetzt, im Bunker von Fao, hatte Dr. Tarik auf der ganzen Linie gesiegt. Der Vorsitzende hatte angeordnet, daß ein Militärhubschrauber ihn nach Bagdad zurückbringen sollte. Dort erwartete ihn ein Offizier, als er aus dem Hubschrauber kletterte. „Ich stehe Ihnen zu Diensten, Herr Dr. Tarik. Ich habe Befehl, Ihnen alles zu beschaffen, was Sie benötigen.“

AM SPÄTEN Nachmittag kam Erlich vom Athener Flughafen zurück. Das Protokoll und die Höflichkeit verlangten, daß er die Männer der FBI-Sonderkommission am Flughafen begrüßte. Sie sollten mit ihm zusammen den Mord an Harry Lawrence und dem Iraker aufklären.

Die drei Männer arbeiteten schon länger als zehn Jahre beim FBI, hatten also mehr Dienstjahre als er. Alle drei waren erschöpft von dem langen Flug und wollten sich erst einmal ausruhen, um die Zeitverschiebung zu verkraften. Erlich hatte also einen letzten Abend zu seiner freien Verfügung, bevor er Teil eines Teams sein würde und auf die anderen hören mußte. Er wollte den Abend nicht nutzlos verstreichen lassen.

Vom Chauffeur der Botschaft ließ er sich erneut zu der Straße fahren, in der Harry erschossen worden war. Er stieg aus und sagte dem Fahrer, daß er nicht zu warten brauche.

Zuerst kam die linke Straßenseite dran. Er ging von Villa zu Villa, unterhielt sich mit Hausangestellten, radebrechte mit seinen paar Brocken Griechisch, sprach mit Ehepaaren und deren großen Kindern. Überall sagte er denselben Spruch auf: „Ein Kollege von mir, ein amerikanischer Botschaftsangehöriger, wurde gestern morgen hier ermordet. Haben Sie oder jemand aus Ihrem Haushalt zufällig etwas gesehen?“ Sie hatten nichts gesehen, wußten auch nichts.

Es war bereits dunkel, als er mit der linken Straßenseite fertig war und sich der rechten Straßenseite zuwandte. Natürlich erinnerte er sich an das Eingangstor gegenüber von der Stelle, wo der Mord geschehen war.

Die Blumen lagen immer noch da.

Er ging durch das Tor und läutete an der Haustür.

„Guten Abend, Ma'am! Sprechen Sie Englisch?“

Es war die Frau, welche die Blumen niedergelegt hatte. „Mein Name ist Bill Erlich. Ich bin vom FBI. Gestern morgen ist ein alter Freund von mir, ein Beamter der Botschaft, in dieser Straße erschossen worden . . .“

„Ich weiß.“

„Ich möchte Ihnen für die Blumen danken . . .“

„Das ist nicht der Rede wert.“

Sie trug teuren Schmuck, und ihr Haar war frisch frisiert. Es war das achtundzwanzigste Haus in seiner Befragung.

„Ich suche einen Augenzeugen, Ma'am. Jemanden, der gesehen hat, wie mein Freund getötet wurde."

„Ist es wichtig für Sie, einen Augenzeugen zu finden?"

„Ja."

„Würden Sie bitte eintreten, Mr. . . .?"

„Erlich, Ma'am. Bill Erlich."

Sie öffnete die Tür, und er trat in die Diele. Die Hausbewohner hatten Geld, viel Geld, das erkannte er an den Gemälden, an den Vorhängen und den wertvollen Teppichen. Die Frau führte ihn ins Wohnzimmer, wo ein Junge vorm Fernseher saß. Sie setzte sich zu dem Jungen aufs Sofa, schaltete mit der Fernbedienung den Fernseher aus und forderte Erlich mit einer Geste auf, sich zu setzen. Erlich musterte den Jungen, der etwa elf Jahre alt war, während sie mit ihm leise auf griechisch sprach.

„Er ist ein kluger Junge", sagte sie schließlich zu Erlich. „Wir hatten drei Jahre lang ein englisches Kindermädchen, und Andreas spricht gut Englisch."

Erlich zog sein Notizbuch aus der Tasche, als der Junge zu reden begann.

Bevor er zur Schule mußte, war er mit dem Hund im Vorgarten gewesen. Durch das schmiedeeiserne Tor hatte er auf der Straße zwei Männer gehen sehen. Hinter ihnen war ein Auto aufgetaucht, ein silbergraues, das plötzlich scharf gebremst hatte.

Ein Mann war ausgestiegen. Der Junge konnte sich an sein weißes Gesicht und das hellblonde Haar erinnern und an den langen, dicken Lauf der Waffe, die der Mann in der Hand gehalten hatte. Er hatte auf die beiden anderen Männer gezielt und etwas gerufen. Die Männer vor ihm hatten sich umgedreht, auf das Rufen reagiert und dann die Waffe bemerkt. Der Blonde hatte mehrmals abgedrückt. Der kleinere Mann wurde zuerst getroffen, dann der größere. Als er aufgehört hatte zu schießen, war er einen Moment lang stehengeblieben und hatte hinübergestarrt, bis der Fahrer etwas gerufen hatte und der Mann mit der Waffe zum Wagen zurückgerannt war. Er war eingestiegen, hatte die Tür geschlossen, der Fahrer hatte gewendet, und sie waren davongefahren.

Das war alles. Harrys Tod.

„Was hat er gerufen, Andreas?"

„Der Fahrer hat ‚Colt' gerufen."

„Bist du sicher?"

„Colt."

Er glaubte dem Jungen. „Wie alt war er?"

Der Junge wandte sich zu seiner Mutter um. „So alt wie Nico."

Sie lächelte. „Jünger als Sie, Mr. Erlich. Vielleicht fünfundzwanzig."

„Wie groß? Stämmig oder zierlich?"

Der Junge antwortete spontan: „Nicht dick, normal groß."

„Haare?"

„Blond, wie Robert Redford, nur kürzer."

Erlich überlegte einen Moment, ließ die Antworten auf sich wirken und machte sich dann Notizen.

„Und was hat der Mann mit der Waffe gerufen?"

„,*Hey, there* . . .' "

„Wie hat er es gerufen?"

„So, wie mein Kindermädchen gesprochen hat, englisch, nicht amerikanisch."

Erlich versuchte zu lächeln. „Kennst du den Unterschied?"

„Es war Englisch, Mr. Erlich."

„Es könnte mich viel Zeit kosten, wenn . . ."

„Englisch."

Er unterstrich die Wörter *Hey there,* schrieb darüber in Blockbuchstaben ENGLISCH. Dann entschuldigte er sich für seinen unangemeldeten Besuch und verabschiedete sich.

Vor seiner Tätigkeit beim FBI war er Lehrer gewesen, hatte also Erfahrung mit Kindern, daher hatte er keinen Zweifel an der Richtigkeit der Aussage des Jungen. Er ging die Auffahrt hinunter zum Tor der Villa, überquerte die Straße, bückte sich bei den Blumen und legte sie wieder ordentlich hin. An der nächsten Kreuzung hielt er nach einem Taxi Ausschau.

3

„MEHR hast du nicht, Bill, nur die Zeugenaussage eines kleinen Jungen?" Don war ein FBI-Agent alter Schule mit blankgeputzten Schuhen und lässig sitzender Krawatte. Er schob seinen Frühstücksteller beiseite und zündete sich seine Pfeife an.

„Neunundneunzig von hundert Kindern erzählen dir genau das, was du ihrer Meinung nach hören willst", sagte Vito.

Vito war so modisch angezogen, daß er nicht wie ein FBI-Mann wirkte. Goldarmband, Sporthemd. Er hatte die Sache mit den Sojabohnen in Chicago gedeichselt. Phantastisch, wie er gleich zwei Agenten in die hermetisch verriegelte Welt der Termingeschäfte eingeschleust hatte.

„Wenn du dich auf das Kind verläßt, gerätst du vielleicht in eine Sackgasse, und wir verschwenden wertvolle Zeit", sagte Nick, der Dritte im Bunde.

Nick war in Griechenland geboren, aber inzwischen amerikanischer Staatsbürger. Er sprach nicht nur perfekt englisch, sondern arbeitete auch sehr erfolgreich in Spezialeinheiten, die sich mit dem Nahen Osten beschäftigten.

„Der Junge sagte die Wahrheit", betonte Erlich.

„Du würdest deine Hand dafür ins Feuer legen?" fragte Don.

„Ja, Sir, das würde ich."

Bestimmt hatte man allen dreien vor der Abreise aus Washington erzählt, daß er mit Harry Lawrence befreundet gewesen war.

„Angenommen, wir glauben dem Kind, was schlägst du dann als nächsten Schritt vor?"

„Wir haben eine Personenbeschreibung, wir haben einen Namen oder Spitznamen, und ich glaube, er ist Engländer. Wir müssen also zuerst in London herumfragen."

„Dann fahr mal nach London . . .", sagte Don.

Erlich ergriff seine Hand und schüttelte sie: „Danke!"

„Nick, fahr ihn zum Flughafen und hilf ihm, so gut du kannst!"

Und weg waren sie.

Vito sah Don fragend an.

„Falls er recht hat", meinte Don, „ist es so am besten. Falls es nicht stimmt – was ist schon ein Flugticket? Lawrence war sein Freund. Ich will nicht, daß mir hier jemand mit einem persönlichen Anliegen im Weg steht."

AN DIESEM Morgen hatte Sara es eilig. Nur wenig ereignete sich in ihrem Leben, was sie wirklich spannend fand, aber an diesem Morgen war sie etwas nervös, ja sogar ein bißchen aufgeregt. Sie mußte nur noch schnell die Wäsche aufhängen, dann wollte sie zu ihrem Malkurs, der heute begann. Frederick hatte sie nichts davon gesagt; es hatte sich einfach nicht ergeben.

Sie war selbst schuld. Wenn sie in der Pubertät nicht so furchtbar dickköpfig gewesen wäre, wäre ihr Leben jetzt ganz anders. Hätte sie sich nicht mit ihren Eltern zerstritten, dann müßte sie jetzt nicht Fredericks fadenscheinige Unterhosen in einem winzigen Hintergärtchen in Lilac Gardens aufhängen. Sie hätte einen netten jungen Mann geheiratet, hätte jetzt ein schönes Haus, und die beiden Jungen wären in einer guten Privatschule. Aber sie hatte es ja so gewollt. Sie hatte mit ihrer gutbürgerlichen Herkunft gebrochen.

Sie hängte das letzte Hemd auf die Leine, lief ins Haus, durch die Küche über den Flur die Treppe hinauf ins Schlafzimmer. Ein neuer Teppichboden war auch längst fällig.

Seit Jahren hatte sie an keinem Zeichenkurs mehr teilgenommen. Sie wußte nicht recht, was sie anziehen sollte, und entschied sich dann für ihre alten Jeans. Alle ihre Jeans waren alt. Dazu zog sie sich eine hübsche rote Bluse und eine legere blaue Strickjacke an. Das lange dunkle Haar band sie mit einem orangefarbenen Tuch zu einem Pferdeschwanz. Sie fand sich schön und fühlte sich ausgezeichnet, und sie würde sich durch nichts ihre gute Stimmung rauben lassen.

„HERR DR. BISSETT, ich fürchte, Sie müssen den Tatsachen ins Auge sehen, auch wenn sie unangenehm sind."

Es war Viertel nach neun, eine Stunde später als Bissetts normaler Arbeitsbeginn.

„Wenn wir uns jetzt mal den Kontostand ansehen könnten . . ."

Bissett haßte es, zu spät zur Arbeit zu kommen, er konnte nun mal nicht aus seiner Haut.

„Als leitender Wissenschaftler im AWE beziehen Sie derzeit ein Jahresgehalt von 17 500 Pfund. Ist das korrekt? Ihre Frau arbeitet nicht . . . Verstehen Sie mich nicht falsch, ich will damit nicht andeuten, daß sie das sollte. Sie haben also keine weiteren Einnahmequellen. Auch korrekt?"

Carol hatte erst vorige Woche erwähnt, daß der Mann, der ihr die Kohlen ins Haus lieferte, 345 Pfund die Woche bekam. Für das Auf- und Abladen von Kohlensäcken und das Herumfahren in einem LKW bekam er also im Jahr 440 Pfund mehr als ein Wissenschaftler, der sich für die Verteidigung des Landes abrackerte. In dieser Gesellschaft waren Intellekt und innere Werte eben nichts wert.

„Ihre Hypothek steht augenblicklich bei 63 500 Pfund, Herr Dr. Bissett, etwas zu hoch bei Ihrem Einkommen, aber ich verstehe natürlich, daß Sie bei guter Marktlage gekauft haben und die Zinsen noch nicht ihren jetzigen Stand erreicht hatten."

1988 waren sie nach Lilac Gardens gezogen. 98 000 Pfund hatten sie bezahlt, und ihnen war bewußt gewesen, daß es auch bei acht Prozent Zinsen sehr knapp war. Aber Sara war nicht mehr bereit gewesen, in dem billigen Reihenhaus am Ende des Kuhdorfs zu wohnen.

„Ihr Gehalt beläuft sich auf rund 1460 Pfund im Monat – brutto. Davon gehen Steuern, Versicherung, Grundsteuer, Rentenbeiträge und die Hypothek ab. Dann bleiben Ihnen schätzungsweise 600 Pfund zur freien Verfügung. Aber das Darlehen, das wir Ihnen zu Anfang des Jahres gewährt haben, ist noch nicht mit eingerechnet. Das wären noch einmal 180 Pfund monatlich, ohne Zinsen. Mit den Zinsen sind Sie in Verzug, Herr Dr. Bissett, außerdem mit zwei Ratenzahlungen . . ."

Das Darlehen hatten sie für den gebrauchten Ford Sierra aufgenommen und dann aufstocken lassen, um das Auto durch die technische Hauptuntersuchung zu bringen; und dann kam eine weitere Aufstockung, als Saras Mini den Geist aufgab. Sara brauchte unbedingt ein Auto. Und dann eine Aufstockung für die mangelhafte Reparatur des Flachdachs über der Küche. Den Handwerker hätten sie wegen Betrugs anzeigen sollen.

„Herr Dr. Bissett, ich bedaure, dies zu einem Angestellten des Staates sagen zu müssen, aber in der Privatwirtschaft werden qualifizierte Fachleute händeringend gesucht . . ."

„Womit ich mich beschäftige, ist für die Privatwirtschaft uninteressant. Und ich bin, verdammt noch mal, ein Wissenschaftler in der Forschung und kein Yuppie."

„Wie dem auch sei . . . Können Sie sich um eine Beförderung bemühen, eine höhere Gehaltsstufe?"

„Darum *bemühe* ich mich seit Jahren, aber ich habe nicht über Beförderungen zu befinden, und es gibt Leute, die noch länger in meiner Abteilung arbeiten, und sie zählen zu den gescheitesten Köpfen Englands, sogar der Welt."

Der Bankdirektor lehnte sich in seinem Sessel zurück. „Es muß etwas geschehen. So können wir nicht weitermachen, Herr Dr. Bissett."

Bissett dachte daran, daß Sara einen neuen Küchenfußboden haben wollte und neuen Teppichboden im Flur. Außerdem hatte sie ihm zu verstehen gegeben, daß sie nicht noch einmal einen so verregneten Urlaub erleben wollte wie im letzten Jahr, als sie im Wohnmobil durch Westwales gefahren waren.

Bissett stand auf. Wenn er in Wut geriet, sprach er in seinem Heimatdialekt. Er stammte aus Leeds, und es hatte ihn große Anstrengungen gekostet, seine Herkunft hinter sich zu lassen. Und nach dem ganzen zähen Kampf mußte er sich jetzt so etwas von diesem aufgeblasenen Wicht sagen lassen.

„Das erzählen Sie mal der Regierung, daß etwas geschehen muß!"

„Niemand hat Sie zum Hauskauf gezwungen."

Bissett starrte ihn an. „So etwas Dummes sagen Sie nicht noch einmal zu mir!"

Seit er erwachsen war, hatte er keinen Menschen mehr geschlagen, schon gar nicht Sara oder seine Kinder. Drohend stand er vor dem Tisch des Direktors. Die Stirn unter seinem lockigen braunen Haar lief rot an. Keuchend ballte er die Hände zu Fäusten.

„Beruhigen Sie sich, Herr Dr. Bissett!"

Der Bankdirektor wartete, bis Bissett an der Tür war und er sich sicher fühlte.

„Ich muß leider wiederholen, Herr Dr. Bissett, so geht's nicht weiter."

Die Tür fiel krachend ins Schloß, und die Papiere auf dem Schreibtisch flatterten hoch. Fairerweise mußte der Bankdirektor im stillen einräumen, daß er auch nicht wußte, wo der arme Teufel noch was einsparen und ein halbwegs menschenwürdiges Leben dabei führen könnte. Aber der Mann hätte doch nicht so zu schreien brauchen.

DER Major betrachtete Dr. Tarik nachdenklich und dachte daran, daß der Mann keinerlei Humor besaß. Auf das Kriegshandwerk verstand der Major sich. Als junger Fallschirmjäger hatte er im Norden die kurdischen Rebellen bekämpft und sich dort die ersten Lorbeeren verdient. Seinen gegenwärtigen Ruhm verdankte er dem heroischen Verteidigungskampf seines Bataillons auf der Straße von Basra nach Bagdad gegen die Scharen aus dem Iran. Zur Zeit leitete er die Sektion des militärischen Geheimdienstes, die sich mit der vom Ausland bedrohten Staatssicherheit befaßte.

Dr. Tarik unterrichtete ihn über den Tod Professor Khans, die Flucht der beiden französischen Ingenieure und der italienischen Laboringenieure und die Briefbombe, die, korrekt adressiert, an das Nachbargebäude geschickt worden war. Er schilderte dem Major, wie er versucht hatte, die Moral der anderen ausländischen Mitarbeiter aus Deutschland, Österreich, Italien und Schweden zu stärken.

„Ich will ganz offen sein, Major. Ich habe keine Zeit zu verlieren. Die Angst muß im Keim erstickt werden, damit sich niemand mehr absetzt."

„Selbstverständlich. Ich verstehe, Herr Dr. Tarik."

„Hätten die Zionisten diesen Komplex 1981 nicht zerbombt, dann wären wir jetzt in der Lage, atomare Sprengköpfe herzustellen. Während des Krieges mit Khomeinis Fanatikern hatte ich nicht die notwendigen Ressourcen zur Reaktivierung des Programms nach dem Rückschlag von 81. Jetzt habe ich sie – und die volle Rückendeckung durch den Vorsitzenden. Aber – und darum brauche ich Ihre Mitarbeit – es gibt da gewisse Lücken in meinem Team. Auf einigen speziellen Gebieten des Projekts fehlen mir Leute mit der notwendigen Erfahrung. Deshalb hatte ich Professor Khan angeworben."

„Ich verstehe Sie."

Der Major brauchte keinen Nachhilfeunterricht in der Politik der Angst. Seine augenblickliche Arbeit lief vor allem darauf hinaus, die Gemeinschaft der Dissidenten im Exil durch Einschüchterung zum Schweigen zu bringen. Oder sie zu töten.

„Die Zionisten haben Professor Khan ermordet, sie haben eine Briefbombe geschickt – nur, um eine Atmosphäre der Angst unter den ausländischen Angestellten zu schaffen."

„Professor Khan war auf Reisen . . ."

„Selbstverständlich heimlich. Doch offenbar kannten sie seine

Route. Ebenso wie sie ein wichtiges Mitglied meines Mitarbeiterstabs herausgepickt und die Briefbombe namentlich adressiert haben."

Der Major steckte sich eine Zigarette an und blies den Rauch zur Decke. „Dann haben Sie mehr als ein Problem, Herr Dr. Tarik."

Dr. Tarik sagte: „Völlig richtig, Major. Ich habe eine undichte Stelle in Tuwaiba. Und ich muß den Verräter finden."

DER Major verließ den Schauplatz, der immer noch auf schockierende Weise Zeugnis ablegte von der Zerstörung des Reaktors von Osirak durch die Israelis. Schweigend saß er im Wagen – kein munteres Plaudern mit dem Chauffeur wie sonst –, denn er dachte darüber nach, was geschehen würde, falls er Dr. Tarik enttäuschen sollte. Der Spion in Tuwaiba wäre eine interessante Herausforderung, aber das Anheuern von Wissenschaftlern aus dem Ausland war nicht ganz sein Gebiet. Auf der anderen Seite mußte jeder, der freiwillig ein Atomforschungszentrum der westlichen Welt verließ, um Dr. Tarik beim Bau seiner Atombombe zu helfen, entweder ein Idiot oder ein Verräter sein, und Verräter waren nun mal seine Spezialität. Um Dr. Tariks Problem zu lösen, mußte er nur zwei Verräter finden. Einen hier – hoffentlich nicht wieder einen Wissenschaftler, für den Ersatz erforderlich wäre. Und einen im Westen.

4

ERLICH konnte sich nicht vorstellen, daß es für einen Staatsdiener im Ausland kein erhebendes Gefühl war, die Stufen seiner Botschaft in einer fremden Hauptstadt hinaufzusteigen – hinauf zu dem Marinesoldaten in Galauniform. Genau vier Minuten mußte er in dem großen Foyer warten, bevor die zuständige Dame kam und ihn begrüßte. Wie in jeder Botschaft mit einer Rechtsabteilung gab es auch hier eine dorthin gehörende Dame, die für die vertrauliche Post und Grüße an Botschaftsangehörige zuständig war und etwas Mütterliches an sich hatte. Sie trug flache Schuhe, Bluse und eine praktische Strickjacke, schüttelte ihm die Hand, hieß ihn willkommen und fuhr dann mit ihm im Aufzug drei Stockwerke hinauf in den Hochsicherheitstrakt des FBI.

Dan Ruane, der Rechtsberater, fühlte sich in seinem Büro ganz wie zu Hause, so, als ob es Teil seines Heims im Norden Londons wäre. Die Bücherschränke waren ebenso sein Eigentum wie der antike Schreibtisch und der Lederstuhl mit der hohen Rückenlehne. Er begrüßte Erlich und bat ihn, sich zu setzen.

„Wieviel weißt du denn bis jetzt, Bill?"

„Der Killer spricht mit britischem Akzent, und sein Name oder Spitzname ist Colt. Er arbeitet für die Iraker und war mit neunundneunzigprozentiger Sicherheit auf den Dissidenten angesetzt. Harry ist anscheinend nur in die Schußlinie geraten."

„Was weißt du noch über ihn?"

„Sonst nichts, noch nicht."

„Und was sagen die CIA-Leute in Athen dazu?"

„Die meinen, es waren die Iraker, aber da rührt keiner einen Finger, bevor nicht gesicherte Fakten vorliegen."

„Was willst du hier?"

„Ich will den Scheißkerl identifizieren und dann mithelfen, ihn zu jagen."

„Klingt nicht schlecht." Ruane zog einen Schlüssel aus seiner Hosentasche, der mit einem Kettchen an seinem Gürtel befestigt war, und schloß eine Schublade auf, aus der er ein kleines ledernes Adreßbuch holte.

„Weißt du, wie hierzulande gearbeitet wird, Bill?"

„Nein, das ist mein erster Auftrag in England."

„Schön, dann hör mir mal gut zu! In London arbeite ich *mittels* dreier Dienste – wohlgemerkt, ich arbeite *durch* sie –, ich weiß nicht, wie das bei euch in Rom läuft, aber hier arbeiten wir *durch* sie . . . meistens wenigstens . . ." Er lächelte etwas spöttisch. „Diese drei Dienste sind erstens der SIS, der *Secret Intelligence Service*, der sich nur mit Auslandsspionage befaßt, genau wie der CIA. Zweitens der *Security Service* für Inlandsangelegenheiten, verantwortlich für Gegenspionage und Terrorismusbekämpfung. Drittens die *Special Branch* von Scotland Yard, die denselben Job hat wie der Security Service, nur weniger im verborgenen agiert. Man läuft hier voll ins Messer, wenn man sich so benimmt, als sei man auf heimatlichem Territorium."

„Und was heißt das genau?"

„Das heißt, daß ich hier nicht als Einzelkämpfer arbeiten kann, sondern daß ich diese Typen einbeziehen muß. Daß ich mich nicht benehmen kann wie der Elefant im Porzellanladen . . . wenn's sich irgendwie vermeiden läßt."

Ruane stand auf und ging mit dem Adreßbuch in der Hand zur Tür. Erlich hörte, wie er der Mitarbeiterin, die ihn in den dritten Stock gebracht hatte, Instruktionen erteilte. Drei Namen, drei Telefonnummern, Termine festzumachen für diesen Tag. Keine Ausreden, kein Geschwafel wegen vollem Terminkalender, drei Termine heute.

Ruane kam zurück.

„Ich war auch mal so jung wie du. Ich wollte nach oben. Damals hätte ich sonstwas gegeben für die Chance, die du jetzt kriegst. Du kennst die Spielregeln, also richte dich danach, dann kommst du weiter. Wenn du querschießt, dann ist's Essig. Kapiert? Das richtet sich nicht gegen dich persönlich, Bill, aber ich arbeite hier und bin auf die anderen angewiesen. Wenn du mir meine Kontakte vermasselst, sitzt du im nächsten Flieger nach Athen. Alles klar?"

„Alles klar, Dan."

DER Wasserkessel und die Türklingel ertönten gleichzeitig. Major Roland Tuck unterdrückte einen Fluch. Schwester Edith hatte nie viel Zeit, aber er genoß es immer sehr, wenn die Gemeindeschwester noch eine Tasse Tee mit ihm trank, nachdem sie im Krankenzimmer fertig war. Während sie jetzt den Tee aufgoß, ging er durch den Flur zur Haustür. Der Hund heftete sich wie immer an seine Fersen – er schien bei jedem Besucher zu hoffen, es wäre sein Herrchen. Roland Tuck öffnete die Tür.

Ein junger Mann stand auf der Veranda und sah sich um. Es gab nichts Sehenswertes, der Rasen und die Auffahrt zu dem alten Gutshaus waren verwahrlost, die Blätter waren nicht zusammengekehrt, und im Kies wucherte das Unkraut. In der Auffahrt parkte ein Lieferwagen.

„Major Tuck?"

„Ja."

Der Mann sah sich wieder um, als ob er sich beobachtet fühlte. „Ich habe einen Brief für Sie . . ."

„Gütiger Himmel, kommen Sie herein!"

Jedesmal war es ein anderer Kurier, eine andere Tarnung. Der junge Mann folgte ihm ins Haus. In diesem Jahr waren zwei Briefe gekommen, und natürlich freute er sich jedesmal darüber, aber sie brachten auch viel Unruhe in ihr ruhiges Leben. Der Junge war schließlich ihr Sohn, so war das nun mal. Der Kurier zog ein Kuvert aus der Brusttasche und reichte es Tuck.

Tuck hielt den Umschlag fest in der Hand, drehte ihn herum. „Kann ich Ihnen eine Antwort mitgeben?"

„Warum nicht?"

Tuck bat den jungen Mann, im Flur zu warten, und ging in sein Arbeitszimmer. Er schloß die Tür hinter sich und öffnete den Briefumschlag. Nachdem er die vier Seiten, die sein Sohn geschrieben hatte, überflogen hatte, setzte er sich an den Schreibtisch – ein antikes Stück aus Frankreich – und holte einen Briefbogen heraus. Der Junge war ein mieses kleines Miststück, aber er hatte ein Recht darauf, von der Krankheit seiner Mutter zu erfahren. Wer weiß, wie lange Louise noch lebte. Als er fertig war, beschriftete er den Umschlag mit dem einen Wort COLT und ging in den Flur zurück. „Bitten Sie Ihre Auftraggeber, alles Menschenmögliche zu tun, damit mein Sohn diesen Brief so schnell wie möglich bekommt."

Er ließ den jungen Mann zur Haustür hinaus und legte ihm kurz die Hand auf die Schulter, als könne er damit einen – wenn auch nur flüchtigen – Kontakt zu seinem Sohn herstellen. Nachdem er die Tür geschlossen hatte, hörte er, wie der Motor ansprang; er war sich ganz sicher, daß das Haus heute nicht unter Beobachtung stand. Nur wenn der Hund winselte und an der Hintertür kratzte, dann wurde das Haus überwacht. Langsam ging er in die Küche zurück und setzte sich zu Schwester Edith, die schon mit dem fertigen Tee auf ihn wartete.

„Wie geht es ihr?"

„Sie verliert den Willen zu kämpfen. Aber das wissen Sie ja sicher besser als ich."

„Ja." Nachdenklich umschloß er die Tasse mit beiden Händen. Schweigend saßen sie eine Weile zusammen, dann sagte sie ihm, wann sie das nächste Mal komme und daß sie allein hinausgehen wolle.

Nachdem er seinen Tee getrunken hatte, stieg er langsam die Treppe hinauf. Vielleicht war das mit Colt alles seine Schuld. Auf dem Land, wo die Leute Jagdhunde, Labradore und Terrier züchteten, sagte man immer, es gebe keine bösen Hunde, nur schlechte Halter und Züchter und Ausbilder. In den letzten Monaten, als Louise so krank geworden war, hatten sich seine Schuldgefühle verstärkt. Er kannte viele Leute im Dorf, doch nur wenige konnte er als Freunde bezeichnen – das lag wohl auch daran, daß sie in dem großen alten Gutshaus am Rande des Dorfes lebten. Seit seine Frau, seine Louise, langsam starb, gab es niemanden mehr, mit dem er die Sorgen um seinen Sohn hätte teilen können. Er war selbst immer ein Einzelkämpfer gewesen, und das hatte ihm im Krieg Ehrungen eingebracht. Inzwischen war er davon überzeugt, daß sein Sohn genau diese Eigenschaft von ihm geerbt hatte.

An der Schlafzimmertür blieb er stehen. Dreißig Jahre lang hatten sie es geteilt, seit er das Haus geerbt hatte, aber jetzt schlief er nebenan, in seinem Ankleidezimmer. Einen Augenblick blieb er stehen, um die Trauer abzuschütteln, die von ihm Besitz ergriffen hatte, und trat dann lächelnd ein.

„Eine gute Nachricht, *ma petite fleur*, ein Brief von deinem kleinen Schlingel, ein Brief von Colt."

Es war dämmerig im Zimmer, denn die Vorhänge waren halb zugezogen, aber er sah, wie ihre Augen aufleuchteten. Er trat ans Bett, setzte sich und nahm ihre knochige Hand.

„Ich lese dir vor, was der Taugenichts zu berichten hat . . ."

ERLICH hatte noch nie mit Engländern gearbeitet. Der Mann, mit dem er und Dan Ruane hier zusammensaßen, sah aus wie aus einem Theaterstück entsprungen. Sie hatten sich in einem Pub mit Blick auf die Themse getroffen, nur ein paar Minuten von den Büroräumen des Secret Intelligence Service entfernt. Ruane hatte ihn vorgewarnt. Es gab für Erlich keine Möglichkeit, sich Zutritt zum SIS-Gebäude zu verschaffen.

Percy Martins trug ein rosafarbenes Seidenhemd und eine lindgrüne, getupfte Fliege. Er war ein alter Wichtigtuer, und Erlich verstand nicht, warum sie ausgerechnet an der Bar sitzen mußten, wo eine so drangvolle Enge herrschte, daß er jede einzelne Falte im Gesicht seines gelangweilten Gegenübers genau erkennen konnte. Der Mann schien alles, was er zu hören bekam, entsetzlich belanglos zu finden. Als Erlich ihm den Namen Colt nannte, sicherte er ihm müde zu, ihn zu überprüfen.

Draußen sahen sie dem Mann hinterher, wie er gemächlich die Straße hinunterschlenderte, und Ruane sagte: „Glaub bloß nicht, daß sie alles auf die gleiche Art erledigen wie wir, auch wenn sie dieselbe Sprache sprechen. Der CIA hat eine Adresse und ein Hinweisschild an der Autobahnausfahrt. Diese Leute vom SIS hier existieren eigentlich gar nicht, wenigstens nicht offiziell. Eine scheue Bande . . ."

„Sind die alle so exotisch?"

„Ein farbenfroher Zeitgenosse, das stimmt schon, aber hinter dem auffälligen Putz steckt ein ganz pragmatischer, nüchterner Typ. Percy Martins hat eine Aktion im Beka'a-Tal organisiert und befehligt und war damit sehr erfolgreich."

„Ich nehme alles zurück", sagte Erlich mit Nachdruck.

MAJOR TUCKS Brief an seinen Sohn, inzwischen verschlüsselt, wurde per Fernschreiben an das Verteidigungsministerium in Bagdad übermittelt. Alles, was Colin Olivier Louis Tuck betraf, lief über das Ministerium. Als Colts Vater sich sein Abendessen bereitet hatte und es nach oben brachte, war der Brief schon in der Abteilung des Majors.

REUBEN BOLL stand in Bissetts Büro, und seine Stimme dröhnte so in dem kleinen Zimmer, daß man sie bis ins Vorzimmer hören konnte.

„Würden Sie mir freundlicherweise mitteilen, wann Sie gedenken, Ihr Material fertigzustellen?"

Bissett antwortete nicht. Von Monat zu Monat stand er stärker unter Druck. Seit „Trident" entwickelt wurde, ein neues Waffensystem für U-Boote, war Bissett im Dauerstreß. Alles wurde Trident untergeordnet. Bissetts eigenes Projekt wurde in den Hintergrund gedrängt, man nahm ihm Kollegen, Laborzeit, Computerzeit, Experimentiermöglichkeiten. Personalknappheit war ein weiterer Faktor. Welcher erstklassige Hochschulabsolvent ließ sich schon für das AWE gewinnen, wenn er in der Privatwirtschaft fünfzig bis hundert Prozent mehr verdienen konnte?

„Bissett, ich habe Sie etwas gefragt."

„Bald, Mr. Boll. Ich tue, was ich kann", antwortete er resigniert.

„Morgen früh habe ich eine Konferenz, Bissett. Was soll ich den anderen sagen?"

„Irgend etwas, zum Teufel noch mal . . ."

Er hörte die Tür ins Schloß fallen.

Das war dumm von ihm gewesen. In der kommenden Woche sollte Boll eine Beurteilung seiner Arbeit schreiben.

„SCHÖN, Sie zu sehen, Dan."

„Danke, gleichfalls."

Erlich lehnte sich zurück. Der Stuhl war unbequem, aber wenigstens hatte man sie ins Haus des Security Service gelassen. Er und Ruane waren über die Themse zurückgekehrt in eine Straße in der Nähe der Botschaft. Er hatte das Gebäude schon früher bemerkt, ohne zu ahnen, worum es sich handelte. Die erste Lektion hatte er bereits gelernt: Weder der SIS noch der Security Service hängten ihre Tätigkeit an die große Glocke. An der Tür war kein Schild, nur eine Nummer.

Ruane begann: „Darf ich vorstellen: Bill Erlich, FBI."

„James Rutherford. Angenehm."

Erlich betrachtete sein Gegenüber – einen kräftigen Mann mit breiten Schultern, gedrungenem Nacken und vollem dunklem Haar, der etwa in seinem Alter war. Seine Bürokleidung bestand aus flaschengrünen Cordhosen und einem rostbraunen Pullover über einem offenen Karohemd.

„Okay, an die Arbeit . . .", fuhr Ruane fort. „Harry Lawrence, CIA, erschossen in Athen. Wissen Sie darüber Bescheid?"

„Ich habe die Berichte gelesen."

„Die schlechte Nachricht ist, daß die Spur direkt hierher zu Ihnen führt. Sag du's ihm, Bill!"

Erlich teilte Rutherford mit, daß er von dem Attentäter wußte, daß er mit englischem Akzent sprach und der Fahrer ihm das Wort Colt nachgerufen hatte.

„Ist das *alles*?"

„Soweit ja."

Rutherford notierte sich nichts, er nickte nur.

Draußen sagte Erlich: „Danke, Dan, aber ich habe nicht das Gefühl, daß dieser Mann übermäßigen Eifer an den Tag legt."

Doch darauf reagierte Ruane sehr ärgerlich. „Er ist einer der besten Leute. Er kann ein echter Freund sein, ein guter Freund. Ach, erzähl ihm übrigens keine von deinen Kriegsgeschichten, die könnte er für banal halten!"

„ABER du *mußt* einfach kommen ...", wiederholte Debbie.

Sara schüttelte den Kopf und verzog das Gesicht. „Es geht einfach nicht."

„Sara, wir sind ein paar Hausfrauen mittleren Alters, die sich ein bißchen die Zeit mit Malen und Zeichnen vertreiben, während ihre Männer sich abrackern. Keine aus unserer gemütlichen Runde hat auch nur ein Viertel von deinem Talent. Du mußt kommen!"

„Es ist aber nicht möglich."

Doch Debbie blieb hartnäckig. „Wir fahren erst, wenn die Kinder in der Schule sind, und kommen wieder, bevor die Schule aus ist."

Sie standen im Eßzimmer in Debbies Haus, und Sara sah zum großen Panoramafenster hinaus, über den gepflegten Rasen auf die Teiche und die Birken, die das Ende des Gartens säumten. Es war ein großes Haus, mit mindestens vier Schlafzimmern, und der Garten war riesig.

„Was ist denn das Problem? Stört es dich, daß wir *Amateure* sind?"

Die Malstunden fanden in Debbies Haus statt. Als Sara den Aushang an der Pinnwand in der Post von Tadley gesehen und sich gemeldet hatte, hatte sie sich nicht überlegt, wo die Stunden stattfinden würden, sondern sich nur fürs Malen interessiert. Aber sie war die Außenseiterin, weil sie aus einer Wohnsiedlung in Tadley kam und ihr Mann im AWE arbeitete. Sie hatte überhaupt nicht damit gerechnet, in genau die gesellschaftliche Szene hineinzugeraten, aus der sie weggegangen war, als sie ihr Elternhaus verlassen hatte. Reiche Ehefrauen mit reichen Ehemännern, die sich einfach nur zweimal die Woche amüsieren wollten. Das Problem war, daß sie sich hier sehr wohl fühlte.

Nach dem Unterricht gönnten sich die „Malerinnen" etwas Gutes zum Mittagessen, pochierten Lachs am ersten Tag und kalten Rinderbraten am nächsten und Wein dazu. Der Unterricht kostete fünf Pfund pro Stunde, dazu das Material – Aquarellfarben, die sie mit der Kreditkarte gekauft hatte. Für das Geld hätte sie beiden Jungen ein Paar Turnschuhe kaufen können.

Die Gruppe wollte im Kleinbus nach London fahren, um in die Tate Gallery zu gehen, aber die Fahrt sollte 15 Pfund pro Kopf kosten. Sie konnte es einfach nicht machen, deshalb war sie nach dem Lunch zurückgeblieben, um allein mit Debbie zu reden.

„Es hat nichts damit zu tun, ob ich gut bin . . ." Es hat nur mit Geld zu tun, dachte sie und blickte Debbie unsicher an. Sie fühlte sich schmuddelig in ihren alten Jeans und ihrem alten Malerkittel. Debbies Mann besaß eine Softwarefirma in Newbury.

„Ist es mal wieder das leidige Geld, ja?" fragte Debbie leise.

Sara nickte.

„Ach, ich weiß, wie wir's machen", sagte Debbie. „Du kommst umsonst mit in die Tate Gallery, und zwar als unsere Führerin. Und hier bezahlst du auch nichts, weil wir dich gelegentlich als Modell brauchen. Du bist viel hübscher als wir. Du gibst bestimmt ein tolles Modell ab."

Sara wollte so gern dazugehören, sie konnte einfach nicht ablehnen. „Ich weiß nicht recht . . ."

„Du genierst dich doch nicht etwa?"

DER Hauptkommissar der Sonderabteilung von Scotland Yard, der Special Branch, legte offensichtlich keinen Wert auf Äußerlichkeiten. Sein Anzug sah aus, als habe er ihn drei Tage und Nächte hindurch getragen.

Ruane und Erlich befanden sich in einem kleinen Büro im vierten Stock von Scotland Yard. Erlich war nicht besonders beeindruckt.

„Was kann ich für Sie tun, meine Herren?"

Erlich hatte mittlerweile Routine. Er konnte sein Anliegen mit einem Minimum an Worten abspulen: Die Stimme war britisch, das Gesicht nordisch. Größe etwa einsachtzig. Alter: Mitte Zwanzig. Augen: blau. Teint: gebräunt. Name, auf den er reagiert: Colt.

Der Hauptkommissar runzelte die Stirn. „Ein Engländer erschießt einen CIA-Agenten und einen irakischen Journalisten in Athen. Eine ziemlich bizarre Angelegenheit, Mr. Erlich. Was ist denn das Motiv?"

„Staatlich gelenkter irakischer Terrorismus. Unserer Meinung nach haben die Iraker einen englischen Staatsbürger als Killer angeworben."

„Ein einziger Schuß, sagen Sie, in den Kopf, aus zwölf Schritt Entfernung. Offenbar ein sehr interessanter junger Mann."

„Ich möchte, daß er identifiziert wird", sagte Erlich.

„Das kann ich mir vorstellen . . . Er arbeitet für den irakischen Geheimdienst? Ein Engländer? Falls wir ihn für Sie finden, hätten wir uns auch ganz gern mal ein paar Minuten mit ihm unterhalten, denke ich, *falls* wir ihn finden . . ."

„Ich möchte, daß Sie Ihr Bestes geben, Sir!" sagte Erlich.

„Ich tue, was ich kann, mehr kann ich nicht versprechen."

COLT wurde ins Büro des Majors geleitet.

Der Major zeigte auf einen Sessel und bot ihm eine Zigarette an. Colt setzte sich dem Major gegenüber, lehnte die Zigarette aber ab und zündete sich einen Stumpen an. Der Major strahlte Colt an.

Colt wußte, daß es nicht an ihm war, nach dem Grund für die Vorladung in die Geheimdienstabteilung des Ministeriums zu fragen. Fragen waren nicht erwünscht, das hatte er schon lange begriffen. Von ihm wurde lediglich erwartet, daß er ihre Fragen beantwortete. Er schreckte zusammen, als am Ende des Korridors ein Mann schrie. Wer immer es war, er hatte Todesangst. Dann war plötzlich alles wieder still, und Colt strich den Vorfall aus seinem Gedächtnis. Colt kannte das Geschrei, er kannte die Methoden des Regimes, für das er arbeitete. Der Major ließ sich nichts anmerken.

„Colt, erzählst du mir was über deinen Vater?"

Der junge Mann sprach mit monotoner Stimme, ließ sich keinerlei Gefühle anmerken. „Er ist schon siebzig Jahre alt und kommt aus guter Familie, wie man das in England nennt. Aus guter Familie zu kommen bedeutet heutzutage nicht viel. Und mit seinem Vermögen kann er keine großen Sprünge mehr machen. Er lebt mit meiner Mutter in einem von diesen ewig zugigen Herrenhäusern auf dem Land in einem kleinen Dorf in Wiltshire. Meine Mutter ist Französin, sie haben sich im Krieg kennengelernt. Eigentlich ist alles Gute, was mein Vater erlebt hat, im Krieg passiert. Er war ein junger Gardeoffizier und ist mit dem Expeditionskorps nach Frankreich gezogen. Sie wissen wohl, daß die Armee von den Stränden bei Dünkirchen abgezogen wurde, nur die Nachhut und die Verwundeten blieben zurück. Mein Vater kämpfte in vorderster Linie und verteidigte den Brückenkopf. Als er sah, daß die Schlacht verloren war, hat er sich von seiner Einheit entfernt. Man könnte auch sagen, er ist desertiert. Elf Monate später war er wieder in England. Er hat sich quer durch Frankreich und Spanien geschlagen, um in die Heimat zurückzukehren. In London wurde eine sogenannte Special Operations Executive eingerichtet, und man rekrutierte meinen Vater. In den nächsten drei Jahren sprang er zweimal mit dem Fallschirm über dem besetzten Frankreich ab. In einigen Landesteilen wurde er zur Legende. Heute gibt es nicht mehr viele, die sich dort an ihn erinnern. Er war ein Sprengstoffexperte für Stromleitungen, Brücken. Als man Männer hinüberschickte, die ihm helfen sollten, klappte es nicht. Er war ein Einzelgänger, konnte nicht im Team arbeiten. Solange er genügend Flieger zur Verfügung hatte, interessierte er sich nicht für den Rest des Krieges. Als alles vorbei war, bekam er ein Military Cross von den Briten und das Croix de Guerre von den Franzosen verliehen. Das war die schönste Zeit seines Lebens, alles war seitdem nur noch halb so schön für ihn."

„Bist du stolz auf ihn?"

„Wir haben uns ständig gestritten, morgens, mittags und abends."

„Ist dein Vater stolz auf seinen Sohn?"

Colt konnte sich deutlich an den letzten Tag im Herrenhaus erinnern. Seine Mutter hatte weinend im Haus nach Geld für ihn gesucht, während sein Vater ihm von einem Zimmer zum anderen gefolgt war, immer ein paar Schritte hinter ihm, den ganzen Nachmittag. Als der Anruf gekommen war und die Gewißheit, daß man Micky und Sissie verhaftet hatte, war ihm nur noch die Flucht geblieben. Der Vater hatte kein einziges Wort mit ihm gesprochen, war ihm nur durch das ganze Haus nachgegangen. Seine Mutter hatte ihm nachgewinkt, sein Vater nicht.

„Er sieht wohl keinen Grund, besonders stolz auf mich zu sein."

Der Major schob den dechiffrierten Text über den Tisch.

Colt las den Brief, der am Morgen desselben Tages in aller Eile von seinem Vater verfaßt worden war.

„Ich muß nach Hause fahren, Sir."

ERLICH saß in seinem Hotelzimmer in der Nähe der Botschaft und wartete auf Ruane, der ihn in einer halben Stunde zum Essen abholen sollte. Gestern hatte er eine Stunde in einem kleinen

Buchladen verbracht und eine Taschenbuchausgabe der Werke des Lyrikers Rosenberg gekauft. Er war so überstürzt aus Rom abgereist, daß er nicht einmal die Gedichtbände eingepackt hatte, die er sonst immer dabeihatte.

Während er auf Ruane wartete, dachte er an seinen Vater, der wohl nie etwas von Isaac Rosenberg gehört hatte, dem englischen Lyriker, der in den letzten Wochen des „Krieges aller Kriege“ gefallen war. Sein Vater war bei einem Ort namens Duc Pho gefallen, irgendwo in Vietnam.

Er dachte an seinen Vater, getötet in weiter Ferne, an den grausamen Tod Isaac Rosenbergs, an Harry Lawrence, seinen Freund, dessen Tod er rächen *konnte*. Und an Elsa und ihre Kinder, bei denen er im Wort stand. Für Erlich gab es kein Zurück.

Das Telefon klingelte, und der Empfangschef meldete ihm, daß Ruane unten war.

5

JUSTIN PINK hatte einen ausgesprochenen Glückstag. Jedenfalls behauptete er das später immer.

Seine Werkstatt, wie er das nannte, war ein ausgebauter Raum über der Garage. Manche Dinge erledigte er lieber hier als in seiner Fabrik in Newbury. Auch an diesem Morgen war er nicht nach Newbury gefahren, weil er Unterlagen und Verträge vorbereiten mußte.

Justin Pink war ein Siegertyp. Das dachte er jedesmal, wenn er einen Maßanzug anzog und sich im Spiegel betrachtete. Auch heute trug er wieder ein frisches Hemd mit gesticktem Monogramm. Die Krawatte war aus Seide, das Haar gepflegt. Er fühlte sich großartig, als er von seiner Werkstatt hinüberging zu seinem weitläufigen Backsteinhaus. Heute abend waren er und seine Frau Debbie bei Wally und Fiona Simpson eingeladen. Wally hatte angerufen, um ihm zu sagen, daß festliche Kleidung erwünscht war, und er wollte Debbie Bescheid sagen. Als er vorm Wohnzimmer stand, wurde ihm bewußt, daß er gar nicht wußte, wie es bei Debbies Malstunde zuging. Langsam öffnete er die Tür.

Teufel auch . . .

Atemlos starrte er auf die Szene vor sich. Der Tisch war zur Seite gerückt, und im Kamin brannte ein Feuer. Die Frauen saßen im Halbkreis vor dem Kamin und reagierten auf sein Erscheinen ungefähr so, als ob er eine Granate hineingeworfen hätte.

Er starrte die Frau an. Sie sah toll aus, wie sie so dasaß auf einem einfachen Holzstuhl mit nicht einem einzigen Fetzen am Leib, so völlig entspannt. Als er ihr in die Augen sah, wich sie seinem Blick nicht aus. Ohne recht darüber nachgedacht zu haben, hatte er angenommen, Debbie und ihre Freundinnen malten Blumen oder Obstschalen oder Landschaften. Unglaublich, sie wich seinem Blick nicht aus, diese Frau.

Er hörte, wie Debbie leise und amüsiert zu ihm sagte: „Raus hier, Justie, du störst!"

Etwas verwirrt murmelte er eine Entschuldigung und ging hinaus. Drinnen begannen sie zu kichern.

Debbie kam zu ihm heraus, und gemeinsam gingen sie zur Haustür.

„Wer ist *das* denn?"

Debbie lachte ihn an. „Du Dummkopf . . . Du hörst aber auch nie zu. Ich hab dir doch von Sara erzählt . . ."

„Aber nicht, daß sie Striptease macht."

„Ich hab dir doch erzählt, daß sie mit so einem armseligen Wissenschaftler aus Aldermaston verheiratet ist. Sie hat absolut kein Geld, und deshalb sitzt sie Modell für uns, damit sie für den Kurs nichts bezahlen muß."

Debbie küßte ihn und schob ihn dann aus der Tür.

Justin Pink war schon auf dem Weg in die Stadt, als ihm einfiel, daß er Debbie nichts von Wallys Anruf und der Abendeinladung gesagt hatte.

DIE Militärpolizei eskortierte Colt zum Büro des Majors. Er hatte Glück, denn der Major hatte an diesem Morgen einen Auftrag vom Ministerium für Verkehr und Luftfahrt erhalten.

Colt bekam das Ziel eines Anschlags und eine Adresse genannt sowie das Foto eines Staatsfeindes gezeigt. Mit dem Flugticket nach London in der Tasche, verließ er das Büro.

DIE letzte Woche war Erlich endlos lang vorgekommen, so lang, wie noch keine Woche in seinen acht Jahren Tätigkeit für das FBI. Er war in London, um die Ermittlungen zu beschleunigen, doch es passierte gar nichts. Man hatte ihm zu verstehen gegeben, er solle gefälligst abwarten, also hatte er eine ganze Woche in der Botschaft herumgesessen und gewartet.

Der SIS, der Security Service und die Special Branch suchten per Computer für ihn nach einem Engländer namens Colt, der zwei Menschenleben im Dienst der Republik Irak ausgelöscht hatte. Aber er selbst saß tatenlos herum und kam in der Aufklärung des Mordes an Harry kein Stückchen weiter.

„Bill, kommst du mal rein?"

Ruane führte Gespräche am liebsten in seinem eigenen Büro.

„Sieht so aus, als ob du Glück hast, Bill . . . Die Special Branch hat gerade angerufen. Du sollst mal rüberkommen."

„Super, danke . . ."

„Viel haben sie nicht, aber es ist immerhin ein Anfang. Sie werden es dir erzählen."

BISSETT war zufrieden, denn die ganze letzte Woche hatte er intensiv und gut arbeiten können. Reuben Boll war auf Urlaub gewesen, und er hatte sogar die Gelegenheit gehabt, eine halbe Stunde lang mit Basil Curtis über sein Projekt zu sprechen – das war der absolute Höhepunkt der Woche gewesen, mit Basil wissenschaftliche Probleme zu erörtern. Basil war einfach großartig.

Doch an diesem Morgen war seine Glückssträhne jäh abgerissen. Zuerst sprang sein Auto nicht an, es gab keinen Ton mehr von sich, dann erreichte er niemanden in der Werkstatt, weil sie erst um neun Uhr aufmachte. Als schließlich jemand ans Telefon ging, teilte man ihm mit, daß erst nachmittags ein Mechaniker kommen könne, also war er im strömenden Regen zu Fuß zum Falcon Gate gegangen, und der Polizist, der seinen Ausweis überprüfte, hatte ihn ziemlich herablassend behandelt, als er pitschnaß am Tor stand.

Daß Carol dann auch noch rummeckerte, weil er seinen nassen Mantel an der Gemeinschaftsgarderobe aufhängen wollte, hatte ihm den Rest gegeben.

Bissett kam zwei Stunden und fünfundzwanzig Minuten zu spät.

Als er sein Büro aufschloß, tönte es aus Reuben Bolls Zimmer: „Bissett!"

„Ja, Chef?"

„Ich hatte gehofft, Ihre Arbeit auf meinem Schreibtisch zu finden."

„Dauert nicht mehr lange, Mr. Boll", sagte Bissett.

„Ich hoffe doch sehr, daß Sie in meiner Abwesenheit wenigstens ein *paar* Fortschritte gemacht haben."

Reuben Boll mußte auf den Kanarischen Inseln gewesen sein, denn er hatte einen ziemlichen Sonnenbrand. „Die Leute aus der Abteilung chemische Sprengstoffe wollten was von Ihnen. Ich habe gesagt, Sie würden in dreißig Minuten kommen, aber das war vor einer Stunde."

Bissett ging in sein Büro und knallte die Tür hinter sich zu.

DER Vertrag war 1,32 Millionen Pfund wert, und das war eine hübsche Summe in der Branche, in der Justin Pink tätig war. Sein zweiter Gin war reichlich bemessen, und er spürte, wie er ihm zu Kopf stieg.

Pink stand mit dem irakischen Handelsattaché und dessen Assistenten zusammen. Der Geschäftsträger der irakischen Botschaft hatte sich zu ihnen gesellt. Ihm war bekannt, daß die Software aus Pinks Firma ans Verteidigungsministerium ging, aber daß die Exportpapiere als Käufer das Landwirtschaftsministerium angaben. Die britischen Außenhandelsgesetze schrieben vor, daß nur nichtmilitärische Erzeugnisse in den Irak ausgeführt werden durften. In Justins Augen war es typisch für die Heuchelei der Regierung, daß sie zwar über die Verluste im Exportgeschäft jammerte, den Exporteuren aber gleichzeitig jedes erdenkliche Hindernis in den Weg stellte. Auf der anderen Seite hätte er nur die Hälfte an dem Handel verdient, wenn er legal gewesen wäre. Daß es nicht legal war, machte das Geschäft für Justin Pink so interessant, denn er wußte, daß für diesen Verstoß die Höchststrafe sieben Jahre Haft betrug. Nervenkitzel war wichtig für Justin Pink.

Im Moment genoß er es, im Mittelpunkt zu stehen. Der Handelsattaché und der Geschäftsträger schienen an seinen Lippen zu hängen und ließen ihn nicht aus den Augen. Ja, es war sein Tag. Er genoß es, daß er reden konnte und die anderen ihm zuhörten.

„Wissen Sie was? Ich gehe da um halb zehn heute morgen in unser Wohnzimmer, um mich von meiner Frau zu verabschieden. Sitzt da doch eine fremde Frau vorm Kamin – splitternackt. Der Tag fing gut an, sag ich Ihnen."

„Darf ich Sie mal besuchen, Mr. Pink?" Der Handelsattaché grinste.

„Sie sah toll aus, verzog keine Miene. Meine Frau hat einen Malkurs mit Freundinnen, und sie war das Modell . . ."

Pink fühlte sich geschmeichelt und glaubte, seinem Publikum noch mehr bieten zu müssen. „Sie ist mit einem Typen vom AWE verheiratet, ach, das muß ich wohl erklären . . . Ich wohne in der Nähe vom Atomic Weapons Establishment. Diese Frau ist knapp bei Kasse, darum sitzt sie einmal im Monat oder so Modell für meine Frau und ihre Freundinnen und bekommt den Zeichenunterricht umsonst. So bald sehen Sie mich vormittags hier nicht wieder, jedenfalls nicht, wenn der Malkurs stattfindet . . ."

„Und sie ist knapp bei Kasse?"

„Es ist schon erstaunlich, daß einige der hellsten Köpfe des Landes dort eingesperrt sind, in diesem AWE, und nur einen Hungerlohn bekommen."

„Allerdings erstaunlich", bemerkte der Handelsattaché. „In unserem Land zollt man Wissenschaftlern größten Respekt."

„Vermutlich ist er ein erstklassiger Wissenschaftler", entgegnete Pink, „aber seine Familie lebt am Rande des Existenzminimums. Andererseits kann's ja so schlimm auch wieder nicht sein, wenn seine Frau als Aktmodell in meinem Wohnzimmer hockt, nicht?"

Pink schenkte dem Mann, der sich die ganze Zeit in seiner Nähe herumtrieb, keine Beachtung, doch als er die Botschaft verließ, bereitete der Mann bereits einen Bericht für Bagdad vor. Der Bericht war direkt für den Major bestimmt.

„NEHMEN Sie bitte Platz."

Erlich setzte sich. „Welche Neuigkeiten haben Sie für mich?"

Erlich hatte sich so beeilt, daß er fünfundzwanzig Minuten zu früh bei Scotland Yard eingetroffen war, aber natürlich hatten sie ihn warten lassen und ihn erst zur verabredeten Zeit in ein kahles Arbeitszimmer im vierten Stock geleitet.

Der Hauptkommissar zog seine Pfeife aus der Tasche, stopfte sie langsam, methodisch und zündete sie an, dann zog er einen dünnen Ordner aus dem Schreibtisch. „Wir haben hier ein paar radikale Tierschützer, die sich ‚Animal Liberation Front' nennen", sagte er. „Wir leben in einem freien Land, und jeder darf herumposaunen, was er vom Pelzhandel und von Versuchen an lebenden Tieren hält. Das tun diese Leute auch, aber außerdem legen sie Brandbomben und überfallen Angestellte von Laboratorien, in denen Tierversuche stattfinden. Vor zwei Jahren schlug die ALF dann völlig über die Stränge. Zwei Kaufhäuser brannten bis auf die Grundmauern nieder; eine Bombe lag unter einem Wagen, zündete aber nicht; ein Forscher, der an einem Mittel gegen Muskelrheumatismus arbeitete, wurde zusammengeschlagen. Die Polizei richtete eine Sonderkommission ein, aber diese Burschen hatten ein ausgeklügeltes Frühwarnsystem, und es dauerte ewig, bis wir ihnen auf die Schliche kamen. Vor zwei Jahren sind wir bei einer Razzia in einem Haus an der Südküste endlich fündig geworden. Wir sind auf mehrere Initialen gestoßen und konnten die entsprechenden Namen dazu ermitteln. Drei Männer und eine Frau wurden verhaftet. Der vierte Mann wurde als Tuck identifiziert."

„Und das ist Colt?"

„Ja – die Initialen von Colin Olivier Louis Tuck."

„Ich danke Ihnen sehr!" sagte Erlich.

Draußen fing ihn die Sekretärin ab. „Mr. Erlich?"

„Der bin ich."

„Ein Mr. Rutherford wollte Sie sprechen. Sie sollen zur Curzon Street kommen, Seiteneingang."

DER Paß, den ihm der Major gegeben hatte, steckte in der Brusttasche seines Anoraks. Die konspirative Telefonnummer und die Kontaktadresse hatte er auswendig gelernt.

Er war unterwegs nach Hause, und das bedeutete für ihn nicht mehr und nicht weniger als das Sterbezimmer seiner Mutter. Der Major brauchte ihn nicht zu drängen, nach Erfüllung seiner Aufgabe und nach dem Besuch bei seiner sterbenden Mutter wieder nach Bagdad zurückzukehren, denn er war noch immer auf der Flucht vor den Justizbehörden seines eigenen Landes. Er wußte, welche Haftstrafen man seinen Komplizen verpaßt hatte: zwölf Jahre für die Männer, sieben Jahre für die Frau. Natürlich würde er nach Bagdad zurückkehren, denn sein Gefühl für den Major grenzte fast an Dankbarkeit.

Es war Zufall gewesen, daß er in den Dunstkreis des Majors geraten war. Als er in Kuwait von Bord eines großen Öltankers gegangen war, hatte er dem Kapitän gedankt, der es ihm ermöglicht hatte, sich die Überfahrt von Australien durch Arbeit an Bord zu verdienen. In Kuwait an Land zu gehen war ein spontaner Entschluß gewesen, denn plötzlich hatte er sich auf dem Schiff eingeengt gefühlt.

Kuwait wimmelte von Landsleuten. Engländer waren unangenehm für Colt, darum war er aus der Stadt getrampt in Richtung irakische Grenze. Er hatte den Grenzsoldaten zugelächelt und war mit seinem Rucksack weitergewandert, bis sich eine Hand auf seine Schulter gelegt hatte und er mit einem Fußtritt in eine Zelle befördert worden war. Im Keller der Sicherheitspolizei in Basra hatte ihn der Major gefunden und herausgeholt, als er nach tagelangem Verhör zusammengeschlagen am Boden lag. Colt log nie, jetzt nicht, damals nicht. Mit aufgesprungenen Lippen und eingeschlagenen Zähnen erzählte er dem Major seine Lebensgeschichte, und der Major zeigte sich amüsiert. Man brachte ihn in den Bungalow des Majors und sagte ihm, er solle seine beiden übergewichtigen, verzogenen Söhne in Englisch unterrichten. Colt, Schlußlicht seiner Klasse, bevor er von der Schule geflogen war, war jetzt Lehrer – weil dem Major ein Bursche gefiel, der einem Sicherheitspolizisten mit erhobenem Gummiknüppel ins Gesicht lachte.

Natürlich würde er nach Bagdad zurückkehren. Sie brauchten ihn, er brauchte sie.

Am Tor zur Sicherheitszone verabschiedete er sich mit förmlichem Händedruck vom Major. Der Major küßte ihn zum Abschied auf beide Wangen.

RUTHERFORD spürte Erlichs Ungeduld.

„Gut, Bill . . . was Colin Tuck betrifft, den wir Colt nennen wollen, so bin ich Ihr V-Mann, solange Sie in England sind. Alles, was Sie benötigen, beantragen Sie bei mir. Alles, was Sie unternehmen wollen, wird von mir abgesegnet, alle Gespräche, die Sie führen wollen, vermittele ich.“ Rutherford hoffte, daß der FBI-Mann genau verstanden hatte, wer hier das Sagen hatte. „Mr. Ruane hat Ihnen bestimmt gesagt, daß Sie sich strikt an unsere Vorschriften halten müssen. Auf diese Weise bekommen Sie von uns jede erdenkliche Hilfe. Sonst können Sie die Tür von außen zumachen. Alles klar?"

„Ich verstehe. Erzählen Sie mir was über Colt!"

Viel gab es nicht zu erzählen; Rutherford gab ihm eine kurze Zusammenfassung. Es war die Geschichte eines Einzelgängers, eines einsamen Jungen, der sich treiben ließ, vom Transparentetragen gegen Tierversuche bei Demonstrationen bis hin zu Brandstiftung, Körperverletzung und dem Legen einer Autobombe. Und dann die plötzliche Flucht und sein spurloses Verschwinden.

„Am Abend, bevor er verschwand, ging er in die Dorfkneipe in der Nähe seines Elternhauses. Am nächsten Tag wurde das Haus seiner Eltern durchsucht, aber der Junge war verschwunden. Seine Eltern waren nicht kooperationsbereit und wollten nicht über den Jungen sprechen."

„Müssen wir nicht da ansetzen?"

„Das Haus wird zeitweise überwacht, die Post wird routinemäßig geöffnet, das Telefon abgehört. Wir haben keinen Hinweis darauf, daß die Eltern seit seinem Verschwinden vor zwei Jahren Kontakt zu ihm haben."

„Aber wir müssen wohl trotzdem da ansetzen?"

„Wollen Sie nicht lieber erst die Akte lesen?" fragte Rutherford. Er schob ihm den Ordner über den Tisch. Der Amerikaner wirkte sehr entschlossen, und Rutherford beobachtete ihn, als er die Akte aufschlug. Die Fotografie fiel heraus, und Erlich betrachtete sie eingehend.

„Ich lasse Sie damit allein. Bin gleich wieder da." Kein guter Stil, Erlich allein in seinem Büro zu lassen, aber sein Safe war verschlossen, die Schubladen des Schreibtischs waren es ebenfalls, und er wollte in die Buchhaltung, ehe sie schloß, um sich das nötige Kleingeld zu besorgen, bevor sie nach Wiltshire aufbrachen.

DAS Büro des Schweden befand sich im zweiten Stock des Gebäudes. Unter seinem Fenster lag ein kleiner, gutgepflegter Garten. Die Entfernung vom Büro des Schweden im dritten Stock bis zu Dr. Tariks Suite im Parterre betrug achtzehn Meter. Der Schwede hatte sie ausgemessen.

Er war in Tuwaiba, weil seine innig geliebte Schwester einen Piloten der israelischen Luftwaffe geheiratet hatte. Während seines letzten Urlaubs in seiner Heimatstadt Uppsala hatte er sich mit Landsleuten seines Schwagers getroffen – Agenten des Mossad, für den er seit einiger Zeit arbeitete. Bei seiner Rückkehr nach Bagdad war der große schlaksige Wissenschaftler durch den Zoll und die Paßkontrolle gehumpelt bis zu dem Wagen, den ihm die Atomic Energy Commission geschickt hatte – in der einen Hand einen Stock, in der anderen den Koffer mit der Sony-Stereoanlage.

Der Stock blieb in seinem Büro stehen, auch als seine Sehnenzerrung längst abgeheilt war. Er stand unauffällig in der Ecke neben der Tür, wo sein Mantel hing, aber war in Wirklichkeit eine Spezialanfertigung, die ein hochsensibles Mikrofon enthielt. Benutzen konnte er es immer erst, wenn seine beiden irakischen Assistenten nach Hause gegangen waren, und er wußte, daß er jedesmal ein hohes Risiko einging, wenn er die Spitze des Spazierstocks abschraubte, das Mikrofon herausholte, es in den kleinen Empfänger an der Rückwand der Stereoanlage stöpselte und die Kopfhörer aufsetzte. Die Angst vor Entdeckung erschöpfte ihn jedesmal völlig, doch der Job, den die Mossadagenten ihm übertragen hatten und dabei seine Liebe zu seiner Schwester rücksichtslos ausnutzten, versetzte ihn in einen Rausch. Die Angst hatte ihn süchtig gemacht.

Zweimal hatte er den Major durch den Garten in Dr. Tariks Büro gehen sehen, aber beide Male waren seine Assistenten noch bei der Arbeit gewesen.

Es war jetzt siebzehn Tage her, daß er zuletzt die Tür seines Büros hinter sich geschlossen, das Licht ausgeschaltet, die Spitze seines Spazierstocks abgeschraubt und Dr. Tarik und Professor Khan bei der Diskussion einer Reihe von Treffen in Europa belauscht hatte. Jetzt kauerte er sich neben das offene Fenster. Die Jalousie war heruntergezogen, und das Mikrofon lag auf dem Fensterbrett. Unangenehm laut drang ihm das Abendgezwitscher der Vögel in die Ohren, darunter mischten sich Stimmen. Er konnte das Gesagte nur mit Mühe verfolgen.

„. . . nur die H-Zone, Major. Ihre A-Zone, nein, nein, nur Ingenieure. Was sie in der B-Zone machen, können wir selbst. Es muß einer aus der H-Zone sein. Einen Forscher brauche ich, Major, und er muß aus der H-Zone kommen . . .“

Der Schwede versuchte nie, die Ergebnisse seiner Lauschangriffe zu verstehen, sondern gab alles wortwörtlich weiter, ohne darüber nachzudenken.

Jede schrille Kadenz des Vogelgezwitschers, jede leise Äußerung von Dr. Tarik versetzte ihn in einen prickelnden Angstrausch.

COLT nahm den letzten Flug von Frankfurt nach London, nachdem er in Prag umgestiegen war. Bei der Paßkontrolle zeigte er den irischen Paß, den ihm der Major gegeben hatte.

Man ließ ihn mit einem Kopfnicken passieren. Kein Problem.

6

SAAD RASCHID war ein kluger Mann, mathematisch begabt, aber auch ohne diese Fähigkeiten wäre ihm klar gewesen, daß seine ehemaligen Kollegen in Bagdad das Todesurteil über ihn gefällt hatten.

Es war neunundzwanzig Tage her, daß er die National Westminster Bank aufgesucht und die Überweisung von 500 000 US-Dollar von dem Konto der Iraqi Airlines in London auf ein Nummernkonto in Zürich veranlaßt hatte. An jenem Tag hatte Saad Raschid seinen Schreibtisch im Büro der Iraqi Airlines leergeräumt, die Tür abgeschlossen, den Schlüssel in die Tasche gesteckt und seinen Mitarbeitern mitgeteilt, daß er die ersten Symptome der gerade in London grassierenden Grippe in sich fühle. Dann war er zur syrischen Botschaft gegangen und hatte Asyl für sich, seine Frau, eine gebürtige Engländerin, und für seine beiden Töchter beantragt. Von der syrischen Botschaft aus war er in sein gemietetes Haus in Kingston zurückgefahren und hatte seiner Frau die veränderten Lebensumstände erklärt.

Noch am selben Abend waren sie aus dem Haus in Kingston in eine möblierte Wohnung in der Nähe des Bahnhofs Clapham Junction gezogen. Siebenundzwanzig Tage hauste er mit Frau und zwei Kindern in der qualvollen Enge einer Zweizimmerwohnung. Raschid war nur ein einziges Mal weggegangen, um ein Taxi zur syrischen Botschaft zu nehmen und dort auf die Annahme seines Asylantrages zu drängen. Er wußte nicht, daß die syrische Botschaft von den Irakern regelmäßig beobachtet wurde und daß man ihm nach Clapham gefolgt war.

Was Saad Raschid bewogen hatte, eine halbe Million Dollar zu stehlen und ein Leben im Exil in Syrien zu suchen, war ein Anruf von der Frau seines Vetters gewesen. Mit tränenerstickter Stimme hatte sie ihm erzählt, daß sein Vetter von der Geheimpolizei verhaftet worden sei und im Zuchthaus von Abu Ghraib sitze. Es war bekannt, daß die Geheimpolizei wahllos Männer verhaftete, um deren Familien nach Hinweisen auf das Krebsgeschwür der politischen Abweichung zu durchleuchten.

Mit seinen beiden Töchtern, eine an jeder Hand, stieg er von seiner Wohnung die lange Treppe vom obersten Stockwerk hinunter, nachdem er sich vom Fenster aus vergewissert hatte, daß sein Taxi unten wartete. Die Pässe mit den erforderlichen Stempeln lagen in der Botschaft bereit. Er würde heute nacht nach Damaskus fliegen, mit seiner Frau, einer ehemaligen Tänzerin, und seinen geliebten Kindern. Die Nummer seines Kontos bei der Kreditbank in Zürich wußte er auswendig. Er zog die Wohnungstür hinter sich zu und eilte mit seinen Töchtern die Treppe hinunter, dem Taxi entgegen.

COLT sah, wie das Taxi davonfuhr. Vor achtundzwanzig Stunden war er mit dem klapprigen Ford Capri hierhergekommen und hatte großes Glück gehabt, daß er einen Parkplatz gefunden hatte, der fast direkt gegenüber der fraglichen Haustür lag. Colt hatte die Zielperson nach der Fotografie sofort erkannt.

Die Ruger hatte er unter der Matratze in seinem Hotelzimmer in Bayswater gefunden, zusammen mit dem Zündschlüssel für den Ford, dem Werkzeugkasten, dem Overall und dem Zettel mit dem Namen der Straße und der Hausnummer. Die Hotelrechnung war im voraus beglichen, also konnte er das Hotel verlassen, bevor jemand an der Rezeption saß. Glücklicherweise war das Auto sofort angesprungen.

Einen ganzen Tag und einen Abend hatte er auffällig mit hochgeklappter Motorhaube an dem Motor herumgebastelt und dabei mehrere Sandwiches verzehrt und vier Dosen Pepsi getrunken. Er wollte es hinter sich bringen, denn mit dem Major hatte er vereinbart, daß er nach Erledigung des Auftrags seiner Wege gehen und seine Mutter besuchen durfte.

Jetzt lag er auf dem Rücken, mit dem Kopf unter dem Kotflügel des linken Vorderrads. Der Revolver lag unter dem Fahrgestell in einer Plastiktüte, das Magazin war an seinem Platz, die Waffe entsichert. Er hatte sofort nach der Ruger gegriffen, als er das Taxi hatte vorfahren sehen, und hatte die Waffe im Anschlag gehabt, bis die Haustür aufgegangen war, doch dann hatte sein Griff sich gelockert, denn er hatte bemerkt, daß der Mann keine Koffer trug, sondern seine Töchter an den Händen hielt. Er würde zurückkehren. Dann war die richtige Zeit.

Es sind hübsche Kinder, dachte Colt. Hoffentlich hielt der Mann sie nicht an den Händen, wenn er aus dem Taxi stieg.

ES KAM Bissett vor, als ob er an einem Sonntag arbeitete – obwohl das seit Jahren nicht mehr vorgekommen war. Bei dem Streik machten das Büropersonal, die Nuklearmediziner und Techniker mit. Alle, alle waren sie am Falcon Gate, mit Spruchbändern und Transparenten; die Versammlungsleiter der Transport- und Angestelltengewerkschaft heizten über die Lautsprecher die Stimmung an.

Es war still wie in einer Kirche in H3, weil Carol und ihre Kolleginnen alle draußen im Regen standen, mit Spruchbändern voller Parolen, die die Regierung dazu bringen sollten, ihnen mehr Geld zu zahlen.

Bissett hatte H3 fast für sich allein. Boll war drüben in F, da der Direktor alle Abteilungsleiter zu einer Planungskonferenz gebeten hatte. Basil saß in seinem Büro und hatte vermutlich gar nicht registriert, was da los war.

Am späten Vormittag schloß Bissett seinen Safe ab, vergewisserte sich, daß alle Schreibtischschubladen verriegelt waren, und schaltete seinen Terminal ab. Die großen Tiere der A-Zone ließen sich dazu herab, einen Besuch des unbedeutenden Frederick Bissett von H3 dazwischenzuschieben, weil es einen Streik gab und ihre eigenen Laboratorien leer standen.

Er fuhr die Second Avenue entlang, überquerte die First Avenue auf dem Weg zur sogenannten Zitadelle.

Die Zitadelle war die A-Zone, in der die atomaren Sprengköpfe hergestellt wurden. Sie bestand aus einer Reihe von Gebäuden, die zum Teil über vierzig Jahre alt waren und darum – nach Meinung der Mitarbeiter dort – überaltert und gefährlich. In A1 wurde das Plutonium in Schmelzöfen erhitzt, so daß es sich zu melonengroßen Kugeln für die innere Struktur von Sprengköpfen formen ließ. Da gab es A45, die Materialmontageeinheit, wo die Plutoniumkugel in eine zweite konzentrische Kugel hochangereicherten Urans eingebettet wurde, bevor die tödlichen Elemente mit 22karätiger Goldfolie versiegelt wurden. In A12 schließlich wurde spaltbares Material, also Plutonium, hochangereichertes Uran, Beryllium und Tritium, aus überalterten Waffen gewonnen. Neben dem Gebäude standen Fässer unter freiem Himmel, in denen Säure das Plutonium herauslöste, bevor das Material wiederaufbereitet werden konnte.

Beim Anblick des hohen Zauns um die Zitadelle und des rauchenden Schornsteins hatte Bissett schon wieder genug. Er verabscheute die Zitadelle. Aus Sicherheitsgründen mußte er den Wagen vor dem Zaun, hinter dem ein Polizist mit einem großen Schäferhund stand, stehenlassen und zu Fuß das Tor passieren. Der Hund sprang hoch, knurrte frustriert, jagte ihm Angst ein, während der Polizist am Tor mit geöffneter kugelsicherer Weste und geschulterter Maschinenpistole lässig dastand und seinen Ausweis prüfte. Aufreizend langsam zog er die Liste der angemeldeten Tagesbesucher hervor und winkte ihn schließlich durch. Die Maschinenpistole machte Bissett nervös, das war schon immer so gewesen und würde sich wohl auch nicht ändern.

Jetzt der Drahttunnel, eine zweite Überprüfung, sein Passierschein, dann war er endlich da.

Er traf sich mit drei Männern in A45. Eine halbe Stunde lang diskutierte er mit ihnen bei Tee und Keksen die Probleme der Gewichtsreduktion des Sprengkopfes durch zusätzliche Einarbeitung von Gallium ins Plutonium. Das Gewicht war das Entscheidende am Sprengkopf. Weil das Trident-Programm soviel Plutonium beanspruchte, war Plutonium zur Zeit knapp, und Bissett sollte jetzt das Gewicht des Sprengkopfes für das Flugsystem reduzieren.

Natürlich hätte er sich mit nur einem von ihnen zu besprechen brauchen, um sich über dieses spezifische Problem zu informieren, aber es waren drei zu der Besprechung gekommen, was nach Bissetts Auffassung typisch war für Ingenieure.

Er ging durch den Drahttunnel zurück, gab seinen Passierschein ab und ging weiter zum Tor. Der Hund war immer noch da und versuchte wieder, ihn anzufallen.

Er fuhr in die H-Zone zurück.

Wenigstens war die Post nicht vom Streik betroffen. Es waren hauptsächlich Zeitungen und Zeitschriften für Basil gekommen und ein Brief an ihn selbst. Nachdenklich ging er in sein Zimmer und öffnete den Brief.

> Lieber Frederick,
> ich hoffe, Du bist gesund und munter. Ich bin inzwischen Professor für Physik geworden, und da ich unseren jüngeren Kollegen und den Doktoranden etwas Abwechslung bieten möchte, lade ich ehemalige Studenten zu Gastvorträgen über irgendwelche Aspekte ihrer augenblicklichen Arbeit ein.
>
> Natürlich unterliegt viel von Deiner Arbeit der Geheimhaltung, aber komm doch und erzähl uns was Interessantes, was nicht geheim ist! Du bist hier so etwas wie eine Legende und würdest mit offenen Armen empfangen. Ein anständiges Essen erwartet Dich und ein Bett in meiner bescheidenen Hütte – plus Reisespesen.
>
> Fühl schon mal vor, wann es bei Dir am besten ginge. Für uns ist es dienstags abends am besten.
>
> Dein Walter Smith

TORK, der britische Offizier der SIS-Außenstelle in Tel Aviv, leistete einer Vorladung in jenes spezielle Büro des Mossad immer umgehend Folge, denn solche Termine waren nach seiner Erfahrung nie Zeitverschwendung. Und nach der Aktion im Beka'a-Tal vertrauten sie ihm.

Die Aktion, die Torks Londoner Vorgesetzte organisiert hatten, war schon fast legendär – ein israelischer Heckenschütze unter britischem Kommando hatte den Kommandeur eines PLO-Ausbildungslagers zur Strecke gebracht.

Man zeigte Tork die Mitschrift einer kurzen Unterhaltung. Der rot unterstrichene Textteil, erklärte man ihm, stamme vom Direktor der irakischen Atomenergiekommission.

Tork war seit elf Jahren Offizier der Außenstelle in Tel Aviv und wußte inzwischen genau, wie sehr die Israelis sich davor fürchteten, daß ein arabischer Feind eines Tages den jüdischen Staat mit Atomwaffen angreifen könnte.

MINISTRY OF
AW

„Ich schicke es sofort an den SIS.“

„Aber werden sie auch reagieren?“

„Es ist nicht viel Information.“

„Stufen Sie es als ‚äußerst dringend‘ ein!“

„Von meiner Seite aus auf jeden Fall.“

HANNAH WORTHINGTON hatte ihr ganzes Leben lang in der Straße neben den Bahngleisen gewohnt. Jeden Tag ging sie im Laden an der Ecke einkaufen und kaufte nie mehr, als sie für die nächsten vierundzwanzig Stunden brauchte. Für ihr Alter war sie noch recht gut zu Fuß, und sie nahm jedesmal ihren Chihuahua mit zum Einkaufen. An diesem Morgen sah sie, wie ein Taxi langsam die Straße entlangrollte.

Ihr Hund schnupperte einen Augenblick lang am Fußgelenk eines jungen Mannes, der am Motor seines Wagens arbeitete. Sie zog den Hund weg und ging weiter, während das Taxi an ihr vorbeifuhr.

Sie hörte, wie das Taxi hielt und die Tür aufging, dann hörte sie, wie jemand losrannte und rief: *„Hey, you there!“*

Es gab ein leises Geräusch, einen leichten, gedämpften Schlag.

Miß Worthington drehte sich um. Es war hellichter Tag, und der Mann torkelte, schwankte. Etwas indigniert ging sie auf die Straße, um die Straßenseite zu wechseln, weil sie den Mann für betrunken hielt.

Doch dann fiel der Mann hin und lag zuckend neben der Tür des Taxis auf der Fahrerseite. Erst da sah sie das Blut auf seinem grauweißen Hemd.

Sie bemerkte zwei kleine, hübsch angezogene Mädchen, die die Stufen zum nächsten Haus hinaufrannten und an die Haustür hämmerten. Plötzlich bemerkte sie den Mann mit der Waffe, der jetzt wieder auf den Mann auf dem Gehsteig schoß. Obwohl sie nur etwa ein Dutzend Schritte von dem Mann mit der Waffe entfernt war, hörte sie nichts, aber sie sah, wie sein Handgelenk von dem Rückstoß nach oben schnellte. Ein Zittern lief durch den Körper des Mannes auf dem Gehweg, dann lag er still da.

Der Mann mit der Waffe trug eine Wollmütze, die etwas schief saß, so daß sie an der Seite sein blondes Haar erkennen konnte. Er drehte sich um, und ihre Blicke trafen sich. Die Augen eines Killers . . . und die Augen einer alleinstehenden Frau in ihrem einundachtzigsten Lebensjahr, die eine billige Brille mit dicken Gläsern trug. Der Mann mit der Waffe schien sie anzulächeln – nie würde sie diesen Augenblick vergessen.

Er rannte los, und sie beobachtete, wie er rennend die Waffe vorn in seinem Overall verstaute. Und auch, wie er sich mit der freien Hand die Wollmütze wieder in die Stirn zog.

Als der Chihuahua an der schmalen Lederleine zerrte, um von der Schießerei und den schreienden kleinen Mädchen wegzukommen, nahm sie den Hund unter den Arm und ging rasch nach Hause. Aufatmend schob sie in ihrer Wohnung den Riegel vor die Tür. Der Gedanke war ihr unerträglich, noch einmal auf die Straße zu gehen, in den Laden, also blieb sie in ihrem Wohnzimmer sitzen, wo sie sich sicher fühlte, und beobachtete, wie die ersten Streifenwagen vorfuhren.

Es war nicht wirklich geschehen, sondern nur ein böser Traum, mit dem sie nichts mehr zu tun haben wollte. Sie rückte ihren Sessel vom Fenster weg.

DIE Leiche war weg, aber das Blut war noch auf dem Gehweg. Die Kinder waren nach oben gebracht worden, und man hatte den Tatort abgesperrt, so daß die Neugierigen in hundert Meter Entfernung stehen mußten, hinter dem weißen Band. Die leeren Patronenhülsen lagen im Rinnstein beim Hinterrad des Taxis.

Der Taxifahrer wurde vernommen. „Ich habe die Schüsse nicht gehört", sagte er aus. „Ich habe gehört, wie ein Mann weggerannt ist, aber *gesehen* habe ich *nichts.*"

Natürlich gingen sie erst einmal von Haus zu Haus, aber in dieser Gegend standen die meisten Wohnungen und Zimmer tagsüber leer. Als ein Polizist ganz am Ende der Straße an eine Tür klopfte, hörte er einen Hund kläffen, aber niemand öffnete, also nahm er an, daß der Hund allein in der Wohnung war. Am anderen Ende der Straße konnte Mr. Patel bestätigen, daß ein Mann am Vortag und an diesem Vormittag an dem Ford Capri gebastelt hatte. Der Wagen stand immer noch da, mit geöffneter Motorhaube. Nein, Mr. Patel hatte leider nicht das Gesicht des Mannes gesehen, der das Auto repariert hatte, weil er mit Kopf und Schultern unter dem Wagen gelegen hatte.

Später meldete ein Kommissar der Antiterroreinheit seinem Vorgesetzten: „Mitten am Tag, eine Straße mitten in der Stadt, und kein Schwein hat was gesehen. Es ist wirklich kaum zu glauben . . .“

JAMES RUTHERFORD und Erlich waren auf dem Weg nach Wiltshire. Als sie am Dorf das Ortsschild passierten, begann es gerade heftig zu regnen, und Erlichs erster Eindruck von diesem Ort war, daß er nicht sehr gastfreundlich war. Sie fuhren weiter die Hauptstraße entlang.

Kleine, verwitterte, moosbewachsene Steinhäuser. Vor dem kleinen Lebensmittelladen standen trotz des Regens Mistgabeln und Rechen. Dann die Toreinfahrt mit dem großen verrosteten Tor und der verwahrlosten Auffahrt, die zu einem großen Haus führte, das recht versteckt hinter hohen Bäumen lag. Noch ein paar Steinhäuschen, der Pub, dann war das Dorf zu Ende.

Colts Dorf.

Sie hielten im fünf Kilometer entfernten Nachbardorf vor dem modernen Bungalow, in dem der örtliche Polizist wohnte und sein Büro hatte. Sein Name war Desmond, er war jung, intelligent und sehr geschmeichelt, daß ein Mann vom Security Service seine Hilfe suchte und einen FBI-Agenten mitgebracht hatte. Desmonds Frau servierte Tee und einen Biskuitkuchen.

„Ich habe den Jungen nie gesehen, weil ich erst eine Woche nach seinem Verschwinden hierher versetzt worden bin“, begann Desmond seinen Bericht. „Aber hier in der Gegend ist er natürlich der aufregendste Fall seit Menschengedenken, und deswegen habe ich mich auch sehr damit beschäftigt. Normalerweise habe ich es mit Vandalismus, Wilddieben, Fahren ohne Führerschein und kleinen Diebstählen zu tun. Der junge Tuck muß sich wegen versuchten Mordes und Brandstiftung verantworten, wenn er geschnappt wird. Fangen wir mit dem Namen an. Hier in der Gegend heißt er Colt. Nicht nur wegen seiner Initialen, sondern auch weil er zügellos, ungezähmt und wild ist wie ein *colt*, ein Fohlen. Für die Leute hier ist er so etwas wie ein Held, weil er es denen da oben zeigt. Daß er bei diesen kriminellen Tierschützern war, fällt da nicht so ins Gewicht. Ich habe den Eindruck, daß er nicht unbedingt hinter der Ideologie dieser Organisation stand, sondern daß er ein Ventil brauchte. Es war die Gefahr, das Risiko, das ihn gereizt hat. Das Landeskriminalamt läßt das Herrenhaus hin und wieder beobachten, aber er hat sich hier nie wieder blicken lassen. In letzter Zeit haben sie öfter observiert, weil Colts Mutter krank ist und wohl nicht mehr lange zu leben hat. Seine Mutter hat ihm immer viel bedeutet, und sie ist sehr angesehen im Dorf. Der Vater ist auch ein geachteter Mann, aber sie wird verehrt und geliebt. Wenn Colt Bescheid wüßte, käme er zurück, aber anscheinend ist der Kontakt zwischen ihm und den Eltern abgebrochen. Er hatte hier auch ein Mädchen, aber das dürfte ihm wohl heute nicht mehr viel bedeuten."

Die Teekanne war leer, der Kuchen aufgegessen, und Erlich bedankte sich. Er wußte jetzt mehr, viel mehr über den Mann, der Harry Lawrence ins Gesicht gesehen und ihn erschossen hatte.

Sie nahmen sich Zimmer in einer Pension auf der anderen Seite von Warminster und hatten noch Zeit, ins Zentrum zu gehen, bevor die Läden schlossen. Erlich kaufte sich ein Paar Gummistiefel, einen Regenmantel und einen Hut.

„DAS kommt überhaupt nicht in Frage, Frederick. Wir halten keine Vorträge außerhalb."

„Mr. Boll, das ist wirklich sehr wichtig für mich, verstehen Sie?"

„Glauben Sie etwa, Sie sind der erste, der gerne Vorträge halten will? Ich bekomme selbst jedes Jahr ein Dutzend Einladungen ... Basil bekommt um die fünfzig. Aber so etwas zieht man nicht einmal in Erwägung. Man hat gar keine Wahl."

„Aber das ist doch absurd, ich würde doch gar nicht über meine Arbeit ..."

„Mr. Bissett, Sie sind wirklich naiv. Alles, worüber Sie reden, ist für die Außenwelt interessant, weil Sie im AWE beschäftigt sind. Und worüber könnten Sie schon reden *außer* über Ihre Arbeit? Sie haben doch gar keine Gelegenheit gehabt, etwas anderes kennenzulernen."

„Das ist nicht fair, Mr. Boll, und überhaupt finde ich Ihre ganze Einstellung ..."

„Mr. Bissett, ich kann gut nachvollziehen, daß diese Einladung Ihrer Eitelkeit schmeichelt, und ich verstehe natürlich, daß es Ihnen leid tut, absagen zu müssen, aber ..."

„Ist das Ihr letztes Wort?"

„Mein allerletztes. Auf Wiedersehen, Mr. Bissett!"

Also waren seine Hoffnungen vergebens gewesen, und er hatte sich zu früh gefreut auf einen Tag in der Sonne, auf die Bewunderung von Kollegen und Nachwuchswissenschaftlern. Mit Tränen der Wut und der Frustration in den Augen schrieb er seinem ehemaligen Tutor einen handschriftlichen Absagebrief. Er war ein Gefangener des Atomic Weapons Establishment. Die besten Jahre seiner geistigen Schaffenskraft hatte er diesem gottverlassenen Ort gewidmet, und was hatte es ihm gebracht?

7

COLT saß in dem alten Sessel neben dem Bett seiner Mutter, die noch schlief. Erschrocken hatte er registriert, wie schlecht sie aussah. Er hatte überhaupt nicht darüber nachgedacht, ob sie sich verändert hatte, sondern sein einziger Gedanke war gewesen, schnell zu ihr zu fahren. Jetzt war sein einziger Trost, daß er sie noch lebend vorgefunden hatte.

Es hatte alles gut geklappt und war besser organisiert gewesen als in Athen. Daß außer der alten Frau niemand auf der Straße gewesen war, hatte nichts mit Organisation zu tun gehabt, sondern war einfach Glück gewesen. Die alte Frau hatte nicht ihn angesehen, sondern ihren Hund. Der Taxifahrer hatte ihn auch nicht angesehen, weil er mit dem Wechselgeld beschäftigt war. Die Abkürzung durch den Fußweg. Die Tiefgarage. Der kleine Kombi und die Tüte mit den Kleidern zum Wechseln. Auf dem Fußweg hatte er niemanden gesehen, und keiner sah ihn in die Tiefgarage gehen. Die Anweisungen für die Fahrt im Kombi durch die Außenbezirke Londons waren präzise gewesen. Eine zweite Tiefgarage hinter einer Ladenpassage, wo ein Ford Escort auf ihn wartete. Endlich die Chance, sich umzuziehen und die Waffe aus der Overalltasche in die Tüte zu legen. Er war mit dem Escort weggefahren und hatte sich wie ein neuer Mensch gefühlt. Wahrscheinlich würden sie abwarten, bis er weg war, bis sie jemanden schickten, der den Bedford wegfuhr und die Ruger an sich nahm, um sie ins Waffenarsenal der Botschaft zu bringen.

Er war auf der M4 aus London hinausgefahren, hatte die Abfahrt nach Hungerford genommen und dann die nach Marlborough. Als er die Straße von Marlborough in Richtung Devizes verlassen hatte, fuhr er auf einen Feldweg, der zu einer Baumschule führte, und schlief, damit er später im Haus seiner Eltern wachsam sein konnte. Er hatte geschlafen, bis die Nacht hereingebrochen war.

Durch einen Spalt zwischen den schweren Vorhängen drang graues Morgenlicht. Dieses Zimmer war der Zufluchtsort seiner Kindheit gewesen, hierher war er immer geflüchtet, wenn sein Vater ihn bestrafen wollte – als er von der Schule geflogen war, als er mit dem Teppichschneider auf die große Steinbocktrophäe im Flur losgegangen war, als er den Anruf bekam, der ihn vor der Polizeirazzia warnte. Jedesmal hatte er sich in diesen alten Sessel am Bett seiner Mutter gesetzt. Sein Vater hatte ihn abwechselnd als Idioten, Dummkopf, Saboteur, Hooligan und Terroristen beschimpft. Was erwartete der Vater denn? Colt war der Sohn seines Vaters.

Der Hund, der ganz nahe bei Colt lag, streckte sich und schlief wieder ein.

Es wurde langsam heller im Zimmer, und er hörte eine Tür klappen, dann den Morgenhusten seines Vaters. Auch der Hund hörte den Major auf der Treppe, aber er sprang nicht auf, sondern schmiegte sich enger an Colts Beine.

SIE waren die ersten beim Frühstück und die ersten, die aus der Pension abreisten.

Erlich hatte seine neuen Stiefel und den wasserdichten Mantel angezogen, Rutherford trug einen dicken Pullover und Wanderstiefel.

Nachdem sie die Umgehungsstraße verlassen hatten, beschleunigte Rutherford. Der Zeitpunkt schien gut geeignet, um bei Colts Eltern anzuläuten.

MAJOR TUCK war nach unten gegangen und hatte leise den Hund gerufen, der aber nicht reagierte. Erst nachdem er den Wasserkessel aufgesetzt hatte, bemerkte er die Schmutzspuren auf dem Küchenboden und den Rest eines Stumpens auf der Untertasse.

Er brühte den Tee auf, deckte das Tablett und steckte das Brot in den Toaster. Dann holte er noch eine Tasse aus dem Schrank und machte den Boden sauber, während er auf den Toast wartete. Er trug das Tablett die Treppe hinauf und ging ins Schlafzimmer.

Der Junge war da, wo er ihn vermutete. Sein Sohn. Sein Sohn neben seiner Frau, die immer noch schlief.

Lächelnd setzte er das Tablett auf der dunklen Mahagonikommode ab und nahm seinen Sohn fest in die Arme. Es wurde nichts gesprochen, es gab nichts zu sagen, aber der Major fühlte den muskulösen Körper des Jungen, und alles, was für ihn zählte, war, daß dies sein Sohn war und daß er ihn liebte. Er blickte von dem ruhigen Gesicht seines Sohnes hinunter zu seiner Frau. Er wünschte verzweifelt, sie würde aufwachen und sehen, wie sich Sohn und Ehemann liebevoll umarmten.

Leise ging er zur Kommode, schenkte Tee ein und brachte seinem Sohn eine Tasse. Der Junge hatte offensichtlich zwei, drei Nächte nicht richtig geschlafen, aber er sah trotzdem gut aus. Plötzlich erstarrte Colt, und dem Hund sträubten sich die Haare, als unten in der Auffahrt Autoreifen im Kies knirschten.

DIE Tür ging auf, und Erlich, der hinter Rutherford stand, konnte in den düsteren Flur sehen, aber die Person, die die Tür geöffnet hatte, nicht erkennen.

„Major Tuck?"

Eine tiefe Stimme antwortete: „Der bin ich."

„Mein Name ist Rutherford. Mein Kollege und ich würden uns gern drinnen mit Ihnen unterhalten . . ."

Major Tuck war ein großer Mann. Erlich sah ihn jetzt, er trug einen Morgenrock.

„Es ist sehr früh, ich bitte um Verzeihung", sagte Rutherford ruhig. Sie waren vorher im Wald gewesen und hatten die Fenster des Hauses mit Ferngläsern abgesucht. Erlich lächelte den alten Mann an, als sei es das Natürlichste von der Welt, morgens um acht Uhr Besuche zu machen.

„Was wollen Sie?"

„Nur drinnen mit Ihnen reden", sagte Rutherford. „Ich bin vom Security Service, Herr Major. Mein Kollege hier ist vom FBI. Die Regierung sucht Ihren Sohn, Herr Major. Wir würden gern eintreten . . ."

„Ich empfange keinen Besuch um diese Tageszeit."

Rutherfords Stimme wurde etwas schärfer. „Haben Sie vielleicht eine Idee, wo Ihr Sohn sein könnte?“

Die Frage machte dem Mann offensichtlich zu schaffen. „Keine.“

„Wann haben Sie Ihren Sohn zuletzt gesehen, Herr Major?“

„Vor zwei Jahren.“ Er hatte sich wieder gefaßt.

„Seitdem keine Verbindung mehr?“

„Nein.“

„Sind Sie gar nicht neugierig, Herr Major?“

„Worauf?“

„Neugierig, warum ein Mitglied des Security Service und ein Beamter des FBI . . .“

„Für meinen Sohn bin ich nicht verantwortlich.“

„Wir ermitteln in einem Fall von staatlich gelenktem Terrorismus, Mord.“

Erlich schaltete sich ein. „Darf ich mal die Toilette benutzen, Herr Major?“

„Ich dulde es nicht, daß fremde Leute in mein Haus stürmen und die Toilette benutzen. Nein. Sie können nicht hereinkommen. Sie finden eine öffentliche Toilette hinter der Dorfkneipe. Guten Tag, die Herren! Ich lasse mich nicht in die Enge treiben wegen meines Sohnes . . .“

„Wieso denn in die Enge treiben, Herr Major?“

„Mein Haus wird beobachtet, meine Post geöffnet, mein Telefon . . . Mein Sohn macht, was er will . . . Guten Tag!“

PERCY MARTINS konnte sich dieser Tage im Büro alles leisten, und das nutzte er auch aus. Er war ein Held im SIS, aber seit der Aktion im Beka'a-Tal, bei der der Mörder eines britischen Diplomaten getötet worden war, wehte ein anderer Wind. Der neue Chef war vorsichtiger und genehmigte keine Aktionen mehr, die irgendwie nach Tollkühnheit oder Risiko schmeckten. Martins kümmerte das wenig, denn er war jetzt Chef des Ressorts, das für Jordanien, Syrien und den Irak zuständig war. Bis zu seiner Pensionierung hatte er also einen sicheren Posten.

„Torks Problem“, begann Martins, „ist, daß er schon zu lange in Tel Aviv ist. Der ist ein richtiger Israeli geworden.“

Der stellvertretende Direktor sah aus dem Fenster und beobachtete die Schleppkähne, Schwimmbagger und Sportboote auf der

Themse. Der Chef des Ressorts Israel trommelte mit seinem Bleistift auf dem blankpolierten Tisch herum. „Das ist aber ziemlich unfair", sagte er schließlich.

Der stellvertretende Direktor meinte freundlich: „Da kann ich dir nicht widersprechen, Percy, ziemlich unfair."

„Was wissen wir?" entgegnete Martins. „Wir haben eine H-, eine A- und eine B-Zone. Tork vertritt die israelische Ansicht, daß diese Zonen Aldermaston bedeuten. Vielleicht stimmt's, versteht mich nicht falsch, aber müssen wir nicht nachsehen, wo es sonst noch H- und A- und B-Zonen gibt? Sollten wir nicht Sellafield oder Harwell überprüfen? Und das französische Atomzentrum, und in Amerika, Südafrika und auch in Pakistan nachforschen?"

Der stellvertretende Direktor nickte. „Percy hat recht."

Martins polterte weiter. „Eine typisch israelische Taktik, jeden in ihre Schwierigkeiten mit reinzuziehen. Die freuen sich, wenn alle herumrennen und ihnen die Arbeit abnehmen."

Der Chef des Ressorts Israel reagierte ungehalten. „Wir haben eine ernste Warnung erhalten. Es besteht starker Verdacht, daß die Iraker nukleare Geheimnisse stehlen und möglicherweise einen unserer Atomphysiker ködern wollen. Wir dürfen das nicht auf die leichte Schulter nehmen."

„Das nennen Sie eine ernste Warnung? Ich finde die Informationen ziemlich dünn."

Das war das Stichwort für den stellvertretenden Direktor. „Ich meine, wir haben Veranlassung, über Tork detaillierte Informationen von unseren Freunden in Tel Aviv zu erbitten, oder?"

„Sie wollen also nichts unternehmen?" Der Chef des Ressorts Israel begann, seine Unterlagen zu ordnen.

„Ein paar Worte zu den richtigen Leuten, nur keine Panik erzeugen." Der stellvertretende Direktor lächelte. „Einverstanden, Percy?"

Martins zupfte an seinem Schnurrbart. „Wenn die Israelis wollen, daß wir für sie spuren, sollen sie uns Konkreteres mitteilen."

„DIESE Armleuchter vom SIS schnippen mit den Fingern, und wir sollen springen", sagte Hobbes. „Da mache ich nicht mit."

„Es ist eine ernstzunehmende Warnung, und wir müssen handeln", erwiderte Barker.

Dick Barker war der Chef der D-Zone. Zur D-Zone gehörte auch der Bereich militärische Sicherheit – Hobbes' Ressort.

Hobbes gefiel das nicht. „Die sind so arrogant, daß sie glauben, alle müßten nach ihrer Pfeife tanzen."

„Tun Sie mir einen Gefallen, benennen Sie jemanden!" Barker verstand, daß der junge Hobbes den Haufen vom SIS nicht mochte; in Wahrheit ging es ihm auch nicht viel anders.

„Vielleicht könnte Rutherford das machen."

„Was macht er denn jetzt?"

„Spielt Kindermädchen für einen FBI-Bubi."

„Diese amerikanische Sache . . .?"

Dick Barker war vierundsechzig Jahre alt und stand ein Jahr vor seiner Pensionierung. Seit fast vierzig Jahren war er beim Security Service, und seine Verachtung für den Secret Intelligence Service wurde nur noch übertroffen von seiner Antipathie gegen den CIA.

„Ich könnte Rutherford anweisen, den FBI-Heini eine Weile auf Eis zu legen."

„Ja, Rutherford wäre nicht schlecht. Sagen Sie ihm, er soll noch heute vorbeikommen!"

ERLICH blickte Dan Ruane an und machte keinen Hehl aus seiner Wut. „Die haben mich aufs Abstellgleis geschoben, Dan."

Ruane war gerade zurückgekommen vom Lunch. Gemeinsam gingen sie in sein Büro. „Was redest du da für 'n Mist, Bill?"

„Sie haben mir einen V-Mann gegeben", erklärte Erlich, „diesen Rutherford. In London gab's eine Schießerei. Ein Iraker, früherer Regierungsangestellter, ist ermordet worden, aber ich wurde nicht informiert, sondern durfte es in der Zeitung lesen. Daraufhin habe ich Rutherford angerufen und ihm gesagt, was ich will . . ."

„Was du *willst?*"

„Was ich will, Dan, weil ich hier schließlich einen Mord untersuchen soll. Ich habe ihm gesagt, ich will jede Einzelheit über die Ermittlungen wissen. Alles, was zur Identifikation des Killers beitragen könnte. Und da erklärt mir mein V-Mann, er ist *unabkömmlich.* Hat *was anderes* zu tun und meldet sich, wenn er fertig ist. Was mach ich jetzt, Dan?"

„Wenn ich weiß, was ich will, und keiner gibt es mir, dann hol ich's mir . . ."

„Danke . . ."

„Aber wenn du hier Mist baust, sind wir geschiedene Leute. Klar?"

COLT saß immer noch neben seiner Mutter, als sein Vater ins Schlafzimmer zurückkam.

In der Zwischenzeit war seine Mutter kurz aufgewacht. Er hatte sie auf die Wange geküßt, und sie hatte gelächelt und war wieder eingeschlafen. Seitdem hielt er ihre Hand und fühlte, wie ihr innerer Friede sich auf ihn übertrug.

Sein Vater sagte: „Das waren der Security Service und das FBI . . ."

„Ich habe ihre Stimmen gehört."

„Ich habe sie weggeschickt. Dem Amerikaner habe ich gesagt, er soll neben der Kneipe aufs Klo gehen. Sie hätten an der Küche vorbeigemußt, und dort hast du einen Zigarrenstummel liegenlassen."

„Danke!"

„Du warst schon immer ein unbekümmertes kleines Aas."

„Was wollten sie denn?"

„Wissen, wann ich dich zuletzt gesehen habe, wo du bist."

„Was hast du gesagt?"

Der Vater sah Colt in die Augen. „Daß ich nicht für dich verantwortlich bin. Als sie sagten, es handele sich um staatlich gelenkten Terrorismus, habe ich gesagt, ich hätte nichts mehr mit dir zu tun . . ."

„Haben sie dir das abgenommen?"

„Danach habe ich nicht gefragt . . ." Die Stimme des Vaters wurde eisig. „Ist politischer Mord nicht eine Nummer zu groß für dich?"

Colt sagte wie zur Erklärung: „Er war im Weg. Er war nicht das Ziel, aber er war vom CIA."

„Jetzt werden sie die Suche nach dir nie aufgeben, danach nicht."

„Ich lasse mich nicht fangen", entgegnete Colt.

„Das sagen alle Idioten."

„Du hättest mich ja verraten können."

„Ja, hätte ich mal tun sollen."

„Hast du aber nicht."

„Im Krieg sind Männer lieber unter der Folter gestorben, als sich zu verraten, ich würde nie jemanden verraten, nicht einmal einen Fremden."

„Danke, daß du mir die Nachricht wegen Mutter hast zukommen lassen."

ERLICHS Laune hatte sich schlagartig verbessert. „Das ist ja phantastisch, Miß Worthington", sagte er.

„Das ist nur, was ich gesehen habe. Er hatte blondes Haar. Wenn die Wollmütze nicht verrutscht wäre, hätte ich seine Haare gar nicht gesehen. Hellblond."

„Würden Sie sein Gesicht wiedererkennen?"

„O ja, Mr. Erlich. Er hat mich angesehen, hat mir zugelächelt. Wenn Sie gesehen haben, wie ein Mann einen anderen tötet und Sie dann anlächelt, dann erinnern Sie sich an das Gesicht."

„Und er hat gesagt . . ."

„Er hat gesagt: ‚*Hey, you there!*' Da habe ich hochgeguckt und den Mann, den Ausländer, gesehen, und ich dachte zuerst, der wär betrunken, und wollte darum auf die andere Straßenseite gehen. Dann ist er hingefallen, und ich habe das Blut gesehen. Bis dahin hat der Mann im Overall weiter weg gestanden, dann ist er näher rangegangen. Ich kann nicht mehr so gut hören, ich habe nichts gehört."

Miß Worthingtons Haus war das fünfte, das Erlich in der Straße aufgesucht hatte. Er hatte in dem Moment angeklopft, als sie direkt hinter der Glastür stand und er sie sehen konnte. Er hatte angeklopft und geläutet, aber gespürt, daß sie mißtrauisch war und darum zögerte. Als er den Einkaufskorb mit der Liste vor der Haustür bemerkt hatte, hatte er spontan den Korb genommen und war zum Laden an der Ecke gegangen. Nachdem er ein Päckchen Haferflocken, ein Kotelett, backofenfertige Pommes frites, einen Apfel, ein kleines geschnittenes Vollkornbrot und eine Dose Hundefutter gekauft hatte, hatte er noch zwei Tafeln Schokolade und einen kleinen Strauß Chrysanthemen verlangt und war dann zum Haus zurückgegangen. Diesmal hatte sie geöffnet.

„Miß Worthington, in der Zeitung steht, daß die Polizei keine Beschreibung von dem Täter hat. Hat die Polizei Sie nicht gefragt?"

„Ich wollte nicht mit der Polizei sprechen."

„Warum nicht, wenn ich fragen darf?"

„Ich wollte sie nicht reinlassen ... Sie, Mr. Erlich, sind anders, und Sie sind Amerikaner. Ich habe Freunde in Amerika, wissen Sie."

Erlich holte das Foto aus der Brusttasche.

„Miß Worthington, ich zeige Ihnen jetzt eine Fotografie von einem Mann. Sie müssen wirklich ganz ehrlich zu mir sein. Wenn Sie ihn nicht erkennen, müssen Sie es sagen. Wenn Sie ihn aber erkennen ..."

Er legte das Foto auf den Tisch neben ihr. Sie betrachtete es.

„Natürlich ist er das."

Er stand von seinem Stuhl auf und küßte sie auf beide Wangen.

Zum Abschied sagte sie ernst: „Es ist furchtbar, was er da in unserer Straße getan hat, und außerdem hätte er die lieben kleinen Mädchen verletzen können."

„Und davor hat er einen Mann getötet, der mein Freund war."

„Ich werde für Sie beten, junger Mann. Ein Mensch, der das Leben von einem Geschöpf Gottes auslöscht und dann eine alte Dame anlächelt, muß sehr gefährlich sein."

„WAS sollen wir bloß tun, Frederick?"

„Ich habe keine Ahnung."

„Das ist eine dumme Antwort."

„Wenn du schreist, weckst du die Kinder, Sara."

„Wie schlimm ist es denn?"

„Wie schlimm ...?" Er brach in schallendes Gelächter aus. Seine Stimme klang schrill, genau wie ihre. „Wie schlimm hättest du's denn gern? ICI hat meine Bewerbung abgelehnt. Der Scheißkerl in der Bank setzt mir die Daumenschrauben an. Boll schreibt gerade seine Jahresbeurteilungen, und ich bin mit meiner Arbeit in Verzug und kriege es dauernd aufs Butterbrot geschmiert."

„Frederick, du mußt mir sagen, was wir tun sollen ..."

Man konnte ihre Autos pfänden, seins und ihres. Man konnte die Möbel pfänden. Gott, es war zum Kotzen ... Alle Lichter im Haus waren aus, nur die Nachttischlampen im Kinderzimmer und das Neonlicht in der Küche brannten. Die Heizung war aus, weil der Kessel abgestellt war. Den Fernseher konnten sie nicht pfänden, der war gemietet.

„Ich sage den Jungen jetzt gute Nacht."

„Frederick, wir müssen darüber reden."

„Es wird schon irgendwie gehen."

Er stand am Fuß der Treppe. Wie schön sie ist mit ihren müden, zornigen Augen, dachte er und fragte sich, wie er mit ihr reden sollte. Sie waren seit zwölf Jahren verheiratet, und er wußte eigentlich kaum etwas über sie. Es wäre sein Tod, wenn sie ihn verlassen würde, aber er wußte einfach nicht, wie er mit ihr reden sollte. Er wußte nur, daß er sie liebte. Ja, es mußte einfach irgendwie gehen.

„Mehr fällt dir dazu nicht ein?"

„Ich weiß nur, daß es irgendwie gehen muß."

Bissett tastete sich die Treppe hinauf auf den Lichtschimmer zu, der unter der Tür der Jungen hervorkam. Immer hatte er für seine Familie gesorgt, weil er so erzogen worden war – altmodisch eben. Er stammte aus einer Arbeiterfamilie, aber er hatte ein erstklassiges Diplom in Atomphysik gemacht und war jetzt beamteter Wissenschaftler. Trotzdem hatte sein Elternhaus ihn geprägt, und er sah es als seine alleinige Aufgabe an, für seine Familie zu sorgen.

Vor dem Zimmer seiner Söhne blieb er stehen und hörte zu, wie sie herumalberten.

Wenn er ans AWE dachte, so hatte es das Gefühl, es war Bolls Domäne, Basils Domäne, eine Welt voller Lug und Trug, vergeblicher Hoffnungen und unsäglicher Mühe, steter Gefahr, belangloser Belohnungen, eine Welt voll Stacheldraht und Maschinenpistolen. Mit ihm selbst, Frederick Bissett, hatte diese Welt immer weniger zu tun.

„Jetzt aber schlafen, ihr kleinen Racker!"

8

ERLICH fuhr aus London hinaus, die Landkarte lag aufgeschlagen auf seinen Knien. Es war eigentlich nur so ein Gefühl, warum er noch einmal nach Wiltshire zurückfuhr, aber manchmal mußte man in diesem Beruf auf seine innere Stimme hören. Regenmantel, Gummistiefel, Schlafsack und Tarnplane lagen auf dem Rücksitz.

Im nachmittäglichen Berufsverkehr kam er nur langsam vorwärts, aber hinter Reading wurde der Verkehr flüssiger. Er fuhr vorsichtig, und es war bereits dunkel, als er die Abfahrt nach Warminster nahm.

Etwa fünf Kilometer vor dem Dorf sah er im Scheinwerferlicht ein Tor, das zu einem Feld führte, daneben war eine Hecke aus dichtem Stechpalmengestrüpp. Er hielt es für einen geeigneten Platz zum Parken, denn die Hecke war ein hervorragender Sichtschutz.

Inzwischen war es ganz dunkel geworden, und er machte sich fertig, zog die Gummistiefel und den Regenmantel an und legte die Tarnplane und den Schlafsack neben sich. Er fühlte in seiner Tasche nach, ob er sein Fernrohr dabeihatte. Zwischen den Bäumen waren die Dorflichter zu sehen.

DIE Blumen, die Colts V-Mann gebracht hatte, lagen auf dem Komposthaufen und die voluminöse Cellophanverpackung mit den Schleifen im Mülleimer bei der Hintertür. Major Tuck wollte diese Blumen nicht in seinem Haus haben. Seine Frau lag oben im Sterben, und er würde nicht dulden, daß diese Dreckskerle sich in sein Leben und ihren Tod einmischten.

„Du bist ihnen nichts schuldig, Colt. Sie machen sich lustig über die Krankheit deiner Mutter. Blumen, nur um dir eine Nachricht zukommen zu lassen. Wie kannst du ihnen mehr schulden als deiner Mutter und mir? Wie konntest du uns nur in diesen teuflischen Schlamassel reinziehen?"

„Vor morgen früh bin ich wieder weg", sagte Colt.

Ja, er steckte wirklich mit drin, bis zum Hals steckte Major Tuck mit drin. Und weil er mit drinsteckte, zog er sämtliche Vorhänge zu, bevor er das Licht einschaltete. Er steckte mit drin, weil ihm etwas an der Freiheit seines Sohnes lag.

Ja, wahrhaftig, das kleine Miststück würde ihm fehlen. Und er wollte unbedingt, daß er verschwände, denn nur dann wüßte er den Jungen in Sicherheit und Freiheit. Und er hatte seit Monaten nichts Schöneres erlebt als das Lächeln auf dem Gesicht seiner Frau, als der Junge neben ihr saß und ihre Hand hielt.

„Kommst du noch mal wieder . . .?"

„Mach ich."

COLT ging in den hinteren Schankraum und blieb in der Tür stehen. Biergeruch, Zigarettenrauch und Musikbox-Musik. Die Leute, die da rumhingen, waren erstaunt, ihn zu sehen, aber es war trotzdem so, als ob er nie fortgewesen wäre.

Vor zwei Jahren waren sie auch alle im Schankraum gewesen: Billy und Zap, die Brüder, die in der Fahrradwerkstatt in Frome arbeiteten, Charlie, der von der Sozialhilfe lebte und stolz darauf war, Kev vom Bauernhof an der Straße nach Shepton, Zack, der gesessen hatte, weil er Schafe gestohlen hatte. Und der alte Brennie. Der alte Brennie stand jetzt genauso am flackernden Feuer wie vor zwei Jahren, umringt von der Dorfjugend. Francis, die Tochter des alten Brennie, war die einzige, die Colt nicht gesehen hatte, weil sie neben ihrem Vater mit dem Rücken zur Tür saß.

Alle starrten ihn an. Schweigend, als ob er ein Geist wäre.

Francis drehte sich um, weil sie sehen wollte, was los war. Ihre Augen leuchteten, als sie Colt erkannte, aber sie mußte sich einen Augenblick lang an Brennies Schulter festhalten, weil sie es einfach nicht glauben konnte.

Colt blieb ruhig stehen, bis sie plötzlich aufsprang und auf ihn zurannte. Sie schlang die Arme um seinen Hals. Keiner sprach ein Wort, als sie sich küßten. Keiner.

Der alte Brennie ging an die Theke, warf eine Pfundmünze hin und verlangte vom alten Vic ein Bier.

Colt spürte Francis' pulsierende Energie, ihre Wärme. Er hielt ihr Gesicht in seinen Händen, fuhr ihr über die Wangen, küßte sie auf Lippen, Kinn, Wangen, Nase, Augenbrauen und Ohren. Er küßte sie, bis der alte Brennie ihn schüttelte und ihm ein großes Bier reichte. In einem Zug trank er es leer und warf das Glas den Umstehenden zu. Zack fing es auf.

Plötzlich sprangen alle auf und umringten ihn.

„Scheiße, Mensch, du darfst doch nicht herkommen!" rief Zack.

„Colt, die Bullen suchen dich", meinte Kev, „die kommen hier regelmäßig rein . . ."

„Da war so 'n kleiner Ami im Dorf . . .", bemerkte Billy.

„Hast du deine Mutter besucht, Kleiner?"

„Ja, Brennie, deshalb bin ich zurückgekommen . . ."

Der alte Vic war hinter dem Tresen vorgekommen, brachte Colt ein gefülltes Glas und ging zur Tür, schlug sie zu und verriegelte sie. Colt war klar, was Vic wollte – er sollte das Glas austrinken und dann schleunigst verschwinden. Der alte Vic wollte keinen Ärger.

„Wo warst du denn, Colt?" fragte Kev.

Colt trank. „Ich bin ein bißchen rumgekommen", antwortete er dann. „Mal hier, mal da ..."

Sein Vater hätte keinen von ihnen mit Namen gekannt. Für Colts Vater waren diese Leute der Bodensatz des Dorfes.

Francis wandte sich an ihn. „Willst du hier noch was trinken, oder kommst du mit spazieren?"

Nichts hatte sich verändert, zwei Jahre lang nicht. Die Tochter des Wilddiebes war groß und kräftig mit breiten Hüften. Ihr flammendrotes Haar hatte sie zu einem Pferdeschwanz gebunden. Ohne seine Antwort abzuwarten, nahm sie Colt bei der Hand und ging mit ihm zur Tür. Keiner von den anderen würde ihn verpetzen.

Sie überquerten den Hinterhof, dann zwei Felder und gingen dicht an den Hecken entlang. Auf der Anhöhe hinter dem Dorf war ein Bunker. Dort waren sie immer hingegangen, dort waren sie auch vor zwei Jahren gewesen.

„Was will der Amerikaner von dir?"

„Am liebsten würde er mich töten, am zweitliebsten mich fangen."

„Dann laufen wir ihm weg", sagte sie.

ES REGNETE nicht mehr, und Erlich benutzte die Plane als Unterlage für den Schlafsack. Er hatte sich etwas zurückgezogen, weg vom Auto, aber er hatte gute Sicht auf das Haus, das schätzungsweise sechshundert Meter entfernt war. Von seinem Beobachtungsposten aus konnte er das hohe, schmale Fenster über der Treppe sehen und das Küchenfenster, die beide erleuchtet waren. Der übrige Teil des Hauses war dunkel.

Die Einsamkeit bedrückte ihn, und inzwischen ärgerte er sich, daß er in diesen gräßlichen Wald gefahren war, wo kaltes Regenwasser von den Bäumen tropfte und er etwas wehmütig an den Abend mit Don und Nick und Vito in der Athener Taverne denken mußte. Er sah im Haus Colts Vater die Treppe herunterkommen und in die Küche gehen. Das Küchenlicht ging aus. Und dann das Licht über der Treppe. Als die Lichter erloschen waren, sank Erlich der Mut. Er fühlte sich schrecklich allein.

DIE Liebe war schön gewesen, genau wie vor zwei Jahren, sanft, leise und voller Spaß. Colt und Francis waren im Bunker und sprachen leise miteinander.

„Erinnerst du dich noch . . .?" Als sie zu den Fasanengehegen gegangen waren, die Vögel freigelassen hatten und den feinen Leuten die ganze Jagd verpatzt hatten.

Francis gehörte nicht zu den Tierschützern. Colt hatte sie einmal zu einer Sitzung mitgenommen, aber sie fand, daß die Vereinigung aus lauter Angebern bestehe, und überhaupt waren ihr die Leute viel zu verbissen.

Sie war eigentlich für nichts Ernstes zu haben, trotzdem erzählte Colt ihr, wo er gewesen war und was er getan hatte, weil es ganz natürlich für ihn war, es ihr zu erzählen. Er schilderte die überstürzte Abreise aus dem Herrenhaus und wie er in letzter Minute von Heathrow ins Ausland geflogen war; er erzählte ihr von Australien und von Kuwait und wie er sich in den Irak durchgeschlagen hatte; wie er den Kindern eines irakischen Majors Englisch beibringen sollte, wie sie ihn rekrutiert hatten. Er erzählte ihr von dem Mord an den zwei Männern in Athen und dem in Südlondon. Er erzählte ihr sein Leben, seit sie das letzte Mal nackt im Bunker gelegen und geschmust hatten, hier in dem Dorf, das ihre Heimat war.

Francis sagte ihm, daß ein Wagen, den sie hier noch nie gesehen hatte, hinter der Stechpalmenhecke eines Feldes an der Straße nach Frome geparkt hatte.

DESMOND rasierte sich gerade, und seine Frau lag noch im Bett, als es an der Haustür klopfte. Fast hätte er den Amerikaner nicht erkannt, denn er war von oben bis unten mit Schlamm bespritzt, und sein Mantel war zerrissen. Keuchend stand er vor dem Polizisten und schien völlig außer sich. Er erklärte Desmond nichts, sondern wandte sich um und steuerte auf den Streifenwagen im Hof zu; Desmond blieb also nichts anderes übrig, als sich Mantel und Schlüssel zu schnappen und ihm zu folgen. Auf halbem Weg zwischen der Polizeiwache und dem Dorf stand Erlichs Ford: Die Heckklappe war aufgebrochen, der Wagenheber lag neben dem Auto im Dreck. Nicht weit davon entfernt lagen die vier Räder. Der Ford war sozusagen gestrandet. Desmond hätte am liebsten schallend gelacht, aber er traute sich nicht.

RUTHERFORD saß im Büro des Sicherheitsbeamten im Hauptgebäude der F-Zone.

„Mr. Rutherford, das AWE ist wie eine große Familie. Ich darf Sie darauf hinweisen, daß das Verteidigungsministerium Verräter in seinen Reihen hatte, ebenso wie Ihr Security Service, aber das Atomic Weapons Establishment hat noch immer eine reine Weste. Zweifel an der Loyalität unserer Wissenschaftler und Ingenieure habe ich absolut nicht."

„Es ist nur eine allgemeine Warnung . . ."

Rutherford fand, daß es hier von Selbstgefälligkeit nur so triefte, aber es ging ihn nichts an. Er sollte schließlich nur eine allgemeine Warnung aussprechen.

„Die irakische Atomenergiekommission, sagen Sie?"

„Wir vermuten, daß unsere Sicherheit aus *der* Ecke bedroht werden *könnte.*"

„Das hieße, die Iraker bräuchten ganz spezielle Kenntnisse, und sie wüßten bereits, wen sie suchen und wo die Person arbeitet. Die Iraker müßten also die Person identifizieren und in die Enge treiben, aber einen unserer Forscher zu identifizieren ist wirklich keine Kleinigkeit, Mr. Rutherford. Praktisch unmöglich."

„Es war eine allgemeine Warnung, und ich habe sie weitergegeben."

„Und ich habe sie zur Kenntnis genommen. Verstehen Sie mich nicht falsch, Mr. Rutherford. Jeder, wirklich *jeder hier*, wäre empört bei dem bloßen Gedanken, daß so einem bestialischen und verrückten Regime wie dem im Irak Atomwaffen in die Hände fallen könnten."

Rutherford blieb ruhig. „Wie viele Leute könnten den Irakern bei ihrem Programm helfen, von welcher Zahl müßten wir da ausgehen?"

„Zwanzig, mehr nicht."

„Es wäre gut, wenn Sie die zwanzig im Auge behalten könnten."

„Mr. Rutherford, melden Sie bitte folgendes in London: Diese zwanzig Männer und Frauen sind die hellsten Köpfe im Regierungsdienst. Wenn Sie glauben, daß ich aufgrund irgendeines Gerüchts im SIS anordne, daß bei unseren Spitzenkräften Telefone abgehört werden und die Post geöffnet wird, dann . . ."

Rutherford stand auf. „Ich werde in London melden, daß sich die Iraker woanders umsehen müssen."

COLT hatte sich mit den beiden Irakern am Park von Wimbledon getroffen. Er nannte den größeren der beiden Faud, den kleineren Namir. Faud hatte darüber gewitzelt, daß er als Angestellter des Kulturzentrums in der Tottenham Court Road geführt werde und Namir offiziell Chauffeur des Handelsattachés sei. Faud hatte auf die Mülltonne des Parkplatzes gezeigt, die montags und freitags geleert wurde, und sie hatten sich geeinigt, daß man dort sonntags oder donnerstags Nachrichten hinterlassen werde. Namir sollte die Tonne an diesen Abenden kontrollieren. Faud hatte Colt das dechiffrierte Fernschreiben aus Bagdad gezeigt und es mit seinem Feuerzeug verbrannt, nachdem Colt es gelesen hatte.

Colt hatte die Adresse und wußte, wo er beginnen mußte.

Und sie sagten ihm, daß er seine Sache gut gemacht habe, es herrsche große Freude darüber, daß er Saad Raschid, den Dieb, zur Hölle geschickt habe.

DER Jaguar fuhr als erster.

Colt parkte ein Stück die Straße hinunter am Straßenrand und wartete mit laufendem Motor. Direkt nach dem Jaguar kamen ein Saab Turbo, dann ein BMW und ein Audi. Er hatte noch Zeit, seinen Stumpen fertig zu rauchen, bevor der Fiat langsam aus dem Tor kroch. Da er dem Fiat folgen sollte, fuhr Colt an. Den Namen der Frau kannte er nicht, er wußte nur, daß er ihr folgen sollte, weil ihr Mann als Forscher im Atomic Weapons Establishment arbeitete. Er folgte ihr bis zu ihrer Wohnsiedlung, zu ihrem Haus. Als er sie vor ihrer Haustür stehen sah, den Zeichenblock unter dem Arm, wie sie in ihrer Tasche nach dem Schlüssel kramte, stellte Colt fest, daß sie gut aussah.

IN GEGENDEN wie Lilac Gardens patrouillierte die Polizei regelmäßig, deshalb war Colt nach Newbury gefahren und hatte einen Taschenrechner, ein Kontobuch und einen Quittungsblock gekauft. Jetzt saß er in seinem Wagen in Lilac Gardens, fünfundsiebzig Meter von dem Haus entfernt, und hatte direkt unter einer Straßenlaterne geparkt. Mit seinem sauberen Hemd und der Krawatte sah er aus wie ein Handelsvertreter, der seine tägliche Buchführung machte, bevor er den letzten Termin des Tages wahrnahm.

Er hatte die Frau wiedergesehen, hatte sie mit dem Auto wegfahren, mit zwei kleinen Jungen zurückkehren sehen. Es war sehr wichtig, daß er wußte, wie viele Mitglieder die Familie hatte, und später mußte er darauf achten, in welchen Zimmern die Lichter angingen, damit er kombinieren konnte, wo sie schliefen.

Allmählich kamen die Männer von Lilac Gardens von der Arbeit nach Hause. Schließlich fuhr ein Ford Sierra in die betreffende Einfahrt, und Colt beobachtete, wie ein Mann aus dem Wagen stieg. Es begann zu regnen, und er stellte einmal kurz die Scheibenwischer an.

Der Mann hatte dunkle Haare und trug ein Sportsakko, in der Hand hatte er eine Aktentasche. Als er zur Haustür lief, konnte Colt kurz das Gesicht der Zielperson erkennen.

AN DEN Aktenschränken war jede Schublade gesichert durch ein solides Vorhängeschloß, der Schreibtisch war funktional, die Stühle hart. Ansonsten war das Büro leer. Typisch! dachte Tork. Die Mossadleute hielten sich nicht mit Firlefanz auf, und das bewunderte er.

„Sind die zu dumm, um zu kapieren, was da im Gange ist?“

„Ich will die vom SIS gar nicht in Schutz nehmen“, sagte Tork. „Aber ich kann nicht beurteilen, wie sie die Drohung aufgefaßt haben, wie ernst sie sie nehmen.“

„Wenn die Iraker bereit waren, chemische Kampfstoffe gegen ihre eigenen Landsleute, die Kurden, einzusetzen, würden sie dann zögern, uns mit Atomwaffen anzugreifen? Sie haben die Condor, eine Rakete, die alle unsere Städte erreichen kann, und solche Raketen sind nicht dafür gedacht, konventionelle Sprengköpfe zu tragen.“

„Wir müssen davon ausgehen, daß der SIS mit der Condor und ihrem gegenwärtigen Entwicklungsstadium vertraut ist." Tork wedelte den Zigarettenrauch des Israeli von sich weg. Falls er je Lungenkrebs bekommen sollte, dann durch das Passivrauchen in den Büros des Mossad.

„Ist Ihnen bekannt, daß Dr. Tarik kürzlich fünfzehn Kilo waffenfähiges Plutonium gekauft hat?"

„So, hat er das?" Eifrig machte Tork sich Notizen.

„Und Sie wollen, daß wir Ihnen ein klareres Bild verschaffen?"

„Ich glaube, der SIS kann sich einfach nicht vorstellen, daß die Programmdirektoren in Tuwaiba einen *britischen* Forscher anwerben könnten. Zugegeben, andere Ziele wären plausibler – und jetzt wollen sie etwas Konkretes, bevor sie Sellafield oder Aldermaston auf den Kopf stellen."

„Sie wollen also warten, bis der ganze Nahe Osten von Bagdad kontrolliert wird?"

„Mein Ressortchef hat mich wissen lassen, er hoffe inständig, Sie wären in der Lage, ihm nähere Informationen zu geben", sagte Tork.

Allgemeines Händeschütteln. Man geleitete ihn aus dem Gebäude.

Seine persönliche Meinung war, daß der britische Geheimdienst bei den Männern und Frauen des Mossad nicht gerade hoch im Kurs stand, aber ihm war auch klar, daß der Mossad die gewünschten Informationen beschaffen würde, koste es, was es wolle. Tork fragte sich, welcher arme Teufel da wohl ein gefährliches Leben im verborgenen führen mußte, um diese Art von Aufträgen zu erfüllen.

RUANE hatte die Füße auf dem Schreibtisch. „War das Colt?"

„Nicht unbedingt, meint der Polizist im Ort. Es sind eben keine besonders netten Leute da unten", antwortete Erlich.

„Glaubst du, daß er da ist?"

„Ich bin mir nicht sicher . . ., aber ich weiß, daß er nicht weit weg sein kann. Er hat einen Iraker in Clapham Junction erschossen, das steht jedenfalls fest, Dan."

Erlich hatte sich beruhigt. Sein Zorn war allmählich verraucht, nachdem er bei Desmond gebadet hatte und dann im Zug nach

London gefahren war, um sich in seinem Zimmer in der South Audley Street saubere Kleider anzuziehen. Ruane war einfach großartig, kein Sterbenswort über den Wagen, nicht eine Bemerkung darüber, daß er ohne jede Rücksprache auf eigene Faust losgezogen war, nur eine kurze Frage: „Wohin willst du jetzt?"

„Zu Rutherford zurück, mich mal wieder in Erinnerung bringen."

9

Colt stand im Schatten neben dem Haus. Die ganze Sackgasse lag still da. Es brannte kein Licht mehr in den beiden Nachbarhäusern, und auch im Haus der Zielperson war nur noch im Treppenhaus Licht. Im Schlafzimmer und unten im Haus war alles dunkel.

Leise ging er hinters Haus. Vom Flur her fiel Licht in die Küche, und er konnte durchs Küchenfenster das schmutzige Geschirr in der Spüle sehen.

Es war kein Problem, das Schloß mit einem Stück Draht zu knacken. Als die Tür aufsprang, setzte er sich auf die Schwelle und zog ein Paar dicke Wollsocken über seine Turnschuhe. Dann öffnete er die Tür gerade so weit, daß er durchpaßte, und schob sie wieder zu. Er ging durch die Küche in den Flur und zur Treppe.

Einer der Jungen hustete und warf sich im Bett herum. Sicher hustete er im Schlaf, aber Colt war doch etwas beunruhigt. Die Vorhänge des Wohnzimmers waren zugezogen – er konnte die Taschenlampe anknipsen. Auf dem Tisch lag Papier: Briefe und Bögen, die eng beschrieben waren mit Zahlenkolonnen, und ein Kontoauszug. Schnell zog Colt sich die dünnen Gummihandschuhe über, die er in der Drogerie in Reading gekauft hatte.

Unter dem Bankauszug lag ein Brief von der Bank, adressiert an Dr. F. und Mrs. S. Bissett. Er hatte jetzt also ihre Namen. Nachdem er den Brief gelesen hatte, holte er Notizblock und Bleistift aus der Tasche und schrieb die zwölf Zeilen ab. Den Saldo des Kontoauszugs notierte er sich ebenfalls, obwohl es nicht das war, was er suchte.

Schnell und gründlich durchsuchte er die unteren Räume. Die Aktentasche mit den Initialen F. B. war leer.

Zur Treppe. Oben an der Treppe brannte das Licht, und er hörte, wie das Kind wieder hustete – eines der Kinder schlief also auf der anderen Seite des Flurs. Hoffentlich kam der Junge nicht auf die Idee, zu seiner Mutter zu laufen oder ins Badezimmer, um sich ein Glas Wasser zu holen. Colt schlich die Treppe hinauf, spürte den Schweiß auf seiner Stirn unter der Wollmütze. Hoffentlich stand der Junge nicht auf . . .

Oben waren vier Türen. Drei Schlafzimmer und ein Bad. Die Tür zum Bad stand weit offen, ein Wasserhahn tropfte. Zwei Schlafzimmertüren waren angelehnt, vom Zimmer, das nach vorn hinausging, und vom dritten, das nach hinten lag. Die Tür zum großen Schlafzimmer war geschlossen. Etwas unschlüssig stand er oben auf der Treppe. Sollte er das Licht ausschalten? Aber dann wachten die Kinder vielleicht auf durch die plötzliche Dunkelheit. Das Licht anlassen? Er mußte ins Elternschlafzimmer, und der Lichtschein würde dann durch die offene Tür fallen. Also Licht aus. Mit der Taschenlampe in der Hand öffnete er vorsichtig die Tür. Himmel, war das Zimmer dunkel!

Ihr Atem ging leise und gleichmäßig, seiner hörte sich an, als ob sein Schlaf nur ganz leicht war. Vorsichtig stellte er sich ans Fußende des Bettes und drehte ihnen den Rücken zu, so daß er mit seinem Körper das Licht der Taschenlampe etwas verdeckte, und suchte das Zimmer ab. Der Lichtkegel streifte einen Augenblick lang das Gesicht des Mannes.

Plötzlich bewegte sie sich. Colt blieb wie angewurzelt stehen, drückte die Lampe so gegen seine Brust, daß es ganz dunkel war. Sie bewegte sich noch einmal, und er stand stocksteif da, bis sie sich entspannte; sie hatte wohl geträumt. Still wartete er, bis er sich wieder sicher fühlte und weitersuchte.

Neben dem Bett, auf seiner Seite, stand ein Stuhl. Seine Hose lag gefaltet auf dem Sitz des Stuhls, sein Sportsakko hing über der Stuhllehne. Colt kalkulierte jetzt genau jeden Schritt im voraus, bevor er sein Gewicht verlagerte. Einen Moment später zog er die Brieftasche aus der Brusttasche des Sakkos und öffnete sie, aber auch hier fand er nicht, was er suchte.

Der Junge hustete wieder, und sie regte sich, warf sich herum. Wieder blieb er wie angewurzelt stehen.

Die erste Seitentasche, nichts da, nur Autoschlüssel. Die zweite

Tasche. Endlich! Die Kordel, die glatte beschichtete Oberfläche der Ausweiskarte, ausgestellt von der Sicherheitsabteilung des AWE.

Er zog sie heraus und notierte sich den Namen auf der Karte, Frederick Bissett, die Seriennummer der Karte, die Berechtigung des Zugangs zur H-Zone und das Datum, wann die Karte auslief. Leise ließ er die Karte wieder in die Tasche gleiten und schlich zurück in den Flur.

Er schloß die Tür, schaltete das Licht über der Treppe wieder an und ging hinunter, durch die Küche und hinaus durch die Küchentür. Mit dem Draht schloß er die Tür wieder ab.

DIE ersten Jogger waren unterwegs, als Colt seine Nachricht unter der Mülltonne versteckte. Er hatte alles kodiert aufgeschrieben, was er sich in der Nacht notiert hatte.

Es gab viele Autofahrer, die hier kurz anhielten, um auf dem Weg zur Arbeit Abfall in die Mülltonne zu werfen.

Er war einer von vielen, und er war völlig unauffällig.

RUTHERFORD war normalerweise immer früh im Büro, aber die Sekretärin kam in der Regel noch früher. Heute teilte sie ihm gleich mit, daß Erlich zweimal angerufen hatte. Rutherford ging erst mal zum Kaffeeautomaten, wo er den Leiter des militärischen Sicherheitsdienstes traf.

„Na, wie ist es gelaufen?"

„Ich habe Ihre Warnung weitergeleitet und mußte mir einen Vortrag über die hervorragende Qualität der Sicherheit im AWE anhören."

„Wunderbar!" Hobbes nahm seinen Becher mit Kaffee aus dem Automaten. „Na, wenn das nicht der Triumph des Intellektes über unkalkulierbare Zufälle ist . . ."

„Erlich wird langsam ungeduldig, hat heute schon zweimal angerufen."

„Halten Sie ihn bei Laune, verhindern Sie, daß er in Schwierigkeiten gerät!"

Rutherford hatte es sich noch nicht in seinem Sessel bequem gemacht, da klingelte das Telefon.

„Hallo, Bill, ich wollte Sie gerade anrufen. Ich werde Sie in das elende kleine Dorf begleiten, so daß wir gemeinsam observieren können. Ich möchte nicht, daß die Botschaft der Vereinigten Staaten zu viele Fahrzeuge verliert."

ES GAB Augenblicke, in denen der Schwede in dem kleinen Backsteinbungalow von einem Leben ohne Gefahr und Angst träumte. Jetzt zum Beispiel, als er seinen Europaurlaub nahm, der zweimal im Jahr fällig war. Dann traf er sich mit den Mossadleuten und brachte nicht den Mut auf, ihnen ins Gesicht zu sagen, daß er mit seinen Nerven am Ende war. Er fand, es verlange mehr Mut aufzuhören als weiterzumachen, aber das hatte er bereits am Tage seiner Ankunft in Tuwaiba geahnt, und seit er einen Kontaktmann hatte, war es ihm ganz klargeworden.

Direkten Kontakt zum Kontaktmann hatte er keinen, es lief alles über das Postfach im neuen Postamt Al Khadim Street im alten Juafir-Bezirk von Bagdad. Beide hatten sie einen Schlüssel für das Fach, aber eine Begegnung war ausgeschlossen.

Wenn er einmal die Woche nach Bagdad zum Einkaufen fuhr, ging er jedesmal ins Postamt in der Al Khadim Street. Diesmal war er überrascht. Er las die Nachricht und fuhr nachdenklich zurück nach Tuwaiba.

Es war das erste Mal, daß sie von dem Chemieingenieur aus Schweden genauere Informationen verlangten.

COLT fand ein Zimmer im Süden Newburys. Das Haus gehörte einem jungen Paar mit einem Baby und lag in einer ruhigen Straße. Es war ideal, denn er konnte unbeobachtet kommen und gehen und war nur fünfzehn Kilometer von Tadley entfernt.

Bis Einbruch der Dunkelheit wollte er sich ausruhen und legte sich aufs Bett.

DON, Nick und Vito waren ein gutes Team und überzeugt, daß auch in diesem Fall nichts auftauchen konnte, was sie nicht schon einmal erlebt hatten.

Die Mosaiksteinchen hatten sich zu einem Bild zusammengefügt, als Don von Ruane über das Büro in London das Foto von Colin Tuck erhalten hatte. Don fand, daß der junge Erlich gute Arbeit geleistet hatte, indem er Colts Namen und das Foto bekommen hatte. Don hatte Vito und Nick mit dem Foto herumgeschickt, und sie wußten jetzt, wo Colt ein Zimmer gemietet und wo er die Nacht vor dem Attentat verbracht hatte. Ein Jugoslawe, der immer noch dort wohnte, konnte eine Beschreibung geben, doch das Zimmer war inzwischen geputzt, es gab keine Fingerabdrücke mehr. Vito und Nick hatten sich den Flughafen vorgenommen. Sie hatten die Passagierlisten jedes Fluges überprüft, der Athen an jenem Tag verlassen hatte. Als das nichts ergab, gingen sie die Mannschaftslisten durch, aber es gab keinen Colin Tuck. Erst als Vito einer Stewardeß, die gerade aus Ankara zurückgekehrt war, das Foto zeigte, kam er weiter. Sie erkannte den Mann auf dem Foto als Passagier. Er war ihr im Gedächtnis geblieben, weil er Kaffee und Essen abgelehnt hatte, und sie wußte sogar noch die Platznummer. Darauf lieferte der Computer der Fluggesellschaft einen Namen. Der irische Paß des Mannes war an jenem Morgen kontrolliert worden, aber der Paß war natürlich wertlos, unwichtig, da der Name falsch war. Vito und Nick flogen nach Ankara, und einen Tag später teilte Vito über eine abhörsichere Telefonleitung aus der Botschaft in Ankara mit, daß er dort eine Flughafenangestellte gefunden hatte, die Colt wiedererkannt hatte. Der irakische Flug hatte Verspätung gehabt. Vermutlich hatte Colt hier in Ankara seine Pässe vertauscht, denn die Zeugin erinnerte sich an einen britischen Paß und an ein Visum für den Irak. Leider lag im Flughafen von Ankara keine Passagierliste des Fluges vor, und sie wollten die irakischen Verantwortlichen nicht nach einer Liste fragen. Egal . . . Nun hatten sie ihn, dieses kleine Aas, er war also von Athen nach Ankara geflogen und dann mit einem anderen Paß weiter nach Bagdad. Es hatte zwar einige Zeit gedauert, aber sie hatten es herausbekommen.

Jetzt saßen die drei in dem Büro, das ihnen die amerikanische Botschaft zugewiesen hatte.

„Das war viel zu sauber organisiert“, meinte Nick. „Colt kann unmöglich im Auftrag von irgendwelchen Desperados geschossen haben.“

„Es war staatlich gelenkt“, sagte Vito überzeugt.

Die Arbeit in Athen war abgeschlossen. Don ordnete die Papiere und rief den Chef der FBI-Niederlassung in Rom an. Er teilte ihm mit, daß sie am nächsten Morgen abreisten.

NACH Einbruch der Dunkelheit verließ Colt das Haus und ging drei Straßen weiter bis zu seinem Wagen. Wie eine Motte, die zum Licht strebte, wollte Colt zu seiner Mutter.

10

„NATÜRLICH wollte ich, daß du deine Mutter besuchst, aber ich habe Angst, daß sie dich schnappen ..." Es war zum Wahnsinnigwerden mit dem Jungen.

Die Razzia vor zwei Jahren in der Morgendämmerung hatte er noch so deutlich vor sich, als sei es gestern gewesen. Louise und er in Morgenmänteln im Flur, während Uniformierte durch das Haus schwärmten. Nach der Razzia kam dann die Überwachung.

„Du bist doch ein gottverlassener Idiot. Wie konntest du nur in den Pub gehen?"

„Die verpfeifen mich nicht. Das sind meine Freunde."

„Freunde? Du hast keine *Freunde*. Das ist Abschaum. Du hast deine Mutter und mich ... Sonst hast du niemanden, Colt."

Als die Polizei damals am frühen Morgen gekommen war, hatte ihr Haar noch wie Gold im Sonnenlicht geleuchtet, jetzt war es grauweiß. Die verschiedenen Ärzte, bei denen sie gewesen waren, waren alle der Meinung gewesen, daß der enorme Streß den Krebs beschleunigt hatte.

Nach der Razzia hatten sie beide gemeinsam das Haus aufgeräumt, aber den Namen des Jungen nicht mehr erwähnt, bis sie endlich fertig waren. Wenn er Colts Namen erwähnt hätte, wäre sie zusammengebrochen, deshalb hatte er nichts gesagt. Aber Colt war doch kein Hund, den man einschläfern lassen konnte, weil er den Postboten biß, er war doch ihr Sohn. Es gab kein Entrinnen vor dieser Liebe, wie groß die Qual, die Verwirrung auch sein mochte.

„Möchtest du irgend etwas haben?"

„Ich bin nicht gekommen, um mir etwas zu holen. Ich wollte nur Mutter besuchen."

„Brauchst du Geld? Ich könnte zur Bank gehen ..."

„Ich brauche nichts. Ich habe mehr Geld, als ich ausgeben kann."

„Du Scherge . . ." Der Major biß sich auf die Lippe und trat einen Schritt zurück, weil er einen Augenblick lang glaubte, sein Sohn könne ihn schlagen. Aber der Junge sah ihm völlig ruhig in die Augen. Gott, wie er den Jungen liebte!

Ganz sanft fragte Colt ihn: „Warst du glücklich in Frankreich?"

„Ich hatte eine Sache, für die ich kämpfen konnte."

„Aber damals hast du das nicht so gesehen."

„Ich habe richtig gehandelt, und ich wußte es."

„Daran hast du doch nie gedacht."

„Warum, meinst du, habe ich es getan?"

„Es war deine Freiheit."

Seine eigene Freiheit bestand darin, gejagt zu werden und zu glauben, daß sie ihn nie erwischen, foltern, erschießen würden. Freiheit bedeutete, daß er nach eigenen Regeln lebte, weit weg von den Bürohengsten, die noch nie in Höhlen geschlafen hatten und um ihr Leben gerannt waren.

„Wir sind aus dem gleichen Holz geschnitzt, Vater. Siehst du das nicht?"

Er blickte seinen Sohn an und sagte: „Wenn du noch mal kommen könntest, bevor du das Land verläßt . . ."

Der Junge küßte ihn auf die Wange. Der Major umarmte seinen Sohn und sah ihm dann nach, wie er leichtfüßig die Treppe hinunterlief. Einen Moment später fiel die Küchentür hinter seinem Sohn zu.

EINE wilde, schreckliche Nacht, in der die Dachse sich ungestört bewegten, ein Fuchs heiser bellte und Antwort von einer Füchsin bekam und ein Käuzchen sich in die efeubewachsene alte Eiche krallte. Die richtige Nacht für einen Mann, der in der Wildnis zu Höchstform auflief – Colt war eins mit der Dunkelheit und den Elementen, so frei wie der Dachs und der Fuchs und das Käuzchen in der Eiche.

Als er vor dem schwarzen Eingang des Bunkers stand, dachte er nicht darüber nach, welchen Fehler er begangen haben könnte, daß die Leute vom Security Service und FBI ins Dorf gekommen waren.

Francis stand ganz dicht bei ihm. Sie deutete nach rechts zum Waldrand, wo hinter dem Wald das Herrenhaus lag. Jetzt sah auch er, daß sich dort etwas bewegte.

„Trüb ist der Blick
auf das sterbende Jahr,
wenn die gelben Bäume
im Winterwind
seufzen, seufzen,
immerdar!"

„Um Gottes willen, Bill, seien Sie still!"

„Edward Fitzgerald, hervorragender Dichter, hat nicht so Furore gemacht wie Tennyson, aber ..."

„Sie wecken ja das ganze Dorf auf. Sind Sie noch zu retten?"

„Wollte nur nicht, daß Sie sich langweilen."

Seit zwei Stunden waren sie schon im Wald.

„Ich gehe etwas weiter vor, um das Haus besser im Auge zu haben. Ich komme bei Tagesanbruch zurück."

„Ja, okay ..." Erlich hoffte, daß man ihm sein Bedauern nicht anmerkte. Er spürte, wie die Zeltplane zitterte, als Rutherford wegkroch, hörte den Wind seufzen und heulen, nachdem Rutherford außer Hörweite war. Um das Haus herum konnte er durch sein Fernglas nichts Besonderes erkennen.

RUTHERFORD machte es Spaß, so langsam am Waldrain entlangzukriechen. Knie. Ellbogen. Knie. Ellbogen. Alle zwei, drei Minuten anhalten und das Haus beobachten. Er fand einen Haufen Blätter, fast trocken, unter einer Buche und nahm dort Deckung.

Plötzlich ein Schrei. Ein Schrei der Verzweiflung.

Er sprang auf. Woher kam er nur, der Schrei?

Der Schrei. Das mußte Erlich sein. Rutherford rannte los, stolperte durch die Bäume, durch die niedrig hängenden Zweige und das Dornengestrüpp. Bis zu der Stelle, wo er Erlich verlassen hatte, schien es ewig weit zu sein, aber dann sah er ihre Silhouetten gegen den Nachthimmel. Sie konnten ihn unmöglich überhört haben, und doch ließen sie nicht ab von Erlich, schlugen und traten immer weiter auf die Gestalt unter der Zeltplane. Rutherford war nicht bewaffnet, aber daran dachte er jetzt nicht, sondern stürzte sich auf sie, um dem Amerikaner zu Hilfe zu kommen. Er bekam einen Ärmel zu fassen, die Gestalten fuhren auseinander, dann ein Tritt gegen sein Schienbein, ein

Faustschlag ins Gesicht. Er taumelte und fiel hin, aus ihrer Reichweite. „Stehenbleiben oder ich schieße . . .!" brüllte er, aber da waren sie schon weg. Schlecht geblufft. Noch immer lag er auf dem Rücken und lauschte angestrengt, aber er hörte nur die Stille, den Wind in den Bäumen, den Regen um sich herum und den Amerikaner, der vor Schmerz stöhnte.

Mit seiner kleinen Stablampe in der Hand kroch er vorwärts, zog die Zeltplane hoch und leuchtete sich selbst ins Gesicht, damit Erlich ihn erkennen konnte, dann warf er einen Blick auf seinen Mitstreiter. Es war lange her, daß er das Gesicht eines Mannes gesehen hatte, der systematisch zusammengeschlagen worden war.

Erlich kauerte keuchend da, Knie an die Brust gedrückt, und schluchzte.

„Es ist okay, Bill, sie sind weg." Vorsichtig zog er Erlich hoch, der Nasenbluten hatte und eine Wunde über dem rechten Auge.

Das Versteckspiel war nun nicht mehr nötig. Ein Hund bellte, offenbar im Herrenhaus, als sie sich über das Feld schleppten, aber Rutherford war es egal, ob man sie aus dem Dorf sehen könnte, denn sein Schienbein tat weh, und Erlich, der recht kräftig gebaut war, hatte ihm den Arm um den Hals gelegt und ließ sich mehr von ihm ziehen, als daß er selbst ging. Rutherfords Angst und Schock wichen allmählich dem Zorn darüber, daß Erlich sich hatte überwältigen lassen. Wahrscheinlich hatte er Wordsworth deklamiert. Doch noch größer als seine Wut war sein Erstaunen, denn sie hatten den FBI-Mann wirklich schlimm zugerichtet. Warum? Was war der Sinn?

Und er brachte es nicht übers Herz, Erlich zu erzählen, daß eine der beiden Gestalten eine Frau gewesen war.

Es waren vier lange Kilometer bis ins nächste Dorf, zum Haus des Polizisten.

DR. TARIK nippte an einem Glas mit frischem Fruchtsaft.

Der Major vom Geheimdienst war voll bei der Sache und nannte ihm den Namen: „Frederick Bissett vom Atomic Weapons Establishment in Aldermaston."

„Und sein Rang?"

„Leitender Wissenschaftler."

„Seine Abteilung?"

„Seine Ausweiskarte verschafft ihm Zutritt zum Gebäude H3."

„In H3 arbeitet das renommierteste Forscherteam auf dem Gebiet der Implosion, Major. Bissett – wie können wir ihn gewinnen?"

„Zweifellos mit Geld." Der Major öffnete seine Aktentasche und reichte Dr. Tarik die Abschrift der Nachricht aus London.

Dr. Tarik las sie und lächelte. „Einen solchen Mann in der Abteilung – ja, den möchte ich haben, Major, vorausgesetzt, daß Sie absolut sicher sind, keinen ausländischen Spion in mein Team einzuschleusen. Ein Forscher aus dem Spitzenteam in Großbritannien wäre spektakulär genug, um Verdacht zu erregen, aber ich räume ein, daß die Umstände, unter denen Sie seine mögliche Bereitschaft zur Mitarbeit entdeckt haben, so ungewöhnlich sind, daß ich glaube, Sie werden Glück mit ihm haben."

Dr. Tarik nannte die Bedingungen, die man Frederick Bissett bieten könne, und kündigte bis zum Abend eine Liste von Fragen an, die Frederick Bissett vor einem Vertragsabschluß vorzulegen seien.

REUBEN BOLL sagte im Vorbeigehen zu Bissett: „Morgen möchte ich wirklich was auf meinem Tisch liegen haben."

„Also, ich bin nicht sicher, ob . . ."

„Morgen auf meinem Tisch! Letzter Termin! Arbeiten Sie die Nacht durch, wenn es sein muß! Wissen Sie was, Bissett? Früher war das hier so: Wenn etwas fertig werden mußte, ging man erst nach Hause, wenn es fertig war."

Er brachte ganz einfach nicht den Mut auf, es Boll zu sagen. Sara wollte abends weggehen, zu einem Elternabend in der Schule, deshalb hatten sie morgens besprochen, daß er auf die Jungen aufpassen sollte. Also konnte er nicht bis Mitternacht im Büro arbeiten. Er hatte es Sara versprochen.

„Keine Sorge, Mr. Boll, es liegt morgen auf Ihrem Tisch, komme, was wolle."

PENNY war noch im Morgenmantel, und ihr Gesicht, das er so liebte, sah noch ganz warm und verschlafen aus.

„Ach, du ahnst es nicht, was schleppst du mir denn heute morgen ins Haus?"

„Schatz, das hier ist Bill Erlich. Bill, das ist meine Frau Penny ..."

„Was, in Gottes Namen, habt ihr beide denn angestellt?"

„Sei lieb und kümmer dich um ihn!"

Penny war staatlich geprüfte Krankenschwester und ließ sich nicht aus der Fassung bringen. Sie schickte Erlich die Treppe hinauf ins Badezimmer.

Rutherford ging ins Wohnzimmer und schenkte sich Whisky ein, während oben bereits das Badewasser einlief.

Im Morgengrauen waren sie endlich bei Desmond angekommen. Sie hatten ihn nur kurz befragt, welche jungen Leute im Dorf zu so einer kaltblütigen Prügelei fähig seien, und waren dann losgefahren.

Desmond hatte nur gemeint, daß in Wiltshire rauhe Sitten herrschten. Mindestens ein Dutzend Männer und ein halbes Dutzend Frauen kämen in Frage.

Das mindeste, was Rutherford für Erlich tun konnte, war, ihn mit zu sich nach Hause zu nehmen. Die ganze Fahrt über hatte er geredet, und der FBI-Mann hatte mit seinen geschwollenen Lippen Antworten gemurmelt. Sie waren sich einig, daß es nicht sicher war, daß Colt der Übeltäter war.

Penny kam mit Erlichs schmutzigen Sachen über dem Arm die Treppe herunter.

„Er ist nett ..."

„Er hat Glück, daß er noch lebt", sagte Rutherford.

COLT schlief tief und traumlos in dem kleinen Zimmer in dem kleinen Haus am Stadtrand von Newbury. Er hatte einen Mann verprügelt, einen FBI-Agenten, aber das machte ihn nicht so nervös, daß es ihm den Schlaf geraubt hätte. Auch der Abschied von seinen Eltern, der in den frühen Morgenstunden stattgefunden hatte, ging ihm nicht nahe. Er hatte seine Mutter auf die Wange geküßt, dem Vater die Hand geschüttelt, den Hund gekrault und war gegangen. Schon seit Jahren war er sein eigener Herr.

BISSETT hatte Sara nicht angerufen, um ihr zu sagen, daß er Überstunden machen mußte. Er hatte sie nicht gebeten, auf die Teilnahme am Elternabend zu verzichten, sondern hatte seinen Schreibtisch erst verlassen, als Sara schon mit seiner Rückkehr rechnete.

Vor ihm das Flutlicht und die Tore. Langsam fuhr er darauf zu und hielt am Tor. Der Polizist beugte sich zu ihm hinunter. „Ihren Ausweise bitte!"

Bissett zeigte seine Karte.

„Wir machen eine Sicherheitsüberprüfung, Herr Dr. Bissett. Dürfen wir mal einen Blick in Ihre Aktentasche werfen?"

Die Scheinwerfer des Autos hinter ihm durchfluteten seinen Wagen. Es war fast ein Jahr her, daß er zuletzt angehalten worden war. Ihm wurde ganz flau im Magen.

„Ich habe bis morgen früh noch eine Menge Arbeit zu erledigen."

„Bitte, Herr Dr. Bissett . . ."

Er langte nach der Aktentasche und öffnete sie. Da waren seine leere Brotdose, seine leere Thermosflasche und zwei Ordner, die mit dem Wort GEHEIM gekennzeichnet waren.

Vor ihm ging die Schranke herunter, und der Polizist sprach in sein Funkgerät. Ihm wurde übel.

Einen Moment später schnauzte er ihn an: „Fahren Sie links ran, aber ein bißchen plötzlich!"

11

DIE Wände des Zimmers waren kahl, mit Ausnahme des obligatorischen Porträts der englischen Königin.

Bissett saß auf einem Stuhl mit hoher Rückenlehne an einem kleinen Tisch, den Kopf in den Händen vergraben, weil er den Polizisten nicht mehr sehen wollte, der mit verschränkten Armen gelassen an der Tür stand.

Es war die peinlichste Stunde seines Lebens. Sie hatten ihn an den Straßenrand beim Falcon Gate dirigiert, an den hohen Drahtzaun. Zwei hatten an der Tür gestanden, als er sie öffnete, der eine hatte ihn an seinem Ärmel herausgezogen. Der andere hatte die Aktentasche an sich genommen. Er sah noch, daß alle nachfolgenden Autos durchgewunken wurden, bevor sie ihn in den Polizeiwagen geschoben und ins Polizeigebäude gebracht hatten.

In dem kahlen Zimmer mußte er warten, bis ein Kommissar kam. Bissett fing an, seine Situation zu erklären, Arbeitsdruck,

Zeitdruck, Frau mußte zum Elternabend, er sollte auf die Kinder aufpassen. Eigentlich war alles ganz klar, hätte völlig ausreichen müssen . . . es reichte aber nicht aus. Der Kommissar hatte sich alles angehört und war dann aus dem Zimmer gegangen. Der Polizist leistete ihm weiter Gesellschaft.

Nicht einmal seine Frau durfte er anrufen. Sara war inzwischen außer sich vor Wut, aber ausnahmsweise war das mal seine geringste Sorge, denn er war sich seiner Schande voll bewußt.

Jetzt kam der Kommissar zurück mit dem Sicherheitsbeauftragten. Der Sicherheitsbeauftragte setzte sich an den Tisch. „Herr Dr. Bissett, Dr. Frederick Bissett?"

„Ja."

„Leitender Wissenschaftler?"

„In H3, ja."

„Und seit wie vielen Jahren sind Sie bei uns, Herr Dr. Bissett?"

„Seit 1979 . . ."

„Sie sind also kein grüner Junge? Dann kennen Sie die Vorschriften?"

„Ja."

Totenstille im Verhörzimmer.

„Sie haben die Geheimhaltungsvorschrift unterschrieben, Herr Dr. Bissett?"

Er stotterte: „Ja, ja, hab ich . . ."

„Und Sie sind mit den Sicherheitsmaßnahmen des AWE vertraut?"

„Natürlich, ja."

Jetzt wurde er schärfer: „Wie kommen Sie dann dazu, Papiere mitzunehmen, die unter gar keinen Umständen das AWE verlassen dürfen?"

Bissett versuchte zu erklären, aber er spürte selbst, wie wenig er überzeugte.

„Herr Dr. Bissett, ist es das erste Mal, daß Sie versucht haben, geheime Unterlagen hinauszuschmuggeln?"

„Ich protestiere. Tut mir leid, aber ich habe nichts ‚geschmuggelt' . . ."

„Sie wollen mir also weismachen, Sie hätten nicht kriminell, sondern nur unglaublich dumm gehandelt?"

Er ließ den Kopf hängen. „So ähnlich, ja . . ."

„Nur dumm? Mit den Unterlagen zu Hause zu arbeiten wäre dumm, ein anderer Verwendungszweck wäre kriminell."

Bissett stand langsam auf. „Das ist idiotisch, das lasse ich mir nicht nachsagen!" rief er mit sich überschlagender Stimme.

„Was ist idiotisch, Herr Dr. Bissett?"

„Daß ich kriminell bin . . ." Er setzte sich wieder.

„Ich glaube kaum, daß ich das gesagt habe, Herr Dr. Bissett. Ich nehme an, Sie würden jetzt gern nach Hause fahren."

Nachdem Bissett gegangen war, gratulierte der Sicherheitsbeauftragte dem Kommissar zu der Wachsamkeit seiner Leute und nahm die als geheim gekennzeichneten Ordner mit. Bevor er das Gebäude verließ, rief er noch den wachhabenden Offizier beim Security Service an, um zu veranlassen, daß Frederick Bissetts Privattelefon abgehört wurde, und zwar ab sofort. Als reine Vorsichtsmaßnahme, erläuterte er, denn dieser Bissett sei wahrscheinlich nur gestreßt, sonst nichts.

OBWOHL es schon spät war, waren die Jungen noch auf und sahen im Wohnzimmer fern. Sie würdigten ihn keines Blickes. Er liebte die Jungen, aber er wußte oft einfach nicht, wie er ihnen diese Liebe zeigen sollte, und jetzt war er vollkommen verunsichert.

Sara war weder im Wohnzimmer noch in der Küche. Sein Abendessen stand auf dem Herd, aber die Würstchen waren hin, die Bohnen waren glasig, und das Kartoffelpüree hatte die Farbe von Blei.

Er ging nach oben in ihr gemeinsames Schlafzimmer. Sara lag im Bett, das Licht war aus.

Zögernd setzte er sich zu ihr aufs Bett und versuchte, ihre Hand zu halten, aber sie zog sie wieder weg. Stockend erzählte er ihr, was passiert war und was der Sicherheitsbeamte zu ihm gesagt hatte.

„Er hatte völlig recht. ‚Unglaublich dumm' trifft den Nagel auf den Kopf."

„Dumm, aber nicht kriminell, hat er gesagt."

„Du hast zuviel Schiß, um kriminell zu sein, aber ich glaube, er meinte gar nicht *kriminell*. Wenn der Sicherheitsbeamte dich verhört hat, wollen sie bestimmt herausbekommen, ob du ein Spion oder ein Verräter bist. Was das betrifft, hätte ich sie auch beruhigen können."

Resigniert ließ er sie in dem dunklen Zimmer zurück und ging in die Küche hinunter, um etwas zu essen zu suchen.

MAN hatte Faud und Namir einen Diplomatenwagen nach Heathrow geschickt, um sie zur irakischen Botschaft in London zu bringen. Im Keller der Botschaft lag die Kommunikationszone – ein Metallkasten, der 3,5 Quadratmeter groß und 2,10 Meter hoch war, wo Vertrauliches besprochen werden konnte.

Hier trafen sie sich, um die neuen Instruktionen des Majors durchzugehen. Nachdem sie sie alle reihum gelesen hatten, erstellten sie gemeinsam eine Liste der Prioritäten. Eine Nachricht wurde vorbereitet, die noch in derselben Nacht am Park von Wimbledon hinterlegt werden sollte.

Als sie aus der stickigen Atmosphäre des Kastens herauskamen, nahm Faud ein Taxi nach Sussex Gardens zum Privathaus des Handelsattachés. Dort bat er den Handelsattaché im Flüsterton, trotz der vorgerückten Stunde Mr. Justin Pink anzurufen und ein Treffen für den nächsten Morgen zu vereinbaren. Es gehe um etwas Wichtiges im Zusammenhang mit einem Vertrag.

„WENN ich zuviel von Ihnen verlange, Mr. Bissett, dann müssen Sie es mir sagen."

Bissett stand mit den beiden beschlagnahmten Ordnern vor Bolls Schreibtisch. Heute morgen war er als erstes im Büro des Sicherheitsbeauftragten gewesen, der sie ihm anstandslos ausgehändigt hatte.

„Wir sind ein Team, Mr. Bissett, und ein Team ist nur so gut wie sein schwächstes Glied."

Bissett hatte kaum geschlafen. Am Morgen hatte Sara nicht mit ihm gesprochen, als sie die Kinder für die Schule fertig machte, und er hatte sich sein Frühstück selbst zubereitet.

„Während es uns hier an nichts mangelt, beklagt sich jede andere Abteilung des öffentlichen Dienstes über Einsparungen. Nur wenn wir hervorragende Arbeit leisten, können wir unsere privilegierte Stellung rechtfertigen. Verstehen Sie das, Mr. Bissett?"

Er fand es zum Kotzen, Bolls aufgesetzte Vernunft. Offenbar hatte der Sicherheitsbeauftragte Boll informiert, und jetzt wußte seine ganze Abteilung Bescheid.

„Haben Sie gehört, was ich gesagt habe, Mr. Bissett?"

Bissett murmelte etwas, was klang wie Zustimmung.

„Es gibt viele, die unsere Arbeit als mittelmäßig herabstufen wollen. Es gibt zu viele, die sagen, daß wir mittelmäßig sind, aber ich stelle hohe Anforderungen an die Leute, die für mich arbeiten, sehr hohe."

„Ich hoffe, daß meine Arbeit bis heute mittag fertig ist."

„Der dumme Vorfall von gestern abend ist vergessen, Mr. Bissett."

„Danke, Mr. Boll!"

VERGESSEN? Nicht ganz. Der Sicherheitsbeauftragte wäre wohl geneigt gewesen, nach eigenen Überlegungen und auf Reuben Bolls Vorschlag hin die Sache mit Dr. Bissett und den Geheimdokumenten zu vergessen. Doch die Angelegenheit konnte nicht in Vergessenheit geraten, weil der Security Service angerufen und mitgeteilt hatte, daß Rutherford, dieser Angeber, heute noch einmal vorbeikäme. Reine Vorsichtsmaßnahme natürlich.

„DU KOMMST doch?"

„Ich weiß nicht, es ist nicht . . ."

„Nur ein paar Freunde, nette Leute."

„Es ist nicht leicht, einen Babysitter zu finden."

„Dann such einen, streng dich ein bißchen an!" sagte Justin Pink.

„Ich bin nicht sicher, ob Frederick . . .", meinte Sara.

„Schleif ihn mit, laß keine Ausflüchte gelten! Wir geben tolle Partys, Sara. Vielleicht können wir sonst nichts, aber Partys feiern können wir."

Sara lächelte. „Okay! Wir kommen."

„So ist's recht."

Für den Bruchteil einer Sekunde hatte Pinks Hand Saras Hüfte gestreift. Währenddessen war Debbie in der Küche beim Kaffeekochen, und die anderen waren im Wohnzimmer und bauten die Staffeleien auf.

Pink starrte Sara bewundernd an. Sie konnte sich kaum noch erinnern, wie viele Jahre es her war, daß ein Mann sie mit so unverhohlener Bewunderung angestarrt hatte. Wann hatte Frederick sie zuletzt so angesehen? Vor Urzeiten.

„Dann bis heute abend! Und danke für die Einladung . . ."

SIE blieb fest, duldete keinen Widerspruch. Bissett war noch keine zehn Minuten zu Hause, da erzählte sie ihm, was sie arrangiert hatte.

„Ich will dahin, Frederick, und du kommst mit!"

„Und die Jungen? Die können doch nicht allein bleiben."

„Alles geklärt. Eine Nachbarin paßt auf."

Er kannte die Leute nicht. Sie wußte doch, daß er es haßte, auf Partys zu gehen, wo er niemanden kannte.

„Das sind alles nette Leute, wirklich, und dir tut es gut, mal rauszukommen."

Ihm fiel keine Ausrede mehr ein. Seine Arbeit hatte er abgeliefert. Sie lag jetzt in Bolls Safe.

„Was soll ich denn anziehen?" fragte er.

„Gott, was weiß denn ich? Seid ihr eigentlich alle so in deiner blöden Firma? Kann keiner von euch eine Entscheidung treffen? Wie bringt ihr überhaupt was zustande?"

„Na, Hauptsache, wir kommen nicht zu spät zurück."

FAUD und Namir waren schon da, als Colt den Parkplatz am Park in Wimbledon erreichte. Er setzte sich in ihren Wagen, und sie erklärten ihm, was er zu tun habe.

„Was, das soll ich tun . . .?"

So lauteten die Instruktionen, und er konnte nicht ablehnen, weil Faud oder Namir wahrscheinlich bewaffnet waren. Hätte er abgelehnt, wäre er nur ein paar Schritt weit gekommen, denn der Parkplatz war leer. Und wohin hätte er auch laufen sollen? Bagdad war seine einzige Zuflucht, und nur wenn er tat, was sie wollten, würde es seine Zuflucht bleiben.

Falls er versagen sollte, würden sie ihn abservieren.

Die Instruktionen wurden wiederholt.

„Ich will meine Ruger wiederhaben", sagte er schließlich.

VOM Fenster aus konnte Rutherford die vielen Autos und Busse sehen, die das Falcon Gate passierten. Seit dem frühen Nachmittag war er im Zimmer des Sicherheitsbeauftragten. Man hatte ihm die Personalakte von Bissett zu lesen gegeben, die so dünn war wie eine Waffel. Apropos Waffel – sie hatten ihm gar nichts angeboten, nicht einmal eine Tasse Tee.

„Okay, Rutherford?" Der Sicherheitsbeauftragte war gerade hereingekommen.

„Soweit ja."

„Meinen Sie nicht, daß Sie genug gesehen haben?"

Hätte man ihm auch nur eine Tasse Tee angeboten, ganz zu schweigen von einem Keks oder einem Sandwich, hätte Rutherford wohl nicht auf stur geschaltet. „Nein, das glaube ich nicht", antwortete er.

„Ich für mein Teil bin davon überzeugt, daß Bissett ein harmloser Esel ist."

„Wenn ich erst mal mit ihm gesprochen habe, werde ich Ihre Überzeugung vielleicht teilen."

„Dazu müssen Sie doch nicht mit Bissett sprechen, Rutherford."

„Sie wissen besser als ich, Sir, aus Ihrer langen Erfahrung, daß mit dem Security Service nicht zu spaßen ist . . . Ich werde nicht dafür bezahlt, daß ich mich so einfach abspeisen lasse. Und das hier", er hob Bissetts Akte hoch und ließ sie wieder fallen, „würde niemanden beim Security Service zufriedenstellen."

„Ich garantiere Ihnen, es war ein einmaliger Ausrutscher. Ich habe mit seinem Vorgesetzten gesprochen. Der Mann war mit seiner Arbeit in Verzug, er war einfach nur furchtbar blöd . . ."

„Wenn ich mich mit ihm unterhalten habe, kann ich Ihnen sicher beipflichten."

„Dann müssen Sie bis morgen warten."

„Kein Problem, Sir, ich habe jede Menge Zeit." Rutherford lächelte. Der Sicherheitsbeauftragte wußte, daß der Security Service sich überall und jederzeit Zutritt verschaffen konnte. Also saß er jetzt hier und würde bleiben, bis er fertig war.

DAN RUANE schob Erlich ein Fax zu. Nachdem er es gelesen hatte, strahlte er übers ganze Gesicht. Der Laborbericht aus Washington. Sie hatten eine Speichelanalyse gemacht mit dem,

was sie auf dem Zigarrenstummel gefunden hatten. Sie hatten den genetischen Fingerabdruck! Toll. Immer besser. Analyse eines Tabakblatts. Herkunftsland Irak. Angebaut im Irak. Eine Verbindung. Das war wirklich sehr gut.

„Jetzt mußt du nur noch diesen Colt finden, seinen Speichel vergleichen, und dann hast du einen Fall."

ER HÄTTE nicht mit zu der Party gehen sollen. Warum hatte er Sara nicht allein hingehen lassen? Er paßte einfach nicht hierher. Als Saras Mann war er natürlich willkommen – arme Sara, verheiratet mit einer Null. Er beobachtete sie, wie sie lachte und trank, wie ihr nachgeschenkt wurde. Der Mann, der sich mit ihr unterhielt, war der Gastgeber. Er trug dunkelblaue Cordhosen und ein grünes Seidenhemd. Justin Pink schien sich blendend zu unterhalten, hatte seine Hand auf Saras Arm gelegt und brachte sie dauernd zum Lachen.

Bissett wandte der Gruppe den Rücken zu. Da das niemanden

zu stören schien, riß er sich zusammen und steuerte auf eine andere Gruppe zu. Von weitem sah er, wie Justin Pink sich zu Sara beugte und ihr etwas zuflüsterte.

Der Geräuschpegel stieg. Stimmengewirr. Die Gastgeberin, Debbie, tauchte neben ihm auf, schenkte ihm Champagner nach. Dies waren die Neureichen, und es war ihm völlig schleierhaft, wie er eigentlich hierhergeraten war. Da klingelte es an der Haustür. Der junge Mann in Jeans und Jeanshemd war wohl der Gast, den Debbie Pink noch erwartet hatte. „Oh, Freddie . . . hier ist jemand, den Sie kennenlernen müssen . . .“

„Hallo, ich bin Frederick Bissett.“

„Das ist Colin Tuck.“

Der junge Mann lächelte. „Die meisten nennen mich Colt“, sagte er und schüttelte Bissett die Hand. Debbie verschwand, um sich um die anderen Gäste zu kümmern.

„Diese Leute hier find ich zum Kotzen“, sagte Colt leise.

Etwas Besseres hätte er nicht sagen können, um sich bei Bissett beliebt zu machen. Sie kamen ins Gespräch und waren schnell bei Bissetts Beruf angelangt.

„Ach, da arbeiten Sie? Das muß ja interessant sein", meinte Colt.

„Ja, doch, manchmal ist es schon ganz spannend."

„Na ja, schließlich arbeiten dort die hellsten Köpfe unseres Landes."

„Ein paar."

Das Büfett stand im Wohnzimmer, und die Gäste drängten dorthin. Colt hatte Bissett von der Wohnzimmertür weg in eine Ecke bugsiert.

„Ich habe gehört, die Leute da arbeiten für einen Hungerlohn."

„Also . . ."

„Falls das stimmt, ist das skandalös. Sehen Sie sich mal diese Leute hier an . . . Tut denn einer von denen etwas, das auch nur entfernt nützlich ist? Und draußen vor der Tür, das ist die reinste Automobilschau. In diesem Land zählen die alten Werte nicht mehr."

„Da kann ich Ihnen eigentlich nur recht geben."

Colt griff nach einer Flasche. Ein Schlückchen für sich, ein volles Glas für Bissett. Der Mann wirkte nicht besonders trinkfest.

„Die Steuerhinterzieher werden belohnt und die Spekulanten! Aber die hellsten Köpfe in unserem Land? Werden verschlissen."

Bissett beobachtete, wie Sara und Justin Pink zusammen hinaus in den Flur gingen.

„Wir werden nicht gut bezahlt, das ist wohl wahr."

„Das ist die Untertreibung des Jahres, Herr Dr. Bissett! Sie sind sehr loyal, aber Ihr Gehalt ist doch einfach lausig. Fragt sich nur, ob sich das je ändern wird."

„Der Zug ist wohl leider abgefahren. Wir leben in einer verkehrten Welt, und ich habe leider auf die falsche Karte gesetzt."

„Es ist so, als ob Sie in der Falle sitzen, oder?"

ES WAR Debbies Schlafzimmer. Auf der Kommode stand eine gerahmte Zeichnung, die sie selbst, Sara, zeigte, wie sie vor dem Kaminfeuer im Wohnzimmer saß. Justin gab sie ihr, damit sie sich selbst betrachten konnte. Sie hätte ihn wegschubsen können, als er langsam begann ihre Bluse aufzuknöpfen. Sie hätte zur Tür hinausgehen, sie ihm vor der Nase zuknallen können; statt dessen küßte sie ihn und ließ sich von ihm zum Bett führen.

ÜBERALL der Lärm und das Gelächter, das Tellerklappern und die dröhnende Musik. Bissett und Colt standen immer noch in ihrer Ecke, waren sich selbst überlassen. Für Colt war Bissett nur eine Zielperson, für die er keine Gefühle hatte, kein Mitleid, keine Verachtung. Für ihn zählte nur, daß dies der richtige Zeitpunkt war.

„Es gibt einen Ausweg", sagte Colt wie beiläufig.

„Ich kenne keinen. Weiß Gott, ich habe mich schon umgesehen. Zu hochkarätig, zu spezialisiert, das ist die Falle."

„Gehen Sie ins Ausland!"

„Das verstößt gegen die Regeln", entgegnete Bissett.

„Sie gehen ins Ausland und sagen denen nichts davon."

„Das ist . . ."

„So können Sie sich verbessern, Frederick. Sie gehen ins Ausland, wo Ihre Arbeit entsprechend entlohnt wird."

„Sie meinen . . ."

„Ich meine, Sie gehen dorthin, wo Sie ein Spitzenmann sind, Leiter einer Abteilung. Wo man Ihnen hundert Riesen im Jahr zahlt – englische Pfund, steuerfrei."

„Ich weiß wirklich nicht . . ."

„Herr Dr. Bissett, Sie können heute abend nach Hause gehen, Sie können Ihren Sicherheitsleuten von dieser Unterhaltung erzählen, dann steck ich in der Scheiße, und Sie sind ein Held – ein armer Held. Andererseits könnten Sie sich bereit erklären, sich mit ein paar Leuten zu treffen, um über ein Arbeitsangebot zu sprechen. Ein völlig unverbindliches Treffen. Sie haben die Wahl, Herr Dr. Bissett!"

Colt erkannte Bissetts Frau wieder. Sie trat zu ihnen. Eine schöne Frau, die aussah, als ob sie einen in der Krone hätte.

Colt schrieb eine Telefonnummer auf einen Zettel, und als er Bissett den Zettel gab, bemerkte er dessen vertrauensvollen Blick.

Bissett steckte den Zettel ein und wandte sich an seine Frau. „Ich glaube, wir müssen jetzt nach Hause, Sara, meinst du nicht auch?"

12

Er hörte, wie sie mit dem Geschirr klapperte und die Jungen zur Eile antrieb. Kein Frühstück für ihn heute morgen, er war zu verkatert.

Beim Rasieren und Ankleiden dachte er daran, was gestern abend vorgefallen war. Was war nur in ihn gefahren, daß er die Telefonnummer von diesem jungen Mann, der sich Colt nannte, angenommen hatte? Warum, um Himmels willen, hatte er das getan?

Er hatte offenbar zuviel getrunken. Aber schließlich hatte er sich zu nichts verpflichtet, zu absolut nichts, es war nichts als eine Unterhaltung auf einer Party gewesen.

Er ging die Treppe hinunter. Die Jungen waren schon beim Frühstück und sprudelten über vor Neuigkeiten, denn der Babysitter hatte sie bis spät fernsehen lassen. Die Jungen waren sein ein und alles. Sara ermahnte ihn, seinen Toast zu essen, aber bei dem bloßen Gedanken an etwas Eßbares wurde ihm schlecht, und er verließ hastiger als sonst das Haus.

Der junge Mann war sehr angenehm gewesen und hatte vernünftig geredet. Kein Haken, keine Verpflichtungen, nur ein Gespräch.

Er könnte Colt anrufen und sich anhören, was sie zu sagen hatten. Es war ja keine Verpflichtung dabei, und er war schließlich sein eigener Herr. Warum sollte er nicht zumindest versuchen, sein Schicksal in die Hand zu nehmen?

Das Telefon klingelte im unteren Stockwerk. Die Frau schrie ihr Kind an, es solle Ruhe geben, und Colt hörte, wie sie ans Telefon ging. Sie rief nach oben, es sei ein Mann für ihn am Telefon, und er sprang die Treppe hinunter. Bissett, der arme Bissett.

„Hallo, Herr Dr. Bissett. Schön, daß Sie mich anrufen . . . Würden Sie das tun? Das ist ja ausgezeichnet . . . Natürlich nicht, nein, nur ein Gespräch . . . Wunderbar!“ Colt nannte ihm einen Treffpunkt und die Uhrzeit.

FREDERICK war am Telefon. Es war so selten, daß er vom AWE aus anrief, daß Sara sofort an eine Katastrophe dachte, aber er sagte nur, er komme erst spät nach Hause, weil er noch eine Sitzung habe. Sie stellte ihm keine Fragen, weil sie eigentlich froh war, daß sie heute abend nicht mit ihrem Mann reden mußte.

Der Anruf bei Debbie duldete eigentlich keinen Aufschub mehr, aber sie mußte sich Mut machen, bevor sie sich bei ihr für die Party bedanken konnte.

Die Party war wie ein böser Traum für sie, ein Alptraum mit einem Lichtblick – die Liebesszene mit Justin. Sie ging in die Küche zurück, um die Wäsche der Jungen auszubessern. Eigentlich komisch, daß Frederick sich gut unterhalten hatte.

Oh, es war so gut gewesen, besser als alles andere, Justin Pink und sein Liebesspiel.

RUTHERFORD bat Boll, Carol anzuweisen, keine Telefongespräche durchzustellen. Er hatte Boll erklärt, daß er vom Security Service war, und ihn aufgefordert, sich beim Sicherheitsbeauftragten nach ihm zu erkundigen, was dieser zweifellos auch getan hatte.

„Frederick Bissett . . ."

Die Atmosphäre zwischen Rutherford und Boll war äußerst gespannt. Das war ihm nicht neu, damit wurde er fertig. Niemand hatte gern mit dem Security Service zu tun.

„Was ist denn mit Bissett?"

„Nur eine routinemäßige Überprüfung."

„Wenn ich den Sicherheitsbeauftragten richtig verstanden habe, ist die Sache am Tor aufgeklärt."

„Na, Sie kennen doch den Dienstweg. Diese Dinge entwickeln immer eine Eigendynamik . . ."

„Kommen Sie zur Sache! Was wollen Sie wissen?"

„Ich möchte über Dr. Bissett reden, über seine Arbeit."

„Sie ist völlig zufriedenstellend."

„Aber er mußte Arbeit mit nach Hause nehmen."

„Wir sitzen nicht alle nur die Zeit ab, Mr. Rutherford. Wenn wir etwas zu erledigen haben, dann tun wir es."

„Leistet er gute Arbeit?"

„Ja, natürlich, warum sollte er nicht?"

„Fügt er sich gut in das Team in diesem Haus ein?"

„Es ist ganz . . . zufriedenstellend."

„Ist er beliebt bei den Kollegen?"

„Mr. Rutherford, hier kann man sich schwer beliebt machen. Wir sind keine Fußballmannschaft. Wir sind eine Gruppe von Atomexperten. Die meisten von uns sind vom Arbeitsstil und von der Natur der Sache her Einzelgänger."

„Ich versuche nur, die Motive von Dr. Bissett herauszufinden. Warum hat er geheime Dokumente aus seinem Büro mitgenommen, obwohl es strikt verboten ist?"

„Da müssen Sie ihn schon selber fragen."

„Das tue ich auch. Wissen Sie, ob seine finanziellen Verhältnisse in Ordnung sind?"

„Das ist ebenfalls etwas, das Sie ihn selbst fragen müssen."

Rutherford verabschiedete sich.

Er hatte fünfunddreißig Minuten mit Boll verbracht, ohne auch nur ein freundliches Wort über Bissett zu hören. Rutherford fand das interessant.

COLT stand am Bahnhof Paddington und wartete auf Bissett. Es waren bereits drei Züge aus Reading angekommen, alle innerhalb des Zeitrahmens, den Bissett ihm gegeben hatte, aber Bissett war noch nicht eingetroffen. In seiner Ungeduld verfolgte ihn der Gedanke an seine Mutter. Als er weggegangen war, hatte sie geschlafen, und er hatte seine Hand sanft aus ihren Fingern gelöst. Sie war der einzige Mensch auf dieser Welt, der ihm etwas bedeutete.

Da kam Bissett – die dunklen Locken, die hohe Stirn, die dicke Hornbrille. Die Zielperson trug ein spießiges Karohemd, eine Tweedkrawatte und ein Sportsakko. Über dem Arm hatte er einen Regenmantel. Colt verdrängte den Gedanken an seine Mutter und ging Bissett entgegen.

JAMES RUTHERFORD und Basil Curtis gingen über einen Sandweg durch den Birkenhain am Rand der C-Zone zum Kraftwerk des AWE. Es war sehr windig, und Rutherford bibberte vor Kälte in seinem dünnen Mantel. Curtis trug dünne Hosen, alte Ledersandalen und ein offenes Polohemd unter dem Pullover. Die Kälte schien ihn nicht zu stören – er rauchte Pfeife, und sein kastanienbraunes Haar flatterte im Wind. Curtis war nicht groß, aber er strahlte Kraft und Stärke aus. Rutherford fand ihn sympathisch.

„Sie sind also ein Agentenjäger."

„Ich bin bloß ein kleines Licht beim Security Service."

„Und jetzt untersuchen Sie den Fall des unglückseligen Dr. Bissett . . .?"

„So ist es."

„Wir haben hier noch nie einen Spion gehabt oder einen Verräter." Ein kehliges Lachen. „Falls doch, haben wir's jedenfalls nicht gemerkt. Wissen Sie, unser Chef hat uns einen Vortrag gehalten. Wir sollten uns vor irakischen Verführern hüten. Der war völlig auf dem Holzweg, meinte, wir älteren Knacker seien gefährdet . . . völlig falsch."

„Wer ist denn gefährdet?"

„Wenn die Iraker kluge Köpfe suchen, müßte man sich mal ihre Personalstruktur ansehen. Herausfinden, was ihnen fehlt. Vielleicht ein Forscher, vielleicht ein Chemiker oder ein Ingenieur. Man müßte wissen, welches Loch sie stopfen wollen. Aber auf jeden Fall wäre es ein jüngerer Mann, der diesen Weg nach oben nähme."

Rutherford blieb stehen. „Karriereorientiert, aber frustriert, ein jüngerer Mann auf dem Weg nach oben – ist das Bissett?"

Curtis lächelte. „Sollten Sie das nicht herausfinden, Mr. Rutherford?"

„Würde es Sie überraschen?"

„Ich werde Ihnen lieber etwas anderes sagen. Hören Sie mir mal zu. Viele junge Wissenschaftler kommen zum AWE in dem Glauben, daß es hier immer noch so aufregend ist wie vor zwanzig Jahren. Damals hatten wir nämlich hier die Crème de la crème der britischen Forschergemeinde. Heute sind wir eine Fabrik, Mr. Rutherford, und längst nicht mehr auf dem Gipfel. Als der junge Bissett kam, mit seiner charmanten Frau, glaubte er sich am Ziel seiner Träume. Seine Begeisterung war schon fast peinlich. Bissetts Träume sind wie Seifenblasen zerplatzt. Es gab keine wunderbare, lebhafte Gemeinde der Wissenschaft, nur eine geschlossene Gesellschaft voller Klatsch und Tratsch. Einmal hat er uns zu einem kleinen Imbiß eingeladen. Mindestens zwei Dutzend Einladungen hat er verschickt, und nur ich bin aufgekreuzt. Hilft Ihnen so etwas überhaupt weiter, Mr. Rutherford?"

„Einsamer Bissett, ohne einen Freund, ist das relevant?"

„Ich muß mich ja schämen", sagte Curtis. „Ich sehe ihn jeden Tag, manchmal mehrmals. Ich würde einen Kollegen ja gern mehr unterstützen, aber leider weiß ich gar nichts über ihn."

Sie kehrten um und gingen schweigend zurück in die H-Zone. Das zweite Gespräch. Ein zweites Mal jegliches Fehlen von Lob, Zuneigung, Unterstützung für Frederick Bissett.

SIE standen auf, als Bissett das Hotelzimmer betrat. Alle drei kamen auf ihn zu, und er bemerkte ihre zuversichtlichen Mienen. Dies war der Augenblick, in dem er hätte kehrtmachen und weglaufen können.

Die Tür fiel hinter ihm ins Schloß, und sie machten sich miteinander bekannt. Bissett hörte die Namen, aber vergaß sie sofort wieder. Er spürte, wie ihm das Blut in den Kopf schoß und der Schweiß den Rücken hinunterlief. Nervosität lähmte ihm die Beine. Ob er einen Drink wünsche? Er konnte nicht sprechen, schüttelte nur den Kopf. Doch bestimmt einen kleinen Drink, nur einen ganz kleinen? Colt schenkte ein, viel zuviel, das hätte den stärksten Mann umgehauen. Alle hatten Drinks, ausgenommen Colt.

„Es ist eine große Ehre, Sie kennenzulernen, Herr Dr. Bissett ..." Sie hoben ihre Gläser und prosteten ihm zu. Bissett nippte an seinem Whisky und kippte ihn dann mit zitternder Hand hinunter.

Einer von ihnen nahm die Sache in die Hand.

„Herr Dr. Bissett, wir repräsentieren die Regierung des Iraks und kommen heute auf Anweisung des Staatsoberhauptes, des Vorsitzenden des Revolutionären Kommandorates des Iraks, mit Ihnen zusammen. Falls gewisse Dinge zu unserer Zufriedenheit ausfallen, bin ich von meiner Regierung autorisiert, Ihnen einen Arbeitsvertrag anzubieten." Bissett dachte an den Personalchef der Imperial Chemical Industries und seinen zynischen Absagebrief. „Das bedeutet für Sie die Chance, eine wichtige und großzügig ausgestattete Forschungsabteilung in unserer Atomenergiekommission zu leiten. Ihre Begabung können Sie dort voll ausschöpfen." Bissett stellte sich die ausdruckslosen, kalten Mienen des Beurteilungsausschusses vor, der über seine Beförderung zu befinden hatte und dem dabei Bolls Jahresbericht über seine Leistung vorlag.

„Falls Sie bereit sind, zu uns zu kommen, können wir Ihnen ein Jahresgehalt von 175 000 US-Dollar anbieten."

Es war ein Traum . . . mehr Geld, als er fassen konnte . . . Seine Stimme war heiser. „Was müßte ich dafür tun?"

„Einem erstklassigen Forscherteam angehören, Herr Dr. Bissett. Für die Atomenergiekommission meines Landes zu arbeiten bedeutet, an vorderster Front in der Welt der Wissenschaft zu stehen. Verstehen Sie, wir arbeiten nicht nur für militärische Zwecke, sondern wollen auch die Tore des Wissens aufstoßen. Wir streben nach vorzüglicher Qualität, Herr Dr. Bissett. Und um die zu erreichen, möchten wir, daß Sie zu uns kommen."

Bissett merkte, wie seine Stimme zitterte. „Ich, äh, ich muß es mir überlegen, muß darüber nachdenken."

Wieder dieses Lächeln des Irakers. „Ihr Gebiet ist die Implosionsphysik, Herr Dr. Bissett?"

„Ja." Der erste Schritt hinaus in den Abgrund.

„Sie sind der Mann, den wir brauchen, Herr Dr. Bissett. Bei uns wären Sie ein bedeutender Mann, ein wohlhabender Mann."

Er konnte einfach mit dem Zug zurück nach Reading fahren, direkt in die F-Zone gehen zu dem wachhabenden Offizier im Sicherheitsflügel und ihm von diesem Angebot erzählen. Es gab zwei Möglichkeiten: ihnen den Rücken kehren . . . oder ihnen die Hand hinstrecken.

„Ich komme wieder." Der zweite Schritt ins Leere.

Ihr Lächeln war Routine. Ein Murmeln: „Spesen, Herr Dr. Bissett", und ein Umschlag.

„Ich habe nur gesagt, daß ich wiederkomme."

„Wenden Sie sich wieder an Colt. Wir sind Ihnen dankbar, Herr Dr. Bissett, daß wir Sie kennenlernen durften."

„Ich werde es mir überlegen." Er steckte den Umschlag in seine Brusttasche. Colt hielt ihm die Tür auf.

13

DAN RUANE war der Meinung, daß Erlich ein bißchen heimatliche Gefühle guttun würden. Darum hatte er ein Frühstück in der amerikanischen Botschaft organisiert – mit frischgebackenen Waffeln,

Ahornsirup und viel Kaffee. Danach hatte Ruane Erlich einfach auf den Beifahrersitz seines Volvos komplimentiert und ihm eine zwei Tage alte *Los Angeles Times* in die Hand gedrückt, ohne das Fahrtziel zu nennen.

Sie kamen gut voran, denn morgens war kaum Verkehr aus der Stadt hinaus. Ruane fuhr nach Colchester, aber Erlich hatte keine Ahnung, was er dort vorhatte. Als er die Zeitung ausgelesen hatte, legte er sie auf den Kleiderhaufen auf dem Rücksitz. Dabei bemerkte er ein Gewehrfutteral, das teilweise durch die Mäntel verdeckt war. Als sie durch das Portal einer Garnison fuhren, an dem die amerikanische Fahne wehte, ahnte er, wo Ruane ihn hinbrachte – zum Schießstand einer Einheit der United States Army.

Ruane wandte sich an ihn. „Jetzt ist ein bißchen Spaß angesagt, Bill, damit du nicht mehr so grimmig aus der Wäsche guckst. Und damit du mal ein bißchen an die Luft kommst."

Es war ein strahlender Morgen, aber furchtbar kalt und windig. Ruanes Freunde warteten schon auf sie. Erlich wurde ihnen vorgestellt. Da waren ein Major der amerikanischen Air Force, ein Amerikaner, der als Sicherheitsexperte für Esso arbeitete und seit zwölf Jahren in England war, sowie der aufsichtführende Waffenoffizier. Sie hießen Erlich willkommen. Keiner stellte Fragen über sein zerschundenes Gesicht. Sie stiegen alle in den Volvo und preschten über einen zerfurchten Schlammweg zu den Schießständen.

Die Zielscheiben waren noch die alten, die er aus Quantico kannte: Pappkameraden mit Wehrmachtshelm. Erlich war seit zwei Jahren, seit er Washington verlassen hatte, auf keinem Schießstand mehr gewesen und war sich nicht sicher, ob dies nicht eine einzige Blamage werden würde.

Die Waffe, mit der er schießen sollte, war eine Smith & Wesson, Kaliber 38, eine Waffe, die er gut kannte. Hätte er so eine am Waldrand vor dem Herrenhaus dabeigehabt, dann hätten sie ihn nicht zusammengeschlagen. Jetzt wußte er, worauf Rutherford hinauswollte. Ja, er fühlte sich schon viel besser mit der Smith & Wesson in der Hand.

Der Waffenoffizier las vor, wie die Schießübungen ablaufen sollten – genau wie es in Quantico üblich gewesen war. Erlich ließ die Patronen ins Magazin der Smith & Wesson gleiten, überprüfte die

Sicherung und ging zu einem Schießstand in fünfzig Schritt Entfernung. Konzentriert nahm er seine Position ein und dachte daran, daß ihm in der Ausbildung immer wieder gesagt worden war, daß jede Übung zählte. Tief Luft holen, den Sauerstoff in die Lunge pumpen, sich in erhöhte Alarmbereitschaft versetzen. Nichts zählte mehr, außer ihm selbst und dem Ziel, auf das er seine Waffe richtete.

Die Zielscheibe war keine Pappschablone mehr. Die Zielscheibe war Colt. Adrenalin strömte in seine Muskeln. Die halbe Drehung aus der Hüfte, in der Rechten die Smith & Wesson. Die linke Hand über der rechten. Ein Dreieck bilden aus den ausgestreckten Armen und der Smith & Wesson. Entsichern. Arme gestreckt. Knie gebeugt. Zeigefinger krümmen . . . Das Knallen der Schüsse in seinen Ohren. Drei Schüsse abfeuern, schnell hintereinander. Entsichern. Colt kam auf ihn zu, und Erlich traf den Pappkameraden aus sieben Meter Entfernung mit einem von drei Schüssen. Die Zielperson kam immer noch auf ihn zu. Die Smith & Wesson erneut entsichern. Tödlicher Angriff. Drei Schüsse, drei Treffer, 38er Patronen schlugen in die Pappe ein, und die Pappe war Colt. Erlich gegen Colt – jeder der drei Schüsse traf.

Er ging zurück zum Auto, wo die anderen auf ihn warteten.

Ruane lächelte fast unmerklich und holte zwei Dosen Bier aus der Kühlbox im Kofferraum. „Wehe, du verlierst die Waffe!" sagte er.

„Dann lande ich vor dem Militärgericht", sagte der Major der amerikanischen Streitkräfte.

COLT spürte den kalten Lauf der Ruger an seinem Nacken.

Er faßte unter das Kopfkissen, wo sie gelegen hatte, während er schlief. Ob es dieselbe Waffe war wie in London, wußte er nicht, denn sie hatten von allen Waffen die Seriennummer entfernt, aber es war eine Ruger/MAC Mark 1, Kaliber 22.

Eine Ruger wieder bei sich zu haben kam ihm vor wie eine Belohnung dafür, daß er ihnen den kleinen Bissett auf einem Silbertablett geliefert hatte. Im Moment konnte er nur abwarten, bis Frederick Bissett sich wieder meldete. Vielleicht rief er heute an, vielleicht auch nicht.

RUTHERFORD klopfte an Bissetts Büro an. Die Tür ging auf. Bissett sah furchtbar aus – ungekämmte Haare, ungebügeltes Hemd, dunkle Schatten unter den Augen. Er war totenbleich und hatte mit Sicherheit kaum geschlafen.

„Guten Morgen, Herr Dr. Bissett! Darf ich bitte eintreten?"

„Wer sind Sie? Ich kenne Sie nicht . . ."

„Mein Name ist Rutherford, James Rutherford. Mr. Boll meinte, Sie hätten sicher ein paar Minuten Zeit für mich."

Rutherford trat ein, schloß die Tür und setzte sich unaufgefordert.

„Worum geht es denn?" fragte Bissett. „Ich habe ziemlich viel um die Ohren, wie Sie sehen."

„Herr Dr. Bissett, ich bin vom Security Service . . ."

Der Mann erstarrte.

„Ich bin hier, um zu untersuchen, warum Sie geheimes Material aus dem AWE nehmen wollten."

„Ich . . . aber . . . das ist doch schon . . . Reuben Boll, mein Abteilungsleiter, hat gesagt, es sei alles geklärt." Eine brüchige, unsichere Stimme.

„Wie würden Sie das Material in den Ordnern einstufen, die Sie mit hinausnehmen wollten?"

„Wir haben das alles doch schon abgehakt! Es war unwichtig, meine eigene Arbeit."

„Und worum handelt es sich genau?"

Es war, als ob der Mann plötzlich wieder etwas mehr Selbstvertrauen hatte. „Verstehen Sie das Wechselspiel einer Spaltungsexplosion?"

„Nein."

„Dann dürfte es nicht viel Zweck haben, Ihnen den Inhalt der Unterlagen zu erklären."

„Hat man Ihnen je Avancen gemacht, Herr Dr. Bissett?"

„*Avancen?* Verzeihung, ich verstehe Sie nicht . . ."

„Um das zu verstehen, muß man kein Atomphysiker sein. Ist schon mal ein Außenstehender an Sie herangetreten, jemand außerhalb des AWE, der Informationen über Ihre Arbeit haben wollte?"

„Das ist doch lachhaft."

„Beantworten Sie nur die Frage. Ja oder nein?"

Rutherford hatte den Eindruck, daß der Mann zu schnell atmete. Eine direkte Frage verlangte eine direkte Antwort . . .

„Nein."

„Falls man an Sie herantreten würde, wie würden Sie reagieren?"

„Das ist doch rein hypothetisch."

„Dann stellen Sie mal diese Hypothese auf . . ."

„Na ja, dann würde ich wohl zur Sicherheitsabteilung gehen."

„Aber es ist niemand an Sie herangetreten?"

„Nein."

„Wie ist es um Ihre persönlichen Finanzen bestellt, Herr Dr. Bissett?"

„Meine was?"

„Ihre persönlichen Finanzen." Der Mann war ja ein richtiger Schwachkopf, es war nicht zu fassen.

„Ich arbeite hier . . ."

„Das weiß ich. Beantworten Sie nur meine Frage!"

„Das beantwortet Ihre Frage. Zufällig leben wir hier im teuersten Teil des Landes."

„Haben Sie Ihr Konto überzogen, Herr Dr. Bissett?"

„Ob ich mein Konto überzogen habe?"

„Ja oder nein . . .?"

„Ja, das habe ich. Stellen Sie immer solche impertinenten Fragen?"

Allmählich konnte Rutherford ein Muster erkennen. Es ging ihm nicht darum, ob Bissett die Frage nach dem überzogenen Konto verneinte oder bejahte. Es war viel interessanter, daß Bissett jede Frage mit einer Gegenfrage beantwortete. Rutherford warf einen Blick auf seine Unterlagen. Unter anderem hatte er die Niederschrift eines Telefongesprächs vorliegen.

„Waren Sie gestern abend zu Hause, Herr Dr. Bissett?"

„Nein."

„Wo waren Sie?"

„Ich habe Überstunden gemacht."

„Der Sicherheitsposten am Tor kann mir genau sagen, wann Sie das Gebäude verlassen haben."

„Ich wollte etwas trinken gehen."

„In welcher Kneipe waren Sie, Herr Dr. Bissett?"

„Ja, wissen Sie, ich bin dann doch nicht gegangen. Ich hatte es aber vor . . ."

„Was haben Sie gemacht, Herr Dr. Bissett?"

„Ich bin in der Gegend herumgefahren."

„Warum, Herr Dr. Bissett?"

Bissett wurde wütend, das konnte Rutherford deutlich sehen, aber er hatte das Protokoll von Bissetts Telefongespräch mit seiner Frau, die Behauptung, er müsse länger arbeiten, so daß er spät nach Hause komme. Außerdem hatte er bereits am Falcon Gate im Logbuch nachgesehen und wußte, daß Bissett am frühen Abend weggefahren war. Dieser Mann saß nun vor ihm, ein einsamer, ängstlicher Mann, der nicht einen einzigen Kollegen zum Freund hatte.

„Ich wollte allein sein."

„Haben Sie Probleme mit Ihrer Frau, Herr Dr. Bissett?"

Bissett explodierte. „Das geht Sie überhaupt nichts an, verdammt noch mal!" schrie er. „Stecken Sie Ihre Nase gefälligst nicht in meine Angelegenheiten! Raus hier! Sofort! Verlassen Sie auf der Stelle mein Büro!"

„Danke, Herr Dr. Bissett. Ich glaube, das reicht fürs erste."

BISSETT saß an seinem Schreibtisch, den Kopf in den Händen vergraben. Er hatte rasende Kopfschmerzen und war fast verrückt vor Angst. Seine Tür war geschlossen, aber sie schützte ihn nicht vor der Angst. Als er schließlich vom Schreibtisch aufstand, ging er zur Heizung am Fenster, hinter der das Kuvert, das er im Great Western Hotel am Bahnhof Paddington bekommen hatte, versteckt war. Dieses Kuvert war ein sicheres Indiz für seine Schuld, soviel war klar, obwohl er nicht genau wußte, wieviel der Mann vom Security Service wußte. Noch hatte er das Kuvert nicht geöffnet, weil er Angst hatte, die Sache damit endgültig zu machen. Keine Bedingungen, keine Verpflichtung. Das war leicht gesagt, mit einem Glas Whisky in der Hand und Schmeicheleien im Ohr. Er stopfte den Umschlag so weit hinter die Heizung, wie es nur ging.

ES WAR die Art von Konferenzen, die Dick Barker, der Veteran vom Security Service, verabscheute – der Verwaltungsapparat in seiner schlimmsten Ausprägung. Der Vorsitzende des Joint Intelligence Committee spielte den Schlichter. Barker hatte Hobbes bei sich, aus Paritätsgründen.

Percy Martins vom SIS hatte er schon mehrmals getroffen. Der Mann war in der Downing Street eine Berühmtheit, aber Barker fand ihn eher zweitklassig. Es paßte ihm auch nicht, daß die Konferenz beim Security Service stattfand und nicht auf neutralem Grund.

Der Stenograf räumte die Kaffeetassen weg, bevor der Vorsitzende seinen Platz am oberen Ende des langen Tisches einnahm. Martins machte es sich gegenüber von Barker bequem, der anfangen sollte. Auch darüber ärgerte Barker sich. Wenn er anfing, würde Martins weitermachen. Damit hatte der SIS die Sache in der Hand, weil Martins das letzte Wort hatte.

Hobbes hatte für Barker eine Zusammenfassung der Ereignisse verfaßt. Barker begann. Es hatte eine Schießerei in Athen gegeben, ein irakischer Dissident war getötet worden und der CIA-Mann, der bei ihm war, ebenfalls. Der Fahrer des Killers hatte den Namen „Colt“ gerufen. Zweiter Fall: die Erschießung eines Irakers in Clapham, der sich an der Kasse der irakischen Fluggesellschaft bedient hatte. Das Gesicht desselben Killers war *möglicherweise* identifiziert worden. Bei beiden Anschlägen war die Waffe ein Revolver, Kaliber 22, gewesen. Colt war Brite, auf der Flucht vor der Justiz, bereits gesucht wegen versuchten Mordes. Colt war vor kurzem in England gewesen, befand sich möglicherweise immer noch auf britischem Boden. Irakische Beteiligung eindeutig. Eine andere Sache – kein direkter Zusammenhang erkennbar – war die Warnung vor einem eventuell bevorstehenden Fischzug der Iraker unter den Angestellten des Atomic Weapons Establishment . . . Was tun? Wann und wo den Irakern Einhalt gebieten? Und schließlich wollten die Amerikaner natürlich ein Ergebnis sehen.

Martins lächelte spöttisch. „Und das hat sehr wenig mit uns zu tun.“

„Meiner Ansicht nach haben wir genügend Beweismaterial, um die Ausweisung von mindestens fünf oder sechs Angehörigen des irakischen Botschaftspersonals zu veranlassen!“ fauchte Barker.

„Ich bin strikt gegen eine solche Vorgehensweise, Mr. Barker.“ Martins schlug mit der flachen Hand auf die polierte Tischoberfläche.

Barker entgegnete: „Wir können irakischen Terrorismus nicht dulden – staatlich gelenkten Terrorismus auf den Straßen von London."

„Haben Sie auch nur die geringste Ahnung, was passiert, wenn wir das tun, was Sie da vorschlagen?"

„Mich interessiert nur die Sicherheit dieses Landes."

Martins drehte sich so, daß er dem Vorsitzenden direkt ins Gesicht sah, und ignorierte Barker.

„Wir sind am Rande eines Krieges mit dem Iran, aber aufgrund einiger Pannen haben wir kein Agentennetz dort. Das wenige, was wir über die politischen Vorgänge im Iran wissen, verdanken wir irakischen Geheimdienstquellen. Der Irak baut gegenwärtig seine gesamte Infrastruktur wieder auf. Sie haben Milliarden von Petrodollars, die sie investieren können, und sie suchen weltweit nach Bauunternehmen mit der nötigen Erfahrung. Vielleicht gehen auch ein paar Aufträge an uns. Und da verlangt man von uns, mit so fadenscheinigen Beweisen vor ihre Botschaft zu marschieren und ein halbes Dutzend akkreditierter Diplomaten auszuweisen. Ich verliere meine Hauptinformationsquelle für den Iran, mein Land verliert Aufträge in Milliardenhöhe – und die Franzosen und die Deutschen werden sie sich schnappen, nur weil die Amerikaner ein Ergebnis sehen wollen."

„Ihre Einstellung ist feige", warf Barker ein.

„Wissen Sie, was wir auf Ihre Art erreichen?" entgegnete Martins. „Null Komma nichts. Wir verlieren nur Aufträge, gute Kontakte und nützliche Informationsquellen. Mühsam haben wir das alles aufgebaut, und ich sehe mir nicht ruhig mit an, wie es für eine sinnlose Aktion geopfert wird. Der Security Service scheint keinen Sinn für Realität zu haben."

Barker sah hilfesuchend in Hobbes' Richtung, aber der schaute weg.

„Meine Herren, meine Herren . . .", sagte der Vorsitzende. „Wir müssen noch über das Thema AWE sprechen, Mr. Martins . . ."

„Wenn das überhaupt ein Thema ist, Sir. Die Israelis sind um detaillierte Informationen gebeten worden. Bisher haben sie die nicht beschaffen können."

„Was schlagen Sie also vor, Mr. Martins?" schnauzte Barker.

Martins strahlte. „Diesen Colt suchen und ihn erschießen . . ."

„Das ist doch nicht Ihr Ernst?"

„Ihn finden, ihn erschießen . . . und ihn irgendwo ganz tief vergraben."

Barker bemerkte, wie der Blick des Vorsitzenden sich aufhellte. Martins trug also mit seiner rüpelhaften Selbstgefälligkeit den Sieg davon. Natürlich schrieb der Stenograf das Votum nicht mit, aber es stand fest: Colt mußte gefunden, erschossen und vergessen werden.

COLT war auf Strümpfen heruntergekommen, als die Frau ihn ans Telefon gerufen hatte.

Bissett atmete schwer, schien sehr aufgeregt, aber er wollte sich mit Colt treffen. Nein, er wollte nicht noch einmal nach London kommen. Nein, er wollte sich nur mit Colt treffen. Für Colt war klar, daß Bissett Höllenqualen litt.

Bissett schlug ihm einen Treffpunkt vor – einen Pub in Stratfield Mortimer und einen Zeitpunkt. Colt sagte zu.

RUTHERFORD war in dem kleinen Zimmer neben dem Büro des Sicherheitsbeauftragten im AWE. Er überlegte, ob er Hobbes anrufen sollte, um ihm mitzuteilen, daß er noch einen weiteren Tag in Aldermaston benötigte. Aber er war sich nicht sicher, weil er mit dieser Art von Untersuchung noch keine Erfahrung hatte. Seine einzige Hilfe war der Lehrsatz aus seiner Ausbildung: Indikatoren von Gefahr waren Geld, Ideologie, Käuflichkeit und Ego.

Geld bedeutete ein überzogenes Konto. Unter der jetzigen Regierung war das nichts Besonderes, aber es lohnte sich, die Frage nach dem Geld weiterzuverfolgen. *Ideologie* war jetzt, in der Ära nach dem kalten Krieg, eigentlich keine Gefahr mehr. *Käuflichkeit* bedeutete Bares oder Sex. Rutherford wußte nicht, noch nicht, wie kritisch Bissetts finanzielle Lage war, aber er war sich sicher, daß *Ego* der Schlüssel war. Bissett hatte furchtbare Komplexe, soviel war sicher.

Man rief ihn zum abhörsicheren Telefon im Büro des Sicherheitsbeauftragten. „Sind Sie das, Rutherford?"

„Ja."

„Machen Sie, daß Sie wieder zurückkommen!"

Aber er war noch gar nicht fertig. Ein paar Fragen waren noch offen. Er hatte immer noch nichts Konkretes, und schließlich wollte er doch gründlich vorgehen . . .

„Fragen Sie mich nicht, warum, mein Lieber, aber der Chef will mit Ihnen Tee trinken, und zwar heute noch." Als er dem Sicherheitsbeauftragten mitteilte, daß er zum Security Service zurückgerufen worden war, zeigte der keinen Ausdruck des Bedauerns.

„ES IST Ihre Entscheidung, Herr Dr. Bissett."

„Ich habe früher gern dort gearbeitet."

„Früher?"

„Inzwischen behandeln sie mich wie Dreck."

„Dann haben Sie sich also entschieden?"

„Ich bin ganz sicher, daß ich dieses Jahr nicht befördert werde."

„Das ist unvorstellbar, ein Mann mit Ihren Fähigkeiten . . ."

„Zu arbeiten und keine Anerkennung zu finden ist einfach schlimm auf die Dauer."

Es war dunkel auf dem Parkplatz der Kneipe in Stratfield Mortimer. Wenn Gäste kamen, streiften Scheinwerfer ihre Gesichter. Colt duckte sich jedesmal vor dem Licht, aber Bissett saß still mit aufgerissenen Augen wie ein verschrecktes Kaninchen.

„Dann gehen Sie doch weg!"

„Diese Affäre da, letztes Jahr – ich habe was gelesen, einen Bericht über Verletzung von Menschenrechten im Irak."

„Das ist mal wieder Störpropaganda von den Israelis. Wenn's mir nicht gefiele, wäre ich nicht im Irak."

„Was für ein Leben würde ich da führen?"

„Man hat es Ihnen ja gesagt, Herr Dr. Bissett. Sie würden eine ganze Abteilung leiten. Es wäre ein gutes Leben."

„Und Sara, meine Frau, und die Jungen?"

Colt hätte sich fast verschluckt – die Familie des kleinen Bissett war nicht eingeplant –, fand aber schnell die Beherrschung wieder. „Sie hätten ein sehr angenehmes Leben. Der Irak ist ein modernes Land, viele Engländer dort, internationale Schule, alles . . ."

Colt hatte in Wirklichkeit keine Ahnung, was für Lebensbedingungen in Tuwaiba herrschten; er wußte nicht einmal, wo das lag.

„Ich weiß einfach nicht, was ich tun soll."

„Es ist Ihr Leben. Ergreifen Sie die Chance, oder lassen Sie sie sausen!" meinte Colt betont lässig.

„Wäre ich ein Verräter?"

Colt blickte nach oben und rollte mit den Augen. Was war dieser ängstliche kleine Scheißer denn sonst? „Das ist nur ein Wort, Herr Dr. Bissett. Worte bedeuten nicht viel. Wenn Sie gehen, können Sie Ihr Leben selbst bestimmen. Wenn Sie bleiben, machen Sie sich zum Sklaven, und am Ende schenken die Ihnen eine goldene Armbanduhr."

„Ich muß Ihnen noch etwas sagen. Heute morgen hat mich ein Mann vom Security Service verhört."

Colt schreckte auf. Angespannt sah er zu den Autos, die in der Nähe von Bissetts Wagen parkten. Sein Hirn arbeitete blitzschnell. Er sah sich nach einem Beschatter um, suchte in der Dunkelheit die Silhouette eines Beobachters . . . „Und warum, Herr Dr. Bissett?"

„Ich mußte Überstunden machen, aber ich konnte nicht im Büro bleiben, weil ich Sara versprochen hatte, auf die Kinder aufzupassen. Also nahm ich meine Unterlagen mit, aber am Tor wurde ich angehalten. Der Sicherheitsbeauftragte vom AWE hat mich verhört. Ich dachte, es sei alles erledigt, aber heute morgen kam ein Mann aus London vom Security Service. Er war furchtbar aggressiv . . ."

Colts schneidende Stimme: „Wenn Sie gehen wollen, dann sollten Sie sich schnell entscheiden."

„Ich habe so schreckliche Angst."

Colt legte Bissett die Hand auf den Arm, der die Berührung als eine Geste der Freundschaft empfand. „Ich komme mit Ihnen", meinte Colt. „Ich werde Sie auf Schritt und Tritt begleiten, wenn Sie abreisen."

„Ich rufe Sie an."

Colt schlüpfte aus dem Wagen und ging auf dem Parkplatz in Deckung, damit Bissett ihn nicht beim Wegfahren mit dem Scheinwerfer anstrahlte. Zum ersten Mal fühlte Colt sich wie ein kleiner Vogel in einem Fangnetz. Er mußte jetzt fliehen, dann konnte er noch entkommen, aber wenn er blieb, saß er in der Falle. Bissett hatte die Aufmerksamkeit des Security Service auf sich gezogen. Plötzlich wurde ihm übel, und er erbrach sich auf den Kies hinter seinem Wagen.

SARA hörte, wie Frederick nach Hause kam, und beendete ihr Telefongespräch. Neben dem Telefon auf dem Tischchen in der Diele lag die Post, die gekommen war, nachdem Frederick schon zur Arbeit gefahren war. Ein Schreiben von der Bank war auch dabei.

Die Wagentür schlug zu.

Sie hatte noch Debbies Stimme im Ohr, wie sie versuchte, sie zu überreden, als sie die Haustür öffnete. Frederick bückte sich gerade über den Rücksitz und holte die Aktentasche und den Regenmantel heraus. Es war das Traurigste, was sie sich vorstellen konnte: Debbie gesagt zu haben, sie komme nicht mehr zum Zeichenunterricht . . . Sie beobachtete, wie er sich umsah und dann die wenigen Schritte vom Auto bis zur Haustür im Eiltempo zurücklegte. Die Jungen waren im Wohnzimmer, der Fernseher lief. An jedem anderen Tag hätte er ihr zugenickt, sich ein Lächeln abgerungen und wäre dann an ihr vorbeigeeilt. An jedem anderen Tag wäre er nach oben gegangen, um sein Sakko gegen die Strickjacke zu vertauschen, die er an kalten Abenden trug. An jedem anderen Tag, aber heute nicht, heute klammerte er sich an sie. Es war sehr lange her, daß er sie so gehalten hatte, so stürmisch. Als ob er um etwas kämpfte. Sie fühlte, wie er am ganzen Leib zitterte, aber da sie seine Augen nicht sehen konnte, wußte sie nicht, ob er weinte. Schließlich machte sie sich frei, murmelte, daß das Abendessen anbrennen werde und daß er die Jungen begrüßen solle. Sie ging in die Küche zurück und ließ ihren Mann mit ihren Söhnen allein, die zu ihm in die Diele gekommen waren; die Diele, die unbedingt neu ausgelegt werden mußte. Gott sei Dank hatte sie Debbie angerufen. Gott sei Dank war das vorbei. Als Sara in die Diele zurückkam, bemerkte sie erschrocken, daß Frederick aussah, als ob er um zehn Jahre gealtert wäre, seit er am Morgen zur Arbeit gefahren war.

Er sagte, nach dem Essen würden sie alle zusammen Scrabble spielen, dann sah er den Brief von der Bank. Sie beobachtete ihn, wie er den Umschlag ungeöffnet in Fetzen riß.

„SIE sind Rutherford?"

„Ja, Sir."

„Sagen Sie mal, Rutherford, warum sind Sie dem Service beigetreten?"

„Ich wollte etwas bewegen."

„Glauben Sie immer noch, daß Sie das hier können?"

„Wenn ich das nicht täte, würde ich den Dienst quittieren."

„Sie engagieren sich also für den Service?"

„Ja, Sir."

Der Chef des Security Service schenkte zwei Whiskys ein und fügte ein bißchen Wasser hinzu. Von Zeit zu Zeit unterhielt er sich ganz gern mit den jungen Führungsoffizieren, die ihm unterstellt waren. Hatte wohl was mit dem Älterwerden zu tun. Er fühlte sich wohl in ihrer Gesellschaft, ihm gefiel ihre Sicherheit.

„Was halten Sie von Erlich, diesem Amerikaner?"

„Er war früher mal Lehrer, also nicht die übliche FBI-Laufbahn, und er ist nicht besonders gut ausgebildet – der würde beispielsweise in Belfast nicht einen Tag überleben. Dies ist zweifellos sein erster größerer Auftrag, und er will sichergehen, daß es klappt. Was seine Karriere angeht, will er nichts anbrennen lassen. Er ist eine seltsame Mischung. Er ist kampflustig und ungeduldig und kennt mehr viktorianische Lyrik, als ich ertragen kann."

„Also kein FBI-Pistolenheld?"

„Doch, doch, schießen würde er sicher, Sir, erst schießen und dann die Fragen stellen . . . bildlich gesprochen."

„Und was sind Erlichs Gefühle in der Tuck-Sache?"

„Das ist für ihn eine persönliche Angelegenheit. Der FBI-Agent, der in Athen ermordet wurde, war Erlichs Freund. Und vor ein paar Tagen wurde Bill Erlich überfallen, als wir Tucks Haus bei Nacht observiert haben, und furchtbar zugerichtet. Anscheinend auch Colts Handschrift."

„Wünscht er Colt den Tod?"

„Ganz ohne Frage, wenn es eine Möglichkeit gäbe."

„Wenn dieser Colt noch in England wäre, wo würden Sie nach ihm suchen?"

„Seine Mutter liegt im Sterben, Sir. Da würde ich suchen."

„Suchen Sie ihn bitte, Rutherford, und nehmen Sie Erlich mit!"

„Ja, Sir."

„Was werden Sie tun, wenn Sie ihn gefunden haben?"

„Der Polizist im Ort ist ein sehr guter Mann, Sir . . ."

„Nein, nein, nein, bloß nicht!" Der Chef sah Rutherford in die

Augen. „Die politische Situation ist zu kompliziert. Nein, um dieses Wespennest auszuräuchern, bringen wir am besten Erlich dazu, Colt umzubringen. Keine Publicity, bitte! Colt soll einfach nur tot sein."

14

BEIDE taten so, als ob sie schliefen, aber sie waren beide wach. Die Uhr unten im Wohnzimmer schlug Mitternacht.

Sara berührte seine Schulter, spürte, wie er zusammenfuhr.

„Was ist denn, Frederick? Was ist passiert?"

Da brach es aus ihm hervor: „Was ich auch getan habe, es ist für dich und die Jungen. Was ich auch tue, es ist nur für dich und Adam und Frank. Egal, was ich getan hab, was ich noch tu, hör auf keinen! Es ist nur für dich . . ." Und dann sagte er nichts mehr.

Ihre Fragen prallten an ihm ab.

RUTHERFORD fuhr mit Erlich zurück in das Dorf in Wiltshire. „Übrigens ist jetzt alles klar", sagte er. „Mein Chef hat uns einen Blankoscheck ausgestellt, um Colt aufzuspüren. Das ist jetzt ein Vollzeitjob für mich. Keine Nebenbeschäftigung mehr, und Sie arbeiten an meiner Seite, weil Sie Colt nur so finden werden . . ."

SIE hätte doch nicht so überrascht zu sein brauchen. Er hatte nur gesagt, er würde die Kinder zur Schule bringen, auf dem Weg zum AWE. Was war denn daran so ungewöhnlich?

Es war Frederick Bissetts Entscheidung, die Jungen zur Schule zu fahren und fünfzehn Minuten später als sonst im AWE anzukommen. Er würde auch selbst entscheiden, ob er ihr Angebot annähme und wann er das Colt mitteilte.

Ausnahmsweise hatte sie ihm nicht widersprochen. Dieses eine Mal stellte sie die Autorität ihres Mannes nicht in Frage. Wenn er erst eine Abteilung leitete, würde sie *nichts* mehr in Frage stellen – wenn er ein Forscherteam leitete und reich und anerkannt war.

Während Bissett seine Söhne zur Schule brachte, tat er sein Bestes, sich mit ihnen zu unterhalten. Und die ganze Zeit versuchte er, sich selbst zu beruhigen – gingen nicht viele Familien ins

Ausland und nahmen ihre Kinder mit? Tat er dies nicht alles für ihre Zukunft, ihre Zukunft und die Saras?

Er setzte die Jungen vor der Schule ab, aber sie gaben ihm keinen Kuß zum Abschied. Hätten sie ihm nicht ein wenig Zuneigung zeigen können? Nachdenklich beobachtete er sie, wie sie auf den Schulhof rannten.

Zu schade, daß er die dummen Gesichter von Reuben Boll und Carol und dem Sicherheitsbeauftragten nicht sehen konnte, wenn sie entdeckten, wohin er gegangen war.

ES KLOPFTE. Die Tür ging auf.

„Ach, Mr. Bissett, haben Sie einen Augenblick Zeit?“ fragte Reuben Boll.

Seltsam – er hatte keine Angst mehr vor dem Mann. Der würde was auszustehen haben, wenn man entdeckte, daß er einen leitenden Wissenschaftler verloren hatte.

„Was kann ich für Sie tun, Mr. Boll?“

„Der Mann vom Security Service . . . Ich wollte Ihnen nur sagen, daß ich fand, es war eine Schande, wie er sich aufgeführt hat.“

„Der Mann tat nur seine Pflicht . . .“

„Das ist eine sehr vernünftige Einstellung, Mr. Bissett.“

„. . . aber trotzdem habe ich ihn zum Teufel geschickt.“

Er sah die Überraschung in Bolls Gesicht. „Sie haben ihn rausgeworfen?“

„O ja, das habe ich.“

„Nun, ich wollte Ihnen nur sagen, daß ich auf Ihrer Seite stehe.“

„Danke, Mr. Boll!“

„Ach, und ich wollte Sie auch wissen lassen, daß ich Ihre Arbeit sehr hoch schätze. Wirklich ganz ausgezeichnet . . .“

„Nochmals vielen Dank, Mr. Boll!“ Bissett starrte die Tür an, die Boll soeben hinter sich schloß. Es war Zeit für den Telefonanruf.

COLT stand neben der Tür des Hotelzimmers, da er wußte, wo die geheime Kamera im Kleiderschrank angebracht war: hinter der Schranktür, die einen Spaltbreit geöffnet war. Er wußte, wo er stehen mußte, damit die Videokamera ihn nicht erfaßte.

Bissett hätte ihn beinahe geküßt, als sie sich auf dem Bahnsteig im Bahnhof Paddington trafen. Er hatte Colt die Hand geschüttelt und sich die ganze Zeit an seinen Arm gehängt bis ins Great Western Hotel und sogar noch im Aufzug, der sie zu ihrem Zimmer brachte.

Colt hörte zu. Er stand hinter Bissett.

Der Militärattaché und sein Assistent sowie Faud und Namir waren da. Das Reden war ihre Aufgabe. Colts Aufgabe war es, Bissett hierher- und wieder fortzubringen. Als erstes hatten sie Bissett einen Whisky eingeflößt, und Colt war aufgefallen, wie nervös Bissett war. Obwohl er das Glas mit beiden Händen hielt, hatte er etwas verschüttet. Sie waren den ganzen Fragebogen mit ihm durchgegangen, wollten sichergehen, daß sie auch den Richtigen erwischt hatten. Fragen und Antworten schwirrten über Colts Kopf hinweg. Arbeitsstelle: das H3-Gelände . . . Augenblickliche Beschäftigung: Implosionsphysik . . . Besonderes Arbeitsgebiet im Moment: Entwicklung von Sprengköpfen für Marschflugkörper als Ersatz für die WE-177-Bombe.

Der Militärattaché verließ das Zimmer und nahm den ausgefüllten Fragebogen mit. Während sie warteten, schenkte Namir ihm noch einmal nach. Bissett redete zuviel – anscheinend war ihm der Alkohol zu Kopf gestiegen, denn er stellte jetzt jede Menge Fragen. Wie sah sein Arbeitsplatz aus? Wo würde er leben?

Sie wechselten sich jetzt dabei ab, ihm irgendwelche Lügen zu erzählen. Sie schmierten ihm Honig ums Maul, schmeichelten ihm pausenlos, und Frederick Bissett fraß ihnen aus der Hand. Nach einer Stunde kam der Militärattaché zurück.

Er baute sich vor Bissett auf und schüttelte dem armen Würstchen die Hand.

„Wir fühlen uns sehr geehrt."

Die Gläser wurden erhoben. Colt sah, wie Bissett vor Freude errötete. Es war ja nicht sein Problem, wenn Bissett sich unbedingt im Irak vergraben wollte, wenn er's gar nicht nötig hatte.

Colt sagte: „Wir haben Herrn Dr. Bissett noch keine Gelegenheit gegeben, Ihnen mitzuteilen, daß der Security Service ihn überprüft. Es wäre ratsam, ihn schnell fortzuschaffen."

Bissett brabbelte seine Erklärung herunter. Besorgnis auf ihren Gesichtern.

„Wir bringen ihn heraus", sagte Colt, „bevor sich das Netz zusammenzieht."

Um Bissett herum redeten sie von Abflugzeiten. Der Militärattaché hielt fest: „Morgen abend. Wir können die Maschine bis dahin aufhalten."

„Er arbeitet morgen völlig normal", sagte Colt, „geht von der Arbeit nach Hause, und ich hole ihn dort ab, bringe ihn nach Heathrow."

Der Militärattaché nickte. „Morgen abend."

Bissett mischte sich ein. „Einen Augenblick! Sie vergessen ... meine Familie ... wir müssen das organisieren ..."

Der Militärattaché wurde ungehalten. „Sie reden mit niemandem, Herr Dr. Bissett, und Sie organisieren auch nichts, sondern verbringen einen ganz normalen Tag."

„Aber ich kann doch nicht einfach ... Meine Frau, sie muß doch ..."

Wahrscheinlich endet es immer so, dachte Colt. Ein schmuddeliger kleiner Mann mit zuviel Alkohol auf nüchternen Magen, der vor lauter Verwirrung unsinniges Zeug brabbelt. Keine Zeit mehr, die Ehefrau zu überreden, keine Zeit, etwas für die Familie zu organisieren. Und keine Chance mehr, um noch abzuspringen.

Colt hatte das letzte Wort: „Wenn Sie nicht tun, was man Ihnen sagt, Herr Dr. Bissett, gehen Sie zwanzig Jahre in den Knast."

DER Schwede konnte nur Bruchteile der Unterhaltung verstehen.

„Wir haben ihn, Herr Dr. Tarik."

„Er ist zwar nicht in führender Position, aber Sie haben gute Arbeit für mich geleistet, Major. Ein Team zusammenzustellen ist eine schwierige Geschichte. Dieser Mann ist für sich genommen nicht wichtig. Aber zur Gesamtleistung des Teams trägt er ganz wesentlich bei."

Es war dunkel, und der Schwede hantierte unbeholfen mit dem Empfänger herum. Ihm war, als könnte er die Spulen hören, wie sie sich langsam drehten. Er hatte den linken Kopfhörer auf, den rechten hinters Ohr geklemmt, damit er einerseits der Unterhaltung lauschen konnte, so gut es ging, und andererseits auf Geräusche im Flur achten konnte. Jede einzelne Minute war eine Tortur für ihn, und er tupfte sich immer wieder den Angstschweiß von der Stirn. Die Israelis wollten mehr Informationen, aber bislang hatte er nur wenig. Da schrillte drüben ein Telefon; dann ertönte die Stimme des Majors. „Er kommt. Man hat es eben bestätigt. Dr. Bissett kommt morgen abend. Wir verzögern notfalls den Start eines Flugzeugs; er kommt morgen abend mit dem Flug aus London."

„Man kann Ihnen nur gratulieren, Major."

„Es gab unerwartete Schwierigkeiten wegen Bissetts Sicherheitsüberprüfung, Herr Dr. Tarik. Darum muß er sofort aus England verschwinden."

„Sie werden ihn doch nicht wieder verlieren, Major?"

„Er befindet sich in guten Händen, Herr Dr. Tarik . . ."

Der Schwede schnappte nach Luft und stieß einen Seufzer der Erleichterung aus. In fieberhafter Eile baute er das Mikrofon ab sowie den Empfänger und die Antenne. Vorsichtig faßte er durch die Lamellen der Jalousie und zog das Fenster langsam zu.

„DAS ist doch eine idiotische Aktion hier."

„Hätte nicht gedacht, daß einem FBI-Helden ein paar Regentröpfchen so viel ausmachen . . ."

„Was heißt hier ‚ausmachen'? Es gießt wie aus Eimern. Ich kann nicht mal das Zifferblatt meiner Uhr erkennen."

„Es ist acht Minuten vor zwei."

„Ich habe das Gefühl, es ist eigentlich Zeit, ins Bett zu gehen."

Der Wind heulte in den Bäumen, und es goß in Strömen. Lange Zeit sagte keiner etwas. Sie beobachteten nur. Einmal, zweimal ging das Licht im Schlafzimmer an. Das zweite Mal sah Rutherford, wie der alte Mann die Treppe hinunterging in die Küche, dort das Licht anmachte und wieder nach oben ging. Das Küchenlicht blieb an.

Dann sahen sie plötzlich Autoscheinwerfer auftauchen, die sich aufs Herrenhaus zu bewegten. Das Auto hielt vorm Haus, und die Scheinwerfer strahlten in die hohen Bäume. Erlich kniete sich hin.

„Wir haben Glück, Bill!" flüsterte Rutherford.

„Ja." Erlich zog die Smith & Wesson, Kaliber 38, aus dem Hüftholster und betastete sie im Dunkeln.

„Alles klar, Bill?"

„Ich fühl mich großartig."

Während sie den Wald verließen und über das weite Feld zum Herrenhaus liefen, gingen unten im Haus die Lichter an.

„Jetzt haben Sie ihn, Bill."

„Ja, genau!"

Sie sprinteten durch den Matsch zum Herrenhaus, ihrem Ziel entgegen.

15

„ÜBERNEHMEN Sie den Hund?"

„Mach ich", flüsterte Rutherford.

An der Mauer des Küchengartens steckte Erlich den Revolver in das Holster zurück, und Rutherford machte ihm eine Räuberleiter, um ihm hinaufzuhelfen. Als Erlich oben war, hielt er einen Moment inne. Es war eine alte Mauer, und der Mörtel bröckelte heraus, als er Rutherford hochzog. Sie standen beide auf der Mauer und bückten sich.

„Alles klar, Bill?"

„Klarer geht's nicht."

Ein paar Sekunden später saßen sie unterhalb der Mauer im Efeu. Erlich zog den Revolver wieder aus dem Holster, und Rutherford schlich ihm voran zur Küchentür. Erlich drückte sich an die Wand neben der Tür, die Smith & Wesson dicht neben seinem Ohr, während Rutherford versuchte, die Tür zu öffnen. Er atmete tief und gleichmäßig. Sein Herz hämmerte wie wild.

„Abgeschlossen?"

„Wir versuchen es vorne."

Wieder ging Rutherford voran.

Die Haustür war offen. Erlich atmete tief durch. Er hatte eine Waffe und damit die Möglichkeit, die Sache jetzt in die Hand zu nehmen. Er konnte hineinstürmen, Rutherford den Hund überlassen und es durchziehen. Es war seine Entscheidung, weil er die Waffe hatte. Deutlich spürte er, wie seine Hand zitterte, sein Atem ging keuchend. Er wußte, daß er zu schnell und zu schwer atmete, deshalb hielt er den Atem an und atmete zischend wieder aus, ganz langsam. So brachten sie es einem auf dem Schießstand bei. Noch einmal. Tief einatmen . . . warten . . . langsam ausatmen. Dann stieß er die Haustür auf.

Jetzt konnte ihn nichts mehr aufhalten.

Er war bereit, Colt zu erschießen.

Er war schon auf der untersten Treppenstufe, als er hinter sich den Hund bellen hörte, von der Küche her. Er raste die Treppe hinauf. Die Tür vor ihm stand offen. Unten spielte der Hund verrückt, wurde aber von Rutherford in Schach gehalten.

Er stürmte hinein, ging in die Hocke. Entsichern. Finger am Abzug. Die Arme gestreckt, den Körper leicht nach vorn gebeugt. Die Beine locker, nicht geschlossen, so daß er sich nach rechts oder links drehen konnte. Die Augen über dem Lauf.

Major Tuck befand sich am Fenster, eine Krankenschwester saß auf dem Stuhl neben dem Bett. Dann sah er die Frau, zerbrechlich, die Augen geschlossen. Sie lag auf dem Bett, durch Kissen gestützt.

O Gott . . .

O nein . . .

Major Tuck war vor lauter Schreck unfähig zu sprechen.

Die Krankenschwester stand auf. „Wer sind Sie?" fauchte sie ihn wütend an.

„Wo ist Colt?"

„Ich mache Sie darauf aufmerksam, daß wir eine Kranke im Haus haben."

„Colt ist in seinem Wagen hierhergekommen."

„Unsinn . . . Stecken Sie das lächerliche Ding weg! Das ist mein Auto."

O Gott, nein . . . Er sah die Frau im Bett. Sie war bei Bewußtsein, sah ihn angsterfüllt an, mit offenem Mund. Mit dem Daumen sicherte er die Smith & Wesson.

„Hat man da, wo Sie herkommen, keinen Respekt vor Kranken? Verschwinden Sie auf der Stelle, aber leise!"

Er entschuldigte sich nicht. Wortlos wandte er sich ab, ging hinaus und schloß die Tür hinter sich. Ihm war ganz schwindlig, als er langsam die Treppe hinunterging, und er mußte sich am Treppengeländer festklammern. Rutherford stand unten bei der Treppe, mit dem Hund, den er fest am Halsband hielt. Erlich schritt an ihm vorbei durch die Haustür in die dunkle Nacht hinaus.

Bei Tagesanbruch fuhr der Schwede auf der Schnellstraße nach Bagdad. Hinter ihm lag das Hauptquartier der Atomenergiekommission in Tuwaiba. Es war etwa eine Stunde Fahrt bis zur Hauptstadt.

Schon tauchten die ersten Plakatwände mit dem Porträt des lächelnden Vorsitzenden des Revolutionären Kommandorats auf, und das Verkehrsaufkommen war deutlich größer als in Tuwaiba. Er bog links in die Imam Musa ab, in die Straße, die zur Al-Khadim-Straße und zum neuen Postamt führte.

Er winkte dem Polizisten mit seiner Ausweiskarte zu, wurde vorbeigewinkt. Bissett passierte an diesem Morgen das Falcon Gate zur üblichen Zeit. Es war, wie sie ihm befohlen hatten – ein normaler Tag, aber sein letzter.

Hätte er nicht so großes Zutrauen zu dem jungen Mann, zu Colt, gefaßt, dann hätte er es wohl nie gewagt, noch einmal hierherzukommen. Er zeigte noch einmal seinen Ausweis, dann trug er seinen Regenmantel und die Aktentasche mit Sandwiches und Thermosflasche ins Gebäude H3.

Er lächelte Carol an und erwiderte den Gruß der Büroangestellten. Carol und die anderen waren ihm immer nur mit pflichtschuldigem Respekt begegnet, und eigentlich war er ihnen allen fremd, schon seit Jahren.

Basil kam hinter ihm herein. Basil war nie für ihn eingetreten, und Basils Fürsprache hätte den Ausschlag für seine Beförderung geben können.

Basil sagte: „Deine Arbeit – sehr gut! Reuben hat sie mir gezeigt. Ich finde sie ausgezeichnet."

Bissett errötete. „Danke!"

„Und außerdem wollte ich noch sagen, daß ich dem Sicherheitsbeauftragten schriftlich mitgeteilt habe, daß sie dich meiner Ansicht nach wegen der Sache mit den Ordnern äußerst schnöde behandelt haben. Ich habe verlangt, daß mein Brief, meine Beurteilung von dir, in deine Personalakte gelegt wird."

Seine Stimme war nur ein Flüstern. „Das ist nett von dir, Basil. Vielen Dank!"

„Keine Ursache, Frederick."

Bissett machte sich frei. Er ging in sein Büro zurück. Dort

schloß er die Tür hinter sich. Der Fremde in der Bruderschaft.

Er schaltete sein Terminal ein, ließ den Bildschirm warmlaufen. Nur ein Tag, der letzte Tag des Fremden.

ALS der Schwede die breiten Stufen hinaufging, sah er keinen von ihnen. Seine rechte Hand lag auf der Tonbandspule in der Jackentasche. Mit der linken Hand tastete er in der Hosentasche nach dem Schlüssel für das Schließfach.

Im neuen Postamt fing der Arbeitstag gerade an. Lange Schlangen hatten sich schon gebildet, überall drängten sich die Menschen. Der Schwede ging nie direkt zum Schließfach, sondern verhielt sich so, wie sein Führungsoffizier es ihm beigebracht hatte. Zuerst mußte er sich immer bei der längsten Schlange anstellen. Er sollte ganz langsam aufrücken und sich einen Überblick verschaffen über die Leute, die in der Schalterhalle waren. Er sollte sich nie besonders beeilen, wenn er zum Postfach ging und etwas hineinlegte oder herausnahm.

Wieder das Porträt des Vorsitzenden an der Wand über den Bänken, die gegenüber den Schließfächern aufgestellt waren. Zwei Männer saßen unter dem Poster, und er sah, daß sie den Blick nicht von den Postfächern ließen. Die Hoffnung des Schweden sank. Er blieb in der Schlange stehen und suchte weiter mit den Augen jede Nische und jeden Winkel in der Schalterhalle ab. Noch vier weitere Männer, außer denen, die auf der Bank saßen, hatten deutlich ihr Augenmerk auf die Schließfächer gerichtet.

Er war der einzige Europäer in der Halle. Er war groß, blond, mit blasser Haut, und es war ihm unmöglich, nicht aufzufallen. Er hatte die Männer bemerkt, die die Schließfächer beobachteten, aber er konnte nicht wissen, wie viele Männer ihn beobachteten.

Das einzig Vernünftige wäre gewesen, sich zu bücken, um die Schuhe neu zu schnüren, dabei das Band auf den Boden zu legen, es mit dem Fuß unter die langen Gewänder der anderen zu schubsen und wegzugehen. Aber das Band war ihm zu kostbar.

Er machte eine ungeduldige Gebärde, starrte lange auf seine Armbanduhr, zuckte mit den Achseln und machte kehrt.

Er zwang sich, nicht zu laufen, obwohl er vor Angst fast verrückt wurde. Als er in die Nähe der breiten Tür kam, sah er einen Mann in die Tasche greifen und ein Funkgerät herausziehen. Da rannte er los. Der helle Sonnenschein blendete ihn, als er draußen die Treppe hinunterjagte, und das Herz klopfte ihm bis zum Hals.

Er blinzelte, sah die beiden Wagen auf der anderen Seite der Al-Khadim-Straße und rannte weiter.

DER Flug nach Bagdad werde sich aus technischen Gründen verzögern, ertönte es aus dem Lautsprecher.

Ein paar von den Fluggästen machten ihrem Ärger bei den Angestellten der Iraqi Airlines Luft. Die Mehrheit akzeptierte die Situation und die Gutscheine für Essen und Trinken, ohne sich zu beschweren.

DER Schwede war im Herzen der Altstadt. Er rannte, fürchtete um sein Leben in den engen, dunklen Gassen.

Zuletzt hatte er sie gesehen, als er keuchend innegehalten hatte, im Schutz einer schwarzen Markise. Sie hatten sich überall verteilt, weitere kamen ihnen zu Hilfe, um ihn zu jagen. Er sah ein Auto um die Ecke biegen und rannte in eine Gasse, die zu schmal für ein Auto war. Über seinem blonden Schopf, der in der Sonne leuchtete, hing Wäsche auf einer Leine. In engen, düsteren Hauseingängen wurden Melonen, Limonen und Tomaten zum Verkauf angeboten, und geeister Zitronensaft wurde in schmutzige Gläser eingeschenkt. Diese Verkaufsstände passierte er, manchmal im Laufen, manchmal, wenn er nicht schnell genug durch die Menge kam, mit gesenktem Kopf, als ob er etwas Wichtiges zu erledigen hätte. Niemand wies laut auf ihn und verriet ihn an die Männer in den dunklen Anzügen, die Männer von der Abteilung für öffentliche Sicherheit. Der Schwede war auf der Flucht. Man würde ihm nicht beistehen, ihn aber auch nicht behindern.

Langsam ging dem Schweden auf, daß er auch dann nicht nach Tuwaiba zurückkehren konnte, wenn er das Tonband wegwarf. Man hatte ihn im Postamt schon zu lange beobachtet. Die Angst schien seine Beine zu lähmen. Er betete zu seinem nordischen fremden Gott um sein Leben und für die Sicherheit des Tonbandes.

Als er über den Bahnhofsvorplatz lief, sah er den Mann mit dem Funkgerät aus dem Postamt. Er wandte sich rasch ab, doch es war zu spät. Der Mann kam auf ihn zu, schien es sich dann aber anders zu überlegen und schrie etwas in sein Gerät. Der Schwede verschwand um die nächste Ecke und rannte weiter.

Da sah er die Flagge wehen, hoch über dem dichten Blattwerk der Bäume. Im selben Moment gingen die Sirenen los. Um zu den Toren des Gebäudes zu gelangen, das vielleicht die Rettung war, mußte er eine breite Straße überqueren. Ein Auto kam aus dem Verkehr auf ihn zugeprescht.

Vor den Toren hielten Soldaten der irakischen Miliz Wache.

Er hätte nicht gedacht, daß er noch weiter, schneller rennen konnte.

Sollten die Sirenen die Wache vor den Toren warnen?

Der Schwede stolperte auf die Straße. Er hatte nur das Tor im Visier, die Sirene dröhnte ihm in den Ohren. Die Beine schwer wie Blei, die Lungen leer, schoß er wie ein Verrückter an Bussen, Lastwagen und Autos vorbei. Alles ging gut, doch dann sprang er vor einem Radfahrer zur Seite, und der Radfahrer fuhr ihn an. Der Schwede fiel, und das war sein Glück, denn er schlug sich zwar Knie und Hände auf, aber der Fahrer des Peugeots mit der Sirene verpaßte ihn um Zentimeter. Der Schwede sah vom heißen Asphalt auf, und für den Bruchteil einer Sekunde blickte er in das Gesicht des Fahrers, der an ihm vorbei in den Radfahrer schlitterte.

Als er den Schrei und das Quietschen der Bremsen hörte, reagierte er. Er sprang auf, rannte wieder, taumelte von der Straße, lief über den breiten Fußweg. Hinter sich hörte er Geschrei. Die Milizsoldaten am Tor schienen verblüfft, und einer versuchte halbherzig, ihm den Weg mit seinem Gewehr zu versperren.

Aber nichts konnte ihn aufhalten Er rannte die Zufahrt hinauf durch das Portal zum Hauptgebäude der britischen Botschaft.

Plötzlich war alles um ihn herum still, keine Schreie, keine Sirenen waren mehr zu hören. Er lag auf dem Boden vor dem Empfangsschalter, und eine Stimme sagte: „Guten Tag, was kann ich für Sie tun?"

ERLICH schreckte aus seinem Bett in der Pension in Warminster hoch. Rutherford stand in der Tür mit dem drahtlosen Telefon in der Hand und sagte: „Sie pfeifen uns zurück."

„Mir ist schon klar, warum."

„Sein Vater hat beim Security Service richtig Dampf gemacht."

„So? Seit wann interessieren die sich für die Meinung von Major Tuck?"

„Meine Befehle sind eindeutig. Ich soll an meinen Schreibtisch zurück und Sie mitbringen."

„Wenn er dagewesen wäre, hätte ich ihn erschossen", gab Erlich zurück.

„Können Sie in zehn Minuten startklar sein?"

„Ja, das kann ich."

SIE besuchten den Schweden abwechselnd in einem kleinen Zimmer im Herzen des Botschaftsgebäudes. Er hatte inzwischen fünf Gläser frischen Orangensaft getrunken.

Der Schwede wußte noch nicht, daß inzwischen das irakische Außenministerium angerufen hatte, um die sofortige Auslieferung eines gefährlichen ausländischen Kriminellen zu verlangen. Der Geschäftsträger verließ ihn, und der Militärpolizist gab ihm englische Zeitungen und bot ihm Tee an. Der Schwede nahm dankbar an. Er hörte leise Stimmen auf dem Flur, konnte aber nichts verstehen.

Der nächste Mann war der, auf den er gewartet hatte.

„Sie brauchen meinen Namen nicht zu wissen und ich nicht Ihren", sagte der Offizier. „Am besten kommen Sie mit in mein Büro, da ist es ruhig, und dort ist ein Tonbandgerät."

„AUF Wiedersehen, Carol!"

„Auf Wiedersehen, Herr Dr. Bissett."

Alles war wie immer. Er hatte sogar das Foto von Sara und den Kindern stehenlassen.

Er fuhr aus der H-Zone hinaus zum Falcon Gate, zeigte seinen Ausweis, man winkte ihn durch.

Das Ende eines normalen Tages.

DAS Tonbandgerät wurde abgeschaltet.

Der Offizier machte sich schweigend Notizen und wandte sich dann an den Schweden: „Danke . . . wären Sie so freundlich, hier zu warten? Und gehen Sie bitte nicht ans Fenster!"

Er sagte dem Wachpolizisten an der Tür, daß niemand, auch nicht der Botschafter, ohne seine Genehmigung dieses Zimmer betreten dürfe, und ging dann schnell den Korridor entlang zur Treppe, die in den Keller führte. Dort befand sich der Kommunikationsbereich der Botschaft.

„DAS ist ja wohl nicht dein Ernst . . .?"

„Es ist eine einmalige Chance."

„Ich glaube, du spinnst total." Bissett hatte es ihr in der Küche gesagt, ihr den Arm um die Taille gelegt und ihr die Lage geschildert, als sie gerade die Suppe umrührte.

Sie hatten im Flur weiterdiskutiert, wo die Kinder sie hören konnten, auf der Treppe, im Schlafzimmer.

Sie hatte ihn gar nicht aussprechen lassen. Von ihr konnte er keine Unterstützung für seine Pläne erwarten.

„Selbst für jemanden wie dich ist das einfach *saudumm*."

„Die Kinder können dich hören . . ."

„Laß meine Kinder aus dem Spiel!"

„Es sind auch meine Kinder, Sara!"

„Die werden nichts mit dir zu tun haben wollen. Niemand wird mehr was von dir wissen wollen, du armseliger Wicht . . ."

Seit zwölf Jahren waren sie verheiratet, aber sie hatten nie gestritten, sich nie angeschrien – wegen der Kinder. Noch nie hatte sie ihn so beschimpft.

„Ich habe die Möglichkeit, mich zu verbessern. Ich werde eine Abteilung leiten. Es ist so etwas wie eine Professur an einer größeren Universität."

„Ach, ich verstehe –" Sie lachte höhnisch. „Deine Eitelkeit . . ."

„Es ist für dich, kannst du das nicht einsehen? Es ist für dich und die Kinder."

„Laß uns mal aus dem Spiel, das ist dein Egotrip, also fahr du gefälligst auch allein!"

Er versuchte, sie zu berühren. Sie wich zurück.

„Du bekommst ein schönes Haus und die Jungen eine gute Schule . . ."

„Gott, was bist du blöd. Was bin ich? Die Frau eines Verräters. Was sind die Jungen? Sie sind die Kinder eines Verräters. Begreifst du überhaupt, was du da getan hast?"

Er war beleidigt. „Reine Zeitverschwendung, von dir ein bißchen Unterstützung zu erwarten."

„Unterstützung wofür? Daß du Landesgeheimnisse verrätst? Wenn du auch nur ein Fünkchen Verstand besitzt, läßt du die Finger davon."

„Ich stehe im Wort."

„Wem gegenüber? Bei mir und den Kindern stehst du wohl nicht im Wort?"

„Gegenüber Colt."

„Wer, zum Teufel, ist Colt?"

„Du hast ihn gesehen, auf der Party, auf die du mich geschleppt hast . . ."

Ihre Reaktion war bemerkenswert. Ihre Verachtung, ihre Wut schienen mit einem Schlag vorbei zu sein.

„Der, mit dem du mich stehengelassen hast. Wo warst du . . .?"

„Ich . . . Ich war . . . Ich war mit dem Gastgeber im Bett. Es war großartig, wenn du es genau wissen willst."

Es war, als ob er sie nicht gehört hätte. „Ich fliege heute abend nach Bagdad", flüsterte er. „Alles, was ich getan habe, war für dich und die Jungen. Ich werde in fünfunddreißig Minuten abgeholt. Wir können ein neues Leben anfangen, ein glückliches, sorgloses Leben. Wir schulden denen hier nichts . . ."

„Wenigstens Loyalität schuldest du ihnen."

Er verlor die Nerven. „Wer hat mir gegenüber je Loyalität gezeigt?" schrie er. „Keiner von denen war mir gegenüber loyal . . . Und du, Sara, du hast mich auch nie unterstützt!"

„Frederick, hör sofort mit diesem Unsinn auf!"

„Ich gehe."

„Ohne uns."

„Du mußt ja nicht jeden Tag dahin und wirst von dem alten Boll angemacht. Du mußt auch nicht Basil Curtis' Gönnerhaftigkeit über dich ergehen lassen. Du wirst nicht übergangen. Du wirst nicht gedemütigt."

„Ohne uns, Frederick. Entscheide dich!"

Er wußte nicht, wie er sie erreichen, wie er sie umstimmen sollte. „Ich schicke dir Geld . . . Ja."

Sie machte den Kleiderschrank auf und warf ihm Anzüge, Jacken, Hosen, Krawatten vor die Füße. Sie zog den Koffer vom Kleiderschrank und schleuderte ihn auf seine Kleidungsstücke. Dann kamen die Socken, Ober- und Unterhemden, Unterhosen,

Taschentücher, Pullover an die Reihe. Alles auf den Haufen, alles auf den Koffer.

„Sara, bitte, es ist nur für dich!"

„Wenn du jetzt gehst, dann versuch bloß nicht, noch *einmal* wiederzukommen!" schrie sie und knallte von außen die Tür zu.

Er begann im Schlafzimmer seinen Koffer zu packen und wartete auf das Klingeln an der Haustür.

DIE Aktentasche lag gepackt auf dem Stuhl, daneben der Regenschirm – Percy Martins hatte Feierabend und schlüpfte gerade in seinen Mantel, als das Telefon klingelte.

„Es ist das Ressort Naher Osten. Konferenz. Sofort. Großes Konferenzzimmer."

HOBBES klopfte einmal an, und, ohne eine Antwort abzuwarten, betrat er Dick Barkers Büro.

„Verzeihung, Mr. Barker! Das Ressort Naher Osten vom SIS erwartet Sie . . . Der Wagen steht schon unten. Ich glaube, es geht um Frederick Bissett."

16

DIE Kinder saßen noch im Wohnzimmer vor dem Fernseher. Sara stand mit dem Rücken zur Wohnzimmertür. Auf keinen Fall wollte sie zulassen, daß er sich von den Kindern verabschiedete. Da läutete es. Bissett war in der Küche, von wo er Colt durch die Milchglasscheibe der Haustür erkennen konnte.

Er nahm seinen Koffer. Sara hatte den Blick von ihm abgewandt. Ihr Gesicht war bleich, die Halsmuskeln waren angespannt. Er wagte es nicht, sich an ihr vorbeizuzwängen, um seinen Kindern auf Wiedersehen zu sagen. Wie sie sich wohl mit Debbie Pinks Mann im Bett angestellt hatte? Wie sie wohl ausgesehen hatte?

„Bitte, Sara, bitte . . ."

„Verschwinde aus unserem Leben!"

„Ich schreibe dir."

„Ich werf alles sofort in den Müll."

„Es ist nur für dich, Sara."

„Hau ab!“

Plötzlich wollte er nicht mehr streiten. Es war der Augenblick, in dem er schwankte. Noch konnte er umdrehen, wieder hinaufgehen und den Koffer auspacken. Noch konnte er wieder herunterkommen und Sara umarmen, ins Wohnzimmer gehen und die Jungen in den Arm nehmen.

Es läutete wieder. Sara öffnete, aber sie sah ihn nicht an. „Guten Abend, Mrs. Bissett! Guten Abend, Herr Dr. Bissett!“

Colt lächelte, und Bissett dachte in dem Moment, daß er Colt überallhin folgen würde.

„Wir müssen jetzt los, Herr Dr. Bissett!“ bat Colt.

Bissett ging zur Haustür hinaus und drehte sich noch einmal um. Sara sah durch ihn durch, als ob er Luft wäre.

„Ich schreibe.“

Sie schlug ihm die Tür vor der Nase zu.

HOBBES befand sich in erlauchter Gesellschaft.

Der stellvertretende Chef, zweiter Mann im SIS, saß am Kopfende des Tisches und hatte den Vorsitz. Zu seiner Rechten saßen seine eigenen Männer, die Ressortchefs für den Nahen Osten und Israel, sowie Percy Martins, der Ressortchef für Syrien/Jordanien/Irak. Zu seiner Linken saß Dick Barker, hinter ihm Hobbes und ein Hauptkommissar von Scotland Yard. Alle redeten durcheinander.

Der stellvertretende Chef klopfte auf den Tisch. „Ruhe, bitte, Ruhe, bitte! Wir haben sehr wenig Zeit, keine Minute zu verlieren . . . Ein aufgeflogener Agent der Israelis ist in unsere Botschaft in Bagdad geflüchtet. Da unten ist die Hölle los. Die Botschaft wird belagert, Scharfschützen sind in Stellung gegangen. Vor Ort ist man von der Echtheit des Agenten und des Tonbandes, das er mitgebracht hat, überzeugt. Die Stimmen auf dem Band sind die des Direktors der Atomenergiekommission in Tuwaiba und eines noch nicht identifizierten Majors des Geheimdienstes. Das Band teilt uns unmißverständlich folgendes mit – wir haben hier die Niederschrift: Er kommt. Es ist bestätigt. Dr. Bissett kommt morgen abend. Wir verzögern notfalls den Start eines Flugzeugs; er kommt morgen abend mit dem Flug aus London. – Wie reagieren wir darauf, meine Herren?“

„Die Israelis versuchen immer, Verwirrung zu stiften“, sagte Martins. „Alles, was von den Israelis kommt, ist mit äußerster Vorsicht zu behandeln.“

Der Ressortchef Israel schaltete sich ein. „Wenn wir Mitteilungen aus Tel Aviv oder Bagdad bewerten müssen, dann . . .“

„Im Augenblick ist Bagdad für uns außerordentlich wichtig, falls Ihnen das nicht bekannt sein sollte.“

Der stellvertretende Chef wurde sauer. „Würden Sie gefälligst mit dem Gezänk aufhören, Martins! Ich warte auf Ihre Antworten, meine Herrschaften.“

„Verzögern Sie den irakischen Flug auf unbestimmte Zeit“, schlug der Hauptkommissar von Scotland Yard vor.

Martins schüttelte den Kopf. „O nein, bloß nicht! Überlegen Sie mal, was das für die diplomatischen Beziehungen bedeutet.“

„Das ist doch gar nicht nötig“, stellte der Ressortchef Israel fest. „Nehmen Sie Bissett fest, bevor er an Bord geht!“

„Na, super!“ sagte Martins. „Bissett läuft bestimmt in einem Trainingsanzug herum, auf dem groß und breit ‚Fred Bissett‘ steht, ja? Alle werden ihn ohne Schwierigkeiten erkennen. Und falls er vergißt, seinen Trainingsanzug zu tragen, haben wir ja wohl schon sein Foto parat, eine Beschreibung von ihm. Ich will Ihnen mal was sagen: Wenn Sie zwei oder drei Leute in Zivil an den Ticketcounter der Iraqi Airlines stellen, schlagen Sie ihn in die Flucht. Sie werden seine Spur verlieren. Vorausgesetzt, er befindet sich nicht schon an Bord – als Stewardeß verkleidet.“ Martins verzog das Gesicht. „Dieses Flugzeug, dessen Abflug angeblich verzögert wird – kennen wir etwa die geplante Abflugzeit? Ich glaube, Herr Vorsitzender, wir brauchen die Antwort auf diese und andere Fragen, bevor wir entscheiden, wie wir am besten handeln.“

Hobbes bekam einen Rippenstoß von Barker. Das wäre nicht nötig gewesen, denn Hobbes wäre auch so hinausgelaufen, um den Sicherheitsbeauftragten anzurufen. Als er wieder hereinkam, sagte er: „Aus Heathrow hören wir, daß der Flug der Iraqi Airlines beantragt hat, den Start um eineinhalb Stunden zu verzögern, ab jetzt gerechnet.“

„Gut gemacht . . .“ Martins lehnte sich in seinem Sessel zurück. „Das heißt also, sie erwarten Bissett in etwa einer Dreiviertelstunde im Flughafen, aber niemand weiß, wie der Mann aussieht . . . Oder schlägt man uns etwa vor, daß wir ihn über Lautsprecher ausrufen lassen?"

„Einer von meinen Leuten hat Bissett diese Woche vernommen", meldete sich Hobbes.

„Wie bitte?"

„Der Sicherheitsbeauftragte hatte uns angerufen, und wir haben ihn befragt."

„Ich glaube, das sollten wir uns anhören, nicht wahr, Herr Vorsitzender? Ja? Bitte, Mr. Hobbes, würden Sie uns höflichst aufklären?" Martins hatte sich vorgebeugt und blickte Hobbes streng an.

„Bissett wurde am Haupttor angehalten und überprüft – reine Routine –, aber er hatte geheime Unterlagen bei sich . . ."

„Wie bitte? Der Security Service überprüft einen Mann dort unten im AWE, und wir erfahren erst jetzt . . ."

„Die Untersuchung ist noch nicht abgeschlossen", rechtfertigte sich Hobbes.

„Es ist also ein schwebendes Verfahren, ja, Mr. Hobbes?" Martins lächelte säuerlich.

„Der Mann, der ihn verhört hat, ist unterwegs nach London. Vermutlich auf der Autobahn. Ich kann ihn abfangen."

Martins klatschte in die Hände. „Prima! Erledigt!" rief er. „Danke, Mr. Hobbes! Leute in Zivil nach Heathrow! Finden Sie ihn, ziehen Sie ihn aus dem Verkehr! Kein Aufsehen, keine Panik, keine Zwischenfälle . . ., das heißt, wenn es Mr. Barker so recht ist?"

Barker nickte. Der Vorsitzende ordnete seine Unterlagen, die Erleichterung stand ihm im Gesicht geschrieben. „Ich danke Ihnen, meine Herren! Danke, Percy . . . ein entscheidender Beitrag."

„Nur die Erfahrung zählt, Sir."

„HALLO, hier spricht Rutherford."

„Hier Hobbes."

„Ja?"

„Wir können abgehört werden, klar?"

„Korrekt."

Rutherford hatte den Hörer direkt am Ohr, aber Erlich konnte trotzdem hören, was am anderen Ende gesprochen wurde.

„Wo sind Sie?“

„Auf der M3, vor dem zweiten Autobahnkreuz, bei der M25.“

„Wie weit noch bis Heathrow?“

„Zähflüssiger Verkehr, ich weiß nicht recht . . . vielleicht eine Viertelstunde, vielleicht länger.“

„Versuchen Sie, es in einer Viertelstunde zu schaffen – es geht um Leben und Tod.“

„Was ist denn los?“

„Ihr Freund aus Berkshire. Das Bürschchen mit der Aktentasche. Der haut ab, mit dem Flug heute abend . . .“

„Mit welchem Flug?“

„In Nebukadnezars Stadt, kapiert?“

„Nein. Ich bin doch kein Theologe.“

„Nach Bagdad“, flüsterte Erlich.

„Ja, verstehe“, sagte Rutherford.

„Sie sind der einzige, der rechtzeitig dahin kommen kann und weiß, wie der Mann aussieht. Terminal drei. Klar? Kann jeden Moment einchecken. Ein, zwei freundliche Gesichter sind sicher auch in der Menge. Halten Sie den Mann mit der Aktentasche fest, bis Hilfe eintrifft.“

„Wie viele Leute schwirren um die Aktentasche herum?“

„Keine Ahnung. Aber ich glaube nicht, daß er mit Ihnen rechnet. Und, Rutherford, noch eins: Für Ihren amerikanischen Freund ist die Sache tabu.“

Sie schnitten die Fahrer auf der anderen Fahrbahn, was ein Hupkonzert hinter ihnen auslöste.

„Ich ziehe Sie ins Vertrauen“, sagte Rutherford, nachdem er aufgelegt hatte. „Vielleicht brauche ich Sie nämlich. Als ich die letzten paar Tage weg war, habe ich einen Mann im AWE überprüft. Den hatten sie dabei erwischt, wie er geheime Unterlagen mit nach Hause nehmen wollte. Ich war mir nicht ganz sicher, was mit dem Typen los ist, und jetzt steht dieses hinterhältige Schwein doch tatsächlich auf der Passagierliste eines Fluges nach Bagdad. Er muß jeden Augenblick am Flughafen eintreffen.“

„Was soll ich tun?“

„Der hat bestimmt einen bewaffneten Begleiter. Wenn sie den

Ausreißer nicht an Bord schmuggeln können, werden sie versuchen, ihn verschwinden zu lassen. Ich werde den Mann festhalten. Sie legen Ihre zarten Pfötchen auf sein Gepäck und schlagen alle Angreifer in die Flucht. Probieren Sie's mal mit einer Prise britischer Diskretion! Meine Leute wollen keinerlei Aufsehen. Verstanden?"

„Kapiert."

AUF dem letzten Teil der Fahrt zum Flughafen hatte Bissett nichts mehr gesagt. Colt nahm an, er dachte darüber nach, was er in Lilac Gardens zurückgelassen hatte: die Frau, die ihm keinen Abschiedskuß gegeben hatte, die Kinder, von denen er jetzt nicht mehr gesprochen hatte.

Colt fuhr auf den Parkplatz für Langzeitparker. Er beugte sich hinüber zum Handschuhfach, öffnete es und zog die Ruger heraus. Er bemerkte, wie Bissett den Atem anhielt.

„Zu unserem Schutz. Zu Ihrem und meinem, Herr Dr. Bissett."

Colt stieg aus. Die Ruger war jetzt in einer Plastiktüte, die er dann beim Einchecken Namir oder Faud geben mußte. Er nahm Bissetts Koffer und seine eigene Reisetasche und ging voran zur Haltestelle, wo die Zubringerbusse abfuhren.

VOR dem Terminal drei fuhr Rutherford in eine Parklücke und stieg aus.

„Wir gehen zu Fuß, Bill." Rutherford dachte an Frederick Bissett, als sie auf die Türen des Terminals zugingen. Er dachte an den gehetzten, verängstigten kleinen Mann, der ihm im Zimmer gegenübergesessen hatte. Bissett aus der H-Zone. Wie war das noch mit den Eheproblemen? Ha!

COLT sah Namir in fünfzig Schritt Entfernung mitten in der Menschenmenge. Bissett hielt sich ganz dicht bei ihm, als ob er Angst hätte, zurückgelassen zu werden. Colt beruhigte ihn. „Unsere Freunde sind hier, Herr Dr. Bissett, alles ist in Ordnung."

ERLICH ging hinter Rutherford her. Zwischen ihnen und dem Schalter der Iraqi Airlines lag eine lange Reihe von Schaltern anderer Fluggesellschaften. Plötzlich sah Rutherford nach rechts, und

Erlich folgte seinem Blick. Ein größerer Mann, mit dem Rücken zu ihnen, kurzes blondes Haar. Ein kleinerer Mann, der in ihre Richtung sah, dunkle Locken, dicke Brillengläser, der so aussah, als ob er Angst vorm Fliegen hätte. Zwei weitere Männer, einer groß, der andere klein, vermutlich Araber, die anscheinend dazugehörten.

„Das ist er“, sagte Rutherford, „der Kleine mit den schwarzen Haaren und der Brille. Sehen Sie seine Aufpasser? Halten Sie mir den Rücken frei, ja?“

Rutherford ging auf Bissett zu.

Fluggäste, Flugpersonal, Putzkolonnen – sie wichen ihm aus. Rutherford fing an zu laufen, Erlich rannte hinterher, um nicht abgehängt zu werden.

„Herr Dr. Bissett!“ schrie Rutherford. „Bleiben Sie stehen, Herr Dr. Bissett . . .!“

In dem Moment sah Erlich Colt.

Er sah, was das Kind in der Vorstadt Athens beschrieben hatte, was das Polizeifoto gezeigt hatte und was Hannah Worthington angab, gesehen zu haben: den Mörder von Harry Lawrence.

Bissett erstarrte, die beiden Araber schienen sich in Luft aufgelöst zu haben.

Colt war größer, als er erwartet hatte. Breitere Schultern und mehr Persönlichkeit. Bissett griff nach Colt, als ob er seine einzige Rettung wäre, und Colt hatte die Hand in einer Plastiktüte. Die Menschen um sie herum gingen weiter, schoben Gepäckwagen vor sich her, küßten sich zum Abschied.

Da zog Colt die Waffe heraus, eine Pistole mit Schalldämpfer, Kaliber 22.

Rutherford ging vorwärts. Colt ging nach links und nahm Bissett mit.

Erlich zog den Revolver aus dem Hüftholster. Spannen. Er hatte Colt im Visier, der den anderen Kerl mit sich zog. Erlich brüllte: „Halt, FBI, stehenbleiben!“

Um ihn herum brach die Hölle los. Männer, Frauen, Kinder warfen sich auf den gebohnerten Boden.

Colt war nur fünf Schritte von dem Schalter entfernt. Er hätte dort in Deckung gehen können, wenn er Bissett nicht bei sich gehabt hätte.

Und Rutherford stürmte auf den Kerl los, als ob die Waffe nicht existierte.

Und Rutherford . . .

Erlich feuerte.

Und Rutherford ging . . .

Erlich feuerte.

Und Rutherford ging zu Boden . . .

Erlich feuerte.

Rutherford lag mit dem Gesicht nach unten auf dem Boden. Erlich konnte Colt nicht sehen, konnte nicht den Kerl mit den dunklen Locken sehen. Konnte nur die Ecke der Schalterreihe sehen und die zurückweichenden Menschen.

Er hatte drei Schüsse abgefeuert, wie sie es ihm beigebracht hatten. Er hörte nichts, und sie hatten ihm gesagt, daß er in einem solchen Augenblick taub sein würde für das Gebrüll und Geschrei um ihn herum.

Da sah er das Blut, das aus Rutherfords Mund rann.

17

COLT kannte den Flughafen Heathrow nicht genau. Jetzt überließ er sich ganz seinem Instinkt. Er stürmte durch die automatische Glastür, schob Bissett mit Gewalt vor sich her.

Er kannte die Regeln der Flucht. Entfernung war das Wichtigste. Die erste Minute der Flucht war entscheidend, die ersten fünf Minuten waren noch entscheidender, die ersten dreißig Minuten am allerentscheidendsten, und der springende Punkt war die Entfernung.

Auf in die erste Minute. Er hatte keinen Plan. Wenn der Amerikaner da war, dann mußte auch der andere dagewesen sein. Und wenn diese beiden da waren, gab es wohl noch mehr. Gut möglich, daß sie auch bewaffnet waren. Und wer war das, wer war der Mann, der erschossen worden war, der Bissett gerufen hatte? Als sie durch die Glastür in die kalte Nachtluft kamen, hielt draußen ein Doppeldeckerbus. Die Ruger hatte er schon in seinen Gürtel gesteckt. Er sprang auf die hintere Plattform des Busses und zog Bissett mit sich. Der Mann war aschfahl. Es war sicher ein Schaffner im Bus, wahrscheinlich war er gerade oben und kassierte ab. Einige Fahrgäste sahen sie an. Colt lächelte, als ob er und sein Freund froh wären, den Bus noch zu erwischen. Der Bus verließ das Terminal, sie hatten Glück. Er hielt Bissett unter der Achsel fest, sonst wäre der im Gang lang hingeschlagen.

Auf in die ersten fünf Minuten. Colt sah die ersten ihnen entgegenkommenden Polizeiwagen, das erste Blaulicht und hörte die ersten Sirenen. Colt bemerkte, daß der Bus nach links fuhr, die Anhöhe hinauf – das war nicht so günstig für sie. Der Bus fuhr jetzt zu langsam. Also gingen sie wieder zur Plattform, und Colt sprang kurz entschlossen von dem fahrenden Bus. Er zog Bissett mit hinunter. Colt landete auf den Füßen, aber Bissett schlug der Länge nach hin, halb auf den Gehsteig, halb auf die Straße, und ein Auto, das dem Bus gefolgt war, bremste kreischend, um sie nicht zu überfahren. Bissett rappelte sich auf, und sie rannten die hundertfünfzig Meter bis zum Langzeitparkplatz.

Auf in die ersten dreißig Minuten. Sie zogen sich ihre Jacken aus, damit man sie nicht so leicht erkannte. Der Motor sprang an. Mit quietschenden Reifen preschte Colt zum Ausgang, nahm eine Hand vom Steuer, riß Bissett die Brille von der Nase und zahlte am Ausgang. Noch mehr Blaulicht, noch mehr Sirenen, als sie das Flughafengelände verließen, ein Polizeiwagen kam ihnen entgegen, passierte sie, wendete und stellte sich quer zur Fahrbahn. Eine Sekunde später, und sie wären nicht mehr entkommen.

Ohne ein Wort zu sagen, zog Colt die Ruger aus dem Gürtel und legte sie sich auf den Schoß. Sie waren auf dem Weg zur Autobahn.

WENN Erlich schneller gefahren wäre, hätte er es noch geschafft, bevor die Straßensperre errichtet wurde, aber er war nicht schnell genug gewesen. Rutherford war tot. Er war tot gewesen, bevor er bei ihm hatte sein können.

Alles, woran er sich erinnerte, als er den Terminal verlassen hatte und ihm die kalte Nachtluft entgegengeschlagen war, war die Lautsprecherstimme, die zum letztenmal den Flug der Gulf Airlines nach Bahrain und Dubai ausgerufen hatte. Er hatte einen Kollegen erschossen, und sie riefen zum letztenmal den Flug nach Bahrain und Dubai aus.

Man hielt ihn an der Straßensperre nicht auf, als er den uniformierten Beamten seinen FBI-Ausweis zeigte. Er war unfähig zu denken. Ihm war entsetzlich übel, weil er James Rutherford erschossen hatte. Und er hatte ihn einfach da liegenlassen.

Er hatte den Mann der hübschen Penny Rutherford erschossen. Ihm war klar, was er jetzt zu tun hatte.

WAS Hobbes als erstes sah, war das weiße Absperrband.

Mit dem Ellbogen bahnte er sich einen Weg durch die stille, glotzende Menschenmenge, zückte seinen Ausweis und schlüpfte unter dem lockeren Band durch. Sie hatten den Toten noch nicht zugedeckt. Hobbes achtete darauf, die drei leeren Patronenhülsen auf dem Boden nicht zu berühren.

Er fragte, was passiert sei. Man sagte es ihm. Zwei Leute von Scotland Yard waren da, die alles mit angesehen hatten. Ihre Stimmen waren brüchig.

Der größere der beiden sagte: „Es ist alles so schnell gegangen. Wir wußten nicht, wonach wir suchen sollten, bis Ihr Mann nach Bissett gerufen hat. Da war ein blonder Mann, Mitte Zwanzig. Er hatte einen kleineren Mann bei sich, mit Brille und Regenmantel."

Der andere Mann von Scotland Yard ergänzte: „Sie standen in der Nähe des Schalters der Iraqi Airlines."

„Um Himmels willen . . .", murmelte der größere von ihnen. „Wir haben vor etwa zwei Wochen ein Foto bekommen. Verbindung zum Irak, Engländer. Sein Name ist Tuck."

Der kleinere Mann schien noch zu schrumpfen. „Sämtliche Flughäfen und Häfen werden schließlich überwacht . . ."

„Dann schlaft mal schön weiter! Das ist Colt, Colin Olivier Louis Tuck", sagte Hobbes giftig und ließ die beiden stehen. Die Gleichung war klar: Colt war bei den Irakern, Bissett war bei den Irakern, Colt war mit Bissett zusammen. War das Leben nicht einfach?

Hobbes sprach in sein Funkgerät. Colt war der Name, den er durchgab, und er kündigte an, daß er die Verantwortlichen eigenhändig erwürgen würde, falls nicht jeder Flug- und jeder Fährhafen in Großbritannien das Foto von Colt in der Paßkontrolle hätte. Er ging zu den Männern von Scotland Yard zurück und gab ihnen Dan Ruanes Büronummer. „Er soll auf der Stelle hierherkommen. Gott, was für ein Chaos!"

Man sagte ihm, wo die Sperren errichtet waren. Sagte ihm, daß die Schießerei vor neunundzwanzig Minuten stattgefunden hatte. Man zeigte ihm die Tür, durch die der bewaffnete Blonde, Colt, mit Bissett geflüchtet war. Man sagte ihm, daß der Amerikaner sie verfolgt habe.

COLT war von der Autobahn abgebogen. „Die hatten uns schon erwartet, Herr Dr. Bissett. Sie wußten Bescheid. Wir sind verpfiffen worden."

„Wo fahren wir denn hin, Colt?"

Ein heiseres, trockenes Lachen. Im nächsten Augenblick polterte der Wagen durch ein Schlagloch. Das war der Augenblick, in dem Bissett sich an den Mann erinnerte, der zu ihm gekommen war. Rutherford, der Mann, der ihn zum ersten Mal mit der Angst konfrontiert hatte in seinem Zimmer im Gebäude H3.

„Colt, ich kann nicht zurück."

„Wenn Sie zurückgehen, dann ins Gefängnis bis an Ihr Lebensende."

Bissetts Stimme zitterte. „Haben Sie Angst, Colt?"

„Wenn ich mit dem Rücken zur Wand stehe, wenn ich nirgendwohin rennen kann, dann habe ich Angst. Vorher nicht."

Bissett erschauerte. Er hatte einen Scharfschützen mit der Waffe im Anschlag gesehen. Es war schlimmer als ein Alptraum, denn es gab für ihn kein Zurück, kein Aufwachen. Colt war seine einzige Chance.

„SO EINEM Mann gibt man keine Waffe", sagte Percy Martins. „Man gibt sie einem Profi. Auf keinen Fall überläßt man so etwas einem dusseligen Amateur." Er schwenkte den Brandy in seinem Glas. Der stellvertretende Chef nickte zustimmend.

„Ein Gewehr", sagte Barker, „zweifellos das eines Heckenschützen, ist das einzige, wovon du etwas verstehst, Percy. Laß uns mal überlegen, wie wir diese schreckliche Situation retten! Ich nehme doch an, daß wir deshalb hier sind."

Dick Barker war kaum länger als zehn Minuten in seinem Büro beim Security Service gewesen, als er die Neuigkeit aus Heathrow erfahren und Hobbes' Bericht bekommen hatte. Er war sofort zum SIS zurückbeordert worden.

„Wenn die Premierministerin die Meldung bekommt", sagte Martins, „dann werde ich meinem Schöpfer dankbar sein, daß ich ihr nicht erklären muß, warum die einzige Feuerwaffe, die auf einen bekannten Terroristen gerichtet war, in den Händen eines jüngeren Amerikaners war, der da eigentlich nichts zu suchen hatte."

„Ein Terrorist im Sold Ihrer Freunde, der Iraker."

„Bitte, meine Herren, bitte!"

„Ich rate zu absolutem Stillschweigen in dieser Angelegenheit, Chef. Es mag ja in gewissen Kreisen üblich sein, die Iraker als den Abschaum des Nahen Ostens zu betrachten, aber immerhin haben sie ein stabiles Regime in einem turbulenten Gebiet . . ."

Barker war nicht mehr zu halten. „Die feinen Iraker schicken einen Mörder in unsere Straßen!" fauchte er. „Sie belagern unsere Botschaft in Bagdad – und Sie wollen denen auch noch einen Korb mit Blumen schicken. Die sind gefährlich, diese Leute, richtig gefährlich. Wenn wir da nicht einen Riegel vorschieben, gibt es noch eine Katastrophe."

„Eine hübsche Ansprache, aber was sagt mir das? Die Iraker tun nur genau das, was viele andere auch machen. Aber wie dem auch sei – ich will, daß der Killer dingfest gemacht und unser Forscher eingefangen wird, und ich will, daß die Belagerung unserer Botschaft aufhört, und ich will, daß der Mantel des Schweigens über die ganze dumme Geschichte gebreitet wird."

„Darin sind wir uns wenigstens einig. Wenn Sie mich jetzt bitte entschuldigen wollen. Ich muß eine junge Witwe besuchen." Barker stieß seinen Stuhl zurück.

„Sie müssen auch den Amerikaner finden, bevor er noch mehr Schaden anrichtet . . ." Martins nahm einen großen Schluck aus seinem Glas.

„ICH mußte einfach kommen und es Ihnen selbst sagen . . ." Erlich stand im Flur des kleinen Hauses. „Es war meine Waffe, und ich habe ihn erschossen . . ." Die Tür zur Straße stand hinter ihm offen. „Ich hatte den Killer im Visier. Ich habe James einfach nicht gesehen . . ."

Penny Rutherford stand vor ihm mit einem Strauß verwelkter Chrysanthemen. Sie hatte die Blumen gerade aus der Vase im

Wohnzimmer genommen, als es an der Tür geklingelt hatte. Sie wandte sich von ihm ab und ging durch den Flur in die Küche. Er sah zu, wie sie die Blumen in den Mülleimer warf.

„Das werde ich mir nie verzeihen."

Sie drehte sich um, und ihre Stimme klang schneidend: „Sie dummer, alberner Wicht! Gehen Sie, verschwinden Sie sofort! Ich will Sie hier nicht haben! Ich will Ihre Entschuldigung nicht!"

Erlich schloß die Tür hinter sich.

Er fuhr schnell los. Es gab nur ein einziges Ziel für ihn.

DAN RUANE stand mitten in der Abflughalle. Rutherfords Leiche lag immer noch da, inzwischen unter einer Wolldecke verborgen.

„Wir haben einen mutigen, fähigen jungen Mann verloren, weil Ihr Cowboy nicht wußte, was er tat."

„Scheiße!"

„. . . und weil er nicht dafür geradestehen wollte, ist er getürmt."

„Es wird Ihnen zwar nicht gefallen, Hobbes, aber ich werd Ihnen jetzt mal ein paar unangenehme Wahrheiten aufs Butterbrot schmieren. Sie haben nämlich versagt. Sie haben keinen Finger gerührt. Jeder Fortschritt in dieser Sache ist von Bill Erlich ausgegangen. Sie sitzen in Ihrem Elfenbeinturm, und Ihr Engagement ist – verglichen mit dem Bill Erlichs – einfach lachhaft."

Hobbes richtete sich zu voller Größe auf. „Werden Sie erwachsen, Ruane! Sagen Sie mir einfach, wohin Erlich Ihrer Meinung nach gefahren ist!"

„Er wird wohl dahin gefahren sein, wo er Colt vermutet."

„WIR haben sehr wenig Zeit, Herr Dr. Bissett."

„Ja."

„Die Fähren sind unsere beste Chance."

„Was für Fähren?"

„Weymouth, Bridport unten im Süden, ein Schiff nach Frankreich. Eins, das bei Nacht geht."

„Wenn Sie meinen, Colt."

Sie befanden sich hinter Salisbury. Colt benutzte die Nebenstraßen, die durch die Dörfer führten. In den Dörfern und auf den durch hohe Hecken gesäumten Straßen fühlte er sich sicher, denn hier kannte er sich aus.

„Wir müssen uns entscheiden, wohin wir jetzt fahren", sagte Colt.

„Sie entscheiden."

Colt schnitt eine Grimasse. „Es ist mir unangenehm. Sie bekommen es natürlich zurückerstattet, aber ich habe nicht genug Geld für die Schiffsfahrkarten. Können Sie mir das Geld leihen?"

„Ich habe nur Kleingeld."

„Sie haben kein . . .?"

„Ich habe mein Scheckbuch zu Hause gelassen, für Sara. Ich glaube, ich habe nicht mal mehr fünf Pfund . . ."

„O nein . . ."

Colt starrte auf die Straße. Er fuhr weiter. Wildes, schönes, einsames Land. In Broad Chalke sah er eine Telefonzelle, parkte unter Bäumen, weg von den Laternen neben der Telefonzelle, und rief Francis an.

„Ich dachte, du bist abgehauen, Colt."

Er sagte, er sei in großen Schwierigkeiten. Ein Mann sei angeschossen worden, vielleicht sei er auch tot.

„Und was willst du jetzt von mir?"

Er sagte, die Jungen hätten wahrscheinlich Geld, Billy und Zap, Charlie, Kev und Zack. Er sagte, er brauche fünfhundert Pfund, ob sie das Geld für ihn auftreiben könnte?

„So viel kann ich nicht beschaffen, Colt, in so kurzer Zeit."

Er sagte, er sei in einer Stunde da, im Dorf, um das Geld zu holen. Und sie würde es zurückbekommen, dafür würde er schon sorgen.

„Sie haben hier nach dir gesucht, Colt. Du solltest lieber nicht kommen. Sie sind in eurem Haus gewesen, Colt. Sie sind mit Waffen ins Schlafzimmer deiner Mutter gestürmt."

Er wollte wissen, ob sie jetzt noch im Dorf seien.

„Ich war den ganzen Abend zu Hause, ich weiß nicht, ob sie zurückgekommen sind."

„In einer Stunde", sagte er.

„Colt, du weißt es ja noch nicht: Deine Mutter ist heute abend gestorben." Sie hörte, wie er tief Luft holte, dann war die Verbindung unterbrochen.

„Wir sind verraten worden."

Dr. Tarik war gerade zurück vom Mittagessen. Der Major spürte, daß Dr. Tarik ihn nicht verstanden hatte.

„Wir sind in London verraten worden."

„Was . . .? Und Bissett . . .?"

„Man wußte Bescheid. Es kam zu einer Schießerei im Flughafen, vor dem Schalter unserer Fluglinie. Da waren Leute vom Security Service. Die haben schon auf Bissett gewartet."

„Verraten . . ." Bei Dr. Tarik gingen die Alarmglocken an. Er war für Tuwaiba verantwortlich und stand beim Vorsitzenden im Wort.

„Verrat aus den eigenen Reihen", sagte der Major und berichtete von dem großen, schlaksigen Wissenschaftler, dem Nordeuropäer, dem Mann, der sich in die britische Botschaft geflüchtet hatte. Der Schwede war einmal zu Gast bei Dr. Tarik gewesen.

Es war Dr. Tarik persönlich, der eine Viertelstunde später das Mikrofon im Spazierstockversteck fand. Er sah den Major an. Sie hatten jetzt beide Angst, denn sie waren beide Diener eines Regimes, das mit inszenierten Unfällen schnell bei der Hand war.

Die Personenbeschreibungen und Fotos von Frederick Bissett und Colt gingen an alle Flughäfen, ebenso an alle Fährhäfen. Gleichzeitig war der strikte Befehl erteilt worden, kein Wort an die Medien weiterzugeben. Man brauchte ja nicht überall herumzuposaunen, daß ein Wissenschaftler des Atomic Weapons Establishment vermißt wurde. Bei der Polizei bereitete man sich vor – an Beamte wurden Waffen ausgegeben, die extra aus den Waffenkammern geholt wurden. Und Dick Barkers letzte Amtshandlung vor seinem anstehenden Beileidsbesuch bei James Rutherfords Witwe war der Befehl, ein Team von Scharfschützen der Special Branch von Scotland Yard und Kommissaren, die speziell in Überwachung ausgebildet waren, nach Wiltshire zu entsenden. Das Team sollte dort Verbindung mit Hobbes aufnehmen.

Erlich hatte Stellung bezogen im Schatten der alten Küchengartenmauer, ganz nah bei der Stelle, wo er vor wenigen Stunden mit James Rutherford hinübergeklettert war. Eine Eule schrie in der Eiche hinter der Mauer, und er duckte sich, als sie über ihn hinwegflog. Jetzt saß die silberweiße Eule auf dem Ast über ihm, und es war, als ob sie gemeinsam das Herrenhaus beobachteten. Im Treppenhaus brannte Licht. Sonst konnte er im ganzen Haus kein Licht sehen, auch keine Bewegung. Er war furchtbar deprimiert, und um sich abzulenken, deklamierte er im stillen ein Gedicht.

Die Verse waren ein schwacher Trost. James Rutherford war tot.

Schluß damit, Bill! Hör auf zu jammern, und tu deine Pflicht!

BISSETT hielt es für Wahnsinn.

Offensichtlich waren nur Schlägertypen in der Kneipe, Gesindel, bis auf das Mädchen. Es war eine lächerliche Idee gewesen hierherzukommen.

Colt stand mit dem Rücken zum Kaminfeuer. Auch die anderen standen alle, der Schankraum war erfüllt von ihren Gesprächen, ihrer Erregung, ihrem Gelächter. Es war, als ob Colt hier hofhielt. Er stand am Kamin, ein Bierglas in der Hand und die Ruger griffbereit am Gürtel. Es war der reine Wahnsinn – was taten sie hier?

Das Mädchen war hübsch, aber irgendwie überspannt und ungezähmt. Sie hatte Colt geküßt. Jetzt machte sie die Runde, und jeder legte etwas zu den Geldscheinen in ihre Hände.

Natürlich war das Geld lebenswichtig für sie. Es war für ihre Schiffsfahrkarten, aber Colt hatte im Auto gesagt, daß die Zeit dränge. Warum nahmen sie nicht einfach das Geld und fuhren an die Küste? Sie hatte die Runde bei allen Männern gemacht . . . wie war es bloß möglich, daß dieses Gesocks so viel Geld in den Hosentaschen hatte? Alle klatschten Beifall, als das Mädchen Colt das Geld gab. Er war ihr Held, Bissett wurde gar nicht beachtet. Einen Drink hatte er abgelehnt. Er hustete und hoffte, dadurch Colt zur Eile antreiben zu können.

Colt sah zu ihm herüber, lachte sein verwegenes, unbekümmertes Lachen. Er stopfte sich das Bündel Banknoten in die Hosentasche und ging zu Bissett hin. „Nur noch einen kleinen Moment, Herr Dr. Bissett", sagte er.

„Wir dürfen keine Zeit mehr verlieren."

„Nur noch ein paar Minuten."

„Wozu in aller Welt . . .?"

Colt sah plötzlich furchtbar traurig aus. „Damit ich nach Hause gehen kann."

Die schwere Eichentür im hinteren Schankraum wurde knarrend geöffnet.

18

DESMOND betrat die Kneipe durch die Hintertür.

Da der Polizist im Nachbardorf lebte, kam er in diese Gemeinde nicht so oft, wie er es eigentlich für nötig hielt. Alle vierzehn Tage machte er einen Rundgang durchs Dorf. Es war fast halb zehn, als er den hinteren Schankraum betrat. Er war zu Fuß gekommen, sein Auto hatte er vor einer Stunde stehenlassen. Es parkte, sicher verschlossen, neben dem Fußballplatz und den Kinderschaukeln – deshalb wußte er nicht, wie dringend man versucht hatte, mit ihm Kontakt aufzunehmen.

Er hatte bei Mrs. Williams hineingeschaut, um sich zu vergewissern, daß die neuen Schaufenstergitter in der nächsten Woche befestigt würden, und er hatte beim Rechtsanwalt angeklopft, um ihn an die Verlängerung seines Jagdscheins zu erinnern. Er war auf dem Weg zurück zu seinem Wagen, als er vor der Kneipe zwei Autos parken sah, bei denen die Scheinwerfer noch brannten.

Der Lärm um ihn herum erstarb, als er die Kneipe betrat. Sie hatten keinen Grund, sich so zu benehmen, als ob er der Steuerinspektor wäre . . . und der alte Vic schien im Begriff, hinter der Theke zusammenzuklappen.

„Abend, Vic! Da draußen stehen ein Cortina und ein Nova mit Licht an. Wissen Sie, wem die gehören?"

Er wandte sich um und lächelte freundlich, aber sie starrten ihn alle an. Er war doch kein Unbekannter hier. Sonst redeten sie immer ein bißchen miteinander, wenn er in der Kneipe vorbeischaute, aber heute war außer dem schrecklichen Lärm der Musikbox nichts zu hören.

Da sah er den jungen Mann und hinter ihm die kleine Gestalt mit dem schweren Brillengestell, der hohen Stirn und den braunen Locken. Der junge Mann erwiderte seinen Blick. Alle außer dem jungen Mann schienen vor ihm zurückzuweichen, aber der junge Mann nicht.

Desmond sah das kurze blonde Haar. Er sah, daß der Mann keine Furcht hatte, und als er den Metallgriff der Pistole hinter dem Gürtel des jungen Mannes entdeckte, wußte er, daß er Colt vor sich hatte.

Desmond hatte die Polizeischule in Ashford besucht. In Ashford brachte man den Anwärtern bei, wie sie bei häuslichem Krach eingreifen sollten, wie man einen flüchtenden Dieb stellte. In unbewaffnetem Kampf war er immer gut gewesen. Wie man mit einem bewaffneten Gegner fertig wurde, war ihm jedoch völlig schleierhaft, aber er konnte jetzt nicht einfach kehrtmachen, so als ob nichts wäre, und wieder gehen. Auf der Polizeischule hatten sie immer gesagt, daß man nicht den Helden spielen solle, wenn Waffen im Spiel seien. Einfach über Funk melden und abwarten, bis die Profis kämen. Desmond hatte kein Funkgerät, und er konnte auch nicht zur Tür zurück, denn Colt hatte die Hand schon am Griff seiner Waffe.

Nein, er war kein Held. Es war sein Selbsterhaltungstrieb.

Er stürzte vorwärts.

Wenn er nicht versucht hätte, im Laufen den Gummiknüppel herauszuziehen . . .

Wenn er auf beide Hände geachtet hätte und nicht nur auf die rechte und die Waffe . . .

Der Angriff auf ihn erfolgte in dem Moment, als er die wirkliche Bedrohung erkannte – nicht die Pistole, sondern Colts Handkante.

ES ZUCKTE in Colts Handgelenk und in seinem Unterarm. Er traf Desmond mit der Handkante direkt an der Kehle, und der Polizist fiel wie ein Sack Kartoffeln zu Boden.

Alle hielten den Atem an.

Sie starrten ihn an. Dann die ersten Proteste . . .

„Das war nicht nötig."

„Warum hast du das getan?"

„Wir leben hier, Colt . . ."

Aber er ließ sich nicht erschüttern. Er war derjenige, der nie in Panik geriet, der nie gefaßt werden würde. Da stand er, selbstbewußt und ruhig, mit dem Polizisten zu seinen Füßen, dessen Schultern zuckten. Der Mann erstickte, weil die Luftröhre zerstört war.

Nur zweihundert Meter bis zum Haus seiner Eltern. Fit, wie Colt war, hätte er in einer halben Minute dorthin rennen können. Er hörte die Tür hinter sich knarren . . . Zap war verschwunden.

War er wegen des Geldes ins Dorf gekommen? Wollte er seinen Vater ein letztes Mal sehen und seine Mutter, die tot war? Rechts neben ihm eine Bewegung. Kev schlich sich zur Tür hinaus.

Bissett wimmerte wie ein Hund, der auf einen Fußtritt wartet, da drüben in seiner Ecke.

DIE Polizei kam mit einem Riesenaufgebot ins Dorf. Sie hatten den Auftrag, die einzige Straße durchs Dorf an beiden Enden zu sperren und das Herrenhaus heimlich zu observieren. Falls sie Colt sähen, sollten sie nichts unternehmen, da er in Heathrow eine Handfeuerwaffe gehabt hatte und eine bewaffnete Einheit per Hubschrauber aus London erwartet wurde.

Der Fahrer des ersten Wagens sah den Polizeiwagen, der neben den Torpfosten des Fußballplatzes parkte, und hielt an. Er war gerade dabei, das Auto zu untersuchen, als zwei junge Männer vorbeirannten.

„Heh, ihr beide, wartet mal! Habt ihr Desmond gesehen?"

Kev gab stotternd Auskunft: „In der Kneipe . . . da drin . . . der ist schon hinüber . . . Wenn Sie da reingehn, bringt er Sie auch um, so wie ihn . . ."

„Okay, junger Mann, wer ist umgebracht worden?"

„Euer Bulle", antwortete Kev.

„Von wem?"

„Von Colt", sagte Zap.

Der Beamte rannte sofort zurück zu seinem Wagen und seinem Funkgerät.

COLT stand immer noch bei Desmond, aber er wollte zu seinem Vater. Er wollte an dem Bett sitzen, in dem er seine Mutter zuletzt gesehen hatte.

„Bitte, Colt, beeilen Sie sich!" Bissett zog ihn am Arm. „Wir müssen weg. Zur Fähre!"

„Klappe!"

Der alte Brennie stand auf, nickte dem alten Vic hinter dem Tresen zu, wie er immer nickte, wenn er sein Bier getrunken hatte und nach Hause ging.

Bissett blökte ihm ins Ohr: „Warum gehen wir nicht . . ."

Weil es für immer war. Jetzt zu gehen bedeutete, nie mehr zurückzukehren. All die Monate der Ausbildung in Bagdad und die langen Nächte in der Haifa Street hatte er nur ertragen in der Gewißheit, daß er eines Tages ins Dorf zurückkehren würde, zu seinen Eltern, die ihn liebten. Wenn er dieses Mal ging, dann war es für immer.

„Okay, okay", sagte Colt.

Er würde sein Glas austrinken. Sie würden ihn im hinteren Schankraum der Dorfkneipe in Erinnerung behalten, weil er sein Glas ausgetrunken und dann in die Nacht hinausgegangen war, um nie wiederzukommen. Grinsend hob er das Glas. Noch drei Schlucke.

„Prost, Herr Dr. Bissett!"

Das Knirschen der Räder auf dem Kies des Parkplatzes, das Kreischen der Bremsen, das Licht, das durch die dünnen Vorhänge des Schankraums drang. Blaulicht.

Colt verschluckte sich, knallte das Glas auf einen Tisch und zog hustend die Ruger aus dem Gürtel. Nie würden sie ihn schnappen.

„Du hättest ihm nichts zu tun brauchen . . .", sagte Francis und schob ihre rauhe, schwielige Hand, die Hand, die er liebte, unter den Kopf des Polizisten.

Als er zur Theke blickte, sah er, daß der alte Vic verschwunden war. Er hielt die Pistole in der Hand und ging auf Bissett zu. Bissett wich vor ihm zurück.

ERLICH sah, wie die Eule verschwand. Sie verschwand lautlos, er konnte im Mondlicht ihre ausgebreiteten Schwingen sehen. Der Vogel stieß noch einen Warnruf aus, und dann war er fort.

Als er die Autos unten am anderen Ende der Dorfstraße hörte und durch die kahlen Bäume das Blaulicht sah, verließ er sein Versteck. Er ging quer über den Rasen des Herrenhauses zur Straße. Vor ihm lag die Kneipe. Er ging weiter. Dies war sein Krieg. Colt gehörte ihm.

Er sah die Polizisten hinter den offenen Türen ihrer Wagen hocken, und in weiter Ferne hörte er das Surren eines Hubschraubers. Er ging zu einem Polizisten.

„Mein Name ist Erlich, FBI."

„Ach ja. Der junge Desmond hat mir von Ihnen erzählt."

„Er ist da drin? Colt?"

„Im Moment ist er da drin. Hoffentlich entwischt er nicht . . ."

„Sind Sie bewaffnet?"

„Noch nicht, die Scharfschützen sind unterwegs."

„Wo ist er?"

„Im hinteren Schankraum, da war er jedenfalls zuletzt."

Erlich zog die Smith & Wesson aus dem Holster an seinem Gürtel. Der Beamte schien keine Einwände zu haben, regte sich offensichtlich nicht darüber auf, daß ein bewaffneter FBI-Mann auf seinem Territorium war. Da kam ein Mädchen um die Ecke des Hauses, zusammen mit einem jungen Mann. Sie trugen den schlaffen Körper des Polizisten.

Erlich ging weiter, und die Scheinwerfer warfen seinen Schatten riesengroß gegen die Steinfassade der Kneipe. Er konnte den Hubschrauber hören, das Geräusch vermischte sich mit dem Wind.

Colt gehörte ihm.

MIT schnellen, kontrollierten Bewegungen überprüfte Colt seine Waffe. Er zog das Magazin heraus. Es gab ein dumpf klickendes Geräusch von sich, als er den Abzug betätigte. Dann sah er jede Patrone genau an, bevor er sie wieder ins Magazin steckte.

Bissett beobachtete ihn.

Sie mußten einen Ausfall machen, aber das brauchte er Bissett ja wohl nicht zu erklären.

Nachdem Colt fertig war mit der Ruger, ging er in die Hocke und schnürte seine Schuhe neu.

Unmöglich, daß Colt den Lärm draußen, dieses Donnern, überhört hatte . . . „Geht das denn, Colt . . .? Bleiben wir zusammen?"

„Natürlich!"

„Schaffen wir das denn?"

„Kein Problem."

Bissett war schlecht vor Angst. „Was ist das für ein Lärm?"

Colt überhörte die Frage und erklärte: „Ich gehe nach oben. Ich möchte das Terrain besser übersehen. Keine Sorge, Herr Dr. Bissett! Es ist ein Hubschrauber. Kein Grund zur Besorgnis."

„Das mit Ihrer Mutter tut mir leid, Colt, wirklich."

„Noch eine Minute, dann laufen wir los."

Damit verschwand Colt durch die Tür auf der engen Treppe hinter der Theke.

ERLICH hörte, wie der Hubschrauber landete. Nach dem Geräusch zu urteilen, war es ein großer Transporthubschrauber. Endlich passierte mal was – bewaffnete Polizisten, Topleute aus London. Sie würden in ihrem Plan wohl keinen Platz haben für Bill Erlich, die Nummer drei aus Rom, gesucht im Zusammenhang mit dem Tod von James Rutherford. Er war draußen auf der Terrasse, von der eine Tür zum hinteren Schankraum führte. Die Smith & Wesson hatte er in der Hand. Der Hubschrauberlärm erstarb.

Angestrengt lauschte er nach Stimmen, nach Colts Stimme. Er lauschte nach dem Geräusch einer Bewegung.

Bill Erlich wappnete sich für den Sturm durch die schwere geschlossene Tür. Er atmete tief durch in diesem Augenblick der Entscheidung, wie er es gelernt hatte.

DUNKLE Gestalten huschten vorbei, um ihre Stellungen am Haus und an den Nebengebäuden und Garagen zu beziehen. Schwerfällige Bewegungen, denn sie waren beschwert vom Gewicht ihrer kugelsicheren Westen, der Munition und von den Funkgeräten, den Taschenlampen und Gewehren.

Hobbes war noch halb taub vom Krach des Hubschraubers. Er hatte keinen Mantel an, und er war vom Hubschrauber aus quer über den Fußballplatz gegangen. Seine feinen Schuhe waren bereits durchgeweicht. Man hatte ihm berichtet, man habe einen FBI-Agenten vorgelassen, weil er als einziger eine Handfeuerwaffe dabeigehabt hatte. Seitdem quälten Hobbes schlimme Vorahnungen.

„Einsatzleiter!" brüllte er.

„Direkt neben Ihnen, Mr. Hobbes", sagte eine ruhige Stimme. „Wir haben den Amerikaner gesehen, und wir wissen, wo er ist. Wollen Sie, daß er herkommt?"

„Was tut er denn da drüben?"

„Sieht so aus, als ob er bis hundert zählt, bevor er die Tür eintritt."

„Er hat es sich verdient, als erster reinzugehen."

EIGENTLICH hätte Colt zurück sein müssen. Es war mindestens drei, vier Minuten her, seit Bissett zuletzt Colts Schritte im Obergeschoß gehört hatte. Er tat dasselbe, was Colt getan hatte: Er löste seine Schnürsenkel und band sie neu. Sie mußten querfeldein laufen, die Schuhe durften nicht im Matsch steckenbleiben.

Er beobachtete die Treppe hinter der Theke und wartete auf das unbekümmerte, lebhafte Lächeln Colts und darauf, mit Colt wegzulaufen.

ERLICH hatte die Hand auf den Türgriff gelegt und hielt die Smith & Wesson schußbereit, den Lauf neben seinem Ohr. Jetzt! Er drückte den Türgriff hinunter und warf sich gegen die unverschlossene Tür. Das Licht schien ihm ins Gesicht, er stürmte vorwärts, in den hinteren Schankraum, prallte gegen einen Tisch, Gläser flogen, fielen splitternd zu Boden, er stolperte über einen Stuhl, taumelte, war die ganze Zeit in Bewegung, bis er im Schutz der Musikbox stand. Er ging in die Hocke, mit gestreckten Armen, und drehte sich. Schußposition.

Der Mann vom Flughafen, Bissett, kniete an der Bar, aber von Colt keine Spur. Sein Adrenalinspiegel sank. So viel Energie, Tatendrang mit entsicherter Waffe, und Colt war nicht da.

„Wo ist Colt?" brüllte er.

Der Mann an der Theke sah sich um, blickte zur Tür, die zur Treppe und hinauf in die Dunkelheit führte. Es war Erlichs Entscheidung. Man hatte ihm beigebracht, daß ein Agent nie allein einen Mann auf einer Treppe verfolgen sollte und nie, niemals auf einer unbeleuchteten.

Bill Erlich war nahe am Ziel, aber er war allein, und noch niemals in seinem Leben hatte er solche Angst gehabt.

„ICH meine, wir sollten den Dingen ihren Lauf lassen. Ich will nicht, daß irgendwas publik wird, Mr. Barker. Ich werde diesem Blutregime nur eine persönliche Botschaft senden. Mein Rat an

Sie: Gehen Sie nach Hause, und schlafen Sie sich richtig aus!"

„Sehr wohl, Frau Premierminister."

„Gute Nacht, Mr. Barker."

Er würde noch mit Hobbes reden, ihm mitteilen, daß die Premierministerin und er den Mantel des Schweigens über diese Sache breiten wollten. Mögliche Zuschauer sollten zweihundert Meter zurückgedrängt, Kameras beschlagnahmt werden – nur kein Aufsehen. Auf den Ausgang des Dramas hatte er sowieso keinen Einfluß mehr, also würde er sich einfach schlafen legen und am nächsten Morgen die Scherben aufsammeln. Denn wenn der Junge vom alten Tuck und dieser verrückte Erlich mitmischten, würde es mit Sicherheit Scherben geben.

ER KONNTE jetzt einfach durch die Hintertür wieder hinausgehen, die Waffe ins Holster zurückstecken und den Jungs von der Spezialeinheit sagen, er, Bill Erlich, könne in dieser Sache nichts tun, wenn er eine dunkle Treppe hochsteigen mußte.

Seine Entscheidung.

Er ließ die Treppe nicht aus den Augen. Die ganze Zeit erwartete er, daß Colt heruntergestürmt kam, und deshalb bewegte er sich jetzt auf die Treppe zu.

Da hörte er Glas zersplittern und drehte sich halb um.

Bissett hatte ein Glas mit gezacktem Rand in der Hand. Er versperrte Erlich den Weg, das kaputte Glas war seine Waffe.

„Legen Sie das weg!"

„Sie gehen da nicht rauf!"

„Aus dem Weg!"

„Nicht da raufgehen!"

Bissett verteidigte die Treppe wie eine Löwin ihr Junges, aber Erlich beachtete das abgebrochene Glas kaum, sondern fixierte die Treppe. Die Treppe war Colt. Colt war Gefahr. Gefahr war nicht dieser Mann mit dem abgebrochenen Glas. Erlich machte einen Schritt vorwärts. Er sah aus dem Augenwinkel, daß das Glas auf sein Gesicht zielte, die scharfe Kante war nur wenige Zentimeter von seinem Gesicht entfernt.

„Weg da!"

„Er ist mein Freund."

„Ich weiß nicht einmal, wer Sie sind."

„Ich bin Colts Freund."

Im Flughafen hatte der Mann sich ängstlich an Colt geklammert, und Erlich war klar, daß ihm Gewalt eigentlich fremd war. Doch jetzt gab es für diesen Mann kein Zurück mehr, und er war kampfbereit.

„Er ist ein Psychopath, Ihr Freund. Ein Killer."

Das Glas war direkt vor Erlichs Gesicht.

„Er hat mir eine Chance gegeben, sonst keiner."

Noch ein Schritt nach vorn. Das Glas war dicht vor seinen Augen.

„Sonst keiner!" kreischte der Mann.

Erlich spürte, wie das Glas ihm Wange und Kinn zerschnitt.

Er feuerte.

Der Mann fiel, das Glas zerbrach. Blut rann auf den Boden.

ES REGNETE stark. Der Regen, der Wind, der Nebel bedeuteten Freiheit für Colt.

Er war so froh gewesen, als er den Regen spürte beim Öffnen der Dachluke. Die Erleichterung hatte ihn auch auf dem Dach und hinterher begleitet, als er neben der alten Regentonne hinuntersprang. Er hatte sich unbändig auf seine Freiheit gefreut, als er flach auf dem Bauch durch das Feld kroch.

In dem Augenblick, als er die Bäume am Ende des Feldes erreichte, hörte er den Schuß.

Er hielt nicht an. Seine Freiheit war die Nacht um ihn herum.

Epilog

ERST als alle anderen Passagiere ausgestiegen waren und der Schwede allein in der Kabine war, kamen die drei Männer an Bord. Sie schüttelten ihm die Hand. Es war ein Tag vor Weihnachten, und das Wetter in London war schlecht.

Er hatte kein Gepäck und trug noch dieselbe Kleidung, in der er in die Botschaft geflüchtet war. Sie brachten ihn in den VIP-Warteraum und bestellten ihm etwas zu trinken.

Der Mann namens Percy Martins sagte gerade: „Überhaupt kein moralisches Empfinden, kann nicht zwischen Recht und

Unrecht unterscheiden. Hat aber anscheinend bei all seiner Verkommenheit eine ganz faszinierende Ausstrahlung – der ist Bissett wohl erlegen. Das Problem ist sein Vater, ein Kriegsheld, ein Außenseiter, der hinter den feindlichen Linien operiert hat. Colt hat versucht, es ihm gleichzutun, das ist ihm aber nie gelungen. Wir finden es gar nicht so schlimm, daß wir ihn nicht erwischt haben. In der ersten Morgendämmerung haben sie mit Hunden nach ihm gesucht, aber es gab keine Spuren mehr, der Regen hat sie verwischt. Offen gesagt, wenn der noch mal auftaucht, wird's ganz schön brenzlig, aber jetzt ist die Spur kalt. Darum hat es auch so lange gedauert, bis wir Sie freibekommen konnten. Bagdad wollte nicht glauben, daß wir Colt nicht geschnappt haben. Wollten ihn im Austausch für Sie haben. Anscheinend war der Major, dessen Stimme Sie in Tuwaiba aufgenommen haben, Colts Führungsoffizier – der Mann, der vor der Botschaft soviel Rabatz gemacht hat. Die Stimmen sind identisch. Er wollte Sie nicht weglassen, ohne seinen Colt zurückzubekommen, aber die Vernunft hat sich durchgesetzt – ich habe ein paar Freunde an höchster Stelle. Und der Major ist sowieso in Ungnade gefallen. Jedenfalls sind Sie jetzt in Sicherheit, und nächste Woche geht eine Handelsmission von uns hin – Ende gut, alles gut. Prost!"

Als der Schwede sah, wie der jüngste der drei Männer auf die Uhr schaute und nickte, leerte er schnell sein Glas. Zwei von ihnen begleiteten ihn, Martins blieb in der Halle.

Das Gehen tat ihm gut. Die letzten fünf Wochen hatte der Schwede nur einmal täglich einen Rundgang um die Botschaft machen dürfen, immer nach Einbruch der Dunkelheit.

Sie gingen durch die Abflughalle.

„In diesem Metier kommt es nur darauf an, ob man Glück hat oder nicht", sagte Hobbes. „Bissetts Pech war, daß er sich mit einem FBI-Agenten namens Erlich konfrontiert sah. Erlichs Lebensziel war es, diesen Colt zur Strecke zu bringen. Nichts hätte ihn davon abhalten können. Er nahm die ganze Kneipe auseinander, um Colt zu finden, nachdem er Bissett erledigt hatte. Ich habe Erlich zum Flughafen gebracht, als er zu seiner Dienststelle in Rom zurückflog. Tut mir richtig leid, der Mann. Wäre schade, wenn er den Dienst quittieren würde. Er arbeitet wirklich sehr gründlich. In Athen hat er einen Zigarrenstummel von Colt am Schauplatz des Verbrechens gefunden, dort, wo Colt den Kerl vom CIA erschossen hatte. Und in Colts Elternhaus in Wiltshire hat er wie ein Terrier die Mülltonne durchsucht, bis er einen identischen Stummel fand. Der DNS-Test hat nachgewiesen, daß es derselbe Speichel war, Beweis genug für ein Gerichtsverfahren – hier oder in den Staaten. Und ein Gerichtsverfahren gibt es bestimmt. Vielleicht kommt es gewissen Kreisen sehr gelegen, daß Colt verschwunden ist, aber da sein Major in Bagdad nicht mehr da ist, hat er kein Schlupfloch mehr. Früher oder später wird er auftauchen, und Erlich wartet auf ihn. Ich erwarte ihn auch, genauso wie jeder Polizist in England, aber Erlich soll ihn kriegen."

Tork ging mit dem Schweden durch eine Seitentür, vorbei an der Paßkontrolle. Sie passierten die bewaffneten Polizisten und die Sicherheitskräfte der israelischen Fluggesellschaft El Al. Im Flugzeug wies man ihnen Sitze in der vordersten Reihe zu, wo auch der bewaffnete Begleitschutz des El-Al-Fluges saß.

„Sie wollen vermutlich wissen, was mit Bissett passiert ist", begann Tork. „Erst heute habe ich von Martins erfahren, daß Bissett offenbar eines von diesen armen Würstchen war, dem das Blaue vom Himmel versprochen wurde und der dumm genug war, darauf hereinzufallen. Er war tatsächlich bereit, für die Iraker zu arbeiten, weil ihm seine Bank zusetzte und der Vorgesetzte ihn schikanierte. So banal war das. Das letzte, was er in diesem Leben vollbracht hat, war wohl das einzige, was Bewunderung verdient. Der arme kleine Bissett steht da für einen Mann ein, den er für seinen Freund hält, und läßt sich dafür erschießen. Hat uns natürlich 'ne Menge Ärger erspart. Wir hätten ihn gar nicht vor Gericht stellen *wollen*. Wir haben das Gerücht ausgestreut, daß er sich mit dieser verrückten Terrororganisation, der Animal Liberation Front, eingelassen und sich dann das Leben genommen hat, um die Schande nicht erleben zu müssen, als das rauskam. Seiner Familie gegenüber waren wir anständig. Wir haben eine Geschichte zusammengebastelt, daß er gerade befördert werden sollte, damit seine Witwe eine höhere Rente bekommt und – was noch wichtiger ist – den Mund hält. Sie ist schon weggezogen, und das Haus steht zum Verkauf. Es ist die alte Geschichte: das alles ist nie passiert. Es gab keinen Colt, es gab keinen Bill Erlich, keinen Frederick Bissett . . ."

Das Flugzeug füllte sich.

„Sie werden wohl in Dimona arbeiten?" fragte Tork. „Wir sind ganz in der Nähe vom Strand in Tel Aviv. Kommen Sie mal vorbei, hier ist meine Karte . . . Es ist traurig, aber wahr: Was Sie tun, was ich tue, kann die Arbeit in Tuwaiba und am Mount Karochok allenfalls verzögern. Unsere Welt ist gefährlich, und ich befürchte, daß wir daran nur immer kurzfristig etwas ändern können. Was meine Auftraggeber und Ihre Auftraggeber mit den paar Monaten Aufschub anfangen, weiß Gott allein. Ich befürchte, meine Auftraggeber werden erst aufwachen, wenn es zu spät ist."

Die Triebwerke liefen, heulten auf.

Der Schwede schlief.

Foto: Caroline Forbes

Gerald Seymour

Dem Engländer Gerald Seymour wurde seine schriftstellerische Begabung in die Wiege gelegt. Seine Eltern schrieben beide Romane, und sein Vater war sogar Mitglied der Königlichen Gesellschaft für Literatur. Seymour selbst hatte zunächst andere Interessen. Er studierte in London Geschichte und begann dann eine Karriere beim britischen Fernsehen. Jahrelang war er als Auslandskorrespondent tätig und lebte mit seiner Frau und seinen beiden Kindern in Rom. Zu seinen wichtigsten Reportagen gehören die Berichte von dem Massaker bei den Olympischen Spielen 1972 in München, von Flugzeugentführungen im Nahen Osten und von den Kämpfen in Nordirland. Heute gilt er als Kenner der internationalen Terroristenszene – und dieses Wissen hat seine Romane entscheidend geprägt.

Die Schriftstellerei war anfangs für ihn nicht mehr als ein Hobby. Er schrieb, „wenn Frau und Kinder nicht da waren und ich mir die Zeit vertreiben wollte". Schon mit seinem ersten Roman, *Das tödliche Patt*, der 1975 herauskam und auch in den Auswahlbüchern erschien, gelang es ihm, den Nerv der Zeit zu treffen. Seymour ist ein Thrillerautor, der sowohl genaue Kenntnis der internationalen Politik als auch einen untrüglichen Instinkt für mitreißende Handlung hat – das hat auch seine wachsende Fangemeinde erkannt.

Seymour faszinieren in seinen Romanen vor allem die Psychogramme von Menschen, die aus politischen Gründen morden. Auch in dem vorliegenden Roman, der sich mit der internationalen Rolle des Irak kurz vor dem Golfkrieg befaßt, hat der Autor mit dem Killer Colt die interessanteste Figur geschaffen. Wird es eine Fortsetzung zu *Schwarze Geschäfte* geben? Wie geht das Duell zwischen Colt und Bill Erlich weiter? Man darf gespannt sein.

Verhängnisvolle
FERIEN
Eine Kurzfassung des Buches von
Rodney Stone
Ins Deutsche übertragen
von Hanna Lux
Mit Illustrationen von
Mark Entwisle

Emma Freeling kommt das abgeschiedene Ferienhäuschen in Südfrankreich gleich etwas unheimlich vor. Jim glaubt, das liege nur daran, daß sie von der langen Reise übermüdet sei. Doch als seine Kinder gleich in der ersten Nacht verschwinden und er bei seinen Nachforschungen immer wieder auf nebulöse Hinweise auf ein schreckliches Geschehnis in der Vergangenheit stößt, gibt er ihr recht. Das Ferienhaus birgt ein Geheimnis, das er lüften muß, wenn er seine Kinder jemals wiedersehen will.

Prolog

LETZTE Nacht träumte ich, ich wäre wieder in Frankreich. Eine Straße, in der Dämmerung schimmernd, ein Eselskopf über einem Zaun wie ein Scherenschnitt. Und das Haus inmitten der heranκriechenden Schatten. Schatten aus den Wäldern. Abendschatten nach einem Tag voll sengender Sonne, deren Glut dick wie gelbe Butter auf den Feldern lag. Bizarre Schatten unter schaukelndem Geäst, wie im Tanz eine Lichtung umzüngelnd, auf der die Holzfäller ihr Schlagholz haben liegenlassen. Und Kinderstimmen, glockenhell in der Abendluft. Kinder, deren Gesichter ich im Dunkeln nicht erkennen kann. Zwei, nein, drei Kinder, die kreischend Haschen rund um eine Holzburg spielen. Zwei sind verbündet, die Herrscher der Festung, und gemeinsam gehen sie auf Verfolgungsjagd. Sie sprechen Französisch, und doch höre ich sie englisch reden und kann sie verstehen.

„Du bist mein Gefangener!"

Ein Angstschrei. Die Gewißheit, daß es wieder geschieht. Fernes Donnergrollen als Vorbote von Regen.

Die Abendschatten werden noch schwärzer und länger, das Spiel wird ausgelassener, wilder. Ein Kind rast auf den Schutz des Waldes zu, versucht zu entkommen, aber sie rennen hinterher, der Junge und das Mädchen, besessen von der wahnwitzigen Lust, den Flüchtenden zu fangen, niederzuringen, zu fesseln.

„Ich hab dich!"

Noch ein Schrei, als sie sich auf ihr Opfer stürzen. Im Wald ist es jetzt ganz finster, die Sonne ist hinter Gewitterwolken verschwunden. Die Gestalten scheinen miteinander zu verschmelzen, während Bruder und Schwester das andere Kind mit sich zerren, um es in die Holzfestung im Herzen der schweigenden Wälder zu schleppen. Sie wollen es in Ketten legen und in den Kerker sperren, in die Burg, die sie auf der Lichtung gebaut haben.

„Laßt mich los! Bitte!“

„Schweig!“ befiehlt der größere Junge. Könnte ich ihnen nur Einhalt gebieten, dann wäre alles gut . . . Doch sie stoßen ihn in die kleine Hütte mit dem Dach aus trockenem Gras.

„Das reicht“, sagt das Mädchen plötzlich. „Wir haben genug gespielt.“

Der größere Junge beachtet sie nicht. Ich sehe, wie er den Gefangenen umtanzt. Sein Gelächter gellt mir in den Ohren.

„Laß ihn frei!“ fordert sie.

Ich scheine dort zu sein und gleichzeitig auch wieder nicht. Ich versuche zu sprechen und bleibe stumm. Nun halten die Kinder sich an den Händen und blockieren den Ausgang der Hütte.

„Zünden wir sie an!“ ruft der Junge.

Plötzlich haben sie Streichhölzer in der Hand.

Das Mädchen schüttelt den Kopf, will ihn wegziehen. Er kreischt entzückt, als er sieht, wie leicht die Hütte Feuer fängt wie Zunder, dank des heißen Sommers.

„Es brennt! Es brennt!“

„Nicht! Nicht! Er ist noch drin!“

Aber er wirft trockenes Gras auf den bereits glimmenden Haufen aus Rinde und Zweigen, in dem es schon knistert. Rauch steigt auf, und dann lecken kräftige bläulichgelbe Flammen empor.

„Mach es aus!“ schreit sie. „Schnell, tritt's aus!“ Doch während der Donner näher rollt, erfaßt der Wind die Flammen und fegt sie über die Hütte.

„Er ist fort“, behauptet er. „Ich hab ihn rausgelassen. Es soll brennen, brennen.“ Sein Grinsen ist irr. „Legen wir den Palast des Verräters in Schutt und Asche.“

Sie brüllt ihn an. Mit einemmal ist er verschwunden, ist hinter der Flammenwand.

„Komm zurück! Komm zurück!“

Tanzende Gestalten. Wie viele sind es, wie viele? Eine, zwei, drei. In den Flammen, aus den Flammen, die die Hütte umschließen.

Die Flammen schlagen immer höher. Und jetzt höre ich die Schreie. Langgezogen, qualvoll, in Todesangst. Unvergeßlich sind sie meinem Gedächtnis eingebrannt.

Ich höre die Kinder, ich sehe sie, dann sind sie fort.

Schreiend wache ich auf, immer wieder, verfolgt von der Erinnerung an jenen Sommer. Das Bettzeug ist schweißnaß, und Emma hält mich in den Armen.

Eins

DIESE Träume hatte ich früher nicht. Bei drückendschwülem Wetter wie in jenem Hochsommer schliefen Emma und ich oft unruhig in dem Londoner Haus mit den hohen Räumen, und während ich wach lag, hatte ich viel Zeit, über uns nachzugrübeln.

Ein Haus. Eine Familie. Ein Heim. Die Kinder sicher und geborgen in ihren Zimmern. Und ich würde alles, wirklich alles dafür geben, damit es auch so blieb, das schwor ich mir.

Emma regte sich, öffnete ein Auge einen Spaltbreit und murmelte: „Wo bist du gewesen?"

„Arbeiten, Liebling. Das weißt du doch." Als ich heimgekommen war, hatte sie schon geschlafen.

Sie drehte sich herum. Ich liebte es, die sanften Rundungen ihres Körpers zu betrachten, das blonde Haar, die schlanken Glieder.

„Martin hat den Buddhakopf zerbrochen."

Mein Herz hing an diesem Souvenir, und ich seufzte ärgerlich. „Zum Teufel, warum hat er seine blöden Pfoten nicht davon lassen können!"

„Jim, er ist ohnehin ganz zerknirscht. Es war doch nur ein Stück Porzellan."

Emma rollte sich auf den Rücken. Stille erfüllte das alte Haus. Eine Mondsichel, schmal wie ein Fingernagelschnipsel, hing am hellen Nachthimmel über uns, über dem Londoner Stadtteil Richmond, einem georgianischen Richmond mit Backsteinbauten und schmiedeeisernen Laternenpfählen, die Anspruch auf Stilechtheit erhoben. Ich liebte meine neue Heimat. Ich bin gebürtiger Amerikaner, Architekt und seit vierzehn Jahren mit einer Engländerin verheiratet – und irgendwie hatten wir uns entfremdet. Da lag ich neben ihr im Ehebett, und mir fiel nichts anderes ein, als über zerbrochenes Porzellan zu schimpfen. Aber als ich die Hand ausstreckte und Emmas Schenkel berührte, wußte ich im selben Augenblick, daß sie mich nicht wollte.

„Es ist spät."

„Es ist erst eins, Schatz."

„Also, ich bin wie zerschlagen. Bist du denn gar nicht müde?"

„Doch. Schließlich hab ich mich für diesen Bristol-Auftrag abgerackert wie ein Pferd."

Ich bezweifelte, daß sie eine Ahnung hatte, unter welchem Dauerdruck ich stand. Trotzdem – wie ich diese Frau liebte! Wenn sie nur hätte begreifen können, wie sehr ich mich anstrengte, um ihr zu gefallen, wie sehr ich immer noch nach Anerkennung strebte – besonders hier, in einem fremden Land. Warum konnte sie nicht verstehen, wofür ich meine ganze Kraft einsetzte? Für das Haus, die Familie, meine Karriere bei Dorcas & Freeling, den Erfolg, mit dem wir uns umgaben.

Je besser die Geschäfte liefen, desto mehr schienen Emma und ich uns in letzter Zeit voneinander zu entfernen. Wir hatten zwei Kinder, sie wußte, daß ich sie liebte, aber etwas fehlte. Unsere Beziehung war schal geworden, als hätte unsere Ehe das Ablaufdatum überschritten und einen neuen Anreiz brauchte, einen kräftigen Schuß Würze.

Die Kinder kamen früh zum Frühstück herunter, lange bevor Emma aufwachte. Ich war bereits geduscht und fertig angezogen und wollte schleunigst weg, da stand plötzlich Martin in der Küchentür.

„Hallo", sagte ich, während die Kaffeemaschine leise vor sich hin gurgelte.

„Hallo." Die Wanduhr zeigte fünf nach acht. Samstagmorgen pflegte Martin sich normalerweise bis zehn oder elf in den Federn zu verkriechen. Jetzt schlüpfte er in die Küche – noch verschlafen, aber irgendwie entschlossen.

„Fährst du ins Büro?"

„Klar!"

„Tut mir leid, Dad, daß ich dieses Buddhadings zerbrochen hab."

„Verdammt noch mal, was hattest du denn da überhaupt zu suchen?" Ich hatte eine kleine Privatsammlung von Kuriositäten fein säuberlich auf einem Bücherregal in unserem großen Wohnzimmer aufgereiht – Glas- und Keramikgegenstände, darunter auch den kostbaren Kopf, eine Kopie des Sarnath-Buddhas aus dem fünfzehnten Jahrhundert.

„Tut mir leid, Daddy", sagte er noch einmal. „Susie und ich haben nur gespielt."

„Rumgetobt habt ihr wieder einmal. Es ist Zeit, daß du endlich erwachsen wirst, Junge. Wie oft haben wir dir schon gesagt, daß du im Haus nicht Ball spielen sollst!" Die Kinder waren zwölf und zehn, und Martin hätte als der Ältere vernünftiger sein müssen. Dann hörte ich zu meiner Überraschung auch Susies Schritte auf der Treppe. Was war das? Ein Überfall?

Ein Wust wirren Haares, dunkler als das von Emma, und der gleiche bekümmerte Gesichtsausdruck wie der ihres Bruders. Die beiden hatten etwas auf dem Herzen, das war offensichtlich.

„Na, Schätzchen, was ist los?"

Sie setzte sich mit Martin mir gegenüber an den Tisch. Ich schob ihnen den Krug mit Orangensaft hin. Die Morgensonne verhieß einen schönen englischen Sommertag. Ich konnte die Vögel draußen singen hören. Auf den Steinfliesen trockneten die feuchten Flecken, die der nächtliche Regen hinterlassen hatte. Die Schwertlilien standen in voller Blüte, bläulichviolett und gelb. Die Heckenrosen rankten in verschwenderischer Fülle über die Backsteinmauer. Wie ich an der grünen Oase hinter dem Haus hing! Ich hatte den Garten angelegt und selbst dabei Wurzeln geschlagen. In Pittsburgh, wo ich aufgewachsen bin, fehlte diese Atmosphäre. Nichts war wirklich alt. Man konnte Karriere machen, Geld verdienen, ein exklusives Apartment kaufen, aber man konnte nichts schaffen, was von Dauer war, nichts, was mich befriedigt hätte. Schließlich hatte ich dort das Handtuch geworfen.

Die Kinder blickten mich aus runden, eulenhaften Augen an.

„Ist schon gut. Denkt nicht mehr an den Buddha", sagte ich. „Deshalb geht die Welt nicht unter. Vielleicht finde ich eines Tages einen neuen. Wie wär's mit Cornflakes?"

Susie schüttelte den Kopf. „Dad . . . Mami ist nicht richtig glücklich."

Ich starrte sie an, diese jungen, unfertigen Mutationen meiner selbst. Das Müsli schmeckte plötzlich wie Vogelfutter. „Susie, drück dich klarer aus. Was meinst du damit?"

Sie holte tief Luft. „Als wir den Buddha zerbrochen haben, hat sie furchtbar geweint."

Ich ging darüber hinweg. „Ach, ich bitte dich! Ist das alles?

Süße, manchmal geht eben was kaputt. Das kann schon passieren. Vergiß es!"

„Nein, Dad, das ist gar nicht das Problem", sagte Martin leise und seltsam bedrückt.

„Was denn?" Ich begriff noch immer nicht. Mir schien, als wollten sie nicht mit der Wahrheit herausrücken, bis Susie erklärte: „Mami hat geweint, weil sie glaubt, daß du dir mehr aus deiner Arbeit machst und aus dem Buddhakopf als . . . aus ihr."

„Aber das ist doch lächerlich!" Emma mußte übergeschnappt sein. So etwas zu behaupten! Natürlich war ich schwer eingespannt, seit Dorcas & Freeling den Auftrag zur Krankenhaussanierung in Bristol bekommen hatte. Monatelange Terminarbeit.

„Sie sagt, du bist nie daheim."

Das ließ sich allerdings nicht leugnen. Ich war geschäftlich viel im ganzen Land unterwegs. Ich rief zwar jeden Abend an, aber das war natürlich keine richtige Entschädigung für meine Abwesenheit. Ich war zu sehr von meinen beruflichen Angelegenheiten in Anspruch genommen, von meiner verdammten Karriere.

„Dad, ist zwischen dir und Mami wirklich alles in Ordnung?" fragte Susie verlegen. Endlich verstand ich, warum sie so früh zu dieser Geheimkonferenz erschienen waren.

Jetzt nur kein Drama daraus machen. „Kinder, ich liebe eure Mutter sehr", erklärte ich. „Darum habe ich sie ja geheiratet. Und nun hätte ich gern einen Toast."

Susie schien beruhigt, und Martin war eindeutig erleichtert, daß es vorbei war. Ich griff über den Tisch und drückte mit jeder Hand eine ihrer kleinen Hände. Draußen brach das Sonnenlicht durch die Bäume, und ich faßte den Entschluß, meine Arbeit ausnahmsweise zu vernachlässigen und mich meiner Familie zu widmen.

„Wißt ihr was?" sagte ich. „Wir brauchen Ferien!"

DAS war leichter gesagt als getan. In der Firma herrschte Hektik. Bob Dorcas war nicht da, und die Verantwortung für die ganze Projektgruppe lastete auf mir. Außer einer kurzen Mittagspause – ein Mädchen hatte Bier und Sandwiches besorgt – schufteten wir an diesem Abend bis halb elf. Wieder mal übermüdet, fuhr ich heim nach Richmond.

Emma war gerade im Wohnzimmer im ersten Stock. Die Kinder waren zwar in ihren Zimmern, aber ich hörte die Pieps- und Summgeräusche von Martins Computerspiel. Es war einer jener langen, hellen Abende gegen Ende Juni, an denen sie einfach nicht ins Bett zu kriegen waren.

„Hast du schon gegessen?" erkundigte sich Emma mit unterschwelliger Gereiztheit.

Ich küßte sie. „Nein. Aber laß nur, Liebling. Ich bin nicht hungrig."

Ich sah, daß sie einen Gin-Fizz trank, und ging zur Anrichte hinüber, um mir einen Schluck Whisky einzugießen. Emma drehte sich um und fixierte mich. Sie war schlank und schick wie ein Model. Sie trug ein weißes Top mit Langettenstickerei zu einem Jeansrock in verwaschenem Blau. Sie war die Frau, die ich gewollt hatte, und bedeutete mir mehr als alles Geld der Welt. Leider war sie im Begriff, mir eine Szene zu machen.

„Jim." Ein ungläubiges Kopfschütteln. „Du hast es wohl vergessen, wie? Wir waren bei den Macombers eingeladen. Zum Dinner. Heute abend."

„O mein Gott, Emma! Verdammt, warum hast du mich nicht daran erinnert?"

„Als ich aufgewacht bin, warst du schon fort."

„Und warum hast du mich nicht im Büro angerufen?"

Sie stand vom Sofa auf und wandte sich von mir ab, als fände sie das Dämmerlicht draußen eher der Betrachtung wert. „Ich habe abgesagt", erklärte sie, „weil ich wußte, daß du ohnehin wieder keine Zeit gehabt hättest." Sie schwieg einen Moment. „Jim, so kann es nicht weitergehen. Wir führen ja kaum noch ein Familienleben."

„Ich habe meine beruflichen Verpflichtungen", begann ich. „Dieser Krankenhausauftrag bedeutet unheimlich viel Arbeit, das weißt du."

„Zum Teufel damit!" fauchte sie mich an. Ihre Augen waren verschwollen, als habe sie geweint. „So kann es nicht weitergehen, Jim! Die Kinder sehen dich so gut wie gar nicht, und ich kriege dich auch nur äußerst selten zu Gesicht. Entweder bist du im Büro oder sonst irgendwo auf Achse. So hab ich mir das Leben mit dir nicht vorgestellt. Es gibt auch noch was anderes als Arbeit!"

„Emma, ich liebe dich! Du weißt doch, ich tu das alles nur für euch!"

„Nein. Verkauf mich nicht für dumm, indem du versuchst, mir einzureden, daß du dich aufopferst. Vielleicht soll ich jetzt auch noch dankbar sein?"

„Schatz, ich bitte dich", sagte ich. „Wir sind beide müde. Laß uns zu Bett gehen."

„Hör mir zu!" schrie sie. „Mir ist es ernst! Wenn sich dieser Zustand nicht ändert, wird unsere Ehe nicht mehr lange bestehen."

Die Kriegserklärung war ausgesprochen.

„Spiel nicht verrückt!" Ich nahm sie nicht einmal jetzt ganz ernst. Aber sie hatte ihre Attacke noch nicht zu Ende geritten.

„Und noch was. Woher soll ich wissen, was du treibst, wenn du nicht hier bist? Womöglich triffst du dich mit einer anderen Frau?"

Aha! Das war es also. Eifersucht. Ich schwor ihr, daß ich keine Zeit für eine Affäre hätte, selbst wenn ich sie betrügen wollte. „Emma! Bilde dir doch keinen solchen Unsinn ein!" Mein Lachen klang unecht.

„Das ist kein Unsinn! Schließlich sagst du ja, daß dein Beruf dir wichtiger ist als die Familie!"

„Nein, verdammt! Das hab ich nie gesagt."

„Na gut." Trotzig baute sie sich vor mir auf. „Dann beweise es."

„Hör zu, Schatz. Ich mache dir einen Vorschlag. Wir fahren alle gemeinsam weg." Meine Ehe sollte nicht in die Binsen gehen. Auf keinen Fall. „Ich werde einen Überraschungsurlaub für uns buchen. Und das Büro sausenlassen." Mit der Planung waren wir aus dem Ärgsten heraus. Noch ein paar Tage, und ich war entbehrlich. Sollte doch mein Partner Bob Dorcas bei seiner Rückkehr das Ruder voll übernehmen. „Na, wie wär's? Wir setzen uns einfach ins Auto und fahren los."

Sie begann sich zu beruhigen. „Und wohin?"

Ich zuckte die Achseln. „Irgendwohin, wo es warm und sonnig ist. Was hältst du von Südfrankreich?"

Ihre Miene spiegelte zuerst Ungläubigkeit, dann Erleichterung, und schließlich kam der erste Anflug von Freude.

„Wir mieten uns ein Häuschen weit weg vom Schuß. Kein Telefon, nichts. Nur Sonnenschein und kleine Landgasthöfe, wo wir schlemmen und faulenzen können. In der Provence zum Beispiel."

Ich dachte an das idyllische Frankreich, das mich damals so bezaubert hatte, als ich als junger Mann auf Europatrip gewesen war, fünf Jahre bevor ich Emma begegnet war.

„Nicht am Meer? Das wird den Kindern nicht gefallen. Sie wollen einen Strand."

„Schatz, unsere Sprößlinge werden einfach in den sauren Apfel beißen müssen." Nun legte ich doch noch die Arme um sie. „Ich brauche dich", sagte ich. „Und ich möchte, daß du glücklich bist."

Emma lächelte. „Wirklich?"

„Ganz bestimmt. Gleich am Montag gehe ich in ein Reisebüro, und sowie die dort das passende Ferienhaus für uns gefunden haben, lasse ich es sofort reservieren." In Gedanken stellte ich mir unser Refugium vor. „Es muß Weinberge geben und eine Terrasse und Fenster, aus denen man auf die Felder hinausschauen kann. Und es muß so abgelegen sein, daß wir uns vorkommen wie auf einem anderen Stern."

Bob erhob zuerst heftige Einwände, aber dann schluckte er es. Er blickte mich an, als ginge die Idee, Urlaub zu machen, über sein Vorstellungsvermögen. Ein ausgefuchster alter Schotte, trotz Hochsommer im Tweedanzug, dazu eine dicke Hornbrille und eine spiegelblanke rosa Glatze. Mein Partner war ein anhangloser Arbeitswütiger, der stets hoffte, mich so weit zu bringen, daß ich seine Besessenheit teilte.

„Also gut, Jim. Du willst eine Verschnaufpause . . ."

„Du hast's erfaßt, Bob. Zwei Wochen."

„Wann genau, Jim?"

„Sobald mir das Reisebüro etwas Geeignetes präsentiert. Die Schule dauert nicht mehr lange, wir könnten die Kinder auch etwas früher herausnehmen." Und dann ab nach Südfrankreich. Zurück zu den Wurzeln der Erinnerung, zu den kleinen, verträumten Dörfern, die ich kennengelernt hatte, als ich mit einundzwanzig durch Europa gereist war.

Bob musterte mich mit einem merkwürdigen Blick.

„Ist alles in Ordnung, alter Junge?"

„Aber sicher. Alles bestens! Ich möchte einfach weg und mich um meine Familie kümmern."

Zwei

NACHTS scheint das Meer noch endloser zu sein. Daß man diesen Eindruck gewinnt, mag an der Vorfreude liegen oder daran, daß einem die Ferne des Zieles noch bewußter wird. Ich weiß noch, wie ich die Lichter des Hafens von Weymouth langsam davongleiten sah, als die Kanalfähre ablegte. Emma stand mit den vor Aufregung zappeligen Kindern neben mir. Es war ein schwüler Abend in der zweiten Juliwoche.

Von dem Augenblick an, als ich Emma von dem Quartier in Aveyron erzählt hatte, hatte ich das Gefühl gehabt, daß sich alles zum Besseren wendete. Ein Bekannter eines Bekannten hatte sich mit der entsprechenden Zweigstelle des Fremdenverkehrsamtes in Verbindung gesetzt, und schon war die Buchung telefonisch bestätigt worden. Die Kinder waren völlig aus dem Häuschen wegen der bevorstehenden langen Reise. Während wir über die Reling gebeugt das schäumende Kielwasser beobachteten, schien es, als nähmen wir Kurs auf wärmere und ruhigere Gewässer.

Martin lief mit Susie davon, um das Schiff zu erkunden, und ich hakte mich bei Emma unter. „Liebling, wir haben's geschafft."

Sie lächelte zu mir auf. „Weißt du, ich hätte nicht geglaubt, daß du dich so lange vom Büro trennen würdest. Ich dachte schon, du wärst mit deiner heißgeliebten Arbeit verheiratet."

„Da hast du dich gründlich getäuscht, du verführerisches Weib."

Sie hob die Arme, schlang sie mir um den Hals und küßte mich.

Wir hatten noch einen langen Weg vor uns. In gewisser Weise waren wir verwöhnt: das Haus in Richmond, die Privatschule für die Kinder, meine Teilhaberschaft an Dorcas & Freeling, Emmas Engagement für „Hilfe für Menschen in Not". Natürlich nahm ich an, das alles würde reibungslos so weiterlaufen.

Die Küste verschwamm zu einer Lichterkette, und wir folgten den Kindern nach unten. Sie brauchten Schlaf, aber sie waren viel zu aufgekratzt, um sich hinzulegen. So setzten wir uns in das halbleere Restaurant und bestellten Hamburger und Pommes frites.

„Gibt's dort auch einen Strand?" fragte Martin. „Ich möchte ein Schlauchboot."

Nicht zum ersten Mal erklärte ich ihnen, es gebe einen Fluß namens Loup – so war es der Karte zu entnehmen –, aber ich hatte das ländliche Frankreich gewählt, eine Gegend, wo sich die Füchse gute Nacht sagten. Das nächste Dorf war Chenoncey, die nächste Stadt Sainte-Maxime-le-Grand im südlichen Zentralmassiv. Ich wollte ihnen das unverfälschte Frankreich zeigen, wie ich es in Erinnerung hatte, das Frankreich der winzigen *auberges*, wo man die Steaks flambierte und köstlichen Sauternes dazu trank.

Emma lächelte mir zu. „Woran denkst du?"

Wie sollte ich mein Glücksgefühl in Worte kleiden? Ich schenkte uns Tischwein ein und hob das Glas. „Auf eine wunderschöne Reise."

„Auf uns", entgegnete sie.

Die Landung an der französischen Küste war für mich, als schritte ich in der Morgendämmerung durch ein Tor zurück in meine Jugend. Um fünf Uhr früh – der Nebel hob sich gerade von den Docks, und die Möwen machten im Sturzflug Jagd auf Leckerbissen – fuhren wir in unserem Ford Sierra durch die verlassenen Straßen von Cherbourg. Als die Sonne an Kraft gewann, gaben die tiefhängenden Wolken wie ein Vorhang den Himmel frei. Bald lag die noch stille Stadt hinter uns, und wir fuhren landeinwärts.

Die Kinder waren ganz quirlig vor Begeisterung. Wie immer hatte Martin Hunger, deshalb versprach ich, daß wir bei nächster Gelegenheit in einem Straßencafé frühstücken würden. Das Radio lief, während wir die Kilometer abspulten: französisches Gezwitscher und seichte Popmusik.

Schließlich hielten wir in einer kleinen Ortschaft, wo gerade die Markise über einem Café ausgefahren wurde. Es duftete nach frischem Gebäck, und schon nach kurzer Zeit saßen wir bei Croissants und Milchkaffee zwischen unrasierten Einheimischen, die aus Schalen Kaffee schlürften. Rolladen wurden hochgezogen, Marktwagen entladen, unter anderem auch eine Kiste, in der Enten quakten. Eine schwarzgekleidete Matrone wischte langsam den Tisch ab und brummte ein mürrisches *Bonjour*.

Ich lächelte Emma hoffnungsvoll zu, während sie mit kleinen Schlucken den heißen Kaffee trank, und fragte mich, was sie wohl in mir sah: den Ehemann, einen Freund oder ein fremdes Wesen von einem anderen Stern? Bei aller Vertrautheit zwischen uns waren wir doch grundverschieden – der realistische Amerikaner und die englische Rose. Ihre Eltern waren mit unserer Verbindung nie ganz einverstanden gewesen, aber sie lebten jetzt im Ruhestand in einem Cottage in Ringwood im New Forest und beteten die Kinder förmlich an. Meine eigene Mutter hatte ich kurz vor ihrem Tod zu einem Besuch herübergeholt, damit sie ihre Enkel kennenlernte.

Ein junger Bursche in einem blauen Overall nickte uns zu. „*Bonjour.*“

Meine Französischkenntnisse waren leider dürftig, aber Emma warf sich ins Zeug, fragte, wie man am besten dahin oder dorthin komme, und war im Handumdrehen in eine Unterhaltung verwickelt, von der ich ausgeschlossen blieb. Sie hat eine Begabung für Sprachen und Musik, meine Stärke liegt eher im räumlichen Vorstellungsvermögen. So ergänzen wir uns eben. Ich zog Emma an mich und küßte sie herzhaft. Der junge Franzose schaute uns dabei zu.

AUF unserer Weiterfahrt nach Süden wurde es immer heißer. Die Erinnerungen an die Reise gleichen vergilbten Fotografien – das hochgelegene Domfront, wo wir kurz Rast machten, um etwas zu trinken, das trostlose Hinterland von Le Mans, durch das wir scheinbar endlos dahinkrochen, der erste Blick auf die Loire bei Tours, die so seicht in ihrem Kiesbett wirkte, als könnte man hindurchwaten. Nach einem Picknick – Brot, Tomaten und Käse – ging es weiter nach Poitiers und Limoges und dann in Richtung Brive. Eine lange Fahrt, ein langer Tag. Die Strapaze machte aus den Kindern richtige Quälgeister.

„Jim, es ist genug für heute“, sagte Emma. „Sie sind total überdreht.“

„Schon gut, du hast ja recht.“ Ich befahl ihnen lautstark, ruhig zu sein, während wir nach einem Quartier suchten. Im glänzenden Sonnenlicht sah die Straße noch staubiger aus, als sie es ohnehin schon war, und die Männer auf den Fahrrädern wirkten noch abgerissener. Die mattroten Ziegeldächer kündigten den Süden an, und die Windschutzscheibe war übersät mit zerplatzten Insekten. „Zum Kuckuck, haltet doch den Schnabel!“ brüllte ich. „Sonst verliere ich noch die Beherrschung!“

Doch dann stießen wir auf den Gasthof „Le Chapeau Rouge“.

Die blaßgelbe, abblätternde Fassade mit den grünen Fensterläden und den leuchtendroten Sonnenblenden schien fast zu schön, um wahr zu sein. Durch die grünumrankte Tür tauchten wir in das tiefe Goldbraun alter Erinnerungen aus meiner Jugend. Ein schattiger Ort, an dem die Zeit stillstand. Der Gasthofbesitzer hatte noch Zimmer für uns, und in dem vollen Speisesaal herrschte gedämpfte Betriebsamkeit. Emma war mit dieser Unterkunft einverstanden.

Wir speisten königlich an jenem Abend und fielen ausgehungert über einen leckeren *Potaufeu* her. Zuerst tauschten die Kinder vielsagende Blicke, aber dann verschlangen sie das ungewohnte Gericht gierig und aßen hinterher noch ein wahrhaft göttliches Eis. Vielleicht war ich beschwipst oder einfach nur glücklich, doch ich sehe noch Emmas süßes, rührend abgespanntes Gesicht vor mir, als wir mit unseren Gläsern anstießen und auf die Zukunft tranken.

„Ich werde schlafen wie ein Stein", sagte sie.

Die Kinder waren in dem Zimmer neben unserem untergebracht, und als ich sie zu Bett brachte, merkte ich, daß sie vor Müdigkeit schon fast umfielen.

AM ABEND des zweiten Tages kamen wir nach Aveyron. Zitronengelbes Frankreich Mitte Juli, kanariengelbe Sonnenblumenfelder und verdorrtes Gras, als wir die „Route Nationale", die Bundesstraße, verließen und auf die Michelin-Karte vertrauten. Das Dorf – Chenoncey – war nicht einmal als Nest zu bezeichnen: eine Kirche, ein kleiner, geschlossener Gasthof, ein Lebensmittelgeschäft und eine Bäckerei.

Der Wegbeschreibung des Reisebüros folgend, bogen wir links ab und holperten auf einer immer schmaler werdenden Landstraße dahin. Die von Grün überwucherten Zäune waren mit Stacheldraht verstärkt, ein grauer Esel stand auf einem Feld, ein paar Ziegen waren an einem verlassenen Pflug angebunden.

Das Ferienhaus bot einen reizvollen Anblick. Es stand dicht an der Straße, die sich kilometerweit durch das Tal schlängelte: ein einstöckiges, weißgetünchtes Gebäude mit einem steinernen Außenkamin und einem roten Ziegeldach. Von der Terrasse mit den weißen schmiedeeisernen Stühlen führten zwei Stufen zur Eingangstür hinauf.

Wir gingen über den kiesbestreuten Weg und den ungepflegten,

mit Maulwurfshügeln übersäten Rasen. Da und dort kämpfte ein nicht klassifizierbarer Busch ums Überleben, und den Eingang flankierten zwei Akazien in Töpfen. Bougainvillea rankte sich an Spaliergittern an den Mauern empor. Die Fenster waren zurückversetzt, die Läden der Hitze wegen zu. Das Haus war, wie angekündigt, nicht abgesperrt, und wir öffneten eilig Türen und Fenster, um Durchzug zu schaffen. Das Abendlicht flutete herein, aber die Luft war drückend schwül. Aus den Fenstern auf der Ostseite konnte man auf einsame Felder hinausblicken. Küche und Wohnzimmer – dazwischen lag der Flur – gewährten Aussicht auf ein paar weidende Kühe, weitere Felder und einen Wald. An die Westseite schloß sich die Garage an, in die man vom Flur aus durch einen Verbindungsgang gelangte, der mit einer Tür abgeschlossen werden konnte. Auf der anderen Seite des Gangs befanden sich die drei Schlafzimmer mit Fenstern zum rückwärtigen Garten. In die Garage waren überflüssige Möbelstücke, Liegestühle und der Rasenmäher hineingepfercht. Auf unserem Rundgang entdeckten wir im Garten einen gemauerten Grill. Sogar Holzkohle war noch da.

Das also fanden wir bei unserer Ankunft tief im Herzen Frankreichs an jenem Juliabend vor.

Schwarzviolette Wolken über den fernen Hügeln versprachen Regen. Auf der gegenüberliegenden Straßenseite zogen die Kühe in träger Eintracht auf der Suche nach saftigerem Gras dahin, und während die Schatten länger wurden, beobachteten wir, wie sie sich auf die dichten Wälder jenseits der Weide zutrollten.

Emma stand stumm da und schaute.

„Na, dann wollen wir mal auspacken“, sagte ich. „Wie gefällt es dir?“ Ich legte den Arm um sie. Es war mir sehr wichtig, daß auch sie sich wohl fühlte.

„Ich weiß nicht“, meinte sie unsicher. „Es ist sehr einsam.“

„Langweilig“, erklärte Martin, aber Susie hüpfte vergnügt auf den Betten herum und probierte die Sprungkraft der Matratzen aus, als handelte es sich dabei um Trampoline. „Die sind bequem!“

Wir begannen mit dem Abladen, schmiedeten Pläne für die nächsten zwei Wochen und überlegten, ob es in der näheren Umgebung ein Restaurant gab, damit wir nicht bis Sainte-Maxime zum Essen fahren mußten. Aber da die blitzsaubere Küche mit einem Gasofen und einem Kühlschrank ausstaffiert war, wollte keiner von uns noch mal weg. Wir beschlossen, das mitgebrachte kalte Huhn zu verzehren, und machten eine Flasche Wein auf.

Nachdem wir uns gestärkt hatten, liefen die Kinder ins Freie, und wir holten unser restliches Gepäck aus dem Wagen. Das ganze Haus war in tadellosem Zustand und mit allem Nötigen ausgestattet. Wir besichtigten unser Schlafzimmer: ein großes Doppelbett mit einem modernen Messingkopfteil, Wandschränke mit Schiebetüren, ein Tisch und zwei Lehnstühle.

„Ich bin höchst zufrieden", sagte ich. Es entsprach zwar nicht ganz meiner ursprünglichen Vorstellung von einem alten Bauernhaus, aber wir hatten nehmen müssen, was geboten wurde, und es gut getroffen.

„Es geht. Glaubst du, die Kinder werden genug Beschäftigung finden, um sich in den zwei Wochen nicht zu langweilen?" fragte Emma.

„Garantiert. Wart nur ab, bis sie hier so richtig warm geworden sind." Ich schwärmte davon, was ich alles vorhatte: Angeln im Fluß, vielleicht Entdeckungsfahrten im Kanu – falls man hier Boote mieten konnte –, Kletterpartien in den Bergen, um alte Burgruinen zu erforschen.

Sie wirkte beruhigt, und ich ging die Kinder holen. Aber während diese in ihren Zimmern beim Auspacken waren, sagte Emma leise: „Irgendwie ist es mir hier nicht geheuer."

„Was? Warum denn, um Himmels willen?"

„Ich weiß nicht. Ich hab so ein ungutes Gefühl."

„Liebling, steigere dich bitte in nichts hinein!" Ich wischte mir den Schweiß von der Stirn. „Wir sind durch die Hitze einfach alle total erledigt."

Mittlerweile war es elf Uhr und höchste Zeit, daß die Kinder zur Ruhe kamen. Martin hatte das Zimmer neben unserem bezogen, Susie den an die Garage angrenzenden Raum. Zwischen ihrem und Martins Quartier befand sich das Badezimmer. Wir brachten sie zu Bett, und als wir allein waren, schaute mich Emma sorgenvoll an.

„Sei nicht so nervös, Schatz", bat ich. „Du wirst sehen, es wird wunderschön. Wir brauchen dieses Zusammensein fernab von allem. Die Stille hier ist ideal. Gerade so weit weg werden wir uns besonders nahekommen." Ich schenkte uns den letzten Schluck Wein ein, dann gingen wir ins Schlafzimmer.

Die Luft war zum Ersticken. Das Dach strahlte noch immer die Hitze des Tages ab, und ich spürte, wie mir der Schweiß zwischen den Schulterblättern hinunterrann. Das heranziehende Gewitter kündigte sich bereits mit fernem Wetterleuchten an.

„Komm, gehen wir ins Bett", sagte ich. „Morgen haben wir eine Menge zu tun."

Wir kleideten uns aus und schlüpften, todmüde von der langen Fahrt, unter die Laken. Die Luft war unerträglich schwül. Die Fenster waren zwar offen, aber durch die Fliegengitter und die geschlossenen Läden schien kein Hauch hereinzudringen. Durch die Ritzen fiel das Licht der zuckenden Blitze.

„Ich mache die Läden auf", sagte ich.

„Nein! Bitte laß sie zu. Mir ist es so lieber." Hatte sie Angst, daß jemand hereinschauen könnte?

„Na gut." Wir lagen nebeneinander und lauschten dem Donnergrollen und dem Sturm, der über die Hügelketten brauste. Ich streckte die Hand aus, um sie beruhigend zu streicheln, aber als ich sie küssen wollte, speiste sie mich mit einem flüchtigen Schmatz ab.

Nicht heute abend, hieß das. „Ich bin zu nervös bei dieser schaurigen Stimmung."

„Was ist los?" fragte ich. „Gefällt es dir hier nicht?"

Sie zuckte nur die Achseln.

„Versuch zu schlafen, Liebste", flüsterte ich. „Morgen früh sieht alles anders aus."

Drei

DER Schrei riß mich um drei Uhr nachts hoch. Regen fiel auf das Dach und trommelte mich vollends wach. Die Fensterläden knarrten. Ich setzte mich auf.

„Emma!"

Aber Emma schlief den Schlaf der Erschöpfung. Sie regte sich zwar, wachte jedoch nicht auf. Auf jeden Fall war da draußen in der Nacht dieser Laut gewesen, ein Schrei wie der eines Tieres in Not. Ich hätte schwören mögen . . .

Ein weiterer greller Blitz und ein Donnerschlag folgten, während ich noch überlegte, was ich gehört haben könnte. Ich tastete nach der Bettkante und tappte zur Tür. Der Lichtschalter befand sich neben dem Türrahmen an der Wand.

Nichts. Das Unwetter mußte die Stromversorgung unterbrochen haben. Ich fluchte leise. Im Handschuhfach des Wagens lag eine Taschenlampe. Der Ford stand noch draußen, weil wir zu müde gewesen waren, ihn in die vollgestopfte Garage zu fahren. Es wunderte mich, daß die Kinder nicht aus Angst vor dem Donnergetöse zu uns stürzten, aber sie waren nach zwei Tagen Fahrt wahrscheinlich so erledigt, daß sie nichts mehr erschüttern konnte.

Verloren stand ich im Dunkeln. Die Luft hatte sich ein wenig abgekühlt. Ich fand die Türklinke und stolperte auf den Gang. Martins Zimmertür war offen, und ich glaubte, ihn im Bett liegen zu sehen. Vorsichtig tappte ich weiter. Der Schlüssel steckte noch im Schloß der Vordertür. Ich sperrte auf, um zum Auto zu laufen, doch als ich einen Schritt hinaustrat, fegte der Sturm einen Wasserschwall von der Dachrinne genau in meine Richtung. Die Ladung traf mich voll und durchweichte meinen Pyjama.

„Verdammt!" Ich schlug die Tür zu und trat, triefend naß und durch den Schreck weich in den Knien, den Rückzug an. Obwohl es stockfinster war, fand ich wieder ins Schlafzimmer.

„Jim? Wo bist du? Wo warst du denn?" fragte Emma verstört. War sie also doch endlich wach geworden.

„Da bin ich, Liebling. Draußen tobt ein furchtbares Gewitter."

Sie streckte die Hand aus und berührte mich. „Was ist passiert? Du bist ja ganz naß."

„Ich wollte die Taschenlampe holen", antwortete ich. „Wir haben keinen Strom – der Sturm muß die Leitung beschädigt haben."

„Was ist mit den Kindern?"

„Die schlafen."

„Bei einem solchen Gewitter? Bist du sicher?" Ein greller Blitz flammte auf und beleuchtete kurz ihr Gesicht. „Warum bist du ins Freie gegangen?"

„Bin ich gar nicht. Ich kam nur bis zur Tür." In dem Moment fiel es mir wieder ein. „Ich glaubte, ich hätte einen Schrei gehört."

Ich konnte Emma in der Dunkelheit nicht sehen, aber ich fühlte ihre Besorgnis.

„Jim – bitte sieh nach, ob mit den Kindern alles in Ordnung ist!" Ich spürte, wie sie zitterte.

„Hab ich schon gemacht. Als ich vorhin in Martins Zimmer schaute, hat er geschlafen wie ein Murmeltier."

Ihre Stimme bekam einen schrillen Unterton. „Bei Gewittern schläft er nie, das weißt du doch genau!"

Wieder ein ohrenbetäubender Donner, der alles erbeben ließ. Es klang nach Weltuntergang. Ein Feuerwerk von gegabelten Blitzen und noch heftigerer Regen.

„Geh schon!"

Ich zog meine nasse Pyjamajacke aus. Im Gegensatz zu Emma hatte ich kein ungutes Gefühl. Martin war jetzt zwölf und Susie zehn – ich hielt beide für alt genug, um sich nicht mehr vor nächtlichen Gewittern zu fürchten.

Emma war aufgestanden und tastete im Dunkeln nach mir. Sie zitterte noch. Hand in Hand tappten wir los.

Ein flammender Blitz zeigte uns die Tür. Auf dem Gang kannte ich mich schon aus, konnte mich an vorstehenden Schränken und den Bastmatten auf dem Fliesenboden orientieren. Die Türöffnung zu Martins Zimmer ahnten wir mehr, als daß wir sie sahen.

„Martin? Susie? Alles in Ordnung, Kinder?"

Stille. Ich hörte Emma atmen.

Ich tastete Martins Bett ab. Es war leer.

„Gehen wir zu Susie", drängte Emma.

Wie Blinde schlurften wir weiter. Die nächste Tür – das Badezimmer. Danach das Zimmer von Susie.

Die Tür war geschlossen. Deshalb konnten sie uns nicht hören! Sicher waren beide da drin. Verfluchte Finsternis! Endlich – die Klinke.

„Susie? Martin? Seid ihr da?"

Ich tastete mich zum Bett vor, ließ meine Hände über die Decke gleiten. Nichts. Zur Sicherheit noch einmal. Nein. Auch ihr Bett war leer.

„Verdammt! Bestimmt verstecken sie sich im Haus", sagte ich, während der erste Anflug von Panik in mir aufstieg.

„Wo, in Gottes Namen, sind sie denn nur?" Jetzt eilte Emma mir voraus, überprüfte die Küche, das Wohnzimmer, das Bad.

„Martin! Susie!"

Es war, als riefe man in einen Keller hinein.

„Susie? Martin? Los, Kinder, meldet euch! Wo seid ihr?" Mein Herz krampfte sich vor Angst zusammen.

„Jim!" schrie Emma verzweifelt. „Jim! Mein Gott! Sie sind nicht im Haus!"

„Sie müssen dasein, Emma! Ich bin sicher, sie verstecken sich nur. Vielleicht wollen sie uns einen Streich spielen."

Ein Donnerschlag, direkt über uns, wie eine gewaltige Explosion. Emma klammerte sich an meinen Arm. „Jim, ich hab solche Angst!"

Unsere Hände trafen sich, als wir beide das Bett absuchten, in das wir Susie vor wenigen Stunden gesteckt hatten. „Die Decke ist zurückgeschlagen und das Bettzeug kalt", sagte Emma langsam. „Sie ist also schon seit einiger Zeit nicht mehr da."

Krachend fiel ein Stuhl neben dem Bett um. Das zuckende Licht eines Blitzes drang durch die Spalten der Fensterläden, so daß ich für den Bruchteil einer Sekunde Emmas entsetztes Gesicht sehen konnte. „Jim! Alle ihre Sachen sind noch hier. Ich hab ihr Kleid."

Ich wandte mich zur Tür, um in Martins Zimmer zu gehen.

„Jim! Laß mich nicht allein! Ich bin halb verrückt vor Angst!"

Um den Donner zu übertönen, brüllte ich: „Verlier nicht die Nerven! Es muß eine Erklärung geben!"

Aber ein zwölfjähriger Junge und ein zehnjähriges Mädchen waren verschwunden. Es kann nicht sein, dachte ich. Es kann nicht ausgerechnet uns passieren. Wir lieben uns doch, wir sind eine Familie. Das Leben würde schön für uns alle sein.

Verzweifelt begannen wir, in der Dunkelheit nach ihnen zu rufen. Wir hatten nicht einmal eine Taschenlampe. Ich hätte sie holen können, aber Emma flehte mich an, bei ihr zu bleiben.

Ich erinnere mich, wie ich in der Küche die Läden öffnete und auf Blitze wartete. Kein Mond, nur samtiges, warmes Schwarz und gleichmäßig rauschender Regen. Ein merkwürdiges Gefühl, zu wissen, daß wir die einzigen Lebewesen weit und breit waren. Das Unwetter schien uns von der übrigen Welt abzuschneiden.

Emma begann zu schluchzen.

„Wir werden sie finden. Da muß doch irgendwo eine Kerze . . ." Vergeblich betätigte ich wieder die Lichtschalter und kam mir töricht dabei vor.

„Das Gas! Wenn du den Gasofen anzündest, haben wir Licht."

Endlich – die Streichhölzer! Ein Zischen, ein leises Plopp, und der Flammenring brannte. Wir schauten einander an wie Fremde.

„Sie sind noch vor dem Gewitter auf Erkundung gegangen und haben irgendwo Unterschlupf gesucht." Ich glaubte das selbst nicht, aber es drängte mich, etwas zu sagen.

„Sie sind nicht freiwillig fort. Sie sind entführt worden. Oder ermordet!"

„Was du da redest, ist der nackte Wahnsinn, Emma!"

„Nein, ist es nicht! Warum sind sie nicht hier?"

„Wenn ich das wüßte! Wenn ich das bloß wüßte!" Ich bemühte mich, meine Stimme ruhig klingen zu lassen. Lieber Gott, dachte ich, bitte beschütze sie. Sie sind alles, was wir haben. Wir lieben sie von ganzem Herzen. Hilf uns, wo immer du auch sein magst.

Emma schlang die Arme um mich. Sie zitterte am ganzen Körper. „Ruf die Polizei an!" verlangte sie.

„Wie denn?" Wir hatten kein eigenes Telefon und waren drei Kilometer von Chenoncey und dem nächsten Haus entfernt.

„Nimm den Wagen."

„Gut. Ich ziehe mich nur schnell an." Wir tappten zurück ins Schlafzimmer und suchten im Dunkeln nach Kleidungsstücken. Ich warf den nassen Pyjama in eine Ecke und zwängte mich in Hose, Hemd und Schuhe. Die Autoschlüssel in meiner Hand zu spüren hatte eine beruhigende Wirkung auf mich.

„Ich fahre jetzt ins Dorf. Dort gibt es sicher ein Telefon."

„Laß mich hier nicht allein!" kreischte sie.

„Dann komm mit."

„Aber einer von uns muß dableiben. Was ist, wenn die Kinder zurückkommen . . ." Die Stimme versagte ihr, und sie fing wieder an zu schluchzen.

Meine Uhr zeigte zwanzig Minuten nach drei. In zwei Stunden würde es hell sein. Ich beschloß, so lange zu warten.

Was macht man in einem fremden Haus in einem fremden Land bei Gewitter und ohne Licht, wenn man seine Kinder nicht findet?

Nicht im Traum hatten wir mit so einer Situation gerechnet oder uns je in einer auch nur annähernd so katastrophalen Lage befunden. Auf etwas Derartiges waren wir überhaupt nicht vorbereitet. Stumm klammerten wir uns aneinander. Der Regen trommelte auf die Dachziegel, während wir angestrengt lauschten. Bei jedem Knarren der Läden zuckten wir zusammen. Die Geräusche, die der Sturm verursachte, jagten uns Schauder über den Rücken. Die flackernden Blitze ließen Schatten von Ungeheuern auf den Wänden wachsen, grauenvolle, riesige Häupter, die sich aus der Nacht emporhoben.

„Ach, Jim!" stöhnte Emma. „Ich spüre ganz deutlich, daß etwas Böses hier lauert!"

„Nicht, Emma! Hör auf damit! Wir müssen einen kühlen Kopf bewahren." Ich rüttelte sie derb an den Schultern.

Sie starrte mich an. „Du bist hinausgegangen! Du bist hinausgegangen!" wiederholte sie in einem fort.

„Liebling, ich hab dir doch gesagt, daß ich es nicht bis zum Wagen geschafft habe. Ich bin noch auf der Türschwelle klatschnaß geworden."

Ich redete ihr zu, sich hinzusetzen, und füllte dann einen Topf mit Wasser. Irgendwie war das eine willkommene Ablenkung. Während wir warteten, daß es kochte, streichelte ich ihren Arm.

„Es wird alles gut, Schatz, es wird alles gut."

Langsam schlürften wir den Tee, als er fertig war. Der Donner klang leiser, die Blitze wirkten ferner, der Regen ließ nach. Die Gewitterfront zog hinaus aus dem Tal.

Vor Angst wie gelähmt, warteten wir darauf, daß die Nacht zu Ende ginge. Als Emma fröstelte, holte ich eine Decke für sie.

Wir waren daran gewöhnt, immer mit den Kindern zusammenzusein. Längere räumliche Trennungen hatte es nie gegeben. Bis die Arbeit mich zu verschlingen begann, war unsere Ehe gut gewesen. Wir hatten ein inniges Verhältnis und unsere gemeinsamen Freunde und Interessen gehabt. In Richmond gab es keine Gespenster. Warum war hier, in diesem gottverlassenen Tal, etwas schiefgelaufen? Allmählich begann ich es zu hassen.

Angenommen, sie lagen mit durchgeschnittenen Kehlen in einem Graben? Gefesselt, geknebelt, mißbraucht und danach ins Wasser geworfen? Mir schauderte bei dem Gedanken. Oder sie waren im Dunkel der Nacht entführt worden, um sie außer Landes zu schaffen – in einen arabischen Staat oder nach Südamerika, wo sie auf Nimmerwiedersehen verschwanden. Es gab schreckliche Geschichten über geraubte Kinder, von denen man nie mehr gehört hatte. O mein Gott!

Emma berührte meine Hand. „Schau! Es wird heller."

Ich stieß die Fensterläden weiter auf und spähte hinaus. In das letzte, kaum vernehmbare Donnergrollen mischte sich das Zwitschern eines Vogels.

„Es ist vorbei!"

Aber tief im Innersten wußte ich, daß es jetzt erst anfing. Den Schrei in der Nacht hatte ich nicht nur geträumt. Irgend jemand hatte sich ins Haus geschlichen und sie fortgeschleppt. Ein Unbekannter oder vielleicht auch mehrere. Und ich hatte sie hierhergebracht. Es war zum Heulen!

Mittlerweile regnete es nicht mehr. Ich lief zum Wagen und nahm die Taschenlampe aus dem Handschuhfach. Es war kurz vor halb fünf.

„Ich fahre jetzt los."

„Ich komme mit", erklärte Emma.

Wir ließen die Eingangstür offen und blieben unschlüssig neben dem Auto stehen. Kein Anzeichen eines Kampfes, keine Nachricht. Das Gatter war offen, wie am Vorabend, aber der Regen hatte sämtliche Reifenspuren verwaschen.

„Da! Da drüben liegt was auf dem Feld! Was ist das?" rief Emma.

Ich kniff die Augen zusammen und suchte mit dem Blick das Feld jenseits der Straße ab. Ungefähr in der Mitte lag ein schwarzer Klumpen.

Mit der Taschenlampe in der Hand überquerte ich die Straße. Vielleicht fand ich einen Hinweis. Oder es war eine schwarze Plastikhülle, unter der . . . Jeden meiner Schritte begleitete ein schmatzender Laut. Die Wiese war weich wie Morast. Die Rinder, deren Fell noch troff, glotzten mich an und trotteten davon.

Das schwarze Ding auf dem Feld lag reglos da wie ein versteinerter Fluch.

Es war eine tote Kuh. Ein Blitz hatte sie in den Schädel getroffen.

Vier

SO FRÜH am Morgen hatte das Dorf die verblichenen Farben einer Lithographie. Die graue Steinkirche an der Ecke, die Steinhäuser mit den geschlossenen Fensterläden, feucht glitzernde Ziegel, ein häßliches Gewirr von elektrischen Leitungen – alles wirkte blaß. Wir konnten sehen, daß hier und da Licht brannte. Es hatte also nicht überall Stromausfall gegeben. Das Lebensmittelgeschäft und die Bäckerei waren noch geschlossen.

Der Ort war wie ausgestorben. Nichts regte sich in den Häusern, als wir durch die hoch aufspritzenden Pfützen fuhren. Wir bewegten uns wie im Niemandsland. Zwei hier völlig unbekannte Menschen, die den Verlust ihrer hier völlig unbekannten Kinder melden wollten.

„Sie müssen hier irgendwo sein", sagte ich laut, um mir selbst Mut zu machen.

„Sie sind nicht auf eigene Faust weggelaufen, das weiß ich genau!" Emmas Mund war ein dünner Strich in einem Gesicht, so weiß und hart wie Marmor.

Um jeden Preis wollte ich die Gewißheit, daß sie noch lebten, egal, wo, denn dies war die Voraussetzung, daß wir hoffen durften. Ihr Bild verfolgte mich: Susie, brünett und pausbäckig, immer freundlich, unsere brave, vernünftige Tochter. Martin, computer- und sportbegeistert und ständig unfallgefährdet. Bei ihm mußte man immerzu damit rechnen, daß er mit aufgeschürften Knien heimkam oder daß ihm ein halber Vorderzahn fehlte. O Gott, bitte laß es nicht zu, tu mir das nicht an. Gib mir ein Zeichen, einen winzigen Anhaltspunkt.

„Und was jetzt?" fragte ich.

„Zur Gendarmerie."

„Liebes, in einem solchen Kaff läßt sich bestimmt nicht einmal ein einzelner Gendarm auftreiben."

„Dann fahren wir in die nächste Stadt. Bis Sainte-Maxime-le-Grand sind es nur fünfzehn Kilometer."

„Na gut, na gut."

„Und was ist, wenn sie zurückkommen?" fragte Emma plötzlich. „Für den Fall, daß sie wiederauftauchen, muß doch jemand im Haus sein."

„Wir können umdrehen, und ich bleib im Haus", schlug ich vor, um sie zu beruhigen. „Dann fährst du nach Sainte-Maxime zur Gendarmerie. Du kannst ohnehin alles viel besser erklären und die Vermißtenanzeige machen."

Sie schüttelte den Kopf. „Ich kann nicht weg, solange es

noch . . . eine Chance gibt. Du fährst, und ich bleibe im Haus."

„Emma, mit meinem miesen Französisch komme ich nicht durch!"

„Aber selbstverständlich. Dann erklär es ihnen eben auf englisch. Einen Mann werden sie ernster nehmen. Fahr schon", drängte sie. „Aber ich flehe dich an, komm so schnell zurück, wie du kannst."

Mit quietschenden Reifen wendete ich und gab Gas.

Kurz darauf tauchte das Haus hinter den Hecken auf, adrett und einladend mit dem roten Dach, der von Bougainvillea umrahmten Tür und den weißen Stühlen auf der Terrasse. Unser Ferienhaus. Je näher wir kamen, desto stärker wurde unsere letzte, verzweifelte Hoffnung, daß sie uns vielleicht schon erwarteten und sich kichernd darüber freuten, uns einen so herrlich schlimmen Streich gespielt zu haben. Aber das Haus war wie ausgestorben.

Ich begleitete Emma hinein, trug ihr auf, sich Frühstück zu machen und die Türen abzusperren. Ihr Blick hing an meinem Gesicht, bis ich zum Wagen ging.

ALS ich durch das verlassene Dorf fuhr, begann es wieder zu regnen, aber diesmal nur wenig. Ich folgte dem Wegweiser und bog in die Straße nach Sainte-Maxime ein. In zehn Minuten konnte ich dort sein.

Für Emma und mich waren die Kinder der Mittelpunkt unseres Lebens. Emma war eine wunderbare, hingebungsvolle Mutter, und ich verstand nur zu gut, was sie jetzt durchmachte. Sie befürchtete das Schlimmste. Ich versuchte, mir andere Erklärungen auszudenken. Vielleicht hatte pure Abenteuerlust sie hinausgetrieben, vielleicht ahnten wir nicht, daß sie schlafwandelten, oder sie hatten Verstecken gespielt, sich dabei verirrt und sich schließlich irgendwo schlafen gelegt. Aber das schien mir alles an den Haaren herbeigezogen. Die Kinder waren drei Stunden oder noch länger während des gräßlichen Gewitters fort gewesen. Mußte man da nicht das Schlimmste annehmen?

Die Straße wand sich bergab und verengte sich vor einer Brücke, wo sich der Verkehr staute. Sainte-Maxime. Auf halber Höhe des Hügels flatterte eine Trikolore von einer Stange, und auf einem in Blau, Weiß und Rot gehaltenen Schild stand GENDARMERIE. Ich merkte, daß meine Hände zitterten und mir das Hemd am Rücken klebte.

Ein Gendarm am Tor winkte mich in den Hof. Ich sprang aus dem Wagen und rannte die Stufen zu dem Gebäude hinauf, das ganz nach einem ehemaligen Herrenhaus aussah. Durch eine graue Flügeltür gelangte ich in eine Halle, wo ein Mann in mittleren Jahren in Hemdsärmeln hinter einem Empfangstisch saß und Kaffee trank. Überrascht blickte er hoch, als ich in gebrochenem Französisch mein Anliegen vortrug.

„*Je ne pas trouver mes enfants. Comprenez?* Sie sind verschwunden. *Disparu. Deux enfants*. Verstehen Sie denn nicht, um Gottes willen? Sie könnten in großer Gefahr sein. Gekidnappt."

„Ich verstehe", antwortete er auf englisch. „Wenn sie verschwunden sind, werden wir eine Suchaktion veranlassen müssen."

„Ich möchte, daß sie sofort gesucht werden! Jeder Augenblick zählt!"

Ob er mir Kaffee anbieten könne? Ich müsse warten.

Was sollte ich tun, zum Teufel? Für ihn war diese Vermißtenmeldung lediglich Routine. Protestieren war zwecklos. Er zwang mich, Platz zu nehmen und zu warten. Er würde den Hauptkommissar anrufen, sobald es möglich war, das hieß, in etwa einer Stunde. Der Hauptkommissar habe eine anstrengende Nacht gehabt, fügte er hinzu.

Inzwischen befand ich mich in einem Zustand hochgradiger Erregung. Ich wollte zurück zu Emma, denn ich hatte die grauenvolle Zwangsvorstellung, sie könnte mittlerweile auch verschwinden. So erklärte ich dem Beamten kurz, ich käme bald wieder, rannte zum Wagen und schaffte es in zwölf Minuten bis zu unserem Ferienhaus.

Emma hockte in T-Shirt und Jogginghose vor dem Eingang. Kaum erspähte sie mich, lief sie auf mich zu. „Keine Spur von ihnen!"

Ich beschrieb ihr die Szene auf der Gendarmerie. Betend hielten wir uns an den Händen, verfolgt von schrecklichen Bildern – unsere Kinder erwürgt oder erschossen. Unmöglich! Ein solches Schicksal konnte einfach nicht für sie bestimmt sein, für unsere Kleinen, die wir in den Armen gewiegt, die wir huckepack getragen und mit denen wir in den Wäldern von Surrey Verstecken gespielt hatten.

„Liebling, komm mit und hilf mir, diesen verblödeten Dorfpolizisten begreiflich zu machen, worum es geht. Schreib den Kindern eine Nachricht für den Fall, daß sie auftauchen. Wir müssen sehen, daß wir Hilfe kriegen."

Diesmal stimmte sie zu. Gemeinsam fuhren wir zur Gendarmerie zurück.

Während rund um uns alles zum Leben erwachte, war uns sterbenselend zumute. Ich warf einen Blick auf Emma. Ihr Gesicht wirkte eingefallen. Welchen Stellenwert hatte unsere Ehe jetzt? Vielleicht liebten wir die Kinder mehr, als wir beide einander brauchten. Aus Angst vor dem, was wir aussprechen könnten, blieben wir stumm.

In dem Café am Platz in Sainte-Maxime bestellte ich Kaffee und Cognac, während wir warteten, daß die Gendarmerie Hilfe zusammentrommelte. Man hatte uns gebeten, um acht wiederzukommen. Der diensthabende Gendarm hatte mir versichert, daß alles Nötige bereits in die Wege geleitet sei. Das Gebiet würde abgeriegelt werden und die Suche beginnen. Hauptkommissar le Brève von der Kriminalpolizei in Pontauban würde persönlich kommen, um die Suchaktion zu leiten.

Unfähig, einen Bissen hinunterzubringen, zerkrümelten wir unsere Croissants. Emma zitterte vor Übermüdung, ich hingegen fühlte mich etwas besser.

Hand in Hand betraten wir schließlich die Gendarmerie und wurden in eines der Wachzimmer geführt. Eine Tür mit Milchglasscheibe, die üblichen Büromöbel, ein paar Aktenschränke, eine Karte des Verwaltungsbezirks in großem Maßstab. Rechts der Punkt, wo sich unser Haus befand, mit einem Fähnchen gekennzeichnet.

Endlich war es acht. Aber es vergingen noch siebenundzwanzig Minuten, bis wir draußen einen Wagen mit quietschenden Bremsen halten hörten. Schritte erklangen im Korridor, dann gedämpfte Stimmen und eine knappe Anweisung. Schließlich wurde die Tür geöffnet und Hauptkommissar Maurice le Brève angekündigt.

Er fegte herein – klein, leichtfüßig, grauer Haarschopf, grauer Anzug, Augen wie die Knöpfe an alten Polsterstühlen. Ein lebhaft gestreiftes Hemd mit weißem Kragen und weißen Manschetten, ein kleiner, gepflegter Schnurrbart in einem runden Gesicht. Hauptkommissar le Brève war schwarz.

Der dunkelhäutige Beamte machte einen sehr selbstbewußten Eindruck, als er mit ausgestreckter Hand auf uns zutrat und auf englisch sagte: „Werte Dame, werter Herr, ich bin zutiefst betroffen. Was Sie zu uns führt, ist ein höchst ungewöhnlicher Vorfall."

Wir nickten, angenehm berührt von seinem Mitgefühl. Er brachte die Höflichkeitsfloskeln schnell hinter sich und stellte uns dann sofort eine Reihe von Fragen, die darauf abzielten, die Ereignisse der Nacht chronologisch aufzurollen.

„Ich verspreche Ihnen, wir werden sie finden", erklärte er anschließend. „Ich kenne dieses Gebiet. Ich habe mein ganzes Leben hier verbracht."

Emma war den Tränen nahe. „Sie müssen sie finden, Sie müssen!" jammerte sie.

„Madame, haben Sie Vertrauen. Ihre Kinder zu finden ist meine Pflicht. Bitte folgen Sie mir!"

Er führte uns in den Hof, wo sein Wagen, ein hellblauer Citroën, stand, und im Konvoi fuhren wir zu unserem Ferienhaus.

Wieder keimte kurz die verzweifelte Hoffnung in uns auf, die Kinder könnten uns bereits erwarten, doch wieder wurden wir enttäuscht.

Le Brèves scharfer Blick glitt über die Felder. Wir sahen ein paar Männer Seile um die tote Kuh schlingen, um sie zum Abtransport auf einen Traktoranhänger zu ziehen. Er winkte ihnen. „Es läuft schon alles", sagte er.

„Was läuft?" fragte ich. „Was unternehmen Sie überhaupt?"

Er schaute mich kühl an. „Ich habe das Gebiet absperren lassen. Wir durchkämmen es systematisch – jedes Haus, jede Scheune. Wir werden sie finden!"

Der Hauptkommissar stolzierte davon, um Befehle zu erteilen. Dann kehrte er zurück und erkundigte sich nach Emmas Befinden.

Ihre Stimme klang verängstigt. „Bitte, sagen Sie mir die Wahrheit! Was, glauben Sie, ist passiert?"

„Passiert?" Sein Blick schweifte über die Felder. „Wer kann das wissen, Madame? In Frankreich ereignet sich so manches Unvorhergesehene. Meine Aufgabe ist es, Verbrechen aufzuklären."

Le Brève gab Anweisung, das Haus zu durchsuchen, und winkte mich dann zu sich. „Monsieur, bitte kommen Sie mit hinein. Allein."

Eine Stunde lang nahm er mich in die Zange. Beamte in Zivil marschierten durchs Haus, fotografierten und vermaßen alles, während ich mit le Brève in der Küche saß.

„Also. Ihre Frau sagte, Sie hätten ein Geräusch gehört?"

Ich erzählte ihm von dem Schrei, den ich zu hören geglaubt hatte, und meinem Versuch, die Taschenlampe zu holen.

„Demnach gingen Sie ins Freie?"

„Nein. Es goß ja in Strömen."

„Ah. Was war das für ein Schrei?" bohrte er nach.

Ich hatte schon selbst darüber nachgedacht, aber je mehr ich versuchte, mir den Laut zu vergegenwärtigen, desto unsicherer wurde ich. „Das kann ich nicht genau beschreiben. Es hätte ein Tier sein können, vielleicht war es aber auch nur Einbildung."

Le Brève musterte mich so skeptisch, als würde ich lügen. Man hatte ihm meinen nassen Pyjama gebracht. „Warum sind diese Sachen feucht?"

„Ich sagte Ihnen ja schon, ich wollte hinausgehen."

„Aber Sie haben behauptet, Sie hätten das nicht getan."

„Ein Schauer hat mich erwischt, als ich die Tür öffnete."

Er wechselte das Thema. Ganz glaubte er mir offenbar nicht. „Nun gut. Sie haben also die Vordertür abgesperrt, bevor Sie zu Bett gingen? Und an der Küchentür den Riegel vorgeschoben – obwohl das Haus mitten in der Einöde steht?"

„Jawohl." Ich hatte es automatisch gemacht. Aus Gewohnheit.

„Und was war mit der Garage?"

Die Garage? Ich hatte unseren Wagen im Freien stehenlassen. Die Garage war voll mit Gerümpel. Nicht einmal das Tor hatte ich geöffnet. Le Brève zeigte mir triumphierend, daß es gar nicht möglich war, das Tor abzuschließen. Es hatte nämlich kein Schloß.

„Sehen Sie? Hier hätten die Kinder hinausgelangen können, nicht wahr?"

„Hinaus? Wohin?"

„Ah! Das ist hier die Frage, wie Ihr Shakespeare sagt."

Er begann einen Rundgang durchs Haus, bei dem er sich Zimmer für Zimmer vornahm, um jeden einzelnen Gegenstand zu identifizieren. „Gehört das Ihnen?" Er hielt Susies Stoffhund hoch.

„Meiner Tochter. Sie nennt ihn Schokohundi."

Prüfend betrachtete er das heißgeliebte und von der Reise verschmuddelte Spielzeug. „Sie hätte es also mitgenommen, wenn es ihr möglich gewesen wäre?"

„Bestimmt!"

„Ich verstehe." Behutsam legte er das Stofftier auf den kleinen Nachttisch und wandte sich mir zur. Seine dunklen Augen glitzerten. „Sie sagten, Sie hatten überhaupt kein Licht?"

„Richtig. Der Strom ist ausgefallen. Wir haben noch immer keinen, wie Sie sehen können."

Le Brève lächelte dünn. „In der Garage befindet sich ein – wie nennen Sie es doch gleich – ein Schalter, der die Stromzufuhr unterbricht. Vielleicht war durch das Gewitter eine Überspannung im Netz."

„Ein Fehlerspannungsschutzschalter?"

„Genau. Oder er wurde einfach betätigt – vielleicht sogar von Ihnen."

„Hören Sie", brauste ich auf. „Ich habe Ihnen die Wahrheit gesagt!"

„Folgen Sie mir bitte!"

Er führte mich zu dem Sicherungskasten, der sich ziemlich weit oben in einer Ecke befand, und bekundete Überraschung, daß ich als Architekt ihn nicht gleich bemerkt hatte. Während er die Anlage prüfend musterte, kratzte er sich am Kopf. „Dieser Schalter ist nicht angerührt worden?"

„Nein, zum Teufel! Ich sehe ihn jetzt zum ersten Mal."

Er stellte ihn wieder auf „an", und die Garagenbeleuchtung flammte auf.

„Sind Sie sicher, daß Sie nicht damit herumgespielt haben?"

Ich konnte meine Wut nicht verbergen. „Herr Kommissar, ich habe diesen Raum gar nicht betreten. Ich wollte lediglich wieder Licht haben, denn ich konnte ja nicht mal mehr die Hand vor Augen sehen."

Er zuckte die Achseln. Im Flur zog er mich so nah zu sich, daß ich seinen Atem roch. „Sie sind Amerikaner, und Ihre Frau ist Engländerin?"

Ich nickte.

„Ich frage Sie frei heraus, Monsieur: Sie hatten keinen Streit mit ihr?“

„Nein“, hörte ich mich sagen. „Ich liebe sie!“

Wieder zögerte le Brève kurz, als hege er gewisse Zweifel. „Na schön“, meinte er dann und kniff die Lippen zusammen.

Die Polizisten hatten Emma überredet, sich hinzulegen. Le Brève beorderte einen Streifenwagen vor den Hauseingang, ließ den zweiten ein Stück weiter oben auf der Straße nach Chenoncey Stellung beziehen und schob mich in seinen blauen Citroën, den ein Chauffeur fuhr. Ein schmaler Weg zweigte von der Straße ab und führte an dem Feld gegenüber entlang, von dem man die tote Kuh mittlerweile weggeschafft hatte. Der Citroën bog dort ein und holperte über den unebenen Weg, bis wir vor einem Stacheldrahtzaun halten mußten. Dahinter lag, still und dunkel, der Waldgürtel, den Emma und ich bei unserer Ankunft von fern gesehen hatten. Le Brève stieg aus, knallte die Tür zu und befahl dem Fahrer zu warten.

Wir öffneten ein primitives Gatter und gingen in den Wald. Von den Blättern der großen Bäume tropfte noch Regenwasser.

Mir rieselte es kalt über den Rücken. Warum brachte er mich hierher? Vielleicht waren Martin und Susie hier verscharrt gefunden worden, und le Brève wollte, daß ich die Leichen . . .

Als könne er meine angsterfüllten Gedanken lesen, berührte er flüchtig meinen Arm. Allmählich wurden mir seine kleinen flatterigen Gesten schon vertraut.

„Ich möchte Ihnen nur etwas zeigen!“

Mit schnellen, kurzen Schritten eilte er mir voraus und stieß die Brombeerranken beiseite, die einen kaum erkennbaren Pfad überwucherten. Ich tappte hinter ihm her und schickte dabei stumme Stoßgebete zum Himmel. Sie mußten einfach noch am Leben sein! Man durfte die Hoffnung nicht aufgeben.

Le Brève drehte sich zu mir um. Wir hatten den Rand einer Lichtung erreicht, auf der sich ein mit Unkraut bewachsener Hügel erhob – offenbar die Reste eines alten Gemäuers oder Baumstümpfe; was es genau war, ließ sich unter dem Dornengestrüpp nicht erkennen.

Er zog ein Päckchen Gauloises heraus, und während er mir eine Zigarette anbot, musterte er mit seinem scharfen Blick prüfend

mein Gesicht. Ich lehnte wortlos ab und bemühte mich, Fassung zu bewahren. Er zündete sich eine an und warf das Streichholz weg.

„Monsieur, dieser Teil der Erde ist voller Geheimnisse", murmelte er. „Unaufgeklärte Verbrechen, unerwartete Todesfälle –"

„Todesfälle –" Ich zwang mich zu überlegen, was er damit andeuten wollte. Meine Kinder, die noch vor acht oder neun Stunden sicher in ihren Betten gelegen hatten . . . „Unmöglich – warum sollte jemand meinen Kindern etwas antun?" *Nicht meinen, bitte, nicht meinen!*

Wieder eine flatterige Bewegung. „Warum sollten sie verschwinden?" Er hüpfte auf einen modernden Baumstumpf und beantwortete die Frage selbst. „Es liegt an uns, das herauszufinden." Die Zigarette in seiner Hand glühte wie ein Zauberstab. „Andauernd verschwinden Menschen – in Frankreich." Er legte eine besondere Betonung auf das Wort, als bestünde da ein riesiger Unterschied im Vergleich zu England oder den Staaten . . .

Ganz krank vor Angst schrie ich ihn an: „Was macht Sie so sicher, daß sie tot sind?"

„*Ich* behaupte das ja nicht, Monsieur. *Sie* denken das. Aber es sind hier schon einmal Leichen gefunden worden . . . Wußten Sie das?"

Woher sollte ich das wissen? Er zeigte weiter auf den kleinen Hügel. Die Bäume drum herum kamen mir wie eine Gefängnismauer vor.

„Hören Sie auf, Ihr Spiel mit mir zu treiben, Herr Kommissar! Was ist hier geschehen?"

Die Welt um uns herum schien den Atem anzuhalten. Überdeutlich nahm ich jedes kleinste Geräusch in der Stille wahr.

Le Brève sprang von dem Baumstumpf herunter und wirbelte herum, wies mit ausgestrecktem Arm auf die Lichtung. „Es waren zwei Leichen. Zwei Kinder", sagte er.

„O mein Gott! Wann?" Meine vor Entsetzen schrille Stimme hallte aus dem Wald wider. Er sprach doch nicht etwa von meinen Kindern?

„Vor siebenunddreißig Jahren. Fast auf den Tag genau."

„Wer waren sie?" fragte ich.

„Das ist streng vertraulich und hat mit Ihnen nichts zu tun."

Ich war wie betäubt. „Was wollen Sie mir zu verstehen geben? Soll das heißen . . .?" Was meinte er, was bezweckte er mit dem Gerede?

„Ich sage nur, daß es rätselhafte Ereignisse gibt, Monsieur." Er nahm den letzten Zug aus seiner Zigarette, warf den Stummel auf die Erde und trat ihn mit dem Absatz aus. „Letzten Endes begreift vielleicht niemand, warum Menschen gewisse Dinge tun. Schreckliche Dinge."

„Was begreift niemand? Um Gottes willen, was ist hier denn passiert?"

Er verbeugte sich leicht, fast ironisch. Seine Stimme klang kühl. „Ich habe hier zwei Leichen gefunden – vor siebenunddreißig Jahren."

Vor siebenunddreißig Jahren. Er mußte damals Anfang Zwanzig gewesen sein. Ich schätzte ihn auf sechzig, obwohl sein Alter schwer zu erraten war. Seine Haut war glatt und faltenlos. Hatte er vor so langer Zeit schon in dieser Gegend Dienst getan?

Er erriet meine Gedanken und nickte. „Wir Franzosen sind ein bodenständiges Volk. Wir hängen an der uns vertrauten Umgebung."

Trotz der Sonnenstrahlen, die durch das Laub fielen, war mir kalt. Seine Miene war undurchdringlich, weder freundlich noch feindselig. Völlig sachlich konfrontierte er mich mit der Tatsache, daß er in diesen Wäldern schon einmal zwei Tote gefunden hatte. Und das in dem Bewußtsein, daß meine beiden Kinder vermißt wurden.

Fünf

VON da an bestimmte die einmal in Gang gesetzte Behördenmaschinerie unser Leben. Emma schlief die meiste Zeit unter der Wirkung von Beruhigungsmitteln, während ich zwischen dem Haus, Sainte-Maxime und Pontauban hin- und herpendelte, als die Suche ausgedehnt wurde. Unter le Brèves Kommando schwärmten Gendarmen auf den Straßen aus und überprüften jeden Wagen. Le Brèves Vorgesetzter hatte ihm, wie er mir erklärte, den Fall übertragen, daher würde er die Untersuchung persönlich leiten.

Susies Stoffhund saß verloren auf ihrem Schrank in dem leeren Schlafzimmer, und Emma brach jedesmal zusammen, wenn sie ihn sah. Mit ihren verweinten Augen blickte sie mich an, manchmal hoffnungsvoll, manchmal in stummer Verzweiflung . . . und manchmal so, als würde sie mich hassen.

Ich stand eindeutig unter Verdacht. Ich hatte die Kinder als letzter gesehen, mein Pyjama war naß gewesen, und ich hätte das Haus nachts verlassen können. War dieser Urlaub nicht auf meine Initiative zurückzuführen, hatte nicht ich sie hergefahren und ihnen an jenem Abend eine – vielleicht endgültige – gute Nacht gewünscht?

Emmas verquollenes Gesicht schien mich anzuklagen. „Du bist an allem schuld", sagte sie einmal. „Du hast diesen verfluchten Urlaub gewollt – in diesem verfluchten Land."

Ich versuchte, ihr vernünftig zuzureden. „Schatz, ich habe das dir zuliebe –"

„Sag nicht Schatz zu mir!" fuhr sie mich an.

Le Brève brachte mich an diesem Tag nach Pontauban. Während der Fahrt war ich wie blind vor Verzweiflung. Das Verhör wurde intensiver. Was fühlte ich für Martin und Susie? War es denkbar, daß sie hatten fortlaufen wollen? Kannten wir jemanden, der sich für sie interessierte?

Nein, erklärte ich ihm. Nein, nein, nein.

Le Brève saß mir gegenüber und befragte mich, zwar höflich wie immer, aber nie ohne diesen gewissen Argwohn, den ich deutlich in seinen Augen las, wenn er mich über seine goldgefaßte Brille hinweg ansah. „Warum haben Sie diese Gegend ausgesucht? Warum Chenoncey?"

„Wir wollten Frieden und Ruhe. Das Haus war kurzfristig zu mieten. Ich stand unter großem beruflichem Streß und brauchte Erholung."

Ich überlegte, ob ich Bob anrufen und ihm alles erzählen sollte. Die britische Botschaft? Emmas Eltern? Doch ich unternahm nichts dergleichen und fühlte mich so hilflos wie ein Tier in der Falle. Mein Selbstvertrauen, meine Hoffnung – alles war wie weggefegt, als le Brève und ich stundenlang Punkt für Punkt durchkauten.

Unter den fremden Gesichtern im Kommissariat in Pontauban

war jetzt noch ein anderer Kommissar. Ein dunkelhaariger Mann mit leiser Stimme, der mir sagte, er habe auch Familie. Kommissar Clerrard.

„Ich verstehe, wie Ihnen zumute ist, Monsieur."

Die Jalousien in dem Raum, in dem wir saßen, waren als Schutz vor der Hitze heruntergelassen. Irgendwo draußen überschrien die Straßenhändler den Verkehrslärm. Doch drinnen war es trotzdem so still, daß man die Uhr ticken hörte.

„Wir müssen alle Möglichkeiten in Betracht ziehen", sagte er in sorgfältig gewähltem Englisch.

Diese Tage waren die reine Hölle. Für Emma war es sogar noch schlimmer, denn sie blieb allein im Haus, vor dem ein Gendarm postiert war, als stünde sie unter Arrest. Der Polizeiarzt setzte sie unter Valium, doch selbst das half kaum. In drei langen Nächten schreckte sie immer wieder weinend neben mir im Bett auf, bis er ihr schließlich eine so starke Dosis verabreichte, daß sie starr wie eine Statue neben mir lag.

Tag für Tag warteten wir, hofften wir. Tag für Tag hieß es, es gebe keine Neuigkeiten – noch nicht. Und dann nahm mich entweder le Brève oder Clerrard wieder ins Verhör, stellte Fragen über meine Arbeit, meine Gewohnheiten, wollte wissen, wie lange Emma und ich verheiratet seien, ob wir eine gute Ehe führten, ob unsere Beziehung beständig sei. Während sie auf der Suche nach einem Motiv in meinem Privatleben wühlten, verzweifelte ich an ihnen. Mißtrauische Scheu, Verachtung und Angst – sie konnten mir von den Augen ablesen, was in mir vorging.

Schließlich rief ich doch Bob Dorcas an und erklärte ihm die Situation.

„Bleib so lange wie nötig", sagte er. Ich beschloß, Emmas Eltern nicht zu informieren. Da noch alles ungewiß war, hatte es keinen Sinn, sie zu beunruhigen. Noch dazu hörte der allgegenwärtige le Brève jedes Wort mit.

Ich schaute ihn nicht gerade freundlich über den Tisch hinweg an. „Herr Kommissar, ich habe einen Freund in London. Er ist Anwalt. John Simpson. Ich möchte ihn verständigen."

„Natürlich, Monsieur. Warum nicht?" Er deutete einladend auf das Telefon und beobachtete mich dabei über den Rand seiner Lesebrille. „Sprechen Sie, mit wem Sie wollen!"

Mir war nicht klar, was ich eigentlich sagen sollte, und es dauerte eine Ewigkeit, bis ich durchkam. Als es mir endlich gelungen war, riet mir Simpson: „Unterschreib keine Aussage, ohne sie mir vorher zu faxen."

Aussage? Wovon redete er – von einem Strafprozeß?

„Arbeite einfach mit der Polizei zusammen. Ich kann von hier aus nicht viel tun, aber falls notwendig, komme ich. Hast du die britische Botschaft in Paris kontaktiert? Sie müssen dort Bescheid wissen. Die Kinder sind britische Staatsangehörige. Wir haben einen Generalkonsul in Lyon, aber ich empfehle dir, in Paris anzurufen."

Noch ein Telefonat. Eine weitere Geduldsprobe. Quälend langsam verstreichende Zeit, bis ein Grünschnabel mich aus Paris zurückrief. Namen. Altersangaben. Adressen. Wieder ließ ich die ganze Prozedur über mich ergehen, damit sich ein hochnäsiger dritter Sekretär Notizen machen konnte, dessen blasierter Tonfall zu verstehen gab, daß ihn meine Mitteilung weiß Gott nicht vom Stuhl riß. Genausogut hätte er sagen können: Na und? Wir kriegen ständig Meldungen, daß Aussteiger, Drogensüchtige, Studenten von der Bildfläche verschwunden sind. Das ist mein tägliches Brot. Soll mich das erschüttern? Natürlich versicherte er mir: „Wir bedauern das unendlich, und ich verstehe Ihre Besorgnis, Mr. Freeling. Ich bin sicher, auch Seine Exzellenz der Botschafter wird sie teilen. Aber die französische Polizei ist sehr kompetent. Vertrauen Sie auf ihre Fähigkeiten. Haben Sie Ihren Anwalt benachrichtigt?"

„Ja!" brüllte ich. „Und er hat mir geraten, mich an Sie zu wenden!"

„Prächtig. Bestens. Tut mir leid, daß wir so wenig für Sie tun können. Halten Sie uns bitte auf dem laufenden."

BEI jeder unserer Sitzungen brachte le Brève wieder zur Sprache, daß ich die Taschenlampe hatte holen wollen.

„Warum haben Sie versucht, mitten im Gewitter ins Freie zu gehen?"

„Hören Sie. Das habe ich Ihnen doch schon alles erklärt. Wir brauchten Licht. Ich hatte keine Ahnung von dem Schalter in der Garage. Wir waren ja gerade erst angekommen."

„Warum haben Sie den Wagen nicht untergestellt?"

„Weil wir müde waren und die Garage vorher hätten ausräumen müssen. Da waren Tische und Stühle gestapelt, und ein Rasenmäher stand auch drin."

„Hm. Sie sind also in der Nacht aufgewacht?"

„Es hat heftig geblitzt und gedonnert. Und ich dachte, ich hätte einen Schrei gehört."

„Aber nicht den Schrei eines Menschen? Nicht den eines Ihrer Kinder?"

„Jetzt bin ich nicht mehr so sicher. Damals kam es mir nicht wie ein menschlicher Laut vor. Er schien von draußen zu kommen, und ich assoziierte ihn mit einem Fuchs oder einem gefangenen Tier."

„Hm. Aber Ihre Frau wurde dadurch nicht geweckt? Nur Sie. Ist das nicht seltsam?"

„Nein. Emma hat tief geschlafen."

„Ich verstehe. Danke."

Du Idiot, dachte ich. Tag um Tag dieselbe Hilflosigkeit.

AM FÜNFTEN Tag sagte Clerrard: „Vielleicht sollten Sie nach England zurückkehren und dort abwarten. Wir verständigen Sie, sowie wir eine Information haben . . ."

Ich schüttelte den Kopf. „O nein, ich bleibe an Ort und Stelle, bis sich etwas Neues ergibt."

Er seufzte. „Das kann dauern."

„Egal, wir warten trotzdem. Wir haben das Haus für zwei Wochen gemietet."

„Und Ihre beruflichen Interessen? Ihre Arbeit?"

Meine Arbeit spielte jetzt keine Rolle. „Das ist mir gleich. Das einzig Wichtige für mich ist, sie zu finden."

Sein blasses Gesicht nahm einen verdrießlichen Ausdruck an. „Vielleicht ist das nicht möglich. In einem Land von der Größe Frankreichs . . . Eine Tramperin wurde in der Nähe von Albi gefunden – letztes Jahr. Wir wissen noch immer nicht, wer . . ."

„Und es wurden auch schon mal zwei Kinder gefunden", sagte ich.

Clerrard hatte, wie er so in Hemdsärmeln und mit traurigem Blick vor mir an dem Plastiktisch saß, etwas von einem wohlmeinenden Rechtsbeistand oder einem besorgten Hausarzt an sich. Nun runzelte er verwirrt die Stirn. „Ich kann Ihnen nicht folgen."

Ich berichtete ihm von dem kleinen Ausflug mit le Brève in die Wälder.

„Ah, das ist aber schon lange her. Das war noch vor meiner Zeit", sagte er.

„Le Brève hat sich aber sofort daran erinnert."

„Ja, er hat ein gutes Gedächtnis. Er ist in dieser Gegend geboren. Sein Vater, heißt es, stammt aus Senegal und war Chirurg. Seine Mutter kam aus Toulouse."

„Dann ist le Brève seit fast vierzig Jahren hier bei der Gendarmerie?" fragte ich neugierig.

„Ich glaube schon. In diesem Bezirk ist er der Dienstälteste. Sie müssen ihm vertrauen. Er ist ein guter Polizist. Und er kennt das Gebiet hier wie seine Westentasche."

Mir wurde klar, daß sie ihre routinemäßigen Ermittlungen durchführen, alle Angaben überprüfen, die Gegend noch ein paar Tage absuchen und die ganze Affäre dann als weiteren ungelösten Fall zu den Akten legen würden. Täter unbekannt. Ich schaute Clerrard an, las in seiner Miene die Bestätigung dessen, was ich dachte, und fühlte mich jämmerlich.

„Sie brauchen Schlaf", sagte er mitfühlend.

Ich schaffte es zu nicken. Ich mußte hier raus und nachdenken.

ICH beschloß, mich an die Presse zu wenden. Falls überhaupt etwas zu erreichen war, mußte ich dafür sorgen, daß die Lokalzeitungen an der Geschichte dranblieben und daß sich jemand meldete, der eine Beobachtung gemacht hatte.

Spitzenreiter unter den regionalen Käseblättern war das *Sud Journal-Express*. Die Redaktion befand sich in einem Betonklotz nahe dem Zentrum von Pontauban. Ich betrat das Gebäude durch eine grüne Tür.

Eine Empfangsdame saß an einem Schreibtisch mit zwei Telefonen. An einer Pinnwand neben ihrem Tisch entdeckte ich Fotos von aktuellen Ereignissen: Hochzeiten, Abendgesellschaften, Feste, Landwirtschaftsmessen, Schwimmwettkämpfe, Veteranentreffen. Eine Aufnahme zeigte ein Haus auf einem freien Feld. Ich traute meinen Augen nicht. Es war unser Ferienhaus, das widerwärtige

Ding in der Nähe der Wälder – jener Wälder, wo vor vielen Jahren etwas Furchtbares geschehen war.

Als die Frau mich fragte, was ich wünschte, zeigte ich auf die Fotografie und versuchte, ihr zu erklären, daß ich gern den Bericht über diesen siebenunddreißig Jahre zurückliegenden Vorfall hätte, aber sie verstand mich nicht. Frustriert starrten wir einander an.

„*Les journaux de 1953.*" Ich schrieb es für sie auf einen Zettel, da ich mir mit der Aussprache nicht sicher war.

„Ah, alte Zeitungen", sagte sie auf englisch und zeigte lächelnd den Korridor hinunter, obwohl sie mich wahrscheinlich für verrückt hielt.

Als ich losmarschierte, überlegte ich, was „alte Nummer" auf französisch hieß. Ich entdeckte eine Tür, auf der *Archives* stand, und klopfte behutsam. Als sich nichts rührte, drückte ich die Klinke und trat ein. Der Raum war zum Bersten voll mit Mappen, die aus Stahlregalen hinter einem langen Tisch quollen. Ein alter Mann schlurfte auf mich zu.

„Neunzehnhundertdreiundfünfzig", sagte ich. „Chenoncey."

Er grinste mich nur stumm an und schüttelte den Kopf. Aussichtslos, dachte ich und wollte schon wieder gehen, doch er schien Erbarmen mit mir zu haben. Er nahm mich am Arm, schob mich auf den Korridor und führte mich durch die große Tür an dessen Ende. Ehe ich mich's versah, stand ich in der Nachrichtenredaktion mit vielen, jetzt um die Mittagszeit unbesetzten Schreibtischen.

An einem stand ein Mann mit dem Rücken zu mir.

„*Monsieur le rédacteur!*" rief der Alte, und als der Mann sich umdrehte, sah ich, daß er mit einer Frau sprach, die an einem Tisch saß, auf dem sich Papierstöße stapelten. Der Chefredakteur war sichtlich verwundert, was ich denn hier verloren hatte.

Als ich versuchte, es ihm auf englisch zu erklären, zog er fragend die Brauen hoch. „Schon gut, Monsieur Giroud", sagte die Frau, „ich übersetze."

Sie gehörte nicht zu der Sorte, bei der man gleich zweimal hinguckt. Sie mochte an die Vierzig sein, hatte fast silbrig schimmerndes aschblondes Haar, ein sonnengebräuntes Gesicht und einen sensiblen Mund. Sie trug ein gelbes Hemd und eine lange, sandfarbene Leinenhose. Und sie hatte Stil. Ihr Name, sagte sie, sei Estelle.

Was ich mir erhoffte, wußte ich eigentlich nicht. Eine Spur, die zu meinen vermißten Kindern führte. Ich hatte die verschrobene Idee, daß ihr Verschwinden möglicherweise in einem Zusammenhang mit dem Leichenfund vor beinah vierzig Jahren stehen könnte. Vielleicht erklärte mir jemand anhand der alten Berichte, was damals geschehen war.

Giroud bat mich in sein Büro. Er war ein Mann in mittleren Jahren und offenbar nicht beglückt über die neue Technologie, denn er zeigte ziemlich resigniert auf den Computer auf seinem Tisch. Estelle, die mit uns gekommen war, sagte, das Gerät solle als Archivdatei dienen, damit man sich ersparen könne, das Gewünschte von Hand in den alten Ausgaben zu suchen. Ein Bericht aus dem Jahr 1953 ließe sich, wenn überhaupt, nur mit größter Mühe finden. „Wenn wir solche Informationen brauchen", fügte sie hinzu, „fragen wir doch die entsprechenden Leute."

„Informationen?" Giroud griff das Wort auf. „Monsieur Freeling hat eine echte Story. Le Brève ist der beste Kriminalist in diesem Teil Frankreichs, und wenn er nicht helfen kann . . ."

„Ja?" Estelle nahm auf einem Stuhl Platz und schlug die Beine übereinander.

„Dann . . ." Giroud trommelte mit den Fingern auf die Tischplatte und dachte nach. Plötzlich debattierten die beiden heftig. Estelle nahm eine abwehrende Haltung ein, während Giroud drängend auf sie einredete.

Abrupt wandte sie sich mir zu und streckte die Hand aus. „Ich muß gehen."

Giroud und ich blieben allein in dem Glaskasten zurück, der uns von der Nachrichtenredaktion trennte.

Der Chefredakteur kratzte seine bescheidenen Englischkenntnisse zusammen. „Danke. Eine gute Story", sagte er. „Ich bringe sie in ganz Frankreich."

LE BRÈVE erwartete mich schon vor dem Ferienhaus, als ich aus Clerrards Streifenwagen stieg.

„Monsieur, ich habe mir erlaubt, Ihrer Frau einen kurzen Besuch abzustatten", murmelte er, während er mir höflich die Hand schüttelte. „Zum Glück ruht sie sich jetzt aus."

Vor dem Gatter standen sein Citroën und mehrere Dienstfahrzeuge. Der Hauptkommissar drängte mich geschäftig in das abgedunkelte Wohnzimmer.

„Wo sind Sie gewesen?"

Ich sagte ihm, daß ich die Lokalpresse eingeschaltet hatte.

„Wir haben auf Sie gewartet."

Ich schaute ihm direkt ins Gesicht. „Machen Sie keine Umschweife. Ich bin aufs Schlimmste gefaßt. Gibt es was Neues?"

„Bedauerlicherweise nein, Monsieur. Wir brauchen mehr Zeit."

„Herrgott, wieviel denn noch?" fuhr ich ihn an. „Was haben Sie bis jetzt erreicht? Nichts! Wie ist es möglich, daß zwei Kinder aus einem fremden Haus in einem fremden Land einfach verschwinden, und keiner weiß, was los ist? Was ist mit Fingerabdrücken? Ihre Leute haben mittlerweile doch sicher irgendeinen Anhaltspunkt."

Er wiegte den grauhaarigen Kopf. „Natürlich. Wir haben inzwischen die Ergebnisse der Laboruntersuchung. Die von uns gesicherten Abdrücke stammen von Ihrer Frau und von Ihnen, von Vormietern und vom Putzpersonal. Wie soll uns das weiterbringen?"

Er roch nach Parfum, als hätte man ihn poliert und dann mit Duft besprüht. Etwas an dem Kerl da vor mir versetzte mich in Alarmzustand. Was es war, konnte ich nicht genau sagen, aber ich mußte mich sehr beherrschen, nicht die Läden aufzureißen, um frische Luft hereinzulassen.

„Ich muß mich verabschieden, Monsieur. Kommissar Clerrard wird Sie über die Einzelheiten des Ausmaßes unserer Suchaktion informieren", murmelte er.

„Soll ich noch einmal zu Ihnen kommen?"

Er zuckte die Achseln. „Wozu?"

Ich hatte das Verlangen, ihm nachzulaufen, einen neuerlichen flehentlichen Appell an ihn zu richten, aber ehe ich mich rühren konnte, hatte er die Tür schon hinter sich geschlossen. Ich sah ihn über den Kiesweg zu dem großen Citroën gehen. Was ich auch hätte schreien wollen, es blieb mir in der Kehle stecken.

ICH ging in das große Schlafzimmer auf der anderen Seite des Ganges. Emma lag auf dem Rücken unter einer dünnen weißen Decke. Sie stand eindeutig unter schweren Beruhigungsmitteln.

Ihr Gesicht und auch die Lippen waren ganz blaß. Ich blickte auf sie nieder, und der Gedanke ging mir durch den Kopf, wie selten wir Menschen, die wir kennen, wirklich genau betrachten, und noch viel weniger die, die wir lieben. Ihr blondes Haar lag in wirren Strähnen auf dem Kissen, und mich überkam das Bedürfnis, die Wölbung ihrer klaren Stirn zu küssen, die kleinen Rundungen ihrer Nase und Nasenflügel, die weiche Pfirsichhaut ihrer Wangen.

Vierzehn Jahre lang war es eine gute Ehe gewesen und unser Glück für uns eine Selbstverständlichkeit. Martin. Susie. Wenn wir sie verloren, wie würde es dann in weiteren vierzehn Jahren um uns bestellt sein oder in zehn oder auch nur in zwei? Würden wir unser Leben gemeinsam wieder aufbauen? Emma war noch keine vierzig. Sie konnte wieder Kinder bekommen. Aber gab es für verlorene Kinder Ersatz?

Sie regte sich. Im Raum hing der eigenartige Geruch von Krankenzimmern, süßlich und scharf zugleich.

„Liebling, ich bin's nur."

Sie schien mich nicht zu hören, sondern drehte sich, einen Arm ausgestreckt, auf die Seite. Ich vernahm ein leises Geräusch hinter mir. Auf der Schwelle stand Clerrard. „Lassen Sie sie lieber schlafen."

In der Küche erwartete uns ein Gendarm. Er trug eine khakifarbene Uniform und Gummiüberschuhe. Sie hatten die Felder abgesucht.

„Tut mir leid", meinte Clerrard, „aber wir sind nirgends auf etwas Ungewöhnliches gestoßen. Nicht einmal auf eine Spur im Gras."

Das nächste Haus war zwei Kilometer entfernt, und niemandem war ein Fremder aufgefallen. „Wer immer Ihre Kinder entführt hat, hat es an Raffinesse nicht mangeln lassen", brummte der Kommissar. „Inzwischen können sie überall sein."

Ich saß da und fühlte mich wieder unbeschreiblich hilflos. Das Verlangen, zu weinen oder mit den Fäusten auf den Tisch zu schlagen, irgend etwas zu tun, was der in mir aufgestauten Qual ein Ventil verschaffte, wurde fast übermächtig.

Clerrard sagte ruhig: „Seien Sie versichert, daß wir alles menschenmögliche –"

„Kommen Sie mir nicht wieder damit!" brüllte ich. Ich wußte, daß ich unfair war, aber ich wollte es auch sein. Ich wollte meine Kinder wiederhaben. „Scheren Sie sich zum Teufel, und lassen Sie sich erst wieder blicken, wenn Sie wirklich helfen können!"

Zögernd entfernte er sich, und gleich darauf fuhr er weg. Der andere Beamte blieb.

Während ich ihm nachblickte, überschlugen sich meine Gedanken. Seit sechs Tagen waren wir mit dem Schlimmsten konfrontiert, was das Schicksal an Leid bereithält – nicht mit einer schrecklichen Gewißheit, sondern mit einer viel grausameren Ungewißheit. Noch vor einer Woche war ich ein erfolgreicher Architekt mit einem Bankguthaben und einer attraktiven Frau gewesen. Wir waren ein ganz normales Ehepaar – solange das Schiff sich über Wasser hielt. Aber als es in drei Minuten sank – und genau die Zeit hatten wir gebraucht, um festzustellen, daß Martin und Susie verschwunden waren –, trieben wir sofort in schwarzen Fluten.

Ich haßte le Brève und Clerrard, ich haßte Südfrankreich, und ein Teil von mir, der sich der Kontrolle durch meine Vernunft entzog, begann meine eigene Frau zu hassen und zuletzt auch mich selbst. Es war ein Zeichen der Angst. Ich sah die Sinnlosigkeit meiner Lebensziele, wenn wir unsere Kinder nicht hatten.

Sechs

ICH bat Emma, dieses Unglückshaus mit mir zu verlassen, aber sie weigerte sich. Ich wollte ihre Eltern anrufen, die sofort gekommen wären, um sie zu trösten, aber auch das wollte sie nicht. Ihr Kummer schien etwas so Ureigenes zu sein, daß sie niemand daran teilhaben lassen wollte – nicht mich, nicht ihre Mutter, keinen. Sie war allein in einem Alptraum. Oft sagte sie: „Warum hast du uns hierhergebracht? Es ist alles deine Schuld."

Ich begann zu fürchten, daß ich auch sie verlieren könnte.

Der junge Schnösel aus der Botschaft schickte einen Brief, in dem er uns mitteilte, meine Ausführungen seien zu Protokoll genommen worden. Wir sollten die Behörden nach besten Kräften unterstützen.

Am folgenden Tag beschloß ich, nach Pontauban zu fahren.

Jemand aus dieser feuchtheißen Gegend hatte meine Kinder entführt und vielleicht ermordet. Ein oder mehrere unbekannte Täter, wie es in der trockenen Amtssprache der englischen Gerichtsbarkeit hieß. Aber wir waren nicht in England, und das machte einen gewaltigen Unterschied. Hätte dort ein Polizeibeamter versucht, mich unter Druck zu setzen, indem er die Schatten eines vor Jahrzehnten verübten Verbrechens heraufbeschwor? Bei dem Gedanken an die Szene im Wald überlief mich ein Schauder. In dieser verfluchten Einöde wurden Geheimnisse gehütet und ein Schweigen über sie gebreitet, wo man sogar im einsamsten Haus die Fensterläden schloß, um sich vor neugierigen Blicken zu schützen. Die Römer waren hier gewesen, die Merowinger und die Goten. Wahrscheinlich beteten die Einheimischen immer noch die Sonne an. Le Brève hatte auf Geschehnisse angespielt, die einem das Blut in den Adern gefrieren ließen. Ihr rätselhafter Ablauf endete in meiner Vorstellung mit Grabhügeln, die den Gräbern aus grauer Vorzeit ähnelten, die überall auf den Feldern ringsum verstreut waren.

Ich war froh, als ich die Außenbezirke von Pontauban erreicht hatte und an den vielen Tankstellen und Einrichtungshäusern vorbei den Hügel hinauf zur Stadt fuhr, wo ich auf der *Place Nationale* parkte, dem großen Platz im Zentrum, der als Markt- und Parkplatz dient. Pontauban gehört zu den Städten, durch die man einmal fährt und die man danach sofort vergißt. Rosa Ziegelpflaster rund um die Kathedrale, ein Museum, dichtgedrängte Geschäfte unter Arkaden, eine mittelalterliche Brücke und Restaurants und Cafés am Flußufer.

Ich war spät dran, und le Brève war der Mittagshitze bereits entflohen. Ich überlegte, ob ich Bob oder John Simpson anrufen sollte, doch was konnten sie schon tun? So schlenderte ich ziellos umher und kaufte Zeitungen in der Hoffnung, einen Hinweis in ihnen zu entdecken, obwohl ich kaum ein Wort von dem, was ich zu lesen versuchte, verstand. Irgendwie verirrte ich mich in einen kleinen öffentlichen Park dicht am Fluß. Die Erinnerung daran ist so verschwommen, als sähe ich dieses Bild durch einen Zerrspiegel.

Sie kam näher und blieb neben der Bank stehen, auf der ich saß. Die Frau aus der Redaktion des *Sud Journal-Express*. Estelle.

„Entschuldigung ... darf ich mich zu Ihnen setzen?“ Eine Strähne ihres aschblonden Haares fiel ihr in das noch junge Gesicht, und sie strich sie ungeduldig zurück. „Ich habe Sie verfolgt.“

Einen Moment lang überlegte ich, ob sie auf einen Flirt aus war, ob sie vielleicht zu jenen Frauen im gewissen Alter gehörte, die die Selbstbestätigung brauchen, noch Anklang zu finden. Aber ihr mildes Lächeln galt nicht mir. Sie betrachtete die Blumen auf den Rabatten.

„Ja, ich bin Ihnen nachgegangen, vom Kommissariat aus.“

Stumm wartete ich ab und beobachtete sie. Ein zart geschnittenes, intelligentes Gesicht, sonnengebräunt, eine gute Figur. Ein T-Shirt, eine weiße Jacke, leichte blaue Baumwollhose. Das silbrige Haar war ungewöhnlich, umspielte schimmernd wie Seide die faltenlose Stirn. Sie mußte frühzeitig ergraut sein und sich im Vertrauen auf ihr gutes Aussehen für Aschblond entschieden haben.

„Ich habe den Auftrag, Sie zu interviewen“, sagte sie. „Mein Chefredakteur, Monsieur Giroud, besteht darauf. Eine meiner Aufgaben ist es, über Kriminalfälle zu berichten. Ich bin eine Allround-Reporterin. Sie verstehen?“ Sie sprach sehr langsam auf englisch.

„Ich möchte mit niemandem reden. Lassen Sie mich um Himmels willen in Ruhe.“

„Das begreife ich durchaus. Aber sehen Sie, ich brauche ein Interview, und möglicherweise ist es besser, wenn die Öffentlichkeit von dem Fall erfährt. Vielleicht bringt das etwas in Gang, und es meldet sich jemand, der helfen kann.“

„Und Sie kriegen Ihre Story –“

Sie wirkte gekränkt. „Sie tun mir unrecht“, verteidigte sie sich. „Ich will diesen Artikel nicht aus eigenem Wunsch schreiben, ich muß nur meine Arbeit tun. Sie müssen doch bestimmt auch arbeiten.“

Arbeit. Vergangenheit oder Zukunft? Ich dachte an das Büro, das mir früher so viel bedeutet hatte. Teil einer anderen Welt. Ich vergrub den Kopf in den Händen.

„Vielleicht sollte ich lieber gehen“, meinte Estelle fast erleichtert.

Ich habe mein Bestes versucht, leider ohne Erfolg ... Ich sah sie vor mir, wie sie Giroud Bericht erstattete. Und ich brauchte Hilfe.

Wir gingen in eine schäbige kleine Bar in der Nähe, wo ich zwei Tassen Kaffee bestellte und sie mir erzählte, daß sie bisher für eine andere Lokalzeitung gearbeitet und erst kürzlich die Stellung gewechselt habe. Daher könne sie es sich nicht leisten, Monsieur Giroud zu verärgern. Sie sei geschieden, und ihre mittlerweile schon fast erwachsene Tochter studiere in Paris.

Estelle war eine begnadete Zuhörerin. Mir alles von der Seele zu reden war eine Wohltat. Ihr Interesse, die Art, wie sie den Kopf hielt, vermittelten mir den Eindruck, daß sie an meiner Geschichte lebhaften Anteil nahm. Während wir an dem winzigen Tisch saßen, beschränkte sie sich aber nicht darauf, mich auszufragen, sondern sprach auch von sich, von ihrem Überlebenskampf, als sie nach der unfreiwilligen Trennung von ihrem Mann die kleine Jeanne allein aufzog. Estelle Devereau wußte, wie man Sympathie gewinnt, und sie machte ihre Sache gut.

„Sie sind also Amerikaner und haben sich in England niedergelassen?"

„Meine Frau ist Engländerin", sagte ich.

Sie stützte das Kinn in die Hände. „Ihr Amerikaner wollt immer alles auf einmal haben ... einfach so. Und jetzt stehen Sie vor einem Rätsel."

„Es ist die Hölle!"

Ihre Augen waren groß, blau und unschuldig. „Sie dürfen nicht verzweifeln", meinte sie sanft. „Ich bin überzeugt, man wird sie finden."

Wir verließen die Bar und gingen zum Fluß. Das dunkelgrüne Wasser strömte ruhig dahin.

„Es tut mir leid", sagte sie.

„Schon gut. Es ist nur so, daß ich nicht über Dinge reden kann, die ..."

„Ich verstehe." Ein Zögern. „Dann gehe ich jetzt."

„Wohnen Sie hier in der Nähe?"

„Ja, in Pontauban. Ich habe eine kleine Wohnung." Ihre Stimme hatte plötzlich einen spröden Klang, als sie hinzufügte: „*Au revoir.*" Ich spürte, daß sie gern noch geblieben wäre.

Nach ein paar Schritten drehte ich mich nach ihr um. „Warten Sie!" rief ich. „Bitte, warten Sie!"

Sie blieb stehen. „Ja?"

„Können Sie mir helfen?"

„Ihnen helfen?"

„Ja. Le Brève verschweigt mir etwas. Da bin ich mir ganz sicher. Einen Vorfall, der schon lange zurückliegt. Ich brauche jemanden wie Sie, der mich bei meinen Nachforschungen unterstützen kann."

Erschrocken wehrte sie ab. „Unmöglich! Die Untersuchung ist Sache der Polizei. Hauptkommissar le Brève ist ein ausgezeichneter Kriminalist. Sie müssen sich an ihn halten."

Ich schleuderte einen Kieselstein ins Wasser und sah zu, wie sich die konzentrischen Ringe ausbreiteten. „An le Brève? Zwecklos. Von ihm habe ich nichts zu erwarten. Am allerwenigsten, daß er mir die Wahrheit sagt. Irgend etwas ist faul an der Sache. Auf meinen Instinkt kann ich mich verlassen. Warum hat er mich zu dieser Waldlichtung geführt?"

Estelle wich zurück. „Ich muß wirklich gehen. Und Sie müssen wieder zu Ihrer Frau."

Ich hielt sie fest. „Wollen Sie mir nicht doch helfen, Estelle? Bitte!"

Sie starrte mich an. Auf der Straße brauste der Verkehr vorbei. Zwei Frauen, die an der Bushaltestelle warteten, beobachteten uns neugierig und glaubten offenbar, wir hätten Streit. Ein Plakat an der Bushaltestelle pries Elektrogeräte zu Schleuderpreisen an, ein anderes Stühle aus zweiter Hand. Es war ihr Frankreich, nicht meines, und ich brauchte sie, um es mir zu erklären.

„Ich habe eine zeitraubende Arbeit. Ich bin sehr beschäftigt."

„Aber doch nicht vierundzwanzig Stunden", sagte ich. „Bitte!"

Sie blickte zu mir auf, und ihr Gesicht war so nah, daß ich ihren Atem spürte. „Treffen wir uns morgen?" fragte ich.

Sie zögerte noch und berührte meinen Arm. „Ich bin nicht sicher, ob –"

„Bitte, helfen Sie mir doch, um Gottes willen!"

„Ist es so wichtig?"

„Für mich schon."

IHRE Wohnung lag in einem dunklen Hintergäßchen voll streunender Katzen. Sie führte mich durch die Altstadt, schlängelte sich durch das Gedränge von Hausfrauen, Müttern mit Kleinkindern an der Hand, alten Männern, die plaudernd beisammenstanden.

Wir bogen in die Rue des Escaliers ein, die ihrem Namen alle Ehre machte – kopfsteingepflasterte Stufen, gesäumt von einem altmodischen Eisengeländer. Estelle winkte mir, zwängte sich an einem Obststand mit Pfirsichen und Orangen vorbei und schlüpfte in einen dunklen, kühlen Toreingang. Dahinter befand sich ein Hof mit einer Brunnenruine in der Mitte. Von einem Balkon flatterte Wäsche. Eine alte, schwarzbestrumpfte Frau huschte fort wie eine Spinne.

Noch mehr Treppen.

„Entschuldigen Sie die Unordnung. Hoffentlich stört sie Sie nicht."

Fünf Räume. Ein Wohnzimmer mit hoher Decke und massenhaft Büchern an den Wänden. In vereinzelten Stapeln auch schon auf dem Boden, als wollten sie den gesamten Platz für sich beanspruchen. Ein winziges, separates Arbeitszimmer, zwei Schlafzimmer, eine Küche.

Dort setzten wir uns.

Wieder empfand ich ihre Gegenwart als Trost.

„Möchten Sie einen Aperitif?"

Ich bejahte, und kurz darauf trugen wir die Gläser ins Wohnzimmer, wo sie erst einmal Bücher von zwei Ohrensesseln wegräumen mußte. Ich entdeckte nichts rein Dekoratives, keine persönliche Note, als hätte so was für sie keine Bedeutung. Nur auf dem Kaminsims standen drei Fotos von Jeanne, die sie als kleines, hübsches Mädchen zeigten. Ich nippte an dem Campari, während Estelle ihre Jacke auszog.

„Wie kann ich Ihnen behilflich sein?" fragte sie.

„Ich möchte herausfinden, was mit meinen Kindern wirklich passiert ist. Ich muß die Wahrheit wissen." Fast flehentlich fuhr ich fort: „Ich verstehe die Sprache nicht, und die Polizei ist in meinen Augen unfähig. Also muß ich selbst Nachforschungen anstellen."

Die Fensterscheiben klirrten, als ein Zug vorüberfuhr. Die dunklen Mahagonimöbel stammten aus dem Leben eines anderen. Estelle schien keine eigenen Wurzeln zu haben und wie ich ein Außenseiter zu sein.

„Was glauben Sie, was geschehen ist?"

Ich mußte mich dazu zwingen, ihr zu antworten: „Kidnapping oder Mord."

„Nein." Sie schüttelte den Kopf. „Bestimmt nicht. Hat sich denn jemand gemeldet und Lösegeld gefordert?"

Ich verneinte. Genau dieses Schweigen, dieser Schwebezustand, der alle Möglichkeiten offenließ, war die größte Qual.

Sie holte tief Atem. „Könnten sie vielleicht aus irgendeinem Grund davongelaufen sein?"

Ich unterdrückte einen Fluch. „Wir lieben unsere Kinder, und sie lieben uns!"

Aber le Brèves Worte fielen mir immer wieder ein: *Es sind hier schon einmal Leichen gefunden worden. Zwei Kinder.* Warum hatte le Brève mit meiner Angst spekuliert, als er mich dorthin mitnahm? Um mich in Unruhe zu versetzen, mich zu verwirren, damit mir ein Geständnis entschlüpfte? Oder weil er etwas wußte?

„Was wissen Sie über die Geschichte mit den zwei toten Kindern?"

„Nicht viel. Nur die Tatsache, daß man die Leichen entdeckt hat."

„Aber Sie könnten doch Näheres für mich darüber herausfinden. Die Polizei hat sicher eine Akte über den Fall. Und Ihre Zeitung verfügt bestimmt auch über entsprechende Unterlagen. Ihr habt doch ein Archiv."

Estelle lachte. „Wenn Sie es so nennen wollen."

„Glauben Sie mir, ich brauche wirklich Ihre Hilfe", sagte ich beschwörend. „Denken Sie nur an die Story, auf die Sie möglicherweise dabei stoßen." Ich mußte den Eindruck erwecken, am Ende meiner Überredungskünste zu sein.

Sie sprang auf und schritt energisch zwischen den Bücherstapeln auf und ab. Eine leichte Röte war ihr in die Wangen gestiegen und ließ sie um Jahre jünger aussehen.

„Das wird nicht leicht", meinte sie schließlich, „aber ich kann es ja versuchen." Sie berührte mit ihrem Glas sanft das meine. „Und jetzt müssen Sie nach Hause."

Sie begleitete mich hinunter und durch den Hof. „Manchmal gibt es für etwas keine Erklärung . . ."

Die Bemerkung erinnerte mich an le Brève, und das hielt ich nicht aus. „Ich möchte wissen, ob es hier in der Gegend einen Verrückten gibt, der Kinder entführt . . . Vielleicht ist so etwas früher schon dagewesen."

„Nein. Was Sie sich da zusammenreimen, ist Unsinn."

Wir blieben kurz auf den Stufen am oberen Ende der steilen Gasse stehen.

„Ich habe Frankreich einmal geliebt", sagte ich. „Jetzt hasse ich dieses Land."

„Hassen heißt mißverstehen."

ACHT, neun, zehn Tage und noch immer nicht die geringste Spur. Das Land schien meine Kinder verschlungen zu haben. Trotzdem gaben Emma und ich die Hoffnung nicht auf.

„Keine Nachrichten sind gute Nachrichten", meinte ich.

Sie schaute mich verächtlich an. „Wie willst du das wissen?"

Mittlerweile hatte sie es sich zur Gewohnheit gemacht, am Fenster zu sitzen und stundenlang über die Felder auf diesen furchtbaren Waldrand zu starren.

„Warum hast du uns hierhergebracht? Du bist hinausgegangen . . .", flüsterte sie.

„Liebling, bist du nicht bei Trost? Glaubst du, ich hätte es getan?" Wir konnten uns ein Zerwürfnis, das le Brève zweifellos wollte, nicht leisten.

In dem einsamen Haus wuchs unsere Isolation. Bei den Mahlzeiten sprachen wir kaum miteinander. Auf uns beiden lastete ständig das Bewußtsein, daß die Kinder und der Lärm fehlten, den sie immer veranstalteten und der uns veranlaßt hätte, lautstark miteinander zu reden. Statt dessen herrschte eine bedrückende Atmosphäre von Angst und Anspannung, die noch verstärkt wurde durch den draußen am Gartentor postierten Gendarmen und das Glotzen der Dorfbewohner, wenn ich Lebensmittel einkaufte.

Le Brève erschien weniger häufig, aber Clerrard kam nach wie vor, bekümmert wie immer. Beide drängten uns zur Heimreise, und jedesmal wandte Emma ihnen ihr versteinertes Gesicht zu. „Noch nicht", antwortete sie, als müsse sie die zwei Wochen, die wir gebucht hatten, wie eine Gefängnisstrafe absitzen. „Wir brauchen Gewißheit."

Gewißheit . . . Vielleicht würden wir die nie haben. Immer wieder sagte ich ihr, ihr Leben müsse weitergehen, sie solle zu ihren Eltern fahren oder zurück nach London. Sie wurde von einer Verzweiflung verzehrt, die ich nur stumm mit ansehen konnte. Auf der Flucht davor unternahm ich lange ziellose Spaziergänge über die Feldwege auf die umliegenden Hügel. Wenn ich erschöpft wiederkam, fand ich Emma in der Sonne sitzend. Sie tat so, als lese sie, aber das Buch lag verkehrt auf ihrem Schoß. Der Arzt verschrieb ihr noch stärkere Schlaftabletten. So schleppten wir uns durch einen endlosen Tunnel der Verzweiflung.

DOCH dann war es Emma, der durch Zufall der erste Durchbruch gelang. Die mitgebrachte Lektüre war schnell konsumiert, und sie wollte nicht, daß ich neue kaufte. In dem Vitrinenschrank im Wohnzimmer standen reihenweise Bücher. Sie nahm einen Band heraus, um darin zu blättern, und ich hörte ihren überraschten Aufschrei, als etwas, das zwischen den Seiten gelegen hatte, zu Boden flatterte.

Es waren mehrere zusammengeheftete vergilbte Zeitungsausschnitte.

Emma setzte sich auf ihren Stammplatz beim Fenster und begann die kurzen Berichte aus den frühen fünfziger Jahren zu übersetzen. Sie schienen nichts gemeinsam zu haben, außer daß es dabei immer um Feuer ging. Ein Heuschober hier, eine alte Scheune da. Dann ein Auto. Ein Holzlagerplatz. Ein Stall. Alles Opfer der Flammen. Die sorgfältig ausgeschnittenen Artikel waren in einem Buch der heiligen Teresia von Lisieux aufbewahrt. *Histoire d'une âme*. „Die Geschichte einer Seele", übersetzte Emma. „Hauptsächlich Kindheitserinnerungen."

„Aber was haben die Zeitungsausschnitte damit zu tun?"

„Das weiß ich nicht. Aber hör dir das an. Hier sind die Namen der beiden damals mit der Untersuchung der Brände betrauten Beamten erwähnt. Einer hieß Elorean und der andere le Brève!"

Ich spürte ein Prickeln auf meiner Kopfhaut. Wir lasen die Ausschnitte durch, die meiner Ansicht nach aus verschiedenen Lokalblättern stammten und eine Zeitspanne von zwei Jahren umfaßten. Elorean und le Brève, die zwei jungen Polizisten, die die Vorfälle aufklären sollten, waren mehrmals erwähnt. Und le Brève waltete noch immer seines Amtes, war erfolgreich die Karriereleiter emporgeklettert. Was wohl aus Elorean geworden sein mochte? Le Brève hatte gesagt, daß man vor siebenunddreißig Jahren hier in der Nähe zwei Leichen gefunden hatte. Je länger ich darüber nachdachte, desto stärker wurde mein Verdacht, daß die Geheimnisse, die den von uns als Feriendomizil gewählten Ort umgaben, in irgendeiner Weise in Zusammenhang mit den Papierfetzen standen, auf denen die Druckerschwärze schon verblaßte.

Ich nahm Emma in die Arme, aber sie war wieder müde, als hätte die Entdeckung sie zu sehr angestrengt. Also brachte ich sie ins Schlafzimmer und bat sie nachdrücklich, sich hinzulegen. Inzwischen war es spät am Abend.

„Ich fahre auf einen Sprung nach Chenoncey", sagte ich.

„Jetzt noch? Wozu denn?" fragte sie mit einem scharfen, ängstlichen Unterton.

„Um einen Reporter vom *Sud Journal-Express* anzurufen."

„Wen?"

Ich spürte ihr Mißtrauen. „Ach, nur einen Mitarbeiter der Redaktion."

ICH fuhr die drei Kilometer bis zur Ortschaft und schaffte es, in einer Kneipe ein Telefonbuch aufzutreiben. Als ich die Eintragungen für Pontauban überflog, stellte ich fest, daß der Name le Brève zweimal, der Name Elorean jedoch nur einmal angeführt war. Ich notierte mir die Adressen.

Dann rief ich Estelle an. „Hallo", sagte ich. „Sie haben doch versprochen, mir zu helfen."

„Tut mir leid. Ich habe keine neuen Informationen."

„Aber ich!" Rasch erzählte ich ihr von den Zeitungsausschnitten und den darin erwähnten Namen. „In Ihrem Archiv muß sich mehr darüber ausgraben lassen. Estelle – bitte! Vielleicht ist Elorean noch bei der Polizei. Können Sie das überprüfen?"

Schließlich erklärte sie sich dazu bereit. Ich gab ihr Eloreans Adresse. Sainte-Honoré, ein Gutshof etwas außerhalb von Pontauban.

Sieben

IN DER Nacht zog wieder ein Gewitter auf. Ich lag im Bett und beobachtete das Flackern der Blitze durch die Ritzen der geschlossenen Fensterläden. Nach einer Weile stand ich auf, ohne daß Emma in ihrem bleiernen Tablettenschlaf etwas merkte, ging durchs Zimmer und öffnete einen Fensterflügel.

Der zu unserer Bewachung abkommandierte Gendarm hatte im Wohnzimmer ein Feldbett aufgeschlagen. Ich hörte ihn herumgeistern.

Ich machte die Tür auf, überquerte den Flur, und da stand er mitten im Raum – hellwach und in voller Uniform. Ein Blitz zeigte ihn mir sekundenlang – eine reglose Gestalt wie eine Pappmachéattrappe. Dann umhüllte uns die Dunkelheit. Undeutlich wie einen verwischten Fleck sah ich sein weißes Gesicht schimmern, als er sich mir zuwandte. Obwohl es keinen Grund dafür gab, hatte er sichtlich Angst. Ich konnte seinen Schweiß riechen. Als ich ihn ansprach, krallten sich seine Finger um den Griff seiner Waffe, und ich sah seine in Panik aufgerissenen Augen.

Dröhnender Donner ließ das Haus erbeben, Regen prasselte wie ein ohrenbetäubender Trommelwirbel aufs Dach. Einen absurden Moment lang glaubte ich mich in jene Nacht vor weniger als zwei Wochen zurückversetzt und wollte schon nach den Kindern sehen. Die Phantasie spielte mir einen Streich und gaukelte mir das Bild vor, daß sie verstört, aber wohlbehalten in ihren Betten saßen, doch dann ...

Ich ahnte seine Gegenwart nur, da wir uns beide nicht rührten. Dann hatte ich plötzlich das Gefühl, daß etwas da draußen war – draußen im Dunkel. Ich streckte den Arm aus und tastete an der Wand nach dem Schalter, bis mir einfiel, daß dieser sich ja auf der anderen Seite des Zimmers befand. Der Tisch stand mir im Weg, und ich stolperte fast über einen Sessel, als ich hinübertappte. Endlich, der Türrahmen! Wo war bloß der Schalter?

Klick. Das Licht erhellte blitzartig den Raum. Niemand war da. Ich wirbelte herum, weil ich dachte, er sei hinter mich geschlichen, um sich vielleicht einen dummen Scherz mit mir zu erlauben. Sekunden vorher hatte ich den Gendarmen gehört und auch gesehen. Jetzt war er verschwunden. Ich stieß die Läden auf. Hagelkörner tanzten auf dem Fensterbrett, und warmer Regen spritzte herein. Auf dem Kiesweg hätte ein Streifenwagen stehen sollen. Vor drei Stunden, als Emma und ich zu Bett gegangen waren, war er noch dagewesen. Aber der nächste Blitz zeigte mir eine leere Einfahrt. Wagen und Gendarm waren fort.

Ich begann, an meinem Verstand zu zweifeln, doch dann siegte die Vernunft. Nein, ich glaubte nicht an Geister. Niemand hatte die Kinder auf einem fliegenden Teppich weggezaubert. Und die Polizei verschwieg uns etwas. Vielleicht, daß hier ein Mörder frei herumlief.

Erregt und ohne auf den Regen zu achten, beugte ich mich hinaus. Der Gendarm hatte die Hosen so voll gehabt, als ich nach dem Lichtschalter tastete, daß er sich irgendwie an mir vorbeigedrückt und die Flucht ergriffen haben mußte. Ja, er war sicher durch die Seitentür der Garage hinausgerannt, in den Wagen gesprungen und davongebraust. Im selben Moment war mir absolut klar, auf welchem Weg die Kinder das Haus verlassen hatten – oder dazu gezwungen worden waren.

In der vagen, völlig irrationalen Hoffnung, sie könnten auf wundersame Weise heimgekehrt sein, ging ich zurück, um einen Blick in ihre Zimmer zu werfen. Die Betten waren leer. Und nicht nur das. Die Comic-Hefte und der Stoffhund, der auf Susies Schrank gesessen hatte, fehlten.

Ich lief zu Emma und rüttelte sie an der Schulter.

„Emma, wach auf, so wach doch auf!"

„Was ist denn?" murmelte sie und rieb sich die Augen, um die betäubende Wirkung der Beruhigungsmittel zu vertreiben. Dann vergrub sie das Gesicht wieder im Kissen.

„Emma, hör doch! Hast du die Sachen von den Kindern weggeräumt? Martins Bücher und Susies Stoffhund?"

Stöhnend rollte sie sich herum. „Was?"

„Hast du etwas weggeräumt?"

„Ich hab nichts angerührt."

„Aber ein paar Sachen der Kinder sind fort! Und der Gendarm auch!"

Mühsam setzte sie sich auf. „Hilf mir hoch."

Ich holte den Morgenrock und hängte ihn ihr um. Schwankend klammerte sie sich an meinen Arm. „Du bist naß", sagte sie. Mit zitternden Fingern strich sie über mein Pyjamaoberteil. „Du warst wieder draußen. Und du hast ihre Sachen genommen . . ."

„Liebling, das ist einfach haarsträubender Unsinn. Du weißt nicht, was du redest. Der Gendarm ist fort. Ich hab aus dem

Fenster geschaut – der Wagen ist nicht mehr da. Und dann hab ich festgestellt, daß Sachen aus den Kinderzimmern fehlen."

Sie wankte den Gang hinunter zu Susies Zimmer. Ich zeigte ihr die offene Tür zur Garage und die, die ins Freie führte.

„Siehst du, hier ist heute nacht jemand hereingekommen. Und nicht zum ersten Mal. Jemand, der den Gendarmen in Panik versetzt hat."

Ihr Blick streifte mich, heftete sich dann auf den Schrank, glitt anschließend über meine Pyjamajacke und wieder zum Bett zurück. Ich sah den Zweifel in ihren Augen.

„Ich sage dir morgen, was ich denke", erklärte sie.

Als sie wieder im Bett war, ging ich in die Küche. Ich war froh, daß das Spielzeug fehlte, froh über den geflohenen Gendarmen. Die tiefe Niedergeschlagenheit der letzten paar Tage fiel von mir ab, denn ich hatte nun das untrügliche Gefühl, daß sich hinter alldem ein bestimmter Zweck, ein Plan verbarg. Emma und ich waren nicht bloß Opfer eines unglückseligen Zufalls, sondern eines für mich nach wie vor undurchschaubaren Komplotts, und diese Erkenntnis gab mir, so seltsam das auch klingen mag, neue Hoffnung.

Das Haus mußte ein Geheimnis bergen. Ich versuchte, logisch zu denken. Es war nicht sehr alt, sondern im Zweiten Weltkrieg erbaut, schätzungsweise ein paar Jahre bevor jene Kinder auf der Lichtung verscharrt worden waren. Ein einfaches, praktisches Haus, gut konzipiert von jemand, der darin ständig hatte wohnen wollen – nicht bloß ein Ferienhaus. Jemand, der Kinder stahl und dann zurückkehrte, um ihr Spielzeug zu holen?

Ich kramte unsere Reisedokumente aus der Kommode. Normalerweise war im Mietvertrag der Name des Eigentümers vermerkt, obwohl die Bezahlung über das Reisebüro abgewickelt wurde. Aber in den Unterlagen war kein Eigentümer aufgeführt.

Warum sollte jemand gerade diesen einsamen Ort an der Straße fernab vom Dorf als Bauplatz wählen? Und wen konnte es reizen, dieses Haus zu besitzen, wenn doch die Geschichte von dem Leichenfund im ganzen Umkreis bei den Einheimischen bekannt war? Le Brève hatte mich zu dem Grab geführt, um mich auf die Probe zu stellen. Sein Gesicht hatte einen merkwürdigen Ausdruck gehabt, und merkwürdig war auch Estelles Widerstreben gewesen, in der Vergangenheit nachzuforschen. Dafür mußte es einen Grund geben, und ich war entschlossen, mir darüber Klarheit zu verschaffen.

Ich ging zurück ins Schlafzimmer und schlüpfte neben Emma ins Bett. Obwohl ich todmüde war, fühlte ich mich fast beschwingt. Zum erstenmal seit jener verhängnisvollen Nacht schlief ich tief und traumlos.

AM NÄCHSTEN Morgen, als wir in der Küche Baguettes zum Frühstück aßen, fragte mich Emma: „Was war heute nacht eigentlich los?" Sie sah krank aus.

„Ich hab's dir doch schon gesagt. Ich bin aufgewacht und habe den jungen Gendarmen in Panik vorgefunden – ausgelöst durch etwas, das er gehört oder gesehen hat. Als ich auf die Idee kam, daß er getürmt sein könnte, beugte ich mich aus dem Fenster, und da hat mich der Regen erwischt. Und dann merkte ich, daß Sachen aus den Kinderzimmern fehlen."

„Mir war dieser Ort von Anfang an unheimlich", sagte sie. „Wie kann ich sicher sein, daß du sie nicht weggenommen hast?"

„Herrgott noch mal, Liebling, jemand hat sie geholt, so einfach ist das. Jemand, der genau weiß, daß an der Garagentür kein Schloß ist, und der sich im Haus auskennt."

„Dann müßte es aber irgendwelche Spuren geben."

Ich versuchte, es ihr zu erklären. „Vermutlich hat sich der Kerl schon früher eingeschlichen, kurz nachdem wir zu Bett gingen, noch bevor das Gewitter losbrach. Und als der Gendarm ein Geräusch hörte, bekam er plötzlich Angst."

„Polizisten haben keine Angst!" schrie sie mich an.

„Dieser jedenfalls schon, mein Schatz."

Sie fuhr sich mit den Fingern durch ihr unordentliches Haar. „Ich glaube dir nicht!"

„Vielleicht solltest du doch besser heimfahren. Bleib bei deinen Eltern, während ich hier die Stellung halte, bis sich etwas Konkretes ergibt."

„Erst mal sehen wir, ob die Polizei was Neues weiß."

Emma ging sich anziehen. Es war schon heiß, und ich trödelte in der Küche herum. Die ganze Zeit grübelte ich darüber nach, warum jemand Interesse an den Spielsachen hatte, aber ich war unfähig, mich zu konzentrieren. Ausnahmsweise wünschte ich mir le Brève oder wenigstens den melancholischen Clerrard herbei. Als draußen ein Wagen vorfuhr, lief ich erleichtert zur Tür. Es war ein grüner Citroën 2 CV mit zurückgerolltem Verdeck.

„Ist das der Hauptkommissar?" rief Emma aus dem Schlafzimmer.

„Nein." Ich fragte mich, was sie von Estelle halten würde. „Eine Reporterin vom *Sud Journal-Express.* Ich habe sie in Pontauban kennengelernt."

„Und die hast du gestern angerufen?"

„Ja."

Estelle stieg, noch schicker gekleidet als das letzte Mal, aus dem kleinen Wagen. Sie trug ein orangefarbenes Kostüm, das viel Bein zeigte. Ihr Haar war frisch gewaschen und glänzte. Emma ging sofort in Abwehrhaltung.

„Emma, das ist Estelle Devereau. Sie arbeitet beim *Sud Journal-Express.*"

Emma nickte reserviert. Estelle hingegen lächelte. „Sie hatten in der vergangenen Nacht ein schlimmes Gewitter . . ."

„Jemand hat sich ins Haus geschlichen und die Kindersachen gestohlen", sagte ich.

Estelle schien perplex und schnappte nach Luft. „Nein! Das ist doch nicht möglich!" Sie blickte betroffen drein, und zwei Falten bildeten sich über ihrer Nasenwurzel.

Als ich ihr den Vorfall schilderte, zeigte sich ungläubiges Erstaunen auf ihrem Gesicht. „Aber warum sollte jemand ihr Spielzeug holen?"

„Das ist eine gute Frage", warf Emma ein und starrte mich dabei an.

„Natürlich müssen Sie es der Polizei melden."

„Klar", antwortete ich.

Unschlüssig stand Estelle vor uns auf der Terrasse. Emma machte keine Anstalten, sie ins Haus zu bitten.

„Ihr Mann hat mich ersucht, ihm zu helfen", erklärte sie Emma, „und ich wollte ihn eigentlich nach Pontauban mitnehmen . . . Aber jetzt muß er als erstes die Polizei verständigen."

„Was gibt es denn so Wichtiges in Pontauban?" fragte Emma.

Die steinerne Teilnahmslosigkeit verschwand von ihren Zügen. Estelle stellte für sie eine Herausforderung dar, die sie wieder zum Leben erweckte.

„Einen weiteren Bezug zur Vergangenheit."

Emma schauderte. „Jim, ich möchte nicht, daß du fährst."

„Ich fürchte, ich muß aber."

„Aber ich bleibe hier nicht allein." Sie ließ Estelle nicht aus den Augen.

„Bitte", sagte diese, „wenn das so ist, darf ich Sie beide einladen und Madame bei der Gelegenheit die Stadt zeigen?" Sie schlug vor, wir sollten unseren eigenen Wagen mitnehmen, damit ich zurückfahren konnte. Emma könne einen Einkaufsbummel machen, während wir Elorean aufsuchten.

„Liebling, fühlst du dich dieser Anstrengung auch gewachsen?"

„Selbstverständlich", erwiderte sie schnippisch.

In dem Moment kam Clerrard mit einem Streifenwagen an, den ein Ersatzmann für unseren desertierten Bewacher lenkte. Wir standen draußen in der heißen Sonne und debattierten darüber, was unseren Beschützer dazu gebracht haben mochte, uns im Stich zu lassen.

„Er behauptet, er hätte ein Geräusch gehört", sagte Clerrard.

„Nur zu wahr. Irgendein verdammter Kerl ist durchs Haus geschlichen."

„Und er hat einen Wagen verfolgt, bis dieser ihn schließlich nach einer kilometerlangen Jagd über Land abgehängt hat. Er meint, es sei ein großer Peugeot gewesen."

„Er meint?"

„Vergessen Sie nicht das heftige Gewitter, Monsieur. Nachdem er ihn aus den Augen verloren hatte, erstattete er Meldung in Pontauban."

„Und überließ uns unserem Schicksal."

„Das war ein Fehler, Monsieur, den ich bedaure. Sind Sie absolut sicher, daß diese Spielsachen fehlen?"

„Ja, das bin ich."

„Wir haben eine Inventarliste der Kinderzimmer." Clerrard rieb sich die Augen. Es bestand kein Zweifel daran, daß weder er noch Estelle, noch meine eigene Frau mir ganz glaubten.

Estelle warf einen Blick auf ihre Armbanduhr. „Falls wir

wirklich fahren wollen, muß ich leider drängen . . . Ich habe noch etwas zu erledigen."

Emma traf die Entscheidung. „Wir fahren alle", sagte sie. „Die Zeit wird reichen."

Spontan brachen wir auf und blieben Clerrard eine Erklärung schuldig.

EMMA wollte auf der Place Nationale abgesetzt werden, da, wo ich schon einmal geparkt hatte, gleich am Markt und bei den Geschäften. Sie sah müde, aber gefaßt aus und versicherte uns, sie käme die zwei Stunden, bis wir uns zum Mittagessen treffen würden, schon zurecht.

Sobald wir allein waren, brachte Estelle den kleinen 2 CV so auf Touren, daß er vibrierte, und fegte auf einer nach Norden führenden Straße aus der Stadt hinaus und auf eine Hügelkette zu, über der noch die Reste des nächtlichen Gewitters hingen.

„Wohin fahren wir?"

Sie lächelte ein wenig grimmig. „Sie hatten recht. Elorean lebt noch hier. Ein potentieller Zeuge dessen, was vor all den Jahren geschehen ist. Ich könnte ihm für Sie Fragen stellen, vielleicht hilft Ihnen das."

Sie bog von der Straße ab und rumpelte einen Weg an Weizenfeldern entlang, die sich zu den Hügeln hin erstreckten.

Ich hatte sie um Hilfe gebeten, und nun gewährte sie sie mir. Ebenso intuitiv, wie ich le Brève mit Mißtrauen begegnete, brachte ich ihr Vertrauen entgegen.

Wir kamen an eine weiße Steinmauer mit einem alten Haus dahinter, dessen eine Seite ein prachtvolles Birnbaumspalier einnahm. Der große Besitz vermittelte den Eindruck von Wohlhabenheit. Blühende Myrte und Bougainvillea begrenzten den gepflegten Rasen und ließen den Garten wie eine Oase vor dem Hintergrund der kahlen Hügel wirken.

Estelle stellte den Motor ab. „Schauen Sie sich das an!"

„Netter kleiner Alterssitz."

Wir stiegen aus. Ich weiß nicht, was ich erwartete. Das Gefühl, auf Estelle angewiesen zu sein, machte mich unsicher. Ich spürte ihre Anspannung.

Der Mann, der uns öffnete, war groß und klobig und wirkte fast tölpelhaft. Eine lächerliche Stupsnase in einem fleischigen Gesicht, das von struppigem weißem Haar umrahmt wurde. Er hätte der Gärtner sein können, wenn er nicht so gutgeschnittene, teure Kleidung getragen hätte. In dem kühlen Dunkel hinter ihm ahnte ich verschwenderischen Luxus.

Estelle hielt ihm ihren Presseausweis hin. „Monsieur Elorean? Dürfen wir eintreten? Ich bin vom *Sud Journal-Express*."

Stumm schüttelte er den Kopf, wie ein großer alter Hund, aber Estelle ließ sich nicht einschüchtern. Sie lächelte und schmeichelte ihm, und ehe er es sich versah, waren wir drinnen, ob es ihm nun paßte oder nicht. Dem alten Knaben war nichts von einer früher eventuell vorhandenen autoritären Ausstrahlung geblieben.

Das Haus war nicht nur groß, sondern großartig. Weite, ineinander übergehende Räume mit gemustertem Fliesenboden bildeten den Rahmen für die kostbare Einrichtung: wunderschöne orientalische Teppiche, Vitrinen mit unzähligen chinesischen Kunstgegenständen, Schnitzereien und erlesenem Porzellan.

„Nehmen Sie Platz!" forderte uns Elorean barsch auf.

Estelle bemühte sich, ihn mit Komplimenten aufzutauen, ehe sie zu fragen anfing. Was für ein herrlicher Garten, was für ein phantastisches Haus. Diese Möbel, diese Bilder! Wie beneidenswert, umgeben von so vielen schönen Dingen leben zu dürfen.

„Ja." Es klang unwillig.

Sie begann, für mich zu übersetzen. War er nicht bei der Polizei gewesen . . . in Sainte-Maxime?

Er nickte. Ja, vor ziemlich langer Zeit.

„Fragen Sie ihn, wie lange es her ist", bat ich. „Ich möchte wissen, wann er in den Ruhestand trat."

„Oh . . . das war schon vor über dreißig Jahren."

„Fragen Sie ihn nach seinem Rang. Wie hoch ist er die Sprossenleiter hinaufgeklettert, um sich in einem solchen Stil zur Ruhe setzen zu können? Er muß es mindestens bis zum Kommissar oder Hauptkommissar gebracht haben."

„Ich verstehe zwar nicht, was das soll, aber bitte . . ." Sie stellte ihm die Frage.

„Nicht sehr hoch", murmelte er.

Ich bat sie nachzuhaken. War er zu Geld gekommen, weil er so jung den Dienst quittiert hatte?

Ein kategorisches Nein. Aber dürfe er uns einen Drink anbieten?

Er rief seiner Frau etwas zu, die sich seit unserer Ankunft im Hintergrund gehalten hatte, verzichtete jedoch darauf, sie uns vorzustellen. Er war reich, aber ein Rüpel ohne Manieren.

Wie erklärte sich dann sein Lebensstandard, wenn seine Laufbahn bei der Polizei nicht besonders spektakulär gewesen war? „War er später Geschäftsmann gewesen?"

Ein Achselzucken. „Nein."

„Lassen wir das", sagte Estelle zu mir. „Das führt doch zu nichts."

Ich nahm ihren Einwand nicht zur Kenntnis. „Fragen Sie ihn, ob es sich für ihn gelohnt hat, aus dem Polizeidienst auszuscheiden." Ich kratzte mein dürftiges Französisch zusammen, um sicherzugehen, daß er mitbekam, was ich von ihm wissen wollte.

Er schien zuerst nicht zu verstehen. Seine Frau, ein ältliches Wesen in einem Seidenkleid, trug ein Tablett mit bereits eingeschenkten Weingläsern herein. Elorean trank gierig und wischte sich mit dem Handrücken über die Lippen. „Was meinen Sie?"

„Frischen Sie sein Gedächtnis auf", ermunterte ich Estelle. „Es gab doch eine Reihe ungeklärter Verbrechen, nicht wahr?" Ich hielt ihm die Zeitungsausschnitte unter die Nase, die Emma über die Brandstiftungen gefunden hatte.

„Ich kann Ihnen nicht folgen." Aber sein Kartoffelgesicht spiegelte Unbehagen.

Estelle, die Satz für Satz übersetzte, zwang ihn zu einem Rückblick in seine Vergangenheit. „Er sagt, es seien Feuer ausgebrochen", erklärte sie mir. „Mehrmals. In der Zeit, als er mit le Brève arbeitete." Sie wandte sich an ihn. „Auf den Bauernhöfen in der Umgebung?"

Er nickte, schwerfällig wie ein Ochse.

„Und jetzt die Leichen. Die beiden toten Kinder. Fragen Sie ihn, ob es da eine Verbindung zu den Brandstiftungen gab."

„Kann mich nicht erinnern", brummte er.

„Ich glaube doch. Ich bin sogar sicher. Schließlich hat er die Brandstiftungen untersucht, und ungefähr zur gleichen Zeit wurden die Leichen der beiden Kinder in den Wäldern gefunden. Das kann er doch nicht vergessen haben."

Estelle beugte sich erwartungsvoll vor, aber er schüttelte nur wieder verwirrt den Kopf.

„Nein, er weiß es nicht mehr . . . es ist ihm entfallen."

„Na gut. Bleiben wir bei den Bränden. Heuschober und alte Scheunen, ein verlassenes Haus, ein Auto. Wer war dafür verantwortlich?" Estelle trat neuerlich in Aktion. „Wurden die beiden Kinder, die man bei Chenoncey gefunden hat, getötet, oder sind sie in den Flammen umgekommen?"

Er rutschte unruhig hin und her, stand auf und spähte über die Schulter zu der düsteren Ecke, in der seine Frau saß und lauschte.

„Sie haben sich selbst angezündet", erklärte er langsam.

„Ah." Die Antwort erfüllte mich mit tiefer Befriedigung. Endlich etwas Greifbares. Ein Unfall, kein Mord. Aber was waren das für Kinder? Konnte er mir das sagen?

„Weiß nicht", murmelte er wieder.

„Le Brève weiß es", sagte ich zu Estelle. „Aber aus einem bestimmten Grund verschweigt er es mir." Ich schaute Elorean fest an. „Es sind wieder zwei Kinder verschwunden, im gleichen Alter wie die damals und fast am gleichen Ort. Warum?"

„Warum fragen Sie nicht den Hauptkommissar?" entgegnete er.

„Das habe ich, aber er ist stumm wie ein Stockfisch."

Ich blickte von Elorean zu Estelle. „Fragen Sie ihn, woher er sein Geld bezieht. Den ganzen Luxus hier bezahlt garantiert nicht der Polizeipensionsfonds."

Estelle brauchte ihm das gar nicht zu übersetzen, er verstand es auch so.

„Raus!"

„Wir müssen gehen", erklärte sie mir, eindeutig peinlich berührt.

„Raus mit euch!"

Er hatte einen kleinen Tisch dicht neben den Sesseln umgestoßen, und ich warf mich dazwischen, als er auf Estelle zustürzte. Ein heftiger Schlag traf meinen Unterarm, dann riß ich sie mit mir, und wir rannten hinaus. Mit einem Knall fiel die Tür hinter uns zu. Sekundenlang standen wir geblendet in der grellen Sonne.

Wir hörten ihn drinnen brüllen, während wir zum Wagen gingen – vorbei an den adretten Büschen und dem Bilderbuchrasen. „Ich weiß, daß ich recht habe", erklärte ich. „Die Feuer, die zwei

Leichen, das Verschwinden meiner Kinder – da muß es einen Zusammenhang geben."

Wir zwängten uns in ihr Auto. Sie schaute auf die Uhr. „Wir haben noch eine halbe Stunde." Die Art, wie sie das sagte, klang nach Gefängnisbesuch, einem letzten Wunsch. Als wir über den holprigen Weg fuhren, spürte ich, daß sie sehr aufgewühlt war.

„Jim . . .", seufzte sie. „Ach, Jim! Sie hätten mich nicht um Hilfe bitten sollen."

Wir befanden uns jetzt auf der schmalen Straße, die zurück zur Landstraße führte. Zu beiden Seiten zweigten kleine, parallel zu den Wasserrinnen verlaufende Feldwege ab. Plötzlich bog Estelle rechts ein und brachte den Wagen neben einer Baumgruppe und einem über Steine plätschernden Bach zum Stehen. Ein schattiger, aber heißer Platz.

Mir wurde klar, daß sie Zärtlichkeit wollte oder irgendwelche Zuwendung. Ihre Hand lag auf der meinen. Unsere Gesichter waren einander sehr nah.

„Du tust mir so leid", flüsterte sie. Ihre Gegenwart war überwältigend. Was quält sie, schoß es mir durch den Kopf, daß sie aus Mitleid oder Kummer die Arme um mich schlingt? Was hat sie herausgefunden? Ich brachte die Frage mühsam über die Lippen.

Estelle weinte. „Eine schreckliche Geschichte über den Ort, an den le Brève dich gebracht hat. Nein, es fällt mir zu schwer –"

„Bitte!" flehte ich. „Ich muß es wissen."

„Ich habe die Presseberichte gefunden", brachte sie erstickt hervor. „Le Brève war dabei, als die Leichen entdeckt wurden. Der zweite Polizist war Elorean."

„Das dachte ich mir. Aber warum wurden die Namen der Opfer verheimlicht? Wer waren die Eltern?"

Der verzauberte Augenblick war vorbei. Sie rückte von mir ab. „Wir sollten das nicht tun."

„Estelle, sag es mir! Wer hat Elorean bestochen? Wer hat ihn mit Geld überschüttet?"

„Es waren die Kinder von einem Prominenten."

„Wer? Wer?"

„Der Sohn und die Tochter von Marcel Soult", sagte sie und erzählte mir, was sie herausgefunden hatte.

Vor siebenunddreißig Jahren hatte eine Reihe von Brandstiftungen für Aufregung gesorgt. Dann, nach dem Fund zweier verkohlter Kinderleichen im Wald, hörten die Brände plötzlich auf. Eine Sensationsstory: Zwei reiche, verwöhnte Bälger, ein Junge und seine kleinere Schwester, kommen um, die einzigen Nachkommen von Marcel Soult, dem Leiter der vor dem Krieg so bedeutenden Soult-France Aviation Compagnie, die zwei riesige Flugzeugwerke in Toulouse und Marseille betrieb.

„Was ist passiert?"

„Darüber versuche ich mir Klarheit zu verschaffen. Von offizieller Seite wurde dementiert, daß die Soult-Kinder die Brände gelegt hätten. Vergiß nicht, daß man in diesem Teil Frankreichs Geheimnisse gut zu hüten weiß, und die Familie Soult war sehr einflußreich. Anscheinend spielten die Kinder in einer Art Hütte, als diese zufällig Feuer fing. Henri versuchte, die jüngere Schwester zu retten, aber sie fanden beide den Tod . . . Das Begräbnis war pompös. Monsieur Soult selbst war nicht mehr am Leben, und es hieß, das Unglück bedeute das Ende der Dynastie. Seine Witwe zog sich völlig von der Öffentlichkeit zurück."

„Und die Feuer danach?"

„Darüber habe ich nichts gefunden."

„Sie sind also wirklich dort gestorben, die Ärmsten?"

„Ja", murmelte sie. „Grauenvoll."

Mir wurde übel, als ich mir die Katastrophe vorstellte. Aber wo blieb die Erklärung für das Verschwinden meiner eigenen Kinder?

Estelle weinte wieder. „Das Haus, das du bewohnst, wurde gewissermaßen als Mahnmal erbaut – mit dem Blick auf den Schauplatz des Unglücks. Deshalb hat le Brève dich dorthin geführt. Damals gehörte das alles zum Besitz der Soults."

Mein Herz raste. „Und wem gehört es jetzt?"

Sie trocknete sich die Wangen. „Weiß ich nicht. Ist auch unwichtig."

Für mich war es das ganz und gar nicht. Angenommen, meine Kinder waren nicht bloß durch Zufall, sondern aus viel tiefergehenden Beweggründen, aus berechnender Grausamkeit entführt worden. Mit Schaudern dachte ich an Berichte über Kidnapper, die ihre Opfer auf sadistische, bestialische Weise folterten . . . Eine Art Selbstschutz zwang mich, diese Visionen sofort zu verdrängen.

Estelle schlang mir die Arme um den Hals und küßte mich.

„Verzeih mir", bat sie. „Mehr weiß ich nicht. Du mußt tapfer sein."

Ich wußte, daß ich der Verlockung nicht nachgeben durfte. Es war Zeit, zu Emma zu fahren.

Acht

EMMA saß auf einer Bank im Schatten der Platanen. Sie wirkte sehr beherrscht und überaus kühl und britisch, als sie die Zeitung weglegte und ihr ärmelloses Kleid glattstrich. „Hallo."

Estelle hatte ihre Fassung wiedererlangt und lächelte. „Ich glaube, wir haben einen Erfolg aufzuweisen. Gehen wir doch was trinken."

Immerhin erklärte sich Emma dazu bereit, und so spazierten wir gemeinsam in eines der Cafés unten am Fluß. Estelle erzählte, was wir am Vormittag in Erfahrung gebracht hatten, und wiederholte, was ich von ihr schon wußte. Emma spielte lange, in grüblerisches Schweigen versunken, mit einem Kaffeelöffel. „Wie weit haben Sie die Vergangenheit durchforstet?" fragte sie plötzlich.

„Bis zu dem Zeitpunkt vor siebenunddreißig Jahren", antwortete Estelle verblüfft.

„Nicht noch weiter zurück, um eine Erklärung für das Verhalten der Soult-Kinder zu finden?"

„Es waren merkwürdige Kinder. Merkwürdig wie überhaupt die ganze Familie."

„Waren die Soults nicht am Krieg beteiligt?" bohrte Emma.

An Estelles Reaktion merkte ich, wie schmerzhaft dieser Pfeil traf. Der Krieg war noch immer ein wunder Punkt. „Natürlich."

Wir spürten Estelles Unbehagen. Die Soults, erzählte sie uns, waren eine von Marcels Vater, einem Flugpionier und Kameraden des berühmten Blériot, gegründete Dynastie. 1940 übergab der Vater alles an Marcel, und mit dem Unternehmen ging es bergab. Das Werk in Toulouse hatte Faucon-Jagdflugzeuge hergestellt, aber Marschall Pétain und seine prodeutsche Regierung ließen die Produktion stillegen. Was macht man mit einem Rüstungsbetrieb, wenn der Krieg verloren ist und sich das Land für neutral erklärt? Auf die Erzeugung von Kochtöpfen und Glühbirnen umsteigen? Leicht war das unter den gegebenen Umständen nicht, aber die

Umstellung war bereits im Gange, als die Deutschen von Vichy-Frankreich genug hatten und auch noch in der bisher unbesetzten Zone einmarschierten.

„Und was war danach?“ drängte Emma.

Estelle errötete unter ihrer Sonnenbräune. „Sie . . . wir . . . haben wieder Kriegsmaterial produziert.“

„Für die Deutschen?“

Sie nickte. Nicht unbedingt ein ruhmreiches Kapitel.

„Ah.“ Emma seufzte, als hätte sie endlich für etwas Bestätigung erhalten. „Was für Kriegsmaterial? Jagdbomber?“

Widerstrebend gab Estelle die Kollaboration zu. „Bestandteile, keine vollständigen Maschinen. Das Toulouser Werk stellte auf die Produktion von Teilen der V-1- und V-2-Raketen um.“

„Und Marcels Kinder – wie alt waren die?“

„Sie wurden während der Kriegsjahre geboren . . .“

Jäh beendete Emma das Verhör. „Ich bin müde. Du mußt mich zurückbringen, Jim.“ Dann feuerte sie eine letzte Frage ab. „Was ist nach Kriegsende aus der Familie geworden?“

„Das entzieht sich meiner Kenntnis“, gestand Estelle.

WIR verabschiedeten uns von ihr in Pontauban und fuhren zum Haus weiter. Emma saß zusammengesunken neben mir, als hätte der Vormittag sie mindestens soviel Kraft gekostet wie mich Nerven.

„Ich krieg noch heraus, was mit der Soult-Familie in der Kriegs- und Nachkriegszeit los war, daß sie zwei so gestörte Kinder hervorgebracht hat . . .“, sagte ich.

„Ich weiß es nicht, und es interessiert mich auch nicht“, antwortete sie. „Tu, was du willst.“

„Liebling . . . bitte. Es könnte ein Schlüssel dafür sein, was mit Susie und Martin geschehen ist.“

„Die sind genauso tot wie die Soult-Kinder“, flüsterte sie. „Und spar dir den Versuch, mich vom Gegenteil zu überzeugen.“

Ich warf einen Blick zu ihr hinüber. Sie war erschreckend bleich. Es schadete ihr eindeutig, daß sie hierblieb und sich von der Hitze und den Erinnerungen quälen ließ. „Warum fährst du nicht heim, Schatz?“

„Warum ich?“ brauste sie auf, als witterte sie eine Verschwörung. „Was ist mit dir und deiner Arbeit?“

„Ich habe ein paarmal mit Bob telefoniert, als du nicht ansprechbar warst. Er meint, sie könnten einstweilen ohne mich auskommen."

„Und deine Entwürfe?"

„Die soll der Teufel holen." Früher hatte ich nur die Sechstagewoche gekannt, aber was spielte das Büro in der jetzigen Situation noch für eine Rolle?

Chenoncey kam in Sicht, dann die Straße zum Haus.

„Und wenn ich fahre? Wirst du diese Frau wiedersehen?"

„Ich glaube nicht."

Der neue Wachtposten salutierte, als ich den Wagen in die Einfahrt lenkte.

Emma trat im Haus ans Küchenfenster und starrte auf den düsteren Waldrand. Ich sah, daß sie fröstelte. „Jim, vielleicht sollte ich wirklich in ein oder zwei Tagen heimfahren. Das willst du doch, nicht wahr?"

Sie sagte es herausfordernd, erhob meinen Wunsch zur unleugbaren Tatsache, die eine Kluft zwischen uns schuf.

„Liebste, du siehst das ganz falsch. Ich schicke dich nicht fort, und ich möchte dich absolut zu nichts drängen. Tu einfach, was du für richtig hältst."

Ich drückte ihr die Hand und hatte dabei ein schlechtes Gewissen. „Willst du, daß ich mit dir komme?"

„Nur, wenn Bob Dorcas dich braucht . . ."

„Das ist nicht der Fall." Wieder eine wahrheitsgemäße Antwort, die sie verletzte. Wir starrten einander wie über eine Mauer hinweg an. „Wo kann ich dich erreichen? Bei deinen Eltern?"

„Nein, ich möchte in unser Haus."

Unser Haus in Richmond. Ein fernes Schloß, das wir leichten Sinnes verlassen hatten. Meine Arbeit, nicht einmal die Planung für das Bristol-Krankenhaus hatte für mich noch Bedeutung. Unglück schaffte andere Werte. Ich betrachtete Emma und wünschte, ihr Zeit geben zu können, Zeit, wieder zu ihrer früheren Stärke zu finden.

„Schatz, ich vermisse die Kinder so", sagte ich. „Sie fehlen mir schrecklich. Aber ich werde noch eine Weile hierbleiben. Ich muß den verschiedenen Anhaltspunkten noch weiter nachgehen."

Gedankenverloren schob Emma die Gegenstände auf dem Küchentisch herum. Schachfiguren in Form von Eßbesteck und Gewürzstreuern. Pfirsiche und Nektarinen rollten aus einer Papiertüte.

„Wie du meinst."

Ich verbrachte den Nachmittag in trostloser Stimmung mit einem Spaziergang durch die längst bekannte Umgebung und lenkte meine Schritte sogar bis zum Wald hinauf. Der Gendarm beobachtete mich vom Gartentor aus, doch als ich von ihm erfahren wollte, was aus seinem Kollegen geworden sei, erklärte er, er habe keine Ahnung. Er sei nach Marseille für einen Spezialauftrag wegbeordert worden.

Abends überredete ich Emma, auswärts essen zu gehen. Ich fuhr eine andere Strecke durch eine weniger erinnerungsträchtige Gegend zu einem Gasthof an der Route Nationale.

Im Restaurant aß sie schweigend und so geistesabwesend, als schmecke sie überhaupt nicht, was sie verzehrte. Auch der Wein konnte nicht dazu beitragen, den Abgrund zwischen uns zu überbrücken. Als wir unter dem klaren Sternenhimmel zurückfuhren, packte mich das Verlangen, den Arm um sie zu legen, aber sie blickte, in ihren Kummer versponnen, starr durch die Windschutzscheibe auf die sich im Dunkel verlierende Straße.

WIR waren jetzt elf Tage hier – scheinbar eine Ewigkeit. Ich buchte für Emma einen Flug von dem zwei Fahrstunden entfernten Toulouse aus.

Le Brève sah uns beim Packen zu. „Ich halte diese Lösung für das beste“, bemerkte er.

Als ich mit ihm allein im Wohnzimmer war, nahm ich ihn mir vor. „Sie haben nichts erreicht. Offenbar sind Sie der Sache nicht gewachsen.“

Er rieb sich das Kinn. „Solche Ermittlungen sind langwierig.“

„Daß ich nicht lache! Was wird hier eigentlich gespielt? Wie sind die Soult-Kinder umgekommen?“

Er fuhr auf. „Woher wissen Sie den Namen?“

„Sagen wir einfach, ich hätte ihn gelesen. Er steht in den Akten.“

„Ah.“ Die kreisenden Finger hielten keinen Moment inne. „Sie lesen also Französisch?“

„Nicht sehr gut. Aber ich habe Unterstützung.“

„Sie sollten sich mit diesen Dingen nicht befassen. Das ist nichts für Sie.“

Mehr bekam ich aus ihm nicht heraus. Als ich ihn über den verschwundenen Gendarmen befragte, tischte er mir dieselbe Geschichte auf wie Clerrard.

„Er verfolgte einen Wagen, Monsieur. Jemand wollte Sie bestehlen.“

„Bestehlen!“ Ein Einbrecher, der ausgerechnet einen Stoffhund und Comic-Hefte entwendet.

„Aller Wahrscheinlichkeit nach. Der junge Kollege sagte aus, er habe eine verdächtige Gestalt gesehen. Aber dann tauchten Sie auf und brachten ihn total aus der Fassung. Er lief hinaus und sah ein Auto in überhöhtem Tempo davonfahren. Da sprang er in den Streifenwagen und verfolgte es, bis er es leider verlor.“

„Blödsinn! Der Kerl war wie versteinert. Und welcher Einbrecher würde ein Plüschtier und Mickymaushefte mitnehmen!“

„Möglicherweise wurde er gestört, ehe er an wertvollere Beute herankam.“

Mir stand wohl im Gesicht geschrieben, was ich dachte. Ich mißtraute ihm, und er wollte mir etwas in die Schuhe schieben.

Ich trug Emmas Koffer zum Auto. Als ich aus der Einfahrt schoß, sah ich im Rückspiegel, daß le Brève uns vom Fenster aus nachschaute.

Auf der Fahrt zum Flughafen war Emma äußerst wortkarg. Ich hatte doch noch ihre Eltern angerufen und informiert. Ihr Vater würde Emma in Heathrow erwarten.

„Wirst du auch gut auf dich aufpassen? Du wirst mir fehlen!"

Sie ging neben mir zum Flugsteig. Aus ihrem Blick sprach deutlich die Überzeugung, daß ich log. Sie traf keine Anstalten, mich zu küssen. „Möchtest du, daß ich Bob Dorcas anrufe, sobald ich in London bin?"

„Wenn es dir nichts ausmacht. Sag ihm, daß ich bleibe, bis die Polizei zu einem Ergebnis kommt. Welcher Art auch immer", fügte ich resigniert hinzu.

„Gut."

„Liebling, und –"

„Ja."

„Ich hab sie genauso geliebt wie du . . ." Ich schluckte. Zwölf Jahre hatten Susie und Martin zu unserem Leben gehört. Sie waren unsere Ebenbilder, was uns oft beim Aufblitzen eines Lächelns, bei einer winzigen Geste schlagartig bewußt wurde. Es würde keine Unbeschwertheit, keine fröhlichen Spiele mehr geben. Ich mußte mir die Tränen von den Augen wischen.

„Ich gehe jetzt", sagte sie.

„Küß mich!"

Sie berührte flüchtig mit den Lippen meine Wange und schritt durch die Schranke. Dann war sie fort.

ZUTIEFST deprimiert fuhr ich zurück. Um mich abzulenken, begann ich, im Haus Ordnung zu machen. Weder le Brève noch Clerrard ließen sich an diesem Tag noch einmal blicken, aber inzwischen hatte die Meldung, daß zwei Kinder verschwunden waren, die nationale Presse erreicht.

Die ersten Reporter der Pariser Wochenblätter trafen am Nachmittag ein, und bald wimmelte es im Haus auch von Berichterstattern für die britischen und amerikanischen Zeitungen. Der

Gendarm war beeindruckt, und ich fühlte mich nicht mehr so einsam.

Nacheinander holte ich sie in die Küche, zeigte ihnen die Zimmer der Kinder, den Waldrand. Ich wollte, daß sie das sahen, daß ihnen die Geschichte unter die Haut ging, damit sie jede Kleinigkeit brachten. Vielleicht meldete sich daraufhin jemand, der etwas bemerkt hatte, was uns weiterhalf. Ein paar Tage lang machten wir Schlagzeilen und waren in den aktuellen Fernsehnachrichten. Der amerikanische Botschafter in Paris schickte einen Rechtsberater. Sympathiebezeigungen und Zuspruch. Ich wurde pausenlos fotografiert, vor dem Haus und im Haus, und sie nahmen meine Schnappschüsse von den Kindern mit.

Ich hatte Emmas Eltern telefonisch gewarnt, daß die Reporter sich auch auf sie stürzen würden, deshalb waren sie vorsichtshalber untergetaucht. Ich fuhr in eine Kneipe, um sie anzurufen und ihnen mitzuteilen, daß die Story nun publik war.

„Ich weiß. Sie steht im *Daily Telegraph*. Du brauchst dich nicht bei uns zu melden", sagte Emma, „außer es gibt echte Neuigkeiten."

Ich hatte den Eindruck, daß ich für sie bereits nicht mehr zählte. Wir hatten uns nur noch so wenig zu sagen. Dafür mußte ich es jetzt allein mit den Franzosen aufnehmen. Einer von ihnen, Charles Lucas, ein alter Zeitungshase mit ungepflegtem Schnurrbart und speckig glänzender Hose, sprach ziemlich gut Englisch. Er arbeitete als freier Journalist für eine Marseiller Zeitungsgruppe, und ich bat ihn um Hilfe. Konnte es ein Mord nach Vorbild sein, die Wiederholung eines vor siebenunddreißig Jahren verübten Verbrechens? Was hatte sich damals ereignet, und warum war le Brève so erpicht darauf gewesen, mich auf diesen weit zurückliegenden Fall hinzuweisen? Der Journalist strengte sein Gedächtnis an.

„Man muß bis in die Kriegszeit zurückgehen", sagte er und strich sich über den Schnurrbart. Soviel er wußte, hatte es enorme Machtkämpfe gegeben. Nach dem alten Soult hatte dessen Sohn Marcel alles übernommen und gewaltig am Krieg verdient – zuerst auf der einen, dann auf der anderen Seite. Die Folge waren Sabotageakte und brutale Vergeltungsmaßnahmen. Einmal war es im Werk in Toulouse zu einer wilden Schießerei gekommen. Die Deutschen hatten vierundzwanzig Stunden gebraucht, um wieder Ruhe herzustellen.

„Wo gibt es etwas Schriftliches darüber?"

Lucas lächelte säuerlich. „Nirgends. Wir Franzosen führen über derartige Vorfälle nicht Buch. Solche Berichte sind nicht gefragt, dazu reißen sie zu viele Wunden auf."

„Wie ging es weiter?" Wir saßen bei einem Glas Wein. Es war mein letzter Abend in dem verfluchten Haus.

„Marcel Soult ist für eine Weile von der Bildfläche verschwunden, manchen Gerüchten zufolge nach Berlin, aber etwa ein Jahr vor Kriegsende schaffte er es zurückzukommen. Das Werk produzierte weiter bis zu dem großen Rückzug nach der Invasion in der Normandie."

„Ich dachte, die Deutschen hätten alles in die Luft gesprengt, bevor sie sich nach Norden absetzten. Warum wurden die Soult-Werke nicht zerstört?"

Lucas wirkte verlegen und dämpfte die Stimme. „Angeblich haben sie Kollaborateure bis zum Schluß verschont."

Ich stand auf und schaute aus dem Fenster zum Waldrand. „Aber . . . wie hat er die Zeit danach überstanden? Wie hat er seine Haut vor der Rache der Résistance gerettet?"

„Soult war ein reicher Mann. Es wurde gemunkelt, es sei ihm mit Bestechung gelungen. Ja, da war was . . . Ich kann mich dunkel erinnern, aber es ist so lange her."

Ich schenkte ihm Wein nach und bestürmte ihn mit Fragen, doch ihm schienen Bedenken zu kommen, denn plötzlich wandte er sich mir zu, den Kopf gesenkt wie ein angriffslustiger Stier. „Hören Sie – lassen Sie die Vergangenheit ruhen. Wir wühlen hier nicht gern in altem Dreck. Wenn Sie Rückendeckung von der Presse wollen, lassen Sie die Finger von der alten Geschichte."

„Aber da stinkt doch was zum Himmel!" beharrte ich.

„Monsieur, ich muß mir meinen Lebensunterhalt verdienen. Das Verschwinden von zwei Kindern, englischen Kindern, während eines Urlaubsaufenthaltes in Frankreich – das interessiert die Leute. Aber wenn Sie aufrühren wollen, was hier vor mehr als vierzig Jahren passiert ist, werden Sie sehr bald allein im Regen stehen."

ALS die zweite Woche um war, zog ich in ein billiges Hotel, das „Levant" in Sainte-Maxime. Dann machte ich mich an die Aufgabe, Hauptkommissar le Brève aufzuspüren.

Er war nicht greifbar. In der Gendarmerie behauptete Kommissar Clerrard sogar, nicht zu wissen, wo sich sein Chef aufhielt. Ob es nicht besser wäre, wenn ich dem Beispiel meiner Frau folgte und nach England zurückkehrte, um dort die Ergebnisse der Ermittlungen abzuwarten?

„Nein“, antwortete ich. Ich wollte um jeden Preis dableiben, bis endlich ein Fortschritt erzielt wurde. „Wo ist der Gendarm, der mitten in der Nacht seinen Posten verließ? Ich möchte mich gern einmal mit ihm unterhalten.“

Clerrard lächelte. „Monsieur, Sie sprechen kein Französisch. Außerdem ist er in Marseille.“

Um Kräfte zu sammeln, legte ich mich in dem bedrückend engen Hotelzimmer aufs Bett, aber die innere Unrast ließ mich nicht zur Ruhe kommen. Ich rief Bob Dorcas und den Anwalt in London an, Emmas Eltern in Ringwood und sogar die Botschaft in Paris. Keiner hatte mir etwas zu sagen, und Emma erreichte ich nicht. Ich nahm eine Dusche und zog frische Sachen an, und die ganze Zeit sah ich im Geiste die finstere Gestalt von Hauptkommissar le Brève.

Schließlich ging ich hinunter zum Zeitungsstand in der Hotelhalle. Die Frau an der Rezeption beobachtete mich. Ein roter Mund mit einem Leberfleck dicht über der grellbemalten, herzförmig geschwungenen Oberlippe, mit Henna gefärbtes Haar und dunkle Augen.

Ich kaufte ein Exemplar von *L'Horizon*, einem Sensationsblatt mit schreiendblauen Schlagzeilen. Mord, Unglücksfälle, Drogenrazzien – was die Polizeiberichte von ganz Südfrankreich so hergaben.

Ein Artikel sprang mich förmlich an. Mühsam übersetzte ich mit Hilfe eines Taschenwörterbuchs die Überschrift.

WARUM VERSCHWANDEN SIE? las ich. GIBT ES EINEN ZUSAMMENHANG? Der Verfasser war Charles Lucas.

„Nichts als Schund, Monsieur“, sagte die Frau, während ich die Zeilen verschlang. Offenbar war sie begierig, ihr Englisch an den Mann zu bringen. „Die Zeitungen drucken jeden Mist.“

„Hier steht, daß es in diesem Teil des Landes eine Menge ungeklärter Fälle gibt. Leute sind spurlos verschwunden. Alles bisher ungelöste Rätsel.“

„Pah! Die schmieren schnell was zusammen!" Sie stellte sich neben mich. Im Hotel Levant ging es nicht eben zu wie in einem Taubenschlag, und wir waren allein auf weiter Flur. „Zum Beispiel das . . ." Sie zeigte auf Lucas' Artikel. „Ich kann Leute, die vom Unglück anderer Menschen leben, nicht ausstehen. Nennen Sie das anständig, sich so sein Geld zu verdienen?"

„Sie halten die Entführung in Chenoncey für einen Einzelfall?"

„Da gibt es keine Parallelen zu dem Soult-Verbrechen, Monsieur", erklärte sie. „Das garantiere ich Ihnen."

„Ich verstehe nicht, Madame."

„Glauben Sie mir, wenn Sie hier aufgewachsen wären, wüßten Sie über die Heimsuchungen der Familie Soult Bescheid oder vielmehr über das, was noch von ihr übrig ist."

„Gibt es denn noch jemand?"

Sie lachte. „Madame Soult soll noch am Leben sein. Die Alte ist meschugge. Die wäre zu keinem Mord fähig."

„Trotzdem", sagte ich, „hat es zwei Tote gegeben. Und dann verschwinden am selben Ort wieder zwei Kinder."

„Lassen Sie sich nicht täuschen, mein Guter. Erstens einmal waren es nicht zwei Tote. Jedenfalls nicht zwei Soults."

Ich traute meinen Ohren nicht. „Wie meinen Sie das? Sind denn nicht beide Soult-Kinder in dem Feuer umgekommen? Man hat doch zwei Leichen gefunden! Ich habe es doch eben in der Zeitung gelesen!"

„Ha!" Sie ordnete die Illustrierten und begab sich mit einem Staublappen wieder hinter den Empfangsschalter. „Ich sage Ihnen ja, Sie dürfen nicht alles für bare Münze nehmen, was da gedruckt steht."

Ich lehnte mich über den Tisch. „Was wissen Sie darüber?"

Offenbar mahnte etwas an meiner Art sie zur Vorsicht. „Sie haben doch nichts mit diesen armen englischen Kindern zu tun?"

„Ich bin ihr Vater."

„Heilige Muttergottes! Bitte verzeihen Sie, Monsieur."

„Was wissen Sie über Chenoncey?"

Der Hausbursche war aufgetaucht und beobachtete uns. Ich schlug mit der Faust auf die polierte Platte. „So reden Sie doch endlich! Was wissen Sie über den Tod der Soult-Kinder?"

Sie spitzte die Lippen und starrte mich an. „Tut mir leid, mein

Herr, ehrlich! Ich hätte es nicht erwähnen dürfen. Aber es ist nur ein Kind gestorben. Das ist allgemein bekannt. Das sagt jeder."

„Jeder?"

„Nun ja, die Leute hier:"

„Wie viele Kinder hatte Madame Soult?"

„Zwei, Monsieur. Aber nur eines wurde . . . getötet."

„Die Polizei behauptet, es seien zwei gewesen."

„Sicher, Monsieur, ist das ein Wunder? Die Soults waren sehr wohlhabend. Die wußten schon, wie man gewisse Dinge vertuscht."

„Aber wenn nur ein Kind umgekommen ist, was ist aus dem anderen geworden?"

Sie schüttelte ihre Mähne. „Fragen Sie nicht mich, fragen Sie lieber Madame." Und dann kicherte sie hinter der vorgehaltenen Hand.

„Lebt Madame Soult denn noch in Frankreich?"

Sie tippte sich mit dem Finger an die Nase. *„Bien sûr."*

Neun

ICH rief Emmas Eltern in Ringwood an. Emma war da, aber nicht sehr gesprächig.

„Wie fühlst du dich, Liebling?"

„Es geht. Hast du Neuigkeiten?"

„Noch nicht, Schatz. Ich warte darauf, endlich le Brève zu Gesicht zu kriegen."

„Triffst du dich noch mit dieser Journalistin?"

Ich wollte unser ohnehin schon gespanntes Verhältnis nicht verschlechtern. „Nein, Emma. Aber hör zu, bitte! Ich bin überzeugt, daß das Verschwinden unserer Kinder und der Fall Soult irgendwie zusammenhängen. Man verheimlicht uns etwas."

„Dieser Hauptkommissar zieht eine Schau ab", sagte sie.

„Ja, ich glaube auch, daß er lügt."

„Doch das alles wird sie uns nicht zurückbringen." An ihrer Stimme merkte ich, daß sie mit den Tränen kämpfte.

„Bitte, Emma, Liebling! Ich möchte die Wahrheit erfahren. Und ehe ich nicht Klarheit habe, rühre ich mich hier nicht weg."

NUN hatte ich selbst einer Sache nachzugehen, während die polizeilichen Ermittlungen weiterliefen. Aber um Madame Soult aufzustöbern, würde ich Estelle anrufen müssen, und bei dem Gedanken war mir in Erinnerung an unseren Besuch bei Elorean ziemlich unbehaglich zumute.

Mir fiel ein, daß sich in dem Vitrinenschrank außer den Zeitungsausschnitten, die Emma entdeckt hatte, auch noch andere Aufzeichnungen befinden könnten. Für eine systematische Suche waren wir durch unsere Sorgen zu abgelenkt gewesen. Im Grunde hatte sie nur wahllos ein Buch herausgenommen und einen Zufallstreffer gelandet. Möglicherweise war in den anderen Bänden noch allerhand versteckt. Warum also nicht hinfahren und nachsehen? Wenigstens würde ich dann eine Beschäftigung haben, die mich davon abhielt, an die Kinder zu denken oder zu überlegen, ob ich nicht doch die Heimreise antreten sollte, wie Clerrard immer wieder vorschlug, wenn ich bei der Gendarmerie in Sainte-Maxime vorsprach.

„Warum tun Sie sich das hier an? Sie können ohnehin nichts ausrichten."

„Ich glaube, das kann ich selbst am besten beurteilen."

Er wirkte zuerst überrascht und dann verärgert. „Demnach darf ich wohl vermuten, daß Sie sich aus einem ganz persönlichen Grund dazu entschlossen haben?" Ein listiger Ausdruck trat in seine Augen.

„Zum gegebenen Zeitpunkt werde ich schon abreisen."

„Ich bin sicher, das ist eine sehr . . . kluge Entscheidung." Er erhob sich. „Für den Fall, daß sich doch noch etwas ergibt . . . eine Neuigkeit . . . Wir werden in unseren Bemühungen nicht nachlassen. Und früher oder später, wer weiß . . ." Er starrte mich an. „Wir kommen bestimmt zu einem Ergebnis."

An jenem Nachmittag fuhr ich zum Haus und hoffte, man würde mir den Zutritt nicht verwehren. Aber es war gar niemand da, der mich hätte abweisen können. Unbewacht und mit geschlossenen Fensterläden stand es in der Sonne, die vom wolkenlosen Himmel niederbrannte.

Ich hielt an, stieg aus dem Auto, um das Tor zu öffnen, und fuhr in die Einfahrt. Der Kies knirschte unter den Reifen wie an jenem schicksalsschweren Abend vor über zwei Wochen. Zikaden zirpten im hohen Gras, als ich zur Eingangstür ging – unserer Tür, die wir so freudig erregt aufgemacht hatten. Jetzt war sie fest verschlossen, und ich hatte keine Möglichkeit hineinzugelangen. Vergeblich versuchte ich mein Glück bei den Fenstern. Da hörte ich, wie sich ein Wagen auf der schmalen Straße näherte, und verbarg mich instinktiv hinter dem Haus.

Es war ein alter Citroën, eines jener stromlinienförmigen Modelle, bei denen die Blinker seitlich am abgerundeten Dach angebracht sind, ein Auto wie eigens für französische Kriminalfilme entworfen. Das brummende Motorengeräusch unterbrach die Stille des Nachmittags. Eine Vorahnung sagte mir, daß der Citroën stehenbleiben würde, und gleich darauf bestätigte sie sich. Die Insassen, zwei Männer, musterten den in Großbritannien zugelassenen Sierra, der in der Einfahrt parkte. Ich hatte mich zwar schon manchmal beobachtet gefühlt, aber das gab mir nun die Gewißheit, daß ich beschattet wurde. Ich wagte kaum zu atmen. Nach etwa drei Minuten dröhnte der Motor wieder auf, und sie fuhren weiter.

Ich war in Schweiß gebadet. Es mußten gut dreißig Grad sein, und die Sonne stand fast senkrecht über dem Haus.

Als ich glaubte, die Luft sei rein, setzte ich mich in Bewegung, überquerte die Straße und folgte dem Feldweg. Die vor kurzem noch aufgeweichte Erde war jetzt, in diesem Land der Gegensätze, staubtrocken. In der sengenden Hitze des frühen Nachmittags stapfte ich weiter, fühlte mich als kleiner, unbedeutender Punkt in der Weite der Landschaft.

Wie ein Magnet zog mich der Erdhügel an, der Fundort der Leichen. Nur beherrscht von dem Gedanken an meine Kinder, brach ich mir Bahn durchs Unterholz, ohne von meiner Umgebung etwas wahrzunehmen.

Da. Genau am Ende des Pfades lag die Lichtung, wo man die beiden Soult-Kinder, vielleicht auch nur eines, tot aufgefunden hatte. Und schon sah ich die leichte Erhebung im Waldboden.

Im nächsten Moment war ich nicht mehr allein. Schattenhaft tauchten zwei Gestalten vor mir auf – zwei Männer Mitte Zwanzig, durchtrainiert und geschmeidig. Es ging alles viel zu schnell, als daß ich hätte flüchten können. Also blieb ich einfach abwartend stehen.

„Was wollen Sie?"

Sie sprangen mich zugleich an. Der eine packte mich am Hals, der andere trat mich in die Knie. Als sich der Stämmigere auf mich warf, roch ich eine säuerliche Alkoholfahne. Dann traf ich ihn mit der Faust auf den Mund und sah Blut über sein Kinn rinnen, aber sie waren bestens aufeinander eingespielt. Sein Kumpan versetzte mir einen Hieb in den Magen, und als ich mich vor Schmerzen krümmte, gab mir der erste einen Schlag auf die Schläfe.

Halb betäubt von dem Brausen in meinen Ohren und dem höllischen Stechen in meinem Schädel, suchte ich fieberhaft nach einer Möglichkeit, ihnen zu entrinnen, weil ich fürchtete, sie würden mich töten. Aber schon attackierten sie mich wieder. Das schlimmste war ihr Schweigen. Nichts war zu hören als unser Keuchen, während wir verbissen kämpften. In meiner Verzweiflung schrie ich gellend auf englisch um Hilfe. Dann sprang ich auf und rannte los, aber meine Gegner waren kräftiger und schneller. Ich wurde auf den Rücken geschleudert. Einer setzte sich rittlings auf meine Brust und hielt meine Arme fest, der andere stand über mir und trat mich in die Rippen und gegen die Schienbeine.

Das Gesicht mit der blutenden Lippe dicht vor mir war wutverzerrt und bösartig. Meine Rippen bekamen am meisten ab. Doch schließlich gelang es mir, eine Hand zu befreien und den Kerl, der mich trat, zu packen. Aber in dem Moment, als ich nach ihm griff, bot ich dem muskulösen Kerl, der auf mir thronte, ein ungedecktes Angriffsziel, und er bearbeitete meinen Kopf mit Schlägen. Dann hielt er plötzlich inne. Der andere brüllte etwas. Beide ließen von mir ab. Als ich mich umschauen konnte, waren sie fort. Benommen setzte ich mich auf. Alles drehte sich um mich. Es gab keine Stelle an meinem Körper, die nicht weh tat, aber wenigstens schien nichts gebrochen zu sein.

Ich wollte nur eines – weg von diesem beklemmenden Ort, von der Lichtung, wo wir gekämpft hatten. Taumelnd schleppte ich mich über den Pfad, der sich zwischen den Bäumen und dann über das offene Feld dahinschlängelte. Als ich die Straße erreicht hatte, wurde der pochende Schmerz in meinem Kopf endlich schwächer. Ich setzte mich ins Gras, bis ich aufhörte zu zittern. Nichts regte sich weit und breit. Kein einziger Laut war zu vernehmen.

Ich merkte, daß ich meine Autoschlüssel noch hatte. Die beiden

Widerlinge hatten sich nicht damit aufgehalten, mich zu durchsuchen und mir Papiere und Geld abzunehmen. Ich wankte über die Straße, ließ mich in den Ford fallen und startete den Motor.

Sowie ich fuhr, fühlte ich mich besser. Während ich die drei Kilometer nach Chenoncey zurücklegte, grübelte ich darüber nach, ob ich zur Gendarmerie gehen sollte. Ich brauchte Hilfe, aber inzwischen traute ich niemandem mehr. Ins Hotel konnte ich in meinem Zustand nicht, und es schien mir unter den gegenwärtigen Umständen auch nicht ratsam. An der Kreuzung der Hauptstraße nach Sainte-Maxime und der Landstraße nach Pontauban ging mir der Motor aus, als verlangte der Wagen eine Bedenkfrist, um sich für die eine oder die andere Richtung zu entscheiden. Meldete ich mich bei Clerrard in Sainte-Maxime, mußte ich zugeben, wo ich gewesen war. Ich verwarf diese Möglichkeit, ließ den Motor wieder an und fuhr weiter. Es war vier Uhr.

Ich schoß über Land, als wäre der Teufel hinter mir her. An die Fahrt selbst erinnere ich mich nur verschwommen. In einer Art Trance nahm ich die Kurven, fegte mehr als einmal auf der linken Straßenseite dahin, als wäre ich in England, überholte langsam tuckernde Traktoren ganz knapp, sauste an Gehöften und verdutzt glotzenden Bauern vorbei, aber irgendwie schaffte ich es bis Pontauban. Jetzt noch durch die Alleen und über die Brücke in die Altstadt. Ich wollte zu Estelle.

Die starken Schmerzen, die ich spürte, kamen von meinem Brustkorb und von der rechten Wange. Ein blaßgelbes Zimmer, ein blaßgelbes Laken, milde Abendsonne. Ich hatte die Augen geöffnet und brauchte eine halbe Minute, um richtig zur Besinnung zu kommen. In dem Moment, in dem Estelle eintrat, wußte ich auch wieder, was geschehen war. Ich erinnerte mich, wie ich in der Redaktion ankam und Estelle entsetzt nach Luft schnappte, als sie sah, in welchem Zustand ich mich befand. Alles, was sich danach ereignete, nahm ich wie durch einen Nebel wahr – ihre stützenden Arme, ihre Stimme, die mir sagte, sie würde mich in ihre Wohnung bringen.

Dann lag ich in Estelles Bett. Sie hatte mich ausgezogen und gewaschen.

„Großer Gott. Wie spät ist es?“

„Sieben. Du bist plötzlich umgekippt. Trink das!"

Wasser. Ich sehnte mich nach Wasser. Ich fühlte mich am ganzen Körper wund.

„Gebrochen ist nichts, glaube ich." Sie setzte sich auf die Bettkante, betastete behutsam mein Gesicht und meine Rippen, zog dann die Decke zurück und betrachtete die Blutergüsse. „Was ist passiert?"

Ich erzählte ihr, daß ich auf der Waldlichtung angegriffen worden war.

„Es ist nicht zu fassen", meinte sie. „Du mußt die Polizei informieren."

Stöhnend setzte ich mich auf. Der ganze Raum war von ihrer seltsamen Anziehungskraft erfüllt. Zwar hatte die Einrichtung des Zimmers etwas ganz leicht Verspieltes, doch die Wärme, die ich empfand, ging allein von Estelle aus.

„Le Brève mißtraut mir", sagte ich. „Die zwei Kerle sind mir gefolgt. Dann ist die Situation etwas außer Kontrolle geraten, aber es könnte ja auch ihr Auftrag gewesen sein, so zu handeln."

„Das kann ich mir nicht vorstellen. Du mußt dem Hauptkommissar vertrauen."

Ich erzählte ihr, daß die Hotelangestellte behauptet hatte, Madame Soult lebe noch. „Die Kinder sind gar nicht dort begraben, und man hat nur *eine* Leiche gefunden."

Sie streichelte mein Haar. „Du hättest nicht dorthin zurückgehen sollen."

„Wer will mich außer Gefecht setzen? Jemand, der weiß, daß ich auf der richtigen Spur bin, der sich für das Unglück von damals verantwortlich fühlt?"

„Jim, du bist müde."

„Hinter alldem steckt Methode . . . Meine Kinder sind aus einem bestimmten Grund entführt worden. Ich finde schon noch heraus, warum!"

„Denk jetzt nicht mehr daran", meinte sie. „Im Augenblick ist nur wichtig, daß du hier bist." Sie küßte mich auf die Stirn.

Ich schwang die Beine über die Bettkante. Ich fühlte mich zwar gerädert, aber ein Teil meiner Kraft kehrte langsam zurück, und ich wagte – nackt bis auf die Unterhose – ein paar unsichere Schritte.

„Jim, bitte! Du darfst dich nicht überanstrengen! Bleib liegen!"

„Keine Sorge. Es geht schon wieder. Schließlich hab ich noch was zu erledigen."

Die Mundwinkel traurig herabgezogen, ging sie auf Distanz. „Deine Sachen sind dort drüben", sagte sie leise. „Ich hab dein Hemd gewaschen. Es war völlig verschmutzt."

Ich kleidete mich an. Dann sprachen wir bei einem Drink über unsere Vergangenheit. Mit ihrer Ehe hatte es nicht geklappt, und sie hatte plötzlich mit ihrem Kind allein dagestanden – einer Tochter, die jetzt in Paris lebte. Hätte ihr Mann sie vor zwölf Jahren nicht einfach verlassen, wäre sie vielleicht nie Journalistin geworden. Ich erzählte ihr von Emma, von meinen Zukunftsträumen für die Familie und von meiner Angst, die Kinder könnten tot sein.

Sie schwieg eine Weile und fragte dann: „Hängst du an deiner Frau?"

„Sehr."

Resigniert ließ sie die Schultern sinken und seufzte: „Dann verstehe ich nicht, warum du nicht zu ihr fährst."

Später am Abend aßen wir gemeinsam in der Küche. Im Handumdrehen hatte sie ein Käsefondue zubereitet. Der bauchige Topf auf dem Kranz winziger blauer Flämmchen, die aus dem Spirituskocher leckten, hatte einen eigenen, romantischen Reiz. Sie strich sich mit den Fingern über die Lippen und sagte mit einem unergründlichen, fast überirdischen Lächeln: „Jim, bleib doch über Nacht."

Was bewog sie, diese Einladung auszusprechen? Was hatte sie zu der Frau gemacht, die sie war? Was ging in ihr vor?

„Das wäre nicht richtig, Estelle."

Ich spürte die Kraft, mit der sie mich immer mehr in ihren Bann zog. Im flackernden Kerzenlicht, eingelullt von der seidigen Wärme der Abendluft und ein wenig berauscht vom Wein, wehrte ich mich gegen die Versuchung, Estelle mehr als bloß eine hilfreiche Freundin werden zu lassen. Sehnsucht nach Liebe ist wie Hunger eines der übermächtigsten Gefühle. Bei ihr war dieses Verlangen so stark wie der Wille zu überleben.

Sie griff über den Tisch, nahm meine Hände und betrachtete die Schrammen. „Sieht schon gar nicht mehr so schlimm aus."

„Estelle, du hast mir schon einmal geholfen – bei Elorean. Begleitest du mich noch einmal?"

„Wohin?“

„Ich möchte von le Brève die Wahrheit erfahren.“

„Ich glaube, ich kann nicht.“

Ich schob mein Glas weg und erhob mich. Es kostete mich etwas Mühe, aber ich fühlte mich stark genug, um aufzubrechen.

„Wo willst du hin?“ fragte sie irritiert.

„Zurück nach Sainte-Maxime.“

„Jim, bitte bleib doch. Du kannst in deinem Zustand nicht nachts fahren.“

„Ich muß nachdenken“, sagte ich.

„Geh nicht! Bitte!“

Meine Ehe stand auf dem Spiel. Es wäre nur allzu leicht gewesen, zu vergessen, wer ich war, was mich hierhergeführt hatte, mir einzureden, ich könnte eine Art Retter für sie sein. Aber tief im Innersten wußte ich, daß ich mich in eine Gefahr begeben würde, der ich vielleicht nicht gewachsen war.

„Tut mir leid, meine Liebe, aber es ist sicher besser so.“

Ihre Stimme war nur ein heiseres Flüstern, als sie fragte: „Was genau soll ich für dich tun?“

„Ich will alles über die Soult-Kinder wissen. Hilf mir!“

Tränen traten ihr in die Augen. „Und die Polizei? Meldest du den Überfall?“

„Ich verzichte darauf. Hilfst du mir, Estelle?“

„Ich überleg's mir“, antwortete sie.

Zehn

ALS ich sie am nächsten Tag anrief, meldete sich niemand. Ich fuhr nach Pontauban und hinterließ eine Nachricht und die Telefonnummer, unter der ich zu erreichen war. Auf dem Rückweg durch die schmalen, kopfsteingepflasterten Gassen der Altstadt bildete ich mir ein, von unzähligen, hinter Vorhängen oder im Dunkel der Torbögen verborgenen Augen beobachtet zu werden.

In der Gendarmerie bestand ich hartnäckig darauf, den die Ermittlungen führenden Hauptkommissar zu sprechen, bekam aber nur Kopfschütteln als Antwort. Le Brève sei ein paar Tage auf Urlaub. Oder auch in Paris.

Schon seit einiger Zeit war es unerträglich heiß. Tag für Tag präsentierte sich der Himmel in zermürbend wolkenlosem Stahlblau. Ich begriff selbst immer weniger, warum ich eigentlich noch blieb, aber eine verbissene Sturheit hinderte mich daran aufzugeben, als ich wie ein Verrückter mit heruntergekurbelten Fenstern zurück nach Sainte-Maxime raste.

Ich brauchte Estelles Hilfe, also richtete ich mich auf Warten ein. Man hätte meinen können, daß sie mir auswich. Den ganzen Abend über rief ich sie stündlich an. Irgendwann mußte ich sie ja erreichen. Endlich, um ein Uhr morgens, hob sie den Hörer ab und meldete sich mit einem müden „Hallo?"

„Estelle, ich bin's. Ich muß zwei Adressen überprüfen. Eine könnte der Wohnsitz von le Brève sein. Ich brauche deine Hilfe. Bitte!"

„Na gut", stimmte sie zögernd zu. „Ich tue, was ich kann."

Ich gab ihr die beiden unter dem Namen le Brève im Telefonbuch eingetragenen Adressen durch und bat sie, sich darum zu kümmern. In der Frühe rief sie mich im Hotel an. Die erste Adresse gab es schon lange nicht mehr. Das Gebäude war abgerissen worden. Bei der zweiten am Boulevard Gambetta handelte es sich um die Villa von Madame le Brève.

Der Boulevard Gambetta lag im eleganten Stadtteil von Pontauban, einem sich am Flußufer hinziehenden Außenbezirk. Das zweigeschossige Haus mit den schmiedeeisernen Balkonen im oberen Stockwerk war groß und hatte eine Doppelgarage. Eine Reihe junger Zypressen schirmte es von der Straße ab. Als wir aus Estelles Citroën stiegen und auf die Klingel drückten, begann ein Hund furchterregend zu bellen.

Sie entsprach nicht meinen Erwartungen, doch was ich im Grunde erhofft hatte, war mir selbst schleierhaft. Die Frau, die wie eine Elfe aus dem Türspalt spähte, war ein zierliches, hübsches, dunkelhaariges Persönchen von schätzungsweise dreißig Jahren. Sie hätte le Brèves Tochter sein können. Statt dessen war sie seine um einiges jüngere Frau.

Höflich fragte ich, ob der Herr Hauptkommissar anwesend sei, und wenn nicht, ob ich dann vielleicht seine Frau Gemahlin sprechen dürfe.

„Ich bin Madame le Brève."

Estelle und ich müssen ein merkwürdiges Paar abgegeben haben – ein langer, dünner Kerl mit einer zerschundenen Wange und eine schlanke, silberhaarige Frau –, aber die Dame zeigte keinerlei Überraschung, sondern bat uns sofort herein.

Sie bot uns einen Drink an, und wir nahmen mit unseren Cinzanos im Salon Platz, der wie Eloreans Prachtburg auf den Hügeln bestens ausgestattet war. Die Einrichtung hätte einem Château keine Schande gemacht. Phantastische Möbel, eine sündhaft teure Hi-Fi-Anlage, ein Fernsehapparat mit flachem Bildschirm. Es roch förmlich nach Wohlstand.

Offensichtlich hatte le Brève sie ins Vertrauen gezogen, denn sie wußte alles über meine Kinder, und ihr knabenhaftes Gesicht nahm einen bekümmerten Ausdruck an. Ihr Name war Ninette, und ihre Bereitwilligkeit, sich mit uns zu unterhalten, ließ mich vermuten, daß sie, bedingt durch le Brèves Pflichten als Hauptkommissar, zuviel allein war. Ich fragte mich, was sie an ihm finden mochte, dieses Mädchen aus Nîmes, das einen Mann geheiratet hatte, mit dem sie scheinbar so gar nichts verband, wahrscheinlich nicht einmal Kinder. Seine erste Frau war gestorben. Ninette war also in das Haus ihrer Vorgängerin eingezogen.

Es lag mir fern, sie auszufragen, aber ich wollte le Brèves Abwesenheit nutzen, um sie als Verbündete zu gewinnen. Außerdem gab sie mir das Gefühl, daß sie nichts zu verbergen versuchte.

„Ihr Mann hat vergessen, mir zu sagen, wer die Kinder waren, die er vor siebenunddreißig Jahren in der Nähe des Ortes fand, wo meine verschwunden sind."

Ninette le Brève hob die Brauen, als Estelle meine Frage übersetzte. Sie schien nicht zu verstehen, worum es ging, deshalb erklärte ich ihr, was es mit dem kleinen Erdhügel auf der Waldlichtung für eine Bewandtnis hatte, und berichtete ihr, was kürzlich dort in der Nähe geschehen war.

„O mein Gott!" stöhnte Ninette. „Es ist doch nicht etwa dieselbe Stelle, wo die Soults gefunden wurden?"

„Hat er Ihnen nicht gesagt, daß es in Chenoncey passiert ist? Bitte, Madame", fuhr ich beschwörend fort. „Meine Kinder könnten die Opfer eines Rituals sein. Wissen Sie etwas darüber?"

Auf diese Frage hin ging sie aus sich heraus. Wie ein Porzellanpüppchen saß sie in dem gepflegten, halb abgedunkelten Salon, bereit, die Geheimnisse der Vergangenheit zu verraten.

„Sie sagt, sie weiß alles über die Soults", übersetzte Estelle. „Ich bin nicht sicher, ob wir sie fragen sollten . . ."

„Sie möchte reden. Also laß sie!" Ich wandte mich wieder an Ninette. „Ich möchte alles wissen. Und niemand sonst will es mir sagen. Wie viele Soult-Kinder sind umgekommen?"

„Zwei, Monsieur. In einem Feuer."

„Wurde es absichtlich gelegt?" Ich fürchtete ein Verbrechen, eine unfaßbare Greueltat in jenen Wäldern, die meine eigenen Kinder verschlungen hatten. „Estelle, bitte – frag schon!"

„Sie sagt, es habe sich eindeutig um einen Unfall gehandelt. Die Kinder haben mit Feuer gespielt, die Kontrolle darüber verloren und selbst in den Flammen den Tod gefunden."

„Woher weiß sie Bescheid?"

„Le Brève hat den Fall untersucht."

Demnach hatte er mit seiner jungen zweiten Frau über Vergangenes gesprochen. Sie erklärte, sie frage ihn aus Interesse an seiner Arbeit nach seinen Fällen. Maurice habe ihr von den vermißten englischen Kindern erzählt, doch sie habe sie nicht mit der Soult-Familie und den Schauergeschichten ihrer Kindheit in Verbindung gebracht.

„Was hat sich damals genau ereignet?" ließ ich durch Estelle fragen.

„Es war noch vor meiner Geburt, Monsieur."

Langsam, Satz für Satz, rollten Ninette und Estelle die Geschichte auf. Im August 1944, als die Panzer abzogen, stand das Werk in Toulouse noch unter der Leitung von Marcel Soult und hatte einen Lagerbestand von V-2-Teilen. Jahre später hatte Ninettes Mutter dem kleinen Mädchen erzählt, was sie gesehen hatte. Als die Wehrmacht abrückte, rotteten sich halbverhungerte Zwangsarbeiter zusammen und marschierten, nach Blut und Rache schreiend, zum Herrenhaus der Soults. Sie trafen auf ein paar Polizisten, die versuchten, den außerhalb der Stadt gelegenen Besitz zu schützen. Einer wollte den rasenden Mob aufhalten. Das Bauernmädchen Maria, das später Ninette gebar, sah, wie er in den Staub fiel, wie ein Verrückter ihm die Waffe entriß und ihn abknallte wie einen Hund. Er war das erste Opfer der tobenden Menge. Dann brachen sie das

Tor auf und stürmten über die geschwungene Auffahrt auf das große Haus zu. Nichts konnte ihnen Einhalt gebieten, nicht einmal die schwere Eingangstür. Die ganze in fünf Jahren aufgestaute Erbitterung entlud sich. Blind vor Haß zerstörten und plünderten sie und nahmen Rache für den in den Werkshallen vergossenen Schweiß. „Soult!" schrien sie wie von Sinnen. „Soult!" Am Treppenaufgang fielen sie über Marcel her und rissen ihn buchstäblich in Stücke, bevor sie ihn mit Kugeln durchsiebten.

„Meine Mutter hat das nie vergessen . . . wegen der kleinen Kinder. Sie haben alles mit angesehen – vom ersten Treppenabsatz aus, von dem man die Halle überblickte."

Endlich begann ich verschiedenes zu begreifen.

„Dann holten sie sich die Mutter", fuhr Ninette fort und umklammerte das Kruzifix, das sie an einer Kette um den Hals trug. „Zuerst rissen sie ihr die Kinder aus den Armen und dann die Kleider vom Leib. Sie wissen sicher, was man mit Kollaborateuren machte? Sie haben ihr den Kopf kahlgeschoren und sogar die Augenbrauen abrasiert. Dann haben sie sie vergewaltigt."

Estelle schauderte und ballte die Fäuste.

„Woher weiß Ninette das?" fragte ich.

„Ihre Mutter hat dieses furchtbare Schauspiel ein Leben lang verfolgt. Als sie nach Nîmes zurückkam, hat sie versucht, das alles aus ihrem Gedächtnis zu streichen, aber gelungen ist es ihr nie."

Wieder fragte ich mich, welche Laune des Schicksals sie zu le Brèves zweiter Frau gemacht hatte, und sie spürte meine Neugier.

„Es überrascht Sie, daß ich Maurice geheiratet habe und hierhergezogen bin?"

„In gewisser Weise", gab ich zu.

„Ihr Vater war Polizist", erklärte Estelle. „In Nîmes und Arles. Südfrankreich ist ihre Heimat. Nach dem Tod seiner ersten Frau wurde der Kommissar dorthin versetzt. Sie lernten sich auf einem Polizeiball kennen. Er kann sehr charmant sein, und er tat ihr leid."

Ich wollte wissen, wie lange er fortbleiben werde. Höchstens drei Tage, meinte sie. Er wollte Interpol in Paris in die Ermittlungen einschalten. Sollte ich das glauben? Ich war mir nicht sicher.

„Was geschah nach der Plünderung?" Estelle agierte wieder als Dolmetscherin.

„Zum Schluß haben sie den Landsitz in Schutt und Asche verwandelt. Sie haben Benzin auf die Möbel geschüttet, Stoffetzen angezündet und von draußen hineingeworfen. Manche behaupten, im Haus wären noch Leute eingeschlossen gewesen und bei lebendigem Leibe verbrannt. Man konnte sie schreien hören. Sie sagt, das Gebäude habe gebrannt wie Zunder."

„Und Madame Soult?"

„Irgendwie hat sie die Kinder gerettet. Ninettes Mutter hat es nicht mit eigenen Augen gesehen. Aber sie haben überlebt."

ESTELLE war zu aufgewühlt, um auf der Rückfahrt zu sprechen. Wir hatten noch die Schilderung der Grausamkeiten in den Ohren. Der Alptraum begleitete uns auf unserer Fahrt nach Pontauban, wo ich Estelle vor dem Gebäude des *Sud Journal-Express* absetzte. Ich hätte das alles gern mit ihr diskutiert, um ihre Meinung darüber zu erfahren. Wieviel glaubte sie von der Geschichte? Die Soult-Kinder waren gerettet worden, aber wie war ihre weitere Entwicklung verlaufen, daß sie zu Brandstiftern wurden? Hatte nur eines das verhängnisvolle Spiel mit dem Feuer mit dem Tod bezahlt, oder waren beide umgekommen? Doch Estelle sagte, sie sei müde. Und sie müsse schließlich Geld verdienen, fügte sie gereizt hinzu. Ich schlug vor, gemeinsam zu Abend zu essen.

„Abends bin ich beschäftigt", sagte sie. „Da arbeite ich."

„Bitte, Estelle!"

„Na ja . . . also gut." Meine Hartnäckigkeit entlockte ihr ein Lächeln.

Wir vereinbarten, daß ich sie um acht abholen sollte.

Ich fuhr ins Hotel Levant, um von dem muffigen Zimmer aus einige Anrufe zu tätigen. Unter anderem meldete ich mich bei Bob im Büro.

„Jim!" rief er. „Was tust du dort noch? Warum bist du nicht mit Emma zurückgekommen?"

„Weil ich die Polizei bei ihren Ermittlungen unterstütze, wenn man es so nennen will."

„Und, gibt's was Neues?"

„Nichts Definitives. Aber ich kriege langsam Einblick in die Vergangenheit."

„Du kriegst was?"

„Vergiß es. Brauchst du mich dringend?"

Unter seiner rauhen Schale verbarg sich ein weicher Kern, und ich glaubc, meine Familie hatte für ihn die Verkörperung eines unerfüllten Wunsches dargestellt.

„Nein, wir kommen schon zurecht. Bleib, so lange wie nötig."

„Ich danke dir."

Während man bei der Vermittlung versuchte, Emma unter der Nummer ihrer Eltern zu erreichen, lungerte ich in dem tristen Zimmer herum. Auf meine Bitte hin probierte man es stündlich, und ich war erleichtert, als um sechs endlich der Apparat auf dem Nachttisch läutete.

„Ihre Verbindung mit England, Monsieur", sagte die Telefonistin so stolz, als sei sie in die Mongolei durchgekommen.

„Oh, wunderbar, vielen Dank. Hallo?"

Am anderen Ende der Leitung war Emmas Vater, der Oberst mit der Reibeisenstimme, die immer klang, als bemühte er sich, ein Husten zu unterdrücken. „Jim? Wo bist du?"

„In Sainte-Maxime-le-Grand. Gleich an der Straße nach Chenoncey. Ist Emma da?"

Eine Pause. „Sie möchte im Moment nicht mit dir sprechen."

Mein Magen krampfte sich zusammen. „Was ist los mit ihr, Gerald?"

Statt einer Antwort fragte er: „Gibt es Neuigkeiten?"

„Nun ja, nichts, was uns effektiv weiterbringt, aber ich lasse nicht locker. Ist Emma krank?"

„Nein . . . Sie ist weggefahren . . . zu einer Freundin."

„Zu wem? Wohin?" brüllte ich.

Der alte Herr brauste ebenfalls auf. „Laß sie in Ruhe, Jim! Sie will allein damit fertig werden. Sie bleibt bei Freunden."

„Bei wem? Hast du die Nummer?"

„Bedaure, aber sie wünscht nicht, daß du sie anrufst. Im Notfall wende dich an mich."

Emma entzog sich mir. Das machte mich wütend. Also hatte das Gift der von le Brève und anderen ausgestreuten Verdächtigungen bei ihr gewirkt.

„Es ist alles sehr kompliziert", sagte mein Schwiegervater. „Sehr unerfreulich."

„Ich bin hier, weil ich die Kinder suche, und aus keinem anderen Grund. Ist das klar?"

„Ich weiß das zu schätzen.“

Tatsächlich? Wie reizend! Sie war die Mutter meiner Kinder, und es gab Dinge, über die ich sie gern in Kenntnis gesetzt hätte, zum Beispiel die merkwürdigen, schon lange zurückliegenden Todesfälle, aber nein, da mußte ich mich mit ihrem umständlichen Vater herumschlagen, während sie sich bei irgendwelchen Freunden versteckte, um sich darüber klarzuwerden, was sie von mir hielt.

„Gut, Gerald. Sag ihr trotzdem, daß ich angerufen habe.“

STATT Emma schüttete ich dann Estelle mein Herz aus, als sie mir an jenem Abend die Tür öffnete. Sie sah hinreißend aus in einem leuchtend kirschroten Kleid, das ihre geschmeidige Figur zur Geltung brachte. Ich hatte einen Tisch in einem Restaurant am Flußufer in Pontauban bestellt. Im „Croque d'Or“ konnte man im Freien auf der Terrasse speisen. Sogar einen Barpianisten gab es. Die gedämpfte Beleuchtung und die leise Musik schufen eine intime Atmosphäre.

„Geht's dir besser?“ fragte sie lächelnd.

„Viel besser. Bis auf die Tatsache, daß meine Frau nicht mit mir sprechen will.“

Estelles Miene verdüsterte sich, doch dann schien sie sich zu entspannen. „Was ist denn los, Jim?“

Ich erzählte, daß Emma mir jeden Kontakt mit ihr verweigerte.

„Das kommt bestimmt alles wieder in Ordnung“, tröstete Estelle mich. „Davon bin ich überzeugt.“

„Was macht dich so sicher? Ich stoße nur auf Halbwahrheiten und immer mehr Rätsel. Und wenn es mir nicht gelingt, Klarheit zu schaffen, bleibt der Verdacht an mir hängen. Sogar meine eigene Frau glaubt –“

Sie streckte die Hand aus und strich mir über die Wange. „Denk jetzt nicht daran.“

Aber ich zog Bilanz aus den bisherigen Ergebnissen. „Es fängt an, nach einer Verschwörung auszuschauen. Vielleicht ist mit le Brève und Elorean was faul. Die beiden haben ja den Fall der Soult-Kinder gemeinsam untersucht.“

Sie hob ihr Glas an die Lippen und nippte am Chablis. „Ausgeschlossen!“

„So? Und warum? Du hast doch Eloreans Besitz gesehen. Weder er noch le Brève können bei der Polizei je so viel Geld verdient haben. Man könnte doch feststellen, woher der Goldregen stammt."

Sie beugte sich vor. Ihre blauen Augen schimmerten feucht, als kämpfte sie mit den Tränen. „Es hat keinen Sinn", sagte sie. „Fahr zurück zu Emma!"

„Erst wenn ich etwas aufzuweisen habe. Warum bist du so traurig?" Auf ungeschickte Art versuchte ich, ihr zu helfen.

„Du weißt, warum ich traurig bin. Du weißt, warum du dich hier mit mir triffst."

Ich wollte es leugnen, erklären, wir wären einfach Verbündete, nicht mehr. Aber die süße, sentimentale Musik hüllte uns ein und brachte mich in eine eigenartige Stimmung. Mir kam alles so unwirklich vor. Ich hatte meine beiden Kinder verloren, und der Schmerz darüber fraß mich förmlich auf. Meine Frau war nach England heimgefahren und gab mir bis zu einem gewissen Grad die Schuld an der Katastrophe. Und Estelle war da.

Wir tranken noch einen Likör und machten dann einen Spaziergang. Sie hängte sich bei mir ein. Vom Restaurant führte ein von Laternen beleuchteter Schotterweg zwischen den Platanen zum Ufer, wo verliebte Pärchen dahinschlenderten. Ich hatte keine Zeit, daran zu denken, was Emma zu Hause ausbrütete. Ich schob meine Angst weit von mir. Was zählte im Augenblick? Doch nur, daß Estelle dicht bei mir war, daß ihre Wärme mich durchdrang, ihr Parfum mich verzauberte.

„Wie weit führt diese Promenade?"

Sie zuckte die Achseln. „So weit du willst."

Im Schatten der Bäume blieb ich stehen und nahm sie in die Arme.

„Nein, Jim, nein. Das dürfen wir nicht . . ."

„Sei still!" Ich führte sie zu meinem Wagen zurück und fuhr zu ihrer Wohnung.

Wir gingen die schmale Gasse hinauf und in den kleinen Hof zwischen weißgetünchten Mauern.

„Heute bedeutest du mir so viel", sagte sie. „Und vor drei Wochen haben wir uns noch gar nicht gekannt."

„Vor drei Wochen bin ich durch Frankreich gefahren und war ein glücklicher Mann mit Familie."

Sie kramte nach ihren Schlüsseln. „Du sollst so was nicht sagen!“

Im Flur vor ihrer Wohnung küßten wir uns. Als wir eintraten, fiel mir auf, daß das Bücherdurcheinander beseitigt war – als hätte sie mich erwartet. Sie wollte mich, und ich brauchte sie. Das Gefühl, das uns zueinandertrieb, war überwältigend. Kaum hatte sie die Tür geschlossen, klingelte es.

„Geh schon vor, und warte im Wohnzimmer auf mich“, flüsterte Estelle hastig.

Ich hörte sie wieder aufsperren und mit jemand sprechen. Gleich darauf erschien sie mit einem hageren, dunkelhaarigen, modisch-vergammelten jungen Mann, den sie als Jules vorstellte.

Jules, der erst seit kurzem als Reporter beim *Sud Journal-Express* arbeitete, hatte Kontakte zum Polizeipräsidium und war im Besitz brandneuer Informationen. Aus Estelles Bedrücktheit schloß ich, daß es sich um eine schlechte Nachricht handelte.

„Jim, sie haben eine Leiche gefunden“, sagte sie leise. „Kommissar le Brève ist bereits auf der Heimreise, und man möchte, daß du morgen auch kommst – wegen der Identifizierung.“

Mir wurde ganz kalt vor Ernüchterung. Worauf sollte ich jetzt noch hoffen? Im Unterbewußtsein hatte ich mich bisher immer an den Gedanken geklammert, alles würde sich letztlich durch eine Art Wunder zum Guten wenden. Aber meine Kinder würden nicht zurückkehren, nie mehr. Das Äußerste, was ich noch erwarten konnte, war Klarheit darüber, was geschehen war. Ich packte Estelles Hand und hielt sie fest wie ein Ertrinkender.

„Wo? Wo?“

Weit weg von hier, in einer Sandgrube weiter südlich in der Nähe von Carcassonne. Das Kommissariat hatte keine Einzelheiten bekanntgegeben. Le Brève sollte sofort nach seiner Ankunft die Untersuchung leiten.

Estelle kochte Kaffee. Als sie Jules fortgeschickt hatte, blickten wir einander an.

„Tut mir leid . . . wegen heute abend.“

„Vergiß es“, murmelte ich.

Sie schüttelte den Kopf. „Das werde ich nie. Was wirst du machen, wenn es wahr ist? Wenn man sie tatsächlich gefunden hat?“

Ich überlegte. Es war die Art Frage, die man sich erst stellt, wenn das Schicksal endgültig zuschlägt.

Schweigend saßen wir am Küchentisch unter der Hängelampe.

„Es gibt zwei Dinge, die tragisch sind im Leben", sagte sie. „Das Eintreffen dessen, was man fürchtet, und die ständige Angst davor."

Elf

AM MORGEN kam ein Gendarm in das Hotel in Sainte-Maxime und forderte mich auf, ihn sofort auf die Gendarmerie zu begleiten, wo le Brève mich erwartete.

Als ich den Korridor entlangging, hörte ich, wie der Hauptkommissar sich angeregt mit Clerrard unterhielt, und als die Tür geöffnet wurde, stand er vor mir und strahlte, als sei das Leben für ihn nur eitel Sonnenschein.

„Monsieur Freeling? Wissen Sie es schon? Wir haben die Leiche eines Knaben entdeckt. In einer Kiesgrube bei Carcassonne. Ich hätte gern . . . ich möchte, daß Sie sie sich ansehen."

Aus den Augenwinkeln merkte ich, daß Clerrard mich beobachtete, aber ich konnte den Blick nicht von le Brève wenden. Mit dem braunen, doppelreihigen Jackett, das uniformähnliche Goldknöpfe zierten, und der schmalen rehfarbenen Hose war er wie ein Theaterdirektor oder ein Buchmacher gekleidet. Wie konnte ich dieser Karikatur trauen?

Ich erklärte mich einverstanden.

„Wir brechen jetzt gleich auf", befahl le Brève. „Bringen wir es hinter uns!"

Ich zwängte mich mit ihm und seinem Adjutanten, einem mürrischen, schweigsamen Mann Mitte Dreißig namens Constant, in den Wagen. Zwei Uniformierte saßen vorn neben dem Fahrer. Die Atmosphäre war gespannt, als wir uns in den Verkehr einreihten und in Richtung Toulouse brausten.

„Möchten Sie etwas essen?" fragte le Brève. „Sollen wir halten und einen Imbiß nehmen?"

Ich hatte keinen Appetit. Ich war ausgelaugt. Mir war es lieber, die Fahrt nicht zu unterbrechen.

Etwa dreißig Kilometer nördlich der alten, von Mauern umgebenen Stadt Carcassonne bog der Wagen von der Hauptstraße ab und fuhr landeinwärts. Über Serpentinen ging es hinauf in die

Hügel, wo die Ortschaften verschlafener und stiller waren und terrassenförmig angelegte Weingärten die Hänge bedeckten.

Le Brève musterte mich lauernd. „Manchmal bringen sie einander in dieser Gegend vor lauter Langeweile um. Ich könnte ein Lied davon singen . . ."

„Um wen handelt es sich Ihrer Meinung nach bei der Leiche?" Endlich brachte ich den Mut auf, ihn zu fragen.

„Es ist ein Knabe. Verstümmelt. Schon ungefähr zwei Wochen tot. Laut Auskunft des Pathologen war er elf oder zwölf Jahre alt."

„Wohin fahren wir jetzt?"

„Zum Fundort."

„Ist der Junge denn noch dort?"

„Nein, natürlich nicht."

„Wozu dann das Ganze?"

Er lächelte dünn. „Vielleicht frischt es Ihr Gedächtnis auf."

Der Wagen holperte über Furchen und folgte einer behelfsmäßigen Straße hinunter zum Rand eines Steinbruchs, wo Bagger ein riesiges Loch aushoben. Le Brève war flink wie ein Wiesel ausgestiegen und unterhielt sich nun mit den Männern, die wartend neben ein paar Autos standen.

Jemand hatte dicht am Rand des Steinbruchs ein flaches Grab geschaufelt. Ich wurde hingeführt. Zwei Arbeiter hatten es auf der Suche nach einem Hund zufällig entdeckt.

Als ich darauf niederstarrte, wurde mir bewußt, daß dies das Ende meiner Hoffnungen bedeutete. Wie wenig jetzt noch zählte! Vor Entsetzen war ich wie gelähmt.

Nach einer Weile merkte ich, daß le Brève mich am Ärmel zupfte. „Was sagen Sie dazu? Erinnert Sie das nicht an etwas?"

„Wieso sollte es?" fragte ich dumpf.

Er hob eine Handvoll Erde auf und ließ sie durch die Finger rieseln. „Ein anderer Ort. Eine kleine Erhebung auf einer Waldlichtung. Wo schon einmal Kinder getötet worden sind . . ."

Ich schaute hinab auf sein dunkles, argwöhnisch zu mir aufspähendes Gesicht und empfand nichts als Haß. „Was wollen Sie, zum Teufel?" stieß ich heiser hervor.

„Nichts. Mich hat nur Ihre Reaktion interessiert."

Mit anderen Worten, er hatte sehen wollen, ob ich mich verriet, indem ich Nervosität zeigte, Unbehagen, Reue, irgendeine

Regung, aus der sich auf meine Schuld schließen ließ. Er verdächtigte mich nach wie vor, und ich begriff, was er sich zusammenkombinierte. Konnte ich nicht doch ein Motiv haben? Was wußte er über Emmas und mein Verhältnis zu den Kindern? Plötzlich fiel mir wieder ein, daß er mit Emma vor ihrer Abreise unter vier Augen gesprochen hatte. Emma war so verwirrt, so außer sich vor Gram gewesen, daß sie vielleicht durch eine ungeschickte Bemerkung sein Mißtrauen verstärkt hatte. Mein Wutausbruch wegen des zerbrochenen Buddhakopfes. Meine Bekanntschaft mit Estelle. Angenommen, Emma und le Brève waren insgeheim zu der Ansicht gekommen, ich hätte die Tat von Anfang an geplant?

Mit schief gelegtem Kopf betrachtete er mich wie ein Vogel. „*Alors*, wir fahren wieder. Ich zeige Ihnen jetzt den Jungen."

Seine Rechnung war nicht aufgegangen, die Falle nicht zugeschnappt. Wir brausten nach Carcassonne, durch die schattigen, von Gebäuden der Stadtverwaltung gesäumten Boulevards. Le Brèves Wagen schwenkte in eine schmale Einfahrt. Der Torbogen trug die Aufschrift: MORGUE MUNICIPALE.

Noch ein paar Augenblicke der letzten, verzweifelten Hoffnung, daß dieser Leichnam, den man gleich vor mir enthüllen würde, nicht Martin war. Ich zwang mich anzusehen, was da in einer Zinkwanne lag – stellenweise rotgeflecktes Fleisch, ansonsten grauweiß wie Fischhaut, dunkles, schmutzverkrustetes Haar.

„Das ist nicht mein Sohn", sagte ich. „Gott sei Dank!" Das Kind einer anderen bedauernswerten Mutter. Mein Magen revoltierte.

„Danke, das genügt", sagte le Brève zu dem Assistenten im weißen Kittel. Als die Lade ins Fach zurückglitt, wurde mir besser.

„Das gehört zu unserem Beruf", fügte er halb entschuldigend hinzu. „Ich konnte Ihnen die Prozedur nicht ersparen."

„Herr Kommissar, wir sind hier über hundert Kilometer von dem Ort entfernt, wo meine Kinder entführt wurden. Wieso glauben Sie, zwischen den beiden Verbrechen bestünde eine Verbindung?"

„Ich glaube gar nichts", antwortete er. „Ich registriere nur Tatsachen und sammle Beweise, um festzustellen, ob sich ein Ganzes daraus ergibt."

„Und tut es das?"

Er drückte meinen Arm. „Es ist Zeit für eine Aussprache."

„Wie wahr", erwiderte ich.

Wir wurden zum Polizeipräsidium chauffiert, einem Gebäude mit Steinfassade, über dem die Trikolore flatterte. Le Brève schien mit den Räumlichkeiten bestens vertraut und führte mich in ein holzgetäfeltes Zimmer mit mehreren Schreibtischen und Aktenschränken.

„Bitte . . ." Mit einer Handbewegung bot er mir einen Platz an. „Sie haben sich eine Stärkung verdient. Entspannen Sie sich, bevor wir miteinander reden."

Kaffee und Cognac wurden gebracht. Dankbar griff ich zuerst nach dem Schwenker. Der Alkohol tat mir gut. Meine Nerven waren so dünn, als hätte man sie mit Glasscherben abgeschabt.

Le Brève beugte sich verschwörerisch vor. „Warum sind Sie noch einmal in den Wald bei Chenoncey gegangen?"

„Ah, das wissen Sie also?"

„Ich bedaure, daß Sie meinen Männern – wie sagt man? – in die Quere gekommen sind."

„In die Quere gekommen? Die Schweinehunde hätten mich fast umgebracht."

„Nein, nein", wehrte er ab. „Sie haben ihre dienstlichen Befugnisse überschritten, aber andererseits haben Sie sie auch provoziert. Sie dürfen nicht vergessen – wir sind alle etwas überreizt wegen der Vorfälle in letzter Zeit. Ich bitte um Entschuldigung."

„Ich könnte Sie wegen Gewaltanwendung drankriegen."

Er lächelte. „Der Meinung bin ich nicht . . . So, aber nun beantworten Sie mir eine Frage. Warum treffen Sie sich mit dieser Frau?"

„Was?" Mir wurde heiß bis in die Haarspitzen.

„Spielen Sie nicht Verstecken mit mir, Monsieur! Ich weiß von Ihrem Besuch bei ihr gestern nacht." Er zog die Schultern hoch und breitete die Arme aus. „Im Prinzip ist es unwichtig, mit wem Sie während der Abwesenheit Ihrer Frau schlafen, aber in bezug auf die laufenden Ermittlungen könnte es doch von Bedeutung sein. Das verstehen Sie hoffentlich."

„Wir haben nicht –", setzte ich an. „Das ist totaler Unsinn!"

Grinsend schenkte er großzügig aus der Cognacflasche nach. „Vielleicht sind Sie gar nicht traurig über die Heimreise Ihrer Frau. Haben Sie sie kürzlich gesprochen? Am Telefon?"

„Die Verbindung ist nicht zustande gekommen." Mir kam es so vor, als wüßte er Bescheid.

Plötzlich zeigte er mit dem Finger auf mich. „Warum haben Sie als Urlaubsziel ausgerechnet diesen Teil Frankreichs gewählt?" Aha. Es ging also wieder von vorn los.

„Das wissen Sie bereits. Die Buchung war reiner Zufall."

„Und gleich in der ersten Nacht nach Ihrer Ankunft stellen Sie fest, daß Ihre Kinder verschwunden sind?"

„Ja!" Jetzt war ich an der Reihe, ihn anzugreifen. „Und was haben Sie unternommen? Wie viele Männer haben Sie für die Suche abgestellt? Und was haben sie gefunden – abgesehen von dem armen kleinen Kerl im Steinbruch?"

„Wir haben im Umkreis von zwanzig Kilometern jedes einzelne Gebäude durchsucht."

„Aber sie hätten schließlich überall hingeschleppt werden können!" brüllte ich. „Hören Sie, ich könnte Ihnen vorwerfen –"

„Ja, Monsieur?"

„Daß Sie es am nötigen Schutz für das Haus fehlen ließen, als zum zweiten Mal eingebrochen wurde. Daß Sie über die Schlägerei, in die ich verwickelt wurde, genau im Bilde waren." Schlagartig änderte ich meine Taktik. „Warum haben Sie mir verschwiegen, um wen es sich bei den Kindern handelte, deren Leichen man vor siebenunddreißig Jahren auf der Lichtung entdeckt hat – direkt gegenüber von diesem verdammten Haus?"

„Wovon sprechen Sie überhaupt?" Seine Stimme war tonlos.

„Wieso weiß Ihre Frau nichts davon? Wieso haben Sie ihr nicht erzählt, daß es die Soult-Kinder waren? Die Erben eines Vermögens. Die Kinder von Marcel Soult haben dort gezündelt, und Sie haben sie gefunden, Sie und Elorean. Und Sie sind dadurch reich geworden!"

Er musterte mich kalt. „Sie haben Ninette ausgehorcht? Sie waren bei mir zu Hause?" zischte er. „Das hätten Sie nicht tun sollen!"

„Warum haben Sie mir nicht gesagt, wer diese Kinder waren?"

„Was für Kinder?"

„Mimen Sie nicht den Ahnungslosen", antwortete ich ruhig. „Sie haben mir absichtlich die Stelle gezeigt – noch am gleichen Morgen, als ich Susie und Martin als vermißt gemeldet habe."

Er trommelte mit den Fingern auf den Tisch. „Und welche Schlüsse ziehen Sie daraus?"

„Daß dem Verschwinden meiner Kinder vielleicht ein Ritual

zugrunde liegt, daß es eine Wiederholung des Schicksals der beiden Soults ist."

Er lachte. „Oh, *no, no, no*, Monsieur. Da irren Sie gewaltig!"

„Schön. Warum hielten Sie dann mit der Wahrheit hinter dem Berg?"

„Weil dort gar nicht zwei tote Kinder gefunden wurden."

„Das haben Sie aber behauptet."

„Nur, um Sie einer Probe zu unterziehen, einem Test."

„Wie heute, vermutlich."

„Ja, wie heute."

„Soll das heißen, daß alles, war mir Ihre Frau über die Soult-Kinder gesagt hat, was die Zeitungen damals geschrieben haben, bloß ein Märchen war?"

Er befeuchtete sich mit der Zunge die Lippen. „Da Sie mich so direkt fragen, will ich Ihnen eine Erklärung geben. Marcel Soult hatte zwei Kinder – gewiß. Sie wurden während des Krieges geboren und später als – wie sagt man? – als Brandstifter entlarvt."

„Ja, das ist mir nicht neu. Und Sie haben als junger Polizist die Untersuchung geleitet und entdeckt, daß sie selbst Opfer der Flammen geworden waren. Weil sie eine Hütte in Brand gesteckt hatten. In der Nähe unseres Ferienhauses. Auf dieser Waldlichtung!"

Le Brève schüttelte den grauhaarigen Kopf. „Fast die Wahrheit, aber nicht ganz, mein Freund. Es waren nicht zwei Leichen, wenn Sie es genau wissen wollen, sondern nur eine."

Zwölf

DIE Polizei brachte mich zurück zum Hotel in Sainte-Maxime. Oben in meinem Zimmer griff ich sofort zum Telefon. Leider meldete sich statt Emma wieder nur ihr Vater.

„Gerald? Ich hab mir im Leichenschauhaus ein totes Kind anschauen müssen. Aber es war keines von unseren."

„Dem Himmel sei Dank dafür", sagte er.

„Wie geht es Emma? Wann kommt sie zurück nach Ringwood?"

„Emma befindet sich wohlauf", erwiderte er barsch. „Wir wissen nicht, wann sie zurückkommt. Sie hat sich Anrufe von dir strikt verbeten."

Ich legte auf und rief Estelle in der Redaktion an. Sie schien erleichtert, daß es sich bei dem Toten nicht um meinen Sohn handelte, verhielt sich jedoch abweisend und kühl. Ich sagte, daß ich nach wie vor Hilfe brauchte.

„Tut mir leid, Jim. Aber ich kann wirklich nichts mehr für dich tun."

Vielleicht wäre hier alles zu Ende gewesen. Vielleicht hätte ich sogar aufgegeben, wenn sich nicht Charles Lucas bei mir gemeldet hätte, der Journalist, der mir als erster erzählt hatte, wie es den Soults im Krieg ergangen war.

Unser Treffen fand am nächsten Nachmittag in einem einfachen Straßencafé statt. Ich saß schon an einem der Tische unter der schattenspendenden Markise, als sich Lucas in seiner ganzen Fülle auf mich zutrollte. Er war extra aus Marseille gekommen, weil er mir etwas mitzuteilen hatte, und ich merkte ihm an, daß er aufgeregt war. Wir gaben uns die Hand, und dann setzte er sich. Ich lud ihn auf ein Bier ein.

„Ja, mein Lieber, seit unserer letzten Begegnung habe ich brav Hausaufgaben gemacht", begann er in fließendem Englisch. „Sie brachten damals die Soults mit dem Ort in Verbindung, wo Ihre Kinder verschwunden sind." Er klopfte auf den Tisch. Eine merkwürdige Begeisterung schien ihn zu erfassen. „Also habe ich im Archiv die Unterlagen über die Kriegszeit durchgestöbert. Ich deutete bereits an, Monsieur, daß wir diese Jahre gern aus unserem Gedächtnis verbannen, aber es gibt einen offiziellen historischen Bericht." Er zog ein Taschenbuch heraus, in dem unter anderem die großen, nach dem Krieg konfiszierten Soult-Werke in Toulouse und Marseille erwähnt waren. Die Vergeltungsmaßnahmen von 1944 waren nur flüchtig behandelt. Es hieß lediglich, es sei beim Abzug der Deutschen zu „Zwischenfällen" gekommen und man habe die Familie der Kollaboration beschuldigt. Die Werke waren 1946 verstaatlicht worden.

„So. Nun hören Sie sich das an! Ich will versuchen, es zu übersetzen." Er öffnete eine Segeltuchtasche und entnahm ihr Fotokopien von Ausschnitten verschiedener Nachkriegszeitungen, Artikel über die Heldentaten der Partisanen, über Sabotageakte und Brückensprengungen, die den Rückzug der Deutschen verzögern sollten, darunter auch ein Bericht über die Verhinderung eines

Maschinenabtransportes aus dem Toulouser Werk. Eine Gruppe von Arbeitern hatte anscheinend die Hauptmontagehalle besetzt und verteidigt, während eine andere zum Besitz der Soults marschiert war. „Der revolutionäre Geist ihrer Vorfahren", zitierte Lucas, „angespornt durch die eben erreichte Befreiung von den Ketten der Sklaverei, brannte wie eine Fackel in ihnen, als sie das Château im Wald umringten. Ihre Stimmen vereinten sich zu einem gewaltigen Chor: ‚Verräter! Verräter!', und wie eine durch nichts zu bremsende Flutwelle stürmten sie vorwärts. Marcel Soult versuchte, sie aufzuhalten, aber keine Macht der Welt hätte vermocht, ihnen Einhalt zu gebieten. ‚Gerechtigkeit!' schrien sie und: ‚Rache im Namen Frankreichs!' Dann lag Marcel Soult tot am Fuße der Treppe."

Lucas drehte sein in der Sonne funkelndes Glas. „Es scheint, daß Madame Soult mit den beiden Kindern irgendwohin ins Exil gegangen ist. Hinweise deuten auf einen mehrjährigen Aufenthalt in Chenoncey."

„Ah!" Das paßte in das Mosaik. Vermutlich war damals das Haus gebaut worden.

„Nach meinen Informationen lebt Madame Soult noch", fuhr Lucas fort.

„Richtig. Das habe ich auch herausgebracht."

Lucas war enttäuscht, berichtete aber unverdrossen weiter: „Außerdem weiß ich, wo. Bestellen Sie mir noch ein Bier, dann verrate ich es Ihnen."

„Nichts lieber als das." Energisch winkte ich dem Kellner.

Lucas grinste über meinen Eifer. „Der Ort heißt Gourdon-sur-Loup und liegt etwa fünfunddreißig Kilometer nördlich von Pontauban in den Hügeln." Er rieb sich die Hände. „Üble Gegend. Wüstenähnlich."

„Was gefällt ihr dann daran?"

„Vielleicht sollten Sie sich die Antwort darauf selbst holen. Nachdem ihre Kinder verbrannt sind, hat sie Chenoncey verlassen."

„Kinder oder Kind?" fragte ich. „Le Brève behauptet jetzt, es sei nur eines umgekommen."

Er schaute mich verblüfft an. „Überall ist die Rede von zweien."

„Ich weiß."

Schwitzend und schnaufend beugte er sich über den Tisch.

„Einmal ist kurz ein Skandal erwähnt, in den die Witwe verwickelt war. Sie hatte eine Affäre mit einem Arzt namens Raymonde. An ihn hat sie sich gewandt, weil ihre Kinder schwer gestört waren. Manche sagen sogar, halb verrückt. Nachdem sie umgekommen sind, lebte sie wie eine Einsiedlerin."

„Aber das war alles vor fast vierzig Jahren. Wo ist der Zusammenhang mit dem Verschwinden meiner Kinder?"

„Keine Ahnung", sagte Lucas bedächtig. „Aber Alter und Geschlecht Ihrer Kinder decken sich genau mit dem der beiden Soults, als diese umkamen."

„Als eins umkam –"

„Gut, wenn Sie so wollen . . ." Er warf einen Blick in die Runde. „Warum statten Sie Madame Soult nicht einen Besuch ab? Oder besser noch ihrem Arzt? Er lebt in Pontauban."

„Warum sagen Sie mir das alles?"

Lucas senkte den Kopf. „Als Patriot schäme ich mich, daß wir Ihre Kinder nicht finden können. Deshalb möchte ich Ihnen helfen, so gut ich kann."

„Sie glauben, ich sollte mit der alten Dame sprechen?"

Er stand auf. „Selbstverständlich, Monsieur. Aber zuerst würde ich mich an den Doktor wenden. Fragen Sie ihn, was nach dem Krieg mit den Kindern war. Viel Glück!"

„Aber ein Arzt wird doch wohl kaum Auskunft über ehemalige Patienten geben?" sagte ich noch. Und schon gar nicht über eine verflossene Geliebte, dachte ich mir dazu.

Lucas zuckte die Achseln. „Wir sind in Südfrankreich, mein Bester. Erzählen Sie ihm, daß Sie am selben Ort Ihre beiden Kinder verloren haben."

Wir verabschiedeten uns mit einem festen Händedruck.

Ich ging zurück zum Hotel, wo mir an der Rezeption ausgerichtet wurde, eine Dame habe versucht, mich telefonisch zu erreichen, und wolle sich wieder melden.

„Hat sie gesagt, wann?"

„Nein, Monsieur. Und sie hat keinen Namen hinterlassen. Übrigens keine Französin."

Emma? Mein Herz tat einen Hüpfer. Emma rief mich an – endlich! Die furchtbare Angst, ich könnte außer den Kindern auch sie verlieren, rückte ein wenig in den Hintergrund. Rasch verzehrte ich eine bescheidene Mahlzeit im Speisesaal und begab mich dann in mein Zimmer, um zu warten.

Der Anruf kam um neun Uhr. Ein zurückhaltendes „Hallo“.

„Emma! Liebling, wo warst du denn?“

„Wegen dieser . . . Leiche“, sagte sie. „Was hat das zu bedeuten?“

„Es war ein fremdes Kind. Du kannst ganz beruhigt sein, Schatz. Wo bist du?“

Sie zögerte kurz. „Bei Jennie Macomber.“ Das war eine von Emmas Freundinnen aus Collegezeiten. „Ich . . . ich habe Zeit gebraucht . . . zum Nachdenken.“

„Emma, ich liebe dich! Um Gottes willen, schließ mich nicht aus deinem Leben aus!“

„Tu ich ja nicht“, sagte sie, aber es klang nicht sehr überzeugend. „Warum kommst du nicht heim?“

„Weil ich noch nicht aufgebe!“ Ich erzählte ihr, was Lucas über den Krieg und die Soults ausgegraben hatte.

„Das ist nur eine Ausflucht“, erklärte sie. „Eine Ausrede, damit du deinen Aufenthalt in die Länge ziehen kannst. Wenn du dich in die Idee verrennst, einen vierzig Jahre alten Skandal aufzuwühlen, wird das überhaupt nichts bringen.“

Der Hieb saß. Aber was würden wir je wissen, wenn ich heimfuhr? Nichts. Nur die vagen Untersuchungsergebnisse der Polizei von Pontauban. Ich war nicht bereit, jetzt das Handtuch zu werfen, und das sagte ich ihr auch.

„Wer hilft dir?“

„Hauptkommissar le Brève.“

„Ich meine, abgesehen von der Polizei?“

„Ein freiberuflicher Reporter namens Charles Lucas. Arbeitet für eine Marseiller Pressezentrale.“

„Und wer noch? Diese Frau, die uns nach Pontauban gebracht hat?“

„Liebling, bitte . . .“

„Triffst du dich noch mit ihr?“ fragte sie scharf.

„Nein“, log ich und wußte, daß sie mir nicht glaubte. „Schatz, ich ruf dich morgen an. Nachdem ich bei diesem Doktor Raymonde war, der mir vielleicht einen Anhaltspunkt liefern kann. Unter welcher Nummer kann ich dich erreichen?“

„Nicht nötig, daß du dich meldest. Du hörst von mir.“

NACH einer schlaflosen Nacht überlegte ich am nächsten Morgen, ob ich Estelle anrufen sollte, weil ich mir einredete, sie als Dolmetscherin zu brauchen. Aber Emma hatte mich deutlich genug gewarnt, und so entschied ich schließlich, Raymonde, in der Hoffnung, daß er Englisch sprach, allein aufzusuchen. Wenigstens war er nicht schwer zu finden. Die Adresse stand im Telefonbuch. Rue Bartholdi an der Peripherie von Pontauban.

Das vertraute Stadtbild schien jetzt Teil des bösen Traums zu sein, in dem irgendwer irgendwo meine Kinder gefangenhielt. Ich parkte den Wagen unter Platanen. Auf dem blanken, an die graue Hausmauer geschraubten Messingschild stand Raymondes Name. Ich holte tief Luft und drückte auf die altmodische Türklingel.

Eine ältliche Frau öffnete mir und geleitete mich zu einer Wohnung an der Rückseite des Gebäudes. Eine graue Tür am Ende einer Treppe führte in ein Zimmer im ersten Stock. Auf französisch bedeutete sie mir zu warten. Obwohl der Doktor offiziell sicher schon längst im Ruhestand war, empfing er allem Anschein nach noch immer Patienten. Auf den abgewetzten Stühlen entdeckte ich ein paar verhältnismäßig neue Illustrierte.

Die Frau tauchte wieder auf und winkte mich weiter. Ich trat in einen dunklen, schäbigen, mit einem Sammelsurium von Möbelstücken vollgestopften Raum. Hinter einem riesigen Schreibtisch saß ein vertrocknet wirkender Mann. Sein von tiefen Runzeln durchzogenes Gesicht hatte einen resignierten Ausdruck. Er war dabei, Milch in eine Untertasse zu schütten, scheuchte die Katzen, für die sie bestimmt war, nun aber weg.

„Monsieur?" sagte er fragend und streckte die Hand aus.

Ob er Englisch spreche? Er zögerte, hustete und wiegte bedächtig den Kopf. Plötzlich lächelte er. „Ein bißchen", antwortete er langsam. „Setzten Sie sich, bitte. Wo liegt das Problem?"

Ich brauchte eine Zeitlang, um ihm begreiflich zu machen, daß ich nicht als Patient hier war, sondern um das Schicksal zweier vermißter Kinder zu klären. Seufzend bekundete er mir sein Mitgefühl. Die Geschichte sei ihm bekannt. Schrecklich, so etwas. Dann strich er sich mit der Hand durch das weiße Haar und setzte eine Schildpattbrille auf.

„Soviel ich weiß", begann ich, „kannten Sie Madame Soult gut. Können Sie mir erzählen, was damals geschah?"

„Monsieur, ich habe Madame Soult behandelt. Doch vor langer Zeit. Ich bin Arzt. Ich kann nicht über Patienten von früher oder von heute sprechen. Aber ich kann Ihnen folgendes sagen . . ." Eine der Katzen sprang ihm auf den Schoß, und er begann sie zu streicheln. „Die Kinder wurden in eine – wie sagt man – abnorme Welt hineingeboren. Sie sind darüber informiert, was sich am Ende des Kriegs ereignet hat?"

„Ja. Ich habe mit den Leuten gesprochen."

Sein Blick wandte sich nach innen. Er starrte in eine ferne Vergangenheit. „Sie hat zugesehen, wie ihr Mann ermordet und ihr Zuhause zerstört wurde; sie selbst wurde vergewaltigt, gedemütigt. Sie hat sich an mich um Trost gewandt. Sie verstehen?"

Natürlich verstand ich. „Was ist aus Madame Soult geworden?"

„Eine Eremitin. Ich wurde gerufen, um sie zu behandeln. Ich hatte einige Erfahrung im Umgang mit Problemen von Kindern." Er wedelte ungeduldig mit der Hand. „Monsieur, ich bin beschäftigt. Dies ist keine Konsultation."

Sehr beschäftigt wirkte er nicht, nur alt und müde. Ich überging seine Bemerkung und redete weiter. In dem Bestreben, sein Vertrauen zu gewinnen, schilderte ich ihm die Umstände, die uns in dieses Haus geführt hatten, erzählte, wie dann le Brève auftauchte und mir die Waldlichtung zeigte, was ich später über dessen ehemaligen Kollegen Elorean erfuhr und was Ninettes Mutter hatte mit ansehen müssen, als der Besitz der Soults geplündert worden war.

Raymonde hörte aufmerksam zu und murmelte dann: „Eigentlich dürfte ich Ihnen das nicht sagen, doch ich tue es trotzdem. Die Kinder waren psychisch sehr gestört. Sie waren komplett isoliert."

„Kein Schulbesuch? Kein Privatlehrer?"

„Nein. Für alles nur Madame. Es war – äh – nicht normal."

„Wie sind sie ums Leben gekommen?"

„Wer weiß, Monsieur?" Er lächelte schwach. „Sie dürfen nicht vergessen, sie waren damals erst zehn und zwölf Jahre alt."

„Gleich alt wie meine Kinder."

Raymonde schien das nicht zur Kenntnis zu nehmen. „Ich glaube, Sie müssen jetzt gehen. Tut mir sehr leid, wirklich."

„Aber Hauptkommissar le Brève hat mir verraten, daß nur ein Kind gestorben ist."

Sein Blick wurde abweisend. „Ich glaube, zwei, Monsieur."

„Glauben Sie, was Sie wollen, aber le Brève hat seine Version geändert."

Er spitzte die Lippen. „Ich weiß nicht. Ich habe Madame jahrelang nicht gesehen. Sie ist vor der Welt geflohen."

„Warum? Warum hat sie die Einsamkeit gesucht?"

Die Antwort kam erst nach kurzem Zögern. „Madame Soult war besessen. Die Kinder waren alles, was sie hatte. Sie lebten sehr zurückgezogen. Extrem zurückgezogen, verstehen Sie. Nur für sich. Die Mutter und die Kinder."

„In dem Haus bei Chenoncey?"

„Ja, für eine Weile, Monsieur."

„Inwiefern waren sie unnormal?" fragte ich. „Waren sie schwachsinnig?"

„Im Gegenteil – sie waren klug. Und nun gehen Sie bitte!" Er drückte auf die Klingel, um die Frau zu rufen.

„Na gut", sagte ich. „Da ich weiß, wo sie wohnt, kann ich sie selbst fragen."

Er stand auf und hielt mich am Arm fest. „Gehen Sie dort nicht hin, Monsieur. Lassen Sie sie in Frieden, ich bitte Sie!"

„Warum?"

„Ein Menschenleben, das zu Ende geht, ist etwas sehr Trauriges. Sie haben einen Beruf?" Er hob die Brauen.

„Ich bin Architekt."

„Ah, Architekt. Dann denken Sie vielleicht in geraden Linien. Meßbaren Dimensionen. Mein Freund, das Leben ist ganz anders. Krumm und verschlungen."

„Ich würde gern –"

„Monsieur, ich muß Sie warnen. Madame Soult ist alt, gebrechlich und krank. Ein Opfer. Und außerdem ist sie verrückt."

ALS ich am Nachmittag zur Gendarmerie in Pontauban fuhr, begegnete ich le Brève auf der Treppe. Er nickte kurz zum Gruß, kam zu mir und beantwortete von sich aus meine unausgesprochenen Fragen.

„Nein, Monsieur. Nichts Neues! Aber die Ermittlungen laufen. Auf Hochtouren! Sie bleiben im Hotel in Sainte-Maxime?"

Ich bejahte. Der Kerl hielt mich insgeheim nach wie vor für

einen Verbrecher, und ich hatte keine Möglichkeit, ihm zu beweisen, wie unrecht er mir tat. Noch nicht.

Gleich darauf sah ich Estelle über die schmale Straße zu ihrem Auto laufen. Zweifellos war sie dienstlich hier gewesen.

Auf meinen Ruf hin drehte sie sich um. Haut wie dunkler Honig, dazu das silberblonde Haar, ein kurzes weißes Jäckchen und eine gelbe Leinenhose. Emma hatte mir am Vortag ihre Eifersucht sehr deutlich zu verstehen gegeben, doch sie war weit weg. Da drüben stand Estelle im Sonnenschein, und ich hatte Neuigkeiten zu berichten.

„Estelle, ich war bei dem alten Arzt, der die Soult-Kinder behandelt hat. Doktor Raymonde."

„Was hat er dir erzählt?" fragte sie gespannt.

Ich erzählte ihr, was er mir über die Familie gesagt hatte, die eine Zeitlang in völliger Abgeschiedenheit in dem Haus bei Chenoncey gelebt hatte. „Und ich werde Madame Soult aufsuchen", fügte ich hinzu. Egal, was meine Frau denken mochte, für mein Vorhaben brauchte ich Hilfe. „In Gourdon-sur-Loup." Schnell erklärte ich, wie ich durch Lucas zu der Adresse gekommen war.

„Ich kenne sie."

„Du kennst sie?" Ich starrte sie perplex an. „Warum hast du mir das nicht gesagt?"

Sie lächelte. „Es ist kein Geheimnis, wo die alte Dame wohnt. Als ihr schließlich eine Kompensation für die Beschlagnahme der Soult-Werke zugesprochen wurde, hat sie ein Anwesen oben auf den Hügeln gekauft. Dort lebt sie jetzt allein. Sie empfängt niemanden."

„Aber mich muß sie vorlassen. Und ich brauche dich als Dolmetscherin. Komm mit, Estelle, bitte!"

Ich erinnere mich noch gut, wie wir, eingesponnen in eine magische Stille, inmitten der lauten Betriebsamkeit um uns her beisammenstanden, als hätte die Welt aufgehört sich zu drehen.

„Fahren wir in meine Wohnung", sagte sie.

Ich hätte mich unter einem Vorwand verabschieden sollen, aber sie war mir so nah. Nun strich sie ihr Haar zurück, und ihr Blick war eine stumme Einladung. Ich hatte gegen Kummer und Schmerz über den Verlust der Kinder angekämpft und gelebt wie ein Fremder in der Verbannung. Die Verlockung, mich von meiner Einsamkeit erlösen zu lassen, besiegte meine Vernunft.

In ihrem 2 CV ratterten wir durch die mir nun schon vertrauten Gassen des alten Stadtviertels. Dann nahm sie mich an der Hand und führte mich direkt in ihr chaotisches Schlafzimmer, wo überall Bücher verstreut lagen.

„Komm ins Bett“, flüsterte sie.

Selbst während unseres Liebesspiels plagte mich die ganze Zeit das Schuldbewußtsein. Ich befand mich in einem fahrenden Zug mit ungewissem Ziel und hatte Angst vor dem Ausgang dieser Reise. Das war nicht ich zwischen ihren Laken, sondern ein verrückt gewordener Unbekannter.

Später lehnten wir uns bequem in die Kissen und tranken Perrier-Wasser.

„Geht es dir jetzt besser?“ fragte sie gelassen.

Es hatte zwar weder die Kinder zurückgebracht noch vergangene Schrecknisse ungeschehen gemacht, aber immerhin hatte es wie Opium den Schmerz betäubt.

„Estelle, hilf mir.“ Ob kurzfristig oder langfristig hätte ich nicht sagen können. Ich küßte sie auf den salzigfeuchten Nacken. Was bedeuteten wir einander? Ich hatte meine Familie verloren und in den Ruinen Estelle gefunden, doch es war nur eine Leidenschaft auf Zeit. Ich konnte ihr nicht erklären, daß ich Emma immer noch liebte. Ich war erschöpft und benommen.

„Hättest du gern was Stärkeres zu trinken?“ Im Zimmer war es drückend heiß.

„Tee“, sagte ich. „Hast du Tee?“

Sie lachte. „Nachdem du mit mir geschlafen hast, wünschst du dir eine Tasse Tee?“

„Alte englische Gewohnheit.“

„Na gut. Bleib schön liegen.“

Als sie mit zwei Tassen Zitronentee zurückkam, hatte sie einen Bademantel an, und auch ich war fast vollständig angekleidet. Sie setzte sich neben mich aufs Bett.

„Warum steckst du schon wieder in deinen Klamotten? Es ist doch viel zu heiß.“ Ihre Stimme verriet eine Spur Besorgnis. „Wo willst du hin?“

„Zu der alten Frau – Madame Soult.“

Rasch suchte sie ihre Kleidungsstücke zusammen. „Nein, Jim. Geh nicht hin!“

„Warum nicht?"

„Weil nichts Gutes dabei herauskommen kann, wenn man in der Vergangenheit wühlt." Sie war blaß und fuhr sich nervös mit den Fingern durchs Haar. „Du denkst nur an dich. Was mit mir ist, berührt dich überhaupt nicht."

Ich hörte den Verzweiflungsschrei. Das Schicksal meiner Kinder zu klären und meine Ehe intakt zu halten hatte unverändert vorrangige Bedeutung für mich, und Estelle wußte das.

„Begleitest du mich und hilfst mir?" Ich stand auf.

Sie trocknete sich mit einem Handtuch das Gesicht, während sie überlegte. Dann schlüpfte sie in ihre Schuhe. „Vielleicht. Ich weiß noch nicht."

„Niemand zwingt dich dazu."

„Ach, Jim – wozu eine alte Frau besuchen? Eine Einsiedlerin." Sie seufzte. „Das ist keine gute Idee."

„Ob mit dir oder ohne dich – ich werde sie besuchen."

Sie schlang mir die Arme um den Hals. „Tut es dir leid?"

Ihr Kopf ruhte an meiner Schulter, ihr Körper war eng an mich geschmiegt, als wollten wir tanzen.

„Leid? Nein. Aber ich bin verwirrt. Und ich darf weder die Suche aufgeben noch die Hoffnung. Deshalb muß ich mit Madame Soult sprechen."

„Dann komme ich mit." Die Entscheidung fiel ihr sichtlich schwer.

„Ich glaube, ich gehe jetzt lieber."

Sie nahm es beherrscht auf. „Wann machst du den Besuch?"

„Morgen."

Sie war weiß wie die Wand. Langsam ging sie zum Fenster und spähte durch die Jalousienschlitze. „Arme Madame Soult", murmelte sie leise.

Dreizehn

SOLANGE ich lebe, werde ich den Morgen nicht vergessen, an dem wir nach Gourdon-sur-Loup fuhren. Es war einer jener Sommertage, die schon in der frühen Dämmerung die Hitze ahnen lassen, die bald alles durchglühen würde.

Ich holte Estelle in Pontauban ab. Sie erschien in einem zart limonenfarbenen Kleid, das ihre Bräune vorteilhaft unterstrich.

„Hallo, Jim“, begrüßte sie mich lächelnd.

„Hübsch siehst du aus.“ Keiner von uns erwähnte, was gestern vorgefallen war. Ihr neutrales Verhalten schien zu betonen, daß es sich um eine rein geschäftliche Verabredung handelte.

Die Straße nach Gourdon-sur-Loup führte über den Cours Verdun von Pontauban nach Norden und allmählich in eine kulissenhafte, schroffe Felslandschaft, die der Hintergrund eines mittelalterlichen Gemäldes hätte sein können. In der harten Vormittagssonne wirkten die Felsen wie Denkmäler der Ewigkeit, gekrönt von zerfallenden Überresten uralter Burgen und Kapellen.

„Das hier heißt seit jeher *pays maudit* – verfluchtes Land“, sagte sie. „Die Bewohner betreiben Inzucht.“

Der Ford folgte den Windungen der sich über einen steilen Hang hinaufschraubenden Straße. Da und dort krallten sich ein paar kümmerliche Pinien in der kargen Erde fest. Wir sahen Falken hoch über uns dahinsegeln, und einmal sauste ein Kaninchen in Deckung, aber sonst gab es nur Steine und Gestrüpp, das sogar die Ziegen verschmähten. Kein Wasser.

Estelle schwieg. Ich schwitzte hemmungslos, sie hingegen verströmte Kühle. Ihre Fähigkeit, plötzlich auf Distanz zu gehen, irritierte mich.

„Warum bist du so still?“

Sie warf mir einen Blick zu und lächelte.

Hinter einer Biegung lagen unvermutet die Häuser. Steintrauben am Berghang. Ich hielt nach dem Fluß Ausschau, nach dem der Ort benannt war, entdeckte jedoch nur ein staubtrockenes Bett. Das Dorf klebte wie ein Banditennest zwischen zwei Felswänden. Schmalbrüstige Häuser drängten sich zu beiden Seiten einer Schotterstraße, die nach etlichen Windungen in einen freien Platz vor einer kleinen Kirche mündete.

„Das ist Gourdon-sur-Loup“, sagte Estelle und bat mich, vor der Kirche zu halten. Als ich den Motor abstellte, kam ein blau-weißer Polizeiwagen die Straße hinter uns herauf, fast als wäre er uns gefolgt, fuhr aber weiter.

„Warst du schon hier?“ fragte ich.

„O ja, ein paarmal."

„Und du magst diesen Ort nicht?"

„Ich hasse ihn."

Den Platz umgaben Häuser, die wie ausgestorben wirkten. Eine Gemischtwarenhandlung mit zerlumpter Markise, ein Laden für Kleidung und Schuhe und auf der anderen Seite ein Gemüsegeschäft mit in der Sonne vertrocknendem Grünzeug. Als wir ausstiegen und uns die Beine vertraten, stellte ich mir die neugierig spähenden Augen hinter den geschlossenen Fensterläden vor. Zwei Frauen kamen aus der Gemischtwarenhandlung und starrten uns an. Das Portal der kleinen romanischen Kirche hatte einen seltsamen Schmuck – einen in Stein gemeißelten kopflosen Reiter, verwittert und zerschrammt und mit winzigen Einkerbungen übersät, die aussahen wie Einschußspuren. Der Anblick bereitete mir Unbehagen.

Während ich vom Schatten des Portals aus den Platz betrachtete, wurde mir klar, was am befremdlichsten wirkte. Nicht nur das Fehlen von Bäumen, Autos oder Menschen, sondern die Tatsache, daß die Häuser, wenn auch schäbig und sonnengebleicht, viel zu gut erhalten waren im Vergleich zu den Bauernhäusern an der ins Zentrum führenden Straße. Die Augen gegen das grelle Sonnenlicht abschirmend, musterte ich sie genauer.

„Die sind ja alle neu", stellte ich fest.

Estelle nickte. „Komm mit hinein", sagte sie und schob die schwere Kirchenpforte auf.

Wir traten in die Düsternis des Mittelschiffs. Durch ein rundes, blutrotes Fenster fiel ein Strahl Licht in die Apsis und projizierte einen roten Fleck auf den Boden. Den steinernen Altar schmückte ein schlichtes Messingkreuz.

Als sich meine Augen an das Dunkel gewöhnt hatten, sah ich, daß das Innere der Kirche nicht nur schlicht, sondern kahl war. Im Vorraum gab es nicht einmal einen Ständer mit Postkarten. Die Zeit schien an der kleinen Kirche von Notre-Dame spurlos vorübergegangen zu sein und nur eine Handvoll Stühle mit Sitzen aus Binsengeflecht und ein paar Gedenkplatten hinterlassen zu haben. Als ich diese betrachtete, fiel mir auf, daß eine größer und neuer war als die übrigen.

Ich ging hinüber, um die Inschrift zu lesen, wobei mir Estelle folgte. Die Buchstaben waren grob in die polierte Kupferoberfläche eingraviert. DEN TOTEN VON GOURDON-SUR-LOUP ZUM GEDENKEN. MORT POUR LA PATRIE, 30 AOÛT 1944.

Darunter eine Namensliste.

Kaum hörbar sagte Estelle: „Die Deutschen haben hier alles zerstört. Eine Einheit, die sich von Toulouse nach Norden absetzte . . ."

„Aber wie hat die sich denn hierherverirrt?"

„Unsere Widerstandskämpfer haben die Spitze der Kolonne in die Luft gejagt und den Rest umzingelt. Es wäre ein Blutbad geworden. Aber der ersten Einheit ist eine zweite gefolgt, und die hat unsere Leute von der Résistance überrascht, bevor sie in die Berge flüchten konnten. Die meisten wurden gefangengenommen und erschossen."

„Stammten sie alle aus diesem Dorf?"

„Drei oder vier, glaube ich. Mehr wohl nicht. Sie wurden auf den Platz geschleift und als abschreckendes Beispiel exekutiert. Dann wurden die Dorfbewohner aus den benachbarten Häusern gezerrt und erschossen und zum Schluß die Gebäude gesprengt. Nur die Kirche blieb verschont."

„Wer hat den Wiederaufbau finanziert? Die Regierung?"

Sie legte mir eine Hand auf den Arm. „Jim, das Geld kam von den Soults."

Ich überflog die Liste der Gefallenen und entdeckte auch den Namen Marcel Soult.

„Marcel Soult? Wurde er nicht getötet, als der Mob seinen Besitz stürmte? Was stimmt denn nun wirklich?"

Gedankenverloren stand sie vor der Kupferplatte. „Ich kenne die Wahrheit über das Schicksal der Soults nicht. Angeblich war noch vor der aufgebrachten Menge eine SS-Einheit da, die Marcel Soult als Geisel mitnahm und später erschoß. Als Vergeltungsmaßnahme."

Ich starrte sie an. In dem hohen Gewölbe der leeren Kirche hallten unsere Stimmen wider.

„Aber Ninette sagte doch, ihre Mutter wäre dabeigewesen und hätte gesehen, wie sie ihn buchstäblich zerfleischten. Und die Berichte in den alten Zeitungen . . ."

„Damals kursierten viele Geschichten. Mit viel Phantasie aufgebauschte Gerüchte. Als der Krieg vorbei war, wollten die Leute sich mit Ruhm bekränzen. Der Sturm auf das Soult-Château wurde ein Mythos . . . wie der Sturm auf die Bastille. Pah! Es ist besser, der Gedenktafel zu glauben."

„Warum hast du mir das nicht schon früher erzählt?"

„Wozu, Jim? Hätte es einen Sinn gehabt? Deine Nachforschungen haben dich aufrechterhalten."

Mich fröstelte. Also hatte sie mich hintergangen. Vielleicht war sie sogar von le Brève auf mich angesetzt, um mich zu beobachten . . .

„Gehen wir wieder hinaus an die Luft", sagte ich.

Draußen auf dem Platz reflektierten die durchglühten Steine die Hitze, und die Sonne brannte erbarmungslos auf uns herab. Ich schätzte die Temperatur jetzt, um die Mittagszeit, auf über vierzig Grad. Es war leicht, sich die Szene bei Kriegsende vorzustellen, als die auf dem Rückzug versprengte SS-Einheit über die steile Straße heranrasselte, um den Kern des Dorfes zu zerstören.

„Und nach dem Tod ihres Mannes hat Madame Soult den Verstand verloren?"

„Nein. Erst neun Jahre später, als die Feuer gelegt wurden."

„Demnach hat sie die doppelte Tragödie nicht verkraftet? Zuerst den Verlust ihres Gatten und dann den der Kinder? Deshalb hat sie also diese Einöde als Refugium gewählt! Warum hast du mir das nicht gesagt?"

Statt einer Antwort zuckte sie nur stumm die Achseln.

„Du hast mir nicht vertraut!" beschuldigte ich sie wütend. „Du hast mir nachspioniert. Du . . . hast gedacht, ich hätte es getan."

„Nein, nein. Ich will lediglich, daß du abreist. Hast du denn nicht genug gesehen? Warum glaubst du le Brève nicht? Es gibt hier Geheimnisse, an die man nicht rühren sollte."

Wir standen auf dem Platz wie auf einer Bühne und schrien einander an. „Meinetwegen fahr du zurück!" brüllte ich. „Ich lasse mich jedenfalls nicht von meinem Weg abbringen!"

DIE Villa befand sich außerhalb des Dorfes. Die Straße führte vom Platz weiter über den Bergrücken und wand sich zwischen ausgedörrten, mit Steinmäuerchen begrenzten Feldern dahin.

In einiger Entfernung konnten wir auf einer Anhöhe ein schlichtes weißes Gebäude am Ende einer von ungleich großen

Pinien gesäumten Auffahrt sehen. Es stand ein ziemliches Stück abseits der Straße auf einem verwilderten Grundstück, umgeben von windschiefen Bäumen und Sträuchern. Sogar von weitem hatte das große alte Haus etwas Abweisendes. An die langgestreckte Fassade, deren Fenster durch Läden verschlossen waren, fügten sich zwei im rechten Winkel dazu stehende Seitenflügel an. Parallel zum Haupttrakt lagen verschiedene Nebengebäude, so daß sich ein burgähnlicher Hof ergab.

Nun kamen wir an eine gewaltige, etwa dreieinhalb Meter hohe Mauer, die den gesamten Besitz umschloß. Sie war massiv gebaut und mit Glasscherben, zwei Reihen Stacheldraht und einem Alarmdraht gesichert. Sie machte das Haus zum Gefängnis, zu einer Festung für die Frau, die sich darin verschanzte.

Der Haupteingang mochte einmal imposant gewesen sein: Zwei wuchtige Säulen flankierten ein schweres Mitteltor und zwei kleinere daneben aus rostigem Schmiedeeisen. Dahinter begann die unkrautbewachsene Auffahrt. Die beiden gelbgestrichenen Pförtnerhäuschen links und rechts hinter dem Tor waren sicher alt, aber in gutem Zustand. Zwei große Schäferhunde begannen wütend zu bellen. Zu meiner Überraschung stand in der Auffahrt ein Streifenwagen. Aus einem der Pförtnerhäuschen tauchte ein Mann auf und steckte sich im Gehen das Hemd in die Hose. Er hatte ein Gesicht, wie man es oft in alten Fernsehfilmen sieht – flach, fleischig und mit Bulldoggenkinn.

„Ist Madame Soult da?" fragte ich. Estelle stand neben mir und überschüttete ihn mit einem Wortschwall auf französisch. Auch wenn ich seine Antwort nicht verstand, bekam ich mit, daß er uns abwies.

„Sie ist für niemanden zu sprechen", übersetzte sie mir.

„Sag ihm, daß es sehr wichtig ist." Ich rüttelte am Tor, das zusätzlich noch mit einem starken Vorhängeschloß an einer Kette gesichert war. Der Wächter, der aussah, als wäre mit ihm nicht gut Kirschen essen, blickte mich drohend an.

„Es hat keinen Sinn", meinte Estelle. „Der läßt uns nicht hinein."

Im selben Moment kamen aus der anderen Pförtnerloge zwei Gendarmen in Khakiuniform mit Schirmmütze und umgeschnalltem Pistolenhalfter und marschierten auf uns zu. Einer war ein Hauptmann.

Unbeeindruckt pflanzte ich mich vor dem Tor auf. „Ich bitte dringend um eine Unterredung mit Madame Soult."

„Papiere?"

Ich steckte meinen amerikanischen Paß zwischen den Eisenstäben hindurch. Der Hauptmann nahm ihn, warf einen flüchtigen Blick darauf und reichte ihn mir wieder. „Niemand besucht Madame Soult!"

Die Endgültigkeit dieser Erklärung war nicht zu überhören. Das Getue und der ganze Aufwand ärgerten mich. Schließlich war es mehr als seltsam, auf diesem einsamen Besitz voll bewaffnete Ordnungshüter vorzufinden, deren Aufgabe es offenbar war, eine alte Einsiedlerin zu beschützen.

„Estelle, frag ihn, wie man sicher sein soll, ob sie überhaupt noch lebt."

„Madame lebt", antwortete der Hauptmann. „Ich befehle Ihnen weiterzufahren!"

„Auf wessen Weisung hin? Sag ihm, entweder er rückt damit raus, oder ich werde mich über ihn beschweren."

Widerstrebend übersetzte Estelle.

Der Hauptmann zögerte und überlegte sichtlich, ob er die Katze aus dem Sack lassen sollte.

„Auf Anordnung des Kommissariats in Pontauban."

„Hauptkommissar le Brève? Sperrt er uns aus oder Madame Soult ein?"

„Jim, bitte –"

„Sag ihm, daß ich meine Kinder suche", bat ich sie. Jeder Polizeibeamte in der Umgebung mußte die Geschichte kennen.

Sie sprach leise auf die beiden Gendarmen ein. Nicken.

„Frag sie, ob ihnen etwas aufgefallen ist."

Kopfschütteln. Sie hatten nichts Außergewöhnliches bemerkt.

Es hatte wenig Zweck, sich noch weiter anzustrengen. Wir stiegen in den Ford und fuhren los, hinunter in die fruchtbare Ebene, die die Sonne voller Wohlbehagen zu trinken schien.

„Du hättest auf diesen Ausflug verzichten sollen", sagte Estelle. „Ich verstehe nicht, was du dir davon versprochen hast."

Ich konzentrierte mich aufs Fahren, doch ein kurzer Blick zu ihr hinüber zeigte mir, daß sie eine gewisse Nervosität zu verbergen suchte. Sie war blaß unter ihrer Bräune.

„Zum Teufel, was wird da gespielt?"

„Frag den Hauptkommissar, nicht mich."

„Worauf du Gift nehmen kannst", antwortete ich grimmig.

Wir kamen wieder in ein am Berghang klebendes Dorf, das hübscher und nicht so ausgestorben war, und hielten vor einem Gasthof, um dort zu Mittag zu essen. Da ich keinen großen Appetit hatte und Estelle mit ihren Gedanken ganz woanders war, verbrachten wir die Pause mehr oder weniger schweigend. Das Band zwischen uns war zerrissen, der Zauber von gestern verflogen, und es war wohl besser, das erloschene Feuer nicht zu schüren. Schön wie immer saß sie vor mir, aber sie gehörte mir nicht – weder heute noch morgen würde sie je wieder mein sein. So weit weg ich auch von zu Hause war, ich fühlte mich Emma nah, und Estelle spürte, daß ich mich nach meiner Frau sehnte.

Ich sagte ihr, daß ich mir le Brève vorknöpfen wollte, und setzte sie in Pontauban an der Stelle ab, wo wir uns vor drei Wochen zum ersten Mal begegnet waren.

„Leb wohl", flüsterte sie, küßte mich und stieg aus. Im Rückspiegel sah ich, daß sie mir nachschaute, bis ich um eine Kurve bog.

ICH verfluchte sie, diese hoffnungslos provinzielle Polizei, die nichts getan hatte, um mir zu helfen. Mit ihren Straßensperren, ihren Suchmannschaften und den ganzen sogenannten Ermittlungen hatte sie nichts, aber auch gar nichts erreicht. Ich war verbittert. Ich haßte Pontauban und Sainte-Maxime, haßte das Haus bei Chenoncey und hätte das alles am liebsten laut hinausgeschrien.

In dieser Stimmung lief ich die Stufen zum Kommissariat hinauf und verlangte, den Hauptkommissar zu sprechen.

„Wir bedauern, aber er ist nicht hier."

„Und wo ist er, verdammt noch mal? Wann kann ich ihn sehen?"

Das könne er nicht sagen, meinte der Gendarm, aber Kommissar Clerrard sei anwesend. Ich marschierte in Clerrards Zimmer, setzte mich und fuhr ihn an: „Ich komme soeben aus Gourdon-sur-Loup. Warum hat der Hauptkommissar die Soult-Villa unter Polizeischutz gestellt und läßt das Gelände hermetisch abriegeln?"

Clerrard schob die Unterlippe vor und antwortete gleichmütig: „Madame Soult ist eine sehr wohlhabende alte Dame."

Er stellte sich dumm, davon war ich überzeugt.

„Ich will die Wahrheit wissen!" forderte ich erbost. „Ich will wissen, ob zwischen den beiden Tragödien an ein und demselben Ort ein Zusammenhang besteht."

„Bitte beruhigen Sie sich. Sie ziehen voreilige Schlüsse . . ."

„So? Meinen Sie? Ähneln sich die beiden Fälle nicht? Wieder ein Geschwisterpaar, wieder das gleiche Alter! Machen Sie mir doch diesen eigenartigen Zufall begreiflich!"

Und dann erklärte ich ihm, daß mir das örtliche Fremdenverkehrsamt dieses verwünschte Haus vermittelt hatte. Warum war gerade uns, einer Familie mit zwei Kindern im Alter von zehn und zwölf, dieses Haus angeboten worden? Wer war der Besitzer?

Clerrard betrachtete mich ausdruckslos, als wüßte er nichts darauf zu erwidern. Seine gelangweilte Miene war eine stumme Aufforderung, mich zu verabschieden.

„Also gut", sagte ich. „Dann werde ich der Sache eben selbst auf den Grund gehen!"

Es war überraschend leicht. Der Buchungsschalter im Fremdenverkehrsamt hatte noch offen. Eine junge Frau lächelte mich nervös an. War ich am Ende schon bekannt? Ich hatte das Haus gemietet, und dann waren meine Kinder verschwunden.

„. . . verstehen Sie? Bei Chenoncey", schloß ich meine Anfrage.

„Ja." Sie nickte. Wie erwartet, wußte sie Bescheid und zeigte sich sehr mitfühlend.

„Mich interessiert nur eines. Wer ist der jetzige Besitzer?"

Man hätte eine Stecknadel fallen hören können. Alle, die sonst noch im Raum waren, taten, als würden sie nicht lauschen, und vertieften sich in Broschüren. In die Stille hinein sagte sie: „Moment bitte, ich schaue sofort nach."

Mit flinken Fingern blätterte sie eine Kartei durch und zog ein Blatt heraus. „Eine Madame Soult."

Das hätte mir früher klar sein müssen, aber nun die Bestätigung für meinen Verdacht zu erhalten erfüllte mich mit ungeheurer Erregung. Ich reckte den Hals, um auf die Karteikarte zu spähen. „Hatte die Besitzerin in bezug auf die Mieter irgendwelche speziellen Wünsche?"

Sie schaute noch einmal nach und suchte nach dem richtigen englischen Ausdruck. „Hier steht: Vorzugsweise eine Familie mit zwei Kindern."

Vorzugsweise! Und das hatte natürlich genau auf uns zugetroffen!

„Sonst noch was?"

Die junge Frau runzelte die Stirn. „Komisch, Monsieur. Sogar das gewünschte Alter der Kinder ist angeführt. Höchst ungewöhnlich."

„Und zwar?"

„Zwischen zehn und zwölf Jahren", las sie.

SPÄTER am Abend rief mich Emma an. Ihre Stimme kam laut und klar durch die Leitung und klang gefaßter als sonst, als sie fragte: „Gibt es etwas Neues?"

„Bis jetzt nicht." Ich beschloß, auf eine Schilderung meines Abstechers nach Gourdon-sur-Loup zu verzichten, um sie nicht unnötig aufzuregen.

„Was tut die Polizei?"

„Die Ermittlungen laufen noch."

„Ich traue dem Verein nicht", sagte sie. „Komm heim, Jim. Bald! Versprich's mir. In ein oder zwei Tagen fahre ich nach Ringwood zurück."

„Sehr gut."

„Was ist mit dir? Triffst du dich noch mit dieser Frau?" Der scharfe Unterton verriet, wie das an ihr nagte.

„Estelle? Nein."

Eine Pause, dann: „Jim! Bitte, sei vorsichtig!"

„Vorsichtig?"

„Was uns beide angeht. Ich verliere vor Kummer fast den Verstand. Sie sind tot, Jim, und es ist sinnlos, sich etwas vorzumachen. Oder Trost zu suchen. Das Schreckliche ist, daß wir die näheren Umstände vielleicht nie erfahren werden."

„Gib nicht auf, Emma." Ich hatte zwar keinen konkreten Anhaltspunkt, aber ein unbestimmtes Gefühl. „Ich liebe dich!"

„Gute Nacht, Jim."

Es war fast eine Versöhnung.

Vierzehn

GLEICH nach dem Frühstück beschloß ich, einen Wagen zu mieten. Mein britisches Kennzeichen war zu auffällig. Ich schaute im Branchenverzeichnis nach, rief eine Autovermietung an und bestellte einen Renault 5.

Es war wieder einer jener heißen Morgen, an denen die strahlende Sonne das Alltagstreiben in dem kleinen Ort Sainte-Maxime in ihrer Glut badete. Ich holte den Renault ab, parkte ihn in der Nähe des Wochenmarktes, wo die Verkäufer lautstark ihre auf den Ständen ausgelegten Waren anpriesen, und drängte mich durch das Getümmel zum Gendarmeriegebäude.

Mir kam es fast so vor, als hätte man mich erwartet. Le Brève saß gemütlich im Büro.

„Monsieur!" Er stand auf und schüttelte mir die Hand. „Freut mich, Sie zu sehen. So kann ich Ihnen unverzüglich über die neuesten Ergebnisse unserer Bemühungen berichten –"

„Ich verlange eine Erklärung von Ihnen!" fiel ich ihm ins Wort. Ich starrte in seine Knopfaugen. „Herr Kommissar, warum bewachen Ihre Männer Madame Soult rund um die Uhr auf ihrem Anwesen? Ich war dort und konnte mich selbst davon überzeugen. Gestern habe ich mit Kommissar Clerrard in Pontauban gesprochen und ihm dieselbe Frage gestellt. Warum gewähren Sie einer betagten Witwe Polizeischutz?"

Er gewann Zeit, indem er vortäuschte, er hätte Schwierigkeiten, mein Englisch zu verstehen, und machte dann eine wegwerfende Geste, mit der er wohl ausdrücken wollte, ich solle das alles nicht überbewerten. „Weil sie mich darum gebeten hat, Monsieur. Sie ist eine reiche Frau und berechtigt, Maßnahmen zum Schutz ihrer persönlichen Sicherheit zu verlangen. Mehr möchte ich dazu nicht sagen."

„Noch etwas, Herr Kommissar. Ist Ihnen bekannt, daß Madame Soult die Eigentümerin des Hauses ist, aus dem meine Kinder entführt wurden? Was hat das Ihrer Meinung nach zu bedeuten?"

„Was soll es zu bedeuten haben? Ich sehe keinen Zusammenhang. Sie ist die Eigentümerin verschiedener Liegenschaften."

„Aber eine ist zufällig an dem Ort, wo ihre Kinder ... gefunden worden sind. Im Wald. Zuerst haben Sie behauptet, es wären zwei gewesen, dann war es plötzlich nur eines. Sie haben mich schon einmal belogen."

„Sie dürfen Dichtung und Wahrheit nicht durcheinanderbringen."

„Wahrheit? Wahrheit setze ich gleich mit Tatsachen, und was haben Sie mir schon an Tatsachen geliefert, seit meine Kinder verschwunden sind? Nichts! Das einzig Konkrete war dieser arme Junge in dem meilenweit entfernten Steinbruch. Also verdächtigen Sie zwangsläufig immer noch mich."

„Es gibt kein Geheimnis um Madame Soult. Sie ist alt und ängstlich und bezahlt für den Polizeischutz. Das ist eine Tatsache. Sie hatte Kinder, die, wie Sie es ausdrücken würden, Amok liefen. Eines ist in dem Feuer verbrannt, das es selbst entfacht hatte. Das ist Tatsache Nummer zwei. Und Nummer drei: Der Unfall passierte in der Nähe des Hauses, das Sie zufällig als Feriendomizil auswählten. Nach dem Unglück konnte sie es nicht ertragen, es noch zu benutzen, daher wurde es an Urlauber vermietet. Viele Leute haben mittlerweile dort gewohnt. Verstehen Sie? Alle diese Dinge sind völlig unabhängig voneinander geschehen."

Ich glaubte ihm nicht. Als ich ihn anblickte, sah ich Verschlagenheit und Ablehnung in dem dunklen Gesicht, bevor er es abwandte, als sei ich gar nicht vorhanden. Ich wußte, daß er keine Skrupel hatte, mir Lügen aufzutischen oder Wesentliches zu verschweigen. Und das Bindeglied zwischen dem ehemaligen Todesfall oder den Todesfällen – je nachdem, was nun stimmte – und dem Verschwinden meiner Kinder, zwischen dem Haus bei Chenoncey und der von der Außenwelt abgeschirmten Villa, zwischen le Brève und seinem früheren Kollegen Elorean, das Bindeglied, das war mir absolut klar, war die alte Frau, die große Unbekannte.

Ich fuhr zum Hotel und fühlte mich so ausgelaugt, daß ich mich in meinem Zimmer aufs Bett legte und im Geiste die Bruchstücke dieses Puzzles hin- und herschob. Warum hatte le Brève mir das Grab auf der Lichtung gezeigt und zuerst behauptet, man hätte zwei Leichen dort gefunden? Warum hatte er die Geschichte der Soults vor mir verheimlicht? War der Überfall im Wald auf mich ein Irrtum oder eine Warnung gewesen? Waren Estelle und er irgendwie verbündet? Vielleicht wußte Madame Soult die Antworten darauf.

Ich benötigte ein paar Dinge und erwarb sie einzeln in verschiedenen Geschäften am Stadtrand. Eine Drahtschere mit spitzen Enden und Plastikgriff, eine dicke Decke, Gartenhandschuhe und eine winzige Taschenlampe. Der letzte Gegenstand auf meiner Liste war am schwierigsten zu beschaffen, und als ich die Eisenwarenhandlung ausgekundschaftet hatte, fuhr ich dreimal daran vorbei, um sicherzugehen, daß mir niemand über die Brücke in den ziemlich schäbigen Außenbezirk gefolgt war.

Die Ladenglocke holte eine Verkäuferin herbei. „Monsieur?“

„Ich hätte gern eine ausziehbare Leiter.“

Sie nickte zustimmend, als ich mich für ein Modell aus Aluminium entschied, das aus drei Teilen bestand und sich auf drei Meter sechzig Länge ausschieben ließ. Es war nicht übermäßig stabil, aber leicht zu transportieren und hatte kleine Gummistopper, um Rutschfestigkeit zu gewährleisten.

An diesem Abend aß ich zum erstenmal seit vier Tagen mit herzhaftem Appetit. Mein Vorhaben erfüllte mich mit Zuversicht und Energie. Den Kaffee zum Abschluß meiner Mahlzeit trank ich mit besonderem Genuß in dem Bewußtsein, daß draußen im Wagen eine komplette Ausrüstung lag.

Auf der Fahrt vom Restaurant zum Hotel merkte ich, daß der Himmel stark bewölkt war, so daß kein Stern zu sehen war. Als ich die Halle betrat und mich kurz umdrehte, um die Tür zu schließen, fiel mir auf der gegenüberliegenden Straßenseite eine Frau auf, die, halb verdeckt durch ein dort geparktes Auto, auf und ab schlenderte, fast wie eine Prostituierte. So absurd das auch sein mochte – ich hatte das Gefühl, daß sie auf mich wartete.

Ich verließ mein Zimmer wieder, um nach Gourdon-sur-Loup hinaufzufahren. Es war stockdunkel. Im Scheinwerferlicht schienen Steinhäuser und gespenstische Bäume einer Schattenwelt vorbeizufliegen. Ich hätte auf dem Mond sein können, so tot wirkte alles, während ich der Straße folgte, die sich durch das verlassene Tal emporwand. Es war, als läge ein Fluch auf diesem Land, das in völliger Starre seine Geheimnisse hütete und nicht preisgab – auch meine Kinder nicht. Eine halbe Stunde vor

Mitternacht bog ich auf den Dorfplatz ein. Nirgends brannte Licht. Alle Fensterläden waren zu. Ich fuhr direkt weiter in Richtung Villa.

Plötzlich standen mir die Bilder dessen vor Augen, was Estelle mir von dem blutigen Gemetzel erzählt hatte, das hier irgendwo stattgefunden haben mußte, als die Résistance die Deutschen aus dem Hinterhalt angriff und dabei selbst so hohe Verluste erlitt. Wie leicht war es doch, mir jetzt, allein in der Einsamkeit der Nacht, die Greuelszene vorzustellen, die Schreie und die lodernden Flammen, als die SS über das Dorf herfiel und ihrer Zerstörungswut freien Lauf ließ. Nur die Kirche mit den Gedenktafeln war als stumme Zeugin jener Grausamkeiten übriggeblieben und die hinter den wiederaufgebauten Fassaden weiterlebenden Erinnerungen. Und Madame Soult.

Ich kam zu der Mauer, die ihren Besitz umgab, und parkte den Renault in einer kleinen Ausweichbucht. In der pechschwarzen Finsternis holte ich die Leiter aus dem Kofferraum und wollte eben die Straße überqueren, als zu meinem Entsetzen ein Auto vorbeifuhr. Starr vor Schreck wartete ich eine Weile angestrengt lauschend, dann huschte ich hinüber. Mein Pulsschlag dröhnte mir in den Ohren, während ich die Leiter auszog, hinaufstieg und oben auf dem mit Glasscherben gespickten Mauerrand die zwei Reihen Stacheldraht und darüber den Alarmdraht ertastete.

Ich zitterte am ganzen Körper, als ich ihn mit der Schere durchtrennte. Dann warf ich die Decke über den Stacheldraht. Rittlings auf der Mauer sitzend, horchte ich eine Zeitlang ins Dunkel, und als ich mich sicher glaubte, zog ich die Leiter ein und ließ sie vorsichtig auf der anderen Seite hinab. Gleich darauf stieg ich hinunter und schlich, die eingerollte Decke unter dem Arm, an der Mauer entlang.

Ich riskierte es, für ein paar Sekunden die Taschenlampe einzuschalten. In ihrem spärlichen Schein sah ich dürre Bäume. Ich konnte nicht erkennen, bis wohin sie standen, aber was ich im Moment dringend brauchte, war Deckung, falls die Wächter angerannt kamen.

Die Leiter ließ sich problemlos wieder zusammenschieben, aber das Aluminium glänzte stark. Ich ärgerte mich, daß ich nicht daran gedacht hatte, sie zu streichen, und beschloß, sie irgendwo zwischen den Bäumen zu lassen. Ich stolperte durch hohes Farnkraut von der Mauer weg. Irgendwo da drüben war das Haus.

Immer wieder blieb ich stehen und lauschte. Dann das nächste Stück. Mit Leiter und Decke schleppte ich mich zwischen den nun dichter und höher werdenden Bäumen hindurch. Lieber langsam, aber dafür unbemerkt. Und plötzlich schimmerte vor mir der feste Belag der Auffahrt.

Kein Laut war zu hören. Ich hatte Glück. Ich lief auf dem Grasstreifen, nah genug an dem Wäldchen, um notfalls darin untertauchen zu können, parallel zur Auffahrt auf die festungsähnliche Villa zu. Ein Schloß, das niemand besuchte.

Endlich ragte der verschwommene Umriß des unbeleuchteten Gebäudes vor mir auf. Kaum zu glauben, daß es jemand bewohnte. Ich duckte mich unter ein paar tiefhängende Äste. Meine Uhr zeigte neununddreißig Minuten nach Mitternacht. Während ich von meinem Versteck aus mein Ziel beobachtete, überlief es mich auf einmal kalt. Was, in Gottes Namen, war mir eigentlich dabei eingefallen, mich wie ein Dieb auf den Besitz einer Einsiedlerin zu schleichen? Aber ich hatte Emma versprochen, mir Gewißheit zu verschaffen, ehe ich heimkehrte.

Die Leiter und die meisten anderen Gegenstände, die ich bei mir trug, ließ ich etwa hundert Meter vom Haus entfernt zurück. Ich legte die Leiter an einer alten Birke ab, zog die Decke darüber und häufte noch etwas Farnkraut darauf. Dann richtete ich mich auf und lauschte. Nichts regte sich in der Finsternis, als ich auf die Villa zustrebte. Es war so vollkommen still, als wäre alles Leben hier ausgelöscht und die Erde ein toter Stern.

Mein Herz klopfte wie wild, als ich das Haus erreichte. Nur der Gedanke an meine Kinder zwang mich weiterzugehen. Auf Zehenspitzen schlich ich an der Vorderfront entlang. Die Fenster waren ausnahmslos hinter altmodischen Holzläden verschlossen.

Nun war ich an der Ecke des Gebäudes angelangt und erinnerte mich, daß die Seitenflügel mit den Nebengebäuden an der Rückseite eine Art Hof bildeten. Nachdem ich um die Ecke gebogen war, sah ich vier Fenster und eine Tür, danach hörte der Westflügel unvollendet auf.

Drei Fenster waren dunkel, aber das vierte nicht. Langsam schob ich mich darauf zu. Die Unterkante befand sich etwa einen Meter zwanzig über dem Boden. Durch die Ritzen der geschlossenen Läden drang kaum Licht, aber ich konnte gedämpfte Laute vernehmen. Das Schluchzen und Stöhnen einer alten Frau.

Madame Soult.

Ich drückte die Klinke des Nebeneingangs nieder, aber die Tür war verschlossen, und ich hatte nicht das geeignete Werkzeug, um sie aufzubrechen. Mit der kleinen Drahtschere, die ich in Sainte-Maxime gekauft hatte, konnte ich nichts ausrichten. Verzweifelt suchte ich nach einer anderen Lösung, als würden die Stimmen meiner Kinder in meinem Kopf wispern und mich zur Eile drängen. An der Wand entlang tastete ich mich zum Ende des Flügels vor und entdeckte dort noch eine Tür, die allerdings einen Knauf hatte, der sich nicht drehen ließ. Ich zog die Drahtschere aus der Tasche und steckte die Spitze wie einen Dietrich ins Schloß. Vielleicht war es ja nur eingeschnappt. Als ich die Schere drehte, hörte ich ein Klicken. Das Schloß war wirklich nur eingeschnappt gewesen, und mit der Scherenspitze hatte ich den einfachen, schweren Bartschlüssel gedreht und hinausgestoßen. Ich hörte ihn auf einen Teppich fallen, und die Tür ging auf. Aus dem dunklen Gang hinter der Tür schlug mir ein fauliger Geruch entgegen, der in mir das Verlangen weckte, mich umzudrehen und wegzurennen. Es war Kerkergeruch, ein modriger Gestank von Schimmel und Kot und noch etwas, das ich nicht einordnen konnte. Spielten mir meine überreizten Sinne einen Streich, oder hörte ich das Knistern von Feuer?

Ich trat ein, drückte die Tür hinter mir zu und knipste die kleine Taschenlampe an. Der bleistiftdünne Strahl geisterte durch den Gang voraus und zeigte mir Türen zu beiden Seiten, hohe Türen zu offenbar großen Räumen. Die erste zu meiner Linken stand offen, und ich spähte hinein. Eine Spülküche oder ein Waschraum mit Steinfliesenboden, wuchtigen Ausgußbecken und verzinkten Wannen. Ich zwang mich, ruhig zu atmen, und ging vorsichtig weiter, an einigen geschlossenen Türen vorbei. Am Ende des Ganges, in dem absolute Stille herrschte, kam ich an eine schwere Eichentür mit einem alten Messingknauf. Ich hielt inne. Der Gestank war hier noch stärker, ein intensiver Fäulnisgeruch, vermischt mit dem eigenartig scharfen Geruch von verbranntem Papier. Leise, aber deutlich vernahm ich ein Rascheln und sah unter dem Türspalt einen Lichtschimmer. Und dann hörte ich wieder das Wimmern einer alten Frau.

„Oh, ah, so weh, so weh, ah, ah . . .“

Mit äußerster Behutsamkeit drehte ich den Knauf und schob die Tür millimeterweise auf. Das Jammern hielt an, und der Gestank, der mir entgegenwehte, war beinah unerträglich.

Ich blickte in einen großen, rechteckigen Raum, in dem so gut wie keine Möbelstücke standen. Von der hohen Decke baumelte eine nackte Glühbirne, die einzige Lichtquelle. Der Parkettboden war übersät mit verkohlten, zertretenen Papierresten. In einer Ecke gegenüber – was war das? Eine Gestalt, die auf einem klobigen Eisenbett lag.

Zuerst begriff ich gar nicht, was sich da bewegte, bis ich erkannte, daß es Hände waren, die sich zuckend emporhoben und wieder senkten, als tasteten sie flatternd nach den Sprossen einer unsichtbaren Leiter. Vielleicht spürte die Alte meine Gegenwart, denn während ich wie erstarrt auf der Schwelle stand, wurde das Wimmern lauter und noch flehentlicher.

„Ah, nein, nein, ah . . .“

Die ausgemergelte, unter den Decken auf dem Bett ausgestreckte Greisin bot einen erbarmungswürdigen Anblick. Ein Schädel wie aus meinen schlimmsten Alpträumen mit weit aufgerissenen Augen in dunklen Höhlen, dünne weiße Haarbüschel, durch die die braun verkrustete Kopfhaut schimmerte, ein leichenfarbenes, von braunviolettem Grind entstelltes Gesicht. Ein grauenvolles Bild menschlichen Verfalls.

Das war also die legendäre Madame Soult, die Frau, die die traumatischen Geschehnisse im Zuge der Befreiung vor fünfundvierzig Jahren überlebt und sich an ihre Kinder geklammert hatte, als der rasende Mob ihr Haus stürmte.

„Ha . . . ha . . .“ Ein Rasseln, das aus ihrer Kehle aufstieg, sagte mir, daß ihr meine Anwesenheit bewußt war. Hätte ich gekonnt, wäre ich geflüchtet. Aber während ich noch immer wie gebannt dastand und meinen Blick durch den Raum schweifen ließ, schien mein Verstand mit hellsichtiger Schärfe jedes kleinste Detail zu registrieren: die von dem eisernen Bettgestell abblätternde Farbe, den schäbigen Bettvorleger – das einzig Teppichartige, das auf dem kahlen Boden lag –, einen Holzsessel, die Glühbirne. Wie von

Furien gehetzt wäre ich davongerannt, wenn ich nicht noch etwas überdeutlich wahrgenommen hätte.

Ein Haufen verdreckter Kleidungsstücke und ein Paar Frauenschuhe lagen auf dem schmutzigen Boden. Offenbar zog sie sich manchmal auch an. Aber das war nicht alles. Ich sah noch zwei Paar Schuhe, und blinde Wut stieg in mir auf. Martins Sportschuhe und Susies Sandalen standen ordentlich neben den unappetitlichen Fetzen der Alten, deren Gewimmer nun schriller wurde, fast so, als merke sie, daß ich etwas sah, was ich nicht sehen sollte.

Ich ging zu den Schuhen, um sie zu berühren, und in dem Moment wurde die Tür neben mir geöffnet. Ich fuhr herum, aber er war zu schnell für mich, ein dunkler Schatten, ein Leibwächter oder ein Pfleger, den ich durch mein Eindringen geweckt hatte. Als ich versuchte auszuweichen, war es fast zu spät. Der bullige Kerl ging mit einem riesigen Küchenmesser auf mich los. Ich spürte den Luftzug, als die Klinge dicht an meinem Kopf vorbeizischte. Noch während ich mich duckte, rannte ich los. Mein Gegner bewegte sich mit beängstigender Geschmeidigkeit, nutzte den Schwung seines fehlgeschlagenen Angriffs, um herumzuwirbeln und sich gleich wieder auf mich zu stürzen. Im Bruchteil einer Sekunde registrierte ich alles an diesem über eins achtzig großen, gemeingefährlichen Muskelpaket in schwarzem Rollkragenpullover und schwarzer Hose. Das Gesicht raubvogelartig, gelb, schlitzäugig, ausdruckslos und unwirklich – eine bemalte Maske, die Nase und Mund bedeckte und hinter der die Augen eines gefangenen Tieres funkelten.

Mit einem Schrei hechtete ich durch die offene Tür und warf sie hinter mir zu. Dann rannte ich durch den unbeleuchteten Gang um mein Leben. Ich hörte das Monster im Zimmer toben und raste den Korridor schneller entlang, als ich es mir je zugetraut hätte.

Jetzt wußte ich es genau: Das waren die Entführer meiner Kinder!

Ich lief, als wäre der Teufel hinter mir her, packte den heruntergefallenen Schlüssel und sperrte die Eingangstür von außen zu. Schon rüttelte er wie wahnsinnig daran und hämmerte mit den Fäusten dagegen. Was hatte ich erwartet, hier zu finden? Auf keinen Fall ein so erbärmliches menschliches Wrack oder einen messerschwingenden, unzurechnungsfähigen Riesen. Keuchend sog ich die Nachtluft ein und hetzte zwischen den Bäumen hindurch weiter.

Ein lauter Ruf: „*Le voilà!*"

Ich sprintete über den Hof und versuchte in Deckung zu gehen. Ein Wagen bog mit quietschenden Reifen und aufgeblendeten Scheinwerfern um die Ecke. Gendarmerie. Die Lichtkegel zeigten mir kurz eine Reihe von Garagen und niedrigen Backsteingebäuden. Das genügte. Ich raste auf die schmale Lücke zwischen ihnen und den Bäumen dahinter zu.

Geschafft. Ich hörte, wie sich le Brèves Männer über das Gelände verteilten und durch Zurufe verständigten. Den Stimmen nach schienen es drei oder vier zu sein. Wozu quälte ich mich eigentlich? Die Beine trugen mich kaum noch. Sollte ich nicht lieber aufgeben? Aber sie hatten mich bereits einmal zusammengeschlagen, und jetzt schlich ich noch dazu durch die Nacht wie der Einbrecher damals in Chenoncey.

Nach Atem ringend blieb ich stehen. Das Herz klopfte mir bis zum Hals. Die Stimmen klangen leiser, als hätten sich die Verfolger in die entgegengesetzte Richtung gewandt. Mit letzter Kraft tappte ich weiter. Kaum hatte ich mich ein wenig erholt, ging mir eine Unzahl von Fragen durch den Kopf. Wenn die alte Frau nicht bei Verstand war, warum wurde sie dann so streng bewacht? Und warum mußte sie, die angeblich so reiche Gutsbesitzerin, unter derart jämmerlichen Bedingungen dahinvegetieren? Und wer war der Schwarzgekleidete mit der Maske? Und vor allem – warum standen die Schuhe meiner Kinder dort? Susies und Martins Schuhe. Die Villa war ein Ort des Grauens. Ich begann heftig zu zittern. Irgendwo innerhalb dieser Mauern, vielleicht sogar in dem Raum, aus dem ich geflohen war, waren Susie und Martin gewesen. Ich ballte die Fäuste. Nein, sie sollten mich auf keinen Fall kriegen.

Gigantische Bäume schienen mir den Weg zu versperren, ein Entrinnen unmöglich zu machen, mich zu erdrücken. Wie ein Wall türmten sie sich unter dem bleiernen Himmel auf, und als sich ein leichter Wind erhob und die Äste anfingen, rauschend zu schwingen, gestand ich mir ein, daß meine Lage aussichtslos war. Die große Auffahrt befand sich links von mir, und irgendwo dort hatte ich die Leiter versteckt. Ich überlegte fieberhaft, wo die Stelle scin mochte, und setzte mich langsam wieder in Bewegung.

In dem Moment hörte ich das aufgeregte Bellen der beiden Schäferhunde. Sofort rannte ich los und stürzte in einen im Dunkel verborgenen Graben.

„*Voilà!* He!" Meine Verfolger näherten sich. Dem Geräusch nach zerrten die Hunde hechelnd an den Leinen.

Ich raffte mich auf und stolperte blindlings über Wurzeln und Gestrüpp. Viel fehlte nicht mehr, dann würden sie mich gefangen haben.

„*Les chiens. Ici. Ici.*"

Sie waren direkt hinter mir. In meiner Panik hatte ich nur noch einen Gedanken – das zu überleben, sonst würde ich ein weiteres Opfer dieses furchtbaren Hauses sein.

Ich lief wie ein Wahnsinniger und glaubte, Lungen und Herz müßten mir zerspringen. Nur weg hier, nur weg! Da war die Einfahrt mit dem Tor am Ende. Plötzlich hysterisches Geschrei hinter mir.

„*Voilà!*"

Die beiden Hundeführer brachen wie Panzer aus dem Wald hervor. Jetzt ließen sie die Biester los, die mir an die Brust sprangen und nach meinen Armen schnappten. Ich versuchte, sie abzuwehren, aber sie stießen mich um, und ich konnte nur noch instinktiv mein Gesicht schützen. Die Männer rissen die Hunde zurück. Dann wurde ich auf die Beine gezerrt, und da schoß auch schon der Gendarmeriewagen heran und hielt neben uns. Ich wurde gepackt, bekam einen Schlag ins Genick und eine Decke über den Kopf geworfen und wurde ins Auto gestoßen.

Fünfzehn

DIE Fahrt schien ewig zu dauern, in Wirklichkeit schätzungsweise eine Stunde. Man hatte mir Handschellen angelegt. Ich hörte Gespräche über Funk, konnte jedoch nichts verstehen. Außerdem erstickte ich fast unter der Decke. Schließlich wurde der Wagen langsamer und hielt endlich an. Ich wurde hinausgeschoben und über unebenes Straßenpflaster in ein warmes Gebäude geführt.

Jemand öffnete eine Tür. Die Decke fiel mir vor die Füße, und die Tür schlug hinter mir ins Schloß. Ich befand mich in einem hellen Zimmer. Das Fenster zeigte einen Ausschnitt des dämmrigen Morgenhimmels. Auf dem Nachttisch neben dem Bett lagen meine Armbanduhr und meine Brieftasche. Dann ging die Tür wieder auf, und ein bewaffneter Gendarm und eine Krankenschwester kamen herein.

„Wo bin ich, zum Teufel?"

„Im Krankenhaus von Pontauban."

„Im Krankenhaus? Warum?"

„Der Hauptkommissar hat Sie herbringen lassen", sagte die Schwester. „Wegen des Hundebisses."

Ich setzte mich aufs Bett und untersuchte den Riß in meinem Arm. Die Schwester gab mir eine Injektion, reinigte die Wunde und verband sie. Dann maß sie mir den Puls und steckte mir ein Thermometer in den Mund. „Nicht sprechen!" befahl sie.

Anscheinend war meine Temperatur in Ordnung, denn sie machte ein zufriedenes Gesicht. „Bleiben Sie noch sitzen, bitte!" Der Gendarm thronte auf einem Stuhl neben der Tür. Ich schloß die Augen. Am Quietschen der Gummisohlen auf dem Linoleum hörte ich, daß die Schwester hinausging. Ich mußte hier weg.

Wieder ging die Tür auf.

„Emma!"

Das blonde Haar, das ihr abgezehrtes Gesicht umrahmte, war ein bißchen länger. Sie trug ein leichtes, langärmeliges Kleid und sah aus wie direkt einem englischen Sommer entschwunden. Ich war unbeschreiblich erleichtert, sie zu sehen.

„Emma", krächzte ich. „Liebling, woher weißt du . . .? Wie kommst du hierher?"

„Hauptkommissar le Brève hat mich besucht", sagte sie. „In England."

„In England?" Nun wußte ich, warum le Brève eine Zeitlang unauffindbar gewesen war.

Sie nickte grimmig. Meine Euphorie schwand. Irgend etwas stimmte nicht.

„Emma, was ist los?"

„Du bist ein Narr", sagte sie. „Aber ich habe dich gewarnt."

„Um Gottes willen, was meinst du denn?"

„Dieses Weib hat dich dazu angestiftet."

„Emma, ich habe die Kinder gefunden."

„Lüg mich nicht an! Was hast du mit ihnen gemacht?"

Ich war entsetzt. „Mit ihnen gemacht?"

„Du hast sie getötet!" schrie sie. „Du hast sie gehaßt, weil du frei sein wolltest für dieses Weib, diese . . . diese Schlampe!"

„Emma, so glaub mir doch! Ich war in der Soult-Villa –"

„Mit dem ekelhaften Luder. Ich habe euch im Wagen gesehen."

Le Brève hatte ihr das Gift seines Verdachts eingeträufelt und sie hergeholt, damit sie mir nachspionierte. Dieses Schwein!

„Ich bin letzte Nacht wieder hin, habe mir Zutritt verschafft und ihre Schuhe gefunden." Ich zeigte auf meinen verletzten Arm. „Das ist dabei passiert."

„Ich glaube dir kein Wort! Wo sind sie? Wo sind die Schuhe? Du bist ein Lügner!" Tränen stiegen ihr in die Augen. „Bleib mir fern! Ich verabscheue dich!"

„Emma! Liebste! Ich werde sie finden! Hör auf mich!"

Plötzlich merkte ich, daß der Gendarm ein Tonband mitlaufen ließ. Ich hätte es wissen müssen. Doch es war mir egal.

„Du hast die Entführung der Kinder vorbereitet . . ."

„Sie sind in die Soult-Villa gebracht worden."

„Das hast du arrangiert. Deshalb bist du dorthin gefahren. Und sie sind ermordet worden."

„Nein! Nein! Nein!" Ich schüttelte so wild den Kopf, daß es weh tat. „Ich bin hingefahren, um sie zu *finden*."

Emma saß wie eine Statue auf der anderen Bettseite und sagte fast automatisch, als wäre es eine ihr von le Brève eingetrichterte Lektion: „Du wolltest in Frankreich bleiben – mit dieser Frau. Also hast du die Kinder loswerden müssen. Und mich hast du nach Hause geschickt."

„Emma, das ist absurd! Ich bin hiergeblieben, weil ich sie gesucht habe."

„Du bist hiergeblieben, weil du ganz unter ihrem Einfluß stehst. Ich habe dich aus ihrer Wohnung kommen sehen. Die Polizei hat euch tagelang beschattet."

Ich erinnerte mich an die Frau, die mir am vergangenen Abend vor dem Hotel aufgefallen war, ehe ich nach Gourdon aufgebrochen war.

„Emma, seit wann bist du schon da?"

„Seit vier Tagen."

„So lange! Ohne mir etwas davon zu sagen!"

Vier Tage. Sie hatte Estelle und mich beobachtet, als wir nach meinem Gespräch mit dem alten Doktor Raymonde in ihre Wohnung in der Rue des Escaliers gefahren waren. Und wem hatte ich das zu verdanken? Le Brève.

„Du hast mit ihr geschlafen. Streitest du das vielleicht ab?"

Ich konnte es nicht. „Emma, gib mir noch eine Chance. Komm mit mir zurück, hilf mir, die Kinder zu finden!" Verzweifelt setzte ich meine ganze Überredungskunst ein.

Sie wirkte wie betäubt. Nach einer Weile sagte sie kaum hörbar: „Ich weiß nicht mehr, was ich denken soll. Hauptkommissar le Brève sagt, daß die Indizien dich schwer belasten. Er fragte mich, warum du ins Freie gegangen bist, warum dein Pyjama naß war, damals, als – als es geschehen ist. Und er fragte mich, warum du unbedingt bleiben wolltest, wo dich doch nichts mehr hier halten konnte . . . außer . . . dieser Frau."

Ihre Worte verdeutlichten die tiefe Kluft zwischen uns. Ich schaute Emma in die verweinten Augen.

„Verzeih mir, Emma. Ich flehe dich an, verzeih mir! Wir müssen die Kinder finden. Sie sind in der Villa der alten Madame Soult."

„Unmöglich!"

„Emma", beschwor ich sie, „Emma, hör zu! Ich bin in das Haus eingebrochen. Ich habe ihre Schuhe gesehen. Ein Wahnsinniger mit einer Maske vorm Gesicht hat versucht, mich zu erstechen."

„Ich glaub das alles nicht. Du denkst dir das nur aus, weil du mich verwirren willst."

„Emma. Sie haben mich auf dem Grundstück erwischt, und um ein Haar hätten mich die Hunde zerfleischt. Schau dir doch meinen Arm an!" Sie starrte mich unentschlossen an. „Du mußt mir vertrauen! Ich hab versucht, die Kinder zu finden. Und sie sind dort. In dem Haus."

Sie stand auf und ging zum Fenster. Ich hatte sie nicht überzeugt. „Die vielen Lügen. Das muß ein Ende haben!"

„Emma, das ist Irrsinn. Ich liebe dich, ich liebe die Kinder. Du darfst le Brève nicht trauen, er steckt bis zum Hals mit drin."

Ich erklärte ihr alles, erzählte ihr, was ich über die Kinder von Madame Soult wußte und von der Gedenktafel für Marcel und die anderen in der Kirche. Die ganze blutrünstige Geschichte. Begriff sie denn nicht, daß alle Fäden in der einsamen Villa zusammenliefen?

„Komm jetzt mit und hilf mir suchen!" Ich trat zu ihr und legte sanft den Arm um sie. So standen wir eine Weile da, pflichtschuldig von dem Gendarmen beobachtet. Schließlich merkte ich, daß sie lautlos weinte.

„Wenn sie nicht dort sind", schluchzte sie, „ist zwischen uns alles aus."

Die Schwester, die mit noch einem uniformierten Beamten zurückgekehrt war, räusperte sich. „Wenn Monsieur sich erholt haben, wünscht der Hauptkommissar Sie zu sehen."

Emma stützte sich auf mich, als fürchte sie, ihre Beine würden sie nicht tragen. „Le Brève hat mich hergebracht. Er wartet draußen im Wagen. Er hat mich gebeten, als erste zu dir zu gehen."

Und dafür gesorgt, daß jedes Wort auf Band aufgezeichnet wird, dachte ich. Wie konnte er mich zum Verbrecher stempeln und mir gleichzeitig helfen? Energisch bemühte ich mich, den Gedanken zu verdrängen, daß ich immer noch unter Verdacht stand.

„Meines Wissens könnte er es selbst getan haben", sagte ich erbittert. „Was hältst du von der Version, daß ein hohes Tier der Polizei mit allen ihm zur Verfügung stehenden Mitteln das Haus abschirmt, in dem unsere Kinder gefangengehalten werden? Oder wo sie vielleicht begraben sind?"

„Sag das nicht!" fuhr sie mich an, aber ich merkte, daß sie im Begriff war, die Seiten zu wechseln. Allmählich verbuchte ich einen Erfolg. „Jim, du mußt mit ihm reden!"

Der zweite Gendarm wartete noch und drehte seine Schirmmütze in den Händen.

„Gut", sagte ich widerwillig. „Lassen Sie den Kerl herein."

„Monsieur, ich bin ja so froh, daß Sie wohlauf sind!" Le Brève fegte ins Zimmer und verbeugte sich schwungvoll vor Emma. „Nach dem höchst bedauerlichen Hundebiß hielt ich es für richtig, Sie auf schnellstem Weg verarzten zu lassen."

„Hören Sie, ich bin nur hier, weil Ihre schießwütigen Schwachköpfe mit den Wachhunden mich angegriffen haben. Weswegen?"

„Warum sind Sie geflüchtet, Monsieur? Sie haben unbefugt Privatbesitz betreten. Und als Sie entdeckt wurden, wollten Sie das Weite suchen. Was sollten meine Männer denken?"

„Warum bewachen Sie Madame Soult?"

Er seufzte gereizt. „Das habe ich doch gewiß schon erklärt. Sie hat uns darum gebeten und bezahlt für unseren Schutz. Eine gebrechliche alte Frau. Völlig übergeschnappt, wie Sie es nennen würden."

„Okay, dann eine andere Frage. Wie kommen die Schuhe meiner Kinder in die Villa?"

„Wie bitte?"

Emma fixierte mein Gesicht.

„Ihre Schuhe standen in dem Zimmer der alten Dame. Außerdem lauerte da ein Verrückter mit einer Maske. Ich bin über die Mauer gestiegen und habe in einer halben Stunde mehr über meine Kinder herausgefunden als Sie in einem Monat."

„Was reden Sie denn da?"

„Sie sind dorthin gebracht worden! Ich habe ihre Schuhe gesehen!" brüllte ich. „Im Schlafzimmer der angeblich übergeschnappten Alten, die Sie so eifrig beschützen!"

Er erstarrte förmlich. „Sie . . . haben . . . ihre Schuhe gesehen? Sind Sie sicher?"

Ich nahm Armbanduhr und Brieftasche an mich und strich meine Kleidung glatt. „Ganz sicher. Und ich fahre jetzt hin."

„Ich möchte ihn begleiten", sagte Emma.

Le Brèves Miene veränderte sich. „Wie Sie wünschen", meinte er achselzuckend. „Aber könnten Sie mir zuvor beschreiben, was genau Ihre Aufmerksamkeit erregt hat?"

Ich betete es noch einmal her. Die alte Frau im Bett. Die Schuhe. Der Irre mit der gelben Gesichtsmaske und dem Messer.

„Es kann nicht wahr sein", murmelte le Brève. „Madame Soult lebt allein bis auf eine ausgebildete Krankenpflegerin."

„Eine über eins achtzig große Dame, die mit einem Küchenmesser herumrennt?"

„Monsieur, Sie haben eine lebhafte Phantasie. Das ist wieder eine Ihrer Erfindungen, zu denen Sie leider neigen."

„Kommen Sie mit?" fragte ich ihn kurz.

„Sie sind nicht in der richtigen Verfassung für ein solches Unternehmen. Bitte gönnen Sie sich etwas Ruhe."

„Ich denke nicht daran und lasse mich auch nicht daran hindern, jetzt auf der Stelle aufzubrechen."

Er überlegte einen Moment und faßte dann einen Entschluß. „Gut. Ich werde Sie begleiten. Mit einem Durchsuchungsbefehl. Unter Polizeischutz. Morgen. Wir werden der Villa einen offiziellen Besuch abstatten. Aber falls das stimmt, was Sie behaupten, müssen Sie auf das Schlimmste gefaßt sein."

Ich ergriff Emmas Hand. „Es geht um unsere Kinder, die irgendwo in diesem Haus sind. Ich fahre noch heute, ob es Ihnen paßt oder nicht! Und kein Mensch der Welt wird mich aufhalten, bis ich nicht endlich die Wahrheit weiß!"

Er gab nicht nach. „Ich brauche einen Durchsuchungsbefehl für die Villa und das Grundstück. Den kann ich nicht einfach herzaubern. Das kostet Zeit. Und Sie sollten sich noch schonen."

„Verdammt noch mal, Herr Kommissar! Wenn meine Kinder dort sind, will ich sie finden, und zwar so schnell wie möglich."

Er musterte mich kalt und zuckte dann die Achseln. Als er hinausging, um sich mit dem Arzt zu beraten, fühlte ich Emmas Unsicherheit, eine Mischung aus Mißtrauen und Angst.

Le Brève erschien wieder. „Der Doktor meint, es stehe in Ihrem Ermessen, was Sie sich zumuten, Monsieur. Fühlen Sie sich soweit in Ordnung, die Sache heute nachmittag in Angriff zu nehmen, wenn ich bis dahin alles arrangieren kann?"

„Geben Sie mir eine Stunde", sagte ich.

„Ich lasse eine Eskorte draußen."

Mir wurde vor Schmerzen schwindlig, als ich den Arm bewegte, aber ich wusch und rasierte mich. Man brachte uns Frühstück, das wir auf der Bettkante sitzend aßen. Obwohl wir versuchten, über andere Dinge zu reden, kamen wir natürlich immer wieder auf die Kinder zurück.

„Die Art, wie le Brève dich ansieht, gefällt mir nicht", sagte Emma.

„Er hat die Finger mit im Spiel."

„Diese Vorstellung gefällt mir noch viel weniger." Schweigend schaute sie hinaus auf den Vorhof. „Ach, zum Teufel", meinte sie dann. „Was haben wir jetzt noch zu befürchten? Machen wir uns doch nicht unnötig verrückt."

Am liebsten hätte ich sie an mich gedrückt und geküßt. Das war meine Emma, die kleine, mutige Löwin, der mein Herz gehörte, nicht mehr die gramgebeugte Trauerweide, die vorhin ins Krankenzimmer gekommen war. Ich blickte sie an und sah in ihr all unsere früheren Träume vereint. Aber ich war mir auch unserer Ängste bewußt, einander doch noch zu verlieren, selbst wenn wir unsere Kinder oder die Wahrheit über das, was mit ihnen geschehen war, finden würden.

Sechzehn

AM SPÄTEN Nachmittag desselben Tages fuhren wir im Konvoi los. Le Brève, Emma und ich im ersten Wagen. Hinter uns Clerrard und Constant, le Brèves Assistent, und die übrige Mannschaft. Einige Gendarmen in einem Renault-Kombi waren mit Spitzhacken, Schaufeln und Plastiksäcken ausgerüstet.

Emma war nervös. Sie saß neben mir, nagte an ihrer Unterlippe und wollte nicht angerührt werden. Le Brève beobachtete uns gewohnheitsmäßig im Rückspiegel. Die Wagenschlange begann sich die kahlen Hügel hinaufzuwinden. Der Aufstieg in diese Einöde, wo es nur Staub und Eidechsen gab, war ein mühsames Unterfangen.

Endlich erreichten wir den Dorfplatz. Halb verborgen unter dunklen Torbogen standen Frauen und musterten uns mit steinernen Mienen. Die schlanke Kirchturmspitze trug unübersehbar noch die Narben aus dem Krieg. Ich dachte an Estelle. Dann lag das Dorf hinter uns, und wir fuhren durch die von kleinen Steinmauern durchzogene Mondlandschaft brachliegender Felder, bis die große Steinmauer begann. Da war es – das schwere, rostige Tor mit den beiden Pförtnerlogen. Wir wurden erwartet. Ein Uniformierter salutierte und beeilte sich, uns einzulassen.

Ich tippte le Brève auf die Schulter. „Bei meinem letzten Besuch hier haben Ihre Untergebenen versucht, mich zu ersticken."

„Ich entschuldige mich für die Decke, Monsieur. Aber sie hatten Anweisung zu strengster Diskretion."

Wir brausten die Einfahrt hinauf. Ich war so aufgeregt, daß ich den Schmerz in meinem Arm gar nicht mehr spürte.

Le Brève wedelte mit dem Durchsuchungsbefehl, den er, wie er sagte, von der Polizeipräfektur bekommen hatte. „Damit sind unserer Neugier keine Grenzen gesetzt."

Der Konvoi hielt vor der Treppe an der Vorderfront der Villa. Le Brèves Männer schwärmten aus, doch im Haus herrschte feindselige Stille. Die Läden der unteren Fenster waren zwar geöffnet, aber die Vorhänge zugezogen, so daß man nicht hineinsehen konnte.

Le Brève stieg die Stufen hinauf und läutete. „Wir nehmen uns systematisch Zimmer für Zimmer vor", sagte er, während die letzten Werkzeuge ausgeladen wurden.

Die Frau, die an die Tür kam, trug Trauerkleidung und Pantoffeln. Ihr bäuerliches Gesicht mit den unfreundlichen, argwöhnischen Augen erinnerte mich an die Menschen auf dem Dorfplatz.

„Polizei", sagte le Brève. „Ich habe einen Durchsuchungsbefehl für sämtliche Gebäude und das Grundstück und wünsche Madame Soult zu sprechen."

Sie starrte uns an: den Hauptkommissar, den träg und mürrisch wirkenden Clerrard, Emma und mich. „Das geht nicht. Sie schläft", antwortete sie sauertöpfisch. „Bei Tag schläft sie immer."

„Darauf kann ich keine Rücksicht nehmen", erklärte le Brève. „Führen Sie mich zu ihr!"

Wir durchquerten eine Halle, die auch schon bessere Zeiten gesehen hatte, wie ein verstaubter Kronleuchter ahnen ließ. Links und rechts führte je ein Bogengang zu den Seitenflügeln. Unsere Schritte hallten dumpf auf dem Mosaikboden.

„Wo ist sie?" fragte le Brève und drehte sich zu der Frau um, die uns folgte.

Sie zeigte auf den Gang, den ich vorige Nacht vom anderen Ende aus betreten hatte. Angeführt von le Brève, marschierten wir ihn entlang. Ich sah den Hauptkommissar ein wenig den Kopf heben und schnuppern. Er hatte den Geruch bemerkt, der bei weitem nicht mehr so stark war wie in der Nacht zuvor, sondern entschärft und vom Duft eines Desinfektionsmittels überlagert.

„Hier?" Er zeigte auf die richtige Tür.

Die Frau nickte, und wir traten ein. Das Bett stand noch in derselben Ecke, und auch die ausgemergelte Gestalt lag darin unter einer Steppdecke, aber die Laken waren gewechselt, und der ganze Raum war gesäubert worden. Die von den verkohlten Papierresten geschwärzten Bodenbretter waren blank gescheuert und frisch gewachst, und damit war auch der durchdringende Gestank gemildert. Sogar Teppiche hatte man ausgebreitet und so das Elend und die Unwürdigkeit aus dem ursprünglichen Bild wegretuschiert. Emma zog scharf den Atem ein.

Ich ging hinüber und betrachtete die Greisin, ihr blaugeädertes, altersfleckiges Gesicht mit den Lidern, die wie dünnes Pergament die riesigen Augäpfel bedeckten. Madame Soult lag auf dem Rücken wie eine Mumie. Nur das leise Rasseln in ihrer Brust verriet, daß sie atmete.

„Stören Sie sie nicht", ermahnte mich die Bauersfrau.

„Wo sind die Schuhe?" fragte ich. „Die Schuhe meiner Kinder?"

Ihr Kopf erinnerte mich an einen länglichen Kürbis, als sie mir antwortete: „Hier gibt es keine Kinder."

Le Brève beobachtete mich, als ich anfing, den Raum zu durchstöbern. Ich untersuchte die Ecken, den einzigen vorhandenen Stuhl, die armselige Kommode, den kalten Kamin.

„Keine Kinder? Gilt das auch für die letzten drei Wochen?"

„Seit Madame hier wohnt, waren nie welche da", sagte der Kürbis.

„Wieviel Personal ist im Haus beschäftigt?" erkundigte sich Emma.

„Nur mein Mann und ich. Wir kümmern uns um Madame. Und Lisette aus dem Dorf kommt zum Putzen."

„Sonst lebt niemand hier? Wozu dann die Leibgarde?" Emma übersetzte meine Frage.

„Sie bezahlt dafür. Sie will allein sein."

Emmas Blick hing an dem Greisenhaupt drüben im Bett. „Gott steh uns bei", flüsterte sie erschüttert.

Der Kürbis wurde nervös. „Wenn Sie jetzt bitte gehen wollen."

„Nicht, bevor wir das Haus von unten bis oben durchsucht haben", erklärte le Brève.

Empört warf sie die Arme hoch. „Madame würde das nie erlauben!"

„Madame hat keine Wahl", sagte le Brève trocken. „Los, an die Arbeit!"

Wir begannen im Erdgeschoß. Mit Chintz bezogene Lehnstühle

und Sofas, intarsienverzierte Tische, Vitrinen und Spiegel mit vergoldeten Rahmen, alles mit Schonbezügen und Überwürfen verhüllt, warteten auf Besucher, die nie kommen würden. Wir nahmen uns Zimmer für Zimmer vor. Le Brèves Männer klopften die Wände ab, öffneten Schränke und Türen. Nirgends stießen wir auf etwas Modernes. Die Villa war wie ein Museum, der Schrein einer längst vergangenen Art des Lebens. Vergeblich suchten wir nach Familienfotos, Spielzeug oder Andenken an glücklichere Zeiten. In dem feindseligen Haus herrschte eine unbeseelte Leere, und dieses riesige, allmählich verfallende Gebäude beherbergte nur drei Menschen: das Dienerehepaar namens Chandellar und Madame Soult selbst.

„Was für ein gräßliches Mausoleum", sagte Emma schaudernd.

Le Brève eilte geschäftig umher und rief seiner kleinen Mannschaft knappe Befehle zu. „Denkt daran, daß wir nach Beweisen für die Anwesenheit von Kindern suchen."

„Vielleicht Bücher oder Spielsachen. Ein kleiner Stoffhund zum Beispiel", warf ich ein.

Sie nickten und machten weiter.

Wir durchkämmten die acht Räume im oberen Stock. Das Badezimmer war primitiv, und fünf von den Schlafzimmern waren völlig leer. In den anderen standen nur nackte, altmodische Eisenbettgestelle mit Roßhaarmatratzen und vorsintflutliche Waschtische mit Krug und Schüssel.

Der Staub reizte uns dauernd zum Niesen, und es war angenehm, wieder in den Flügel hinunterzugehen, wo die Greisin immer noch schlief. Diesmal ließen wir ihr Zimmer aus und wandten uns den anderen Räumlichkeiten zu. In der hohen, ebenfalls frisch geputzten Küche entdeckten wir ein paar kürzlich benutzte Töpfe und Pfannen.

Emma musterte einen schmutzigen Teller. „Was ist das? Sieht nach Kartoffelbrei aus, wie ihn Kinder gern mögen."

Sofort schlurfte der Kürbis zu ihr und sagte beleidigt: „Madame ißt wie ein Spatz. Sie hat keine Zähne mehr. Wir ernähren sie wie einen Säugling mit pürierter Kost."

Die restlichen Räume enthielten hauptsächlich Gerümpel. Alte Hand- und Schrankkoffer – die reinsten Trödelläden der Erinnerungen – wurden von den Beamten aufgerissen und ihr Inhalt auf dem Boden verstreut, während Madame Chandellar entrüstet zeterte.

Das Ehepaar hatte in dem anderen Flügel eine eigene kleine Wohnung, die durch einen Fernsehapparat, Zeitungen und billige moderne Möbelstücke nicht so gruftartig wirkte.

„Wo ist Ihr Gatte?" wollte le Brève wissen.

„Mit dem Wagen ins Dorf gefahren. Er wird bald zurück sein."

Kurz darauf führten ihn le Brèves Männer wie einen Gefangenen vor. Ich sah sofort, daß er nicht der Mann mit der gelben Maske sein konnte. Dazu war er zu klein.

Le Brève nahm den weißhaarigen, dümmlich dreinschauenden Bauern, den ich auf über sechzig schätzte, in die Mangel. „Versuchen Sie erst gar nicht zu leugnen. Wen haben Sie hierhergebracht?"

Der Mann blinzelte phlegmatisch wie ein Ochse. „Ich versteh nicht. Ihre Gendarmen bewachen doch das Tor. Niemand ist reingekommen."

„So", sagte le Brève, wie ein Feldherr in der Halle aufgepflanzt, ein wenig später. „Jetzt sind die Nebengebäude, die Keller und das Grundstück dran."

Bevor wir aufbrachen, gingen wir zu einem der Wagen hinaus, wo wir mit Kaffee aus der Thermosflasche und Gebäck versorgt wurden. Wir hatten die Pause nötig. Sogar le Brève zeigte Bedürfnis nach frischer Luft und stellte sich, grämlich wie immer, neben mich. „Fangen wir lieber an, es wird bald dunkel. Nebengebäude und Hof. Trommelt die Leute zusammen. Die Pförtner sollen auch helfen."

Eine Holztreppe an der Rückseite des Hauses führte in den Keller hinunter, ein trockenes Ziegelgewölbe, in dem es außer alten Brettern und ein paar zerbrochenen Flaschenregalen nichts zu sehen gab. Weiter ging es über den Hof zu den baufälligen Nebengebäuden. Einige waren nur roh gezimmerte Holzschuppen. Le Brève betonte, auf alles zu achten, was neu oder benutzt wirkte, aber ich hielt die Aktion bereits für sinnlos. Wir hatten die Kinder nicht gefunden, und ich fühlte nichts als kalte, beklemmende Verzweiflung.

Als der Abend kam, stocherten sie mit Stangen in einem hinter den Schuppen entdeckten Brunnen. Er war mit Schutt und Gerümpel angefüllt.

„Runtersteigen und raus mit dem Zeug!" befahl le Brève.

Es dauerte zwei Stunden, bis sich die Gendarmen fluchend zum Grund des Brunnens vorgeschaufelt hatten. Was da zwischen den Schuttlagen zutage kam, war ein Abriß der Geschichte des Hauses: durch die Feuchtigkeit schwarzgefleckte Ledertaschen, rostige Eisenteile von Fahrrädern und Sprungfedern von Bettrosten. Alles wurde säuberlich aufgereiht wie auf einer archäologischen Fundstätte.

„Keine Schuhe", sagte le Brève.

„Schuhe sind leicht zu verstecken", meinte Emma.

„Oder zu vergraben. Wie Leichen", fügte ich hinzu.

„O Jim, bitte laß das!" Emmas Gesicht war ganz bleich. „Fahren wir!" drängte sie. „Dieser Ort macht mich fertig."

„Nein", antwortete ich. „Ich bleibe, bis wir wirklich alles durchgekämmt haben."

Das schien auch le Brèves Absicht zu sein, aber seine Leute wurden müde, und zwei der Männer aus den Pförtnerlogen mußten zurückgeschickt werden, um die Nachtwache zu übernehmen. Schließlich brachte ihm Clerrard schonend bei, daß sie alle erschöpft waren.

„*D'accord, d'accord.*" Er streckte das Kinn vor und funkelte mich an. „Morgen", erklärte er mit Nachdruck, „beginnen wir mit dem Wald!"

Sie sammelten ihr Werkzeug ein und trotteten zu den Wagen. Vor dem Hauseingang blieb le Brève stehen.

„Wollen Sie denn nicht warten, bis sie aufwacht?" fragte ich.

Er wandte mir sein verbissenes Gesicht zu. Natürlich hätte er selbst warten oder Clerrard darum bitten können. Immerhin bestand die Hoffnung, ihrem Gebrabbel ein Körnchen Wahrheit oder die Spur von etwas Sinnvollem zu entnehmen, aber ich sah Unruhe in seinen Augen flackern. Er hatte Angst.

„Ich halte das nicht für ratsam", sagte er barsch. „Rechnen Sie vielleicht damit, daß sie mir von einem Messerstecher erzählt? Ich komme morgen wieder!"

„Sie glauben mir nicht. Habe ich recht?"

„Ich bin auf Ihre Informationen angewiesen, Monsieur. Morgen werden wir die Sache zu Ende bringen." Mit einem knappen Nicken verabschiedete er sich und ließ mich mit Emma allein. Ich traf eine spontane Entscheidung.

„Fahr du mit ihm, Liebling. Ich möchte bleiben." Ich mußte mich überzeugen, daß es hier tatsächlich nichts mehr zu finden gab.

„Nein, Jim, nein!" Ihre Stimme zitterte. „Es ist gefährlich. Bitte, sei nicht so stur!" flehte sie. „Außerdem werden sie es dir gar nicht erlauben."

„Ich bleibe!" rief ich laut.

Le Brève drehte sich um. „Ich bin bereit abzufahren, Monsieur."

„Ich nicht. Ich bleibe."

Der alte Chandellar stand auch dabei und wartete, daß wir endlich das Feld räumten.

„Ich bin sicher, Ihre werte Frau Gemahlin ist damit nicht einverstanden", sagte le Brève höhnisch.

„Ich bleibe hier, bis die alte Dame aufwacht."

„Das geht nicht, Jim, bitte!" Emma zupfte mich am Ärmel.

„Wir haben kein Bett für Sie und nichts zu essen", erklärte Chandellar.

„Aber vielleicht eine Tasse Kaffee? Ihr Kaffeevorrat wird Ihnen doch nicht ausgegangen sein."

Einen Augenblick war er perplex, dann grinste er, als hätte ich einen Witz gemacht. Le Brève fand es weniger komisch. „Seien Sie kein Narr. Sie sind bestimmt müde. Und nervlich ziemlich strapaziert. Kommen Sie schon, steigen Sie ein!"

„Nein."

Er gab auf. „Gut, wie Sie wollen. Wir sehen uns morgen."

„In Ordnung. Ich möchte lediglich mit der alten Frau sprechen."

Er wandte sich an Chandellar. „Sagen Sie ihm, daß das nicht erlaubt ist."

Plötzlich war Emma an meiner Seite und ließ bei dem alten Dienstboten ihren Charme spielen. „Er sagt, ihn stört es nicht", meinte sie dann. „Du könntest es gern versuchen, aber sie rede nur wirres Zeug. Sie ist taub und nicht mehr ganz richtig im Oberstübchen. Wenn du bleibst, Jim, dann bleibe ich auch", flüsterte sie mir ins Ohr. Emma mußte ihren ganzen Mut zusammennehmen, um sich mit dem Gedanken anzufreunden, sich in die düsteren Räume der unheimlichen Villa zu wagen, das sah ich.

„Das ist nicht nötig, Schatz. Du wirst dich fürchten. Und es gibt keinen Platz zum Schlafen."

„In den Zimmern im ersten Stock stehen jede Menge Betten", sagte sie.

„Also schön, also schön", lenkte le Brève ein. „Es ist Ihre Sache. Ich sage den Männern am Tor Bescheid. Aber wenn etwas schiefgeht . . ."

Sein Achselzucken drückte deutlicher als Worte aus, daß er sich dafür nicht verantwortlich fühlen würde. Er machte auf dem Absatz kehrt und ging. Emma und ich beobachteten, wie er in den Wagen stieg und Clerrard sich neben ihn setzte. Sie gönnten uns keinen Blick mehr. Die Kolonne fuhr an und verschwand schnell. Es war so still, daß wir hörten, wie das schmiedeeiserne Tor jenseits der Bäume geschlossen wurde. Wir waren allein.

Emma klammerte sich an meinen Arm. „Ach, Jim! Möge Gott uns jetzt helfen!"

Ich zog sie an mich und küßte sie auf die Stirn. „Sei ganz ruhig, Schatz. Ich liebe dich!"

ES WAR dunkel. Jetzt, nach zehn Uhr, brachte die Nachtluft Kühlung, als wir auf den Stufen standen und auf den Park hinausblickten. Der Mond tauchte die Baumwipfel in matten Glanz, und während ich ins Dunkel starrte, ergriff die Angst von mir Besitz, Susie und Martin könnten irgendwo da draußen liegen.

Emma fröstelte. „Das alles hier ist so . . . grausig."

Ich legte den Arm um sie und spürte, daß sie eiskalt war. „Du brauchst keine Angst zu haben."

Aber ich war mir nicht so sicher.

„Warum halten die Gendarmen unten am Tor Wache?" fragte sie.

„Weil Madame Soult es wünscht. Sie dürfen nur auf ihre ausdrückliche Aufforderung das Haus betreten. Jedenfalls hat das le Brève gesagt."

„Höchst merkwürdig. Beinah verrückt."

„Verrücktheit hat meist ihre eigene Logik. Komm jetzt, treiben wir den alten Chandellar auf."

Die Eingangstür war offengelassen worden, und wir traten in die Halle, wo ich als erstes die Lampen, inklusive Kronleuchter, anmachte. Die Marmorpracht hätte ein ideales Bühnenbild für eine Oper abgegeben. Eine Treppe mit verschnörkeltem Geländer führte in elegantem Schwung zu einer Balustrade im ersten Stock empor – eine pompöse Treppe, wie geschaffen dafür, daß Damen in Ballroben sie herabschwebten. Man erwartete fast, neugierige Gesichter herunterspähen zu sehen, doch nur wir standen in dem riesigen leeren Vestibül, von dem die beiden Seitenflügel abzweigten – links ging es zu Madame Soult, rechts zu den Chandellars.

Und plötzlich ging das Licht aus.

Emma schrie und preßte sich an mich, und dann sahen wir einen scheinbar körperlosen Schädel aus dem rechten Bogendurchgang auf uns zukommen, die Backenknochen spitz über der dunklen Höhlung der Wangen. Chandellars Totenmaske. Nach dem ersten Schreck begriff ich, daß er eine Taschenlampe in Brusthöhe hielt und so sein Gesicht von unten gespenstisch beleuchtete.

„Chandellar? Sind Sie das?"

„Monsieur?" fragte der Alte unterwürfig und schlurfte näher.

„Was soll denn das? Da kann einem ja das Herz stehenbleiben! Meine arme Frau!"

Emma hatte sich wieder gefaßt. „Er sagt, es täte ihm leid, daß er uns Angst eingejagt hat. Er will uns nur hinaufbegleiten."

Jetzt sah ich auch, daß er Seife, Handtücher und Kerzen trug.

„Warum ist das Licht ausgegangen?" Nun war ich auf Emmas Französischkenntnisse angewiesen, und das brachte uns einander näher.

„Anordnung von Madame Soult. Das große Licht wird nie eingeschaltet, außer auf ihren besonderen Wunsch. Daher verwenden wir bloß die kleinen Glühbirnen im Korridor und sonst eben Taschenlampen." Leicht gebückt stand er vor uns, eine stumpfsinnige Kreatur, geprägt von der bedrückenden Atmosphäre des Hauses. „Wenn Sie mir bitte folgen wollen? Ich zeige Ihnen Ihre Schlafzimmer."

„Wo ist Madame Chandellar?" fragte ich.

„Sie bereitet Madames Abendessen vor. Es muß fertig sein, wenn sie aufwacht."

„Und wann wird das sein?"

„Gegen Mitternacht, Monsieur. Wir haben hier eine etwas andere Zeiteinteilung. Hier entlang, bitte."

Während wir ihm nachgingen, sagte ich zu Emma: „Frag ihn, warum er eigentlich hier arbeitet."

Als sie das tat, drehte er sich um und bedachte mich mit einem beinah belustigten Blick. „Weil sie mich dafür bezahlt, Monsieur."

Er führte uns in einen der Räume, die wir mit le Brève inspiziert hatten, nahm Decken für das aus einer früheren Epoche stammende Messingbett aus einem Schrank und faltete den staubigen Schonbezug zusammen. „Leider gibt es keine Laken, aber die Matratze ist gut." Das flackernde Kerzenlicht spiegelte sich auf dem in einer Schüssel stehenden Krug auf dem Waschtisch, einer hochbeinigen alten Mahagonikommode, wo er Seife und Handtücher deponierte.

„Ins Badezimmer gelangen Sie vom Flur aus. Ich bedaure, Ihnen keine Mahlzeit anbieten zu können. Aber wenn Ihnen Kaffee und Brötchen recht wären?"

„O ja, bitte", sagte Emma. Sie machte einen erschöpften Eindruck. „Es ist schon so spät, da haben wir ohnehin keinen großen Hunger mehr."

Als wir allein waren, ergriff ich ihre Hand. Im Halbdunkel schimmerte ihr blondes Haar golden. „Ich habe nicht erwartet, daß du mir Gesellschaft leisten würdest, Liebste. Ich kann dir nur immer wieder sagen, wie sehr ich dich liebe."

Stumm schaute sie mich eine Weile mit unnatürlich glänzenden Augen an. „Dieses Haus ist voller Gespenster. Und Gespenster kommen nachts."

Wir hielten einander umarmt und lauschten auf die Schritte des alten Mannes, die in der Ferne verklangen. Eine Tür fiel zu.

„Uns wird sicher nichts passieren, Schatz!" Da ich spürte, wie sie zitterte, legte ich ihr eine Decke um die Schultern. „Willst du dich nicht hinlegen?"

„Nein." Sie setzte sich auf die Bettkante und stützte den Kopf in die Hände. „Jim, erzähl mir, was hier vorgefallen ist – in diesem furchtbaren Gemäuer. Und sag mir die Wahrheit!"

„Mein Gott, Emma, wenn ich die nur wüßte", begann ich.

Sie stand auf und ging zum Waschtisch. Und während ich sie anstarrte, tauchte der Mond aus den Wolken auf. Ich sah ihren Kopf umrahmt von hellem, flimmerndem Haar, und auf einmal war es für mich das silbrige Aschblond einer anderen Frau. Plötzlich stellte ich Ähnlichkeiten fest, die mir vorher nicht aufgefallen waren. Mir wurde klar, was ich in Estelle gesehen hatte, aber darüber hinaus wurde mir noch viel mehr klar.

Siebzehn

„EMMA! Warte hier!" rief ich.

„Wo willst du hin, Jim?"

„Zu Madame Soult."

Sie versuchte nicht, mich aufzuhalten. Ich ließ ihr die Kerzen da und rannte die knarrende Treppe hinunter. Kein Hindernis stellte sich mir in den Weg, als ich durch die Halle und den Gang zu dem bewußten Zimmer lief. Ein Lichtschimmer unter dem Türspalt sowie Gemurmel und Geraschel sagten mir, daß die alte Dame wach war.

Unaufgefordert trat ich ein. Sie saß in einem sauberen rosa Nachthemd im Bett, offenbar frisch umgezogen, denn das schmutzige lag auf dem Boden. Madame Chandellar hatte sie soeben gewaschen. Der Kopf der Alten mit den schütteren Haarsträhnen und den starren blauen, jetzt weit offenen Augen erinnerte mich an den einer Vogelscheuche.

Madame Chandellar fuhr wütend herum. „Hinaus mit Ihnen!"

Trotzdem ging ich zum Bett und berührte die hageren Schultern der alten Frau. Langsam wie eine uralte Schildkröte drehte sie den runzligen Hals und schlug mit einem knackenden Laut die dürren Hände zusammen. Ihr Blick schien mir nicht wirr, sondern völlig klar.

Madame Chandellar bemühte sich, mich wegzuzerren, doch ich stieß sie zurück, um das eingefallene Gesicht zu betrachten. Ich versuchte mir vorzustellen, wie sie früher ausgesehen haben mochte. Meine Phantasie ergänzte, was die Zeit hinweggerafft hatte, und da waren sie – dieselben markanten Backenknochen, die hohe Stirn, das breite Oval des Gesichts, die vor Temperament sprühenden blauen Augen, das helle Haar.

Ich hatte Estelles Mutter vor mir.

Ich schüttelte sie und spürte durch die faltige Haut und das welke Fleisch die zerbrechlich dünnen Schlüsselbeine. „Wo sind sie? Was haben Sie mit ihnen gemacht?"

Ihr Mund verzog sich zu einem schiefen Grinsen, als wollte sie antworten, aber es kam nicht dazu. Eine Gestalt glitt durch die halboffene Tür herein, ein muskulös gebauter Mann in Sweater und dunkler Hose. Wieder trug er die gelbe Maske, und wieder hatte er das Küchenmesser in der rechten Hand, nur diesmal war ich auf seinen Angriff vorbereitet. Als er sich auf mich stürzte, packte ich die Hand, in der er das Messer hielt, und schmetterte meine Faust in sein Gesicht. Gleichzeitig trat ich ihn in den Unterleib.

Das überraschte ihn derart, daß er, als ich ihm den Arm verrenkte, das Messer fallen ließ. Dann wälzten wir uns, verbissen ringend, auf dem Boden. Aber der Tritt war nicht wirkungslos geblieben. Als ich seinen Kopf packte und auf die Bretter drückte, schienen ihn die Kräfte zu verlassen.

Dennoch konnte er sich von mir befreien und taumelnd wieder auf die Füße kommen. Zuerst glaubte ich, er wollte nur an das Messer gelangen, doch dann ging mir auf, daß er im Begriff war zu flüchten.

„Warte!" Die alte Dame saß kerzengerade im Bett. Madame Chandellar hockte mit entsetzter Miene zwischen den beim Kampf verrutschten Teppichen auf dem Boden.

Der Maskierte wandte sich halb um. Taub war er also nicht. Schwer atmend zögerte er eine Sekunde und machte dann einen Satz auf die Tür zu. Ich sah, daß die Maske eine feine, gelbliche, enganliegende und am Hinterkopf fixierte Plastikhaut war. Die Alte gackerte vor Aufregung, als er losstürmte, doch er war eine Spur zu langsam. Ich packte ihn und riß an der Maske.

Es war ein zartes Gewebe, kaum dicker als echte Haut. Er kreischte vor Schmerz auf, aber ich ließ nicht von ihm ab, und dann zerriß die Maske.

Die eine Hälfte des Gesichts war bis zur Unkenntlichkeit entstellt und die andere durch die grellroten Narben unbehandelter Brandwunden zu einer Fratze verzerrt. Sich windend und krümmend versuchte dieses Wesen, das fast nichts Menschliches mehr an sich hatte, sich zu befreien. Ein Auge fehlte, der Mund war eine makabre, klaffende Spalte. Kein Zweifel, das war der Sohn von Marcel Soult, der angeblich in dem Feuer auf der Lichtung den Tod gefunden hatte. Zwei Opfer! Irgendwie hatte Henri Soult das Inferno überlebt, fast blind und für immer an Leib und Seele geschädigt.

Als ich instinktiv vor ihm zurückwich, riß er sich los wie ein wildes Tier, und Madame Soult stieß einen durchdringenden Schrei aus. Henri entkam durch die Tür, und als ich mich vom ersten Schock erholt hatte, sah ich, daß die alte Frau sich im Bett hin- und herwarf, während Madame Chandellar noch auf dem Boden kauerte und mit den Händen das Gesicht bedeckte.

Aus dem von den Teppichen entblößten Holzboden stieg wieder der penetrante Fäulnisgeruch auf. Aber ich hatte keine Zeit, der Ursache nachzugehen.

Ich rannte hinter Henri Soult her. Für einen schwergewichtigen Mann Ende Vierzig war er so beweglich und schnell, als sei er daran gewöhnt wegzulaufen, sich vor Licht zu verstecken. Ich sah ihn gerade noch um die Ecke biegen und auf die Halle zusausen, dann verschluckte ihn das Dunkel. Irgendwo da weiter vorne war sein keuchendes Atmen zu hören.

„Hier bin ich, Henri Soult!" schrie ich. „Was hast du mit meinen Kindern gemacht?"

Und dann sprintete er zur Treppe. Ich hörte ihn hinaufpoltern, und entsetzt fiel mir ein, daß Emma ja da oben war.

„Warte auf mich, Henri! Warte!"

Aber er rannte vor mir davon, so, wie er vor der Welt davongerannt war, und ich jagte ihm nach, als hinge mein Leben davon ab, ihn zu fangen. Mein Herz hämmerte so, daß ich glaubte, es müßte mir den Brustkorb sprengen.

In der Dunkelheit verfehlte ich eine Stufe und stürzte, was ihm ein paar kostbare Sekunden Vorsprung verschaffte. Ich hörte ihn mit unmenschlichem Geheul Türen aufreißen und wieder zuknallen, während er durch den Gang im oberen Stockwerk hetzte. Er suchte jemanden, und dann wußte ich plötzlich, daß er Emmas Zimmer gefunden hatte und sie in seiner Gewalt war. Das Türschloß klickte, als es von innen verriegelt wurde. Vergeblich warf ich mich gegen die schwere Eichentür.

Er wütete in dem Raum wie ein Orkan. Möbel stürzten krachend um, Holz splitterte. Dann folgte ein ohrenbetäubender Knall, der das Haus erbeben ließ. Offenbar hatte er das wuchtige Bett umgestoßen. Und Emma schrie die ganze Zeit.

„Laß sie in Ruhe!" brüllte ich und warf mich wieder mit der Schulter gegen die Tür, aber sie hielt wie Eisen. Ich nahm einen letzten verzweifelten Anlauf und landete hilflos auf dem Rücken. Und genau da war der Lärm mit einemmal wie abgeschnitten.

„Emma!" Meine Stimme überschlug sich. Ich raste ins nächste Zimmer, riß eine Schublade aus der Waschkommode und schmetterte sie gegen das eiserne Bettgestell. Mit einem fast ein Meter langen Holzstück bewaffnet, drosch ich auf Emmas Zimmertür ein und hoffte, ich könnte die Täfelung durchbrechen. Das Getöse, das ich machte, hätte Tote aufwecken müssen, doch im Haus blieb es still wie in einem Grab.

„Emma! Henri! Um Gottes willen, tu's nicht!"

Was nicht? Sie erwürgen? Sie erschlagen, um den bereits begangenen Morden einen weiteren hinzuzufügen? „Rühr meine Frau nicht an!" kreischte ich.

Dann fiel ein Schuß, dem das unverkennbare Geräusch von krachendem Holz und splitterndem Glas folgte. Ein Sturz durchs Fenster.

Wie von Sinnen brüllte ich nach Chandellar. Das alte Haus warf das Echo tausendfach zurück. Nur in dem verschlossenen Raum herrschte Schweigen.

Ich flog förmlich die Treppe hinunter und hinaus ins Freie. Und dort lag er, die Glieder von sich gestreckt, auf den Fliesen. Blut sickerte aus einer Wunde an seiner Schläfe. Wahrscheinlich hatte er sich das Genick gebrochen. Er lag da wie eine Strohpuppe, das entstellte Gesicht zum Himmel emporgewandt. Ich rannte wieder hinein und hinauf zu Emma. Die Tür war jetzt offen, und sie stand auf der Schwelle, totenblaß, aber anscheinend unversehrt.

„Gott sei Dank! Gott sei Dank!" Ich preßte sie an mich. „Bist du verletzt?"

„Ist schon gut, Jim", flüsterte sie, am ganzen Körper zitternd. „Er war völlig außer sich, aber er hat mir kein Haar gekrümmt."

Ich umschlang sie so fest, als wollte ich sie nie mehr loslassen. „Was ist denn nun wirklich passiert?"

„Plötzlich war er im Zimmer und hat zugesperrt. Ich glaube, er hat jemand anderen gesucht. Als er mich sah, packte ihn die blinde Wut. Mir hat er nichts getan, aber dafür alles zertrümmert, was ihm zwischen die Finger kam. Dann hat er eine Pistole gezogen und sich erschossen, und im Aufbäumen ist er aus dem Fenster gestürzt."

„Er hat dich nicht bedroht?“

„Nein. Ich bin sicher, daß er nicht mich gesucht hat.“

Mir fiel es wie Schuppen von den Augen. Jetzt kannte ich die Wahrheit. „Komm, Liebste.“

Sie begriff instinktiv. Hand in Hand liefen wir im Dunkel über die Treppe und durch den kaum beleuchteten Korridor zu dem kerkerähnlichen Raum, wo die alte Dame noch immer im Bett saß. Chandellars Frau wiegte sie in den Armen. Das mumienhafte Antlitz wandte sich mir zu und lächelte – das leere Lächeln jener bedauernswerten Geschöpfe, in denen kein Funken menschlichen Verstandes mehr wohnt.

Ich wußte, daß ich einen Fehler gemacht und kostbare Zeit verloren hatte, als ich glaubte, Estelle wäre hier. „Komm“, sagte ich wieder, und wir liefen weiter, über die geschwungene Einfahrt hinunter zum Tor. Endlich – die eine Schulter schmerzte mich inzwischen unerträglich – kamen die Pförtnerlogen in Sicht.

Ich hämmerte mit der Faust an die Tür und schrie, daß wir Hilfe brauchten. Ein Gendarm öffnete. Dem Anschein nach hatte er sich vorher noch rasch das Pistolenkoppel umgeschnallt.

„Oh, Sie sind das! Haben Sie genug von der alten Frau?“

„Oben hat sich jemand erschossen.“

Zum Glück nahm er die Situation sofort ernst und rief seinen Kollegen. Wir stiegen in ihren Wagen und rasten zurück zum Haus. Henri Soult lag wie ein weggeworfenes Spielzeug vor dem Haus.

„*Mon Dieu*“, sagte der junge Gendarm nach einem Blick auf das entstellte Gesicht.

Vorsichtig hoben sie seinen Kopf ein wenig an, um die Wunde anzusehen.

„Breiten Sie eine Decke über ihn“, sagte ich. „Wir versuchen, einen Arzt und den Hauptkommissar zu erreichen. Die Chandellars haben bestimmt Telefon.“

Einer der Gendarmen blieb draußen. Emma und ich liefen mit dem anderen zur Wohnung des Hausmeisterehepaares.

Auf mein lautes Klopfen hörten wir nach einer Weile das schlaftrunkene Gebrabbel des alten Mannes, als er heranschlurfte und die Kette zurücklegte. Ich rüttelte ihn an den Schultern. „War Estelle Devereau hier?“

Blinzelnd schirmte er die Augen gegen das Licht der Taschenlampe ab und schüttelte den Kopf. „Ich verstehe nicht."

„Machen Sie das verdammte Licht an!" Emma übersetzte den Befehl.

Zögernd gehorchte er, ging in die Küche und fummelte an einem Hauptschalter an der Wand herum. Das Licht blendete uns.

„Telefon?" fragte ich. „Wo ist das Telefon?"

Er deutete stumm auf das Wohnzimmer, worauf der Gendarm sich an den Apparat begab. Emma und ich befragten inzwischen Chandellar.

„Madames Tochter – wurde sie Estelle genannt?"

Wieder schüttelte er den Kopf.

„Wer ist sie? Wie heißt sie?"

„Hélène . . .", stammelte er.

„Gut." Ich schaute ihm in die verstörten Augen und sagte zu Emma: „Frag ihn, ob Hélène Soult hier war."

Er ließ den Kopf hängen. „Vor zwei Tagen, Monsieur. Am Abend."

„Großer Gott!" Sie mußte sofort hergekommen sein, nachdem wir uns nach der Fahrt zur Villa oder vielmehr bis zu deren Tor getrennt hatten. Sie hatte sich in Pontauban scheinheilig von mir verabschiedet und auf der Stelle kehrtgemacht. Chandellar hatte sie natürlich eingelassen. Sie habe ihren großen Wagen benutzt, sagte er, nicht den kleinen grünen Citroën, den sie normalerweise nehme. Aber hatte sie die Kinder geholt, und lebten sie noch?

Als ich den Alten losließ, sank er auf einen Stuhl und schlug die Hände vors Gesicht. „Ich weiß es nicht, Monsieur."

Mit Sicherheit hatte sie gewußt, daß das Spiel aus war, als ich nach Gourdon aufbrach. Und was für ein Spiel! Sich mit dem halbirren Bruder zusammenzutun, um die Kinder zu stehlen! Dann der Schock, mich persönlich kennenzulernen, mich interviewen zu sollen, mir auf meine Bitte hin Hilfe gewähren zu müssen. Ich war fassungslos über diese zweifache Entdeckung – ihrer wahren Identität und ihrer wahren Handlungsweise. Aber warum hatte sie das getan? Warum? Warum?

Der Gendarm kam zurück. „Der Hauptkommissar ist auf dem Weg. Ebenso ein Krankenwagen."

Ich nickte zerstreut, ganz darauf konzentriert, Chandellar auszufragen. Auch der Gendarm erinnerte sich nun an die Frau mit dem silbrigen Haar, die mit einem Peugeot 604 vorgefahren war. Chandellar hatte gebeten, sie durchzulassen. Als sie eine Stunde später mit einer Ladung auf dem Rücksitz das Tor passierte, hatte sie auffallend ruhig gewirkt.

„Eine Ladung?"

„Ja, eine zugedeckte, Monsieur."

Allmächtiger. „Wie lange wird der Hauptkommissar brauchen?"

„Eine Stunde vielleicht."

Ich konnte nicht warten. „Kommen Sie mit ins Haus?" fragte ich den Gendarmen. Dem forschen jungen Mann mit dem kurzgeschorenen Haar war der Gedanke an die alte Frau nicht geheuer, das sah ich ihm an, aber er erklärte sich sofort einverstanden. Wir ließen Chandellar in der Küche sitzen und machten zu dritt alle Lampen an, so daß die Villa in Festbeleuchtung getaucht war. Mit hallenden Schritten eilten wir unter dem riesigen Kronleuchter über den Marmorboden. Als wir uns dem Zimmer der Alten näherten, wehte uns der vertraute üble Geruch entgegen. Ich wußte jetzt, woher er kam. Es war der Gestank menschlicher Erniedrigung, der aus einem luft- und lichtlosen unterirdischen Kerker emporstieg.

Der Gendarm stieß die Tür auf, und wir folgten ihm in den Raum. Madame Soult lag schlafend auf dem Bett. Auf einem Stuhl neben ihr saß reglos Madame Chandellar. Das einzige zu vernehmende Geräusch war der rasselnde Atem der Greisin.

Aber was mir ins Auge stach, waren die durch meinen Kampf mit Henri Soult verrutschten Teppiche. Die Teppiche, die so sorgfältig auf dem frisch gebohnerten Boden verteilt worden waren, den bei meinem ersten Besuch verkohlte Papierreste bedeckt hatten. Nun begriff ich, warum. Man hatte das Papier verbrannt, damit der Gestank nicht so auffiel. Heute abend, als man le Brève erwartete, hatte man die Bretter gesäubert und Teppiche aufgelegt. Doch dann hatten Henri und ich sie, als wir miteinander rangen, verschoben. Dicht bei Madame Soults Bett, wo niemand es vermutet hätte, zeichnete sich das Rechteck einer Falltür ab.

Achtzehn

BLITZSCHNELL lag ich auf den Knien, und Emma schrie: „Was ist da unten?“, während wir gemeinsam an dem in die Tür eingelassenen Griff zogen.

„Monsieur, vielleicht sollten wir auf den Hauptkommissar warten . . .“, meldete sich der junge Gendarm, dem plötzlich Bedenken kamen.

„Es geht um unsere Kinder!“

Die Tür ließ sich leicht öffnen. Intensiver Gestank drang aus der Öffnung, aber ich achtete nicht darauf, und auch Emma zeigte keine Schwäche. „Ich muß hinunter!“ rief sie.

Wir spähten in den schmalen, dunklen Schacht, in den eine Holzleiter hinabführte.

„Geben Sie mir Ihre Taschenlampe!“ forderte Emma den Gendarmen auf.

Uns graute davor, was wir finden würden. Sie leuchtete mir, als ich die Beine über die Kante schwang und auf die Leiter stieg.

Der Boden aus gestampfter Erde war kalt und trocken. Emma war dicht hinter mir. Wir befanden uns in einer Kammer, von der aus man in eine weitere zu gelangen schien. Der Strahl der Taschenlampe wanderte über die rohen Ziegelmauern. Hoch oben im Gewölbe entdeckte ich Glühbirnen. Wer immer hier auch gefangengehalten worden war, hatte wenigstens nicht im Dunkeln ausharren müssen.

Sobald wir den Schalter gefunden hatten, gingen wir die Kammern ab. Insgesamt waren es vier. In der ersten, dem Ausgang am nächsten und somit am wenigsten stickig, standen zwei Feldbetten, auf denen verschiedene Kleidungsstücke, Decken und schmutzige Laken lagen. Nichts deutete auf die Kinder hin. Die zweite war eine Art Wohnraum mit einem Tisch und Stühlen. Auf dem Tisch ein Fernsehapparat, Kinderbücher, neue Comichefte, ein Kugelschreiber, vollgekritzelte Papierbögen. Und Schokohundi. Als ich mir die Bögen ansah, erkannte ich Susies Handschrift.

Emma nahm den Stoffhund und drückte ihn an die Brust.

Die dritte Kammer war eine Küche mit einem kleinen Elektroherd, enthielt aber keinerlei Nahrungsmittel. In einem Miniaturschrank fand ich billige Steingutteller, ein paar Becher, einen Topf und einen Wasserbehälter.

Und dann zog es mich unweigerlich in den letzten Raum, wo die Stirnwand durch die von außen durch die Erde hereinsickernde Feuchtigkeit grünlich glitzerte. Es stank wie in einer Kloake. Hinter einer als Vorhang aufgespannten Decke standen zwei Eimer als Latrinen. Wer hier unten eingeschlossen war, mußte mit dem Gestank leben, der bis hinauf in das Zimmer der alten Irren roch.

Der Gendarm war uns gefolgt und tauchte kreidebleich hinter Emma auf, die noch immer den Hund an sich preßte. „Etwas gefunden?" fragte er. Sie nickte stumm.

„Nein", antwortete ich. „Nicht das, was wir wollen. Sie hat sie weggeschafft." Oder umgebracht. Doch das sprach ich nicht aus.

Langsam gingen wir zurück. Als wir aus der Luke stiegen, war Madame Chandellar fort, und Madame Soult schlief. Wir schlossen die Tür und zogen den Teppich darüber. Das Zimmer befand sich wieder in seinem ursprünglichen Zustand.

Le Brève erschien mit steinerner Miene.

„Ich habe die Waffe sichergestellt", sagte er. „Selbstmord oder Mord." Er starrte mich an. „Und so, wie es aussieht, Genickbruch. Wo ist die alte Dame?"

„Wo sie immer ist."

Wir begaben uns in die Wohnung der Chandellars. Die beiden alten Leute standen vorläufig unter Arrest.

„Was ist vorgefallen?" fragte le Brève.

„Er hat mich mit einem Messer attackiert wie schon einmal, aber als ich ihm die Maske abriß, gab er Fersengeld und rannte in den ersten Stock, weil er zu seiner Schwester wollte – zu Estelle oder eigentlich Hélène."

Le Brève hielt einen Moment den Atem an, bevor er fragte: „Wieviel wissen Sie?"

Ich beschimpfte ihn und fragte zurück: „Und wieviel wissen Sie, Herr Hauptkommissar?"

„Ich weiß nicht, wo Ihre Kinder sind", erklärte er ruhig. „Und ich wußte nichts von dem unterirdischen Versteck. Ich habe auch keine Ahnung, wo sie sich jetzt befinden. Das müssen Sie mir glauben!“

„Aber Sie wußten über den Wahnsinnigen hier Bescheid. Und über die beiden Kinder, die Soult-Kinder. Sie haben mich belogen und versucht, mich zu täuschen.“

„Monsieur, bitte. Wir werden das Haus auseinandernehmen und morgen das Gelände Meter für Meter absuchen. Aber Sie müssen sich wappnen.“

„Sie hat sie bereits weggebracht. Gestern, in einem großen Wagen.“

„Dann werden wir seine Spur verfolgen, Monsieur, und sie verhaften.“

„Was kriegen Sie von den Soults bezahlt?“ fuhr ich ihn an.

„Monsieur, wer sagt mir, daß Sie nicht ihr Komplize sind?“

So wäre das noch ewig weitergegangen, hätte nicht Emma ihre Hand unter meinen Arm geschoben und der Auseinandersetzung ein Ende gemacht. „Herr Kommissar, wenn wir Ihnen vertrauen, sollte das auf Gegenseitigkeit beruhen.“

„Sie haben recht“, pflichtete er ihr widerwillig bei. „Und jetzt muß ich das Zimmer und die alte Dame sehen.“

Ich hängte mich wie eine Klette an ihn, als er zu Madame Soult marschierte, das jämmerliche Wrack im Bett betrachtete und schließlich die Falltür hob. „Haben Sie einen Verdacht gehegt?“ fragte ich. „Zogen Sie die Möglichkeit in Betracht, daß sie hier sein könnten, in diesem abgeschiedenen Haus? Einem Haus, für dessen Bewachung Sie bezahlt werden?“

Er drehte sich zu mir um. „Wie sollte ich das ahnen? Glauben Sie, ich hätte sie hiergelassen?“

„Ihre Männer sind am Tor postiert. Verschiedene Wagen sind ein- und ausgefahren. Kannten Ihre Leute Estelle denn nicht? Haben sie die Ladung nicht kontrolliert?“

„Sie kannten nur die Wagen, Monsieur. Den kleinen Citroën und den Peugeot. Und sie hatten Anweisung, die Privatsphäre der bettlägerigen alten Dame unter allen Umständen zu respektieren.“

„Inklusive Henri Soult?“

Er nickte. „Madame Soult wollte Henri schützen. Niemand sollte von ihm wissen. Sie behandelte ihn wie ein Kind, das er in

Wirklichkeit ja auch war", meinte er nachdenklich. „Wir wußten, daß sie ihn hier verborgen hielt, statt ihn in eine Anstalt zu geben. Über das unterirdische Gefängnis war ich allerdings nicht informiert. Er war geistesgestört, aber Madame war nicht bereit, das zu akzeptieren."

„Und über die Tochter wußten Sie auch Bescheid? Über Estelle?"

Langsam schüttelte er den Kopf. „Ich kannte sie als eine Frau, die sich bemühte, ihr eigenes Leben zu leben. Ein neues Leben, in das ich mich nicht einmischte. Ich habe versucht, Sie zu warnen. Dummerweise zeigten Sie Interesse an ihr."

Wir blickten beide auf die alte Frau, die uns in ihr Netz verstrickt hatte und die verloren wie ein winziger Vogel in dem großen Bett lag.

„Sie haben also alles über Estelle Soult gewußt und es mir trotzdem nicht gesagt."

„Sie hätten mir überhaupt nicht zugehört, geschweige denn mir geglaubt. Und jetzt habe ich, wenn Sie gestatten, noch gewisse andere Pflichten zu erledigen . . ."

„Finden Sie das verdammte Weib!" schrie ich.

Jedes leise Geräusch in dem Gemäuer hörte sich an wie die geflüsterten Namen unserer Kinder. Martin, Susie . . . raunte es aus allen Winkeln. Emma und ich standen draußen eng umschlungen auf der Treppe. Schon dämmerte der Morgen herauf. Einer von le Brèves Leuten brachte uns zwei Tassen Kaffee.

Vielleicht waren sie alle auf ihre Weise verrückt. Le Brève, der Unterprivilegierte, der sich wie sein ehemaliger Kollege Elorean mit Madame Soults Geld den Weg zur Spitze erkauft hatte. Madame Soult selbst, die zuerst der Krieg fast um den Verstand gebracht hatte und dann der Verlust ihres Sohnes Henri, des kleinen Henri, der mit dem Feuer spielte, das nicht nur seinen Körper, sondern auch seinen Geist zerstörte. Und schließlich seine Schwester . . . Estelle. Hélène. War sie normal? Sie hatte das Familiengeheimnis gehütet, geheiratet, eine Tochter geboren. Und zum Schluß die Kinder geholt.

Ich lief wieder hinein zu le Brève. „Ich brauche ein Auto. Sofort! Vielleicht ist Estelle in ihre Wohnung gefahren. In Pontauban. Ich muß hin."

„Wir werden das sehr bald überprüfen. Sie entkommt uns nicht."

„Sie muß wissen, wo Martin und Susie sind. Sie muß!"

„Ich halte es für wahrscheinlicher, daß sie hier irgendwo vergraben wurden. Sowie es hell ist, fangen wir mit der Suche an. Ich schlage vor, Sie ruhen sich einstweilen aus."

„Herr Kommissar! Wir brauchen unbedingt ein Auto!"

Ohne zu antworten, machte er kehrt.

Wir folgten ihm ins Freie, wo er seinen großen blauen Dienstwagen herbeiwinkte. Er hielt am Fuß der Treppe, knapp vor Henris nur mit einem Laken bedeckter Leiche. „Kommissar Clerrard wird Sie hinbringen."

Ich lief die Stufen hinunter und zog Emma an der Hand hinter mir her. Hastig stiegen wir in den Citroën und trieben den Fahrer zur Eile an. Wie endlos diese Auffahrt war! Ich erinnerte mich nur zu gut daran, denn ich war sie ja schließlich zu Fuß entlanggehetzt. Ein Gendarm öffnete das Tor, und wir schossen hinaus auf die Straße.

Emma drückte meinen Arm. „Es tut mir so leid", sagte sie plötzlich. „Verzeih mir, daß ich an dir gezweifelt habe. Was ist nur mit uns geschehen, Jim?"

In den Kurven preßte die Fliehkraft sie an mich. Ich erzählte ihr von meinen Nachforschungen und wie ich mich an Estelle gewandt hatte. Ein blinder Narr war ich gewesen. Ich bat sie, mir zu vergeben.

Das Lichtergefunkel vor uns war Pontauban in der Morgendämmerung. Schon brausten wir den Hang hinunter und am Fluß vorbei auf den Hauptplatz mit der Zeitungsredaktion, wo ich Estelle zum ersten Mal begegnet war.

„Wohin jetzt?" fragte Clerrard.

„Zur Rue des Escaliers", sagte ich.

Weiter durch die schmalen Gassen mit dem holprigen Kopfsteinpflaster und dann das letzte Stück zu Fuß. Endlich erreichten wir das Tor zu dem Hof mit dem Brunnenfragment. Auf den Dachfirsten stimmten die Vögel ihr Morgenkonzert an, als wir, Clerrard, Emma und ich, die Stiege zu Estelles Wohnung hinaufeilten. Da unser lautes Klopfen nichts nutzte, brach Clerrard das Schloß auf, und wir stürmten hinein. Er lief uns voran und kontrollierte die Räume. Als er sich das Schlafzimmer vornahm, regte sich kurz mein schlechtes Gewissen. Blieben noch die Küche und das Badezimmer.

„Wo sind sie?“ rief Emma.

Doch es war niemand da.

Rücksichtslos durchwühlten wir alles. Im Arbeitszimmer fanden wir Estelles Portemonnaie, ihr Scheckbuch, ihren Paß und zweitausend Franc. Die Kaffeekanne in der Küche war noch warm.

„Weit kann sie nicht sein“, meinte Emma. „An wen würde sie sich wenden? Ist noch jemand eingeweiht?“

Natürlich! Es lag auf der Hand. „Sie ist in der Rue Bartholdi“, sagte ich.

„Und warum?“ fragte Emma.

„Dort wohnt jemand, der sie versteht. Der alte Dr. Raymonde, ihr Hausarzt. Los“, drängte ich Clerrard. „Schnell, Mann, schnell!“

Wir rannten zum Wagen.

Es waren nur fünf Minuten bis zu dem grauen Gebäude jenseits der Brücke. Selbstverständlich war auch der Doktor an dieser Verschwörung beteiligt und hatte wie alle Mitwisser das Geheimnis fast vierzig Jahre lang bewahrt. Er hatte mir abgeraten, nach Gourdon-sur-Loup zu fahren. Kein Wunder, daß Estelle, als ich ihr von meinem Besuch bei ihm erzählte, so nervös gewesen war, hatte sie doch fürchten müssen, daß er mir die Wahrheit verraten hatte.

Die Haustür stand offen, als würden wir erwartet. Diesmal ging ich voran. Das Bimmeln der Glocke klang überlaut durch die Stille. Es war fünf Uhr früh, doch wir hörten gleich darauf Schritte im Gang. Der Riegel wurde zurückgeschoben, und vor uns stand Dr. Raymonde in einem verschossenen Schlafrock und mit weißen Bartstoppeln auf dem Kinn.

„Polizei“, sagte Clerrard.

Der alte Mann seufzte und machte die Tür weit auf. „Treten Sie ein.“

Neunzehn

ICH ging an ihm vorbei in sein Behandlungszimmer, und dort wartete sie auf mich in einem scharlachroten Kleid. Kleiner und älter, als ich sie in Erinnerung hatte. Ihre Frische, ihr Strahlen schienen wie weggewischt. Auch das silberblonde Haar wirkte auf einmal stumpf. Eine Entführerin in einem roten Kleid und mit eingefallenen Wangen.

„Wo sind sie?“ fragte Emma.

Clerrard war hinter uns eingetreten und hatte die Pistole gezogen. „Ich verhafte Sie wegen Entführung, Irreführung der Behörden und Mordverdachts.“

„Stecken Sie die Waffe weg“, entgegnete Estelle. „Sie werden sie nicht brauchen.“ Dazu lächelte sie, als weilten ihre Gedanken in einer fernen, nur ihr zugänglichen Welt.

Eine Stimme in mir flüsterte mir die Worte vor, die ich laut aussprach: „Henri ist tot. Er hat sich erschossen.“

Sie kreischte auf, und ich dachte schon, sie fiele in Ohnmacht.

„Du hast ihn getötet!“ schrie sie. „Warum kannst du uns nicht in Ruhe lassen?“

„Estelle, er hat sich selbst erschossen.“

„Und die Kinder?“ schrie Emma sie an. „Was haben Sie mit unseren Kindern gemacht?“

„Ich hab sie mir nur ausgeliehen.“

„Wo sind sie?“ Emma war nahe daran, die Beherrschung zu verlieren.

Estelle maß sie mit einem Blick voller Verachtung und Neid. „Hören Sie sie nicht?“

Ich stürzte zur gegenüberliegenden Tür, die ins Schlafzimmer führte. Sie war zu, und der Schlüssel steckte im Schloß, aber von innen wurde an der Klinke gerüttelt. Ja, wir hörten sie. Nichts anderes zählte mehr. Wir stießen Estelle beiseite und schlossen die Tür eilig auf, und da waren sie – mager, blaß und erschöpft. Von den Toten auferstanden.

Alles um uns war ausgelöscht bis auf das Gefühl, sie in den Armen zu halten, sie wahrhaftig zu spüren. Es war ein fast unerträgliches Glücksgefühl, sie tatsächlich und nicht als Traumbild vor uns zu sehen. Emma preßte sie so fest an sich, als fürchtete sie, das alles wäre nur Illusion und sie könnten sich gleich wieder in Luft auflösen. Martins schmales Gesicht strahlte vor Glück, und er brachte nichts anderes heraus als: „Dad, bring uns von hier weg!“ Susie hatte weniger Gewicht verloren und wirkte älter, beinah erwachsen. Wir herzten und küßten sie immer wieder, während Clerrard und meine Verführerin uns stumm beobachteten.

„Daddy, wir waren an einem ganz gräßlichen Ort eingesperrt", jammerte Susie.

Martin schauderte bei dem Gedanken daran. „Und sind immer einer alten Hexe vorgeführt worden!"

Emma umschlang sie noch inniger.

„Ich weiß", sagte ich. „Ich hab sie gesehen . . . Aber jetzt ist alles wieder gut!"

„Sie haben uns in der Nacht geholt. So ein schrecklicher Mann mit einer Maske. Wir konnten uns gar nicht wehren, nicht einmal schreien. Er hat uns was auf den Mund gedrückt. Als wir aufgewacht sind, war uns furchtbar schlecht, und wir waren in einem riesengroßen alten Haus eingesperrt."

„Dort war ich auch."

„Wir mußten in einem kleinen Gefängnis unter der Erde bleiben, damit uns niemand sieht, und in der Nacht mußten wir dann durch die Falltür raufsteigen und mit der verrückten alten Frau reden. Uns hat so vor ihr gegraust."

Nun machte sich Clerrard bemerkbar, sprach von Verhaftung und Bestrafung. Aufgeregte Stimmen redeten auf französisch durcheinander. Weitere Beamte erschienen zusammen mit le Brève. Drüben in der Ecke stand Estelle in dem flammendroten Kleid. Unsere Blicke trafen sich. Estelles Augen hatten das helle, kalte Blau eines frostigen Winterhimmels. „Warum? Warum hast du das getan?" fragte ich.

So leise, daß ich sie kaum verstand, antwortete sie: „Ich wollte mir die Kinder nur ausleihen – nur ausleihen – für meine Mutter. Und dann . . . wollte sie sie nicht mehr hergeben . . . "

Emma tröstete Susie und Martin, die angefangen hatten zu weinen.

„Du hast mich bewußt gequält", beschuldigte ich Estelle. „Warum hast du so ein mieses Spiel mit mir getrieben?"

„Du hast mich ja ständig um Hilfe angefleht. Wieso warst du derart verbohrt? Wenn du heimgereist wärst, hätte ich sie freigelassen, und niemand hätte je erfahren, wo sie gewesen sind."

„Aber als wir zu suchen begannen? Als ich nach Gourdon fuhr?"

„Ich hoffte, du würdest aufgeben, als man dir den Zutritt zur Villa verweigerte."

„Obwohl du gewußt hast, daß meine Kinder da drin waren – in diesem Alptraum von einem Haus?"

„Ich wollte es dir erklären", sagte sie. „Glaub mir, das wollte ich wirklich, Jim! Ich hätte dabei nie mitmachen dürfen, aber die Vergangenheit hat mich eingeholt. Mein Bruder hat mich darum gebeten. Und dann . . . hab ich mich in dich verliebt."

Im Zimmer war es ganz still geworden.

„Henri? Wie oft hast du ihn gesehen?"

„Ich war sein einziger Kontakt zur Außenwelt. Nach dem, was mit uns geschah, als wir so alt waren wie deine Kinder jetzt, lebte er total isoliert in dem Haus. Der Keller war sein Versteck. Meine Mutter ließ es für ihn bauen, bevor sie den Verstand verlor."

Sehr ruhig warf Emma ein: „Worum hat Henri Sie gebeten?"

Estelle musterte ihre Rivalin. „Mama hat unter Wahnvorstellungen gelitten. Sie hat Henri nicht mehr erkannt, und das hat ihn tief verletzt. Immer verlangte sie nach den Kindern – nach uns, als wir noch klein waren. Und Henri meinte, wenn wir welche fänden, könnte das ihren Seelenfrieden wiederherstellen."

„Sie hofften, sie zu heilen?" fragte Emma ungläubig.

„Nein. Wir wollten ihr nur zu ein wenig Glück verhelfen – für die kurze Zeit, die ihr noch bleibt. Sie konnten sich ja selbst davon überzeugen, wie sie lebt – daß sie sogar das Tageslicht scheut."

Unsere Kinder hörten zu. Sie mußten in den Abgrund schauen, wenn sie je eine Brücke darüber bauen und mit der Erinnerung an diese furchtbaren Wochen fertig werden sollten.

„Wie kam es zu dem ganzen Plan?"

„Ich bin für Mamas Vermögensangelegenheiten zuständig, unter anderem auch für die Vermietung des Ferienhauses. Henri schlug vor, den Zusatz, Kinder in einem bestimmten Alter seien erwünscht, in das Inserat aufzunehmen. Als Sie sich meldeten, schien es sich um einen geradezu idealen Zufall zu handeln. Ein Junge und ein Mädchen, genau im richtigen Alter. Ich dachte - ich hoffte . . . mit englischen Kindern würde es leichter sein, weil sie die Sprache nicht verstehen."

„Sie haben sie gekidnappt."

„Henri war bei mir", sagte sie. „Wir kamen nachts, um sie uns auszuborgen."

„Auszuborgen? Sie waren über drei Wochen vermißt. Und dann

haben Sie sich noch einmal eingeschlichen, um ihr Spielzeug zu holen."

„Das hat Henri getan. Damit sie sich nicht langweilen. Als meine Mutter die Kinder sah, schien sie aufzublühen. Sie wollte, daß sie bleiben. Und Henri hat mich angefleht, sie zu behalten. Er hat gedroht, andernfalls würde er Selbstmord begehen."

„Also hast du dich erweichen lassen", bemerkte ich bitter.

Der alte Dr. Raymonde mischte sich ein. „Sie ist zu mir gekommen. Der Geisteszustand ihrer Mutter hatte sich verschlechtert - sie ist schizoid."

„Ich schwöre, ich wollte es dir sagen", beteuerte Estelle. „Und ich dachte, sie dürften sich frei im Haus bewegen. Ich ahnte ja nicht, daß sie wie Gefangene im Keller hocken mußten."

„Alles Lügen."

„Nein, es ist wahr! Ich sah sie nur nachts. Dann haben wir oben gespielt. Frag sie! Frag sie doch!"

„Das stimmt", bestätigte Susie. „Wir haben Monopoly gespielt, und wir durften auch fernsehen, aber es war alles auf französisch."

„Bitte glaub mir, ich habe nie erwartet, daß es so enden würde. Ich habe dich nicht eingeladen, in die Redaktion zu kommen, und ich wollte auch kein Interview mit dir." Der verhängnisvolle Tag in Pontauban, der kleine Park, wo sie in der Sonne gesessen und ich sie um Hilfe gebeten hatte.

Le Brève griff ein. „Schluß jetzt. Das reicht. Der Staatsanwalt wird die Dame ins Verhör nehmen, nicht Sie."

Aber ich war nicht zu bremsen. „Du hast meine Kinder gehalten wie Tiere!"

Endlich weinte sie. Das Schluchzen schüttelte sie am ganzen Körper. „Ich wollte ihnen nicht weh tun, aber Henri hat Loyalität von mir gefordert. Meine Mutter und mein Bruder bedeuten mir genausoviel wie deine Familie dir."

„Wie hast du sie aus dem Ferienhaus gebracht?"

„Sie kam zu mir wegen eines ... Betäubungsmittels", sagte Raymonde.

Ich wandte mich le Brève zu. „Haben Sie ihr auch geholfen?"

Tonlos erklärte Estelle: „Hauptkommissar le Brève hat von alldem nichts gewußt."

„Aber Sie haben etwas geahnt", beschuldigte ich ihn. „Sie haben mich auf die Lichtung geführt, wo die Kinder gezündelt hatten."

Le Brève ignorierte mich und trompetete: „Estelle Devereau, Sie sind verhaftet! Und ich rate Ihnen, kein Wort mehr zu sagen." Einer seiner Männer legte ihr Handschellen an.

Sobald Estelle abgeführt worden war, fuhr ich wütend fort: „Sie wußten alles über die Soults. Wir haben Ihren Freund Elorean ausgefragt, der von ihnen bestochen wurde. Und Sie haben mir vorgelogen, daß damals zwei Kinder im Wald verbrannt sind."

Er wartete, lauschte auf die sich entfernenden Schritte auf der Treppe und das Geräusch der abfahrenden Wagen. Dann waren wir allein, le Brève, Emma, die Kinder und ich. Dr. Raymonde war in einen seiner brüchigen Ledersessel gesunken.

„Madame, darf ich Sie bitten, mit den Kindern vorauszugehen?" forderte le Brève Emma auf. „Wir kommen in ein paar Minuten nach."

„In Ordnung."

„Mach schnell, Daddy", sagte Susie. „Ich will heim!"

Le Brève und ich standen uns gegenüber. Der sonst so arrogante Hauptkommissar wirkte auf einmal betreten.

„Monsieur, Sie müssen verstehen, daß man es als Farbiger nie leicht hat. Immer muß man über eine Extrahürde springen. Und gegen Vorurteile ankämpfen. Ist Ihnen das bewußt?"

Das war es mir von Anfang an gewesen. Dennoch gab ich keinen Kommentar ab.

„Sehen Sie, ich wollte es in meinem Beruf zu etwas bringen. Ich habe nichts Unrechtes getan, nur hin und wieder ein Auge zugedrückt. Als junge Beamte untersuchten Elorean und ich einen Fall: Ein Kind war in den Wäldern umgekommen. In einem Feuer."

„Was für ein Kind?"

Er zuckte die Achseln. „Ein kleiner Zigeuner, würden Sie sagen. Ein Rom, wie sie sich selbst nennen. Die Soults, Henri und Hélène, spannten oft Kinder aus ärmlichen Verhältnissen für ihre grausamen Spiele ein. Henri war schon damals nicht ganz normal. Als sie einmal im Sommer in dem Haus wohnten, das Sie mieteten, bauten sie eine Hütte im Wald, sperrten den Jungen dort ein und zündeten sie an. Er verbrannte bei lebendigem Leib. Es hieß, Henri habe versucht, ihn in letzter Sekunde zu retten, und sei in die Flammen gefallen."

„Zuerst haben Sie behauptet, es wären zwei gewesen. Auch die Zeitungen haben es so dargestellt."

„Madame Soult war bereit, die Sache mit viel Geld zu vertuschen, um den schrecklich verunstalteten Henri und seine Schwester zu schützen. Hélène bekam eine neue Identität, und die Leiche des Zigeunerjungen wurde für die Henris ausgegeben." Er zeigte auf den erschöpften Raymonde. „Der alte Doktor hier kann das bestätigen."

„Henri Soult war geistesgestört", erklärte der Doktor. „Sogar damals mußte man ihn schon in Gewahrsam halten. Er hat die traumatischen Kriegserlebnisse nie verkraftet. Genau wie Madame Soult."

„Und Sie?" fragte ich le Brève. „Was hat man von Ihnen verlangt?"

Seine Miene war trotzig. Er zeigte keine Reue. „Das können Sie sich denken, Monsieur. Eine Tragödie in den Wäldern, verursacht von reichen Kindern. Eines nicht zurechnungsfähig und durch Brandwunden grauenvoll entstellt. Was hätte das bedeutet? Eine Mordanklage. Madame hat mich aufgesucht."

„Und Ihnen ein Angebot unterbreitet", ergänzte ich.

„Ich war ein junger farbiger Polizist am Beginn einer vielversprechenden Karriere. Begreifen Sie die Situation? Madame Soults Vorschlag ermöglichte ihrer Tochter, ein normales Leben zu führen, und Henri, verborgen zu bleiben."

„Und Ihnen und Ihrem Freund Elorean ein Leben in Luxus?"

Seine Züge waren ausdruckslos. „Vielleicht", sagte er. „Aber nicht in Frieden."

Ich ging. Die üblichen behördlichen Ermittlungen brauchte ich nicht abzuwarten, damit hatte ich nichts mehr zu tun. Ich war von jeglichem Verdacht befreit. Ich wollte nur fort.

Meine Familie wartete bereits unten mit Clerrard. Als er uns einen der Streifenwagen anbot, lehnte ich ab. Wir spazierten durch die Straßen ohne festes Ziel und hielten uns an den Händen. Wichtig war nur, daß wir wieder vereint waren, daß wir die gestohlene Zeit nachholten. Es war halb sechs Uhr früh und die Luft berauschend wie Champagner.

Susie hüpfte neben mir her, Martin neben Emma. Wir gehörten wieder zusammen. „Ich möchte nach Hause", sagte Martin.

Ich drückte Emmas Hand fester. „Ruf deine Eltern an", bat ich. „Dann reisen wir ab. Sobald alles geregelt ist, fliegen wir zurück. Den Wagen lassen wir per Bahn nachkommen."

„Du hast gesagt, wir könnten ans Meer fahren", krähte Martin. Allmählich kam sein altes Ich wieder zum Vorschein. Die Vergangenheit lag hinter einer Tür, die zugefallen war.

„Von solchen Eskapaden hab ich genug", neckte ich ihn. „Nie wieder Ferien."

Emma schoß mir einen Blick zu, als wollte sie sagen: Und nie wieder krampfhafte Arbeitswut. Wenn wir uns nicht so entfremdet hätten . . . Aber dann lächelte sie.

„Irgendwie war sie nett zu uns, die Frau in Rot", meinte Susie leise.

„Du mußt sie vergessen. Vergiß am besten, daß das überhaupt passiert ist. Stell dir vor, es sei nur ein böser Traum gewesen", sagte Emma. Meine Finger umschlossen die ihren. Was in mir vorging, ließ sich nicht in Worte fassen.

Wir schlenderten zum Fluß hinunter. Pontauban schlief noch, und der stille, dunstige Morgen verhieß einen heißen Tag. Wir wußten nicht, wohin wir wollten, wir genossen es einfach, beisammen zu sein.

Sicher fühlte Emma dasselbe. Mitten auf der Brücke nahm ich sie in die Arme und küßte sie. Mitten in Frankreich und mitten in unserem Leben.

Foto: Susan Greenhill

Rodney Stone

Vor Jahren machte Rodney Stone einmal selbst mit seiner Familie Urlaub in einem kleinen Ferienhaus in einem abgelegenen Teil Südfrankreichs. In der ersten Nacht gab es ein schreckliches Gewitter, das ihn nicht schlafen ließ und währenddessen er sich vorstellte, was er wohl machen würde, wenn er am nächsten Morgen feststellen würde, daß seine beiden Söhne, noch dazu in einem fremden Land, verschwunden seien. Während eines anderen Urlaubs in den USA war einer seiner Söhne plötzlich in einem großen Kaufhaus spurlos verschwunden und eine ganze Weile einfach nicht wieder aufzutreiben. „Wir haben ihn dann schließlich unter einem Ständer mit Mänteln gefunden, aber ich werde nie dieses überwältigende Gefühl der Panik vergessen, von dem ich während der Suche ergriffen war." Von diesen beiden Urlaubserlebnissen inspiriert, schrieb Stone dann später *Verhängnisvolle Ferien*.

Eigentlich hatte Stone nach seinem Englischstudium an der Universität Cambridge Lehrer werden wollen, doch statt dessen war er in den öffentlichen Dienst gegangen und hatte im Laufe seiner Karriere hohe Ämter im Landwirtschafts- und im Finanzministerium inne. Zwar hatte er schon in seiner Freizeit mehrere Thriller unter dem Pseudonym Matthew Hunter geschrieben, doch dann beschloß er vor zweieinhalb Jahren, das Schreiben zu seiner Haupttätigkeit zu machen. Zur Zeit arbeitet er an einem Roman, bei dem es ebenfalls im Urlaub eine böse Überraschung gibt. Ein Vater und seine Tochter finden in den düsteren Hügeln von Nordwales eine Leiche.

Mit seiner Frau und den beiden Söhnen, die mittlerweile fünfzehn und siebzehn sind, lebt der in Kent geborene Autor seit Jahren in London. Um sich von seiner Arbeit zu erholen, aber auch um wieder auf neue Ideen fürs Schreiben zu kommen, reist er gern, macht ausgedehnte Spaziergänge und zeichnet Cartoons.

SCHRECKEN DER TIEFE
Originalausgabe: „The Beast“
erschienen bei Random House Inc., New York
© 1991 by Peter Benchley
© für die deutsche Ausgabe: Verlag Ullstein GmbH, Berlin, Frankfurt/M. 1992

EIN MUNDVOLL ERDE
© by Union Verlag GmbH, Fellbach 1980

SCHWARZE GESCHÄFTE
Originalausgabe: „Condition Black“
erschienen bei William Morrow & Co., Inc., New York
© 1990 by Gerald Seymour
© für die deutsche Ausgabe: Hestia Verlag GmbH & Co. KG, Rastatt 1991

VERHÄNGNISVOLLE FERIEN
Originalausgabe: „Cries in the Night“
erschienen bei HarperCollins Publ. Ltd., London
© 1991 by Rodney Stone

Die ungekürzten Ausgaben von
„Schrecken der Tiefe“ (erschienen unter dem deutschen Titel
„Beast – Schrecken der Tiefe“),
„Ein Mundvoll Erde“ und „Schwarze Geschäfte“
sind im Buchhandel erhältlich.